KB152333

정유각집

하

박제가 朴齊家

1750~1805. 조선 후기 실학자로 특히 연암 박지원과 함께 18세기 북학파(北學派)의 거장이다. 본관은 밀양(密陽), 자는 차수(次修)·재선(在先)·수기(修其), 호는 초정(楚亭)·정유(貞蕤)·위항도인(葦杭道人)이다. 승지(承旨) 박평(朴坪)의 서자로, 서울에서 태어났다. 1778년 사은사 채제공(蔡濟恭)의 수행원으로 청나라에 다녀와서 『북학의』(北學議)를 저술했다. 청나라의 선진 문물을 본받아 생산 기술을 향상시키고, 통상무역을 통하여 이용후생(利用厚生)을 실현할 것을 역설하였다. 정조의 서얼허통(庶孽許通) 정책에 따라 이덕무·유득공·서이수 등과 함께 규장각 검서관(檢書官)이 되었다. 기상은 컸고 성격은 굳고 곧았다. 시문은 첨신(尖新)하며 활달했고, 필세(筆勢)는 날카롭고 굳세었다. 학문은 개혁적이면서도 실용적이었는데, 다산 정약용과 추사 김정희에게 영향을 주었다. 저서에 『정유집』(貞蕤集) 『북학의』(北學議) 등이 있다.

* 표지그림: 상권─박제가, 〈산수도〉 부분, 중권─박제가, 〈야치도〉 부분, 하권─박제가, 〈어락도〉 부분

정유각집 하 문집 1권~5권

정민·이승수·박수밀·박종훈·이홍식·황인건·박동주 옮김

2010년 2월 22일 초판 1쇄 발행

─────

펴낸이 한철희 | 펴낸곳 돌베개 | 등록 1979년 8월 25일 제406-2003-018호
주소 (413-756) 경기도 파주시 교하읍 문발리 파주출판도시 532-4
전화 (031)955-5020 | 팩스 (031)955-5050
홈페이지 www.dolbegae.com | 전자우편 book@dolbegae.co.kr

책임편집 이경아 | 편집 조성웅·김희진·신귀영
표지디자인 민진기 | 본문디자인 이은정·박정영
제작·관리 윤국중·이수민 | 마케팅 심찬식·고운성 | 인쇄 한영문화사 | 제본 경일제책

ⓒ 정민 외, 2010

ISBN 978-89-7199-378-1 94810
ISBN 978-89-7199-375-0 (세트)

이 도서의 국립중앙도서관 출판시도서목록(CIP)은 e-CIP 홈페이지
(http://www.nl.go.kr/cip.php)에서 이용하실 수 있습니다. (CIP제어번호:CIP2010000428)

* 이 책은 2004년 한국학술진흥재단의 지원에 의하여 연구되었으며, 2008년 출판지원사업의 출판비 지원을 받아 출간되었음(KRF-2004-071-AS2020).

This work was supported by Korea Research Foundation Grant(KRF-2004-071-AS2020).

북학파의 선구 초정 박제가 전집

박제가 지음 ― 정민, 이승수, 박수밀 외 옮김

정유각집

貞蕤閣集

【하】

● ―문집文集 1권～5권

돌베개

貞
蕤
閣
集

문집
—
3

8

문집

4

문
집

5

일러두기

이 책은 다음 원칙에 따랐다.

1. 이 책은 아세아문화사에서 영인 간행한 『초정전서』(1992)에 수록된 시문집을 대본으로 하되, 여강문화사 편 『정유각전집』(1986)과 한국문집총간의 『정유각집』(2002) 외 여러 필사본을 참고하여 국역하였다.

2. 상권 끝에 해제와 연보를 붙여, 박제가의 생애와 작품 세계, 문집 현황 및 관련 정보를 정리하였다.

3. 판본에 따라 작품에 출입이 있을 경우, 〔보유〕의 형식으로 보완 수록하였다.

4. 원문은 시의 경우 번역과 함께, 산문은 국역문 뒤에 따로 첨부하였다.

5. 이본간 원문의 차이는 대교하여 바로잡았다. 교감은 사소한 차이는 따로 표시하지 않고, 의미 있는 내용만 각주에서 설명하였다.

6. 주석은 하단 각주로 처리하되, 내용이 간단할 경우 간주(間註)로 풀이하였다.

7. 한자는 괄호 속에 제시하였다.

8. 원문 목차는 따로 만들지 않고 번역문 차례에 함께 넣었다. 단, 각권 끝에 '이 책에 수록된 작품의 원제 찾아보기'를 가나다 순으로 정리·수록하여 작품을 쉽게 찾아볼 수 있도록 하였다.

9. 맞춤법과 띄어쓰기는 한글 맞춤법과 표준어 규정을 따랐다. 시 번역의 경우 가락을 고려하여 간혹 이를 무시한 경우도 있다.

10. 이 책에서 사용한 부호는 다음과 같다.

" ": 대화 등의 인용문을 묶는다.

' ': " " 안의 재인용이나 강조 표시로 쓴다.

「 」: 편명을 표시한다.

『 』: 서명을 표시한다.

〈 〉: 그림을 표시한다.

〔 〕: 번역문과 뜻은 같으나 음이 다른 한자를 표시한다. 또한 제목 중 급수가 낮은 글자를 표시한다.

문집

1

文集

서문 1[1] 序文 一

박지원(朴趾源)

문장은 어떻게 해야 하는가? 논자는 "반드시 옛것을 배워야 한다"고 말한다. 반드시 옛것을 배워야 할 뿐이라고 하는 것은, 왕망(王莽)이 예악(禮樂)을 제정하기에 족하고,[2] 양화(陽貨)를 만세의 스승으로 삼을 만하다[3]고 하는 격이다. 옛것을 어찌 배울 수 있겠는가? 그렇다면 새것을 만드는 것은 괜찮은가? "진실로 새것을 만드는 것이 좋다"고 말하는 것은, 삼장지목(三丈之木)이 관석(關石)보다 낫고[4] 이연년(李延年)의 목소리를 청묘(清廟)에 올려야 한다[5]고 주장하는 격이다. 새 것 만드는 것을 또한 어찌 할 수

---

1. **서문 1**　이 서문은 『연암집』에 수록된 「초정집서」와 비교해보면 글자에 상당한 출입이 있다. 『연암집』에 실린 것이 이 글보다 훨씬 정돈된 것으로 보아 후에 개고한 것이다. 여기서는 정유각 문집에 실린 원문을 그대로 옮겼다.

2. **왕망이~족하고**　왕망은 한나라 평제(平帝) 때 사람으로, 황제를 폐하고 신(新)이라는 나라를 세웠다. 그는 주나라 때의 예악 제도를 그대로 본떠 제도를 개혁했지만 가혹한 법을 시행함으로써 민심을 잃고 결국 패망했다. 단순히 옛 제도를 복원한다고 해서 그때의 이상적인 정치가 회복되는 것이 아님을 말한 것이다.

3. **양화를~삼을 만하다**　양화는 춘추시대 노나라의 대부로, 생긴 모습이 공자와 비슷했다. 공자가 광(匡) 땅을 지나가다 그를 양화로 착각한 그곳 사람들에게 구류 당한 일이 있었다. 겉모습이 같다고 해서 실지까지 같을 수 없음을 말한 것이다. 『논어』「양화」(陽貨)에 보인다.

있겠는가? 그렇다면 어찌해야 하는가? 내 장차 어찌할까? 그만둘 수는 없는 걸까?

아! 옛것을 배우는 자는 자취에 빠져드는 것이 병통이고, 새것을 만드는 자는 법도가 없는 것이 근심거리다. 진실로 옛것을 배우면서 능히 변화시키고, 새것을 만들면서 능히 법도에 맞게 한다면, 지금의 글이 옛글과 같게 될 것이다. 어째서 그런가? 옛사람 중에 책을 잘 읽은 사람이 있는데 공명선(公明宣)이 바로 그 사람이다.⁶ 글을 잘 지은 자로는 회음후(淮陰侯) 한신(韓信)만 한 이가 없다.⁷ 그러므로 옛것을 배우기를 노남자(魯男子)가 홀로 지내는 것같이 한다면⁸ 자취에 빠지지 않을 것이고, 새것을 만들기를 우후(虞詡)가 부뚜막 수를 늘린 것같이 한다면⁹ 옛것을 배우는 데 싫증 내

---

4. 삼장지목이 관석보다 낫고　삼장지목(三丈之木)은 상앙(商鞅)이 진나라에서 변법(變法)을 시행하기에 앞서, 석 자의 나무를 성 남문에 세우고 북문에 옮겨 세우는 자에게 상금을 주겠다고 하여 옮기는 자가 있자 50금의 상금을 내리고, 이에 변법을 포고하여 백성들을 따르게 한 일을 말한다. 『사기』(史記) 「상군열전」(商君列傳)에 보인다. 관석(關石)의 관은 중량의 이름이고 석은 용량의 이름으로, 공정하게 세금을 징수하는 일을 말한다. 『서경』 「오자지가」(五子之歌)에 보인다.

5. 이연년의~올려야 한다　이연년(李延年, ?~BC 87)은 한나라 때의 광대로 중산(中山) 사람이다. 황제의 총애를 받아 이천석(二千石)의 인장(印章)을 차고 다니며 '협성률'(協聲律)이라 일컬어졌지만, 결국 교만 방자하여 죽임을 당했다. 『사기』 「영행열전」(佞幸列傳)에 보인다.

6. 옛사람 중에~사람이다　증자(曾子)의 다른 제자들이 단지 문자로 된 서책에만 현혹되어 있을 때 공명선(公明宣)은 스승의 행동 하나하나를 관찰하여 살아 있는 가르침을 배우고자 했다. 유향(劉向)이 찬한 『설원』(說苑) 「반질」(反質)에 관련 일화가 전한다.

7. 글을~이가 없다　정상적인 방법으로는 전투에서 이기기 어려운 상황에 직면한 한신(韓信)은 부하 장수들에게 배수진(背水陣)을 치게 하여 승리를 거두었다. 전투가 끝난 뒤 부하 장수들이 병법에도 없는 배수진을 친 이유를 의아해하며 묻자, 한신은 이렇게 대답했다. "이는 병법에 있는데 그대들이 살펴보지 못했을 뿐이다. 병법에 이르기를, 죽을 자리에 둔 뒤에야 살아나고, 망할 곳에 배치한 뒤에야 생존한다고 하지 않았던가." 『사기』 「회음후열전」(淮陰侯列傳)에 보인다.

8. 옛것을~한다면　노남자(魯男子)는 유하혜(柳下惠)를 가장 잘 배운 사람으로 일컬어진다. 이웃집 과부가 하룻밤 재워 줄 것을 청하자 문을 굳게 닫고 받아들이지 않았다. 과부가 유하혜와 같이 하지 못함을 나무라자, 자신은 유하혜와 같지 못하기에 그와 반대의 방법으로 도를 지킬 수밖에 없다고 대답했다. 『시경』 「항백」(巷伯)의 모전(毛傳) 주(註)에 나온다.

지 않게 될 것이다.

　이로 말미암아 볼진대, 하늘과 땅이 비록 오래되었다고 해도 끊임없이 생명을 내고, 해와 달이 비록 오래되었지만 광휘가 나날이 새로우며, 서적이 아무리 많아도 담긴 뜻은 제각기 다르다. 그런 까닭에 새와 물고기와 짐승과 벌레에는 반드시 이름이 있고, 산천초목에는 반드시 신비스런 정령이 있다. 장맛비에 버섯이 돋고, 썩은 풀은 반딧불이로 변한다.[10] 예(禮)에는 그 해석을 놓고 송사가 있으며,[11] 악(樂)을 두고도 이러쿵저러쿵 의론이 있게 마련이다. 글은 말을 다하지 못하고 그림은 뜻을 다하지 못한다.[12] 어진 자가 보면 인(仁)이라 하고 지혜로운 자가 보면 지혜라 한다.[13] 그러므로 '백세 뒤의 성인을 기다려도 의혹이 없다'[14]고 한 것은 앞 성인 공자의 뜻이고, '순임금과 우임금이 다시 일어나도 내 말을 바꾸지 않으

9. 새것을~한다면　전국시대 제(齊)나라의 손빈(孫臏)은 위(魏)나라의 방연(龐涓)과 싸울 때 밥 짓는 부뚜막의 수를 10만 개에서 5만 개로, 2만 개로 점차 줄였다. 이에 제나라 군사의 대부분이 달아났다고 판단한 방연은 성급하게 손빈을 추격하다가 손빈이 숨겨 놓은 복병에게 걸려 죽었다. 후한(後漢) 때의 우후(虞詡)는 이민족과 싸우다가 퇴각하면서 반대로 부뚜막의 숫자를 조금씩 늘렸다. 이에 후원병이 속속 합류하는 것으로 판단한 상대방은 더 이상 추격하지 못했다. 같은 방법을 상황에 따라 다르게 사용한 예화이다.

10. 이로 말미암아~변한다　명(明)나라 왕세정(王世貞)이 찬한 『엄주사부고』(弇州四部稿) 「설부」(說部)에 다음과 같은 구절이 있다. "유정한 것이 무정한 것으로 변하기도 한다. 부인은 석산으로, 지렁이는 백합으로 변한다. 무정한 것이 유정한 것으로 변하는 예도 있다. 썩은 풀은 반딧불이로, 묵은 보리는 나비로 변한다."(有情化無情, 婦人化石山, 蚓化百合, 無情化有情, 腐草化螢, 陳麥化蝶.)

11. 예에는~송사가 있으며　원문은 예유소(禮有韶)이다. 소(韶)는 순임금의 음악을 말하는데, 여기서는 구체적으로 무엇을 말하는지 알기 어렵다. 『연암집』(燕巖集)에는 소(韶)가 송(訟)으로 되어 있어 여기에 따랐다.

12. 글은~다하지 못한다　『주역』「계사」(繫辭)에 "글은 말을 다하지 못하고, 말은 뜻을 다하지 못한다"는 구절이 있다.

13. 어진 자가~지혜라 한다　『주역』「계사」에 나오는 말이다. 같은 현상도 보는 이에 따라 달라질 수 있음을 말한 것이다.

14. 백세 뒤의~의혹이 없다　『중용』에 있는 "君子之道, ……百世以俟聖人而不惑."에서 가져온 것이다.

리라'¹⁵는 것은 뒤 현인 맹자의 말씀이다.

옛사람이란 나보다 앞서 산 사람이니 이른바 지혜라는 것은 나보다 먼저 한 생각인 셈이다. 나도 뒷사람에게는 또한 옛날일 뿐이다. 때문에 내일의 시점에서 옛날은 바로 오늘 아침인 것이다. 가 버린 것은 좇을 수 없고 잠깐 사이에 일은 지나가고 만다. 도와 뜻으로 말할 뿐 사람은 따지지 않는다. 우(禹)와 직(稷)과 안회(顔回)는 그 도가 한가지이니,¹⁶ 지나치게 고지식하거나 함부로 구는 것을 군자는 따르지 않는다.¹⁷ 박씨의 아들 제가(齊家)는 나이가 19세인데, 문장에 능하여 호를 초정(楚亭)이라 하며 나를 좇아 노닌다. 내가 밤중에 그와 함께 이와 같이 말하고 마침내 그 책머리에 쓴다.

반남 박지원이 공작관에서 짓는다.

---

15. **순임금과~바꾸지 않으리라** 『맹자』「등문공」(滕文公)의 "성인이 다시 일어나도 내 말을 바꾸지 않으리라"를 빌린 표현이다.

16. **우와~한가지이니** 『맹자』「이루」(離婁) 편에, 태평한 세상에서 나랏일을 우선하느라 세 번 자기 집 문을 지나면서도 들어가지 않았던 우(禹)·직(稷)과, 어지러운 세상을 만나 가난하게 살면서도 도를 즐기는 마음을 바꾸지 않은 안회(顔回)를 공자가 어질게 여긴 일을 말한 뒤, 우·직과 안회는 동도(同道)라고 했다. 이어서 이들의 처지가 바뀌었더라도 서로 똑같이 했을 것이라고 말했다.

17. **지나치게~따르지 않는다** 『맹자』「공손추」(公孫丑)에 "백이(伯夷)는 도량이 좁고 유하혜(柳下惠)는 공손하지 못한데, 도량이 좁거나 공손하지 못함을 군자는 따르지 않는다"는 구절이 있다.

서문 2 序文 二

이조원(李調元)

　　일월성신(日月星辰)은 하늘의 무늬이니 깃발[1]에 꾸미고, 곤충과 조수(鳥獸)는 땅에서 나는 것이니 제기에 새긴다. 서주(徐州) 지방 땅의 흙으로 후사(侯社)[2]를 꾸미고, 하적(夏翟)[3]의 깃으로 정모(旌旄)에 꽂는다. 장(章)[4]에는 용을 그리고 조(藻)[5]에는 옥을 올린다. 온갖 공인과 아낙들이 이를 아로새기고 물들여서 종묘에 제사 지내는 장식으로 제공한다.[6] 어째서 그런가? 단맛은 조미를 받아들이고, 흰 바탕은 채색을 받아들이기 때문이다.[7]

---

1. **깃발**　원문은 기상(旂裳). 기(旂)에는 교룡(交龍)이 그려져 있고, 상(裳)에는 해와 달이 그려져 있다. 裳과 常은 통한다.
2. **후사**　제후가 자신을 위해 사(社)를 세우는 것을 후사(侯社)라 한다.
3. **하적**　오색의 깃을 가진 꿩을 말한다.
4. **장**　군대를 지휘할 때 사용하는 깃발. 『국어』(國語) 「진어」(晉語)에 "변고에도 북소리와 깃발이 아니면 (군대를) 움직일 수 없다."(變非聲章, 弗能移也.)는 말이 있다.
5. **조**　점옥(墊玉)의 채색판(彩色板)을 뜻하는 것으로 보인다.
6. **일월성신은~제공한다**　유세(劉蛻)의 「재주도솔사문총명 병서」(梓州兜率寺文冢銘幷序)에 있는 "日月星辰, 文乎旂常, 昆蟲鳥獸, 文乎彝器, 徐方之土, 文於侯社, 夏翟之羽, 文於旌旄, 登龍於章, 升玉於藻, 百工婦人, 彫鏤涂湅, 以供宗廟祭祀之文. 豈獨蛻也生知效用, 不及時文哉."란 구절을 그대로 빌려 왔다. 이조원의 이 글은 전체적으로 유세의 「재주도솔사문총 병서」의 문장을 여러 군데 짜깁기해서 지었다.

시문의 도 또한 그러하다. 오늘날 육조(六朝)의 문장을 비웃는 자들은 입만 열면 화려하기만 하다고 말한다. 화려한 문장을 미워하는 것은, 음란한 소리와 빛은 너무 유약하여 힘을 떨쳐 펴는 경우가 드물기 때문이다. "아침저녁으로 피고 지는 꽃"[8]처럼 아름답게 꾸며도 말을 선택할 때 뼈대를 온전히 갖춘다면 화려한 것이 또한 무슨 해가 되겠는가? 사마천의 글이 하늘과 같은 것은 그 정신이 온전해서이고, 반고의 글이 땅과 한가지인 것은 그 기운이 두터웠기 때문이다.

초정 박제가는 동국에서 문장으로 빼어난 자다. 그 사람은 키가 작고 왜소하지만 굳세고 날카로우며, 재치있는 생각이 풍부하다. 위로 『이소』와 『문선』을 탐구하고, 곁으로 백가의 정수를 모았다. 그러므로 그의 문장에는 찬란하기가 별빛 같고, 조개가 뿜어내는 신기루 같고, 용궁의 물과 같은 것이 있다. 그런가 하면 어둡기가 마치 먹구름이 잔뜩 낀 것 같고, 날이 오래도록 흐린 것 같으며, 말라서 썩은 것 같고, 불에 타거나 그슬린 빛깔 같은 것도 있다. 또 한편으로는 봄볕 같고, 꽃이 피어 있는 시내가 끝없이 구불구불 흐르는 모양 같은 것도 있다. 산더미 같은 성난 파도가 일어나 온갖 괴이한 일들이 일어나는 듯한 것도 있다.[9] 그러니 어찌 천하의 기이한 문장이 아니겠는가? 그러나 홀로 떨쳐 일어난 자는 힘이 없으니, 마

---

7. **단맛은~때문이다** 『논어』「팔일」(八佾)에 "회사후소"(繪事後素)와 관련하여 소주(小註)에 다음과 같은 말이 있다. "양씨가 말하기를 단맛은 조미를 받아들이고 흰빛은 채색을 받아들이듯, 진실한 사람은 예를 배울 수 있다. 그 바탕이 없이 예가 공허하게 행해지는 법은 없으니, 이것이 바로 그림은 흰 종이에 그릴 수 있다는 말이다."(楊氏曰, 甘受和, 白受采. 忠信之人, 可以學禮. 苟無其質, 禮不虛行, 此繪事後素之說也.)

8. **아침저녁으로 피고 지는 꽃** 육기(陸機)의 「문부」(文賦)에 있는 다음 말에서 따왔다. "벌써 피어버린 아침 꽃은 마다하고, 아직 피지 않은 저녁 꽃봉우리 피우리라."(謝朝華于已披, 啓夕秀于未振.) 진부한 표현은 거부하고, 새로운 표현을 시도하겠다는 뜻이다.

9. **찬란하기가~것도 있다** 이 부분도 유세의 「재주도솔사문총명 병서」의 "故有燦, 如星光, 如貝氣, 如蛟宮之水, 又有黯, 如屯雲, 如久陰, 如枯腐, 熬燥之色, 則有如春陽, 如華川, 透迤迤迤, 則有如海運, 如震怒動盪."을 그대로 옮겨 왔다.

침내 알아주는 자가 몹시 드물어[10] 만 리 밖에서 나에게 서문을 구했다. 어찌 이른바 옛날에서는 도움을 얻고, 정작 지금에서는 도움을 얻지 못했다는 것[11]이 아니겠는가?

옛날에 문사를 지었던 사람들은 천하 사람들로 하여금 들으면 행하고, 보면 실천하게 하고자 하였다. 그런데 아마득하게 흩어 놓고 도라 하고, 음탕한 일을 부연하여 사물에 미치게 하며, 은미한 것을 펴서 감춰진 의미를 밝혀 놓지 않는다면[12] 뒷날 배우는 자들이 어디를 좇아 행하고 실천할 수 있단 말인가? 이것이 내가 문장을 그만둘 수 없는 까닭이다. 그러므로 이를 위하여 그 책머리에 얹는다.

나강(羅江) 사람 우촌(雨村) 이조원이 쓴다.

---

10. 그러나~드물어　유세의 「재주도솔사문총명 병서」의 "自振者無力, 終知者甚稀."에서 가져온 표현이다.

11. 옛날에서는~못했다는 것　유세의 「재부도솔사문총명 병서」의 "獲助於天, 而不獲助於人."에서 가져온 표현이다.

12. 천하 사람들로~않는다면　유세의 「재부도솔사문총명 병서」의 "常欲使天下, 聞之而必行, 觀之而必踏, 散之茫洋以爲道, 演之浸淫以及物."에서 가져온 표현이다.

서문 3 序文 三

진전(陳鱣)

　　가경(嘉慶) 6년(1801, 순조 원년) 3월 나는 진사시에 합격하고 도성에 노닐다가 유리창 서점에서 조선 사신 수기(修其) 박 검서(朴檢書)를 만났는데, 보자마자 마치 오래전부터 알던 사람 같았다. 말은 서로 통하지 않았지만 붓을 잡아 글씨를 씀으로써 서로 기쁘게 마음을 나누었다. 박 검서는 경전에 능통하고 옛일에 박식했으며, 시문을 짓는 솜씨가 뛰어난데다 필법도 훌륭했다. 글씨를 구하는 사람이 있으면 즉석에서 자기 작품을 써서 응했다.

　　이때 나와 동갑내기 친구인 가정(嘉定) 전기근(錢旣勤) 군이 이르렀다. 전군은 가학을 계승하여 저술이 자못 많았다. 박 검서는 동료 관원 유혜풍(柳惠風)과 함께 있었는데 그 또한 식견이 매우 풍부한 빼어난 선비였다. 네 사람이 기문(奇文)을 감상하고 뜻을 풀이하는데, 먹을 갈아 붓을 적시면 순식간에 여러 장의 종이가 쌓였다. 나는 『일주서』(逸周書)에 나오는 재자(在子)와 전아(前兒)와 겸양(嗛羊),[1] 『관자』(管子)의 문피(文皮)와 타복(馳服),[2]

---

1. **재자와 전아와 겸양**　모두 『일주서』(逸周書) 「왕회해」(王會解)에 나온다. 재자와 전아는 동이(東夷)의 일종이고, 겸양은 양과 비슷하게 생긴 동물인데 또한 동쪽에서 산다고 하였다. 모두 고대 조선과 관련된 말들이다.

『설문해자』(說文解字)의 면(鮸: 참조기)·분(魵: 하감와 반어班魚를 가리킴)·로 (鱸: 고기 이름)·구(鰸: 고기 이름)·접(鰈: 가자미)·패(鮠: 복어)·국(䱡: 돌고래)· 사(魦: 상어)·력(鰳: 자가사리)·평(鮃: 넙치)·용(鱅: 전어)·옹(鰅: 자가사리) 등의 글자³에 대해 하나하나 물어 보려고 했는데, 다 묻기도 전에 날이 저물어 헤어지고 말았다.

　며칠 지나 또 만났는데, 고맙게도 조선 종이, 접부채, 삿갓, 청심환 등 을 선물로 주었다. 나는 곧 시 네 수를 지어 감사의 뜻을 표하고, 주련 글 씨와 비문 탑본첩과 졸저 『논어고훈』(論語古訓)으로 답례했으니, 먼 춘추시 대 계찰(季札)과 정자산(鄭子產)이 비단 허리띠와 삼베옷을 주고받은 일에 가까웠다. 이윽고 박 검서가 책 한 권을 꺼내 보이는데 제목이 『정유고략』 (貞蕤藁略)이었다. 모두 그가 예전에 지은 작품이었다. 첫머리에 놓인 대책 (對策)들은 옛 학문을 밝혔고, 육예(六藝)에 관한 여러 책들의 내용을 꿰뚫 었다. 읽어 보니 물결이 넘실대고 사방이 툭 트인 게 마치 높은 산에 오르 고 드넓은 바닷가에 서 있는 듯했으니, 그 높이와 깊이를 헤아리기 힘들었 다. 나도 성음(聲音)과 문자의 훈고에 종사한 지 여러 해가 지나 마음에 깨 닫는 바가 있으면 문득 거칠게나마 기록해 두곤 했는데, 요즘 들어 기억력 이 차츰 감퇴되어 자신이 없어졌다. 이제 박 검서의 글을 보니 내가 생각 했던 것을 먼저 얻어, 이에 나도 모르게 감개무량한 흥취가 일었다.

　박 검서가 말하기를, 실린 책문은 그의 선왕(정조)이 직접 지으신 거라 고 했다. 선왕은 학문을 좋아하고 견문이 넓어 공맹의 연원을 직접 접했으 며 한당 이후의 말은 짓지 않았다고 했다. 또 공손하고 검박하여 아랫사람

---

2. 문피와 타복　문피(文皮)와 타복(魠服)은 『관자』(管子) 「규도」(揆度)에 조선의 특산물로 나온다. 이 중 문피는 무늬가 아름다운 호표 가죽으로 만든 옷이었다. 타복도 비슷한 종류의 옷감으로 추 정된다.

3. 면·분~용·옹 등의 글자　『설문해자』(說文解字)에 이들 물고기들은 모두 예맥(濊貊)이나 낙랑 (樂浪) 등 고대 조선과 관련된 땅의 산물로 소개되어 있다.

들을 예로 대했으며 물결이 흐르듯 선(善)을 좇았다고 한다. 일찍이 초야 선비의 이름을 알아 과거의 격식에 얽매이지 않고 발탁하여 등용했으며 요직을 제수했으니, 군신 간의 지우(知遇)가 고금에 드문 일이라고 하였다. 나는 이와 같은 영광이 어디 있겠냐고 찬탄하였다.

그는 일찍이 세 차례나 북경에 들어왔는데, 사귄 사람이 모두 높은 관리나 이름난 학자들이었다. 그의 천성이 중조(中朝)를 사모했으며, 경국제세(經國濟世)의 방법을 논하기 좋아하여 『북학의』 두 권을 지었다. 그 나머지 저작으로 시문이 많았지만, 여기 실린 것은 겨우 10분의 1에 지나지 않는다. 하지만 그중 옛일을 고증한 작품이나 수창한 시편들은 구름이 흐르고 샘물이 솟는 듯, 비단의 무늬가 서로 어울리듯 찬연하게 갖추어졌다. 이에 동료가 교정하고 판각했는데, 내게 서문을 청했다. 나는 그럴 만한 재주가 없다며 극구 사양했다. 마침 면주(綿州) 사람 중한(中翰) 이묵장(李墨莊, 이름은 정원鼎元)이 유구국에 사신 갔다가 돌아와 자리에 있다가 흔연히 내게 권했다.

우리나라에서 문교(文敎)를 널리 펼쳐 동서 사방이 그 은혜를 입었으니, 말이 통하지 않는 먼 나라에서도 중역(重譯)을 내세워 조회하러 오는데, 그 나라들이 어찌 월상(越裳)과 서려(西旅)에 그치겠는가?[4] 더구나 조선은 예로부터 군자의 나라로 일컬어져 왔다. 박 검서는 황제의 나라에 사신으로 오면서 두루 자문하였으니 아홉 가지 재능[5]에 부끄러움이 없다 하겠다. 이제 이 책이 출간되어 세상에 널리 알려지고 사람들 입에 오르내리게 된다면, 실학과 풍아를 숭상하는 풍조가 먼 이역에서도 차이가 없음을 모두들 알게 될 것이니, 어찌 성대하고 통쾌한 일이 아닌가? 왕사정(王士禎)

---

4. 중역을~그치겠는가 중역(重譯)은 너무 멀리 떨어져 있어 언어가 서로 통하지 않을 때, 사이에 다른 나라를 통해 내세우는 이중 통역을 말한다. 월상(越象)은 교지국(交趾國) 남쪽에, 서려(西旅)는 서쪽에 있던 나라 이름으로, 모두 중역을 내세워 중국에 사신을 보낸 기록이 있다.

이 '담운'(澹雲)과 '미우'(微雨) 두 시어를 가지고 동국 사람들이 시를 안다고 떠든 것[6]은 또한 너무 얕지 않겠는가!

해녕(海寧) 사람 진전이 쓴다.

5. **아홉 가지 재능** 『시경』「정지방중」(定之方中)에 나오는 구절에 대한 『모시』(毛詩)의 해설에, "나라를 세움에 점을 잘 치고 사냥에 있어서는 명령 체계를 잘 세우고 그릇을 만듦에는 명문(銘文)을 잘 새기고 사신을 가서는 응대를 잘 하고, 높은 곳에 올라 시를 잘 짓고 장수가 되어서는 기강을 바로 세우고 산천에서는 그 형세를 잘 말하고 상가에서는 조문을 잘하고 제사에서는 축문을 잘 지어 말하는"(建邦能龜, 田能施命, 作器能銘, 使能造命, 升高能賦, 師旅能誓, 山川能說, 喪紀能誄, 祭祀能語) 아홉 가지 재능을 들었다. 군자가 이 아홉 가지에 능하면 덕음(德音)을 얻어 대부가 될 수 있다고 하였다.

6. **왕사정이~떠든 것** 청음(淸陰) 김상헌(金尙憲)이 명(明)나라에 사신 갔다가 지은 「차오청천대빈운」(次吳晴川大斌韻)에 "엷은 구름 부슬비 소고사가 이곳이요, 고운 국화 시든 난초 팔월이 이때라네"(澹雲輕雨小姑祠, 佳菊衰蘭八月時.)라는 구절이 있다. 그런데 왕사정이 「논시절구」(論詩絶句)에서 '경우'(輕雨)를 '미우'(微雨)로 바꿔 두 구절을 소개한 뒤, "조선 사신의 말을 기억하니, 과연 동국에서 시의 소리를 이해한다"(記得朝鮮使臣語, 果然東國解聲詩.)고 평한 바 있다.

賦

바다의 고기잡이 海獵賦

　　계사년(1773) 봄 금강산을 넘어 동해의 고기잡이를 구경하였다. 어부에게 그물을 펼치고 배를 타고 들어갔다가 깃발을 흔들어 다시 뭍으로 나오게 하였다. 좌우로 날개처럼 펼쳤다가 좁혀 들어오는데 길이가 5리에 걸쳤고, 그물을 당기는 자가 1백 명이나 되었다. 오시(午時)부터 유시(酉時)까지 잡은 크고 작은 물고기가 1백여 종이나 되었다. 괴이한 물고기들만 가져다가 모두 해안에 펼쳐 놓았다. 그 모양을 차근차근 살피면서 이름을 하나하나 알아보았다. 우리말을 참고하여 도경(圖經)과 맞춰 보았는데, 알 듯 말 듯 맞지 않았다. 놀람과 의심이 만 가지로 일었다.

　　드디어 해안을 따라 걷다가 멈추어 섰는데, 불빛을 비추어서라도 바다 속 풍경을 들여다보고 싶은 생각이 들었다. 하늘과 물은 맞닿아 푸른빛이 다하자 흰빛으로 이어졌다. 아득히 멀리 동그라미를 그린 듯 수평선이 펼쳐 있는데, 바다의 빛이 마치 보검(寶劍)에 감도는 싸늘한 서슬과 같아서 두려운 마음이 드니 감히 바짝 다가서서 바라볼 엄두가 나지 않았다.

　　얼마 후 낮을 찌푸리듯 구름이 일더니, 큰 파도가 일어났다. 물가를 따라 해안을 짓씹으며 내 신발 앞까지 밀려왔다. 나는 옷자락을 걷고 뒷걸음질하다가 멈추어 낯빛을 바꾸고 탄식하며 말했다.

"위대하도다. 이 물이여! 저 배들이 다니는 곳이 어찌 수국(水國)의 한 모퉁이가 아니겠는가? 다만 그물로 잡은 것들도 바다의 수많은 물건 가운데 지극히 미미한 것이 아니겠는가? 그러나 잗단 선비는 상어와 전갈의 눈깔만 보고도 눈이 휘둥그레진다. 우물 안 개구리는 파도 소리를 들어 보지 못한지라, 오래도록 친숙하면 용이나 코끼리도 이상하지 않고, 처음 보면 새우나 게도 신기하다는 사실을 알지 못한다. 그러니 홍합(담채淡菜)의 외설스러움과 문어(장거章擧)의 문란함과 인어(교인鮫人)의 교묘함과 신기루의 신령함을 어찌 보통 사람들의 마음으로 판단하고, 좁은 안목으로 규정할 수 있을 것인가! 하물며 만 리 깊은 곳에 숨은 세계를 알아내고 천 년 전의 그윽한 비밀을 밝힌다면 반드시 기괴하기 짝이 없는 일들이 있을 터이니, 재미있고 우스운 일들이 이 정도에 그치지 않을 것이다."

나는 일찍이 이에 대해 생각해 보았다. 하늘과 땅 사이에 바다가 그 반을 차지한다. 마른 세계와 젖은 세계가 있어, 강한 성질과 부드러운 성질로 나뉜다. 물과 뭍이 차례로 나오는 것은 비유하자면 호두의 껍질이 올록볼록한 것과 같다. 생물들이 이에 붙어사는 것도 박씨가 늘어서 박혀 있는 것과 같다. 그러니 아래위가 비록 아득해도 발이 붙은 백성이 있게 마련이고, 이승과 저승은 경계가 다르지만 기운을 머금은 무리가 없을 수 없다.

이에 기어 다니는 벌레나 날갯짓하는 곤충도 각각 자기 특유의 모양을 따른다. 태생(胎生)이든, 난생(卵生)이든, 습생(濕生)이든, 화생(化生)이든, 그 어느 것이 생명 있는 존재가 아니랴? 어쩌다 보니 물고기가 되고, 어쩌다 보니 내가 된 것이다. 그런데 나와 다르다고 하여 무리 지어 비웃고 또 덩달아 이를 업신여긴다. 좁다란 소견으로 헤아릴 수 없는 깊이를 엿보고, 틀에 박힌 안목으로 다함 없는 변화를 논하곤 한다.

이로써 본다면, 저 흘러가는 것도 밟을 수가 있고 분명히 공허한 것인데도 기댈 수 있게 되는 것이다. 그러므로 물고기는 헤엄쳐도 아래로 떨어지지 않으니, 그 세계는 깊고도 얕고 그 경계는 늘 젖어 있다. 어떤 때는 거품을 내뿜으며 혼자 헤엄치기도 하고, 어떤 때는 파도를 마시며 무리 지어 다니기도 한다. 밑으로 내려가서 반드시 바닥에 의지하는 것은 사람들이 우물을 파서 먹고 사는 것과 같고, 가끔 밖으로 나와 등을 드러내고 지느러미에 햇볕을 쬐는 것은 내가 세수하고 목욕하는 것과 같다고 할 수 있지 않겠는가? 그러나 물의 입장으로 물고기를 본다면, 어찌 자신이 물이라는 사실을 스스로 알 수 있겠는가? 허나 물고기의 관점으로 사람을 보면, 반드시 어디에도 의지할 곳이 없어 바로 죽어 버릴까 봐 염려할 것이다.

나는 이에 시원하게 웃음을 터뜨리고 소매를 떨치며 일어났다. 하늘 끝 아득한 곳을 바라보고 만물의 처음과 끝을 생각했다. 마음이 갑자기 아득해지더니 마침내 반도 못 되어 절로 어지러워졌다. 비로소 지극히 큰 것은 말로는 다할 수가 없고, 지극히 많은 것은 이치로 따질 수 없음을 알았다.

낙양 남궁에서 주연을 베푼 일[1]에 대하여[2]

置酒洛陽南宮應令

천하에 임금이 되어 중원에 틀을 잡고[3] 신하들 붙들고서[4] 지난 일을 생

1. 낙양 남궁에서 주연을 베푼 일　한 고조 유방(劉邦)이 술자리를 낙양 남궁에 베풀어 놓고, 여러 신하에게 자신이 천하를 얻은 까닭은 무엇이고 항우(項羽)가 천하를 잃은 까닭은 무엇인지를 물은 일이 있다. 신하들의 대답에 이어 한 고조가 말하기를, 자신은 장량(張良)과 소하(蕭何)와 한신(韓信)을 잘 썼기 때문에 천하를 얻을 수 있었으나, 항우는 범증(范增) 한 사람밖에 없었으며 이마저도 제대로 쓰지 못해 패했다고 하였다. 이후 후한의 광무제가 낙양으로 도읍을 옮기고 궁궐 이름을 '남궁'(南宮)이라 했는데, 정조가 이를 따와 수원에 낙남헌(洛南軒)을 지어 1794년(정조 18)에 완공했다. 1795년(정조 19) 을묘원행시에는 각종 행사가 이곳 낙남헌에서 치러졌다. 정조는 혜경궁 홍씨의 회갑연을 기념하여 군사들의 회식을 이곳에서 하였으며, 특별 과거 시험을 치러 문과 5명과 무과 56명을 선발했는데 급제자에게 합격증을 내려 주는 행사도 이곳에서 했다. 또한 정조는 혜경궁의 회갑연을 기념한 양로연을 이곳에서 시행했다.

2. 낙양 남궁에서~일에 대하여　경술년(1787) 3월 초3일, 정조는 농가정(農稼亭)에 거둥하여 각신(閣臣)과 검서관(檢書官) 들에게 꽃을 구경하고 고기를 낚게 한 다음 치주낙양남궁부(置酒洛陽南宮賦)와 백년삼만육천일 일일수경삼백배(百年三萬六千日 一日須頃三百杯) 20운(韻) 배율(排律)을 초6일까지, 음중팔선도서(飮中八仙圖序)는 초10일까지 지어 바치라 하였다. 초6일에 정조가 응지(應旨)하여 지은 부(賦)를 심사했는데 그 방(榜)에 검서관 박제가의 성적은 상지하(上之下)였다. 이중(二中)은 전 검서관 유득공(柳得恭), 삼상(三上)은 전 검서관 이집기(李集箕)·검서관 이공무(李功懋), 삼중(三中)은 검서관 서이수(徐理修), 차상(次上)은 전 검서관 이덕무(李德懋)·이신모(李藎模)·검서관 성해응(成海應)이었다. 이덕무, 『국역청장관전서』 13권(민족문화추진회, 솔, 1997.) 참조.

3. 중원에 틀을 잡고　원문은 택중(宅中). 택중도대(宅中圖大)의 줄임말이다. 세상의 가운데에 있으면서 대업을 도모한다는 뜻이다. 『문선』(文選) 「동경부」(東京賦)에 나온다.

각했네.[5] 맑은 전강(瀍江)[6] 가에서 병기를 씻고서 푸른 숭산(嵩山)[7] 의지하여 술잔을 들었도다. 황제의 은혜로 신하들 다 취하자 말씀하셨네.[8] 모두가 그대들 덕분이오. 덕을 함께한 우리 모두 모였으니 술잔을 잡고 공훈에 보답하려 하오. 술잔 든 후에 싸움에 나서니[9] 짐 또한 이 시대의 술꾼이라오. 하늘의 순수성(鶉首星)[10] 아래에서 어울려 술 취했고, 홍문연(鴻門宴)[11] 자리에선 술자리 피했다오. 팽성(彭城)[12]에선 술에 취해 초나라와 싸웠으니 이따금 술 생기면 그냥 가기 어려웠네. 풍 땅 서편 살다가 나라를 세웠나니[13] 8년간 장상(將相)들을 수고롭게 하였도다. 천하를 각축하며 군웅들을 물리

4. 신하들 붙들고서 원문은 대려(帶礪). 공신(功臣)을 봉작할 때의 맹세를 말한다. 한 고조가 천하를 통일한 뒤에 공신들을 봉해 주고 결의하기를, "황하수(黃河水)가 띠[帶]처럼 되고 태산이 숫돌[礪]만큼 닳도록 나라를 길이 편안하게 하여 자손에게 전하자"고 하였다.

5. 지난 일을 생각했네 원문은 여사(餘思). 일이 끝난 뒤나 몸이 죽은 뒤에 남아 있는 생각을 말한다.

6. 전강 낙양(洛陽) 부근에 있는 강 이름이다.

7. 숭산 중국 하남성(河南省) 북서부 등봉현(登封縣) 북부에 있는 산으로 중국 오악(五岳)의 하나다. 중원에 있는 까닭에 중악(中岳)이라고도 한다.

8. 황제의~말씀하셨네 원문은 기취(旣醉). 『시경』「기취」(旣醉)는 제사를 지낸 후 천자(天子)의 복을 비는 노래로 그 내용은 다음과 같다. "이미 술로 취하고 이미 덕으로 배불렀으니, 군자는 만년토록 그대의 큰 복을 누리리라."

9. 싸움에 나서니 원문은 일융(一戎). 『서경』「무성」(武成)에 "한 번 갑옷을 입자 천하가 평정되었다"라는 말이 있다. 융의(戎衣)는 전투복을 말한다.

10. 순수성 순수(鶉首)는 별 이름인데『진서』(晉書)「천문지」(天文志)에 동쪽 정성(井星)의 16도(度)로부터 유성(柳星)의 8도까지는 순수가 된다 하였다. 옛날 진(秦)나라의 분야(分野)였으니 곧 진나라를 가리킨다.

11. 홍문연 홍문(鴻門)의 연(宴)은 한 고조 유방과 항우가 홍문(鴻門)에서 회합하여 연회를 가진 것을 말한다. 항우가 범증의 권유로 한 고조를 죽이려 했으나, 장량의 계책으로 유방은 무사히 빠져나올 수 있었다.

12. 팽성 팽성은 지금의 강소성(江蘇省) 동산현(銅山縣)에 있다. 초패왕이 된 항우가 도읍으로 정한 곳이다. 전략적 요충지였으므로 싸움이 잦았다.

13. 나라를 세웠나니 원문은 화국(化國). 교화가 시행되는 나라 혹은 덕으로 나라를 교화시키는 것을 말한다.

처[14] 말 위에서 참 주인을 보좌하여 도왔다네. 풍운이 모여들어 사해가 하나 되니 그중에서 삼걸(三傑)[15]이 또 가장 뛰어났지. 진나라로 들어가 굳게 도적(圖籍) 거두었고,[16] 남 젓가락 빌려서[17] 초나라를 흔들었네. 쌓아 올린 단[18] 위에서 장수 인끈 주었으며, 병선(兵仙)[19]을 불러들여 앞길을 닦게 했네. 앞뒤로 분주하게 수레를 내달려 동쪽의 낙양으로 나를 인도하였다네. 붉은 문서 펼쳐서 충성을 맹세하고, 흰 모시 나눠 주어[20] 작위를 주었노라. 공업 보상할 방법 없는 것 아니로되, 다 함께 즐기려는 마음이 있었다네. 산하가 대준(大樽)[21]처럼 사방을 둘렀으니, 그대들과 더불어 남궁에서 모였노라. 물 가운덴 천교(天橋)가 가로놓였고, 모래밭 가로지른 복도(複道)[22]가

14. **천하를~물리쳐** 원문은 축록(逐鹿). 제왕의 자리를 다툼을 말한다. 『사기』「회음후열전」(淮陰侯列傳)에 "진(秦)나라가 그 사슴을 잃으니, 천하가 다 함께 쫓는다"(秦失其鹿, 天下共逐之.)는 말이 나온다.

15. **삼걸** 한 고조 유방을 도와 천하를 통일하는 데 큰 공을 세운 장량과 소하, 한신을 말한다.

16. **진나라로~거두었고** 삼걸 가운데 한 사람인 소하는 진(秦)나라의 하급 관리로 있으면서, 일찍이 고조 유방이 무위무관(無位無官)일 때부터 접촉을 가졌다. 유방이 진나라 토벌의 군사를 일으키자 종족 수십 명을 거느리고 객원으로 따르며 모신(謀臣)으로 활약했다. 진나라 수도 함양(咸陽)에 입성하자 진나라 승상부(丞相府)의 도적문서(圖籍文書)를 입수하여 한(漢)나라 왕조 경영의 기초를 다졌다.

17. **남 젓가락 빌려서** 원문은 차저(借箸). 『한서』(漢書)「장량전」(張良傳)에 "장량이 한왕(漢王)을 뵈오니 왕이 밥을 먹으면서 하는 말이 '손님이 나를 위해서 초(楚)의 권세를 흔들어 놓겠다'고 한다" 하자, 장량이 대답하기를 "청하건대, 젓가락을 좀 빌려주소서. 대왕(大王)을 위하여 계책을 내보겠습니다" 하였다.

18. **쌓아 올린 단** 원문은 금단(金壇). 장상(將相)이 배알하는 단이다.

19. **병선** 한 고조의 장수인 한신의 호가 병선(兵仙)이다.

20. **흰 모시 나눠 주어** 원문은 분모(分茅). 천자가 제후를 봉할 때 그 지방의 흙을 띠〔茅〕에다 싸서 주므로, 봉군하는 것을 일컫는 말이 되었다.

21. **대준** 주기(酒器)처럼 생긴 요주(腰舟)로, 허리에 차고 물을 건널 때 사용한다. 『장자』「소요유」(逍遙遊)에 다음과 같은 이야기가 있다. 혜자(惠子)가 위(魏)나라 왕이 준 대호(大瓠: 큰 조롱박)의 씨앗을 심었더니 그 열매가 너무 커서 쓸모가 없어 부수어 버렸다고 했다. 이에 장자(莊子)가 그것으로 대준(大樽)을 만들어 강호(江湖)에 띄워 노니는 데 쓰면 된다고 논박했다.

22. **복도** 상하 이중으로 된 길로 윗길은 천자, 아랫길은 백성이 다녔다.

보이누나. 식구(食龜)의 옛 교외를 멀리 바라보고 측규(測圭)의 남아 있는 자취도 찾아보리. 용안에 취기 올라 얼굴빛 기뻐하니, 예전의 술친구가 지금은 황제로다. 성대한 잔치[23]가 예 있음에 기뻐하고 「담로」(湛露) 편[24] 읊조리며 먼 곳을 바라보네. 악공들 불러내니 고니처럼 도열했고, 대관들[25] 맞이하여 분주하게 오고 가네. 순임금의 음악 소리[26] 구천에서 일어나고, 석불(鳥茀)은 천문(千門)에서 휘황하게 빛나누나. 집문서 태워 버린 옛일[27]을 돌이키고, 작위를 하사하며 은혜 말씀 넘치었네. 황제 마음 아랫사람 대하는 데 이르렀고, 경계함은 옛일을 비추는 데 있었도다. 그대 어찌 한 사람 범려를 잃었던가. 나만 같지 못했던 것 세 사람 때문일세. 아낙 같은 장량 외모 붉은빛 띠었고, 공신들의 눈빛에도 현귀(顯貴)함 띠었구나. 천잔[28] 술은 백 개의 술통과 짝하여 있고, 큰 잔치가 궁궐 뜰에 펼쳐졌으니, 술잔이 이르면 사양치 마시게. 취하지 않으면 돌아가지 못하리라. 술 실은 수레는 우레처럼 요란하고, 주기(酒旗)는 별들처럼 찬란하게 나부낀다. 주

23. **성대한 잔치** 원문은 수운(需雲). 『주역』 「수괘」(需卦)의 상사(象辭)에 "구름이 하늘로 오르는 것이 수(需: 괘 이름)이니, 군자는 여기에 의거하여 음식을 먹고 잔치하고 즐긴다"(雲上於天需, 君子以, 飲食宴樂.) 하였다.

24. **「담로」편** 『시경』 소아(小雅)의 편명으로, 천자가 제후에게 술을 권하며 잔치를 베풀어 준 내용을 읊은 시다.

25. **대관들** 원문은 철후(徹侯). 진(秦)·한(漢) 시대 12등급의 작호 가운데 가장 높은 것으로, 고관 대작을 가리킨다.

26. **순임금의 음악 소리** 원문은 소소(簫韶). 『서경』 「익직」(益稷)에 "순임금이 소소(簫韶)의 음악을 아홉 번 연주하니, 봉황이 와서 춤추었다"(簫韶九成, 鳳凰來儀.)라고 하였다

27. **집문서 태워 버린 옛일** 원문은 절권(折券). 맹상군의 식객 중 풍훤이란 자가 있었다. 풍훤은 맹상군으로부터 설(薛) 땅의 차용금을 거두어 오라는 명령을 받고 설까지 수레를 몰고가, 현지의 관리들을 시켜 부채가 있는 자들을 한 사람도 빠짐없이 전부 모았다. 그리고 그 부채의 증서들을 한자리에 모아 모두 불태워 버렸다. 설의 백성들은 이 일을 보고 매우 기뻐했으나 맹상군은 빈털터리로 돌아온 풍훤을 보고 매우 못마땅한 얼굴이 되었는데, 풍훤은 맹상군에게 "당신에게 부족한 것이 있다면 그것은 은의(恩義)입니다. 차용 증서를 태워 버리고 그 대신 당신을 위해 은의를 사 왔습니다"라고 보고했다.

28. **천 잔** 원문은 천종(千鍾). 요임금은 술을 천 잔이나 마셨다 한다.

천(酒泉) 고을²⁹ 옮기어 봉작함이 마땅하고, 그 공으로 취향(醉鄕) 땅³⁰을 새로이 맡기리라. 신풍(新豊) 땅³¹에 좋은 술을 가져와서는 미앙전(未央殿)³²의 술자리³³를 하례하노라. 영화로운 잔치 풍경 부(賦)로 지어 올려, 한 고조³⁴의 남은 향기 모아 보노라.

29. 주천 고을   두보의 「음중팔선가」(飮中八仙歌)에 "여양왕 이진은 서 말 술을 마시고 나서야 비로소 천자께 아침 조회하고, 길에서 누룩 수레를 보면 군침을 흘리고, 주천으로 옮기지 못한 것을 한탄한다"(汝陽三斗始朝天, 道逢麴車口流涎, 恨不移封向酒泉.)는 구절이 있다.

30. 취향 땅   취중의 경계를 말한다. 당(唐)나라 왕적(王績)의 자(字)가 무공(無功)인데, 술을 몹시 좋아하여 『취향기』(醉鄕記)라는 주보(酒譜)를 저술했다. 여기에 "취향은 중국과의 거리가 몇 천 리인지 모른다. 토지는 광대하지만 구릉(丘陵)이 없으며, 그곳의 기후는 화평하여 회삭한서(晦朔寒暑)가 없고, 풍속이 대동(大同)하여 읍락(邑落)이 없음은 물론 사람들도 매우 청렴하다"는 구절이 있다.

31. 신풍 땅   왕유(王維)의 「소년행」(少年行)에 "신풍 땅의 좋은 술은 한 말에 만 전이고, 함양의 놀이꾼들엔 젊은이들이 많다. 서로 만나면 의기로 상대 위해 술 마시느라, 높은 누각 수양버들 옆에 말을 매 둔다"(新豊美酒斗十千, 咸陽遊俠多少年. 相逢意氣爲君飮, 繫馬高樓垂柳邊.)란 구절이 있다.

32. 미앙전   미앙(未央)은 한 고조가 만든 궁궐로, 황제가 거처하던 곳이다.

33. 술자리   원문은 상정(觴政). 주연(酒宴)의 흥을 더하기 위해 마련한 음주(飮酒)의 규칙(規則)을 말하는데, 상령(觴令) 또는 주령(酒令)이라고도 한다. 술을 마시는 좌석에서 수수께끼 같은 문제를 내면 이에 맞추어 대구를 하여 승부를 보아 벌주를 먹이는 놀음이다

34. 한 고조   원문은 금도(金刀). 유자(劉字)는 묘(卯)·금(金)·도(刀) 자(字)가 어우러진 글자이기에, 유씨(劉氏) 성(姓)을 가리킨다. 여기에서는 한 고조 유방(劉邦)을 말한다.

백이와 태공이 서로 어긋나지 않음에 대한 논의

伯夷太公不相悖論

홍하고 망하는 것은 천지의 큰 운수이며, 나아가고 물러서는 것은 군자의 큰 절개이다. 혹 나라가 홍하면 나아가고 혹 나라가 망하면 물러서는데, 나라의 홍망은 한때의 일이지만 나아가고 물러서는 것은 한 몸의 일이 아니다. 이에 백이를 말하는 경우가 있고, 태공을 말하는 경우가 있다. 백이의 마음이라면 이렇게 말할 것이다. "나는 은나라의 백성이다. 은나라의 임금이 비록 포악하다 하더라도 신하로서 임금을 비방할 수는 없으니, 나는 신하의 도리를 지킬 따름이다." 태공의 마음이라면 이렇게 말할 것이다. "악한 임금이 흉악한 정치를 행하여 만백성이 도탄에 빠졌다. 우리가 무위(武威)를 드날려 탕왕에 견줄 만한 빛남이 있으니 우리는 하늘의 징치를 행할 따름이다."

아아! 저 두 사람이 평소 상도를 벗어난 과격한 마음이 있어 그렇게 한 것이 아니고, 계략을 꾸미고 이름을 다투어 승부를 겨루고자 하여 그랬던 것도 아니다. 주왕(紂王)의 정사가 어지러워지자 바닷가로 피한 것도 같고, 문왕(文王)이 일어나매 '어찌 돌아가지 않을 것인가'라고 말한 것도 같다. 은나라의 명운은 아직 끊어지지 않았고 주나라의 군대가 아직 모이지 않았는데, 저 두 사람이 또한 손을 잡고 서로 이끌어 왕에게 조언을 해 주는 위치에서 논의를 펼치고 왕의 존경을 받는 집에서 노닐며 천하의 이치는 하나일 뿐이라고 생각했던 것이다.

은나라 교외에서 주왕의 군사들이 창을 거꾸로 잡자 태공에게는 군사를 일으킨 거사가 있었고, 수양산에 들어가 고사리를 캐어 먹다 죽으매 백이는 말고삐를 잡고 군사를 일으킬 수 없다고 간하였던 것이다. 그런 뒤에 두 사람의 행실은 한 사람은 나아가고 한 사람은 물러났으며 한 사람은 흥하고 한 사람은 망하였으니, 천하 후세의 논하는 사람으로 하여금 마침내 크게 같지 않고 서로 전혀 다르다고 생각하게 하였다. 두 사람의 마음이 이로부터 분명치 않게 되었다. 두 사람의 마음이 분명치 않고 보니 무왕(武王)의 마음이 분명치 않게 되었다. 무왕의 마음이 분명치 않으니 저 백이라는 사람 또한 일개의 고지식해서 일의 형세에 밝지 못한 사람이 되고 말았을 뿐이다. 내가 이에 적이 두려움이 있기에 특별히 크게 써서 이렇게 말한다.

"백이의 근심은 만세의 근심이요, 태공의 마음은 천하의 마음이어서, 가로로 하면 상도(常道)가 되고 세로로 하면 권도(權道)가 되는 것이다. 어진 사람의 마음은 한결같이 지극한 정성과 측은한 마음에서 나온다. 그 사이에 한 터럭만큼도 사사로운 뜻이 없으니 쓰임이 비록 다르더라도 그 뜻은 같아서 흑과 백이나 향초와 악초처럼 분명하게 나눌 수 있는 것이 아니다. 저 사람이 군자라면 이 사람 또한 군자요, 저 사람이 현인이라면 이 사람 또한 현인이니, 천하가 일컫는바 '이로'(二老)요 천고에 이른바 '양시'(兩是)라 할 것이다. 순임금과 문왕이 부절을 맞춘 듯 서로 맞고, 우직(禹稷)과 안회(顏回)는 입장이 바뀌어도 똑같이 행동했을 것이니,[1] 바큇자국은 달라도 같은 곳으로 돌아가고 이치는 하나이지만 운수가 달라진다는 격이다. 아아! 의리는 무궁하고 처한 상황도 다르니, 천하의 일이란 진실로 일괄적으로 말하기가 어렵다. 노남자(魯男子)와 유하혜(柳下惠)는 같다고 해도 문제될 것이 없고,[2] 우맹(優孟)과 초(楚)나라의 숙오(叔敖)는 비슷한 것 같지만 실은 다르다.[3] 행적을 논하고 마음은 논하지 않는 경우와 마음을 논하고 행적은 논하지 않는 경우는 그 의리가 구구한 설명을 기다리지 않고도 저절로 가려질 것이다."

1. **순임금과~것이니** 『맹자』「이루 하」(離婁下)에서는 순임금과 문왕이 시대가 다르고 행적이 상이하나 그 도는 부절을 합한 것과 같아 그 도는 한가지라고 하였다. 또 태평한 세상에서 나라 일을 우선하느라 세 번 제 집 문을 지나면서도 들어가지 않았던 우직과 어지러운 세상을 만나 누항에 살며 단사표음으로도 그 즐거움을 바꾸지 않았던 안회를 공자께서 어질게 여기신 일을 적은 뒤, 우직과 안회는 도가 같다고 하였다. 그리고는 두 사람이 처지를 바꾸었더라면 서로 똑같이 행동했을 것이라고 하였다.
2. **노남자와~문제될 것이 없고** 이 책 하권 16쪽 각주 8번 참조.
3. **우맹과~다르다** 춘추시대 초나라 재상 손숙오(孫叔敖)가 장왕(莊王)을 도와 장왕이 결국 패업(霸業)을 달성하였다. 손숙오가 죽자 그의 처자(妻子)는 곤궁하기 이를 데 없었다. 이에 당시 해학의 명수였던 악공 우맹(優孟)이 손숙오 차림을 하고 장왕을 찾아가 손숙오가 다시 살아온 것처럼 하자, 장왕은 깜짝 놀라 그를 다시 재상으로 삼으려 하였다. 우맹은 사양하면서 노래를 지어 불렀는데 그 노래 끝 구절에, "초나라 재상 손숙오는 죽을 때까지 청렴했으나 지금 그의 처자식은 가난하고 곤궁하여 땔나무 팔아 끼니 때우니 재상을 한들 무엇 하리"라 하였다. 『사기』「골계열전」(滑稽列傳)에 보인다.

시학론 詩學論

우리나라의 시는 송(宋)·금(金)·원(元)·명(明)을 배운 자를 으뜸으로 여기고, 당시(唐詩)를 배운 자가 그 다음이며, 두보(杜甫)를 배운 자가 가장 아랫길이 된다. 배운 바가 높을수록 그 재주가 더욱더 낮아지는 것은 어째서인가? 두보를 배운 자는 두보가 있는 줄만 알 뿐, 그 나머지는 보지도 않고 먼저 무시해 버린다. 그런 까닭에 재주가 점점 졸렬해진다. 당시를 배운 폐단도 마찬가지이지만 그래도 조금 더 나은 것은 두보 외에 왕유(王維)와 맹호연(孟浩然), 위응물(韋應物), 유종원(柳宗元) 등 수십 명의 작가 이름을 가슴속에 남겨 두고 있기 때문이다. 그러하기에 더 나아지려 하지 않아도 절로 나아진다. 송·금·원·명을 배운 사람은 그 식견이 또 이들보다 낫다. 그러니 하물며 여러 종류의 책을 폭넓게 섭렵하여 성정의 참됨을 드러낸 사람이야 말해 무엇 하겠는가?

이로 볼진대, 문장의 도는 그 마음의 지혜를 열고 견문을 넓히는 것에 달려 있는 것이지, 배운 시대에 관계된 것은 아니다. 글씨만 해도 그렇다. 진인(晉人)을 배운 자가 가장 아랫길이 되고, 당송 이후의 법첩을 배운 자가 조금 볼만하며, 곧장 당대 중국의 글씨를 익힌 자가 가장 낫다. 어찌 진인과 당송의 글씨가 지금의 중국 글씨에 미치지 못해서이겠는가? 시대가 멀면 베껴 판각한 것조차 전해지지 않고, 외국에서 태어나면 작품의 품평이 정확하지 못하게 된다. 그러니 도리어 지금 중국 사람의 글씨가 믿을 만하고 가까이하기 쉬운 것만 못하다. 옛 글씨의 법도 오히려 이것을 통해 구할 수가 있다. 대저 탑본이 진짜인지 가짜인지의 여부나, 육서(六書)와 금석문의 근원, 필묵의 변화 유동하는 자연스런 체세(體勢)는 모르면서, 되잖게 스스로 진인(晉人)이라 하고 이왕(二王)[1]이라 여긴다. 이는 천하의 시를 다 폐하고서 두보의 수십 편 자구만 붙들고서 스스로를 고루한 틀 속에 빠뜨리는 것과 비슷하지 않겠는가?

대저 군자의 입언(立言)은 때를 아는 것을 귀하게 친다. 내가 만일 중국에 산다면 이 같은 논의를 일삼을 것이 없다. 하지만 우리나라에서는 이런 논의를 하지 않을 수 없다. 주장이 달라져서가 아니라 형세가 그렇기 때문이다. 어떤 이는 이렇게 말한다. "두보의 시나 진인의 글씨는 사람에게 견주면 성인과 같다. 성인을 버리고서 성인만 못한 자를 배우라는 말이냐?" 나는 말한다. "인의를 행하는 일과 시 짓고 글씨를 쓰는 예술은 경우가 다르다. 그렇다고는 해도 땅을 구획하여 집을 짓고는 '이것이 공자의 거처다'라고 하고는 죽을 때까지 눈을 꽉 감고서 이곳을 벗어나지 않는다면, 또한 쓸모없게 될 뿐이다. 문장에 있어 고금의 오르내림의 얼개와, 풍요(風謠)에 있어 명물(名物)의 같고 다름의 득실 같은 것은 정밀한 자가 스스로 체득하는 것이어서 사람 사람에게 다 설명하기가 어렵다."

지금 임금 5년, 신축년(1781) 10월에 위항도인(葦杭道人)은 겸사(兼司)에서 숙직 서는 중에 쓴다.

---

1. **이왕** 왕희지(王羲之)와 왕헌지(王獻之) 부자를 일컫는 말이다.

策

선비를 시험하는 일에 대한 책문〔정유년(1777) 증광시〕

試士策〔丁酉增廣〕

    아아! 선비를 시험한다 함은 어떤 선비를 시험하는 것입니까? 도덕을 닦은 선비가 있고, 문학을 갖춘 선비가 있으며, 기예를 지닌 선비가 있습니다. 이제 유생의 관을 쓰고 유생의 옷을 입은 채 어슬렁어슬렁 책이나 끼고 다니는 자들이 과연 능히 이 몇 가지 재주를 겸비하고 있다고 보아 시험하는 것입니까? 아니면 각각 그 가운데 한 가지만이라도 구하려고 시험하는 것입니까? 도덕과 문장과 기예를 갖춘 선비는 혹 천 리 밖에서나 만날 수 있고, 혹 백 세가 지나서나 뒤따르곤 합니다. 옛날의 선비는 이처럼 어려운 것이었습니다. 그런데 어찌하여 오늘날 유생의 관을 쓰고 유생의 옷을 입은 채 과장(科場)에 가득하고 나라에 두루 퍼져 있는 자들 치고 선비 아닌 자가 없단 말입니까? 그들을 시험함에 과연 그 방법을 모두 다 했는데도 그러한 것입니까? 재주가 과연 능히 그 시험에 합당하여 그러한 것입니까? 어찌하여 옛날에는 선비의 수가 적었어도 반드시 전해졌고, 지금은 선비의 수가 많은데도 들림이 없는 것입니까?

    그렇다면 오늘날 이른바 선비를 시험한다고 하는 것을 대개 이것으로 알 수 있습니다. 공령문의 껍질을 가지고 한 사람의 온축과 포부를 점치고, 실속 없이 겉만 화려한 상투어를 가지고 천하의 문장을 묶어 버리며,

한때의 득실만을 가지고 평생의 진퇴를 결정해 버립니다. 명성으로 시험하니 다투어 명성을 얻으려 하고, 이익으로 시험하니 다투어 이익을 붙좇습니다. 작록과 영달이 달려 있으니 물불에서 시험을 본다 해도 물불에 달려들지 않는 자가 거의 드물 것입니다. 어찌 그 뜻이 옛사람만 같지 못해서이겠습니까? 또한 습속으로 말미암아 이루어졌을 따름입니다. 그런 까닭에 선비를 시험한다는 이름은 비록 같아도 선비를 시험하는 효과는 같지 않게 되고, 선비를 시험하는 뜻은 비록 같아도 선비를 시험하는 자취는 각각 다르게 되는 것입니다.

예로부터 지금까지 선비를 시험하는 방법이 몇 번이나 변했는지 모릅니다. 경전을 살펴보면 "능불능(能不能)을 시험하여 취사(取捨)한다"[1]는 말이 「요전」(堯典)에 나오고, "네 과목으로 사람을 취한다"[2]는 말이 『논어』의 기록에 있습니다. 삼대 시절의 학문이 빼어났던 선비[3]와 전국시대의 식객, 전한 당시의 효행이 있고 청렴했던 사람과 후한 무렵의 관리, 그리고 위진 시대의 구품중정(九品中正)[4]이 있었습니다. 사(詞)와 부(賦)는 수·당 시대에

---

1. **능불능을 시험하여 취사한다** 『서경』「요전」(堯典)에 나오는 말이다. 요임금이 홍수를 다스릴 인재가 없겠는가 하고 묻자, 사악(四岳)이 응답하여 곤을 추천했다. 이때 그 사람이 홍수를 다스리는 능력만을 취하고 다른 것에 대해서는 요구하지 말라는 뜻으로 쓰였다.

2. **네 과목으로 사람을 취한다** 『논어』「선진」(先進)에 보이는 말이다. 흔히 사과십철(四科十哲)이라고 하여, 공자가 진채(陳蔡)의 들판에서 위난을 당했을 때 함께 있던 10명의 제자를 가리킨다. 십철은 덕행(德行)이 좋았던 안연·민자건·염백우·중궁, 언어가 빼어났던 재아·자공, 정사가 좋았던 염유·계로, 문학에 탁월했던 자유·자하를 가리키며, 이때의 덕행·언어·정사·문학을 사과(四科)라고 한다.

3. **학문이 빼어났던 선비** 원문은 조사(造士). 『예기』(禮記)「왕제」(王制)에 나오는 표현으로, 선왕(先王)의 시(詩)·서(書)·예(禮)·악(樂) 등의 학업을 성취한 사자(士子)를 가리킨다.

4. **구품중정** 구품관인법(九品官人法)이라고도 한다. 위진남북조(魏晉南北朝) 시대의 관리 임용 제도인데, 임금이 각 지방의 문벌과 인망이 있는 사람으로 중정(中正)을 선발하여 군현에 대소의 중정을 임명하고, 중정이 그 군현 내의 인재를 조사하여 9품으로 등급하여 임금에게 보고하면, 그 내용을 살펴 관리로 임용했던 제도이다. 중정 자신이 문벌 출신이어서 대체로 재능 여하보다는 문벌에 따라 상품(上品)에 오르는 폐단이 있었으므로 수(隋)나라에 이르러 폐지되었다.

시작되었고 팔고문(八股文)은 왕안석에서 비롯되어 송·원·명·청대에 이르렀으니, 저마다 그 선비를 시험함에 각각 그 재주로 취한 것입니다. 그 사이에 비록 같고 다름과 얻고 잃음에 대해 논할 만한 것이 없을 수 없으나, 또한 때에 따라 맞지 않음이 없었습니다. 이를 거슬러 보면 앞서 이른 바 도덕과 문장과 기예를 갖춘 선비가 또한 이따금씩 시험으로 말미암아 나온 적이 있었으니, 세상에서 논하는 자들은 마침내 과거를 가지고 성명(性命)이나 의리(義理)로 삼게 되었습니다. 그러나 지금의 선비 시험이 옛날의 선비 시험과 같지 않음을 알지는 못합니다. 집집마다 가르치고 배우는 것이 모두 진부한 말을 주워 모은 것인데도, 입신 초년부터 그것을 스스로 뽐내고 뻐기며 다닙니다. 이로부터 선비를 시험하는 방법이 날마다 조금씩 쇠퇴하는 길로 접어들게 되었습니다. 그럴진대 시무(時務)를 아는 자라면 때맞춰 고치고 바로잡지 않을 수 있겠습니까. 저는 지금과 옛날을 절충하여 글을 짓고 말을 세워 이 시대의 군자에게 시험해 보고자 생각한 지가 오래되었습니다. 이제 송구스럽게도 하문하여 주시니 다행입니다. 이에 '말하기를', '따져 보면', '폐단을 말하자면', '대저' 하고 운운하였으니, 앞의 두 가지 논의와 더불어 뜻을 같이하는 것입니다.

시험을 주관했던 이명식 공이 크게 탄식하여 칭찬하였다. "이 글은 시속의 정문(程文)을 가지고 따져서는 안 된다." 이에 일등으로 뽑았다. 그러나 뒷부분에서 폐해를 바로잡고자 하는 말을 짓다가 격식에 어긋나게 되었다. 다른 시험관이 이를 내치려 하자 이공이 안 된다 하여 마침내 삼등으로 내려놓았다. 나는 이때 사실 과거 답안의 작성을 한 번도 익힌 적이 없었다. 우연히 시험장에서 옆 사람이 지은 것을 보니 그리 어려워 보이지 않았다. 마침내 서두를 얽어 놓고 그 뒷부분의 형식은 벗인 이희명에게 채우게 하였다. 내가 한편으로는 글을 쓰고, 한편으로는 부르며 말했다. "어찌 용두사미가 아니겠는가?" 이희명이 웃으면서 말했다. "자네는 꼬리도 없으면서 뭘 따지려는겐가!" 마침 날이 저물고 바람이 불길래 손 가는 대로 써서 바쳤다. 다만 시험장을 나서는 것이 통쾌했을 뿐 애초에 마음속에 득실 따위는 두지 않았다. 꺼림칙한 일은 감추려 할수록 더 드러나는 법이다. 이찌다 높은 등수에 뽑혀 마침내 남의 비웃음을 받게 되니 지금껏 남은 부끄러움이 있다.

무술년(1778) 가을 박제가 쓰다.

육서에 대한 대책¹ 六書策

책문 策問

왕께서 이렇게 말씀하셨다.

서(書)는 육예의 하나이다. 옛날 주나라에서는 공경대부의 자제를 교육함에 육서(六書)를 가르쳤으니,² 선왕들이 문자를 중시함이 이와 같다. 『춘추』보다 앞선 문헌에서는 문(文)을 말하고 자(字)는 말하지 않았다. 『좌전』에서 "지(止)와 과(戈)를 합치면 무(武)라는 문(文)이 된다"(於文止戈爲武)³ 하였고, 『논어』에서는 "사관이 빠뜨린 문"(史之闕文, 「위령공」)이라 하였으며, 『중용』에서 "같은 문을 쓴다"(書同文)⁴고 한 것이 모두 그 증거이다. 그

---

1. **육서에 대한 대책** 정조는 1792년 8월 이덕무 등에게 명하여 『규장전운』을 편찬하게 하였다. 『규장전운』이 이루어지자 각신과 검서관에게 명하여 교정하게 하고, 여러 신하에게 이에 대한 대책(對策)을 작성하게 하였다. 이 책문에 대한 이덕무의 대책은 청장관전서 제20권, 『아정유고』 12에 실려 있다.
2. **옛날~가르쳤으니** 『주례』(周禮) 「지관」(地官)에 의하면 보씨(保氏)가 육예(六藝)로써 국자(國子)들을 교육했는데, 그중 다섯 번째가 육서(六書)다. 이후 반고(班固)는 『한서』(漢書) 「예문지」(藝文志)에서 이 육서를 여섯 가지 조자(造字) 원리로 풀이했다.
3. **『좌전』에서~된다** 『좌전』(左傳) 선공(宣公) 12년조에 보인다.

렇다면 문(文)과 자(字)를 어느 시대 어느 책에서 누가 무엇을 말하면서 병칭하기 시작했는지, 그대들은 거슬러 올라가 낱낱이 대답할 수 있는가?

자(字)의 옛 뜻은 '아이를 낳아 기른다'는 육(育)에 가까웠지 글자를 뜻하는 문(文)과는 가깝지 않았다. 『주역』에서 "여자가 곧아서 아이를 잉태하지 않았다"(貞不字)⁵ 하였고, 『시경』에서 "소와 양도 감싸 주어 보호하였다"(牛羊腓字之)⁶라 하였으며, 『춘추』에서 "경숙을 사랑하게 하였다"(使字敬叔)⁷라 한 것이 모두 그러한 사실을 입증한다. 그렇다면 언제부터 자(字)를 문(文) 자의 뜻으로 풀었는지 그대들은 말할 수 있는가?

문자의 형상이 확립되자 결승(結繩)은 물러났고, 새 발자국이 명확해지자 서계(書契)가 만들어졌다.⁸ 독체자는 문(文)이 되고 합체자는 자(字)가 된다고 하였다.⁹ 문(文)에는 팔상(八象)이 있고 자(字)에 육류(六類)가 있는데,¹⁰ 그것을 만든 정밀한 뜻을 상세하고 확실하게 밝힐 수 있는가?

지사(指事)는 보면 바로 글자의 뜻을 알 수 있는 것으로 상(上)이나 하(下) 같은 글자가 그것이다. 상형(象形)은 사물의 형체를 그린 것으로 일(日)

---

4. **『중용』에서~쓴다** 『중용』에 "지금 천하의 수레는 바퀴의 규격이 같고, 같은 문(文)을 쓰며, 같은 윤리를 행한다"(今天下車同軌, 書同文, 行同倫.)는 말이 있다.
5. **『주역』에서~않았다** 『주역』「둔괘」(屯卦) 육이(六二) 효(爻) 설명에 "여자는 곧아 허락하지 않았으니 10년이 지나서야 허혼하였다"(女子貞不字, 十年乃字.).는 말이 있다.
6. **『시경』에서~보호하였다** 『시경』「생민」(生民)에 "아기를 좁은 골목에 버렸으나, 소와 양도 감싸 주어 보호하였다"(誕寘之隘巷, 牛羊腓字之.)란 구절이 있다.
7. **『춘추』에서~하였다** 『좌전』, 소공(昭公) 11년조에 보인다.
8. **문자의~만들어졌다** 결승(結繩)은 새끼의 매듭과 수로 의사소통하던 수단이고, 새 발자국은 창힐이 새의 발자국을 보고 문자를 만들었다는 고사에서 문자의 모습이며, 서계(書契) 또한 태고의 초보적인 문자 유형이다. 고대 문자의 발달 과정을 말한 것이다.
9. **독체자는~하였다** 단옥재(段玉裁)는 『설문해자주』(說文解字注)에서 지사(指事)와 회의(會意)를 변별하는 구성 원리로 각각 독체(獨體)와 합체(合體)를 들었다. 이후로 독체자는 지사이고, 둘 이상의 독체자가 합쳐 만들어진 것이 회의(會意)라는 생각이 널리 퍼졌다.
10. **문에는~있는데** 팔상(八象)은 『주역』에서 기본적인 팔괘(八卦)의 상(象)을, 육류(六類)는 육서(六書)인데 한자 조어의 여섯 가지 원칙을 뜻한다.

이나 월(月) 같은 글자가 그것이다. 해성(諧聲)[11]은 사물을 글자로 삼는 것으로 강(江)이나 하(河) 같은 글자가 그것이다. 회의(會意)는 서로 상관있는 글자를 모아 새로운 글자를 만든 것이니 무(武)나 신(信) 등이 그러하다. 전주(轉注)는 다른 글자가 같은 뜻을 주고받는 경우이니, 모두 '늙는다'는 뜻을 지닌 고(考)와 노(老) 자가 그 보기이다. 가차(假借)는 소리를 빌려 사물을 가탁하는 경우이니 령(令)과 장(長) 자 등이 그것이다. 그러한 이치와 작용의 오묘한 뜻을 자세히 말할 수 있는가?

사상(四象)은 날줄이 되고 가차(假借)와 전주(轉注)는 씨줄이 되니,[12] 같은 육서(六書)인데 어째서 날줄과 씨줄로 갈리는가? 사상은 유한하고 가차와 전주는 무궁하니, 동일한 육서에 왜 유한과 무궁의 나뉨이 있는가? 육서 중 가차와 전주에 대해서는 특히 이설이 많다. 가차의 경우, 소리를 빌렸다(借聲) 하고, 소리로 말미암아 뜻을 빌렸다(因聲借義) 하며, 형상을 빌린 것이지 소리를 빌린 것이 아니다(借象不借音)라고도 한다. 전주로 말하자면, 소리가 옮겨 가는 것(轉聲)이라 하고, 소리도 옮겨 가고 그 뜻도 바뀌는 것(轉其聲注其義)이라고 한다. 또 그 뜻으로 말미암아 옮겨 가는 것이 있고(因其義而轉), 소리만 옮겨 갈 뿐 뜻은 없는 것이 있고(但轉其聲而無意義), 서너 번에서 여덟아홉 번이나 옮겨 가는 것이 있다고 한다. 같은 소리를 옮기는 것이 있고, 방성(旁聲)[13]을 옮기는 것이 있다고 한다. 쌍성이면서 뜻이

---

11. **해성** 『설문해자』(說文解字)에서는 해성(諧聲)을 형성(形聲)이라 하였고, "以事爲名, 取譬相成."으로 풀이하였다. 여기서 '사'(事)는 '의미'란 뜻이고, '명'(名)은 글자를 가리킨다. 뜻이 되는 글자를 중심으로 발음이 같거나 비슷한 글자를 가져다 만드는 방법이다. 뜻을 나타내는 의부(義符)와 소리를 나타내는 성부(聲符)로 구성된 글자를 가리킨다.

12. **사상은~되니** 명나라의 양신(楊愼)은 전주와 가차를 제외한 네 가지 방법은 각각 상형(象形)·상사(象事)·상의(象意)·상성(象聲)의 원리가 작용하기 때문에 사상(四象)이라 하였고, 가차와 전주는 이 네 가지 방법을 응용한 것이라고 보아, 경위(經緯)로 설명하였다. 『육서색은』(六書索隱) 6권을 저술했다.

13. **방성** 성모가 같고 운모가 비슷하며 성조가 같은 글자를 말한다.

같은 것은 전주가 아니라 하고, 방음(旁音)[14]과 협음(叶音)[15]은 전주의 예에 속하지 않는다고도 한다. 이러한 논의들은 과연 모두 근거가 있는가?

팔괘(八卦)는 진실하고〔忠〕, 고문(古文)은 질박하며〔質〕, 주문(籀文)은 화려하다〔文〕고 한다.[16] 진실하고 질박하고 화려한 것이 문자와 무슨 관련이 있기에 이처럼 나눈단 말인가? 비슷한 사물에 기대어 형태를 본뜨는 것을 문(文)이라 하고, 모습과 소리가 서로 더해지는 것을 자(字)라 하며, 죽백(竹帛)에 쓴 것을 서(書)라 한다.[17] 이 세 가지는 각각 자기만 전유하는 뜻이 있어 서로 넘나들지 못하는 것인가?

진한 시절 사용했던 여덟 가지 서체를 지금 모두 헤아릴 수 있으며, 견풍(甄豊)이 간략하게 바로잡았던 여섯 가지 서체 또한 낱낱이 들어 말할 수 있는가? 산스크리트〔梵〕와 가로(伽盧)와 계힐(季頡) 등은 인도의 전적에서 함께 부른 세 사람이다.[18] 서화(瑞華)와 화초(花草)와 운하(雲霞)[19]는 그 뒤에

14. 방음 고대 음에서 어떤 운부에 속하는 글자와 인접 운부에 속하는 글자를 압운하거나 해성·통가하는 현상을 말한다. 장병린(章炳麟)이 『국고논형』(國故論衡)의 「소학약설」(小學略說)에서 이 문제를 체계화하였다. 방전(旁轉)이라고도 한다.

15. 협음 협운(叶韻), 협구(協句), 협운(協韻), 취운(取韻)이라고도 한다. 남북조와 당송 시기 학자들이 고대 운문을 읽을 때 압운이 맞지 않는다고 생각하는 부분을 압운이 맞아떨어지는 당시의 독음으로 바꾸어 읽었던 것을 말한다. 가령 주희(朱熹)는 『시경』에서 '가'(家) 자를 두고 다른 운자와의 압운을 고려하여 '곡'이나 '공'으로 읽어야 한다고 주장했다.

16. 팔괘는~화려하다고 한다 팔괘(八卦)와 고문(古文)과 주문(籀文)은 한자의 서체를 말한다. 팔괘는 문자 이전의 괘상(卦象)을, 고문(古文)은 창힐이 처음 만든 글자의 모양, 그리고 주문(籀文)은 주(周)나라 때 만들어진 대전(大篆)이다. 팔괘와 고문과 주문을 각각 충(忠)과 질(質)과 문(文)에 속하게 한 것은 송나라 정인(鄭寅, ?~1237)의 『포몽』(包蒙)에 나온다.

17. 비슷한~서라 한다 『설문해자』 서문에 나오는 말이다.

18. 산스크리트와~세 사람이다 『법원주림』(法苑珠林)에 "옛날, 글자를 만든 주역은 대개 세 사람이다. 첫째가 범(梵)으로 그 글은 오른쪽으로 써 나가며, 둘째는 거로(佉盧)인데 그 글은 왼쪽으로 써 나가며, 막내는 창힐(倉頡)로 그 글은 아래로 써 나간다. 범과 거로는 천축에서 나고, 황제(黃帝)의 사관 창힐은 중국 하나라에서 나왔다"고 하였다. 범서(梵書)는 파나미(婆羅謎) 문자를 말하고, 거로서는 여순(驢脣) 문자이다. 거로 문자는 고대 인도에서 유행했던 서북방 지역의 속어체이며, 중국의 신강성 서북 일대에서도 통용되었다. 최근에 니아(尼雅)에서 대량의 자료가 출토되었다. 본문의 가로(伽盧)는 거로(佉盧)의 오기로 보인다.

변화된 세 가지 서체이다. 이 모든 서체의 득실을 하나하나 가려 말할 수
있는가? 가로 획은 긴 배가 작은 물을 가로지르는 듯하고, 세로 획은 봄날
죽순이 차가운 골짜기에서 돋아난 것과 같다고 한 것은,[20] 이는 어디에서
그러한 형상을 취한 것인가? 하수(河水)와 낙수(洛水)가 열리자 도서(圖書)
가 나왔고,[21] 아름다운 벼〔嘉禾〕가 피자 수서(穗書)가 시작되었다고 하는
데,[22] 어디에 근거를 두고 한 말인가?

문자라는 것은 경적의 근본이요, 사장(詞章)의 집이며, 언어의 체모이
다. 책을 펼쳐 옛일을 살피면 천 년 세월도 한 시점에서 만나고, 죽간을 깎
아 오늘을 이야기하면 만 리 먼 데 사람도 얼굴을 마주한다고 하였다.[23] 이
것으로 도를 전하고 일을 기술하며, 관리들을 다스리고 백성들의 사정을
살피니, 천지 만물의 끝없는 조화의 자취가 문자를 빌려 취하지 않은 것이
없다. 위대하도다. 문자의 쓰임새여!

고문이 맨 처음 나왔고, 대전(大篆)이 그 다음이다. 대전 다음에 진(秦)
나라 때에 이르러 이사(李斯) 등 세 사람의 『창힐편』 7장, 『원력편』(爰歷篇)
6장, 『박학편』(博學篇) 7장 등 이른바 소전(小篆)이 나왔다. 이것이 다시 정
막(程邈)의 예서(隸書)가 되고, 서한의 초서가 되고, 고서(藁書)가 되고 해서

---

19. **서화와 화초와 운하** 각각 잎이 무성한 나무와 화초의 모습과 구름의 모습을 모방한 예술 서체.
원나라 정표(鄭杓)가 지은 『연극』(衍極) 「서요」(書要)에 대한 유유정(劉有定)의 주석에 소개되어
있는데, 그 구체적인 모습은 알려진 바 없다.
20. **가로 획은~한 것은** 『묵수』(墨藪)의 「시형장제삼」(視形章第三), 『묵지편』(墨池編)의 「진왕희
지필세론」(晉王羲之筆勢論) 등에 이 말이 실려 있다.
21. **하수와~나왔고** 복희씨 시절 용마가 하수(河水)에서 나왔는데 그 무늬를 본받아 그린 팔괘를
하도(河圖)라 하고, 우(禹)임금이 물길을 다스릴 때 낙수(洛水)에서 글자가 나왔는데 그걸 흉내 내
어 만든 것을 낙서(洛書)라 하였다.
22. **아름다운~하는데** 수서(穗書)는 서체의 하나이다. 『위속자원』(韋續字源)에 "염제 신농씨가 상
당의 벼에 이삭 여덟 개가 달린 것을 보고 수서(穗書)를 만들어 시령을 반포하였다"(炎帝神農氏,
因上黨嘉禾八穗, 乃作穗書, 頒時令.)고 하였다.
23. **책을~하였다** 유견오(庾肩吾)의 「서품서」(書品序)에 나오는 말이다.

(楷書)가 되고 현침(懸針)이 되고 비백(飛白)이 되었으니 이를 모두 소학(小學)이라고 한다. 허신(許愼)은 『사주편』(史籀篇) 이하 여러 책을 모아 또 『설문해자』를 지었다. 후세에 소학이 겨우 남게 된 것은 이 한 권 책에 힘입었다.

땅처럼 넓고 바다처럼 깊은 주부자의 식견으로도 소학을 「곡례」(曲禮)나 「내칙」(內則) 같은 지류에서 따로 구함을 면치 못했으니, 거기에 속해 있는 쇄소응대(灑掃應對)와 습사거경(習事居敬)의 학설[24]은 모두 한당 이전에는 전해지지 않던 비결이다. 이것을 두고 전에 펴지 못한 것을 밝혀, 후학들에게 공이 있다고 말할 수 있는가? 육예에 종사하는 한 부류의 사람들만이 왕왕 옛일을 고구하여 오늘 일을 밝혀내는데, 문자를 소학이라 하여 오늘에 이르도록 이견이 분분한 것은 어째서인가? 주자도 밝혀내지 못한 게 있는 것인가, 아니면 여러 학자가 신기한 학설에만 힘쓰기 때문인가?

대저 학문은 격물치지보다 더 중요한 것은 없고, 격물치지는 문자보다 더 중요한 것이 없다. 나는 문자학에 있어 아직 전심으로 힘을 쏟지는 않았지만, 소리와 뜻이 이어 오고 새로 생기는 문제의 일단을 거칠게나마 살펴보았다. 이제 그대 대부들은 평소 독서하며 고문의 기이한 글자를 많이 알고 있으며, 또 명을 받아 운서를 편집하고 교정하였으니, 어찌 삼가 대책으로 나의 격물치지를 도와 보태 주지 않을 수 있겠는가? 마음을 다해 진술하되 형식에 얽매이지 마라. 내 장차 친히 읽어 보리라.

---

24. **쇄소응대와 습사거경의 학설** 쇄소응대(灑掃應對)는 마당을 쓸고 손님을 접대하는 것, 습사거경(習事居敬)은 일을 익히고 경건하게 처신한다는 뜻으로, 모두 『예기』의 「곡례」(曲禮)와 「내칙」(內則)에 나온다. 주자는 이러한 것들은 초학자들이 익혀야 할 일이라고 하여 소학의 범주에 두었으니, 문자학을 소학으로 여겨 왔던 일맥의 전통과는 다름을 말한 것이다.

신은 대답하여 아뢰나이다.

신이 듣건대, 글자〔書〕란 도와 함께 생긴 것이라고 합니다. 도는 형체가 없으니 글자로써 보이게 하였고, 도는 일정하게 머무는 장소가 없으니 글자로써 인도하였으며, 도는 언어가 없으니 글자로써 전달하였습니다. 그러므로 세상에는 물을 떠난 고기가 없듯, 글자를 떠난 도는 없는 법입니다. 하늘에 있어 해와 별이 환히 빛나고 계절이 바뀌며 구름과 노을이 아름다운 모습, 땅에 있어 강물은 흐르고 산악은 치솟았으며 초목이 피고 지며 벌레와 물고기가 변화하는 것, 사람에 있어 신체의 온갖 동작과 의복과 음식, 말하고 움직이는 일체의 모습이 글자 아닌 것이 없습니다.

그것들이 하나로 아직 이름을 얻지 못한 채 안으로 쌓인 것이 막 밖으로 드러나려고 하자, 복희씨가 이를 얻어 괘(卦)를 만들었고 창힐이 글자를 만들었습니다. 그 괘의 이름을 역(易)이라 하였고, 글자는 자(字)라고 하였습니다. 세상 유자들은 좁은 식견으로 알지도 못하면서 함부로 분별하니, 역(易)을 읽는 자를 보면 노사(老師)라 하여 공경하고, 문자를 배우는 자를 보면 초학(初學)이라 하여 우습게 봅니다. 그러니 서(書)와 역(易)이 합하면 하나가 되고 나누면 둘이 되는 이치는 알지 못합니다. 괘(卦) 중에서 한 획은 육서(六書) 중 지사(指事)가 되고, 괘(卦) 중 기수와 우수가 있는 것은 육서 중 상형이 됩니다. 음이니 양이니 하는 것은 회의(會意)입니다. 괘가 있으면 반드시 명칭이 있으니 해성(諧聲)이 아니겠습니까! 교역(交易)과 변역(變易)은 자모(子母)가 상생(相生)하는 가차와 전주의 범례가 됩니다.[25] 이

---

25. 교역과~됩니다 교역(交易)은 음양의 알맞은 구도를, 변역(變易)은 음양의 작용을 의미한다. 음과 양이 만나 무궁한 변화를 빚어내듯이, 가차와 전주는 네 가지 원리를 기반으로 무궁한 글자를 만들어 낸다는 사실을 말했다.

로써 문자〔書〕를 알지 못하는 자는 반드시 역(易)도 모른다는 것을 알 수 있습니다. 도구성(陶九成)이 "육서(六書)는 팔괘(八卦)의 변형"이라고 말한 것은 정확한 것입니다.[26]

지금 우리 성상께서는 학문이 삼재를 두루 꿰뚫고 도는 백왕의 으뜸이십니다. 인문을 살피시어 백성들을 교화하시고 천하의 도를 덮어 빠뜨림이 없으신데, 책문을 내서 도를 물으심에 육서(六書)를 가장 우선으로 하셨습니다. 참으로 다스림의 요체를 알고 계시니, 위대하십니다! 신이 비록 학식은 비루하지만 선배 현인들에게서 들은 바를 감히 씩씩하게 말씀드리지 않을 수 있겠습니까! 신은 엎드려 성상께서 내리신 책문을 처음부터 끝까지 읽고 두 손 모아 엎드려 아뢰나이다.

모두 한번 논의해 보겠습니다. 서(書)는 육예(六藝)의 하나이지만 실은 육예를 모두 꿰뚫는 것입니다. 나머지 예법〔禮〕과 음악〔樂〕과 활쏘기〔射〕와 말 다루기〔御〕와 셈하기〔數〕는 각자 서로 통하지 않지만 서(書)만은 능히 두루 통합니다. 서(書)가 소학(小學)의 일이라 해도 실은 대인의 도가 여기에서 벗어나지 않습니다. 작다는 것은 편방(偏旁)과 점획(點劃) 같은 자잘한 일들을 두고 하는 말이지만, 지극히 큰 것을 말하자면 조화가 일어나고 정밀한 뜻을 붙이는 곳입니다. 능히 유현(幽顯)한 정을 통달하고 하늘과 사람의 모든 일을 밝힐 수 있으니, 이런 까닭으로 성왕께서 중시했던 것입니다.

『주례』에서 보씨(保氏)의 교육은 여덟 살부터 시작되는데, 옷을 걷어 올리는 여가에 외워 말하고 마주 앉은 사이에 익혔던 것은 모두 이 육서(六書)의 뜻이었습니다. 그러므로 당시 글자를 모르는 사람이 없었고, 조정에는 경전을 환히 알지 못하는 관리가 없었던 것입니다. 자하(子夏)가 사물을 해석하면서 어침(魚枕)에서 정(丁)을 변증하였고,[27] 진나라의 의관(醫官)

---

26. **도구성이~것입니다** 구성(九成)은 원말명초의 학자 도종의(陶宗儀)의 자이다. 인용된 구절은 『서사회요』(書史會要)에 보인다.

은 질병에 대해 설명하면서 고(蠱) 자를 충(蟲)과 명(皿)의 구성으로 파악하였습니다.[28] 위(委) 자와 타(妥) 자가 통용될 수 있음은 삼황 시절의 솥에 보이고, 근(斤) 자와 근(近) 자가 본디 하나라는 것은 주나라의 청동기에 그 증거가 있으니, 옛것에서 징험하는 것은 유래가 있는 것입니다.

아아! 성인은 멀어지고 언어는 사라져, 육예의 가르침은 행해지지 않고 육경의 학문도 전하지 않습니다. 52가의 서(書)는 모두 천착만을 일삼아, 360서체가 더욱 어지러이 뒤섞였습니다. 과거 공부나 하는 유자들은 익히기만 하고 이치와 연원을 살피지 않으며, 가숙의 학동들은 견문이 적어 괴이한 것투성이니, 세상의 문자들은 끊어질 듯 끊어질 듯 겨우 명맥만 유지하고 있습니다. 이제 새 학풍을 진작하고 치도를 장식하여 찬란하게 옛적 삼대와 같은 풍조를 만들고자 하신다면, 성명의 근원을 고상하게 논하거나 우주 밖의 허황함에 정신을 소비할 필요가 없습니다. 이 서학(書學)만 옛날로 돌이킨다면 천하를 다스리는 일은 손바닥 위에 있을 것입니다.

청컨대 성상의 하문에 조목조목 말씀드리겠습니다. 『춘추』 이전 시대의 문헌에서는 문(文)만 말하고 자(字)를 말하지 않았으니, 두 글자를 문자(文字)로 병칭하기 시작한 시기를 고염무(顧炎武)는 『사기』 「진본기」(秦本紀)의 '낭야대송'(琅邪臺頌)으로 보았습니다.[29] 그러나 공자는 우(牛)나 양(羊)이란 글자는 형체를 들어 만든 것이라 하였고,[30] 우임금이 물을 다스리면서 금간(金簡)에 옥자(玉字)로 된 책을 얻었다고 했으니,[31] 옛날에도 또한

---

27. **자하가~변증하였고** 『이아』(爾雅) 「석어」(釋魚)에 "어침(魚枕)을 정(丁)이라 한다"고 했는데, 주석에서 "침(枕)은 어두(魚頭)의 뼛속에 있으며 그 형상이 전서에서의 정(丁) 자와 비슷하여 도장을 만드는 데 쓴다"고 했다.
28. **진나라의~파악하였습니다** 『좌전』(左傳) 소공(昭公) 원년조에 보인다.
29. **두 글자를~보았습니다** 진 시황은 즉위 28년에 남쪽 낭야(琅邪)에서 석 달을 머물면서 백성 3만 명을 동원하여 낭야대를 만들고 석비를 세워 진덕(秦德)을 칭송하였다. 『사기』 「진시황본기」(秦始皇本紀)에 그 노래가 실려 있는데, 거기 "기계일량, 동서문자"(器械一量, 同書文字)란 구절이 있다.
30. **그러나~하였고** 『모시명물해』(毛詩名物解)에 나온다.

자(字)를 말하는 경우가 있었습니다.

자(字)의 본래 뜻은 '젖을 먹이다'인데, 젖을 먹이는 사람이라면 반드시 아껴 기르는 마음이 있게 마련입니다. 그래서 '사랑하다', '키우다'란 뜻이 생겼습니다. 또 젖을 먹이는 자는 반드시 새끼를 낳는 까닭에 또 문자(文字)라고 할 때의 자(字)가 있게 되었습니다.[32] 『주례』「춘관」(春官) '내사'(內史)를 보면 "글자를 사방에 전달하는 일을 관장했다"(掌達書名於四方)는 말이 있습니다.[33] 여기에 대한 주석에서는 "옛날엔 명(名)이라 했고 지금은 자(字)라고 한다고 하였으니, 점점 불어나 글자가 되기 때문에 바꾸어 자(字)라고 한다"고 하였습니다. 이는 정현(鄭玄)이 『설문해자』의 설을 인용한 것입니다. 그러나 자(字)와 사물의 관계는 명(名)과 사람의 관계와 같으니, 비록 명자(名字)의 자(字)와 바로 통용된다고 해도 괜찮을 것입니다.

서계(書契)가 생기자 결승(結繩)이 없어졌다는 것은, 글을 짓는 자가 그럴 법한 말로 꾸며댄 것이지 별다른 뜻은 없습니다. 독체자와 합체자의 자모(字母), 팔상(八象)과 육류(六類)의 제작에 대해서는 정초(鄭樵)[34]의 「육서략」(六書略)으로 살펴볼 수 있으니, 여기서는 더 이상 번거로이 서술하지는 않겠습니다.

지사와 상형과 회의와 해성(諧聲)과 가차와 전주가 이른바 서(書)의 육의(六義)입니다. 천하의 글자는 모두 이 원리에서 나오는데, 그 설명은 허

---

31. 우임금이~했으니 『육예지일록』(六藝之一錄)에 나온다.

32. 또 젖을~되었습니다 사람이나 동물이 새끼를 낳아 기르는 것처럼 글자에서 다른 글자가 파생되어 나오기 때문에 근사성에 입각하여 '기르다'라는 뜻의 자(字)에 '글자'라는 뜻이 부가되었음을 말한다.

33. 내사를~있습니다 원문에는 내사(內史)로 되어 있으나 실제 『주례』「춘관」'외사'(外史) 편에 들어 있다.

34. 정초 1104~1162. 송나라 때의 학자로 『통지』(通志) 200권을 저술했는데, 그중 「칠음략」(七音略)·「육서략」(六書略)·「금석략」(金石略) 등의 문자학 연구 자료가 들어 있다. 정초는 한자학사에서 『설문』의 계통을 버리고 순전히 육서에만 근거해 모든 문자를 연구한 최초의 학자였다.

신의 『설문해자』보다 상세한 것이 없습니다. 하지만 숨겨져 있어 밖으로 드러나지 않은 것도 있고, 끌어다가 늘여서 쓴 것도 있습니다. 허신은 '뜻이 소리를 겸했다'고 말하곤 했는데, 이는 단지 두 가지만 얻은 것입니다. 실제로는 한 글자가 여러 가지 원리를 갖춘 것도 있으니, 합체자를 해성이라 한다면 독체자의 소리는 어디서 나오는 것인지에 대해 허신은 설명하지 않았습니다.

처음 소리를 얻은 연고를 따져 보면, 아마 옛사람들이 자연스럽게 하던 언어일 것입니다. 그러므로 육의의 순서에서는 지사가 상형의 앞에 있지만, 소리를 기준으로 보면 지사가 상형의 뒤에 놓이게 됩니다. 왜 그렇겠습니까? 지사라는 것은 글자로 드러난 뒤에 그 뜻을 끊어 소리를 만든 것이고, 상형이란 먼저 이름이 있었고 글자를 얻은 뒤에 거기에 맞춘 것이니 별도로 소리를 세울 필요가 없었기 때문입니다. 그 나머지는 실로 바꾸기 어렵습니다. 저도 관련 저서를 하나하나 살펴보아야 또한 찾을 수 있습니다.

사상을 날줄로 삼고 가차와 전주를 씨줄로 삼는데, 날줄은 유한하지만 씨줄은 무궁하다는 것은 양신(楊愼)의 학설입니다. 날줄 안에 씨줄이 있고, 씨줄 안에 날줄이 있어 획일적으로 말할 수는 없습니다. 다만 육서를 10으로 놓고 각각 차지하는 비율을 보면 해성이 4, 회의가 3, 지사가 2, 상형이 1이 되니, 열 등분 안에서 이른바 날줄이란 것이 전부 다가 되는 셈입니다. 또 그 전체 날줄이 글자마다 가차가 되거나 전주가 되는 것은 아니니, 날줄은 언제나 그대로지만 씨줄의 수는 유한하다는 것이 확인되어,[35] 양신의 학설은 궁벽해집니다.

---

35. 날줄은~확인되어 모든 글자에는 기본적으로 사상(四象)의 원리가 깔려 있는 데 반해, 모든 글자가 전주(轉注)와 가차(假借)는 아니니, 양신의 설과는 반대로 사상의 수는 더 이상 줄지 않는 반면 전주와 가차는 필연적으로 유한할 수밖에 없음을 말한 것이다.

육서 중 가차와 전주에 대해서는 다른 논의가 매우 많습니다. 가차의 경우, 정단예(程端禮)[36]는 소리를 빌린 것이라 했고, 장겸중(張謙中)[37]은 소리의 뜻을 빌린 것이라 했으며, 『주역소』(周易疏)에서는 뜻만 빌리고 음은 빌린 것이 아니라고 했습니다. 한마디로 간추려 말하면, 뜻을 지닌 가차가 있고, 뜻이 없는 가차가 있고, 옛날에는 뜻이 있었으나 지금은 추론할 수 없는 것이 있으며, 본래 뜻이 없었으나 우연히 들어맞게 된 것이 있습니다. 그러니 제가의 주장이 모두 통한다고 해도 맞고, 모두 치우친 견해라고 해도 괜찮습니다. 비록 창힐 자신이 직접 온다 해도 또한 반드시 이러쿵저러쿵 하며 갈피를 못 잡고 혼란만 부채질할 것입니다.

　전주에 대해 말하자면, 정단예는 소리가 옮겨 간다 했고, 장겸중은 소리는 옮겨 가고 뜻은 빌려 오는 것이라 했습니다. 조고칙(趙古則)[38]은 뜻으로 인하여 옮겨 가는 것이 있고,[39] 소리만 옮겨 가 뜻은 없는 것이 있고,[40] 서너 번에서 여덟아홉 번까지 옮겨 가는 것이 있고,[41] 동성(同聲)이나 방성

---

36. 정단예　원나라 때 학자로 자는 경숙(敬叔)이고, 호는 외재(畏齋)다. 『외재집』(畏齋集) 6권과 『독서분년일정』(讀書分年日程) 3권을 남겼다.

37. 장겸중　송나라 때 학자 장유(張有)이다. 겸중은 그의 자다. 왕안석의 『자설』(字說)을 바로잡기 위해 『설문해자』를 근거 삼아 『복고편』(復古編)을 저술했다.

38. 조고칙　1351~1395. 명나라 때 학자로, 뒤에 겸(謙)으로 이름을 고쳤다. 1379년 『홍무정운』(洪武正韻)의 편찬에 참여했으며, 문자학에 관한 저서로 『육서본의』(六書本義) 12권과 『성음문자통』(聲音文字通) 100권이 있다. 그의 학설은 대개 정초(鄭樵)의 학설에 근거를 두고 있다.

39. 뜻으로~있고　조고칙은 이 예로 악(惡)과 제(齊)를 들었다. 악(惡)은 원래 선(善)의 대립 개념을 지닌 글자였으나, 나쁜 것을 미워한다는 데서 '미워하다'라는 뜻이 생겼다. 제(齊)는 원래 가지런하다는 뜻이었으나, 이로부터 제장(齊莊)과 같이 '엄숙하다'라는 뜻이 생겨났다.

40. 소리만~있고　조고칙은 이 예로 하(荷)와 아(雅)를 들었다. 하(荷)는 원래 '연꽃'이라는 뜻이었으나 이후 '짊어지다'는 뜻을 지니게 되었고, 아(雅)는 원래 새의 이름이었으나 이후 고아(高雅)하다는 뜻을 지니게 되었다.

41. 서너 번에서~있고　행(行) 자가 여기에 해당된다. 원래 '가다'라는 뜻에서, 가고 난 뒤에 종적이 남으니 덕행(德行)에서와 같이 '행동'이라는 뜻이 있게 되었다. 행동에는 순서가 있기에 항렬(行列)에서와 같이 '차례'라는 뜻이 생겼고, 여기서 다시 행행(行行)과 같이 '강건한 모양'도 뜻하게 되었다.

(旁聲) 전주도 있고, 음이 둘이고 뜻은 하나여서 전주가 되지 않는 것도 있으며, 방음(旁音)으로 협음(協音)하여 전주의 예가 되지 않는 것도 있다 했습니다.

노(老)와 고(考)가 서로 같은 뜻이라는 것에 대해 허신(許愼) 이하 제유들이 논박한 데 이르러서는 또한 한마디로 말해, 근세 대진(戴震)[42]의 학설보다 더 훌륭한 것은 없습니다. 그는 말하기를, 『설문해자』에서는 고(考)를 노(老)로 풀고 노(老)는 고(考)로 풀었으니, 전주란 것은 서로 뜻을 풀이하는 것[互訓]이라고 하였습니다. 그렇다면 같은 뜻을 서로 받는다는 말의 의미는 명백해집니다. 제공이 알게 된다면 갑자기 진땀을 흘리지 않을 수 있겠습니까?

팔괘와 고문과 주문이 각각 진실[忠]과 질박[質]과 화려함[文]에 속하고, 소전(小篆)이 이 세 가지를 다 아울렀다고 본 것은 『포몽』(包蒙)[43]의 이론입니다. 이제 살펴보건대 당시 이른바 아울렀다 하여 패(覇) 자를 쓴 것은, 충(忠)을 숭상하는 시대가 너무 아득하여 이 논의를 펼친 자가 그 시대의 쇠퇴함을 한탄하는 뜻이 있는 것입니다.

상형을 따른 것을 문(文)이라 하고, 여기에 보태어 불어난 것을 자(字)라 하며, 죽백(竹帛)에 기록된 것을 서(書)라고 하였습니다. 이 세 가지에는 각각 고유의 뜻이 있지만 그 작용은 서로 비슷합니다. 그러므로 고금의 문필가(文筆家)들이 때에 따라 섞어 썼음은 아는 사람은 다 아는 사실이니 새삼 훈고할 것도 없습니다.

---

42. 대진 1723~1777. 청나라 때 고증학자로 자는 동원(東原)이다. 음운·훈고·지리·명물 등 여러 분야에 밝아, 1745년 『육서론』(六書論) 3권을 지었다고 하는데 전해지지 않는다. 초정과도 인연이 있어 시에도 여러 번 등장했다.

43. 『포몽』 송나라 때 학자 정인(鄭寅)이 지은 문자학 책으로 모두 7권이다. 『연감유함』(淵鑑類函) 제195권에 다음과 같은 『포몽』의 기록을 인용하여 소개했다. "복희의 팔괘는 모두 당시의 고문이다. 삼황과 오제와 삼왕은 각각 충과 질과 문을 숭상했으니, 팔괘는 충이요, 고문은 질이요, 주문(籒文)은 문이다. 시대가 내려와 소전(小篆)이 이 세 가지를 아울렀다."

대전(大篆), 소전(小篆), 각부(刻符), 모인(摹印), 충서(蟲書), 서서(署書), 수서(殳書), 예서(隷書), 이 여덟 가지가 진(秦)나라 시절의 팔체(八體)입니다. 고문(古文), 기자(奇字), 전서(篆書), 예서(隷書), 무전(繆篆), 충서(蟲書), 이 여섯 가지는 견풍(甄豐) 시절의 육체(六體)입니다. 하지만 실제로는 앞 시대의 전통을 이어받아 점차 줄인 것입니다. 오른쪽으로 쓰는 인도의 글씨, 왼쪽으로 쓰는 서역 글씨, 그리고 아래로 쓰는 중국 글씨 등 세 사람의 형제가 문자를 주관하였으나, 세 지방이 달랐던 것입니다.

지는 꽃잎과 무성한 나무의 형상, 화초와 구름과 노을의 변화는 양(梁) 소제(蕭帝)의 풍류이고 산옹(山翁)[44]의 깨달음이니 생각해 볼 만합니다. "작은 물가에 놓인 긴 배, 찬 계곡의 봄날 대나무 순"이란 말은 『서결』(書訣)[45]에 있는 "천 리에 구름이 펼쳐져 있고, 말라 죽은 지 만 년 된 등나무"[46]와 같은 것이니, 육서와는 관련이 없고 『설문해자』에도 나오지 않습니다. 굳이 말씀드리지 않겠습니다.

용마가 길상을 지고 나와 바치고, 거북이 떠올라 영험함을 나타냈다는 하도낙서(河圖洛書) 이야기는 『주역』의 「계사전」에서 볼 수 있습니다. 천두(芋頭)의 산에서 뿌리 하나에 이삭 아홉 달린 벼가 나온 것을 보고 신농씨가 감응하여 글자를 만들었다는 말은 한대(漢代)의 위서(緯書)[47]에도 실려 있습니다. 위대하도다! 인문은 여기에서 처음 열린 것입니다.

문자라는 것은 천지의 정수이고 백성의 이목입니다. 서계(書契)가 수

---

44. **산옹** 산윤(山胤)을 말한다. 당나라 위속(韋續)이 지은 『묵수』(墨藪)와 원나라 정표(鄭杓)가 지은 『연극』(衍極)에는 그가 화초(花草)에 관한 책을 만들었다고 전한다.
45. **『서결』** 1권으로 된 저자 미상의 서학(書學) 책이다. 『명사』(明史) 「예문지」(藝文志)에서는 은인(鄞人) 풍방(豐坊)의 저술로 추정했다. 「총론」(總論) 「필결」(筆訣) 「서세」(書勢) 「필연기용」(筆硯器用) 등으로 구성되어 있으며, 고문과 대전과 소전 및 예서의 사체(四體)에 대해서도 논했다. 여기서는 반드시 이 책을 지칭하기보다는, 필법의 정수를 언급한 담론 정도의 의미로 볼 수 있겠다.
46. **천 리에~등나무** 서법을 논한 여러 책에서 왕희지의 글씨를 평한 말 중 하나이다.
47. **위서** 이 책은 경전에 의탁해 길흉화복을 예언한 일종의 참서(讖書)이다.

립되기 전에는 아무리 눈이 밝아도 만 리 밖의 마음을 살필 수 없었고, 아무리 귀가 밝아도 만세의 말씀을 듣지 못했으며, 아무리 말을 잘해도 만물의 이치를 기록할 수 없었습니다. 이에 만들어 모습을 나타내고, 구분하여 사물을 나누었습니다. 혹은 대나무나 목판에 옻으로 쓰고, 혹은 종이를 만들어 먹으로 썼습니다. 온갖 법도가 붓끝에서 그려지고, 이러저러한 모습을 글자로 나타냈습니다. 글자로 적어 보내면 만 리 밖의 얼굴도 눈앞에 있게 되고, 귀 기울여 들으면 만세의 소리도 귓전에 맴돌며, 글자로써 이름 부르면 만물의 존재를 앉아서도 이르게 할 수 있습니다. 그러니 문자의 공용이란 이처럼 오묘하고 신비한 것입니다!

이로부터 배우는 자가 날로 간편하고 빠른 것을 좇았습니다. 고문(古文)에서 주문(籒文)이 되고, 주문에서 진체(秦體)로 변했으니, 전서(篆書)의 방법은 무릇 세 번 변하였습니다. 전서에서 예서로, 예서에서 해서로, 해서에서 초서로, 서체의 도는 네 번 변했습니다. 게다가 현침(懸針)과 비백(飛白) 등의 허다한 명목이 어지러이 곁가지로 나왔으니, 이른바 진(秦)나라 적 전서(篆書)를 다시 쓸 수 없는 것이 진나라 때 고문(古文)을 살피는 것보다 심한 것이 있습니다. 이제 육서(六書)의 의의는 거의 사라지고 말았습니다.

게다가 진(晉)나라 이후로 글씨를 익히는 사람들은 왕희지·헌지 부자를 으뜸으로 추어올렸습니다. 송나라 이후로 『자설』(字說)을 읽은 사람은 왕안석의 집요함을 핑계로, 춘(春)은 일(一)과 일(日)로 이루어졌고, 초(艸)는 천(千)과 리(里)가 합쳐진 것이고, 주(州)는 도(刀)가 셋 모인 것이며, 화(火)는 팔(八)과 인(人)으로 만들어졌다는 말을 굳게 믿게 되었습니다. 하지만 칠음(七音)[48]의 꾸밈, 팔음(八音)[49]의 도타움, 구음(九音)[50]의 가지런함, 십

---

48. 칠음　옛사람들이 발음 부위에 따라 나눈 일곱 가지 성모, 즉 아(牙)·설(舌)·순(脣)·치(齒)·후(喉)·반설(半舌)·반치음(半齒音)을 말한다. 심괄(沈括)이 『몽계필담』(夢溪筆談)에서 처음 언급했다.

음(十音)[51]의 밝음에 대해서는 아는 자가 없습니다.

　비(匚) 자에 죽(竹) 자를 더하니 원래의 형상은 멀어졌고,[52] 기(气) 자에 식(食) 자를 더하여 희(餼) 자를 만드니 뜻이 넘치게 되었습니다. 이러한 원리가 직용되어 불경에는 글자 옆에 구(口) 자를 더하고, 도교의 경전에는 우(雨) 자를 항상 부수로 얹은 글자가 많습니다. 속학이 어지러이 얽혀 풀어낼 수가 없습니다. 여기에 사장과 팔고의 관습까지 겸하여 공령문으로 묶어 벼슬길로 몰아 나가니 고학(古學)이 모두 쓸모없이 된 것을 다시 말해 무엇 하겠습니까?

　아! 고서 중에 오늘날까지 남아 있는 것은 드문데,『한서』「예문지」의 '소학십가'(小學十家)[53]가 있습니다.『창힐편』이『고공기』에 보이는 것은 포(鞄)·준(㼬)·가(柯)·촉(欘) 네 글자에 지나지 않습니다.『범장편』이『문선주』에 보이는 것은 "가는 베〔黃潤〕가 곱고도 아름다워 제선(制襌)에 알맞다"(黃潤纖美宜制襌), "종경과 우생, 축과 감후"(鍾磬竽笙筑坎矦)라는 두 구절에 불과합니다.[54]『훈찬편』이『사기정의』에 보이는 것은 호(戶)·호(扈)·악

---

49. 팔음　사성팔조(四聲八調)를 말한다. 사성(四聲)에 모두 청탁이 있다고 보아 음양(陰陽)으로 나누었다. 청나라 강영(江永)이『음학변미』(音學辨微)에서 처음 언급했다.

50. 구음　아홉 개의 발음 부위를 말한다. 7음을 기본으로 하되, 순음을 중순음과 경순음으로, 설음을 설두음과 설상음으로 나누었다. 원나라 유감(劉鑒)이 지은『절운지남』(切韻指南)에 나온다.

51. 십음　십호(十呼)라고도 한다. 명나라 매응조(梅膺祚)가 지은『자휘』(字彙)의 부록「음운직도」(音韻直圖)에 열 가지 명칭이 보인다.

52. 비 자에~멀어졌고　비(匚)는 원래 대나무 상자의 모습을 본떠 만든 글자인데,『집운』(集韻)에서 "비(匚)는 비(篚)와 같이 쓴다"고 하여 죽(竹) 자를 더 얹었다. 이로 인해 대나무 상자의 모습과 멀어졌다는 말이다.

53. 소학십가　한(漢)나라 초에는 문자의 학을 소학이라 하였고『한서』(漢書)「예문지」(藝文志)의 '소학십가'(小學十家)에 들어 있는 서적은 모두 자서(字書)나 훈고서(訓詁書)의 종류이다. 그 후 역대의 서적 분류는 대체로 이에 따랐으며, 청나라 때의『사고전서총목제요』(四庫全書總目提要)에서는「소학류」(小學類)를 훈고(訓詁)·자서(字書)·운서(韻書)의 세 가지로 분류하고 있다.

54.『범장편』이~불과합니다　『문선』「촉도부」(蜀都賦)의 주석에 위 두 구절이 인용되어 있다.

(鄂) 세 글자가 전부입니다. 반고가 「예문지」에서 말한 마을의 서사(書師)들이 60자를 끊어 한 장으로 만들었다는 것은 이미 그 면목을 찾을 수 없으며, 사마상여와 양웅의 자취[55] 또한 사라져 전해지지 않습니다.

천행으로 사문이 실추되지 않아, 허신(許愼)의 『설문』은 일(一) 부수에서 시작하여 해(亥) 부수에서 끝나는데, 자모(字母) 540부수가 9,353자의 강령이 되어 모두 갖추어졌습니다. 이양빙(李陽氷)의 『자원』(字源)과 서현(徐鉉)의 『운보』(韻譜)는 모두 허신을 보좌한 공신입니다. 그 외 사유(史遊)의 『급취편』(急就篇)과 곽충서(郭忠恕)의 『패휴』(珮觿)와 『한간』(汗簡), 가창조(賈昌朝)의 『군경음변』(羣經音辨), 이문중(李文中)의 『자감』(字鑑), 장겸중(張謙中)의 『복고편』(復古篇), 그리고 근세 고염무의 『음학오서』(音學五書)와 소장형(邵長衡)의 『고금운략』(古今韻略)은 이 학문의 우익이 되어 예원에 이름을 날리면서 속학의 병을 다스리는 침과 뜸이 되고 고학(古學)으로 돌아가는 나루가 되기에 충분합니다. 육서가 일어남이 참으로 여기에 있습니다.

신은 또 일찍이 세종조 성균관에 보관된 경서 판본을 본 적이 있는데, 편방이 상세하고 점획에 잘못된 것이 없으니, 그 시절 서학(書學)의 밝음을 미루어 알 수 있었습니다. 또 대성인이 문물을 만드는 심법(心法) 또한 그만의 하나라도 헤아리기에 넉넉했습니다. 바라건대 전하께서는 이 판본을 다시 교정 출간하여 중국의 석경(石經)과 나란히 놓으시고, 『설문』 이하 여러 사람의 책을 학관(學官)에 비치하고 박사제자를 증원 배치하십시오. 그리하여 한나라 적 미앙전 앞의 고사[56]처럼 벌레나 아로새기는 말단의 기예를 돌이키고 우아하고 순후한 옛 풍속을 회복하십시오. 진서(眞書)는 서 있

---

55. **사마상여와 양웅의 자취** 사마상여와 양웅은 모두 한나라 때의 문장가이다. 사마상여는 문자학 관련 저술로 『범장편』(凡將篇)을 남겼다. 양웅은 이사(李斯)가 지은 『창힐편』(倉頡篇)을 이어 당시 소학의 성과를 집대성하여 『훈찬편』(訓纂篇) 89장을 지었다. 반고는 이 책을 '창힐훈찬'(倉頡訓纂)이라 불렀다.
56. **한나라 적 미앙전 앞의 고사** 미상.

는 듯하고 행서(行書)는 가는 듯하니, 『급총』(汲冢)[57]의 죽간과 구루(岣嶁)[58]의 비문, 석고(石鼓)의 비갈과 벽락(碧落)[59]의 문자 등에도 통달하게 될 것입니다. 양각한 것을 관(款)이라 하고, 음각한 글자를 지(識)라 하니, 공을(公乙)·형정(兄丁)·백신(伯申)의 솥[鼎]과 조을(祖乙)·부계(父癸)·부경(婦庚)·모신(母辛)의 유(卣)와 포도(蒲萄)·마렵(馬鬣)의 거울과 행엽(行葉)·이문(螭紋)의 종 등도 살필 수 있을 것입니다. 지난 전통을 이어 새로운 길을 열어주고, 선현의 뜻을 이어받아 뒤의 일꾼에게 알려 주는 자는 천지와 함께 영원히 드리워질 것입니다. 지난번 신이 복고(復古)를 간청하여 아뢴 것은 참으로 이 때문이었습니다.

　수많은 성현을 집대성한 주자로서도 『소학』의 편찬에 있어서는 「곡례」(曲禮)·「내칙」(內則)·「제자직」(弟子職) 등의 편으로 지류를 삼고 쇄소응대(灑掃應對)와 집사거경(執事居敬)에 대한 말씀을 근본으로 삼아, 『삼창』(三蒼)이나 『이아』(爾雅)의 풀이에 대해서는 한 번도 언급하지 않았습니다. 이것이 어찌 육예(六藝)의 뜻을 익히지 못했기 때문에 그런 것이겠습니까? 시급한 일이 있었던 것입니다. 이는 정자(程子)가 역(易)에 대해 말하면서도 상수(象數)는 생략하고 의리(義理)를 종지로 내세워 왕필(王弼) 이후 노장의 폐단을 구하고자 했던 것과 같습니다. 이것이 바로 성현께서 시대에 따라

---

57. 『**급총**』　진(晉)나라 급군(汲郡) 사람 불준(不準)이 위(魏)나라 양왕(襄王)의 무덤을 파고 발견한 옛 서적. 이를 『급서』(汲書) 또는 『급총서』(汲冢書)라 한다. 『진서』(晉書) 「속절전」(束晳傳)에 보인다.
58. **구루**　중국 형산의 주봉의 이름인데, 이곳에는 중국 고대 하우씨(夏禹氏)가 9년 홍수를 다스릴 때 썼던 것으로 가장 오래된 석각(石刻)인 구루비(岣嶁碑)가 있다. 일설에는 우비(禹碑)라고도 한다. 중국 형산현(衡山縣) 운밀봉(雲密峯)에 있는데, 남은 글자가 77자라 한다. 근세에 와서 명(明)나라 양신(楊愼)의 위조라는 의심을 받기도 했다.
59. **벽락**　당나라 때의 비문인 벽락비(碧落碑)에 있는 글자를 말한다. 당 한왕(韓王) 원가(元嘉, 619~688)가 죽은 비(妃)를 위하여 세운 것이다. 진유옥(陳惟玉)이 썼다고 전해지는 벽락비의 필체는 고금에 없는 기이한 필법이다.

세상을 바로 세우기 위해 고심하는 마음입니다.

의리를 내세우는 소학과 명물을 따지는 소학에 대해서는 이미 한나라 유자들이 나란하게 말했습니다. 모기령(毛奇齡) 또한 육경(六經)을 모두 육예(六藝)로 여겼는데, 후세의 유자들이 왕왕 이를 업신여겨 소학을 사사로운 물건으로 만들었으니 한 웃음거리도 안 됩니다. 그렇지만 오늘날 주자의 학설은 또 중천에 뜬 해와 같으나, 명물훈고의 학문은 미약합니다. 이에 마땅히 한나라 유자들의 옛 학설과 『주자대전』·『사서집주』가 나란히 행해져도 전혀 어그러지지 않는다는 사실을 밝히는 것이 주자의 본뜻이자 소학의 급무가 아니겠습니까?

학문은 사물의 이치를 밝히는 격물치지보다 큰 것이 없고, 격물치지의 요체는 또 문자에 앞서는 것이 없습니다. 성주의 학문은 고명하시어 참으로 서도(書道)의 근원을 통찰하셨으니, 신이 어찌 감히 한마디 말을 덧붙이겠습니까? 다만 신 등은 이미 전하께서 찬정하신 운서 교정의 명을 받들었으매, 청컨대 운자(韻字)의 한 뜻으로 우러러 아뢰고자 합니다. 글자에는 반드시 뜻이 있고, 또한 반드시 소리가 있습니다. 서(書)가 경전과 통하는 것은 운(韻)이 음악과 통하는 것과 같은 이치입니다. 글자의 뜻이 닦이면 경술이 바르게 되고, 운학(韻學)이 밝아지면 옛 음악이 일어납니다. 바라건대 전하께서는 힘쓰시고 또 힘쓰시옵소서! 신이 삼가 대답하나이다.

칠월 칠석에 대한 책문 七七策

왕은 말하노라.

한 해 가운데 기수로 된 달은 3월·5월·7월·9월이고, 그 숫자가 중복되는 날을 명절로 삼는다. 생수(生數)는 3·3을 으뜸으로 삼고, 성수(成數)는 7·7을 으뜸으로 삼는다.[1] 나는 일찍이 3·3에 대해서는 책문을 내었으니,[2] 7·7에 대해서도 책문이 없을 수 있겠는가?

대연(大衍)의 시초를 셈하는 방법은 대개 중칠(重七)을 취하였고,[3] 홍범(洪範)에서 의심나는 일을 계고할 때에도 또한 범칠(凡七)을 말했다.[4] 이칙(夷則)[5]은 신(申)에 속하고, 신은 7월이다. 월령은 유화(流火)인데 화(火)의 수는 7이다.[6] 그 호응하는 것이 모두 이 날과 관계 있는 것인가?

---

1. **생수는~삼는다** 생수는 1·2·3·4·5를 말하며, 성수는 6·7·8·9·10을 말한다.
2. **나는~내었으니** 『홍재전서』(弘齋全書) 권49, 삼일(三日) 조에 나온다.
3. **대연의~취하였고** 대연수(大衍數)란 천수(天數) 25와 지수(地數) 30을 합친 55에서 그 대수(大數) 50을 말한다. 실제로 점을 칠 때에는 50개의 산가지 중에서 하나를 뺀 나머지 49만을 사용한다. 당나라 이정조(李鼎祚)가 지은 『주역집해』(周易集解)에 보면 "49개를 사용하는 것은 장양(長陽)인 7·7의 수를 본받은 것이고 64괘는 장음(長陰)인 8·8의 수를 근본으로 삼은 것이다"(其用四十有九者, 法長陽七七之數也, 六十四卦, 旣法長陰八八之數.)라는 구절이 있는데, 본문에서 말한 '취제중칠'(取諸重七)은 대연수에서 하나를 뺀 나머지 49개의 시초를 사용하는 것을 의미한다.

역사서에는 한 무제가 칠석날 승화전(承華殿)에 있을 때 서왕모가 일곱 개[七枚]의 상서로운 복숭아를 올렸다 하였고,[7] 곽분양이 밤중에 축원하자 직녀[七襄][8]가 나이를 주는 영험이 있다[9]고 했는데, 칠월 칠석과 칠매와 칠양이 이와 같이 부합되는 것은 어째서인가?

백 섬의 밥을 지은 자는 채경이며,[10] 진여는 당나라 태종에게 보물 한 주머니를 바쳤다.[11] 선가의 모임이 반드시 칠석에 이루어져서 그런 것인가?

---

4. 홍범에서~말했다 홍범구주(洪範九疇)에서 차칠(次七)은 "명용계의"(明用稽疑)인데, 이때 계의(稽疑)하는 경우가 바로 일곱 가지로 '우(雨)·제(霽)·몽(蒙)·역(驛)·극(克)·정(貞)·회(悔)'를 말한다. 원문에서 말하는 '범칠'(凡七)도 이것이다. '우·제·몽·역·극'의 경우엔 거북점[卜]을 하고, '정·회'의 경우엔 시초점(占)을 친다. 따라서 '범칠'(凡七)은 '복오점이'(卜五占二)로 이루어져 인사(人事)의 과차(過差)를 추정하는 것이다.

5. 이칙 악기의 고저청탁을 분별하는 12율 가운데 하나이다. 그 12율을 12개월에 붙였을 때 이칙은 7월에 해당한다.

6. 월령은~7이다 『시경』 빈풍(豳風) 「칠월」(七月)에 "七月流火"란 구절이 있다. 하늘에 있는 대화심성(大火心星)이 칠월이 되면 아래로 흐르기 때문에 칠월을 유화라 한다.

7. 역사서에는~하였고 『한무내전』(漢武內傳)에 다음 이야기가 전한다. 한 무제가 칠월 칠석에 승화전의 재실에 있는데 서왕모가 찾아와 천도(天桃) 7개를 바쳤다. 무제가 그 씨를 두었다가 심으려고 하자 서왕모가 웃으면서 "이 복숭아는 천 년이 되어야 꽃이 피고 천 년이 되어야 열매를 맺는다"고 말하였고, 동방삭을 가리키며 "세 번을 훔쳐 먹었다"고 하였다.

8. 직녀 『시경』 소아(小雅)·곡풍지십(谷風之什) 「대동」(大東)에 "저 모퉁이 직녀성은 종일토록 일곱 번을 옮겨 가네"(跂彼織女, 終日七襄.)라고 하였다. 칠양(七襄)은 직녀를 가리킨다.

9. 곽분양의~있다 곽분양은 당나라 때의 무장 곽자의(郭子儀, 697~781)를 말한다. 『감우집』(感遇集)에 다음 이야기가 전한다. 곽자의가 칠월 칠석에 은주(銀州)에 도착하니 직녀가 쌍두마차를 타고 하늘에서 내려오고 있었다. 자의가 절하며 직녀에게 부귀와 장수를 기원하는데, 이후 자의는 공을 세워 부귀와 장수를 누렸다고 한다.

10. 백 섬의~채경이며 『신선전』(神仙傳)에 다음 이야기가 전한다. 채경(蔡經)이 신선 왕방평(王方平)의 가르침을 받고 신선이 되었다. 그 뒤 10여 년 만에 갑자기 집에 돌아와 "칠월 칠석에 왕방평이 올 것이니 수백 곡의 밥을 준비하여 관속들을 먹이게 하라"고 했는데, 과연 그날이 되자 쇠북과 퉁소와 인마 소리가 들리며 하늘에서 왕방평이 내려왔다 한다.

11. 진여는~바쳤다 당나라 숙종 원년 칠월 칠석에 신인(神人) 진여(眞如)가 조정에 불려갔는데, 여덟 가지 보물[八寶]을 바쳐 나쁜 기운을 없애도록 했다. 이익이 『성호사설』 권4에서 『설부』(說郛) 출전으로 소개하였다.

거미가 상자 속에서 줄 치는 것을 두고 어찌 '솜씨를 얻을 징조'라 말하며,[12] 까막까치가 은하수를 메워 다리를 만드는 것[13]이 약속해서 모인 것임을 징명할 수 있겠는가? 같은 족속끼리 나와 노니는 것은 연못의 고기도 때를 안다[14]는 것이며, 하인들을 본받아 칠월 칠석에 절을 하고 질문하는 것은 문인이 본디 스스로 해학을 잘해서인가?[15] 한 가지 비[雨]인데 어제와 오늘의 이름이 다르고, 2개의 별을 남방의 풍속과 북방의 풍속에서 다르게 부르는 것은 어째서인가? 우물가에 오동잎이 날릴 때 천하는 가을을 떠올리고, 들녘에 기장이 익을 때를 농부는 보배로 여긴다. 때를 알려주고 농업을 중시하는 뜻도 이 칠석에 담겨 있는가?

칠석은 초가을의 첫 명절이다. 우리나라에서 이날을 중요하게 여겨서 3월 삼짇날·9월 중양절과 나란히 두고, 성균관(成均館)[16]에 유생들을 모아 시제를 내려 시험을 보고 태평 시절을 꾸며 내니 참으로 성대하도다.[17] 그러나 수의 시작과 중간 그리고 끝은 1·5·9로 귀결되고, 3과 7은 기수에 있

---

12. **거미가~말하며** 당나라 때 황제와 귀비들이 칠월 칠석이 되면 밤에 화청궁(華淸宮)에서 잔치를 벌였다. 궁녀들은 궁중에 꽃과 음식을 차려 놓고 견우 직녀성에게 복을 빌었다. 또 각자 거미를 잡아 작은 상자 안에 넣고 새벽에 열어 보아, 거미줄이 촘촘한가 성근가를 보고 자신들의 향후 바느질 솜씨를 점쳤다. 뒤에 민간에서도 이를 흉내 내어 하나의 풍속이 되었다고 한다. 원나라 도종의(陶宗儀)가 찬한 『설부』(說郛)의 「주사복교」(蛛絲卜巧)에 보인다.

13. **까막까치가~만드는 것** 『회남자』(淮南子)에 보면 "까막까치가 은하수를 메워 직녀를 건네주었다"는 구절이 있다.

14. **같은~안다** 황민(黃閔)의 「무릉기」(武陵記)에 따르면, 무릉의 한 산 꼭대기에 연못이 있는데, 각종 물고기가 없는 것이 없으며, 칠월 칠일이면 같은 종족끼리 모여 노닌다고 하였다. 『북당서초』(北堂書鈔) 권 155, 「세시부」(歲時部) 3에 보인다.

15. **하인들을~잘해서인가** 유종원의 「걸교문」(乞巧文)의 내용에서 단서를 찾을 수 있다. 칠월 칠석에 부녀들이 견우와 직녀성에게 바느질과 길쌈을 잘하게 해달라고 비는 것을 걸교(乞巧)라고 한다. 「걸교문」에서 유종원은 하인들이 걸교하는 것을 보고 함께 참석하여 자신의 졸렬한 것을 버리고 솜씨를 발휘할 수 있게 해 달라고 빌었다.

16. **성균관** 원문은 반궁(泮宮). 『시경』 「반수」(泮水)에 보면 "즐거워라 반궁(泮宮) 연못, 미나리를 캐 올리네"(思樂泮水, 薄采其芹.)라는 구절이 보인다. 반궁은 태학(太學)을 가리키는 말로 지금의 성균관이다.

는데 지게문의 지도리에 해당한다. 연초와 삼복과 납일에 두주(斗酒)로 스스로를 위로하고[18] 설과 단오에 첩자(帖子)를 지어 올리는 것 또한 역대로 내려온 풍속이니,[19] 옛사람들이 1과 5를 중히 여긴 뜻이 이와 같았다. 『형초세시기』(荊楚歲時記)를 지은 옛 사관으로 하여금 우리나라의 세시기를 편찬하게 한다면 반드시 고루하다 비웃을 수도 있을 것이다. 설과 단오에 시험을 보지 않고 3월 삼짇날과 7월 칠석에만 과거를 보는 것에는 반드시 깊은 뜻이 있을 것이다. 내 그대들과 더불어 7·7의 의미를 따져 보고자 하니, 진실로 능히 근거를 갖추어 두루 살펴보아 옛것을 끌어 지금을 고증한다면, 옥갑(玉匣)의 노래나 금풍(金風)의 문장[20]에 비하더라도 유용한 대책이 되지 않겠는가?

뜻을 다하여 조목조목 진술하되 잡다하고 부화한 말은 삼가라. 내 친히 열람하리라.

신은 대답합니다.

신이 생각건대 7월에만 7일을 쓰는 것이 아니라 매달 7을 사용하는 것

---

17. 우리나라에서~성대하도다　조선 시대에는 해마다 인일(人日)·상사(上巳)·칠석·중양의 명절에 성균관의 유생을 대상으로 과거를 실시했는데, 이를 절일제(節日製)라 한다. 의정부(議政府), 육조(六曹) 및 성균관의 당상관(堂上官)이 시험을 보아 인재를 뽑았는데, 합격자의 정원은 일정하지 않았다.

18. 연초와~위로하고　한(漢)나라 선제(宣帝) 때 평통후(平通侯) 양운(楊惲)이 죄에 걸려 폐서인(廢庶人)이 되었다가, 농사를 지어 산림을 일으키면서 친구인 손회종(孫會宗)에게 편지를 보냈는데, 다음과 같은 구절이 있었다. "농사짓는 일이 무척이나 수고롭기에 연초와 삼복과 납일(歲時伏臘)이 되면 양을 삶아 안주로 삼고 두주(斗酒)를 마시어 스스로 위로하고, 술이 거나해지면 하늘을 우러러 질장구를 치고 노래를 들으며 즐긴다."

19. 설과~풍속이니　단오첩(端午帖)은 조선 후기까지 내려온 풍속으로, 이날 내각(內閣)·옥당(玉堂)·한원(翰院)의 여러 신하가 단오의 첩자를 지어 올렸다. 대궐에서는 이 첩자를 각 전의 기둥에 붙였는데, 내용은 단오절을 축하하는 축시였다.

20. 옥갑의 노래나 금풍의 문장　옥갑은 옥으로 된 상자이고 금풍은 가을바람이다. 옥갑에 보관하고 가을바람이 등장하는, 아름답기는 하나 실용성은 없는 시문을 가리키는 것으로 보인다.

이 있습니다. 동지의 괘인 복괘(復卦)에 "7일이면 양이 회복된다"[21]라고 했는데, 이는 동짓달의 7일을 가리킵니다. 후한(後漢) 사람 동훈(董勛)의 『답문예속』(答問禮俗)[22]에는 "정월 칠일은 인일(人日)이다"[23]라고 했는데 이는 정월의 7일을 가리킵니다. 고시 「여강소리행」(廬江小吏行)에서도 "초7일과 19일에는 기뻐하여 서로 잊기 어렵다"[24]라고 했으니, 대개 7월 7일만 있는 것은 아닙니다. 또한 해(歲)에도 7을 말하는 것이 있습니다. '소국(小國) 7년'[25]과 '7년 소성(小成)'[26]이 그것입니다. 세대(世)에도 또한 7을 말한 것이 있습니다. "7세의 사당, 덕을 볼 수 있네"[27]가 그것입니다. 옛 성인이 나라를 세우고 세상을 구제하는 논의와 예악을 만들고 사람을 완성하는 절목에서도 7이란 수를 많이 사용합니다. 예를 들어 '음악의 7균, 성정의 7정, 제례의 7사' 등은 비록 우연히 부합되는 것 같지만 자연의 이치가 그 사이

21. **7일이면 양이 회복된다** '진하곤상'(震下坤上)의 상을 가진 『주역』「복괘」(復卦)에 나오는 말이다. 이 복이 바로 동지의 괘이다.

22. **『답문예속』** 후한 사람 동훈이 지은 책인데, 『문예속』(問禮俗)이란 이름으로 불리기도 한다.

23. **정월 칠일은 인일이다** 『답문예속』에 "(정월의) 초하루는 닭, 2일은 개, 3일은 돼지, 4일은 양, 5일은 소, 6일은 말, 7일은 사람에 해당한다"(正月)一日爲鷄, 二日爲狗, 三日爲猪, 四日爲羊, 五日爲牛, 六日爲馬, 七日爲人.)라고 되어 있는데, 남조(南朝) 양(梁)나라 사람 종름(宗懍)이 지은 『형초세시기』(荊楚歲時記)에도 7일은 인일(人日)이니 사람들이 종이 등으로 사람의 형상을 만들어 병풍에 붙이거나 머리에 썼다는 기록이 있다.

24. **초7일과~어렵다** 초중경(焦仲卿)의 처(妻)가 지은 것으로 전해지는 악부시에 관련 시구가 있다.

25. **소국 7년** 『맹자』「이루」(離婁)에 "문왕(文王)을 스승으로 삼는다면 대국은 5년, 소국은 7년이면 반드시 천하에 정사를 펼칠 수 있다"(師文王, 大國五年, 小國七年, 必爲政於天下矣.)란 구절이 보인다.

26. **7년 소성** 이광파(李光坡)가 지은 『예기술주』(禮記述註)에 보면 다음 구절이 보인다. "첫해에 입학했을 때부터 7년이 되면 작게 이루고 9년이면 크게 이룬다."(自一年入學, 至七年小成, 至九年大成.)

27. **7세의~있네** 『서경』「함유일덕」(咸有一德) 편에 보인다. 『예기』「왕제」(王制) 편에 의하면 왕실에는 7묘가 있었다. 이 7묘에 대해서는 의론이 분분하지만, 나라를 세우는 데 공이 많았던 두세 사람과 그 앞 4, 5대의 조상들을 묘당에 모신 것이라고 보면 된다. 따라서 이들 조상들의 업적을 살펴보면 그 나라 임금들의 덕이 어떠했나를 알 수 있다는 뜻이다.

에 내재되어 있지 않은 것이 없습니다. 이는 용성(容成)[28]의 시대로부터 자연스럽게 간지가 배합되어 나타난 현상이니, 음양으로 점을 치는 주나라의 풍속이 전대 태복(太卜)[29]이 점을 치던 유풍에서 나온 것과 같은 이치가 아니겠습니까? 음양에 오행을 더하고 사방의 스물여덟 별자리를 나누면서 칠정(七政)이라 하고 칠수(七宿)라 하였으니, 하늘의 이치를 말하면서 또한 7을 썼던 것입니다. 『맹자』에서 "은나라 사람에게는 각각 칠십 무의 밭을 주어 10분의 1을 조세로 거두었다"[30]고 하였으니 땅에도 또한 7을 썼습니다. 7이라는 숫자가 지닌 각 시대마다의 뜻은 깊고도 오묘합니다. 지금 성상께서는 구오(九五)의 임금 지위에 계시면서[31] 천 년에 한 번 있다는 태평성대를 여시고[32] '7월 7일'을 문제로 내리셨습니다. 비록 신이 일곱 발짝 만에 시를 짓는 재주[33]는 없고 독서는 유흠의 『칠략』에 부끄럽지만 어찌 감히 그간 쌓은 바를 다하여 만에 하나라도 대답하여 말씀드리지 않겠나이까.

신은 엎드려 성상의 책문을 '한 해'부터 '담겨 있는가'까지[34] 모두 읽

28. **용성**   용성씨(容成氏)를 말하는 것으로 보인다. 용성씨는 전설상의 중국 제왕인 황제의 사관으로 알려져 있다. 그러나 도가의 책에서는 한 시대를 태평하게 다스린 군왕으로 다루어지기도 한다. 장현광(張顯光)의 『여헌집』(旅軒集)에 보면 "해와 달을 고르게 하여 책력(冊曆)을 만들어 절기(節氣)를 손바닥 위에서 움직인 자로 용성이란 신하가 있고, 북두성의 자루를 가지고 천문(天文)을 점치고 인간 세상에 육십갑자를 만든 자로 대요(大撓)라는 사람이 있다"라는 구절이 있는데 참고할 만하다.
29. **태복**   은나라 때부터 있었고, 주나라 때에는 춘관(春官)에 예속된 벼슬로 복서관(卜筮官)의 장이 되었으니, 복정(卜正)이라고도 하였다.
30. **『맹자』에서~거두었다**   『맹자』「등문공상」(藤文公上)에 나온다.
31. **지금~계시면서**   『주역』「계사전」(繫辭傳)에 "왕은 구오(九五)의 지위에 거하니 부귀의 지위이다"라고 했다.
32. **천 년에~여시고**   황하는 천 년에 한 번 맑아지는데, 이때 천하는 태평하고 성인이 난다고 한다.
33. **일곱 발짝~재주**   위(魏)나라 조식(曹植)이 글재주가 민첩하여 걸음을 걸으면서 일곱 보 안에 오언 절구를 지었다는 고사에서 따온 말이다.
34. **한 해부터 담겨 있는가까지**   60페이지 둘째줄 '한 해'부터 62페이지 아홉째 줄 '담겨 있는가'까지를 말한다.

어 보았습니다. 두 손 들어 백 번 절을 올리고 충심으로 황송하여 엎드립니다. 신이 엎드려 생각하옵건대, 7이라는 숫자는 양수의 시작이고 성물(成物)의 으뜸입니다. 하도(河圖)에서는 앞에 있는데 5에 뿌리를 두고, 낙서(洛書)에서는 오른쪽에 있으니 9의 짝이 됩니다. 이처럼 7이라는 숫자는 조화에 참여하고 세운(世運)에 관계합니다. 이런 까닭에 성인께서도 이를 중시하시어 글자를 만듦에 모습을 본뜨고 이름을 만듦에 그 뜻을 생각하여 양(陽)을 올리고 음(陰)을 억제하는 뜻에 소홀함이 없었던 것입니다. 그러므로 이달과 이날이 만난 때를 일러 양신(良辰)이라 하였고, 전해져 아름다운 풍속이 되었습니다. 단오에 냉도(冷淘)[35]를 해 먹고 중양절에 머리에 수유를 꽂는 풍속은 참으로 4월 4일, 6월 6일과는 차이가 있습니다. 비록 그렇지만 이날이 명절인 줄만 알아 놀기만 하고, 이달이 기월(畸月)인 줄만 알아 마시고 노는 데에만 힘쓰게 되었으니 천지가 사물을 빚어내는 기미는 약해지고 선왕께서 시절을 대하셨던 정사도 쇠퇴해졌습니다. 남의 위에 있는 사람이 어찌 하늘을 공경하고 백성을 부지런히 돌보는 뜻을 저버릴 수 있겠습니까? 힘쓰시길 바랍니다. 힘쓰시길 바랍니다.

신은 성상의 질문에 따라 조목조목 진술하고자 합니다. 시초 하나를 왼손 손가락 사이에 걸어 삼재(三才)를 나타내는 시초 셈법[36]에서 7·7에 부합하는 것은 대연수 50에서 하나가 빠진 숫자요,[37] 복이점오(卜二占五)[38] 하는 계(稽) 중에서 6과 8 사이에 있는 것은 홍범의 차칠(次七)[39]입니다. 음율

---

35. 냉도   이익(李瀷)의 『성호사설』(星湖僿說)에 따르면, 냉도는 수화(水花)나 괴엽(槐葉) 따위를 밀가루에 반죽하여 떡을 만들고, 그것을 잘게 썰어 술에 담가 두었다가 삭혀서 먹는 음식인 듯하다.

36. 시초~셈법   시초를 세는 방법의 하나이다. 『주역』(周易) 「계사전 상」(系辭傳上)에 "대연(大衍)의 수는 50이지만 쓰는 것은 49개다. 둘로 나누어 하늘과 땅을 형상하고, 왼손 손가락 사이에 하나를 걸어 삼재(三才)를 나타내고……"라고 하였다.

37. 대연수 50에서~숫자요   시초점을 칠 때 대연수 50에 해당하는 시초를 다 사용하는 것이 아니라 하나를 빼고 남은 49개만을 사용하는데, 이를 말한다.

에서 이칙(夷則)은 신(申)에 해당되는데 숫자 7에 속합니다. 하늘에 대화심성이 흐르면 7월이 온 것입니다. 그러니 이것을 이날에 나타나는 하늘의 감응이라고 해도 괜찮습니다. 서왕모가 승화전에 와서 한 무제에게 7개의 과일을 바친 것과 곽자의가 은주에서 복을 빌어 칠양(七襄)의 천손(직녀를 말함)을 만난 것은 대개 또한 이날의 이름과 다르지 않습니다. 채경이 백섬의 밥을 지어 왕방평에게 보낸 것도 칠월 칠석 날 있었던 일입니다. 진여가 한 주머니의 보물을 당 태종에게 칠월 칠석 날 바친 것도 무엇이 다르겠습니까?

거미가 거미줄을 촘촘하게 짰나 보기 위해 당나라 천보 연간 궁녀들이 향 그릇을 살짝 열어 보았으니, 이것은 규방의 습속이고 민간의 놀이로 숭상된 것입니다. 까막까치가 은하수를 메워 다리를 만들었다는 『회남자』의 환설(幻說)이 횡횡하게 된 것은 도가에서 내려오는 말이니 어찌 까막까치가 약속을 하고 모여 다리를 만든 것이겠습니까. 물고기와 자라가 나뉘어 다님은 또한 능히 시절을 알아서라는 것은 무릉(武陵)의 기이(奇異)한 일을 적은 것이요, 과일을 늘어놓고 옷소매를 펼친다는 것은 바느질 솜씨를 비는 영릉(零陵)의 풍속이니,[40] 가리기가 어렵지 않습니다. 세거(洗車: 수레를 씻는 비)와 쇄루(灑淚: 이별의 눈물)[41]처럼 비의 명칭은 날짜에 따라 달라지고, 황고(黃姑)와 담고(擔鼓)[42]처럼 지역에 따라 명칭도 제각각입니다. 우사

---

38. 복이점오　복오점이(卜五占二)의 잘못이다. 주(周) 무왕(武王)이 기자(箕子)에게 치국안민의 도리를 묻자, 기자는 7개 항목의 계의(稽疑)를 알려주었다. 계의는 '의문사항은 점으로써 해결하라'는 뜻이고, 7개 항목은 일우(日雨), 일무(日霧), 일몽(日蒙), 일역(日驛), 일극(日克), 일정(日貞), 일회(日悔)이다. 이 7개 항목을 복오점이라고 한다. 『상서』(尙書)「홍범」(洪範)에 보인다.

39. 홍범의 차칠　『서경』「홍범」(洪範)의 일곱 번째 항목, "의문이 풀리지 않으면 점복을 이용하여 밝힌다"(明用稽疑)를 말한다. 위에서 말하는 6과 8은 차육(次六)과 차팔(次八)의 항목을 가리킨다.

40. 과일을~풍속이니　『형초세시기』에 "7월 7일이면 궁중에 과일을 차려 놓고 솜씨를 빌었는데, 거미가 과일 위에 줄을 치면 솜씨를 얻는다고 믿었다"(荊楚歲時記曰, 七月七日, 設瓜果于庭中, 以乞巧. 有喜子布網于瓜上, 得巧.)는 말이 보인다.

(雨師)의 이름은 옛날과 다르고, 천관(天官)이 남북에 따라 달리 불리는 것에는 유래가 있습니다. 금정(金井)에서 배회하다 시인은 지는 오동잎에 느낌이 일고[43] 탕병(湯餠)을 서로 주고받으며 농부는 기장의 여묾을 기뻐하니,[44] 때를 알려 주고 농업을 중시하는 뜻이 여기에 들어 있습니다.

　　신이 엎드려 성상의 책문을 '칠석은'부터 '대책이 되지 않겠는가'까지 읽어 보고, 두 손 들어 백배하고 충심으로 황송하여 엎드립니다. 칠석이란 찌는 듯한 불볕더위를 뒤로하고 백로(白露)의 서늘함을 맞이하는 때입니다. 백자지지(百子之地)란 고사[45]가 이날 생겼고, 구공침(九孔針)[46]이라는 유속도 아직 남아 있습니다. 하물며 우리 조정에서는 이날을 더욱 중시하여 삼월 삼짇날과 구월 중양절 사이에 과거를 치러 인재를 취합니다. 그리하여 임금을 보필할 재사를 등용하고 태평 시절의 소리를 발휘하는 것은 치도를 수식하고 문풍을 아름답게 드날리기 위한 것이니 이보다 더 빛나고 아름다운 일은 없습니다.

---

41. **세거와 쇄루**　모두 비를 일컫는 말이다. 명나라 사람 진요문(陳耀文)이 지은 『천중기』(天中記)에 보면 "7월 6일 내리는 비는 세거우라 하고 7일 비는 쇄루우라 한다"(七月六日雨日洗車雨, 七日雨日洒淚雨.)란 구절이 보인다.

42. **황고와 담고**　모두 견우성을 일컫는 말이다.

43. **금정에서~일고**　백거이의 시 「조추독야」(早秋獨夜)에 "우물가 오동나무잎 떨려 서늘하더니, 이웃집 절구에선 가을 소리 이누나"(井梧凉葉動, 鄰杵秋聲發.)란 구절이 있다.

44. **탕병을~기뻐하니**　칠월 칠석의 세시풍속 중 하나로 보이는데, 전거는 미상이다.

45. **백자지지란 고사**　『삼보황도』(三輔黃圖)에 따르면 한나라 장안에는 '백자지'(百子池)가 있었다고 하는데, 이곳은 삼월 상사일에 사람들이 풍류를 펼쳐 놓고, 드러내 놓고 자식을 구하는 땅이라 한다. 그런데 이 백자지는 삼월 삼짇날에만 관련된 것이 아니라 칠석과도 관련이 깊은 것으로 보인다. 『서경잡기』(西京雜記)에 보면 이런 이야기가 전한다. 가패란(價佩蘭)이 궁에 있을 때였다. 칠석이 되자 백자지에 임하여 음악을 연주했는데, 음악이 끝나자 오색실로 서로를 묶었다 한다. 이를 상련애(相連愛)라 한다. 백자지지(百子之地)의 고사가 정확히 무엇을 뜻하는지 알 수 없으나, 한나라 장안에 있던 백자지(百子池)와 관련된 고사인 것으로, 칠석에 백자지에서 오색실로 묶어 오는 풍속과 관련이 있을 것으로 추정된다.

46. **구공침**　칠월 칠석날 궁궐의 여인들이 솜씨를 빌 때 사용하던 바늘. 달을 향하여 오색실을 구공침에 꿰었는데, 꿰어지면 솜씨를 얻을 징후로 여겼다고 한다.

무릇 수는 1에서 시작하여 9에서 끝이 납니다. 5는 그 가운데 있고, 3과 7은 그 사이에 있어 지게문에 지도리가 있는 것과 같습니다. 그렇지만 3이 아니면 5는 뿌리 없는 잎이 되고 7이 없으면 9는 배꼽 없는 맷돌이 되고 마니, 어찌 이른바 30개의 바퀴살이 하나의 바퀴통에 모여 '무위의 쓰임'이 되는 이치가 아니겠습니까? 무릇 명절의 명칭은 처음에는 정해진 것이 없었습니다. 해마다 풍년이 들면 그해는 모두 좋은 절기가 되고, 날마다 즐거우면 모든 날이 좋은 법입니다. 지난 역사를 두고 말씀드리자면 절일(節日)의 연혁은 그 단서가 많고, 나라로 말씀드려도 절일의 풍속은 수만 가지입니다. 과연 좋은 재주를 지닌 사관으로 하여금 붓을 잡아 기록하게 한다면, 우리의 월령은 진실로 당송을 뛰어넘고 삼대의 구구한 형초를 앞지를 것이니, 어찌 고루하다 나무랄 수 있겠습니까?

정월 초하루에 춘첩을 써 올리고 칠월 칠일에 성균관 유생들을 시험하는 것은 '하나이면서 둘이고, 둘이면서 하나'(一而二, 二而一)이니, 애초부터 같고 다름을 논할 것 없이 그 요체는 옛 선왕이 행했던 납일 풍속의 남은 은택에서 벗어난 것이 아닙니다. 3은 생수의 으뜸이 되니 이전에 3·3에 대해 물으신 것은 사물을 살리려는 마음에서 나온 것이며, 7은 성수의 으뜸이 되니 이제 7·7에 대해 물으신 것은 사물을 이루시려는 뜻입니다. 낳고〔生〕 이루는 것〔成〕은 천지의 지극한 덕으로 성인이 할 수 있는 일입니다. 성대하십니다. 백 대에 큰 이름을 드리우고 천하에 아름다운 풍속을 보이시니, 그 큰 규모와 깊은 뜻이 때에 맞추어 사물을 기르는 가운데 찬란하게 다 갖추어져 있습니다.

신이 엎드려 성상의 책문을 '뜻을 다하여'부터 '열람하리라'까지 읽어 보고, 두 손을 올려 백배하고 충심으로 황송하여 엎드립니다. 금풍(金風)·옥갑(玉匣)의 문사나 제량(齊梁)의 부박한 문체[47]는 밝은 조정 책사의 예에 비의하기에는 부족합니다. 위대하도다, 말씀이시여! 대성인의 실질에 힘쓰는 정치를 신은 우러르기에도 겨를이 없습니다. 『시경』에 "비둘기가 뽕

나무에 앉았으니, 그 새끼가 일곱이어라"라는 구절이 있습니다.[48] 비둘기 새끼는 일곱 마리씩이나 된다고 하였고, "깨끗한 군자는 위의(威儀)가 한결같네"로 시를 맺었습니다. 7이란 것은 무엇입니까? 양(陽)입니다. 1이란 것은 무엇입니까? 도(道)입니다. 엎드려 원하건대 성상께서는 7과 1을 생각하시어 부지런히 힘쓰시기 바랍니다. 신은 삼가 대답하나이다.

---

47. 제량의 부박한 문체 남북조 시대 때 제나라 양나라의 문체는 기교와 수식이 많고 화려하여 '제량체'라 불렀다.

48. 『시경』에~있습니다 『시경』 조풍(曹風) 「시구」(鳲鳩)의 첫 두 구절인 "鳲鳩在桑, 其子七兮."를 가리킨다.

팔자백선책¹ 八子百選策

왕은 말하노라.

『당송팔대가문초』(唐宋八大家文鈔)는 녹문(鹿門) 모곤(茅坤)²이 후세의 위작과 표절을 병통으로 여겨 선각들의 정수(精粹)를 표준으로 삼아 천고에 글을 쓰는³ 사람에게 금석의 지침⁴을 보여 준 것이다. 한(漢)나라 이전의

1. 팔자백선책 『홍재전서』권51에는 「팔대가」(八大家)로 되어 있고 "인일제 및 도기 유생의 춘시 임자년(정조 16, 1792년)"(人日製及到記儒生春試, 壬子)이라 부기되어 있다. 신축(1781) 5월 13일 상이 몸소 당송팔가(唐宋八家)의 각 체의 글 1백 편을 뽑아서 『어정팔자백선』(御定八子百選)이라 명하고 이 책의 교정을 명하였다. 이때 비서(祕書) 성대중이 박제가와 함께 감인(監印)하였다. 문체의 수준이 날로 못해지는 것을 염려하여 손수 당송팔가의 문장을 뽑아 간행한 것이었다. 정조의 『홍재전서』에는 내용이 다른 두 편의 「팔자백선책문」이 실려 있는데, 박제가의 답문은 여기 실린 책문 말고 다른 책문에 답한 것이다. 문집을 편차하는 과정에서 오류가 있었던 것으로 보인다. 참고로, 민족문화추진회 간 『국역 홍재전서』에 실린 해당 책문을 말미에 부기한다.
2. 모곤 1512~1601. 명나라 문장가로 호가 녹문(鹿門)이다. 의고파 풍조가 성할 때, 당송고문을 추상(推賞)하여 『당송팔대가문초』(唐宋八大家文鈔) 144권을 편집·유포시켰다.
3. 글을 쓰는 원문은 조고(操觚). 글 짓는 것 또는 문필에 종사하는 것으로, 고(觚)는 옛날에 어떤 사실을 기록하던 네모난 나무 패(牌)다.
4. 금석의 지침 원문은 관화(關和). 『서경』「오자지가」(五子之歌)에 나오는 '관석화균'(關石和鈞). '석'과 '균'은 무게의 단위이고, '관'은 통(通), '화'는 평(平)의 뜻인데, 도량형의 제도를 통일되게 고르게 함으로써 백성들의 생활을 안정되게 하였다는 말이다.

문장은 두고서라도 선유(先儒)들은 촉나라 제갈량의 「출사표」와 진나라 도연명의 「귀거래사」를 문장의 절조라고 생각했는데, 이 책(『팔자백선』)에서는 단지 당송의 글만을 취한 것은 무슨 근거로 그리한 것인가? 육조시대 변려체(騈儷體)는 힘써[5] 바꾸려고 노력하면서 당나라 소정(蘇頲)[6]의 글을 수록하지 않은 것은 무슨 이유인가? 문장의 폐단이 생기자 옛 도를 드러내 밝혔는데 송나라 유개(柳開)[7]의 글을 기록하지 않은 것은 어떻게 설명해야 하는가? 공동자(空同子) 이몽양(李夢陽)[8]은 명가인데 다만 표절했다고 비난하였고, 형천(荊川) 당순지(唐順之)[9]는 당송팔대가의 정신을 이어받았는데 선집의 대열에 넣지 않은 것은 또한 의미가 있는 것인가? 한유(韓愈)에 대해 '삼키고 토하며 내달리고 멈춘다'(呑吐騁頓)고 한 것과 유종원(柳宗元)에 대해 '가파르고 험하며 우뚝 솟아 있다'(巉巖峭刻)고 한 것과 구양수(歐陽脩)에 대해 '힘이 있고 유려하며 호탕하다'(遒麗逸宕)고 한 것과 소순(蘇洵)에 대해 '나아갈 곳에 나아가고 그칠 곳에 그쳤다'(行行止止)고 한 것은 모두가 좋은 평가인데, 왕안석(王安石)·증공(曾鞏)·소식(蘇軾)·소철(蘇轍)에 대해서는 유독 비유한 말이 없으니 어째서인가?

비지(碑誌)는 세상에서 모두 한유를 으뜸으로 여기지만, 이 책에서는 '구양수나 왕안석보다 못하다'고 평가하였다. 서독(書牘)은 사람들 모두

---

5. **힘써** 원문은 착(着). 『홍재전서』에는 '착'(着)이 '저'(著)로 되어 있다.
6. **소정** 670~727. 자(字)는 정석(廷碩). 당 현종 때의 문신. 문장에 뛰어난 인물로 당시 조정의 중요한 글들은 모두 그의 손에서 나왔다. 『당서』(唐書) 「소정전」(蘇頲傳)에 보인다. 또한 『당서』 「문예전서」(文藝傳序)에서는 "왕발과 양경·장설과 소정·한유와 유종원 등을 거쳐 문장이 변하였다"고 하였다.
7. **유개** 948~1001. 송대의 문인으로 고문 운동의 길을 열었다.
8. **이몽양** 1472~1530. 명대의 문학가로 호가 공동자이다. 이몽양의 "문필진한(文必秦漢), 시필성당(詩必盛唐)"이라는 말은 이후 명대의 복고주의적 경향을 상징하는 구호처럼 쓰였다.
9. **당순지** 1507~1560. 명대의 문학가로 호가 형천이다. 왕기(王畿)의 학문을 이어받아 양명학자로도 유명하며, 산문 작가로서도 뛰어났다. 명나라 초기 의고파의 전성기에 문학의 시대성을 인식하고 정감을 표출한 달의(達意)의 글을 중시했다.

소식을 최고라 말하는데, 이 책에서는 '한유가 특히 뛰어나다'고 하였다. 무슨 뛰어난 견해가 있는 것이기에 이와 같이 논단했는가? 하나의 생각으로 전편을 구성했기에 불필요한 내용이 없고 예리한 문사로 묘사했기에 넘쳐나는 말이 없게 된 것이 팔대가의 비밀스러운 병기라고 누가 말하였으며, 과연 적절한 견해라고 할 수 있는가? 어떤 사람은 이고(李翶)[10]·손초(孫樵)[11]를 더하여 십대가를 만들기도 하였고, 어떤 이는 한유·유종원·구양수·소식만으로 간략히 사대가를 삼기도 했는데, 더하지도 빼지도 않았으니 번잡해지거나 간략해지는 잘못이 없을 수 있겠는가? 어떤 것은 본 제목 아래에 논평을 가했고[12] 어떤 것은 글자나 줄 사이에 요지를 기록했는데, 그 논평과 기록은 의례에 잘못된 것이 없는가? 어떤 이는 '이윤(伊尹)과 주공(周公)이 불평한 심기를 울렸다'[13]란 내용을 가지고 한유의 「송맹동야서」(送孟東野序)를 비난하기도 하고, '한위공(韓魏公)과 백거이(白居易)의 우열론'[14]을 펼친 것을 가지고 소식의 「취백당기」(醉白堂記)를 조롱하기도 하며, 구양수의 「육일거사전」(六一居士傳)[15]은 말이 되지 않는다 하여 비방하기도 하고, 유종원의 「여이목주복기서」(與李睦州服氣書)는 간혹 실제의

10. **이고** ?~844? 만당 때의 문인으로, 한유의 개성적이고 자연스런 점을 계승했다고 평가받고 있다.
11. **손초** 한유에게서 문장을 배워 고문을 계승하였다.
12. **어떤 것은~가했고** 원문은 "或掣論定評於本題之下." 『홍재전서』와 『정유각전집』에는 "或掣論定評於本題之下"라 되어 있는데, 『초정전서』 중(中)에는 '혹설론어본제지하'(或掣論於本題之下)라 기록되어 있다.
13. **이윤과~울렸다** 한유의 「송맹동야서」에 "이윤은 은나라를 울렸고 주공은 주나라를 울렸다"(伊尹鳴殷, 周公鳴周.)라 한 것을 가리킨다.
14. **한위공과 백거이의 우열론** 소식의 「취백당기」에 "위공(魏公)의 공명은 본디 낙천(樂天)보다 앞서니 글이 칭송되지 못 했지만 생각만은 더욱 유원하다. 위국(魏國)의 충헌(忠獻) 한공(韓公)이 당(堂)을 사제(私第)의 연못 위에 짓고 취백당(醉白堂)이라 이름하고, 백낙천의 지상(池上)의 시를 취해서 취백당의 노래를 삼았으니, 뜻은 낙천에게 탐을 낸 것 같으나 미치지는 못한다"라고 말한 부분을 가리킨다.
15. **「육일거사전」** 구양수가 희녕 3년(1070), 64세 때 이 작품을 지어 은일 지향의 뜻을 표명하였다.

모습이 지저분하다고 배척을 한다. 이러한 비방을 받는데도 함께 선집 속에 실린 것은 어째서인가?

한나라에는 『문류』(文類)가 있고, 당나라에는 『문수』(文粹)가 있으며, 송나라에는 『문감』(文鑑)이 있는데 그 평론하고 선집한 범례가 이 책과 비교하여 어떠한가? 형천 당순지가 이미 『문편』(文編)을 지었는데 녹문 모곤이 당순지의 수제자로서 별도로 이렇게 바로잡아[16] 편찬을 한 것은 어찌 스승을 이기는 데 힘썼다는 혐의가 없는 것이겠는가? 명나라의 『황명십대가문초』(皇明十大家文鈔)는 이 책을 이어받아 속편으로 삼은 것인데, 한 시대의 으뜸 되는 문장가가 도리어 두 왕조를 합친[17] 것보다 많다. 그렇다면 시대가 내려갈수록 재주가 더욱 낮아진다는 것이 확실한 이론이 못 되는 것인가?

일찍이 논하건대, 문장이란 마음에서 발하여 기운에서 지어지는 것이라 한다. 그러므로 마음이 섬세하고 기운이 길러지면 체재가 비록 수없이 바뀌더라도 문장이 지극해지지 않음이 없다. 마음이 거칠고 기운이 협소하면 말이 비록 그럴듯하더라도 이치는 끝내 얻을 수 없다. 이것은 자연스럽게 그리되는 것이니 마치 바람이 물 위를 지나는 것과 같아서 규칙을 어기고 무의미한 말[18]을 주워 모아 미칠 수 있는 것이 아니다. 그렇다면 이 책은 재주 없는 이들이 귀로 듣고 눈으로 표절하는 자료로나 알맞을 뿐이니, 이른바 '『장전』(長箋)[19]이 나오자 자학이 어그러졌고 팔대가가 나오자 문장이 종식되었다'라는 말이 진실로 지나친 말이 아니겠구나. 비록 그렇

---

16. **바로잡아** 원문은 은괄(檃栝). 도지개다. 휜 것을 곧게 하는 것을 '은'이라 하고, 뒤틀린 방형(方形)을 바로잡는 것을 '괄'이라 한다.
17. **합친** 원문은 모여(茅茹). '여'는 뿌리가 서로 붙어 이어진 모습으로, 띠풀의 뿌리가 서로 이어진 것을 말한다. 『주역』「태괘」(泰卦) "초구는 띠 뿌리를 뽑음이니, 무리지어 행동해야 길하다"(初九, 拔茅茹, 以其彙, 征, 吉.)에 보인다. 여기에서는 당과 송이 서로 연이어져 있음을 말한 것이다.
18. **무의미한 말** 원문은 정두(飣餖). 음식을 죽 늘어놓고 먹지 않는다는 뜻으로, 의미 없는 문사를 죽 늘어놓는 것을 말한다.

지만 이 책을 비방하는 논의가 행해지면서 문체는 또 한 번 변하였다. 주나라의 단아함과 일곱 나라의 웅장함, 한나라의 넉넉함은 모두 마음이며 기운이다. 비단으로 오려 만든 꽃과 닥나무를 깎아서 만든 나뭇잎을 그 누가 모조품인 줄을 분별하지 못 하랴마는 뻔뻔하게 진한의 것이라고 스스로 명명하고 있다. 세상을 떠들썩하게 하고 세속을 현혹시키는 한 부류의 무리들은 종종 팔대가를 비하하면서 '옛것이라는 것은 가짜와 같고, 재주라는 것은 잡초와 같으며, 기이하다는 것은 말 더듬는 것과 같다'고 하는데, 이런 도도하게 흐르는 폐단은 오늘에 이르러서도 바로잡을 수가 없다. 이후에야 팔대가를 참으로 얕잡아 볼 수 없고 마음을 세심하게 하고 기운을 기르는 방법 또한 반드시 옛 표본을 궤범으로 삼아야 한다는 것을 알게 되었다.

내가 이제 국사를 돌보는 여가에 책들을 섭렵하면서 작가의 진정한 모습으로 백 년토록 쌓인 고질의 습성을 씻어 내고자 생각했다. 그 요점은 『당송팔대가문초』를 드러내어 준칙으로 삼는 것보다 나은 것이 없다. 인도하고 이끌어 이를 거스르지 않고 따르게 하여 당대의 모든 문장을 한번 변화시켜 고아한 문장과 전범의 책이 되게 하려면 장차 어떤 방법이 있겠는가? 아아! 활을 쏘는데 정곡이 없었다면 예(羿)도 공교로워질 수 없었을 것이며, 배움에 정론이 없었다면 자유(子游)와 자하(子夏)도 정밀할 수 없었을 것이다. 바라건대, 이 책을 그대들과 함께 강하고자 한다.

신(臣)은 대답합니다.

신이 생각하기에, 문장에 팔대가가 있는 것은 악기에 팔음(八音)[20]이 있

---

19. 『장전』   명나라 조환광(趙宦光)의 『설문장전』(說文長箋)을 말하는 것으로 보인다. 이 책은 『설문해자』(說文解字)를 논변하고 재단한 훈고학적 저서이다.

20. 팔음   여덟 가지의 악기로, 금(金)·석(石)·사(絲)·죽(竹)·포(匏)·토(土)·혁(革)·목(木)을 말한다.

고 맛에 여덟 가지 진미가 있는 것과 같습니다. 팔대가의 백선(百選)이 있는 것은 팔음이 차례대로 소리를 이루고 여덟 가지 진미를 요리하여 삶아 익히는 것과 같습니다. 음(音)의 수가 여덟 가지인데 귀가 한 가지 소리만 맡는다면 두루 다 들을 수 없고, 맛의 수가 여덟 가지인데 입이 하나의 맛만 맡는다면 먹어도 그 맛을 두루 알 수 없습니다. 그렇다면 어떻게 해야 좋겠습니까?

어떤 논자는 이렇게 말합니다. "각기 또한 그 하나만을 취하여 돈독하게 할 따름이다." 이것은 글 짓는 사람들이 한유나 소식 한 사람만을 각각 그 스승으로 섬기는 꼴입니다. 금석 악기는 즐기면서 사죽 악기를 버려두고, 순오(淳熬)[21]만을 즐겨 먹으면서 곰 발바닥 요리 맛은 버리는 것입니다. 어찌 옳다고 하겠습니까? 어떤 논자는 말합니다. "그렇다면 또한 황제(黃帝)와 고신씨(高辛氏), 순(舜)과 우(禹)의 음악[22]을 모두 갖추어 두고 변두나 보궤 같은 제기(祭器)를 나란히 늘어놓으면 되지 않겠는가?" 이것은 점필가(佔畢家)[23]가 팔대가의 문장만을 보고[24] 모든 것을 다 받아들였다고 말하는 격입니다. 사람의 총명함은 한계가 있고 서적은 무궁합니다. 그러므로 장차 지력을 다 소모하여 헤매다가 돌아갈 곳을 잃어버리게 될 뿐입니다.

이에 성인이 절충한 것이 있습니다. 공자는 시를 산삭(刪削)하여 '시 삼백 편'이라고 했으니 이것이 가려 뽑는 것의 시초입니다. "오직 이 삼백 편이면 사방 여러 나라에 사신 가서 응대할 수 있고 정사를 행할 수 있다"

21. **순오** 팔진(八珍)의 하나로, 젓갈을 달여서 육도(陸稻)의 쌀로 지은 밥 위에 덮고 기름을 부어서 먹는 것이다. 『예기』(禮記) 「내칙」(內則)에 보인다.
22. **황제와~우의 음악** 원문은 함영소호(咸英韶濩). 함(咸)은 함지(咸池)로 황제(黃帝)의 음악이고, 영(英)은 육영(六英)으로 제곡(帝嚳) 고신씨(高辛氏)의 음악이며, 소(韶)는 순(舜)의 음악이고, 호(濩)는 우(禹)의 음악이다.
23. **점필가** 경문의 의미는 이해하지도 못하면서 책 위의 문자만을 읽고서 다른 사람을 가르치는 것을 말한다.
24. **보고** 원문은 두람(兜攬). 한손〔一手〕에 점유〔占有〕하는 것으로 바로 독점(獨占)의 뜻이다.

고 공자께서 말씀하시지 않았습니까? 그러하니 가려 뽑는 것은 진실로 많을 필요가 없습니다. 하늘에 늘어선 별은 많지만 '오성'(五星)이니 '십이차'(十二次)²⁵니 한 것은 희화씨(羲和氏)가 하늘에서 가려 뽑은 것입니다. 대지는 광활하지만 '오악'이니 '십이주'니 한 것은 장해(章亥)²⁶가 땅에서 가려 뽑은 것입니다. 『팔자백선』은 수많은²⁷ 글 중에서 백 편을 가린 것이니 성상(聖上)께서 문에서 가려 뽑은 것입니다. 그러므로 팔음의 차례는 신기(神夔)²⁸의 음률에서 정했고, 팔진의 요리는 이아(易牙)²⁹의 입에서 결정했으며, 팔대가의 문장은 각각 자기의 특장을 살려 뛰어난 모습을 나타냈으니, 하나하나 연감(淵鑑)에서 본받은 것입니다. 이 『팔자백선』이 어찌 세상을 바로잡는 옥척이요, 물건을 다는 저울이며, 금단(金丹)³⁰을 떠먹는 숟가락³¹이고, 구품(九品)의 중정(中正)³²이 아니겠습니까?

　　신은 이에 백배하고 엄숙히 칭송합니다. 우리 성상의 다스림³³이 곡진히 이루어졌으니³⁴ 표준으로 인도해 주신 성대한 덕을 우러르나이다. 천하

25. **십이차**　천체에서 해와 달이 하늘에서 만나는 12자리이다.

26. **장해**　고대에 걸음을 잘 걸었던 사람으로, 땅의 크기를 헤아렸던 일이 있다.

27. **수많은**　원문은 어린잡습(魚鱗雜襲). 물고기 비늘처럼 많은 사람이 잡다하게 모인 것을 말한다. 『사기』「회음후열전」(淮陰侯列傳)에 보인다.

28. **신기**　순임금 때의 악관인 기(夔)를 말한다. 『예기』「악기」(樂記)에 "옛날 순임금이 오현금을 만들고는 남풍을 노래하자 기가 비로소 음악을 만들어 제후를 칭송하였다"(昔者舜作五弦之琴, 以歌南風, 夔始制樂, 以賞諸侯.)라고 하였다.

29. **이아**　춘추시대 제(齊)나라 사람으로 요리의 명인이다. 제나라 환공의 환심을 사기 위해 자신의 아들을 죽여 통구이로 만들어 진상했다고 한다.

30. **금단**　원문은 대약(大藥). 도가의 금단을 말한다.

31. **숟가락**　원문은 도규(刀圭). 사방 한 치 되는, 약을 떠먹는 숟가락을 말한다.

32. **구품의 중정**　위(魏)나라 문제(文帝) 때 실시한 인재 등용법으로, 주군(州郡)마다 중정(中正: 관명)을 두어 산군(山郡)의 인재를 9등으로 선발 감식케 하여 그 품에 따라 관직을 주는 제도로 '구품관인지법'(九品官人之法)이라 한다.

33. **다스림**　원문은 미륜(彌綸). 두루 다스림을 말한다.

34. **곡진히 이루어졌으니**　원문은 곡성(曲成). 사물의 변동에 따라 꼼꼼히 만든다는 것으로 원활하게 이루어짐을 말한다.

의 지극히 정밀한 사람이 아니라면 어느 누가 이러한 일을 할 수 있겠습니까? 성상의 책문으로 인하여 격식을 버려둔 채 진언(陳言)하여도 괜찮겠습니까?

한유의 「휘변」(諱辯)과 「사설」(師說)은 둘 다 비방을 피했습니다. 「휘변」이 조금 더 나은 것은 사람을 압도하는 데 있습니다. 「사설」은 자신을 변호하는 데에도 겨를이 없습니다. 병법에 비유하자면 공격이 수비보다 우선한다는 것입니다. 유종원의 「단태위35일사장」(段太尉逸事狀)은 감람(橄欖)36의 달콤한 끝 맛37과 같고, 한유의 「장중승38전후서」(張中丞傳後敍)는 차려진 음식을 배불리 먹은 경우이니, 옛것을 버리고 새것을 도모하여 때에 적절합니다. 십철(十哲)39이 본래 성묘에 올랐기에 소식의 「제주민자묘기」(齊州閔子廟記)를 증공의 두 편의 학기(學記)40와 나란히 배열한 것은 마땅합니다. 충과 효는 본래 서로 다르지 않기에 소식의 「사보살각기」(四菩薩閣記)와 한유의 「논불골표」(論佛骨表)도 함께 선집한 것은 결코 이단을 배척

---

35. 단태위 당나라 사람으로 이름은 수실(秀實)이고, 자는 성공(成公)이며, 시호는 충렬(忠烈)이다. 태위는 관직이며, 사농경(司農卿)으로 있을 적에 주자(朱泚)가 모반하면서 인망이 높은 것을 생각하여 맞아 오게 하므로 거짓 협력하는 체하고서 하루는 일을 논하는 척하다가 갑자기 상홀(象笏)을 빼앗아 내리치고 주자 얼굴에 침을 뱉으며 크게 꾸짖으니, 홀이 그의 이마에 맞아 유혈이 얼굴을 뒤덮었다. 유종원의 「단태위일사장」(段太尉逸事狀)이 있다.

36. 감람 감람과에 속하는 상록 교목으로 아시아 열대 지방에서 야생한다. 이 과실은 처음에는 쓰고 떫지만 먹은 지 오래되면 단맛이 돌아온다고 한다. 오래오래 음미함으로써 그 참맛을 알 수 있음을 비유한 말로 보인다.

37. 달콤한 끝 맛 원문은 회미(回味). 먹은 후에 입 안에 남는 맛을 말한다.

38. 장중승 당의 명장으로 휴성(睢城)에서 패전하여 윤자기(尹子琦)에게 죽은 장순(張巡)이다. 중승은 관직이다. 당의 한유가 「장중승전후서」(張中丞傳後敍)를 썼다.

39. 십철 공자의 문하에서 나온 열 사람의 뛰어난 제자. '덕행'에 안회·민자건·염백우·중궁, '언어'에 재아·자공, '정사'에 염유·자로, '문학'에 자유·자하 등이 있다.

40. 두 편의 학기 송나라 증공의 「의황현학기」(宜黃縣學記)와 「균주학기」(筠州學記)의 병칭으로 보인다. 『당송팔대가문초』 권105에 "왕준암이 말하였다. 「학사기」와 「남헌기」는 증공의 「균주학기」(筠州學記)·「의황현학기」(宜黃縣學記)와 더불어 모두가 대문장이라 말한다"는 구절이 보인다.

하는 원칙에서 벗어난 것이 아닙니다.

한유의 비(碑)와 유종원의 기(記), 구양수의 서(序)와 소식의 논(論)은 각 작가의 대략입니다. 각각 문장가별로 여러 체를 취한 것이 『팔대가백선』의 의례입니다. 그 장점에 치우치지 않은 것도 또한 형세입니다. 한유에게는 원체(原體)의 글 다섯이 있는데,[41] 두 편을 취하면 너무 많고 한 편만 취하면 너무 가볍기에 다른 원(原)[42]으로 이를 보충하여 처음과 끝을 구성하였습니다. 소식[43]이 그림을 논한 것은 신기에 가깝습니다. '전신론'(傳神論)[44] 한 단락은 봄이 지난 뒤에 홀로 핀 꽃이요, 잠결에 듣는 청아한 경쇠 소리와 같습니다. 큰 논의를 펼친 주의문[45]의 경우 가려 뽑는 기준이 매우 궁색하니, 책상 밖에서 코 골고 자는 것처럼 용납하기 어려울 듯합니다. 한유의 「송궁문」(送窮文)이나 유종원의 「걸교문」(乞巧文)은 불평스러운 읊조림이며, 구양수의 「추성부」나 소식의 「적벽부」는 티끌세상에서 초연함을 드러낸 것입니다.

「상장복야서」(上張僕射書)에서 "새벽에 입궐했다가 저녁에 물러나는 신료들이 있다고 하여 선비를 얻는 것이 아닙니다"란 말과 「답이익서」(答李翊書)에 있는 "어진 사람은 그 말이 온화하다"는 말은 한유의 본령이 이와 같았던 것입니다. 한유의 「위인구천서」(爲人求薦書)와 「응과목시여인서」(應科目時與人書)를 보면, 저 푸른 물결이 뒤바뀌기를 원하고 백락(伯樂)[46]

---

41. 한유에게는~있는데　한유의 원체(原體)의 다섯은 「원도」(原道), 「원성」(原性), 「원훼」(原毀), 「원인」(原人), 「원귀」(原鬼)를 말한다.

42. 다른 원　송나라 왕안석의 「원과」(原過)다. 『팔자백선』에는 한유의 「원도」와 왕안석의 「원과」만 실려 있다.

43. 소식　원문은 장공(長公). 소식이 소순의 큰아들(長子)이기에 붙인 명칭이다.

44. 전신론　단순하게 대상을 정확하게 있는 그대로 그리는 데에만 머무르면 안 되고 대상의 정신까지 담아내야 한다는 이론이다. 소식의 「동파제발」(東坡題跋)에 보인다.

45. 주의문　원문은 기책(幾策). 송나라 때 많이 쓰인, 일종의 주의적인 문체이다. 소식은 「전표성주의서」(田表聖奏議序)란 작품이 있다.

의 돌아봄을 구하는 자들이 어찌 문득 90리[47]를 물러나지 않을 수 있겠습니까? 한유의 「제십이랑문」(祭十二郞文)은 한 글자 한 글자마다 간절하게 썼으니 공교로움을 바라지 않아도 저절로 공교롭게 된 것입니다. 또 다른 한유의 제문인 「제하남장원외문」(祭河南張員外文)이나 「제석만경문」(祭石曼卿文)에 이르러서는 정과 일 이외에 유희의 뜻을 더하였으니, 문자를 생각해 보면 소식의 「제구양문충공문」(祭歐陽文忠公文)과 「제구양소사문」(祭歐陽少師文) 두 편이 사귐의 도나 문운(文運)과 관련되어 있는 것만 못합니다.

한유의 「구주서언왕묘비」(衢州徐偃王廟碑)는 꾸미지 않은[48] 풍채 때문에 유종원의 「기자비」(箕子碑)의 그림자를 돌아보며 스스로 기뻐하고 조심하여 삼가는 것보다 낫습니다. 「표충관비」(表忠觀碑)는 소식의 진면목이고, 「사도오중윤비」(司徒烏重胤碑)[49]는 한유에게 일상의 글입니다. 소철의 「노자론」(老子論)은 왕안석의 「백이론」(伯夷論)만 못하고, 왕안석의 「예악론」(禮樂論)은 구양수의 「춘추론」(春秋論)에 미치지 못한다는 것은 진실로 성상의 가르침과 같습니다. 그러나 명윤(明允) 소순(蘇洵)은 구양수의 「춘추론」(春秋論)이 그르다 하면서 오히려 다른 논의를 펼쳤습니다. 형공(荊公) 왕안석[50]과 자유(子由)[51] 소철(蘇轍)도 이것을 잘못이라 하였으니, 「백이론」(伯夷論)과 「춘추론」(春秋論)을 넣지 않은 까닭입니다.

그 깨우침을 말한다면 「모영전」(毛穎傳)의 허구성과 「우계시서」(愚溪詩

---

46. **백락** 진(秦)나라 목공(穆公) 시대의 인물로 천리마를 잘 알아보는 것으로 유명했다. 『한시외전』(韓詩外傳)에 처음 보이며, 한유의 「잡설」(雜說)로 널리 알려졌다.

47. **90리** 원문은 삼사(三舍). 중국에서 군대의 3일간의 행정(行程)으로, 보통 하루 30리를 가므로 '삼사'는 90리를 말한다.

48. **꾸미지 않은** 원문은 난두조복(亂頭粗服). 꾸미지 않은 의용(儀容)이나 복식을 말한다.

49. **「사도오중윤비」** 한유는 「평회서패」(平淮西碑)에서 오중윤에 대해 말한 바 있다.

50. **왕안석** 원문은 형공(荊公). 왕안석의 존칭이다. 왕안석이 형국공(荊國公)으로 봉해졌기에 붙여진 명칭이다.

51. **자유** 중국 송나라 때 문장가인 소철(蘇轍)의 자(字)다.

序)의 꿈 이야기는 속된 것을 고치고 어리석음을 경계하는 실마리가 되지 않음이 없습니다. 순후함을 따진다면 「변간론」(辨姦論)에는 선견지명이 있으나 신로(臣虜)와 구체(狗彘)의 비유는[52] 기질을 숭상하는 말에 병통이 됩니다. 유종원의 「재인전」(梓人傳)[53]에서 재인은 재상의 역할을 했지만, 부러진 상(牀) 다리도 고치지 못했으니[54] 마침 맞게 쓸 수 있는 재주가 아닌지라, 굳이 논의할 필요가 없습니다. 소식의 「영벽장씨원정기」(靈壁張氏園亭記)는 소순의 「목가산기」(木假山記)를 능가하고, 소철의 「군술책」(君術策)은 소식의 「책단」(策斷)보다 훨씬 뛰어납니다. 신은 지금까지 「노자론」과 「예악론」은 「춘추론」과 「백이론」에 미치지 못한다는 문항에 대해 아주 간략하게 말씀드렸습니다.

한유의 「송은원외서」(送殷員外序)와 소순의 「송석창언위북사인」(送石昌言爲北使引)은 그 정사를 말한 것입니다. 구양수의 「유미당기」(有美堂記)와 증공의 「의현대기」(擬峴臺記)는 뛰어남을 다툽니다. 우뚝하기로는 소식의 「묵군당기」(墨君堂記)와 구양수의 「번후묘재기」(樊侯廟災記)가 우열을 가리기 어렵고 소철의 「육지론」(陸贄論)[55]과 구양수의 「왕언장화상기」(王彦章畵像記)[56]가 진퇴를 가늠하기 어려우니, 하나를 들어 나머지를 미루어 알 수밖에 없습니다. 주나라 무왕이 동쪽을 정벌하자 서쪽 백성들이 원망하는 것을 어찌 일일이 말할 수 있겠습니까?

---

52. 「변간론」에는~비유는 「변간론」에 "포로(臣虜)의 옷을 입고 개돼지(拘彘)의 음식을 먹어 인정에 가깝지 않은 자는 대간특(大奸慝)이 되지 않음이 드물다"란 구절이 있다.
53. 「재인전」 유종원의 이 글은 재인(梓人)의 도가 재상과 유사하다고 보고서 재상의 일에 비유한 작품이다.
54. 재인은~못했으니 유종원의 「재인전」에 "그 침대의 다리가 망가져 있는데도 그는 고칠 줄을 몰랐다"(其牀闕足而不能理)라는 구절이 있다.
55. 「육지론」 원문은 치이(鴟夷). 치이자피(鴟夷子皮)의 준말로, 춘추시대 월(越)나라의 모신(謀臣) 범려(范蠡)가 오자서(伍子胥)의 사후(死後)에 제(齊)나라로 도망쳐 해변에서 밭 갈며 살 때에 바꾼 이름이다. 소철의 「육지론」(陸贄論)에서 이에 대해 논한 바 있다.

증공의 두 서(序)는 왕안석의 두 가지 선(選)보다 못하고, 왕안석의 두 서(書)는 구양수와 소철의 두 서(書)보다 뒤떨어집니다. 구양수의 「석만경묘표」(石曼卿墓表)와 왕안석의 「태주해릉현주부허군묘지명」(泰州海陵縣主簿許君墓誌銘), 증공의 「양주의성현장거기」(襄州宜城縣長渠記)와 「광덕호기」(廣德湖記)는 간관(諫官) 중에서도 쟁신(爭臣)[57]이 됩니다. 소식의 「능허대기」(凌虛臺記)와 소철의 「무창구곡정기」(武昌九曲亭記)는 서로 마주 선 산봉우리와 같습니다. 소품으로는 소순의 「명이자설」(名二子說)과 왕안석의 「독맹상군전」(讀孟嘗君傳)이 있고, 거편으로는 증공의 「구재의」(救災議)와 소식의 「대장방평간용병서」(代張方平諫用兵書)를 들 수 있습니다.

신은 어리석으니 죽어도 그 죄를 감당할 수 없나이다. 구구하게 하찮은[58] 견해를 가지고 거취의 자취를 논하였지만 도리어 억지로 갖다 붙이는 말이 되고 말았습니다.

문에 비지(碑誌)가 있는 것은 법률에 판례(判例)가 있는 것과 같습니다. 맨 뒤에 배치했어도[59] 그 뜻은 미루어 알 수 있습니다. 한유는 당나라에서 포의로 우뚝이 일어나 뒤따른 칠대가의 종주가 되었습니다. 하나로 셋을 대적하여 높은 자리[60]에 있기에 부끄러움이 없습니다.

신이 아직 펴지 못한 뜻을 미루어 간략히 『팔자백선』 이외의 취지에

56. 「왕언장화상기」 원문은 철창(鐵槍). 왕철창(王鐵槍)으로 왕언장(王彦章)을 말한다. 구양수의 「왕언장화상기」에 왕언장이 당(唐)나라의 주온(朱溫)을 섬기면서 몸을 바쳐 나랏일에 죽었다는 기록이 보인다.

57. 간관 중에서도 쟁신 간관은 임금이나 관리를 감시·감독하는 벼슬이고, 쟁신은 임금의 잘못을 바른 말로 간하는 신하이다. 곧 좋은 글 중에서도 더욱 으뜸이 된다는 뜻이다.

58. 구구하게 하찮은 원문은 수서(銖黍). 극히 적은 양의 기장으로, 미소(微小)한 사물을 말한다.

59. 맨 뒤에 배치했어도 원문은 전후(殿後). 퇴각할 때 군의 맨 뒤에서 적의 추격을 막는 군대를 말한다. 문집을 편찬할 때 통상 비지문을 맨 뒤에 배치함을 이른다.

60. 높은 자리 원문은 중석(重席). 옛사람들은 땅에 자리를 깔고 앉았는데, 자리에 까는 방석의 수는 신분의 높고 낮음을 표시하였다. 방석을 쌓는 것으로 천자는 5중, 제후는 3중, 대부는 2중의 방석을 깔고 앉았다.

대해 말해도 좋겠습니까? 문장의 폐단은 요즘에 이르러 극에 달했습니다. 경전의 글만 말하는 데 빠져 있는 사람들은 고문을 화두로 삼아야 한다고 생각하고 있으며, 공령문에 심취해 있는 자들은 변려문만을 법도[61]로 받들고 있습니다. 어떤 이는 아무것도 모르면서 억지로 고증을 하고, 어떤 이는 두루 섭렵하였으되 체재에는 어둡습니다. 서로 어두워 몽매함에 빠지게 되었습니다. 성상(聖上)께서 이것을 통탄하여 시서예악에 표준을 세우셨습니다. 위로는 천시에 미치고 아래로는 수토(水土)에 이르렀으며, 좌우의 법도와 규칙을 만들어 은혜를 베풀고 재주를 길러 주어[62] 한 시대를 문명과 인수(仁壽)[63]의 영역으로 부상시켰습니다. 비로소 처음으로 팔대가의 글을 높이 들어 미혹을 해소하고 방향을 바로잡아 주셨으니, 옛 성왕께서 자만하지 않고 하찮은 꼴꾼과 나무꾼에게까지 물어본 것과 같습니다. 다스림이 쇠퇴하거나 융성한 것, 문체가 오르내린 것에 대해 세 번이나 그 생각을 펼쳐 보이셨습니다.

신은 진실로 어리석어 성상의 명에 만분의 일도 우러러 채울 수 없습니다. 문장은 제멋대로 행해지지 않고 사람을 기다린 뒤에 행해진다고 들었습니다. 저 팔대가의 이름이 세상에 드러난 것은 한 집안에 제기(祭器)가 있고, 한 가문에 시축(尸祝)[64]이 있는 것과 같으니 어찌 근본 하는 바가 없이 그러한 것이겠습니까? 그러니 『팔자백선』의 편찬은 풍속을 변화시키는 큰 기틀이 될 것입니다.

예전 주문공(朱文公)의 글은 허형(許衡)[65]으로 말미암아 하북(河北) 땅에

---

61. 법도　원문은 관석(關石). '관'은 중량이고 '석'은 용량을 말한다.
62. 길러 주어　원문은 도주(陶鑄). 도야(陶冶)와 같은 의미로, 스승이 제자의 재능을 길러 줌을 말한다.
63. 인수　『논어』「옹야」(雍也)에 보이는 "仁者壽"를 말한다.
64. 시축　시동(尸童)과 축관(祝官)을 말하는데, 시동은 고대 제사에서 신주(神主)의 역할을 하고 축관은 축문을 읽는 사람이다.

전해져 영락(永樂) 시절에 이르러 크게 유행하였습니다. 팔대가의 문장은 모곤의 힘으로 드러났고, 성인(聖人: 정조를 가리킴)을 얻어 더욱 빛나게 되었습니다. 영락 시절 간행된 주자서와 비교하면 과연 무엇을 얻고 무엇을 잃었습니까? 비록 가려 뽑은 범위는 좁지만 그 뜻은 원대하고, 체재는 간략하지만 쓰임은 방대하니 이른바 천상 음악의 한 곡조요,[66] 솥 안의 한 점 고기[67]입니다.

철문에 빗장을 거는 자물쇠도 여기에 있고 닫힌 눈꺼풀을 열어 주는 금비(金篦)[68]도 여기에 있습니다. 자오침(子午針)[69]은 겨우 하나의 바늘이지만 만 리의 남북[70]이 여기에서 바르게 되고, 감색 구슬[71]은 작은 탄환에 불과하지만 지난날의 기억을 되살아나게 합니다. 오늘날의 『팔자백선』은 진실로 능히 천지의 요체를 드러내고 모든 이치의 지극히 심오한 것을 다루고 있습니다. 그러기에 물은 깊은 데 있지 아니하니 용이 있으면 신령하게

---

65. **허형** 1209~1281. 원나라 사람으로 정주학에 밝았다. 자(字)는 중평(仲平), 호(號)는 노재(魯齋)이다.

66. **천상 음악의 한 곡조** 원문은 균천(勻天). 균천광악(鈞天廣樂)의 준말이다. 별천지 음악으로 왕의 덕업을 뜻한다. 『열자』(列子) 「주 목왕」(周穆王) 편에 "진(秦) 목공(穆公)이 병들었을 때 잠에서 깨어나 '내가 상제가 계신 곳에 가 보니 백신(百神)과 놀고 균천광악(鈞天廣樂)이 갖추어져 있는데, 그 소리가 마음을 감동시켰다'고 말했다"는 내용이 있다.

67. **솥 안의 한 점 고기** 원문은 전정지일련(全鼎之一臠). 온 솥 안의 한 점 고기란 의미로, 온 솥 안의 국물맛을 한 점 고기로 알 수 있다는 의미이다. 『회남자』(淮南子) 「설림훈」(說林訓) "한 점의 고기를 맛보고 온 솥 안의 맛을 알았다"(嘗一臠肉而知一鑊之味)에 보인다.

68. **금비** 대로 만든 작은 칼로, 눈먼 사람이 눈을 고치려면 좋은 의원이 금비(金篦)로 눈의 막(膜)을 긁어내야 한다. 어떤 맹인(盲人)이 양의(良醫)를 찾아가자 그 양의가 곧바로 금비로 막힌 눈꺼풀을 긁어내 보게 해 주었다는 이른바 '금비괄목'(金篦刮目)의 고사에서 유래한 것이다. 『열반경』(涅槃經)에 보인다.

69. **자오침** 정남과 정북을 가리키는 바늘이란 뜻으로 나침반이다.

70. **남북** 원문은 감리(坎离). 감은 정북이고, 리는 정남이다.

71. **감색 구슬** 원문은 감주(紺珠). 손으로 만지면 기억이 되살아난다고 하는 이상한 보주(寶珠)로, 당나라의 장설(張說)이 남에게서 선사받은 것이라 한다.

된다[72]고 말한 것입니다. 신이 『팔자백선』에 대한 대책을 이렇게 삼가 답하나이다.

〔부〕『홍재전서』 권51 「팔자백선 책문」[73]

왕은 말하노라.

내 일찍이 정무를 돌보는 여가에 『어정팔자백선』(御定八子百選)을 펼쳐 보고, 이제 그대들에게 묻노라. 모곤(茅坤)의 팔대문은 가려 뽑은 것인데 내가 또 그중에서 100편을 취하였으니 뽑은 것을 또 뽑은 것이 된다. 그러나 문장을 가려 뽑는 것은 사람을 가려 뽑는 것과 같아 감별하여 저울질하는 것이 혹 합당하지 않으면 좋은 것과 나쁜 것이 뒤섞이기 쉽다. 내가 이 점을 생각하여 선택할 때 세 번씩 따져 보았다. 어여쁜 것과 무게 있는 것을 대략 감정하였지만, 사람들이 보면 내 생각과 전혀 다를 수도 있을 테고, 나 또한 자신하지 못하는 점이 있다. 똑같이 제나라와 초나라라도 넣고 빼는 것이 반드시 일정치 않고, 추방함이 정나라 위나라가 아니라도 남겨두고 깎아냄은 의논할 만한 것이 없지 않다. 가령 「휘변」(諱辯)은 실으면서 「사설」(師說)은 빼고 「단태위일사장」(段太尉逸事狀)은 편집에 넣고 「장중승전후서」(張中丞傳後敍)는 싣지 않았다.

오도(吾道)를 호위하는 것으로 반드시 두 「학기」(學記)를 취하면서 함께 「민자묘기」(閔子廟記)까지 취하는 것이 당연하다. 이단을 배척하는 것은

---

72. **물은~된다** 유우석(劉禹錫)의 「누실명」(陋室銘)에 "산의 가치는 높이에 있지 않으니 신선이 살면 이름이 나고 물의 의의는 깊이에 달린 것이 아니니 용이 있어야 영험하다"(山不在高, 有仙則名, 水不在深, 有龍則靈.)는 구절이 있다.

73. **「팔자백선 책문」** 『홍재전서』에 수록된 또 다른 책문이다. 앞에 수록한 박제가의 대책은 사실은 이 책문에 대한 답변이다. 편집시 문답이 잘못 들어갔다.

「불골표」(佛骨表)를 먼저 싣고 「보살각기」(菩薩閣記)도 든 것은 어째서인가? 한퇴지(韓退之)의 비문(碑文), 유자후(柳子厚)의 기(記), 구양수(歐陽脩)의 서(序), 소동파(蘇東坡)의 논(論)은 세상에서 평소 칭송하는 것으로 각기 장점이 있으나, 가려 뽑은 것이 도리어 단점이 있는 것만 못하다. 「원도」(原道)를 특별히 뽑은 것은 진실로 도에 가까워서지만 「원과」(原過)를 굳이 넣은 것은 허물 보완을 잘하는 것과 무슨 상관이 있는가? 「전신」(傳神)은 골계(滑稽) 소품인데 실었고, 「전기책」(錢幾策)은 경륜의 대작(大作)인데도 뺐다. 「추성부」(秋聲賦)와 「적벽부」(赤壁賦)는 소체(騷體)여서 넣었다면 「송궁문」(送窮文)과 「걸교문」(乞巧文)은 어찌하여 빠뜨린 것인가? 「상장복야서」(上張僕射書)와 「답이익서」(答李翊書)는 한갓 문사의 전달력을 높이 산 것이라면, 「위인구천서」(爲人求薦書)와 「응과목시여인서」(應科目時與人書)는 문사의 전달력이 없어서인가? 한퇴지의 「제십이랑문」(祭十二郎文)은 진실로 천고의 일조(逸調)라고 하겠으나, 가령 소자첨(蘇子瞻)과 왕개보(王介甫)의 「제구양공문」(祭歐陽公文)은 「제장원외문」(祭張員外文)이나 「제석만경문」(祭石曼卿文)보다 무엇이 더 나아서 여러 작품의 취사가 이처럼 다른 것인가? 「서언왕비」(徐偃王碑)와 「기자비」(箕子碑)는 깃발과 북소리가 서로 맞아서 승부가 갈리고, 「표충관비」(表忠觀碑)와 「오중윤비」(烏重胤碑)는 문로가 같은데도 우열이 가려졌다. 소자유(蘇子由)의 「노자론」(老子論)은 왕안석(王安石)의 「백이론」(伯夷論)만 못하고 왕안석의 「예악론」(禮樂論)은 소명윤(蘇明允)의 「춘추론」(春秋論)만 못한데, 도리어 못한 것을 취한 것은 과연 말할 만한 의미가 있는가?

　「변간론」(辨姦論)의 선견지명과 「재인전」(梓人傳)의 속된 것을 고쳐 주는 것은 실제로 다스림의 이치에 관계되는 점이 있다. 「우계대」(愚溪對)의 비분함과 「모영전」(毛穎傳)의 특이한 것은 세도에 과연 무슨 보탬이 있는가? 「영벽원기」(靈壁園記)가 어찌 감히 자기 아비인 소순(蘇洵)의 「목가산기」(木假山記)에 비교될 수 있겠으며, 소철(蘇轍)의 「군술책」(君術策)이 어찌 감히 자기 형인 소식(蘇軾)의 「책단」(策斷)에 비교될 수 있는가마는, 도리어 자제의 것을 취한 것에 대해 세상의 비평은 어떠한가? 「송은원외서」(送殷員外序)와 「송석창언북사인」(送石昌言北使引)은 노나라와 위나라의 반열에 지나지 않고, 「묵군당기」(墨君堂記)와 「번후묘재기」(樊侯廟災記)는 진(晉)나라와 수(隋)나라 정도의 분별이 있다고 할 수 있는데, 결과는 이광(李廣)과 옹치(雍齒)의 행·불행처럼 갈라진 것은 어째서인가? 「유미당기」(有美堂記)와 「의현대기」(擬峴臺記)는 기러기 행렬처럼 나란하고, 「왕언장화상기」(王彦章畫像記)와 「오자서묘명」(伍子胥廟銘)은 고기 비늘처럼 나란한데도 끝내 수주(隨珠)와 연석(燕石)처럼 취하고 취하지 않은 것은 무엇 때문인가? 증남풍(曾南豐)이 올린 「태조총서」(太祖總序)는 「백년무사차자」(百年無事箚子)보다 나을 성싶고 「열녀전목록서」(列女傳目錄序)는 「영곡시서」(靈谷詩序)보다 나은 것 같은데 하나도 채택되지 않았다. 왕형공(王荊公)의 「상전정언서」(上田正言書)는 「상범사간서」(上范司諫書)만 못지않고, 「상두학사서」(上杜學士書)는 「상한태위서」(上韓太尉書)보다 못할 것이 없는데 하나도 뽑지 않았다. 논의를 좋아하는 선비들은 과연 여기에 대해 할 말이 없는가?

잡저(雜著)를 먼저 하고 비지(碑誌)를 뒤로 한 것은 범례가 어떠한가? 한퇴지 하나로 소씨 세 사람을 당하게 하였는데 많고 적게 한 것은 무엇 때문인가? 「석만경묘표」(石曼卿墓表)는 「허평묘지」(許平墓誌)에 비하면 마치 노래 곡이 끝난 아송(雅頌) 같고, 「서산연유기」(西山宴遊記)는 「은현경유기」(鄞縣經遊記)에 비하면 마치 시여(詩餘)의 가사와 같은데, 팥배·배·아가위·귤의 맛과 기호가 제각기 달라 그러한 것인가? 「쟁신론」(爭臣論)은 「간관론」(諫官論)에 비하면 마치 한 꿰미에 꿴 것 같고, 「능허대기」(凌虛臺記)와 「구곡정기」(九曲亭記)는 마치 두 보루가 대치하고 있는 듯한데, 지게미와 거른 술이 그 맛이 달라서 그러한 것인가? 만약 소편(小篇)을 가린다면 소노천(蘇老泉)의 「명이자설」(名二子說)이 왕임천(王臨川)의 「독맹상군전」(讀孟嘗君傳)만 어찌 못하겠는가? 만약 대편(大篇)을 가린다면 증자고(曾子固)의

「구재의」(救災議)가 소동파의 「간용병서」(諫用兵書)에 비하여 어찌 손색이 있겠는가? 그대들은 각기 의견을 진술하여 취하고 버리도록 하라. 진실로 이치에 합당하다면 어찌 내 견해를 버리고 따르는 것이 어렵겠는가? 또한 옛 상신 김석주(金錫胄)가 고문 99편을 선정하고 서문을 지어 붙여서 『고문백선』(古文百選)이라고 이름하였는데, 너희가 만약 합작을 한다면 내 어찌 이를 써서 훌륭하다 하지 않겠는가?

하약필[1]과 한금호[2]가 모두 최고 공훈이라는 것에 대해[3] 賀若弼韓擒虎俱爲上勳

　어제조문(御製條問)에서 말씀하셨다. 진(陳)나라의 항복을 받은 것으로 말하자면 한금호의 공이 제일이며, 무위(武威)를 드날린 것으로 말하자면 하약필의 공훈 또한 겨룰 짝이 없다. 그렇다면 과연 그들의 우열과 고하를 정할 수 없는 것인가? 수(隋) 문제(文帝)가 둘을 함께 최고의 공훈 자리에 둔 것은 각자의 마음을 만족시켜 공을 다투는 생각을 그치게 하려는 데서 나온 것이다. 그러나 그들은 이미 상대방의 뒷자리에 놓이는 것을 치욕으로 여겼을 뿐 아니라 동렬에 있는 것조차 부끄럽게 여겼으니, 과연 두 범

1. **하약필**　544~607. 수(隋)나라 문제(文帝) 때 오주총관(吳州摠管)이 되어 대군을 거느리고 강을 건너 진(陳)나라의 금릉(金陵)을 취하고 진(陳)나라를 멸한 사람이다.
2. **한금호**　수나라 대장으로 진(陳)나라를 정벌하여 천하를 통일하였다.
3. **하약필과~것에 대해**　수나라가 진(陳)나라를 칠 적에 하약필(賀若弼)과 한금호(韓擒虎)가 다같이 총관(摠管)으로서 공을 이루었다. 하약필이 광릉(廣陵)을 진압할 적부터 기묘한 계책을 많이 마련하여 적들로 하여금 오산(誤算)하게 하였으므로 강을 건너는 날 진나라 사람들이 알지 못하였다. 진나라의 충의 있는 장수 노광달(魯廣達)을 만나서는 4~5차례나 힘껏 싸워 그 대군을 이겨 냈는데, 한금호가 남도(南道)에서 빈틈을 타 주작문(朱雀門)으로 들어가 진(陳) 후주(後主)를 잡았다. 그날 저녁에 하약필이 당도하여 공을 다투자 수(隋) 문제(文帝)가 우열을 결정할 수 없으므로 둘 다 제일등을 삼았다.

이 서로 으르렁거리는 우환이 없을 수 있겠는가? 한금호가 다행스럽게 죽었기에 망정이지 그렇지 않았다면 두 장군의 멋대로 날뛰는 마음으로 보건대 어찌 끝내 아무 일 없었겠는가? 한 고조의 사냥 비유[4]로 말한다면, 누가 사람의 역힐을 하여 소하처럼 마땅히 최고의 공훈을 차지해야 하는 것인가? 하약필이 올린 '진나라를 평정하는 일곱 가지 대책'(平陳七策)이 차지해야 하겠는가, 아니면 사냥개를 풀어 지시해 준 사람이 따로 있는 것인가?

신은 대답합니다. 진나라를 평정한 한금호와 하약필의 공을 역할에서 구한다면 누가 더 낫다고 하기가 어렵습니다. 그런데 그들의 마음에서 찾으면 고하가 바로 정해집니다. 왜 그렇겠습니까? 하약필은 한금호의 뒤에 놓이는 것을 치욕스러워했습니다. 그러나 한금호는 하약필의 뒤에 놓이는 것을 부끄러워하지 않았습니다. 그렇다면 하약필이 자기 자신을 분명히 알았던 것입니다. 나무 끝에 매달린 과일을 따는 것에 비유해 보겠습니다. 한 사람이 나무에 오르기 위해 사다리를 설치하는 수고로움은 또한 대단한 일입니다. 한 사람은 장대로 한 번 휘둘러 과일을 떨어뜨렸습니다. 따려고 한 것은 과일이었으니 과일을 얻은 공을 제일로 삼지 않을 수 없습니다. 이른바 사람을 쏘려면 먼저 말을 쏴야 하고, 도적을 잡으려면 먼저 우두머리를 잡아야 하는 것입니다. 항복 문서를 빼앗고자 한 사람도 하약필이고, 명령을 어겨 먼저 도착한 자도 하약필입니다. 그 이기기를 좋아하는

---

4. 한 고조의 사냥 비유 한 고조가 천하를 평정하고 논공행상(論功行賞)함에 있어 소하(蕭何)의 공을 으뜸으로 삼자 전쟁에 참가한 여러 공신이 불만을 터뜨렸다. 이에 고조가 말하기를, "사냥에서 짐승을 잡아 오는 것은 사냥개요, 사냥개를 풀어서 짐승 있는 곳을 알려 주는 것은 사람이다. 지금 그대들은 한갓 도망가는 짐승을 잡아 온 것에 불과하니 사냥개에 해당되고, 소하는 사냥개를 풀어 짐승이 있는 곳을 일러 주었으니 사람에 해당된다"고 하였다. 『사기』 「소상국세가」(蕭相國世家)에 보인다.

마음을 논한다면 자못 왕혼(王渾)이 왕준(王濬)에게 한 것[5]보다 심한 바가 있습니다. 수 문제가 두 사람을 최고의 공훈으로 한 것은 시끄러운 싸움을 그치게 하려는 계획에 해가 되지 않습니다. 하약필은 이미 바라는 이상의 공을 얻었으니 한금호가 비록 죽지 않았더라도 다시 분란이 있지는 않았을 것입니다. 그러니 과연 옳은 결정이라 하겠습니다. 대장군에서 제명되는 것도 반드시 4년이라는 오랜 시간을 기다리지 않아도 됐을 것이며, 수 문제가 하약필을 삼태맹(三太猛)이라고 꾸짖었던 일[6]이 양고가 정권을 잡기 이전에 있었을 것입니다. 참으로 하약필의 '평진칠책'은 최중방(崔仲方)[7]과 설도형(薛道衡)[8]의 선책(先策)에 지나지 않으며 도형과 중방도 원훈(元勳)이 되지 못하였습니다. 게다가 하물며 어수(御授)의 제목을 더하여 공을 논하는 즈음에 올렸으니 지나치게 자기 공을 자랑하는 것이 '그대의 가전에 써 넣으라'(自載家傳)는 말에서도 볼 수 있습니다.[9] 수 문제의 의향을 또한 알 수 있는 부분입니다. 수 문제 초기에 금호는 약필과 함께 고영(高潁)[10]의 추천을 받았으니 수나라 사람의 공은 고영이 아니면 누구겠습니

5. 왕혼이 왕준에게 한 것 왕혼과 왕준은 모두 진나라의 장수로, 오나라를 평정할 때 공업을 다투었다. 당시 왕준이 제일 먼저 오나라 수도를 함락시켰는데, 선두를 빼앗긴 왕혼이 크게 불쾌해하며 왕준을 힐난했다. 『진서』(晉書)에 그 사실이 보인다.

6. 하약필을~꾸짖었던 일 삼태맹(三太猛)은 크게 사나운 질투심과 스스로 남의 잘잘못을 가리는 마음과 남을 인정하지 않으려는 마음을 뜻한다. 『자치통감』(資治通鑑) 권179 「고조문황제중」(高祖文皇帝中)에 보인다.

7. 최중방 수나라의 장수로 괵주자사(虢州刺史) 신분으로 양견을 도와 진나라를 멸하는 데 공을 세웠다.

8. 설도형 540~609. 자는 현경(玄卿)이다. 수(隋)나라 때의 시인이다.

9. 게다가~있습니다 진나라를 평정한 6년 후에 하약필은 전쟁에서 사용한 계략과 전술 등을 총괄하여 '어수평진칠책'(御授平陳七策)이라는 제목으로 책을 써서 임금에게 올렸다. 이 제목은 전투에서 사용한 전략과 전술이 모두 황제가 하사한 것이라는, 즉 진나라에게 승리한 이유가 오로지 황제의 지도와 지휘 덕분이었다는 의미이다. 이에 문제는 "그대가 나의 이름을 만대에 전하고 싶은가 본데, 나는 이름에 연연하는 사람이 아니오. 그대의 가전(家傳)에 써 넣도록 하시오"라 하였다. 『자치통감』 권177에 보인다.

까? 그러나 사람의 공 위에는 또 사냥개를 푼 이덕림(李德林)[11]이 있으니 애석하게도 고영은 이덕림에게 사양하지 않을 수 없습니다.

기리고 記里鼓[1]

어제조문에서 말씀하셨다. 주(注)에서 말하기를, "기리고는 이정(里程)을 알려 주는 것으로 수레 위에 두 층이 있고 위에 나무로 만든 사람이 있어 1리를 가면 아래층에서 북을 치고 10리를 가면 위층에서 징을 친다"고 하였다. 생각건대, 그 제도는 움직이는 구조가 선기옥형(璇璣玉衡)[2]이나 물시계와 같다. 모두 도는 속도의 빠름과 늦음을 시각의 변화에 맞춘 것이니, 느리고 빨리 도는 속도에는 마땅히 일정한 제한이 있다. 그런데 지금무릇 길에는 멀고 가까운 차이가 있고 가는 데에도 빠르고 느린 속도의 차

1. **기리고** 기리고거(記里鼓車)로 조선 시대 도로의 이정(里程)을 재기 위해 사용한 수레다. 대장거(大章車)·기리거(記里車)라고도 한다. 417년 동진(東晉)에서 처음 사용했으며, 우리나라에서는 조선 세종 때 사용한 것으로 기록되어 있다. 중국 문헌에 따르면 수레는 위아래 2층으로 되어 있고 각 층에 나무 인형과 북 또는 징이 내장되어 있어, 수레가 1리에 이르면 아래층의 나무 인형이 북을 치고, 10리에 이르면 위층의 나무 인형이 징을 쳐서 거리를 알렸다고 한다. 1441년(세종 23) 세종은 왕비와 함께 온양에 가면서 말이 끄는 기리고거를 타고 서울과 온양의 거리를 알았다. 중국기리고거의 형태는 북경박물관에 모형이 남아 있고, 우리나라의 경우 조선기술발전사편찬위원회발간 『조선기술발전사-리조전기편』(과학백과사전 종합출판사, 1996)에 그림 설명이 자세히 되어있다. 김추윤의 「고측량의기고(古測量儀器考)-기리고거와 인지의를 중심으로」(한국지적정보학회, 한국지적정보학회지, 1999) 참조.
2. **선기옥형** 천체 관측기구, 혼천의(渾天儀)를 말한다.

이가 있으니, 기계가 움직이는 속도 또한 거기에 따라 같지 않은 것인가? 그렇지 않으면 1리마다 북을 치고 10리에 징을 치는 것이 거의 한정되어서 융통성이 없는 것에 가깝지 않겠는가?

　신은 아룁니다. 기리고 제도는 본주(本註)에서 송나라 천성(天聖) 시절 대장거(大章車)를 끌어 증거로 삼았으나 이는 진(晉)나라 때의 원래 제도는 아닙니다.『진서』(晉書) 「여복지」(輿服志)를 보면 다음과 같이 말하고 있습니다. "기리고거(記里鼓車)는 그 형태와 제도가 사남(司南)[3]과 같다. 가운데에 나무로 만든 사람이 있어 채를 잡고 북을 향해 있다가 1리를 가면 채를 한 번 친다. 사남은 곧 지남이니 의희(義熙) 5년(동진東晉, 409년)에 유유(劉裕)[4]가 광고(廣固)[5]를 도륙했을 때 빼앗은 것이고, 장강(張綱)을 시켜 보완하게 한 것이다." 사남 아래에는 이렇게 주를 달았습니다. "네 마리 말에 멍에를 씌우고 3층 다락처럼 만들었는데 네 모퉁이에는 금빛 용이 깃 장식을 물고 있다. 대가(大駕)가 출행할 때에는 앞서 길을 여는 수레 역할을 하였다." 사남이니 기리니 하는 두 수레는 천자의 행렬[6]을 갖추기 위한 것입니다. 천자의 출행에는 반드시 도로를 닦았는데 경사스러운 행차도 30리를 넘지 않았으니, 그 행차는 반드시 느렸으며 도로는 반드시 평탄했음을 대략 상상할 수 있습니다. 생각건대 반드시 평탄한 길을 천천히 가는 것으로써 준거를 삼았으되, 빨리 가거나 배행할 때에는 마땅히 거기에 비례하

3. **사남**　전국시대 중국인들이 천연 자석을 갈아 끝 부분이 둥근 작은 국자 모양으로 만들어 평평하면서 매끄러운 '지반' 위에 놓고 그것이 자유롭게 회전하도록 했는데, 그것이 정지되었을 때에는 국자 자루가 언제나 남쪽 방향을 가리켰다. 이것이 바로 최초에 발명된 지남침으로 고대 중국인들은 그것을 '사남'(司南)이라 칭했다.
4. **유유**　356~422. 자는 덕흥(德興), 어릴 때 이름은 기노(寄奴), 남송(南宋) 무제(武帝)를 가리킨다.
5. **광고**　산동성(山東省) 익도현(益都縣)에 있는 지명이다.
6. **천자의 행렬**　원문은 노부(鹵簿). 의장을 갖춘 제왕의 행렬, 임금이 거둥할 때의 의장을 말한다.

여 차이를 두었을 것입니다. 만약 하루에 100리 가는 것을 기준으로 삼아 두 배로 빨리 가는 경우에는 반드시 2리에 한 번 북을 치고, 300리를 가는 경우에는 반드시 30리에 한 번씩 쳤을 것입니다. 아니면 혹 그 안에 기계 바퀴가 가는 만큼 돌게 했을 것입니다. 그래서 또한 빨리 가면 빠르게 돌고, 느리게 가면 천천히 돌고, 아니 가면 돌지 않게 하여 1리나 10리마다 징을 치게 했을 것이니 융통성이 없는 근심은 없었을 것입니다. 옛사람은 지혜를 움직여 물건을 창조하였으므로 문자 언어로 표현하여 찾을 수 있는 바가 아닙니다. 그렇기 때문에 성탕(成湯)⁷의 비거(飛車)로부터, 언사(偃師)의 목인(木人), 제갈량의 목우유마(木牛流馬)⁸가 모두 후세에 전하지 않습니다. 선기옥형과 누전(漏箭)⁹의 법 같은 것에 이르면 의론이 분분합니다. 신은 본래 학문이 얕은지라 진실로 감히 한 가지도 우러러 대답할 수가 없습니다. 하지만 기리고의 제도는 측지(測地)하는 도구에 불과합니다. 발자국 수로 거리를 재는 것이 가장 가깝고 쉬우니 해시계에서 성각(星刻)이 누적되어 쉽게 차이가 나는 것과는 다릅니다. 그 법도의 깊고 얕음은 시간을 측정하고 천문을 재는 여러 기계가 갈수록 세밀하고 정교해지는 것에 비해 조금은 손색이 있을 것입니다.

---

7. **성탕**   상(商)나라의 개국 군주다. '계'(契)의 후손으로 이름은 이(履)이다. 처음 호 땅에 살다가 하나라의 방백이 되어 정벌을 담당했다. 하나라의 걸이 폭정을 일삼자 탕은 병사를 일으켜 정벌하고 걸을 남소 땅에 유배한 후 마침내 천하를 차지했다. 재위 30년 만에 죽었다.

8. **언사의~목우유마**   주목왕(周穆王) 때 언사란 자는 산사람과 다름없는 나무인형을 만들었고, 제갈량은 군량을 산악지대에 운반하는 자동기계인 목우유마를 만들었다고 한다.

9. **누전**   시각을 알 수 있도록 물시계의 누호 안에 세운, 물이 줄어 가는 도수를 보이는 눈금을 새긴 화살을 말한다.

문집

2

文
集

序

『서과¹고』 서문 西課藁序

　　나라에서 선비를 선발하는 방법에 시와 부(賦)라는 것이 있고 의의(疑義)²·표(表)·책(策)이나 혹은 논(論)·잠(箴)·명(銘)·송(頌) 등이 있어서, 이를 가지고 진사시의 급제 여부를 가린다. 문장이라는 것은 육경의 겉가죽이고 공령문이라는 것은 문장의 껍데기이다. 주소(注疏)를 진부한 말로 만드는 것은 의의(疑義)의 허물이요, 속된 말로 『시경』이나 『이소』를 대신하는 것은 시부(詩賦)의 폐해이다. 논책(論策)이라 함은 옳고 그름을 살핌으로써 그 재능을 시험하는 것인데, 지금은 어린아이들도 형식을 배워 짓고 있다. 우리나라의 과시(科詩)는 변계량(卞季良)³의 무리에게서 시작되었다. 그체가 처음에는 당나라 사람의 장편고시와 같았다. 당나라 사람의 작품과

---

1. **서과**　보통은 조선 시대에 평안도에서 특별히 실시된 과거 시험의 명칭이나, 이 글에서는 관서 땅에 가서 공부한 원고를 모았다는 의미로 썼다.
2. **의의**　경전 중에서 의심나는 구절이나 문구를 뽑아 의문을 제기하고 자기 나름의 견해를 제시하는 문체를 말한다.
3. **변계량**　1369~1430. 자는 거경(巨卿), 호는 춘정(春亭), 시호는 문숙(文肅)이다. 이색(李穡)과 정몽주(鄭夢周)의 문인으로 1385년 문과에 급제하여 전교(典校)·주부(主簿)·진덕박사(進德博士) 등을 역임했다. 10여 년간 대제학을 지내는 동안, 외교 문서를 거의 도맡아 지어 명문장가로서 이름을 떨쳤다.

같았기에 오히려 사물을 읊어 생각을 부치기에 족했다. 그러나 지금은 포두(鋪頭)·입제(入題)·회제(回題)[4] 등 여러 가지 법이 있고, 부(賦) 또한 마찬가지이건만, 모두가 옛일을 본떠 시제를 삼으니, 한 구절도 자기 말이 없어 종일 읽어 보아도 무엇을 말하는 것인지 알 수가 없다. 그러나 세속의 선비는 요란스레 자신이 믿는 것을 진실로만 여겨서, 과거 시험 보던 안목으로 문장과 육경을 한곳에 뒤섞어 놓아 여기에 걸려 넘어지면서도 문제를 깨닫지 못한다. 선비란 평생토록 단 한 번도 과거 시험장의 문을 밟지 않은 뒤에라야 몸을 깨끗이 하여 더럽혀지지 않았다고 말할 수 있을 것이다. 힘써 과장에 나아가는 자는 이미 2등으로 떨어질 따름이다.

　　내가 결혼을 하고 나서[5] 장인 이공께서는 "많은 사람이 하는 대로 따르는 것이 옳다"고 말씀하셨다. 서부(西府)에 원이 되어 가실 때[6] 나를 데리고 가며 말씀하셨다. "선비는 세상에 태어나 임금을 보필하고 백성을 윤택하게 해야 하는데, 과거가 아니면 벼슬에 나아갈 수가 없다." 나는 물러나 수많은 글을 배웠다. 아아, 어찌 또한 말이 없을 수 있겠는가! 마침내 『서집』(西集)에 부친다.

　　기축년(1769) 가을, 초정 박제가가 철옹성 안에서 쓰다.

---

4. **포두·입제·회제**　과시를 짓는 여러 형식 중 하나이다. 포두는 과시의 네 번째 글귀, 입제는 과시의 첫 번째 글귀, 회제는 과시의 열두 번째 글귀이다.
5. **내가 결혼을 하고 나서**　원문은 기취(旣娶). 박제가는 17세 되던 해인 1766년에 충무공의 5대손인 이관상의 서녀 덕수 이씨를 아내로 맞았다.
6. **서부에 원이 되어 가실 때**　박제가가 20세 때인 1769년, 이관상은 영변도호부사로 부임하는 차에 사위의 과거 공부를 위해 그를 함께 데리고 간 일이 있다. 박제가는 그해에 한 살 위인 처남 이몽직과 함께 묘향산을 유람하고 「묘향산소기」를 남긴 바 있다.

『백탑청연집』서문 白塔淸緣集序

　　빙 둘러 있는 성 한가운데에 백탑이 있다. 멀리서 삐죽 솟은 것을 보면 마치 설죽(雪竹)의 새순이 나온 듯하다. 여기가 바로 원각사(圓覺寺)의 옛터다. 지난 무자년(1768)과 기축년(1769) 사이에 내 나이는 열여덟, 열아홉이었다. 미중(美仲) 박지원(朴趾源) 선생이 문장에 조예가 깊어 당대에 으뜸이란 말을 듣고, 마침내 백탑의 북쪽으로 가서 찾아뵈었다. 선생께서는 내가 왔단 말을 들으시더니 옷을 걸치며 나와 맞이하시는데, 마치 오랜 친구처럼 손을 잡아 주셨다. 마침내 당신이 지은 글을 모두 꺼내 와 읽게 하셨다. 몸소 쌀을 씻어 차솥에 안치시고, 흰 주발에 밥을 담아 옥소반에 받쳐 내오셔서는 잔을 들어 나에게 축수(祝壽)해 주셨다. 나는 지나친 환대에 놀라고 기뻐하며 천고의 성대한 일로 여겨 글을 지어 화답하였다. 서로에게 경도되던 모습과 마음을 알아주던 느낌이 대개 이와 같았다.

　　당시 형암(炯菴) 이덕무(李德懋)의 집이 북쪽으로 마주 보고 있었고, 낙서(洛書) 이서구(李書九)의 사랑은 그 서편에 솟아 있었다. 수십 걸음 떨어진 곳은 서상수(徐常修)의 서루(書樓)였고, 거기서 다시 꺾어져 북동쪽으로 가면 유금(柳琴)과 유득공(柳得恭)이 사는 집이었다. 나는 한번 갔다 하면 돌아오는 것도 잊고 열흘이고 한 달이고 연거푸 머물곤 했다. 시문이나 척독을 썼다 하면 권질을 이루었고, 술과 음식을 찾아다니며 밤으로 낮을 잇곤 했다.

　장가가던 날 저녁, 장인어른의 좋은 말을 끌고 와서 안장을 벗기고 올라타, 하인 하나만 데리고 나왔다. 때마침 달빛이 길에 가득하였다. 이현궁(梨峴宮)[1] 앞길을 따라 말을 채찍질해 서편으로 내달려, 쇠다리〔鐵橋〕 주막에 이르러 술을 마셨다. 북소리가 삼경을 알리기에 마침내 여러 벗의 집을 차례로 거쳐 백탑을 한 바퀴 돌아 나왔다. 당시에 호사가들은 이 일을 왕양명(王陽明) 선생이 철주관(鐵柱觀) 도인을 방문했던 일[2]에 비기곤 하였다. 그 후 지금까지 6, 7년 사이에 뿔뿔이 흩어져 지내면서 가난과 질병이 날마다 찾아들어, 이따금 서로 만나 비록 모두 별 탈 없는 것을 다행으로 여기기는 해도, 풍류는 지난날만 못하고 낯빛도 예전 같지 않다. 그제야 비로소 벗과 노니는 데도 진실로 성쇠(盛衰)가 있어, 피차간에 각기 한때일 뿐임을 알게 되었다.

　중국 사람들은 벗을 목숨처럼 중히 여긴다. 그런 까닭에 왕어양(王漁洋) 선생은 「빙수(氷修) 육가숙(陸嘉淑)과 우장(藕長) 매경곤(梅庚昆)이 달밤에 모여서 돌아다니다가 내 집을 들렀기에」란 작품을 남겼고,[3] 자상(子湘) 소장형(邵長蘅)[4]의 문집 중에도 예전 이웃과의 운치 있던 일을 추억하며 만나고 헤어지는 정회를 부친 글이 있다. 매번 이 책을 살펴볼 때마다 시대

1. **이현궁**　동부 연화방(蓮花坊)에 있던 광해군의 잠저(潛邸)이다.
2. **왕양명 선생이~방문했던 일**　왕양명(1472~1529)이 17세의 나이에 결혼하던 날, 우연히 산책하다가 도관 철주궁(鐵柱宮)에 들러 도사와 만나 밤새도록 양생설(養生說)을 토론하느라 신방으로 돌아가지 않은 일이 그의 「연보」 17세 조에 실려 있다.
3. **왕어양 선생은~남겼고**　어양(漁洋)은 왕사정(王士禎)의 호이다. 왕사정의 『거이록』(居易錄)에 육가숙·매경곤·소장형 등의 벗들이 밤중에 놀러 와서 삼경이 지나서야 돌아가곤 했던 일을 적은 것이 있다.
4. **소장형**　청나라 무진(武進) 사람으로 자상(子湘)은 자이고, 호는 청문산인(靑門山人)이다. 강희 연간에 북경에 와 있으면서 많은 명사와 교유하였다. 그가 지은 『고금운략』(古今韻略)은 1800년 『규장전운』(奎章全韻) 편찬에 많은 참고가 되었다.

는 달라도 마음은 같은 느낌이 있어 서로 오래도록 탄식하곤 했다.

　벗 이희경(李喜經)이 박지원과 이덕무 등 여러 분과 나의 시문 및 척독 약간을 모아 책으로 만들었다. 나는 『백탑청연집』(白塔淸緣集)이라 제목을 붙이고 이와 같이 서문을 지어, 당시에 우리들의 노님이 성대하였음을 보인다. 덧붙여 내 평생의 일 한두 가지를 말한다.

강원도 인제현 기린산골로 떠나는 백영숙[1]을 보내며 送白永叔基麟峽序

천하에서 가장 지극한 우정은 궁할 때의 사귐이라 하고, 벗의 도리에 대한 지극한 말로는 가난을 논하는 것이라고 말한다. 아아! 청운(青雲)의 선비가 혹 굽히어 초가집[2]에 수레 타고 찾아오기도 하고,[3] 포의(布衣)의 선비[4]가 혹 권세가의 붉은 대문에 소맷자락을 끌며 오기도 하니, 어이하여 서로 간절히 구하는데도 마음 맞기가 이다지 어렵단 말인가?

대저 이른바 벗이란 반드시 한잔 술을 마시며 정중히 응대하고 손을 잡고 무릎을 맞대는 것만은 아니다. 말하고 싶은 것을 말하지 않는 것과, 말하고 싶지 않은 것을 절로 말하게 되는 것, 이 두 가지에서 그 사귐의 깊고 얕음을 알 수 있을 뿐이다. 대저 사람은 인색하므로 아끼는 것에 재물

---

1. **백영숙**　영숙은 백동수(白東修, 1743~1816)의 자로, 호는 인재(靭齋)·야뇌당(野餒堂)이다. 장수 집안에서 태어난 무인으로, 이덕무의 처남이다. 이덕무, 박제가와 함께 『무예도보통지』(武藝圖譜通志)를 지었다.
2. **초가집**　원문은 봉필(蓬蓽). 쑥이나 가시덤불로 지붕을 이었다는 뜻으로, 가난한 사람의 집을 이르는 말이다.
3. **수레 타고 찾아오기도 하고**　원문은 왕가(枉駕). 왕림(枉臨)과 같은 뜻으로, 자신의 몸을 굽혀 남을 방문한다는 말이다.
4. **포의의 선비**　원문은 위포(韋布). 벼슬 없는 선비를 가리킨다.

보다 심한 것이 없다. 또한 사람은 구하는 것이 있기에 혐오하는 바가 재물보다 심한 것이 없다. 그런데도 그 아껴 혐오하지 않음만을 논하니 하물며 다른 것에 있어서이겠는가! 『시경』「북문」(北門)에 이르기를, "마침내 구차하고 가난한데도 내 어려움을 알아주는 이 없네"라고 하였다. 대저 내가 어렵게 여기는 바에 대해 남들은 반드시 털끝 하나도 움직이지 않는 까닭에 천하의 은혜와 원망이 이로부터 일어나게 된다.

저 가난함을 감추고서 말하지 않는 사람인들 어찌 남에게 구할 것이 전혀 없기야 하겠는가? 그러나 문을 나서서 억지로 웃으면서 좋게 말을 해 보지만 능히 오늘 밥을 먹었는지 죽을 먹었는지를 하나하나 들어 말할 수야 있겠는가? 평생의 일을 두루 말하면서도 오히려 감히 지척에 있는 빗장의 자물쇠에 대해 묻지 못하는 것은, 기미를 살피는 사이에 지극히 말하기 어려운 것이 있는 까닭이다. 반드시 어쩔 수 없게 되면 대략 이를 시도하여 잘 이끌어 나가다가 그 요점을 말했는데도 막연히 상대방의 눈썹 사이에서 반응이 없으면, 앞서 이른바 말을 하려다가도 말하지 않는 것이 되고 만다. 그러니 이제 비록 이를 말했어도 그 실지로는 말하지 않은 것과 같은 셈이 되는 것이다.

그래서 재물이 많은 사람은 남이 요구할까 근심하여 먼저 그 없는 것을 일컬어 남의 바람을 끊어 버리는 까닭에 말을 꺼내지도 못하는 바가 있게 된다. 그렇다면 이른바 한잔 술을 마시며 정중히 응대하고 손을 맞잡고 무릎을 맞대던 자도 모두 그 서글피 머뭇거림을 이기지 못한 채 구슬프게 낙심하여 돌아가지 않는 자가 드물 것이다. 나는 이에 있어 가난을 논의함이 쉬 얻을 수 없으며, 앞서의 말이 대개 격동됨이 있어 그렇게 말한 것임을 알게 되었다.

대저 곤궁할 때의 사귐을 지극한 벗이라 함이 어찌 자질구레하고 비루하다 하여 그런 것이겠는가? 또한 어찌 반드시 요행으로 얻을 수 있기에 말하는 것이겠는가? 처한 바가 같고 보니 자취를 돌아볼 것이 없고, 근심하는 바가 한가지인지라 어렵고 힘든 사정을 아는 것일 뿐이다. 손을 잡고 괴로움을 위로할 때엔 반드시 굶주리고 배부르며 춥고 따뜻한지를 먼저 묻고, 그 집안 사람의 형편을 묻는다. 말하고 싶지 않았는데도 절로 말하게 되는 것은 진정으로 슬퍼함에 감격하여 그렇게 되는 것이다. 어찌하여 지난날에 지극히 말하기 어렵던 것이 지금은 입을 따라 곧장 거침없이 쏟아져 능히 막을 수 없게 된단 말인가? 때로는 문으로 들어가 길게 읍을 하고는 하루 종일 말없이 있으면서 베개를 찾아 한숨 자고서 떠나가도 오히려 다른 사람과 10년 이야기한 것보다 더 낫지 않겠는가? 이는 다른 것이 아니다. 사귐에 있어 마음이 맞지 않으면 말을 하더라도 말하지 않은 것과 같고, 사귐에 간격이 없다면 비록 묵묵히 둘이 서로 말을 잊더라도 괜찮은 것이다. 옛말에 "머리가 흰데도 서로 낯설고, 길에서 잠깐 만나 사귀었는데도 오랜 친구와 같다"고 한 것이 바로 이것을 이름이 아니겠는가?

내 친구 백영숙은 재기(才氣)를 자부하며 이 세상에서 노닌 지 30년인데도 마침내 곤궁하여 세상과 만나지 못하였다. 이제 장차 그 양친을 모시고 끼니를 해결하러 깊은 골짜기로 들어가려 한다. 아아! 그 사귐은 곤궁함을 가지고서였고, 그 대화는 가난을 가지고서였으니, 나는 이를 몹시 슬퍼한다. 그러나 대저 내가 영숙에게 있어 어찌 다만 곤궁한 때의 친구일 뿐이겠는가? 그 집에 반드시 이틀의 땔거리가 있지 않았는데도, 서로 만나면 오히려 능히 차고 있던 칼을 끌러 술집에 전당 잡히고서 술을 마셨고, 술이 거나해지면 큰 소리로 노래하며 업신여겨 꾸짖고 장난치며 웃어 버리니, 천지의 비환(悲歡)과 세태(世態)의 염량(炎凉), 마음 맞음의 달고 씀이 일찍이 그 가운데 있지 않음이 없었다.

아아! 영숙이 어찌 곤궁할 때의 벗이겠는가? 만약 그렇다면 어찌 그렇게 자주 나와 종유해 마지않았더란 말인가? 영숙은 진작부터 당시에 이름이 알려져, 사귐을 맺은 벗이 온 나라에 두루 퍼져 있었다. 위로는 정승과

판서, 목사와 관찰사에서, 그 다음으로 현달한 사람과 이름난 선비들이 또한 이따금 서로 왕래하였다. 친척과 마을 사람, 그리고 혼인으로 교의(交誼)를 맺은 이가 또 한둘이 아니었다. 대저 말달리고 활 쏘며 칼로 치고 주먹을 뽐내는 부류와, 서화(書畵)와 인장(印章)·바둑과 장기·거문고와 의술(醫術)·지리(地理)·방기(方技)[5]의 무리로부터 저잣거리의 교두꾼과 농부·어부·백정·장사치 등의 천한 사내에 이르기까지 하루도 길에서 만나 정을 나누지 않은 날이 없었다. 또 집으로 연방 찾아오는 사람도 접대하였다. 영숙은 또 능히 사람에 따라 얼굴빛을 달리하여 각기 환심을 얻었다. 또 산천과 민요, 이름난 물건, 옛 자취 및 관리의 다스림과 백성들의 고충, 군정(軍政)과 수리(水利)에 대해 잘 말하였는데, 모두 그의 뛰어난 바였다. 이것으로 사귀는 수많은 사람과 노닌다면 또한 어찌 뜻을 얻어 마음껏 질탕하게 따를 한 사람이 없겠는가? 그러나 홀로 때때로 내 집 문을 두드리는데, 물어 보면 달리 갈 데가 없다는 것이다. 영숙은 나보다 일곱 살 위이다. 나와 더불어 한마을에 살던 것을 돌이켜 보면, 나는 그때 아직 동자였는데 이제는 이미 수염이 나 있다. 10년을 손꼽아 보는 사이에 모습의 성쇠가 이와 같건만, 우리 두 사람에게는 오히려 하루와 같으니, 그 사귐을 알 수 있을 따름이다.

아아! 영숙은 평생 의기(意氣)를 중하게 여겼다. 일찍이 손수 천금을 흩어 남을 도운 것이 여러 번이었으나, 마침내 곤궁하여 세상과 만나는 바가 없어, 어디에서도 넉넉하게 살아가지 못하게 되었다. 비록 활을 잘 쏘아 과거에 급제하였으나, 그 뜻이 또 녹록하게 남을 따라 오르내리며 공명을 취하기를 즐기지 않았다. 이제 또 집안 식구들을 이끌고서 기린협 가운데로 들어가는데, 내 듣기에 기린협은 옛날 예맥 땅으로 험준하기가 동해에서 으뜸이라고 한다. 그 땅 수백 리가 모두 큰 고개와 깊은 골짝이어서

---

5. **방기** 방사(方士)가 행하는 신선의 술법으로 방술(方術)이라고도 한다.

나뭇가지를 더위잡고서야 건너고, 그곳 백성은 화전을 일구고 너와를 얹어 집 짓고 사니, 사대부는 살지 않는다고 한다. 소식은 1년에 겨우 한 차례나 서울에 이를 것이다. 낮에 나가면 오직 손가락 끝이 무지러진 나무꾼과 쑥대머리를 한 숯쟁이들이 서로 너불어 화롯가에 빙 둘러앉아 있을 뿐이리라. 밤이면 솔바람 소리가 쏴아 하며 일어나 집 둘레를 흔들며 지나가고, 궁한 산새와 슬픈 짐승들은 울부짖으며 그 소리에 응답할 것이다. 옷을 떨쳐 일어나 방황하며 사방을 둘러보면 눈물이 흘러 옷깃을 적시면서 구슬피 서울 모습을 떠올리지 않을 수 있겠는가?

아아! 영숙은 또 어찌 이런 일을 한단 말인가? 한 해가 저물어 싸라기 눈이 흩뿌리면, 산이 깊어 여우와 토끼는 살져 있으리니, 활을 당기고 말을 달려 한 발에 이를 잡고 안장에 걸터앉아 웃으며, 또한 아옹다옹하던 뜻을 통쾌히 하여 적막한 바닷가임을 잊기에 충분할 것이 아닌가? 또 어찌 반드시 거취의 갈림길에 연연해하며 이별 즈음에 근심할 것이랴? 또 어찌 반드시 서울 안에서 먹다 남긴 밥을 찾아다니다 다른 사람의 싸늘한 눈초리나 만나고, 남과 말 못할 처지에 있으면서 말하고 싶어도 말하지 못하는 형상을 짓는단 말인가? 영숙이여! 떠날지어다. 나는 지난날 곤궁 속에서 벗의 도리를 얻었소. 비록 그러나 영숙에게 있어 내가 어찌 다만 가난한 때의 사귐일 뿐이겠는가?

공주로 가는 이정재[1]를 전송하며 送李定載往公州序

    추성관(秋聲館) 이군(李君, 이정재를 말한다)이 가족을 모두 거느리고 한양을 떠나 남쪽으로 내려가 먼 충청도 고을에 정착하게 되었다. 나는 약산정(約山亭) 초당(草堂)까지 가서 그와 헤어졌는데, 약산정은 산을 끼고 정원을 만들었으므로, 먼 데 경치를 내다보는 빼어남이 있었다. 마침내 그와 더불어 앞 언덕에 앉아 아득히 날아가는 기러기를 부러워하기도 하고, 헤어지는 아쉬움[2]을 읊었다. 이때 들국화는 고운 자태를 드러내기 시작했고 가을바람이 불어와 나뭇잎을 흔들었다. 북녘을 바라보니 도봉산은 하늘을 찌를 듯 솟았는데 이어진 산봉우리의 흐름이 마치 말달리듯 하였다. 북악

---

1. **이정재**   본관은 한산이며, 자는 지경(止卿)이고, 호는 주암(鑄菴)이다. 김종후의 문인으로 학행으로 이름이 높았다.

2. **헤어지는 아쉬움**   원문은 교교지구(皎皎之駒). 교교(皎皎)는 희고 깨끗한 모양을 말한다. 구(駒)는 본래 망아지라는 뜻인데, 구광(駒光)이라고 하면 광음(光陰)을 뜻하고, 구극(駒隙)은 망아지가 벽의 틈을 지난다는 뜻으로 세월이 빨리 지나 인생의 덧없음을 비유한다. 또 구영(駒影)은 햇빛을 가리키기도 한다. 『시경』 소아(小雅)·홍안지십(鴻鴈之什) 「백구」(白駒)에 "하얀 망아지 우리 밭의 싹 먹었네. 동여매고 얽어매어 오늘 아침을 더 머물게 하네. 그 사람이 놀다 가게 하리라"(皎皎白駒, 食我場苗. 縶之維之, 以永今朝. 所謂伊人, 於焉逍遙.)라는 시가 보이는데, 어진 사람을 머무르게 할 수 없는 것을 풍자한 내용이다.

산은 고운 자태로 푸른빛을 내비친다. 높이 솟은 궁궐과 저잣거리를 오가는 사람들, 북한산 필운대(弼雲臺)의 구름안개와 성곽들이 가리키고 돌아보는 가운데 은은히 보이다가 사라지곤 했다.

내가 부채를 들어 감탄했다. "아름답구나, 성대한 모습이여! 내가 일찍이 나라 안을 두루 노닐어 신라와 고려, 기자(箕子)의 옛 도읍을 두루 구경했고 태백산과 금강산도 돌아보았지만, 산수의 장엄하고 화려함과 문덕(文德)이 빛남은 능히 이보다 나은 곳이 없었다. 비록 숲과 계곡, 샘물과 바위의 아름다운 경치만 하더라도, 어찌 여기를 버리고 다른 곳을 구하겠는가? 하물며 한양은 정치와 교화가 나오는 곳이요 사방의 사람들이 몰려드는 곳이니, 벼슬아치와 벌열의 집안, 인물과 누대(樓臺), 수레와 선박과 재화(財貨)의 번성함과 친척과 벗들과 문헌의 수요가 모두 이곳에 모여 있음에랴. 하물며 나와 그대가 나고 자란 곳이어서 발걸음은 골목길에 익숙하고 풍경은 꿈속에도 생생함에랴. 그럴진대 어이 차마 하루아침에 이를 버리고 떠나겠는가? 어찌 능히 머뭇머뭇 망설이며 돌아보아 걸음을 멈추지 않을 수 있겠는가!"

이군은 진재(眞齋) 김종후(金鍾厚)[3]의 문인으로, 기특한 기개를 품어 옛 도를 행하는 사람이다. 반드시 군자의 나고 드는 큰 절개와 음양이 진퇴하고 소장하는 기미, 그리고 세상의 도리를 돌이키고 백성들을 건지는 뜻에 대해 들은 바가 있을 것이다. 그런데 어찌하여 능히 무리를 떠나 살 곳을 찾아 초라하게 스스로를 믿어 마치 방외에서 자기 길을 가는 사람이 하듯

3. **김종후** 1721~1780. 조선 후기의 문신으로 자는 백고(伯高), 호는 본암(本庵)·진재(眞齋)이다. 민우수(閔遇洙)의 문인으로 어려서부터 사부(詞賦)에 능하였고, 진사가 된 뒤부터는 성리학자로 알려졌다. 영조대 신임사화 때에는 장헌세자(莊獻世子)를 궁지에 몰아넣은 홍계희(洪啓禧)·김상로(金尙魯)의 모의에 가담하였다. 후세 학자들은 권력에 추종하는 그의 정치적 행적을 비난하여, 유자(儒者) 또는 선비로 자칭하면서도 유가(儒家)의 진의(眞義)를 해치고 국가의 흉화와 세도의 극치를 초래하는 역할에 가담하였다고 평하였다.

한단 말인가? 대저 옛사람 중에는 바위와 물가에 집 짓고 살며, 풀잎으로 옷 해 입고 나무 열매를 먹으며, 번화함을 멀리하고 초라함을 향해 나아가는 자가 있었다. 이것이 어찌 정말로 세상을 잊고 제 몸만 홀로 선하게 가지려는 것이겠는가? 그렇지 않다면 또한 깊은 근심과 답답한 마음을 품어 당시 세상에서 뜻을 얻지 못하였으므로, 이러한 거처에 부쳐 회포를 잊으려는 것이었을까? 대저 이군은 어찌하여 이곳을 버리고 먼 데로 떠나는가?

숨어 사는 길을 만류하지 못함을 안타까워하며 오늘이 쉽게 가 버리는 것을 슬퍼하노라. 이제 술자리도 끝이 났다. 나무는 검고 빗긴 해도 저물어 간다. 산은 높은데 멀리 안개와 합쳐지니, 좀 전에 본 수많은 집들은 아득하기가 물과 같아 다시는 알아볼 수가 없었다. 하지만 떠들썩한 웅성거림은 그치지를 않아 마치 모기 떼가 앵앵거리는 것 같았다. 이군이 말했다. "아아! 사람의 생사란 것이 여기에서 나고 들건만 그것을 깨닫지 못하는구나. 우리 두 사람은 높은 곳에 올라 이를 바라보다 아래를 굽어보며 웃고 있으니, 그래서 어쨌단 말인가? 또 하물며 이곳을 멀리하고 떠나려는 사람이야 말해 무엇 하리!" 이날 땅거미가 지고 상대의 옷도 분간치 못할 즈음이 되어서야 헤어졌다.

『학산당인보』[1] 초석문 서문 學山堂印譜抄釋文序

오늘날 총명이 열리지 않은 자들은 옛사람의 글을 무덤덤하게 보는 것이
문제다. 옛사람은 결코 평범한 말을 짓지 않았으니 어찌 무덤덤할 수 있겠
는가? 학산당(學山堂) 장호(張灝)의 인보(印譜)를 보지 못했단 말인가? 사람
들은 그것이 인보인 줄만 알 뿐, 천하의 기이한 문장임을 알지 못한다. 인
보의 글인 줄만 알 뿐, 결코 옛사람의 말이 어느 하나 이 같지 않음이 없는
줄은 알지 못한다.

장씨가 이것을 만든 것은 명나라 말기 붕당(朋黨) 시대에 음이 성하고
양이 쇠미한 운수를 만나, 충정(忠情)과 분함을 품었지만 뜻을 함께하는 사
람을 만나지 못해 불평한 기운을 펼칠 데가 없었기 때문이다. 이에 경사자
집(經史子集)과 백가(百家)의 운치 있는 말에서 두루 취해 이를 따서 인보로
만들고, 풍자하는 끝에 가탁하여 전각하는 사이에 새겨 넣었다. 뒤집어 말
한 것은 사람을 격동시키기 쉽고, 곧장 찔러 말한 것은 사람에게 스며드는

---

1. **『학산당인보』**   학산당(學山堂) 장호(張灝)가 1629년 명나라 전각가들의 전각을 수집하여 편찬
한 책으로, 중국의 대표적인 인보(印譜)이다. 짤막하고 시적인 경구를 다양한 서체로 전각했다. 자
세한 내용은 정민의 『돌 위에 새긴 생각』(열림원, 2000) 참조.

것이 깊었다. 글은 짧아도 담긴 뜻은 유장하며, 채집함이 드넓고 뜻은 엄정하여 『시경』국풍의 비흥(比興)이나 『이소』(離騷)의 원망하고 사모함, 또는 뒷골목 가요의 탄식하고 영탄하는 것과 같았다.

비록 웃고 성내고 욕하는 것이 갖가지로 되풀이해 나오고, 은원(恩怨)과 염량(炎涼)의 정태(情態)가 서로 달라도, 뼈에 사무치는 소리와 눈을 찌르는 빛깔은 천 년이 지나도 더욱 새로워 없어지지 않을 것이다. 시원스러워 멍청한 자를 지혜롭게 하고, 곧고 분명하여 연약한 자를 굳세게 할 수가 있다. 소인은 원망하는 마음을 가라앉힐 수 있고, 군자는 바른 기운을 붙들어 세우기에 충분하다. 진실로 명리(名理)의 오묘한 곳집이요, 문장의 비밀을 여는 열쇠이며, 용렬한 자의 닫힌 눈꺼풀을 잘라 주는 쇠칼이요, 무너진 풍속을 받쳐 주는 기둥이라 하겠다.

읽는 사람이 이 인보에서 소리 내어 울고 싶은 마음과 놀랄 만한 형상을 얻는다면, 천하의 기이한 문장이나 옛사람의 천언만어(千言萬語)도 이보다 낮지는 않으리라. 그리하여 문사를 토해 내면 융성하여 들을 만하고, 글을 지으면 훨훨 날아 즐길 만하게 되리니, 총명이 열리고 깨달음이 찾아올 것이다. 그러니 또 어찌 다만 오늘날의 인보일 뿐이겠는가?

나의 벗 이덕무가 이를 위해 글자를 풀이하여 직접 써서 가려 뽑고, 내게 서문을 구하였다. 아아! 압록강 동쪽에서 무덤덤하지 않게 책을 볼 자가 몇이나 되겠는가? 그럴진대 내 말을 믿지 않는 것이 당연하겠구나. 아아!

현천 원중거를 전송하는 글[1] 送元玄川重擧序

    지금의 사대부는 과거가 아니고서는 벼슬길에 들어갈 방법이 없다. 문벌 있는 집안이 아니면 청요직(淸要職)을 차지할 수도 없다. 대저 과거에 꼭 붙으려 하니 선비는 제 몸을 파는 행실이 있게 되어 몸을 세우기도 전에 염치가 땅에 떨어지고 만다. 문벌을 숭상하므로 벼슬길에서 사람을 골라 선택하는 실지가 없어 태어나기도 전에 귀하고 천함이 나뉜다. 세도의 쇠미함이 모두 여기에 말미암는다. 그런 까닭에 이름과 지위가 어쩌다 드러나면 친인척이 으레 이어받는 것을 금할 수 있겠는가? 방정한 사람이 간혹 발탁되었다 해도 경박하고 조급하게 다투는 무리들이 뒤섞여 나오는 것을 건디지 못한다. 그럴진대 이는 국가가 선비를 세워 등용하거나 내쫓는 명을 요행과 어두운 곳에 내맡기고, 선왕의 명분과 작록(爵祿)의 도구를 대대로 개인 가문에 빌려 주어 천하에 공평하게 베풀지 않는 것이다.

    그러나 청요직으로 가는 길은 하나뿐인데 문벌 있는 집안은 날로 성대해지고, 벼슬자리의 숫자는 늘지 않는데 과거의 과목은 나날이 번성해

---

1. **현천 원중거를 전송하는 글**   이 글은 1776년에 지은 것으로 보인다. 서울에서 버티지 못하고 경기도 지평, 지금의 양평군 물천(勿川)으로 낙향하는 원중거를 배웅하며 쓴 글이다.

진다. 날로 성대해지고 나날이 번성해진 무리를 가지고 하나뿐인 청요직의 길과 늘지 않는 벼슬자리를 차지하게 한다. 그 사람들은 모두 경박하고 잡다한 가운데서 나온데다 또 바탕이 추하고 덕이 고만고만해서 오래 서로 굽히려 들지 않으니, 그 형세가 격발되어 변이 생기지 않을 수 없다. 그리하여 붕당이란 것이 나와 나뉘어 둘로 되고 찢어져 넷이 된다. 틈을 타서 서로 옥박지르며 한번 나아가고 한번 물러나 서로를 다 죽인 뒤에야 그만둔다. 이에 의관은 변화하여 창과 방패가 되고, 논쟁은 원수나 적보다 심하여 세도 또한 덩달아 크게 무너지고 말았다. 이후로는 어쩔 수 없이 서로 견제하는 꾀²를 내어 얼음과 숯,³ 향초와 악초⁴를 한데 섞어 똑같이 보이게 한다. 일정한 숫자를 관직에 내세워 그 세력을 고르게 나눈다. 숫자를 채우다 부족하면 사냥해서 빼앗고, 사냥해서 빼앗는 것이 성에 안 차면 또한 못 하는 짓이 없다. 이것이 또 조정하는 의론⁵이 일어나게 된 까닭이다. 붕당의 폐해란 진실로 변한 것이 없다.

아아! 오늘날의 사대부는 모두 때를 얻고 문벌에 기대면 마치 방 안의 물건처럼 절로 굴러 오는 지위를 취할 수 있다. 또 각각 자제들을 가르치기를 공령문을 익히고 장구만을 학습하게 하여 남은 이익을 다투기에 급급하다. 또 각각 사사로이 하는 사람을 끼고서 명분과 당색을 제한하고 서로 드나들지 못하게 하여 조정에서도 이를 내세우곤 한다. 그렇지 않으면 그 중조나 고조가 남긴 음덕(蔭德)을 팔아 한 지방에서 호령하고 기름진 땅을 갈라 자신의 재산을 증식한다. 편히 앉아 놀고먹는 자가 또 몇 만 명이

---

2. **서로 견제하는 꾀** 원문은 기미(覊縻). 소와 말에 굴레를 씌우듯 상대방을 잘 견제하는 것을 말하는데, 『사기』(史記) 「사마상여열전」(司馬相如列傳)에 보인다.

3. **얼음과 숯** 원문은 빙탄(氷炭). 서로 받아들일 수 없는 것을 말하는데, 『한비자』(韓非子) 「용인」(用人)에 보인다.

4. **향초와 악초** 원문은 훈유(薰蕕). 군자와 소인을 비유적으로 말한 것으로, 『좌전』(左傳) 희공(僖公) 4년조(條)에 보인다.

5. **조정하는 의론** 원문은 조정론(調停論). 분쟁의 중간에 서서 화해를 시키자는 논의를 말한다.

나 된 것이 지금까지 수백 년이다. 토지와 백성은 나라의 소유가 아니요, 벼슬의 지위를 올리고 내리는 것도 국가와는 아무 관련이 없게 되었다.

사정이 이러한데도 과거와 벌열, 붕당에 관한 말이 온 나라에 가득하다. 천하의 형세는 이쪽으로 돌아가지 않으면 저쪽으로 돌아가고 만다. 오래되어 익숙해진 까닭에 통상 성명(性命)과 의리(義理)조차도 진실로 이것을 벗어나지 못한다고 생각한다. 옛것은 옳다 하면서 지금 것을 그르다고 하는 자는 신뢰받지 못하고, 도를 지켜 홀로 행하는 자는 의심을 받는다. 어리석은 자는 남아돌고 지혜로운 자는 부족한 것이 이 같은 때가 없었다.

대저 과거가 번다해지자 조급하게 다투게 되었고, 문벌이 승하자 어진 인재가 정체되었다. 붕당이 성해짐에 살육이 일어나고, 놀고먹는 자가 많아지자 백성이 가난해졌다. 조정하는 의논이 일어남에 시비가 혼동되었다. 나라의 원기(元氣)는 깜깜한 어둠 속에서 날로 사그라들고 보통의 백성들도 까닭 없이 들먹거리기만 하니 삶을 즐거워하는 마음을 잃었기 때문이다.

예전에는 세도의 폐단이 둘이었다면 나중에는 셋이 되었고, 그전에 세도의 폐단이 셋이었다면 끝에 가서는 다섯 가지나 되었다. 그 밖에 『예기』에도 없는 예는 선왕의 법이 아니건만 가혹하게 살펴 구별한 것이 또 몇 가지나 되는지 모르겠다. 아아! 지금의 사대부들은 어찌하여 어지럽게도 절목(節目)이 이다지도 많단 말인가?

현천(玄川) 원중거(元重擧) 공은 진사로 집안을 일으켜 낭서(郎署)[6]에서 20여 년간을 부침하다가 뒤늦게야 역참의 찰방을 제수 받았다. 하지만 얼마 못 가 파직되어 그만두었다.[7] 궁함과 굶주림과 좌절 속에서도 다른 이

6. 낭서 각 관아의 당하관(堂下官)을 가리킨다. 주로 육조(六曹)의 정랑(正郎)·좌랑(佐郎)처럼 실무를 담당하는 6품의 관원을 말한다.
7. 뒤늦게야~그만두었다 원중거는 1770년 송라도찰방(松羅道察訪)에 임명됐으나 60일 만에 교체되었다.

를 포용하되 휩쓸리지 않았고 분수에 편안하며 시세(時勢)를 알았다. 중간에 서기로 뽑혀 바다를 건너 일본에 갔다.[8] 일본 인사(人士)들이 입을 모아 현천 선생이라고 일컬었다.

원공은 문학이 뛰어난 사람이다. 사람들 또한 조금씩 그 어짊을 청송하였으나, 끝내 능히 그를 천거하는 사람은 없었다. 이에 성남에 구석진 땅을 얻어 나무를 심으며 먹고살았다. 나무가 울창하게 자라자 곧 이를 되팔아 지평(砥平)의 산중에다 밭을 샀다. 부자와 부부가 몸소 함께 밭을 갈았다. 대저 원공의 뜻이야 어찌 장구한 것이 아니었을까마는 사업을 이루기에는 이미 늙어 흰머리가 되었다. 때는 가을 9월이라 여울물은 줄지 않았고 돛단배도 갖추어졌으니 잠깐 만에 동쪽으로 갈 수가 있겠다. 아아! 대장부는 그 때를 얻어 조정에 있어도 이를 영화롭게 여기지 않고 뜻을 얻지 못해 바위동굴에 살아도 낮추어 생각하지 않는 법이다. 세간에서 말하는 부귀와 빈천, 관직의 오르내림과 작록 같은 물건도 모두 공의 마음을 얽어매기에는 부족하였다. 그럴진대 또 어찌 그 떠남을 막겠는가?

명성이 만 리 밖 다른 나라에서 환히 떨쳤으나 운명은 더 나아지지 않았다. 낭서에서 20여 년을 부침하였는데 인생길의 어지러움은 줄어들지 않았다. 홀로 능히 미묘한 변화 즈음에 몸을 깨끗이 하였고 티끌세상의 위에 뜻을 의탁하였다. 구렁텅이에 뒹굴면서도 뜻을 자주 바꾸지 않았고 나이가 들었다고 절개를 고치지도 않았다. 이에 벼슬하기 전에 입던 옷[9]을 찾아 입고 평소에 좋아하던 바를 이루었으니, 어찌 어려운 일이 아니겠는가?

아아! 지금의 사대부는 과거나 문벌, 붕당이 아니고서는 위로는 벼슬

---

8. **중간에~갔다** 1763년 통신사로 일본에 간 일을 말한다.
9. **벼슬하기 전에 입던 옷** 원문은 초복(初服). 벼슬하기 전에 입었던 의복으로, 조복(朝服)과 상대되는 말이다.

길에 미치지 못하고 아래로는 상공업에도 종사하지 못한다. 마치 부용(附庸)의 나라에서 사람 사이에 살면서 굶주려 장차 죽을 지경인데도 오히려 사대부라는 이름만을 뒤집어쓴 채 농부조차 되지 않으려는 자는 무엇 하는 사람이란 말인가?

『형암선생시집』 서문 炯菴先生詩集序

　나의 벗 형암 선생 무관 이덕무의 시 약간 수를 직접 가려 뽑아 베껴
쓰기를 마치고, 향을 피우고 목욕한 뒤 읽었다. 읽으면서 내내 한숨 쉬며
감탄하였다. 객이 말했다. "시에서 무엇을 얻었는가?" 내가 말했다. "저
산천을 바라보면 아득하여 끝이 없는데, 잔잔한 물은 맑음을 머금었고, 외
로운 구름은 깨끗하게 떠 있네. 기러기는 새끼들을 데리고 남녘으로 날아
가고, 매미 울음은 쓸쓸하게 끊어지려 하네. 이런 것이 무관의 시가 아닐
까?"

　객이 말했다. "이는 가을의 조짐인데, 시가 넘볼 수 있는가?" 내가 말
했다. "무엇이 문제이겠나? 그 '사이'〔際〕, 즉 경계를 논할 뿐이네. 그렇게
하려고 하지 않아도 그리되는 것은 하늘이요, 그리될 줄 알고 행하는 것은
사람일세. 하늘과 사람 사이에는 반드시 나뉨이 있는 법이니, 경계라 함은
나뉨이요 안과 밖을 아우르는 도일세. 때문에 경계를 얻으면 만물이 길러
지고 귀신의 이치도 알게 되지만, 경계를 얻지 못하면 아마득하여 자기 자
신과 소·말조차 분간하지 못하게 되네. 하물며 시에 있어서야 더 말할 나
위가 있겠는가?"

　객이 말했다. "시라는 것은 삶 속에서 생겨나는 것일세. 어린아이가

응애응애 울 때 등을 토닥이면서 노래를 불러 주면 노랫소리와 울음소리가 서로 가락이 맞아 어느새 아이는 잠이 들고 마니, 그 소리가 천하의 진짜 시라네. 내가 들건대, 시는 본성에서 나와 그른 것과 바른 것이 있으니, 그 좋아하고 싫어함과 세속의 오르내림을 볼 수 있다네. 까닭에 화려하게 꾸민 작품은 『시경』 국풍에 싣지 않았고, 촉급하고 잦아드는 소리는 청묘(淸廟)에 올리지 않았네. 그런데 지금 그대는 담박한 맛을 버리고, 아로새겨 꾸며 내는 유행의 솜씨만을 좋아하는구먼. 앞선 모범을 버리고 따르지 않으면서 오직 마음의 법만을 본받으려 하네그려."

내가 말했다. "황종(黃鐘)과 서(黍)[1]는 지극히 작고, 새와 짐승의 발자국은 지극히 자잘한 것이라네. 하지만 율려(律呂: 음계나 가락)가 여기에서 일어났고, 팔괘가 이로 말미암아 만들어졌네. 대저 시를 숫자로 표시하면 역(易)이 되고, 소리로 옮겨 가면 음악이 되는 법일세. 도를 아는 자가 아니라면 누가 능히 이러한 사실을 말할 수 있겠는가?"

객이 말했다. "그렇다면 시는 무엇을 본받아야 하는가?" 내가 말했다. "하늘과 땅 사이에 가득한 것이 모두 시일세. 사계절의 변화와 온갖 사물이 내는 소리에는 나름의 자태와 색깔, 소리와 리듬이 절로 존재하네. 어리석은 자는 살피지 못해도 지혜로운 자는 여기에 말미암는다네. 그런 까닭에 다른 사람의 입술만 쳐다보며 진부한 글에서 그림자와 울림을 주워 모으는 것은, 그 본색에서 멀리 벗어나는 것일세."

객이 말했다. "그렇다면 한당(漢唐)과 송명(宋明)의 시를 모두 본받지 말라는 말인가?" 내가 말했다. "어찌 그럴 수 있나? 내가 말한 것은, 말단을 좇아 갈림길을 많이 만들기보다는 근본을 거슬러 올라가 핵심을 찾는

---

1. **황종과 서**　황종은 십이율(十二律)의 하나인 양률(陽律)로 십이율의 첫째 율이다. 서(黍)는 고대 도량형의 기본 단위이다. 『한서』(漢書) 「율력지」(律曆志)에 따르면 길이는 1서(黍)가 1분(分)이 되고, 용량은 2,400서(黍)가 1합(合)이 되며, 중량은 100서(黍)가 1수(銖)가 되었다고 한다.

것이 더 낫다는 말일세. 그런 뒤라야 천지의 진짜 소리와 옛사람의 은미한 말이 마치 서리 맞으면 종이 절로 울리고, 그늘진 골짜기에서 학이 서로 화답하는 것처럼 부응하게 될걸세. 이렇게 보면 무관의 시는 포희씨와 영륜(伶倫)의 마음을 얻은 것일세.[2] 법률의 연혁이나 자구의 연원의 경우 살펴 찾을 사람이 따로 있을걸세."

병신년(1776) 가을날 아우 박제가가 짓다.

---

2. 무관의~것일세 황종관(黃鍾管)을 만든 이가 영륜이고, 팔괘를 만든 것이 포희씨이다.

『유혜풍시집』 서문 柳惠風詩集序

　　정(情)은 소리가 아니고는 전달할 수 없고, 소리는 글자 없이는 소통되지 않는다. 정과 소리와 글자, 이 세 가지가 하나로 합쳐져 시가 된다. 하지만 글자는 각각 그 뜻을 지니고 있어도, 소리가 반드시 말이 되는 것은 아니다. 이에 따라 시의 도는 오로지 글자에만 속하게 되었고, 소리는 날로 떨어져 나갔다. 글자가 소리를 떠남은 물고기가 물을 떠나고 자식이 이미를 떠나는 것과 다를 바 없다. 나는 그 생취(生趣)가 날로 고갈되고 천지의 이치가 사라질까 걱정스럽다.

　　고시 3백 편 또한 글자는 있지만 그 소리는 얻을 수 없다. 내 생각에, 옛날에는 말이 나오는 대로 글자가 되었던 까닭에 그 조사나 허사도 모두 곡진한 맛이 있었다. 이제 그때의 예악형정(禮樂刑政)의 도구나 조수초목의 이름은 모두 이미 무너지고 흩어져 다시 고증할 수가 없다. 비록 요즘 사람이 삼대 시절 인사와 갑작스레 만나게 된다 해도 나라 풍속의 차이와 말소리의 다름은 오랑캐가 중국에 들어온 것보다 더 심할 것이다. 그런데도 오히려 그 말을 절절히 외우고, 감탄하여 읊조리며 "이것이 진짜 관저(關雎)요, 참 아송(雅頌)"이라고 말한다. 나는 이것이 지금 사람들이 사용하는 글자의 발음일 뿐 옛날의 원래 소리는 아니라고 생각한다.

오늘날 이른바 무당들의 노래 가사나 배우들의 욕지거리, 저잣거리나 여항에서 늘 하는 말 또한 감정을 불러일으키고 바른 길로 나아가게 하기에 충분하다. 그러니 옛 시의 남은 뜻을 여전히 가지고 있는 것이 아니겠는가? 하지만 붓을 들어 이를 한문으로 옮기고 나면 말은 비슷해도 삭막하여 그 정을 얻지 못하는 것은, 소리와 글자가 길을 달리하기 때문이다. 소리와 글자가 길을 달리하니 옛날과 오늘날의 문장이 서로 맞지 않음을 여기에서 볼 수가 있다. 아아! 천세 먼 옛날 나라는 많고도 많았으니, 시 또한 얼마나 변화했는지 알 수가 없다. 그 변화에 따라 소리를 내면 또한 제각기 자연스런 가락을 가지게 마련이다.

나의 벗 유득공이 지은 시는 지극함을 겸하고 아름다움을 갖추었다고 할 만하다. 옛 글자를 끌어 써서 지금의 소리와 통하게 하였다. 하지만 마음에서 드러나 겉으로 움직이는 것이, 마치 나무에서 꽃이 피고 새가 절로 우는 것과 같아 스스로도 그러한 까닭을 알지 못한다. 그럴진대 소리와 글자가 다르다는 것은 또 굳이 논할 것이 못 된다. 그렇지만 소리와 글자는 하나인지라, 잘 지으면 합치되고 잘못하면 떨어지고 만다. 어째서 그런가? 글은 글자에서 나오지만, 소리는 글자 밖에서 이루어지기 때문이다. 그래서 "글자가 아랫길〔下學〕이 되고 소리는 윗길〔上達〕이 된다"고 하는 것이다.

병신년(1776) 8월, 벗 박제가 짓다.

『북학의』자서 北學議自序

　나는 일찍부터 고운(孤雲) 최치원(崔致遠)과 중봉(重峰) 조헌(趙憲)의 인간됨을 그리워하여 세대는 다르지만 그분들이 타는 말고삐를 잡고 싶은 소원을 항상 품고 있었다. 고운은 당나라에서 진사가 된 뒤 동쪽 고국으로 돌아와 신라의 풍속을 개혁하여 중국의 수준으로 나아가게 하려는 생각을 지녔다. 그러나 만난 때가 좋지 못해 가야산에 숨어 살았으며, 어떻게 죽었는지조차 알지 못한다. 중봉은 질정관(質正官)[1]으로 연경에 들어갔다. 그의 『동환봉사』(東還封事)[2]는 정성스럽고 간절하기가 중국을 통해 우리를 깨우치고 중국의 좋은 점을 보고 그 수준과 나란히 하려는 것이어서 중화의 문물로 우리의 습속을 변화시키려는 고심 아닌 것이 없었다. 압록강 동쪽으로 1천여 년간 지내오면서 잗단 한 모퉁이 나라를 일변시켜 중국에 이

---

1. **질정관**　사신과 동행하여 문자(文字)의 음운(音韻)이나 사물의 의심나는 점을 질문하여 알아 오게 하는 임시직이었다. 처음엔 조천관(朝天官)으로 불렸다가 나중에 질정관으로 바뀌었다.
2. **『동환봉사』**　조선 중기의 문신 조헌의 상소문을 그의 제자 안방준(安邦俊)이 엮은 책이다. 제목은 '우리나라에 돌아와서 밀봉하여 임금에게 올리는 글'이라는 뜻. 이는 조헌이 1574년(선조 7) 명나라 신종(神宗)의 생일을 축하하기 위하여 파견된 성절사(聖節使)의 질정관으로 중국을 다녀온 뒤, 조선에서도 시행되었으면 하는 내용을 담아 상소문으로 지은 글을 묶은 것이다.

르게 하고자 했던 사람은 오직 이 두 사람뿐이다. 금년 여름에 진주(陳奏) 사행이 있어 나는 청장관 이덕무와 함께 따라갔다. 연경과 계주의 들판을 마음껏 구경하고 옛 오(吳) 땅과 촉(蜀) 땅의 선비들과 두루 사귀었다. 몇 달을 머물면서 들은 적 없는 것들을 들었으며, 옛 풍속이 여전히 남아 있어 옛사람이 나를 속이지 않음에 탄복하였다.

저들의 풍속 중에서 우리나라에 시행할 수 있고 일용에 편리한 것들은 그때마다 글로 적어 아울러 그것을 시행할 때의 이로움과 시행하지 않을 때의 폐단을 덧붙여 설을 만들었다. 『맹자』에서 진량(陳良)이 했던 말[3]을 취해 책 제목을 『북학의』라 하였다. 책의 말들 가운데 자잘한 것은 소홀히 여기기 쉽고 번잡한 것은 시행하기 어렵다. 하지만 옛 선왕께서 백성들을 가르칠 때 집집마다 전해 주고 깨우친 것은 아니다. 절구를 한번 만들자 천하에는 껍질 있는 곡식을 먹는 사람이 없어졌고, 신발을 한번 만드니 천하에는 맨발로 다니는 사람이 없어졌으며, 배와 수레를 한번 만들자 천하의 물건들이 아무리 험난해도 유통되지 않는 곳이 없어졌다. 그 법도가 얼마나 쉽고 또 간단한가!

이용(利用)과 후생(厚生)은 한 가지라도 닦이지 못하면 위로 정덕(正德)을 해친다. 따라서 공자께서는 "백성의 수가 많아진 다음에는 가르쳐야 한다"[4]고 말씀하셨고, 관중(管仲)은 "의식(衣食)이 풍족해진 다음에 예절을

---

3. 『맹자』에서 진량이 했던 말 『맹자』 「등문공」(滕文公) 편에 "나는 중화의 문화로 오랑캐를 변화시켰다는 말은 들었지만 중화가 오랑캐에게 변화를 당했다는 이야기는 듣지 못했다. 진량은 초나라 출신이다. 주공과 공자의 도를 좋아하여 북쪽의 중국으로 가서 공부했다. 북방의 학자 중에 진량보다 나은 자가 없었으니 진량을 호걸의 선비 이르는 바이다"라는 구절이 보인다.
4. 백성의~한다 『논어』 「자로」(子路) 편에, "공자가 위나라에 가는데 염유가 마차를 몰았다. 공자가 '사람들이 많구나'라 하자, 염유는 '많다면 또 무얼 더 해야 합니까?'라 묻자, 공자는 '부유하게 해야 한다'라 하였다. 염유가 '이미 부유하다면 또 무얼 더 해야 합니까?'라 묻자, 공자는 '가르쳐야 한다'라 하였다"라는 구절이 보인다.

알게 된다"⁵라고 말했던 것이다. 오늘날 백성의 삶은 날로 곤궁해지고, 쓸 재물은 나날이 고갈되고 있다. 그런데도 사대부들이 팔짱만 끼고서 구제하지 않아야 하겠는가? 아니면 과거의 관습에 안주하여 편안히 누리면서 모른 체해야 하겠는가?

주자(朱子)는 배움을 논하여 말하였다. "이같이 하여 병이 된다면 이같이 하지 않으면 약이 될 것이다."⁶ 진실로 그 병을 잘 안다면 약은 저절로 오게 된다. 그런 까닭에 오늘날 폐해의 근원에 대해 더욱 세심하게 논의하였다. 비록 그 말이 지금 꼭 시행되지는 않더라도 그 마음만은 뒷날에 업신여김을 받지 않을 것이다. 이 또한 고운과 중봉 두 선생의 뜻이다.

금상(今上) 2년 무술년(戊戌年, 1778) 가을 9월 그믐 전날 비 내릴 때, 위항도인(葦杭道人) 박제가는 통진의 농가에서 쓴다.

---

5. **의식이~된다** 『관자』(管子) 「목민편」(牧民篇)에 "창고가 차야 예절을 알고 의식이 풍족해야 영욕을 안다"(倉廩實則知禮節, 衣食足則知榮辱.)라는 구절이 보인다.
6. **이같이~것이다** 주자의 「답혹인서」(答或人書)에 보인다.

『시선』 서문 詩選序

　　시를 가려 뽑는 방법은 마땅히 온갖 맛을 두루 갖추어야지, 온통 한 가지 특색만 가지고 해서는 안 된다. 대저 가려 뽑는다는 것은 무엇인가? 가려내어 서로 뒤섞이지 않게 하는 것이다. 한 가지 특색만 가지고 하면 이는 뽑아 놓고 다시 섞는 것과 다름없으니, 애시당초 무엇 하러 가려 뽑는단 말인가?

　　맛이란 무엇인가? 저 구름 노을과 수놓은 비단을 보면 알 수 있다. 잠깐 사이에도 마음과 눈이 함께 옮겨 가고, 좁은 곳에서도 기이한 자태가 펼쳐진다. 대충 보면 그 정을 얻을 수 없지만, 찬찬히 음미하면 그 맛이 무궁하다. 무릇 사물이 변화하는 과정에서 마음을 움직이고 눈을 기쁘게 하기에 충분한 것은 모두 맛이다. 이것은 다만 입맛만을 가지고 하는 말이 아니다. 가려 뽑을 때 맛을 어떻게 취할까? 대저 짜고 시고 달고 쓰고 매운 다섯 가지 맛은 혀에서 얻어 얼굴로 전달되므로 속일 수 없는 것이 이와 같다. 만약 이렇지 않다면 맛이 아니다. 맛없는 음식은 오히려 먹지 않는다. 시를 가려 뽑는 방법도 이것과 무엇이 다르겠는가?

　　온갖 맛을 두루 갖추었다는 것은 무엇을 말하는 것인가? 한 가지 맛만 가리지 않고 각각 한 가지씩 뽑는 것을 말한다. 대저 신맛은 알면서 단맛을 모르는 자는 맛을 알지 못하는 자이다. 달고 신맛을 저울질하고 짜고 매운 것을 얽어 맞춰 구차하게 이를 채우는 자는 뽑을 줄 모르는 자이다. 신 것은 신맛을 지극히 하여 가리고, 단것은 단맛을 지극히 하여 뽑은 뒤라야 맛에 대해 말할 수가 있다.

공자께서는 "먹고 마시지 않는 사람이 없건만 능히 맛을 아는 자는 드물다"[1]고 하셨다. 이로 볼진대, 성인의 마음은 섬세한 까닭에 능히 그 말로 설명할 수 없는 오묘함을 얻을 수 있었고, 속인은 온통 한 가지 특색만 찾으므로 날마다 쓰면서도 알지 못하는 것일 뿐이다. 어떤 이가 물은 도대체 무슨 맛이냐고 하길래, "물은 실로 맛이 없다. 하지만 목마를 때 마시면 천하에 이보다 훌륭한 맛이 없다"고 말해 주었다. 지금 그대는 목마르지가 않다. 그러니 어찌 족히 물의 맛을 알겠는가?

---

1. **먹고~드물다** 『중용』 4장에 "마시고 먹지 않은 사람은 없지만 그 맛을 아는 이는 드물다"(人莫不飮食也, 鮮能知味也.)라는 구절이 보인다.

『발해고』[1] 서문 渤海考序

나는 일찍이 서쪽으로 압록강을 건너 애양(靉陽)[2] 길을 따라 요양(遼陽)에 이른 적이 있다. 그 사이 5, 6백 리 되는 공간은 모두 큰 산과 깊은 골이다. 낭자산(狼子山)[3]을 벗어나자 비로소 끝없이 아득한 들판을 볼 수 있었다. 끝없이 펼쳐진 벌판의 아득한 대기 속에서 해와 달이 뜨고 졌으며, 새들이 날고 내려앉았다. 머리를 돌려 동북쪽의 여러 산을 보니 하늘을 빙 두르며 땅을 막아서고 있는 것이 마치 선 하나를 죽 그어 놓은 것 같았다.

1. 『발해고』 유득공이 1784년(정조 8)에 지은 책이다. 유득공은 이 책에서 발해가 부여·고구려로 이어진 우리의 영토였으며, 대조영(大祚榮)이 고구려인이었음을 강조한다. 따라서 통일신라 시대는 남북국 시대이며, 고려는 마땅히 남북국사를 편찬해야 했는데 한반도 지역에만 집착해 북쪽 지역을 방기한 결과 고구려와 발해의 옛 영토를 잃었다고 비판했다. 이 책의 체제는 「군고」(君考)·「신고」(臣考)·「지리고」(地理考) 등 9고(九考)로 구성되어 있다.
2. 애양 금나라 때 설치했던 보루의 이름으로 지금의 봉성시(鳳城市) 북쪽에 있었다. 하지만 여기서는 그 지역을 꼬집어 가리킨 것이 아니라, 연행사들이 압록강을 건너면서 보았던 애하(靉河)의 북쪽 지역, 또는 서경순이 『몽경당일사』에서 말했던 것처럼 구련성(九連城)을 가리키는 것으로 보아야 한다. 구련성은 연행사들이 도강 이후 첫날에 묵었던 곳이다.
3. 낭자산 지금의 중국 요령성 요양현 하란진(河欄鎭) 계명촌(鷄鳴村)에 있는 산으로, 당 태종이 퇴각하다가 닭 울음 때문에 목숨을 건졌다는 설화가 전한다. 연행사들은 보통 이른 아침 낭자산을 출발하여 석문령(石門嶺)을 넘었는데, 여기서부터 요동벌이 펼쳐진다.

그러니 앞에 지나온 큰 산과 깊은 골이란 모두 요동 천 리의 바깥담인 셈이다. 나는 한숨을 내쉬며 탄식하여 말했다. "여기는 하늘이 만든 경계선이구나!" 요동은 천하의 한구석에 지나지 않는다. 하지만 영웅과 제왕이 이곳보다 많이 일어난 곳은 없다. 그들은 모두 중원의 연(燕: 지금의 북경 일대)과 제(齊: 지금의 산동성 일대)와 인접한 땅에서 중국의 형세를 쉽게 엿보았다. 그러므로 발해의 대씨(大氏)는 고구려가 멸망한 뒤 유민들을 모아 산맥의 밖(평원 지역)은 버려두고서도 한 지역을 호령하며 천하를 다툴 수 있었다. 고려의 왕씨(王氏)는 삼한을 통일하고도 왕조가 다하도록 끝내 압록강 밖으로는 감히 한 발짝도 내딛지 못했다. 이로써 산천으로 경계를 삼아 할거하는 득실의 자취를 대략 알 수 있다.

아낙의 견문은 자기 집 지붕 밖을 넘지 못하고, 어린아이의 놀이는 겨우 문지방에 미칠 뿐이니, 담장 밖의 일이야 알 턱이 없다. 신라 땅에 태어난 선비들은 구주(九州: 중국) 안의 일에 대해서는 눈을 가리고 귀는 꽉 막고 있어, 한(漢)·당(唐)·송(宋)·명(明) 여러 나라가 일어나고 사라지면서 전쟁을 벌인 일들도 알지 못하는데, 발해의 옛 사적에 대해서야 더 말할 나위가 없다.

나의 벗 혜풍 유득공은 널리 배우고 시를 잘 짓는다. 옛일에도 밝아 『이십일도회고시주』(二十一都懷古詩註)[4]를 편찬하여 국내의 여러 사적을 자세하게 소개하였다. 또 이 일을 미루어 『발해고』 한 권을 지었다. 발해의 인물과 군현과 세계(世系)와 연혁을 자세하게 설명하였는데, 체계를 잘 잡아 내용이 볼만하다. 이 책의 주제는 고려가 고구려의 옛 강역을 수복하지 못한 것에 대한 한탄이다. 고려가 옛 강역을 수복하지 못하여, 계림과 낙

---

4. 『이십일도회고시주』 유득공은 1785년 역대 건국 수도 스물한 곳에 대해 43수의 시를 짓고 여기에 전주(箋註)를 달았다. 이 책은 1877년 목판본으로 간행되었다. 연구서로는 송준호, 『유득공의 시문학 연구』(태학사, 1985) 참조. 역주서로는 황순구, 『이십일도회고시』(명보출판사, 1980) 참조.

랑의 흔적이 천하에서 희미해졌다는 것이다. 나는 여기서 이 책의 주제와 이전 나의 견해가 딱 맞아떨어짐을 알게 되었고, 아울러 유군의 재주가 능히 천하의 형세를 살필 수 있고 왕패(王霸)의 재략을 엿볼 수 있음에 감탄하였다. 이것이 어찌 다만 한 나라의 문헌을 갖추는 정도로, 섭융례(葉隆禮)나 왕집(汪楫)의 저서[5]와 우열을 다투는 데 그칠 것인가? 그러므로 서문을 지으면서 이렇게 논한다.

5. **섭융례나 왕집의 저서**   섭융례(葉隆禮)는 송나라 때 사람으로 『거란국지』(契丹國志)를 지었고, 왕집(汪楫)은 청나라 때 사람으로 『중주연혁지』(中洲沿革志)를 지었다. 초정은 유득공의 『발해고』가 역사 지리를 서술하는 데 그치지 않고 정치와 역사의 큰 방향을 제시했다는 점에서 이들 책과 다르다고 말한 것이다.

적성[1]현감으로 나가는 이덕무를 전송하며

送李懋官出宰積城縣序

　　요즘에는 각 고을의 높고 낮음을 대개 녹봉 수입을 가지고 평가한다. 고을을 맡은 사람도 이에 따라 희비가 엇갈릴 뿐 아니라, 이조(吏曹)의 전랑(銓郎)[2]들이 관리를 파견할 때도 또한 그것으로 차등을 두는 듯하다. 하지만 모두 똑같은 외직과 품계에, 백성과 사직을 맡은 임무도 똑같으니, 굳이 나눠 구별하는 것이 임금의 근심을 나누어 고을을 다스린다는 지방관 설치 본래 취지에 맞는 일이겠는가?

　　일찍이 관리들이 모인 자리를 본 적이 있다. 온갖 부서의 관리들이 모두 모이자 자리를 펴고 말을 주고받는데 대화가 그치질 않았다. 그런데 그 내용이란 모두 월초에 지급받는 촛불과 횃불의 수가 얼마이고, 미곡과 금전의 총량이 얼마이며, 장과 젓갈, 기름과 땔나무, 제수 등이 몇 되 부족하

---

1. **적성**　경기도 파주시 적성면, 양주군 남면 일대에 있던 옛 고을이다. 이덕무는 1784년 6월 적성현에 부임하여, 1789년 6월 체직될 때까지 적성현감과 검서관을 겸직했다.
2. **전랑**　전가(銓家)를 말한다. 조선 시대 이조의 정랑(正郎: 정5품)·좌랑(佐郎: 정6품)을 일컫던 말이다. 내외 관원을 천거, 전형하는 데 가장 많은 권리를 가지고 있었으므로 이조 전랑(銓郎)이라는 별칭이 붙게 되었다. 조선의 관제에서 관원의 천거권은 모두 이조에 속했는데, 당시 가장 중시되던 삼사(三司: 홍문관·사헌부·사간원)의 관원 임명은 이조판서의 아래에 있는 정랑·좌랑이 좌우하였다.

고 몇 말이 남았는지 등을 따지는 데 지나지 않았다. 아아! 요즘 사람들이 그 재능을 명물(名物)과 도수(度數)[3]의 실용에 발휘한다면 군주의 자문에 대비할 수 있고, 그 학문을 도덕과 문장으로 옮겨 간다면 태평 시절을 일으킬 수 있을 것이다.

청장관(靑莊館) 이공(李公)은 검서관에 있으면서 적성현감(積城縣監)으로 발탁되었다. 그간 내외직을 6년이나 드나들었는데, 한 번도 벼슬자리가 좋으니 나쁘니 말하는 것을 본 적이 없다. 다만 저술하기를 좋아하여 이르는 곳마다 책을 펴냈는데, 그 지역의 고적과 명승, 풍속과 특산물, 관리들의 치적이나 백성들의 고통 등 어느 것을 물어도 마치 메아리가 울려 나오듯 대답이 끝이 없었다. 그러니 이 사람이야말로 어찌 명물과 도수에 재능을 발휘하고 도덕과 문장으로 학문을 옮긴 사람이 아니겠는가!

적성 고을은 땅이 사방 50리에 지나지 않고 호구도 겨우 1천3백일 뿐인데도, 사대부가 많아 묏자리를 다투거나 부당한 세금 징수, 그리고 무단 벌목에 관한 송사가 심심찮게 일어난다고 들었다. 또 관아의 건물은 거의 다 허물어져 기둥을 받쳐 버티고 있으며, 관아 문에는 고각(鼓角)을 갖추지 못해 입으로 나팔을 불고 발로 뛰어다니며 한 사람이 두 일을 겸한다고 한다. 그래서인지 사정이 형편없는 고을을 꼽을 때면 꼭 적성이 한자리를 차지하곤 한다.

그렇지만 이공(李公)이 저술의 재주로 정사를 행하면 백성과 사직을 다스리는 책임에 부끄러움이 없을 것이고, 녹봉과 수입을 묻지 않는 마음으로 벼슬자리에 임한다면 고을의 크기야 무슨 상관이 있겠는가! 집무 여가에 감악산(紺岳山)[4] 옛 절에 오르고, 임진강 상류에 배를 띄우며, 칠중성

---

3. **명물과 도수** 사물의 이름이나 사회의 여러 법제, 그리고 천문과 지리의 이수(理數) 등을 통칭하는 표현으로, 보통 18세기에 널리 퍼진 실용 학문을 가리키며, 전통적인 성명의리지학(性命義理之學)과 대비하여 사용되었다.

옛터를 찾아볼 것이다. 읊조리고 노래하는 사이에 반드시 뒤섞여 글로 드러나는 것이 있을 터이니, 내가 장차 손을 씻고 이를 외울 것이다.

---

4. **감악산**　경기도 파주 적성면과 양주 남면, 그리고 연천군 전곡에 걸쳐 있는 해발 675m의 산으로, 예로부터 경기 5악의 하나로 꼽혔다.

〈음중팔선도〉¹ 서문² 飮中八仙圖序

　　예로부터 선가(仙家)로 일컬어진 부류에게는 매미처럼 육신의 허물을 벗고 날개가 돋아 신선이 되어 가벼이 날았다는 등속의 이야기가 따라다닙니다. 그러므로 세상에서 맑고 고상하고 신묘하고 아름다우며, 아득하고 기이하여 나타나고 사라지는 변화무쌍한 자들을 신선으로 일컬었던 것이니, 병선(兵仙)이니 시선(詩仙)이니³ 하는 부류가 바로 그것입니다. 세상에 전하는 〈음중팔선도〉(飮中八仙圖)는 그 이름이 당나라 시절에 나왔으니, 두보가 「음중팔선가」라는 시를 짓자, 호사가들이 그 뜻을 모의하여 그림으로 그려 낸 것입니다.

　　천보(天寶) 연간 지극히 번성했던 시절, 술꾼은 헤아릴 수 없이 많았지만 여덟 명만이 주선(酒仙)으로 일컬어졌습니다. 그들의 행적이야 모두 제

---

1. **〈음중팔선도〉**　술 취한 여덟 신선의 모습을 그린 그림이다. 이 그림은 두보의 「음중팔선가」(飮中八仙歌)에서 유래한다. 두보는 이 시에서 하지장(賀知章)과 이백(李白) 등 여덟 명사가 술 취한 모습을 묘사하였는데, 이 시가 크게 유행하여 그 광경을 그린 〈음중팔선도〉가 유행하게 되었다.
2. **〈음중팔선도〉 서문**　1790년 3월 초사흘에 정조가 검서관들에게 〈음중팔선도〉 서문을 지어 올리라고 한 다음, 친히 그 글들의 성적을 매기고 차등을 두어 상을 내린 일이 있다. 이 글은 그때 지은 것이다. 이덕무가 지은 글이 1등을 자치했다.
3. **병선이니 시선이니**　병선(兵仙)은 한나라 장수 한신(韓信), 시선(詩仙)은 이백을 일컫는 말이다.

각각 다르지만, 요컨대 반드시 맑고 고상하고 아름답고 아득하며 기이하여 술 속의 운치를 얻었으니, 사람들이 이를 보고 훨훨 티끌세상을 벗어나는 상상을 하게 되었던 것입니다. 죽계(竹溪)의 물가에서 세월을 잊고 놀았으며,[4] 장안 저잣거리에서 오만하게 행동하였습니다. 말을 하면 좌중이 놀랐고 붓은 오악을 흔들었습니다. 잗단 규범들을 깨뜨려 버렸고, 악착스런 마음도 쓸어 없앴습니다. 천지를 작게 여기고 형체를 돌아보지 않았습니다. 오직 술만을 즐겨 도도하고 유유하게 늙음이 장차 이르는 줄도 알지 못했습니다. 저들은 세상의 부귀와 작록(爵祿)도 자신들의 즐거움과 바꿀 만한 가치가 없다고 여겼으니, 그들을 신선이라 해도 또한 마땅합니다.

지금 이 그림을 보니 인물들의 크기는 겨우 손가락 하나만 합니다. 하지만 술기운을 못 이겨 졸고, 아무렇게나 거꾸러져 있고, 잔을 잡은 채 술 가져오라고 소리치는 모습 등은 변화무쌍합니다. 거기에 누대와 시내와 초목, 의복과 관과 신발, 평상과 궤안, 필묵과 솥들조차도 모두 어느덧 술기운에 젖어 있습니다. 오솔길 밖에는 또 저절로 화식(火食)을 않는 선계의 천연한 뜻이 역력합니다. 만지면 그의 이름을 알 수 있고, 냄새를 맡으면 그의 성정이 느껴집니다. 뿐만 아니라 눈썹과 눈, 수염과 머리, 늙은 사람과 젊은 사람, 검은 얼굴과 흰 얼굴, 키 큰 사람과 작은 사람, 살진 사람과 마른 사람, 앉은 사람과 누운 사람, 걷는 사람과 서 있는 사람, 담소를 나누는 사람과 말없이 있는 사람, 잠자는 사람과 깨어 있는 사람 등 그 외양만 다른 게 아닙니다.

세상의 화가들은 왕왕 모사하여 그리다가 진본(眞本)을 어지럽히는데, 이런 것이 아예 습속이 되었으니 그 진부함이 가소롭습니다. 심지어는 서

---

4. **죽계의~놀았으며** 죽계는 호북성 죽계현에 있는 명승지로, 여섯 은자가 은일(隱逸)했던 곳이다. 여섯 은자는 바로 죽계의 주당(酒黨) 여섯 사람, 곧 공소보(孔巢父)·이백(李白)·한준(韓準)·배정(裵政)·장숙명(張叔明)·도면(陶沔)을 일컫는다.

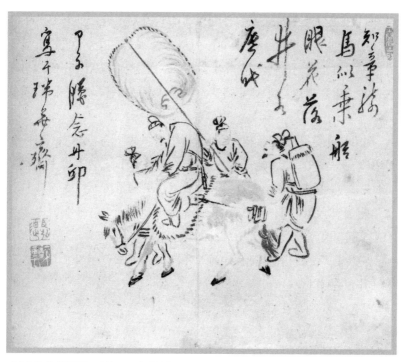

지장기마도(知章騎馬圖) 김홍도 그림. 하지장이 술에 취한 채 말타고 가는 모습을 그렸다. 국립중앙박물관 소장.

로 비슷한 것을 꺼려 위치를 바꾸어 변화를 주기까지 합니다. 여덟 사람의 면목을 비록 다르게 그렸지만 그 정신은 한 사람에 그칠 뿐입니다. 나무에 모여 앉은 새들의 모습은 서로 비슷하지만, 천천히 살펴보면 그 모습이 모두 같지 않으니, 제각각 하늘에서 얻었기 때문입니다. 이에 용렬한 화가가 각기 다른 색깔로 칠하고 모습을 다르게 그리려 하지만, 열 마리도 채 그리기 전에 재주가 바닥나고 맙니다. 이 그림을 보는 자들이 제가 한 말을 가지고 그림을 살펴본다면, 진짜와 가짜, 고아한 것과 속된 것, 옛 그림과 오늘의 그림을 감별함에 있어 깨달음이 일어나듯 시원스레 웃게 될 것입니다.

　이로부터 온갖 신들과 귀물(鬼物), 새와 짐승, 벌레와 물고기, 꽃과 풀, 산수와 구름과 안개, 흐리고 맑은 날씨, 아침저녁과 네 계절의 변화하는 단서를 그 종류에 따라 펼칠 수 있다면 필묵에도 능하게 되며 문장과 그림도 볼만해질 것입니다. 청컨대, 이 글을 써서 세상에서 그림에 안목 깊은 이에게 묻고자 합니다. 여덟 사람의 성과 이름, 벼슬과 고향 같은 것은 『당서』(唐書) 및 『두보시집』(杜甫詩集)에 모두 실려 있으므로 여기에 갖추어 기록하지 않습니다.

　신은 삼가 서문을 씁니다.

『아정집』서문 雅亭集序

　　세상의 독실한 논자들은 무관 이덕무에 대해 일컫기를 품식(品識)이 제일이고, 독행(篤行)이 두 번째며, 박문강기(博聞强記)가 세 번째고, 문장은 단지 네 번째일 뿐이라고 말한다. 이 네 번째 것에 대해서도 알지 못하는 자가 반이 넘는다. 하물며 이른바 첫 번째, 두 번째, 세 번째를 어찌 전부 다 알겠는가. 그렇지만 무관이 아직 이름이 알려지기 전에는 담박하게 궁한 거처에서 살면서 책 한 권 손에 들고서 마치 죽을 때까지 그렇게 할 것 같았는데, 하루아침에 관각에서 다투어 추천하였고 조정에서는 관직을 설치하여 머물게 하기에 이르렀으니, 이름하기를 '검서관'이었다. 임금께서 일찍이 그 글을 칭찬하여 산림의 기운이 있다고 하였고, 무관이 죽기에 미처서는 그 원고를 모으라 명하시고 내탕전(內帑錢)[1]을 내어 간행비로 쓰도록 했으니 얼마나 성대한 일인가! 옛날 한 무제는 사마상여의 책을 구했고,[2] 송나라 고종은 동파집에 서문을 썼지만 이에 비하면 자랑할 만한 것이 못 된다. 이에 있어 무관의 평생이 정해졌다 하겠다.

　　오호라! 내가 무관과 어울려 지낸 지 30년인지라 그 행적의 본말이 대

---

1. **내탕전**　궁중에서 관리하는 돈이다.

략 비슷하다. 세상에서는 간혹 앞서거니 뒤서거니 한다는 말이 있지만³ 실제로는 나의 스승이었으니 어찌 감히 벗으로 삼을 수 있겠는가. 오직 문예한 가지 일을 담론함에 있어서는 흔연히 서로 맞음이 부절을 잡은 듯, 금과 슬을 조화롭게 연주하는 듯하여 다른 일이 그 사이에 끼어들지 못하였다. 매양 왕세정이 이반룡을 제사 지내며 했던 '그대와 나는 천지가 생긴 이래 드문 사이'라는 말과 서로 비슷하였다. 이제 그 문집을 보니 벗과의 사귐, 벗과의 연회, 어진 이의 등용, 모이고 헤어졌던 세월들이 낱낱이 다 실려 있다. 그러나 이 사람의 무덤에는 풀이 우거졌으니 그를 위해 엎드리고 우러르며 크게 탄식함을 그칠 수가 없다.

　　일찍이 논하건대 글에는 문장가의 글이 있고 유자의 글이 있었으니, 화(華)와 실(實)을 가지고 말한 것이다. 무관은 우아하여 문장가로 자처하려 하지 않았다. 또한 유자로서 고상함을 표방하려 하지도 않았다. 그러므로 자신의 학문은 항상 정어중(鄭漁仲)⁴과 마귀여(馬貴與)⁵ 사이에 있다고 하였다. 문장을 지음에는 잗단 기교나 오만한 태도를 드러내지 않았으며 속됨이 없기를 기약했을 뿐이다. 그 음미한 뜻은 이보다 더함이 있다고 여기는 마음이 있었을 뿐이다. 그의 저술을 궁구해 보면 차기(箚記)⁶와 어류(語

---

2. **한 무제는~구했고**　　한 무제는 사마상여의 「자허부」(子虛賦)를 읽고 칭찬하며 사마상여를 불러 벼슬을 주었다. 후에 사마상여가 병으로 물러나 무릉에 살고 있을 때, 천자는 "사마상여의 병이 위독하다. 가서 그의 책을 모두 가져오는 것이 좋겠다. 만일 그렇게 하지 않는다면 뒤에 그것을 잃을 것이다"라고 하면서 사마상여의 책을 구하였다. 그런데 사마상여는 이미 죽은 뒤였고, 봉선(封禪)에 관한 일을 쓴 서찰만 구할 수 있었다. 『사기』 「사마상여열전」(司馬相如列傳)에 보인다.

3. **세상에서는~있지만**　　원문은 왕전노후(王前盧後). 왕전노후는 초당사걸(初唐四傑) 중 한 명인 양형(楊炯)이 사람들에게 말하기를 "내가 노조린(盧照隣) 앞에 있고 왕발(王勃) 뒤에 있음이 부끄럽다"(吾愧在盧前, 恥居王後.)고 말한 데서 나온 것으로, 시문의 명성이 나란하다는 의미이다.

4. **정어중**　　송(宋)나라 학자 정초(鄭樵)를 말한다. 어중은 그의 자(字)이다. 『통지』(通志)의 저자다.

5. **마귀여**　　송말(宋末) 원초(元初)의 학자 마단림(馬端臨)을 가리킨다. 귀여는 그의 자이다. 『대학집전』(大學集傳)·『문헌통고』(文獻通考) 등을 지었다.

6. **차기**　　독서하여 얻은 바를 그때그때 적어 놓은 책이다.

類)는 백호(白虎)의 통론[7]이고 유향(劉向)의 별록[8]이다. 소학과 명물은 『급취편』(急就篇)[9]의 공신이고 『비아』(埤雅)[10]의 후방 정예병이다. 그 옛것을 고구하고 지금을 증험하는 글에 있어서는 고염무(顧炎武)[11]·주이준(朱彝尊)[12] 같은 부류의 사람이다. 척독과 제평은 더욱 좋은데 짧은 것은 몇 글자 안 되고 긴 글은 여러 장에 걸쳐 편이 이루어졌다. 가늘고 섬세하며 아름답게 이어져 놀랍고 사랑스러운 글이 종횡으로 쏟아져 나왔는데, 이군실(李君實)[13]과 진계유(陳繼儒)[14]의 무리를 아우르고 그 장점을 덮어 가리려 하였다. 사람들은 척독과 제평을 평하여 말하기를 "무관의 글은 고문이 아니다"라고 하였지만, 이것은 『사기』와 『한서』의 열전을 제대로 배우지 못한 세상 사람들이 하는 이야기이다. 차기와 명물을 보고 말하기를 "무관의 글은

---

7. 백호의 통론 『백호통의』(白虎通義)를 말하는 듯하다. 후한(後漢)의 장제(章帝)가 여러 학자를 백호관(白虎觀)에 모아 놓고 오경(五經)의 동이(同異)를 변정(辨正), 토론케 한 내용을 반고(班固)가 찬집하였다.

8. 유향의 별록 원문은 중루지별록(中壘之別錄). 중루는 한대(漢代) 집금오(執金吾) 속관(屬官)의 관명(官名)으로, 여기서는 중루교위(中壘校尉)를 지낸 유향(劉向)을 가리킨다. 『별록』을 지었다.

9. 『급취편』 한(漢)나라의 사유(史遊)가 편찬한 자서(字書)로, 물명(物名)을 주로 하는 상용 글자를 수록했는데, 전편을 통하여 중복자(重複字)가 없으며 초심자(初心者)의 식자(識字)와 서법(書法)을 위해 만들어졌다.

10. 『비아』 조수(鳥獸)·충어(虫魚)·초목(草木)·천마(天馬) 등을 해석하여 8편으로 분류한 것인데, 『이아』(爾雅)를 증보했다는 뜻에서 '비아'라 하였다.

11. 고염무 1613~1682. 중국 명말·청초의 사상가. 당시의 양명학이 공리공론을 일삼는 데 환멸을 느끼고 경세치용(經世致用)의 실학에 뜻을 두었다. 실증적(實證的) 학풍은 청조의 고증학을 연구하는 데 많은 도움을 준다. 대표 저서에 『일지록』(日知錄)·『천하군국이병서』(天下郡國利病書) 등이 있다.

12. 주이준 1629~1709. 호는 죽타(竹垞)이고, 자(字)는 석창(錫鬯)이며, 수수(秀水) 사람이다. 청초(淸初)의 학자로 경사(經史)를 널리 읽어 통하였고 고문(古文)과 시사(詩詞)에 능하여, 왕사진(王士禛)과 함께 남북의 두 대가로 칭해졌다. 저서로는 『폭서정집』(曝書亭集)·『경의고』(經義考)·『사종』(詞宗) 등이 있는데, 고염무(顧炎武)가 박아(博雅)하다고 일컬었다.

13. 이군실 1565~1635. 명나라 말기의 비평가였던 이일화(李日華)를 말한다. 절강 사람으로, 군실은 그의 자이다. 벼슬은 태복시 소경(太僕寺少卿)에 이르렀다. 서화에 능하였고 감식안이 높았다. 저서에 『미수헌일기』(味水軒日記)와 『육연재필기삼필』(六硏齋筆記三筆) 등이 있다.

고문이 아니다"라 하나, 이것은 주소(注疏)의 글이 『당송팔가문초』와 다르다고 질책하는 것과 같다.

무관은 시 짓기를 크게 좋아하지 않아 가려 뽑은 작품이 채 한 권이 되지 않는다. 하지만 그 시상을 다루는 솜씨가 날카롭고 우뚝하며 격률이 정밀하고 엄격하다. 무턱대고 부화뇌동하지 않았고 자기 멋대로 만들어 쓰지도 않았으니, 답습하지 않고 지어내지 않는 것을 귀착점으로 삼았다. 마음도 온축이 깊어 고사를 쓴 것이 정밀하고 채집한 것이 넓어 글자의 사용이 풍성하였다. 사람들은 그 정밀함을 헐뜯어 '어지러이 꼬였다' 말하고 글자의 번성함을 괴이하게 여겨 '험벽하고 난삽하다'고 말한다. 이것도 도잠·유종원·왕유·위응물의 오언 율시나 두보·한유·황정견·소동파의 장편을 기준으로 말한 것이다. 청(淸)나라 반정균(潘庭筠)이 일찍이 무관의 시를 일러 "평범한 길을 힘써 쓸어 버리고 별도로 다른 길을 열었으니, 만송(晩宋)과 만명(晩明) 사이에 응당 한자리를 차지할 것이다"라고 평하였다.[15] 대개 무관이 무관 자신이 되는 이유는 바로 송이 되고 명이 되는 데 있다. 그러나 세상 사람들은 그것을 가지고 무관을 조롱하니 무관을 제대로 보는 사람은 거의 드물다고 하겠다.

오호라! 만약 무관에게 의식이 조금 넉넉하게 해주고 대여섯 명의 제자와 붓과 종이를 대어 주며 그 몸을 조금 한가롭게 하여 자기가 좋아하는 바를 하게 했다면 그 저서가 반드시 여기에 그치지 않았을 것이다. 하늘은

14. **진계유** 1558~1639. 자는 중순(仲醇), 호는 미공(眉公)이다. 어려서부터 글재주가 뛰어났는데, 장성하여 동기창(董其昌)과 함께 명성을 떨쳐 『금병매』를 지은 왕세정(王世貞)으로부터 존경을 받았다. 그러나 29세 때 유자(儒者)의 의관을 태워 버리고 관도(官途)의 뜻을 포기한 뒤, 곤산(崑山) 남쪽에서 은거하였다. 동림서원(東林書院)의 고헌성(顧憲成)으로부터 초청을 받았으나 응하지 않고, 82세로 생애를 마칠 때까지 풍류와 자유로운 문필 생활로 일생을 보냈다. 그의 박식함을 드러낸 저서에 『보안당비급』(寶顏堂秘笈)·『미공전집』(眉公全集)이 있다.

15. **청나라~평하였다** 청나라 반정균이 『한객건연집』(韓客巾衍集) 소재 이덕무의 작품에 대해 평한 말이다.

수명을 더 주지 않아 그 사업을 창성케 하지 않았으니, 슬프도다! 그렇지만 그 학문이 투철하고 식견이 도달한 바는 필경 또한 압록강 동쪽의 인물이 아니었다. 이는 성인에게서 남다른 지혜를 받은 것이라 하겠다. 무관은 일찍이 임금의 명령에 응해 「성시전도백운」(城市全圖百韻)을 지어 바쳤는데 임금께서 그 시권에 적으시기를 '우아하다'〔雅〕고 하시었다. 이에 자기 정자의 이름을 '아정'(雅亭)이라고 하였다. 더불어 이 일을 기록하여 『아정집』 서문으로 삼는다.

병진년(1796) 초여름 정유거사 박제가 쓰다.

『백화보』서문 百花譜序

벽(癖)이 없는 사람은 아무짝에도 쓸모없는 사람이다. 벽(癖)이란 글자는 '질'(疾: 질병)과 '벽'(辟: 편벽됨)[1]을 합한 것이니, 병 가운데 지나치게 치우친 것이다. 그러나 홀로 자기만의 세계를 개척하는 정신을 갖추고, 전문의 기예를 익히는 것은 종종 벽이 있는 사람만이 할 수가 있다.

김군[2]은 화원(花園)을 찾아 서둘러 달려가, 눈은 꽃만 주목하여 온종일 깜빡이지도 않고 오도카니 그 아래에 자리를 깔고 눕는다. 손님과 주인이 한마디 말도 주고받지 않으니, 이를 보는 자는 반드시 그를 미쳤거나 멍청이라고 생각하여 웃고 손가락질하며 욕하기를 그치지 않는다. 그러나 그를 비웃는 자의 웃음소리가 끝나기도 전에 비웃는 생각은 이미 스러지고 만다. 김군의 마음은 만물을 스승 삼고, 그의 기예는 천고에 짝이 없다. 그가 그린 『백화보』는 『병사』(瓶史), 즉 꽃병의 역사에 그 공훈이 기록되고

---

1. **벽**　원문에는 벽(癖)으로 되어 있다. 그러나 『정유각전집』과 『정유집』에는 벽(辟)으로 되어 있다. 의미상 벽(辟)이 마땅하다.
2. **김군**　삼양재(三養齋) 김덕형(金德亨)이다. 『이항견문록』에 "화훼 그림에 더욱 솜씨가 뛰어나, 그림 한 폭이 완성될 때마다 사람들이 다투어 소장했고, 표암 강세황도 귀중한 보배인양 여겼다. 『백화첩』(百花帖)이 그의 집에 간직되어 있다"고 한 기록이 보인다.

향기의 나라에서 식읍(食邑)을 받기에 충분하니, 벽의 보람이 실로 속임이 없다 하겠다.

아아! 저 벌벌 떨고 비실비실하며 천하의 큰 일을 그르치면서 스스로 지나치게 치우치는 병통이 없다고 생각하는 자가 이 화첩을 보고 경계로 삼을 수 있을 것이다.

을사년(1785) 5월 초비당(苕翡堂) 주인은 짓는다.

어렸을 때 베껴 적은 『맹자』를 들여다보며

閔幼時所書孟子叙

햇볕에 책을 말리던 날 저녁, 다섯 살부터 열 살까지 내가 가지고 놀던 장난감 상자가 나왔다. 몽당붓과 부러진 먹, 감춰두었던 구슬과 떨어진 깃털, 등잔 장식과 송곳 자루, 표주박 배와 사철나무로 만든 말 같은 것들이 책상 높이로 쌓였고, 이따금 좀벌레 속에서 기와 조각이 나오기도 했다. 모두 내 손으로 만지작거리며 놀았던 것들이다. 슬픔도 아니고 기쁨도 아닌 것이 마치 옛 친구와 만나 오늘날 이렇게 장성한 것을 의아해하다가 지난날이 모두 지나가 버렸음을 깨닫는 기분이었다. 손바닥만 한 책도 열권 남짓 되었는데, 『대학』·『맹자』·『시경』·『이소』·『진한문선』·『두시』(杜詩)·『당시』(唐詩)·『공씨보』(孔氏譜)·『석주오율』(石洲五律) 등은 직접 비점을 찍은 것들이다. 모두 흩어져서 완전하지는 못했다. 『맹자』 같은 것은 네 책으로 나누었는데 그나마 그중 하나는 없어졌다. 인하여 어린 시절을 떠올리게 되었다. 책을 좋아해서 입에는 항상 붓을 물고 있었고, 측간에서는 모래에 그림을 그렸으며, 앉기만 하면 허공에 글씨를 썼다. 한번은 여름날 분패(粉牌)[1]에 글씨를 쓴다고 벌거벗은 채로 기어서 그 위에 올라앉았다. 무릎과 배꼽으로 흘러내린 땀방울을 먹물 삼아 이리저리 병풍이고 족자고 가리지 않고 임서(臨書)하며 베껴 썼다.

병자년(1756)에는 청교(靑橋) 쪽으로 이사를 했는데, 청교의 담벼락에는 벌써 여백이 남아나지를 않았다. 아버지께서 다달이 종이를 내려 주셨으므로 날마다 종이를 잘라 책을 만들었다. 책이라야 두 번째 손가락 크기쯤 되어 두 질을 겹쳐 놓아도 입으로 불면 날아갈 정도였다. 한 권을 묶어 완성하고 나면 번번이 이웃집 아이들이 달라고도 했고 혹은 낚아채서 달아나기도 했다. 그러므로 읽고 난 책은 반드시 두세 벌씩 베껴 놓곤 했다. 이윽고 해마다 키가 한 자쯤 사람에 따라 책의 크기도 한 마디씩 커져 갔다. 아홉 살에 이 책을 엮었는데, 이때 이보다 작은 것들은 한 말들이에 가득 찰 정도였다.

　내가 열한 살 되던 경진년(1760)에 아버님께서 돌아가시고 나서 묵동으로 이사를 했다가 다시 필동으로 옮겼고, 또 묵동에 세를 들었다가 다시금 필동으로 들어갔다. 5, 6년 사이에 다 흩어져 없어져서 나의 유년 시절을 다시는 살펴볼 수가 없게 됐다. 그러니 이 책들이 소중한 것이다. 잘못 쓴 것을 고쳐 가며 새로 단장했고, 없어진 것들을 이어 적으며 이렇게 말했다. "이것이 또한 나의 옛 모습이구나. 옛것은 예스러움을 잃지 말아야 옳거늘, 애석하게도 폭이 좁다 보니 글자 뿌리를 잘라먹고 말았구나!"

　이날 어머님께서 장롱 속에서 한 폭쯤 되는 푸른 깁으로 만든 반팔 저고리를 꺼내시며 말씀하셨다. "네가 세 살 때 입던 옷이란다." 내가 이 책을 가리키며 말했다. "같은 게 하나도 없네요." 손님이 곁에 있다가 장난

---

1. **분패**　사방 한 자 정도의 나무에 흰 옷칠을 한 판으로 글자를 쓰는데 사용한다.
2. **쇠뿔에다~가벼웠겠는 걸**　수(隋)나라 이밀은 어린 시절 쇠뿔에 『한서』(漢書)를 걸어 놓고 꼴을 먹이면서도 책을 열심히 읽었다. 여기서는 책이 하도 작아 쇠뿔에 걸어 놓고 읽어도 소가 무거운 줄을 몰랐겠다는 뜻으로 한 말이다.
3. **진 시황이~나았고말고**　진 시황이 분서갱유를 할 적에 진나라의 박사였던 복생이 『상서』(尙書)를 외운 것이 한나라 때 와서 다시 전해졌다. 여기서는 책 크기가 작아 숨기기가 간편하여, 복생이 입으로 외워 전한 것보다 훨씬 나았겠다는 뜻으로 한 말이다. 앞의 객의 말에 대를 맞추어 한 말이다.

으로 말했다. "쇠뿔에다 걸었더라면 이밀(李密)의 소가 꽤나 가벼웠겠는 걸?"[2] 내가 대답했다. "진 시황이 책을 태울 때 복생(伏生)의 입보다는 훨씬 나았고말고."[3]

외사촌 동생의 이름을 고친 이야기 外從弟改名說

옛날에는 육축(六畜)[1]을 나타내는 글자로 이름을 짓지 않았다. 이름이라는 것은 나와 더불어 처음과 끝을 함께하는 것이다. 그러므로 처음 태어난 지 석 달 만에 부모가 짓는 이름을 소명(小名)이라 하고, 관례를 치르면 친구들이 자(字)를 붙여 주었다. 마침내 좋은 이름이 정해지면 그 이름의 뜻을 돌아보게 된다. 요즘에는 자식을 사랑하면 반드시 이름을 천하게 짓고, 이와 같이 해서 혹 재앙을 피해 볼까 기대하니 그 의도가 참으로 구차스럽다. 심지어 도랑이나 측간 같은 것들까지 모두 이름으로 삼아 부르니 도리에 어긋남이 심하다. 옛날에 사마상여의 소명(小名)은 견자(犬子: 강아지)였는데, 훗날 인상여(藺相如)를 사모하여 이름을 상여로 고쳤다.

너의 이름은 돈(豚: 돼지)이고, 올해로 열한 살이 되었다. 돼지로 세상을 산 것이 거의 4천 일이니 놀랍지 아니하냐? 네 사촌 형제의 항렬이 모두 성(誠) 자이니 규성(葵誠)이라고 이름을 지으면 좋겠다. 규(葵), 즉 접시꽃은 해를 향하는 까닭에 옛날에 충신 중에 임금을 사랑하여 잊지 않는 마음을 지닌 자를 두고 '규성'이라고 하였다. 이 이름을 가지고 항상 마음에

---

1. **육축** 말, 소, 양, 닭, 개, 돼지 등을 가리킨다.

두도록 해라. 사람들이 옛날 이름을 부르거든 이름을 고쳤다고 말하고 새 이름으로 불러 달라고 청하도록 해라. 자는 잠시 정하지 말고 관례 치를 날을 기다리도록 하자.

아낌에 대해 써서 조군에게 주다 嗇說贈趙君

몸을 마칠 때까지 행할 만한 한마디 말이 색(嗇), 즉 '아낌'이다. 이때 아낀다는 것은 인색한 것을 일컫는 것이 아니다. 인색한 사람은 재물을 좇느라 타고난 성품마저 바꾸는 자인데 어찌 아낀다고 말할 수 있겠는가? 그런 까닭에 무릇 날마다 쓰는 언어의 말단에 있어 조금이라도 정도에 넘치는 것은 아끼는 것이 아니다. 천지도 오히려 자족하지 못하는데 하물며 사람이겠는가?

내가 여극(汝克) 조덕민(趙德敏) 군과 함께 노닌 것은 지극히 성대하다고 이를 만하다. 그 풍류와 문채는 더할 나위가 없었다. 이덕무의 집에서 긴 이불을 나란히 덮고 잤고, 악청(遷靑)의 맑은 못에서 탁족하기도 했다. 돈이 있으면 반드시 주머니를 다 털었고, 술을 마셨다 하면 반드시 크게 취하여, 즐김을 다하지 않음이 없었다. 그런데도 여극의 마음은 언제나 성에 차지 않는 듯이 보였다. 하룻밤만 떨어져 있어도 너무 오래되었다고 생각하고, 한나절만 맨 정신으로 있는 것도 안타까워했다.

아아! 이것이 사내의 참된 마음이요, 그 천성에서 나온 것이 아니겠는가? 비록 그렇긴 해도 나는 공자께서 "『시경』의 「관저」 편은 즐기되 지나치지 않고, 슬퍼하나 상심하지 않는다"고 말씀하신 것을 들었다. 대저 상심치 않고 지나치지 않은 것이 아낌의 도이다. 『주역』에서 "끝까지 오른 용은 뉘우침이 있다"[1]고 했듯이, 가득 찬 것은 오래갈 수가 없다.

비록 그러나 나는 이를 알면서도 실천하지 못하였다. 바야흐로 술자리가 무르익어 자리를 막 파하려고 할 때면, 옷깃을 끌어당겨 한 잔 더 마시자고 하지 않은 적이 있었던가? 아아! 무릇 지금 사람들 중에서 벗을 좋아하는 자는 누구이고 술 마시는 자는 누구란 말인가? 여극이 지난날 성에 차지 않아 함을 그다지 심한 것이 아니라고 여겨, 도리어 이를 부추기고 칭찬하기까지 하였으니, 어찌 이다지도 족함을 알지 못했던가? 슬프다! 꽃다운 시절은 시들어 가고, 모이고 흩어짐도 일정하지 않으니, 지난날 이른바 풍류와 문채에서 아끼려 했던 것을 지금 비록 아끼지 않으려 한들 또 얻을 수 있겠는가? 대저 풍류와 문채는 지나치지 않음을 중히 여긴다. 또 하물며 이것을 낮추어 보고 비난하는 자야 말해 무엇 하겠는가? 이 주장을 글로 써서 떠나는 그에게 주고, 또 장차 스스로도 경계로 삼는다.

---

1. **끝까지~있다** 『주역』 「건괘」(乾卦) 상구(上九)에 "높이 오른 용은 후회할 일이 있으리라"(亢龍有悔) 하였는데, 그것은 모든 것이 극에 달하면 안 된다는 뜻이다.

記

묘향산 소기[1] 妙香山小記

내가 철옹(鐵甕)에서 나그네로 노닌 것이 석 달이다. 유혜보(柳惠父)가
내게 편지를 보내 말했다.

"그대 있는 곳 서편이 묘향산일세."

내가 답장했다.

"무더위는 물러갔지만, 단풍철을 기다리고 있다네."

무관(懋官) 이덕무의 시에 말했다.

만 그루에 붉은 서리, 향산으로 들어가서   萬樹紅霜入香山

---

1. **묘향산 소기**   박제가가 20세 때 쓴 글이다. 어찌된 셈인지 『초정전서』에는 이 글이 빠지고 없
다. 1964년 북한의 조선문화예술총동맹출판사에서 간행한 『기행문선집』에 이 글의 원문과 번역문
이 수록되어 있다. 『초정전서』에는 이 글의 부록으로 실린 「검무기」만 수록되어 있다. 가히 박제가
산문의 백미라 할 이 작품이 정작 『초정전서』에 누락된 이유는 알 수가 없다. 『기행문선집』에는 이
글이 박제가가 20세 때 쓴 『초비당외서』(苕翡堂外書)에 수록되어 있다고 했다. 지난 수년간 여러
경로로 탐문한 결과, 이 책은 북한 김일성대학 도서관에 유일 필사본이 소장되어 있고, 책은 전체
가 다만 이 작품만으로 이루어진 십여 쪽의 필사본 소책자라고 한다. 중간에 몇 곳 미심한 글자도
있으나 확인하기 어렵다. 이 글은 국내에서도 안대회 교수가 『궁핍한 날의 벗』(태학사, 2003)에서
번역 소개한 바 있다. 당시 박제가는 장인 이관상(李觀祥)이 영변도호부사로 부임하는 길을 따라
갔다. 한 살 위인 처남 이몽직(李夢直)과 함께 열흘 간 묘향산을 유람했다.

일찍일찍 돌아와 그리는 맘 달래 주소.　　　　早早歸來慰長念

9월인데 기러기가 하마 운다. 해는 희고 서리는 푸르다.

13일 임신 壬申

동쪽 길을 나섰다. 초록빛 도포에 자주색 나귀를 타고, 허리엔 칼을 차고 안장엔 책을 실었다. 북산(北山)의 깎아지른 벼랑과 동대(東臺)의 가파른 절벽(약산(藥山)이다. 철옹의 서편에 있지만, 옛 무주(撫州)를 기준으로 말하는 까닭에 동대라고 한다.)이 늘어서서 수문(水門) 길이 되었다. 대략 계곡의 형세는 마른 진흙이 절로 갈라진 것처럼 양 기슭이 들쭉날쭉 마주보고 있는데, 시내가 그 중간을 갈랐다. 냇가에 어지러이 널린 바위는 모두 분을 바른 것 같다. 위쪽에는 망루가 있다. '음박루'(飮博樓)라는 제액을 달았다.

동쪽으로 60리를 가서 석창(石倉)에 이르자 날이 저물어, 걸음을 멈추었다. 석창의 앞 시내는 맑다 못해 푸르다. 냇가에는 여러 종류의 나무들이 산에 기대섰다. 온통 이 시골집을 위해 맞은편 언덕으로 삼은 까닭이다. 새벽에 일어나 등불을 켜고, 원중랑(袁中郞)이 지은 「서문장전」(徐文長傳)을 읽었다.

이몽직이 말했다.

"깊은 밤에 함께 와서 냇가에서 자게 될 줄 누가 알았겠는가?"

내가 말했다.

"달빛은 집 위에 가득하고, 꿈은 집 가운데 있군 그래."

또 말했다.

"올려 보면 맑은 이슬, 들리느니 찬 소리라. 제군들이 잠 못 들 줄 또 어찌 알았으리."

14일 계사 癸巳

석창에서 새벽밥을 먹었다. 천수대(天水臺)는 마치 작은 섬인 양 길 가에 얌전하게 서 있다. 깎아지른 산마루는 어깨가 낄 듯하고, 잔잔한 물은 무릎을 넘는다. 새벽빛이 막 가시자, 붉은 단풍은 물이 들 것만 같다. 말발굽은 자라처럼 흰 모래밭에 도장을 찍는다. 여기서부터 동쪽으로는 점차 긴 숲이 덤불을 이뤄 늘어선다. 역말에서는 연기가 피어난다. 쭉 뻗은 다섯 그루 전나무가 산마루턱에 숨었으니, 이른바 사절정(四絶亭)임을 알 만하다.〔정자는 어천(魚川)에 있는데, 우정(郵亭)의 뒤편 언덕이다.〕흙 언덕이 끊긴 곳마다 반드시 고목이 있고, 돌멩이를 그 아래 쌓아 두었다. 까마귀나 솔개가 뼈다귀를 쪼다가 떨어뜨리더니 그 위에 모여 우짖는다. 시골 무당은 가지 가득 찢은 종이를 걸어 놓았다. 오가는 사람들이 성황나무〔神叢〕라 하며, 저마다 헤진 신짝을 걸어 놓고 간다.

어천령(魚川嶺)을 넘어 해거름에야 향산천(香山川)을 건넜다. 띠풀과 갈대가 무성하여 바스락대는 소리가 들린다. 물가에는 뾰족한 돌이 쌓였는데, 걸음마다 갈리면서 버그락거렸다. 얇은 돌조각을 주어 물결 가운데를 향해 옆으로 던져 수면을 치며 가게 하니 세 번도 뛰고 네 번도 뛴다. 느린 것은 두꺼비처럼 퐁당 빠지고, 가벼운 것은 제비가 물 차듯 뛴다. 어쩌다간 대나무가 마디마디 뒤쫓는 모양을 만들고, 혹 답쌓인 동전이 서로 따르는 것도 같다. 뾰족한 자욱은 뿔 같고, 층층의 무늬는 탑 같다. 이것은 아이들의 놀이인데, 겹수제비뜨기〔重水瀝〕라고들 한다.

도중에 이따금씩 황량한데다 단풍이 아주 곱지 않고 산이 그다지 빼어나지 않은 곳도 있다. 흙이 많고 바위는 적다. 너부데데하고 동그랗다. 대개 변방이 가까운 까닭이다. 이색(李穡)의 기문(記文)[2]에서는 이렇게 말했다.

---

2. **이색의 기문** 이색이 지은 「향산윤필암기」(香山潤筆菴記)에 이 구절이 보인다.

묘향산은 압록강 남쪽 언덕에 있다. 평양부의 북쪽이니, 요양(遼陽)과 경계가 된다. 산의 크기는 비할 데가 없다. 장백산(長白山)이 갈려 나온 것이다. 땅에 향나무가 많고, 선불(仙佛)의 묵은 자취가 남아 있다. 〔살펴보니, 묘향산과 압록강의 거리는 수백 리가 넘는다. 평양 또한 그러하다. 그렇다면 그 주장은 너무 틀리는 것이 아닌가? 지금 압록강 상류는 강계부(江界府)를 지나니, 묘향산과는 조금 가깝다. 그밖에는 모두 길이 끊긴, 산삼이나 캐는 땅이다. 발해에 속한다는 것은 타당치 않은 듯하다. 요동과 경계가 되는 것은 의주(義州)와 용천(龍川)의 사이가 그러하다. 혹 묘향산이 일명 태백산(太白山)으로 지금 압록강 밖에 있다고도 한다. 이제 단군이 처음 내려온 땅이라고 여기는 것은 다만 갖다 붙인 말일 뿐이다. 증명할 만한 문헌이 없고 경계가 분명치 않고 보니, 오늘날 이른바 압록강이라는 것도 또 어찌 믿을 수 있겠는가?〕

묘향산 골짜기는 강가에서 서편으로 꺾어진다. 비로봉 꼭대기는 수묵 빛으로 하늘을 찌른다. 수많은 나무들이 휘황하고 빽빽한데, 가을빛이 한창이었다. 앞길을 돌아 깊이 들어서니, 어둑한 이내가 굴 속 같았다. 길 가의 돌은 내려앉은 기러기가 모인 것 같고, 바둑돌을 흩어 놓은 듯하였다.

골짝 어귀에서 보현사(普賢寺)까지는 10리다. 보현사는 고려 때 승려 탐밀(探密)과 굉확(宏廓)이 창건하였다. 김양경(金良鏡)의 시에는 이렇게 말했다.

절이 헐어 중수한 것 한두 번이 아니거니	寺廢重修非一度
봄 새도 옛 일 느껴 울음소리 목 메인다.	春禽感古語間關
사방 두른 멧부리는 몇 천 겹이나 되고	峯巒四擁幾千疊
건물은 반쯤 새것이 삼백 간이나 된다.	堂宇半新三百間
규모 있게 터 잡음은 탐밀을 조종 삼고	卜地規模探密祖

티끌세상 먼지 끊음 참으로 향산일세.　　　　絶塵埃堅信香山

모름지기 법력으로 오랑캐를 항복시켜　　　　須知法力降胡虜

초록 들판 싸움 말이 한가로움 알지어다.　　　艸綠郊原戰馬閑

　패엽(貝葉)으로 둥근 부채를 만들었는데, 접은 종이는 벌써 떨어져 나
갔다. 줄기는 마치 마른 훤초(萱草) 줄기 같고, 자루는 머리카락을 땋은 것
만 같다. 서산대사께서 쥐었던 물건이다. 지팡이 손잡이에는 금으로 불상
둘을 새겼는데, 서산대사께서 짚었던 지팡이다. 서산대사가 매번 사람을
만나면, 지팡이를 짚고서 절을 하였다. 사람들은 자기에게 절하는 줄 여겼
지만, 실은 부처님께 절한 것이었다. 그 도도하기가 이와 같았다. 한 치쯤
되는 구슬이 있는데, 빛이 마치 입김을 불어 닦은 거울 같다. 갈라진 얼음
같은 흔적이 있고, 물건을 비추면 거꾸로 보인다. 뼈 하나가 녹용 같은데,
서방 부처의 어금니라고 한다.

　관음전(觀音殿)에서 잤다. 베갯머리에서 풍경이 울어 문득 잠을 이루
지 못했다. 한 벗에게 편지를 부쳐 말했다.

　등불 하나 적막한데 범패 소리 진동한다. 돌샘물은 잔잔하고 산 나무
는 무성쿠나. 지는 달은 뜰에 가득, 누각은 덩그렇다. 이러한 때 홀로
앉아 외로이 그리노니, 온갖 새는 깃들여서 나무에 기대었네. 나는
서리 둥지 치니, 깃털 응당 춥겠구나. 새조차 이럴진대 사람이야 오
죽하리.

15일 갑오 甲午

아침밥을 먹고, 길잡이 중을 데리고 처음으로 담여(擔輿)를 타고서 동
쪽으로 갔다. 김현중(金鉉中)〔영변 사람으로 박식하고 시도 능하다. 묘향

산을 노래한 그의 여러 작품에 이렇게 말했다. "우발수(優渤水)에 봄은 깊어 버들꽃이 하얗고, 박달 숲에 가을 늦자 국향(國香)이 시들었네." "시왕전(十王殿) 으슥해서 뜬 인생들 의혹하고, 만세루(萬歲樓) 드높아라 해와 달이 길구나." 나머지는 흩어져서 전하지 않는다.〕이 말했다.

"행인국(荇人國)은 지금의 보현사 터입니다. 한나라 홍가(鴻嘉) 3년(기원전 18)에 고구려 동명왕(東明王)이 장수 오이(烏伊)와 부분노(扶芬奴)를 보내 이곳을 정벌했지요. 행인국의 왕이 크게 패해 달아나 석굴로 숨었다가 부분노에게 사로잡혀 항복했습니다. 그 굴을 가리켜 국진굴(國盡窟)이라 하는데, 깊이는 겨우 사람이 앉을 정도여서 석실 같습니다. 보현사의 왼편에 있지요."

무릉폭포는 깊은 계곡에서 나와 그늘진 못이 되었다가 구덩이를 다 채우고 넘쳐 흘러 바위를 타넘고 내려온다. 근원까지 가서 앉아 나무 밑둥을 파고드는 모양을 굽어보았다. 이는 폭포를 구경하는 한 가지 변격이다. 마침내 율시 한 수를 짓고 돌아왔다. 시는 이러하다.

빽빽한 골짜기에 발자국 소리 섞이더니	跫音相襍峽叢叢
맑은 하늘 우러르니 기러기 떼 비치누나.	仰視澄天映數鴻
백 척의 나는 폭포 가로 걸린 바위 흰데	百尺飛泉橫石白
아침 해 한 발 남짓 사람 얼굴 붉게 비치네.	一竿初日犯人紅
구불구불 나무 막혀 가던 중이 사라지고	逶迤樹隔歸僧沒
구슬피 구름 깊어 가는 길 보이잖네.	惆悵雲深去路窮
수고 잊고 구태여 절정 오를 필요 없네	不必忘勞昇絶頂
기이한 곳 더 없으면 다만 마음 허전하리.	別無奇處只悾悾

서산대사는 「향로봉에 올라」(登香爐峰)라는 시에서 이렇게 말했다.

만국의 도성은 개미 둑 한가지요   萬國都城如蟻垤
천가의 호걸들도 초파리와 다름없네.   千家豪傑若醯鷄
들창 가득 밝은 달빛 청허(淸虛)의 베개에는   一牕明月淸虛枕
무한한 솔바람이 가락도 갖가질세.   無限松風韻不齊

서산대사는 이름이 휴정(休靜)이니, 동방 불가(佛家)의 조종이다. 임진년에 묘향산에서 의병을 일으켰다. 제독 이여송(李如松)이 시를 주어 이렇게 말했다.

공명 이익 도모할 뜻은 없었고   無意圖功利
마음 쏟아 도(道)와 선(禪)을 공부하였지.   專心學道禪
나랏일 다급함을 근자에 듣고   近聞王事急
총섭으로 산마루를 내려오셨네.   摠攝下山巓

또 명나라 장수 71명이 이름을 나란히 적고서 휴정에게 편지를 보내 이렇게 말했다.

동방의 의승(義僧) 선교도총섭대화상(禪敎都摠攝大和尙)의 장막 아래 받들어 올리나이다. 나라 위해 도적을 토벌하시니, 충성이 하늘 해를 꿰뚫습니다. 감사와 숭앙을 이기지 못해 각각 은 5냥과 청포(靑布) 한 단을 내어 삼가 의로운 자리에 보태오니, 물리치지 마소서.

그 종이는 붉은데, 내원암에 남아 있다.
혜환거사(惠寰居士) 이용휴(李用休)는 「묘향산에 유람 가는 사람을 전송하며」란 시에서 이렇게 말했다.

묘향산은 묘고봉과 서로 비슷하여서	妙香山似妙高峯
신령하고 기이한 자취 도처에서 만나겠네.	靈蹟奇蹤到處逢
나한이 떠날 적에 흰 사슴을 남겼으니	羅漢去時留白鹿
쌍쌍의 꽃 아래서 새 녹용이 자라리라.	雙雙花下養新茸

담여(擔輿)의 멜빵은 삼을 엮어 만들었다. 담여를 얹은 멍에는 등나무를 구부려 만들었다. 앞뒤로 서서 메고, 드는 것을 옆으로 하여 늘어서지는 않는다. 앞사람이 끌고 뒷사람은 따른다. 굽은 길에서도 괜찮은 것은 멜빵이 길기 때문이다. 가파른 데도 오르는 것은 앞에서 오르는 사람을 믿기 때문이다. 오르막에서는 앞을 늦추고 뒤를 든다. 내리막에서는 앞을 들고 뒤를 늦춘다. 한쪽으로 쏠리면 팔뚝으로 보호하고 발을 나란히 한다. 이런 까닭에 담여는 늘 걱정이 없다. 하지만 어깨의 눌린 흔적이 대나무통처럼 패이고, 등에 땀이 콩알만 한 것을 올려다보게 되면 문득 걸음을 쉬게 했다. 차마 그대로 앉아 있을 수가 없어서였다.

고복이 절벽에 기댄 채 말랐는데, 오도카니 선 것이 마치 귀신의 몸뚱이 같다. 서려 있는 것은 회색이었다. 껍질이 벗겨진 것은 마치 늙은 뱀이 허물을 매달고 간 것 같았다. 대머리처럼 뭉툭한 것은 병든 수리가 웅크려 돌아보는 듯하였다. 속은 뻥 뚫려 텅 비었고, 곁에는 가지 하나 없었다. 산에 기댄 바위는 검었고, 길가의 돌은 희었다. 시내에 잠긴 돌은 청록빛이었다. 반들반들하기는 빨래터의 돌 같고, 툭 트인 것은 나루터 같았다. 돌빛은 마치도 핥은 것처럼 촉촉하니 붉고도 매끄러웠다. 한 필의 가을볕이 멀리 단풍 사이로 펼쳐지자, 골짝의 모래는 모두 담황빛을 띠었다.

승려들이 찬으로 먹는 솔 껍질로 만든 포(脯)는 청어의 살 같고, 소금에 절인 더덕은 물고기 같다. 고추장은 새우알젓 같고, 막걸리는 우락(牛酪) 같다. 〔우리나라 풍속에 우락은 고기로 여겨 소식(素食)에 쓰지 않는다.〕

사리각(舍利閣)에 들어가 불화(佛畵)를 보았다. 어린 비구가 긴 장대를 들었는데, 장대 끝에 종이를 감싸 화살촉 같이 만들고는, 불상과 부처의 사적을 마치 외우듯 가리키며 설명했다. 몹시 자세하고도 민첩하여 사람들이 그림은 안 보고 모두 중의 입만 보았다. 나이는 열 살 남짓한데, 깎은 머리가 자라서 이마를 덮을 만큼 검었다. 혀에서 나오는 소리로 쉴 새 없이 조잘댔다.

대낮에야 금강굴(金剛窟)을 넘었다. 바위가 덮여 집 모양을 이루었는데, 입을 벌린 듯이 속이 텅 비었다. 조금 서 있자니 머리에 인 것도 없는데 묵직하다. 부처는 짓눌리는 것도 두려워 않고 그대로 그 속에 앉아 있다. 혹 지팡이를 들어 꼭대기를 찔러, 그 동정을 시험해 보기도 하였다. 바위는 비록 믿을 만했으나, 나는 차마 하지 못하겠다. 높이는 서울의 창의문(彰義門) 뒤편 암자에 견줄 만한데, 조금 더 넓은데다 창문을 열어 두었다.

토령(土嶺)을 올려다보니 5리쯤 되어 보인다. 잎 진 단풍은 가시나무 같고, 흘러내린 자갈이 길에 가로 널렸다. 뾰족한 돌이 낙엽에 덮여 있다가 발을 딛자 삐어져 나왔다. 거의 넘어질 뻔하다가 일어나니, 손에 진흙이 범벅이 되었다. 뒷사람에게 웃음거리가 될까 부끄러워 붉은 잎 하나를 줍고는 기다렸다.

만폭동(萬瀑洞)에 앉으니 석양이 사람을 비춘다. 큰 바위가 산마루 같은데, 긴 폭포가 넘어서 온다. 흐름을 세 번이나 꺾고서야 비로소 돌 뿌리를 짓씹는다. 움푹 팬 곳에서는 소용돌이가 일어난다. 마치 고사리 싹이 주먹을 모둔 것 같고, 용의 수염이나 범의 발톱 같기도 하여 움켜쥘 듯하다가는 그친다. 뿜어대는 소리가 한 차례 기우뚱하더니만, 하류가 서서히 넘쳐흐른다. 움츠렸다가는 다시 쏟아지니 숨이 가쁜 것 같았다. 가만히 한참을 듣고 있으려니까 내 몸도 그와 함께 숨 쉬는 듯하였다. 조금 뒤에는 고요히 아무 소리도 들리지 않다가, 또 조금 뒤에는 더욱 세차게 물결이 쳐서 흘렀다.

바지를 정강이까지 걷고, 소매는 팔꿈치 위로 걷었다. 두건과 버선을 벗어 깨끗한 모래 위에 던져 놓았다. 둥근 바위를 깔고 앉아 깊은 물가에 걸터앉았다. 작은 잎이 떴다 가라앉았다 하는데, 앞은 자줏빛이고 뒤는 노란색이다. 잉긴 이끼가 돌을 감아 미역처럼 반들반들하다. 발로 물살을 가르니 발톱에서 폭포가 일어나고, 입으로 물을 뿜자 이빨 사이로 비가 쏟아진다. 두 손으로 휘저으매 빛만 있고 그림자는 없다. 눈곱을 씻고 술기운에 불과한 얼굴도 씻었다. 마침 가을 구름이 물에 비쳐 내 정수리를 어루만진다.

수많은 나무가 골짜기를 끼고 한 길로 늘어섰다. 먼 데 하늘은 폭포 위에 있다. 바라보니 마치 목만 늘이면 가 닿을 듯하다. 물길을 거슬러 올라가자 바위의 형세가 펑퍼짐해 넓은데, 어지러운 물길이 흘러내려 발을 붙일 수가 없었다. 여러 사람은 아래에 있으면서 내가 떨어질까 염려하면서도 말려 보았자 소용이 없겠기에 그저 보기만 하고 올라오지 못했다. 한 걸음 가서 고개를 돌리니 부르며 외치는 손과 입을 헤아릴 만하였다. 다섯 걸음 만에 고개를 돌리니, 눈썹과 눈동자들이 여전히 날 향해 우러르고 있다. 열 걸음에 고개를 돌리니 갓 쓴 머리가 마치 상투 같은데 겨우 가물가물 알아볼 수 있었다. 백 걸음을 가서 돌아보니, 골짝 어귀의 사람은 마치 폭포 아래 앉은 듯하고, 폭포 밑의 사람은 이미 내가 보이지 않았다.

황량한 숲에는 길이 끊겼고, 먼 해도 낮게 깔렸다. 오싹하며 겁이 나나도 모르게 마음이 바빠졌다. 밀친 나뭇가지가 얼굴을 때리고, 엉킨 가지는 옷자락을 찢는다. 쌓인 낙엽에 물이 스며들어 무릎 아래가 진창 같다. 그제야 물길이 다하고 근원이 드러난다. 잔잔히 흘러 소리도 없이 돌부리를 미끄러져 흐른다. 북쪽으로 큰 골짝을 굽어보니 뻥 뚫려 그윽하다. 단풍든 나무만 골짜기에 가득하고 다른 것은 하나도 없다. 향로봉 정상이 지척에서 오는 것만 같다. 허공 길에 다리 하나면 건너가련만, 선계와 속세가 아마득하여 아득히 다다를 수가 없다. 마침내 구슬피 돌아왔다.

대략 바위는 배를 드러내놓고 가슴께까지 풀어헤친 모양새다. 아래쪽은 불뚝하고 가운데는 잘록한데, 주름 몇 개가 배꼽께를 가로질렀다. 올라갔던 곳은 쇠뿔의 사이, 이마빡의 위 같은 곳이다. 바위가 생겨날 때 그 속이 텅 비어 옹기를 엎어둔 것 같은 것인지, 아니면 통째로 모두 돌덩어리인지는 잘 모르겠다. 두드려 보면 너무나 단단한데, 소리를 치면 어째서 울리는 것일까? 샘물의 근원은 크지가 않아, 처음엔 띠처럼 흐르다가, 바위를 빌려 소리를 내고, 끝에 가서는 기세가 대단하니, 이는 조화옹의 권능이다.

내가 처음 올라올 때 중 하나가 따라와 돌아갈 길을 일러 주었다. 다른 이들은 모두 흩어졌고, 골짜기에 담여를 남겨 두어 타고 오게 하였다. 퇴락한 가섭암(迦葉菴)에서 바위틈을 따라 서쪽으로 단군대(檀君臺)를 걸어서 넘었다. 다리품이 남보다 10리는 더 들었다.

단군굴(檀君窟)은 바위가 네 길쯤 갈라져서, 서 있는 품이 마치 독을 갈라놓은 것 같다. 배는 텅 비고 머리는 뾰족하다. 틈새로 하늘이 보이고, 아래서는 비를 피한다. 세상에서 단군이 하강한 곳이라고 전한다. 역사책에서 박달나무 아래라고 말한 곳이 바로 이곳이니, 박달나무가 위쪽에 덤불져 울창하다고 한다. 하지만 사방으로 찾아봐도 하나도 보이지 않는다. 다만 비로봉과 향로봉에 뾰죽뾰죽 아득히 솟은 것은 향나무뿐이라 한다. 퇴락한 암자가 굴에 붙어 있는데, 작기가 어깨 높이만 해서 마치 비둘기장 같다. 바위 바람이 차게 불어 중이 살 수가 없다. 단군대는 굴의 서편 꼭대기다. 산기슭 하나가 마치 올챙이 같더니, 사방을 둘러보니 큰 바다에 외로운 섬의 형상이다.

바람은 가지 끝을 까불고, 기생은 너울너울 춤을 춘다. 만좌(滿座)는 까무룩 취했고, 거문고 줄은 바야흐로 바쁘다. 먼 기운은 어느새 저녁이 되어 살펴보니 추운 눈치다. 지팡이를 재촉하고 나막신을 찾느라 뒤엉켰다. 절 쪽을 바라보며 일어나, 안개를 따라 내려왔다. 사람의 반 무릎은 어둠 속에 이미 묻혔고, 엷은 햇빛은 그래도 단군대 꼭대기에 한 치 가량 남아 있다.

함께 말을 타고 갈 때는 뒤처지려 들지 않는다. 앞선 말의 발굽 아래서 날리는 넌시를 면하기 어렵기 때문이다. 산을 내려갈 때는 앞장서지 않는데, 뒷사람의 신발 끝이 위험한 바위를 차기 쉬운 까닭이다.

천주석(天柱石)은 저 멀리 서편 봉우리에 덩치 큰 중처럼 우뚝하니 서 있다. 아침에 갈 때 길 위에서 중이 손가락으로 가리켜서 보았는데, 저녁에 그곳을 지나려니까 두 눈이 먼저 알고 맞이한다. 담여를 맨 중이 모두 한 차례 고개를 들며 먼 길의 장승으로 여겼다.[3]

극락전(極樂殿)을 지나는데 어두운 등불이 그윽이 푸르렀다. 장경고각(藏經古閣)은 기왓골이 침침하고, 밭두둑에는 삼대가 어슴푸레 희게 서 있다. 늙은 중이 마중 나와 절하며 저마다 은근한 뜻을 표한다. 아침에 그 사람을 보고서 저녁에 그 절로 돌아왔는데도, 하루 만에 만난 것이 마치 옛 벗을 대하는 듯하였다. 극락전은 보현사에 속한다.

금환(禁實) 스님과 함께 『법화경』(法華經)에 나오는 화택(火宅)의 비유에 대해 토론하였다. 스님은 오십여 세인데, 입으로는 불경을 줄줄 외지만, 남에게는 똑 부러지게 설명하지 못했다. 그 형 혜신(慧信) 또한 중이 되어 극락전에 사는데, 경전의 뜻에 대해서는 금환보다 낫다고 한다.

내가 물었다.

"중노릇은 즐거운가?"

"제 한 몸을 위해서는 편합지요."

"서울은 가 보았소?"

"한 번 들어가 보았지요. 온갖 먼지가 자옥이 일어 살 만한 데가 못 되

---

3. 먼 길의 장승으로 여겼다　예전에는 5리 또는 10리마다 장승을 세워 거리를 알게 했다. 여기서는 우뚝 선 천주석을 보고, 절까지의 거리가 얼마쯤 남았는지 가늠하는 이정표로 삼는다는 뜻이다.

는 듯하더이다."

또 물었다.

"스님! 환속은 하고 싶지 않소?"

"열두 살에 중이 되어 홀로 빈산에 산 것이 마흔 해올시다. 예전엔 모욕을 받으면 분도 나고 스스로를 돌아봐도 불쌍했습지요. 지금은 칠정(七情)이 다 말랐습니다. 비록 환속하려 해도 할 수도 없거니와, 속인이 되어 본들 다 쓸모없는 일이지요. 장차 죽을 때까지 부처님께 의지하다가 적멸로 돌아갈 뿐입니다."

"스님은 처음에 어쩌다 중이 되었소?"

"만약 자기가 원하는 마음이 없었다면, 비록 부모라도 이 노릇을 억지로 시킬 수는 없지요."

이날 밤 보름달은 흰 비단 같았다. 탑을 세 차례 돌고, 술잔을 한 순배 돌렸다. 먼 곳의 울리는 소리가 잎에서 나는데, 물이 쏟아지는 소리 같기도 하고, 비질하는 소리 같기도 했다.

만세루(萬歲樓)를 거쳐 대웅전에 드니, 종이 등은 환히 밝고, 금신(金身)의 부처는 찬란히 빛났다. 전각은 사치스럽긴 해도 속되고, 그림은 기괴하나 잡스럽다. 늙은 중이 부처를 모시고 서 있는데, 가사는 발에 끌리고 백납(白衲)이 이마를 덮었다. 살펴보니 주름살이 위로 눈썹과 턱과 살적 사이에 졌고, 머리 깎은 자국은 얼핏 수묵색을 띠었다. 자세히 살펴보니 목상(木像)이었다. 양편의 금강(金剛)은 이뿌리가 성가퀴 같은데다, 혀는 불꽃 같았다. 옷이 비늘처럼 벗겨졌는데, 뱀과 귀신이 비집고 나온다. 위엄스럽긴 해도 바라보면 문득 장난기가 느껴진다. 업신여김을 막는 것은 덕에 달린 것이지 겉모양에 달린 것이 아님을 이로써 알겠다.

16일 을미 乙未

안내를 따라 단군대 서편의 상원암(上院菴)에 갔다. 서부도(西浮屠)〔일명 안심사(安心寺)다.〕는 탐밀(探密)이 처음 세웠다. 나옹(懶翁)의 해묵은 비석은 비각을 세워 보호하였다. 문자가 떨어지고 쪼개져서 마치 깨진 그릇 같다. 겨울철에 불로 쬐어 탁본했기 때문이다. 〔고비(古碑)는 본래 목은(牧隱)이 글을 짓고 권주(權鑄)가 글씨를 썼다. 새 비석은 원래의 글을 써서 보현사에 세웠다.〕여러 비석들이 늘어서서 비각 뒤편에 널려 있다.

그 밖에도 많은 비석들이 비각 뒤편 여기저기에 늘어서 있다. 석공이 잘못 새긴 것이 많고, 글자도 덩달아 틀렸다. 누운 거북은 눈이 멀었고, 걸터앉은 뿔 없는 용은 다리가 잘렸다. 읽고 어루만져 가리키며 고적(古蹟)이라 하였다. 나는 일찍이 '고'(古)라는 한 글자를 어데서도 찾을 길이 없다고 의심했다. 그런데 이제 가을 산의 조각돌과 황량한 풀, 흰 이슬 가운데 있지 않은가? 또 알지 못하겠다. 옛것이 나와는 무관한데도 어이해 구슬프게 마음 상해하면서 머뭇머뭇 배회한단 말인가. 빈산에 지는 해, 끊긴 다리로 흐르는 물, 이는 예로부터 옛날을 어루만지는 곳인가 싶다.[4]

만폭동 가는 길에 우족대(牛足臺)가 있다. 나는 소발은커녕 말 발자국 비슷한 것도 보지 못했다. 안심사(安心寺) 뒤편엔 세숫대야 같은 폭포〔匜瀑〕가 있는데, 항아리 폭포라고 말해도 괜찮을 듯하다. 때문에 세두분(洗頭盆)〔금강산에 있다.〕에 손자국이 남았다거나, 용마석(龍馬石)〔여강에 있다.〕의 채찍 맞은 자리에 남은 핏자국 같은 것은 모두 그저 말한 것일 뿐이다. 전하는 자가 진짜와 꼭 같다고 하면 듣는 자도 반드시 그렇겠다고 여긴 것이니, 또한 어리석지 않겠는가?

---

4. **빈산에~곳인가 싶다** 원나라 마치원(馬致遠, 1250~1321)의 「가을 생각」(秋思)에 "앙상한 등나무, 늙은 나무, 저물녘 까마귀. 작은 다리, 흐르는 물, 사람 사는 집. 옛 길, 가을바람, 비쩍 마른 말. 석양은 지고, 애끊는 사람은 하늘 가에"(枯藤老樹昏鴉, 小橋流水人家. 古道西風瘦馬, 夕陽西下, 斷腸人在天涯.)라 한 시가 옛날을 애상하는 시로 유명하므로, 이 시의 뜻을 취해 와서 말한 것이다.

인호대(引虎臺) 가는 길은 바위 중간의 등성이인데, 전복 껍데기를 엎어 둔 것 같다. 사람이 그 구멍 뚫린 곳으로 가니, 마치 새가 목을 잔뜩 움츠린 것 같다. 길은 날개가 솟은 곳에 걸려 있는데, 왼발 아래로는 우멍하여 끝이 보이지 않는다. 하늘을 향해 솟은 나무는 간신히 그 가지 끝만 내려다 뵌다. 무릇 쇠사슬을 잡고 30여 번 손을 바꿔 오르면 길이 갈라져 쇠줄도 나뉜다. 그제야 오르기를 마치게 된다. 마른 대추나무가 바위에 기대서 있어, 뿌리를 더위잡고 그루를 안은 뒤에야 언덕으로 오르게 된다. 예전에 눈이 조금 내렸을 때 범 발자국을 따라서 마침내 이 길이 통하게 되었으므로 인호대라고 이름 붙였다 한다. 법왕봉(法王峰)을 바라보니 산의 바위는 말쑥하여 육기(肉氣)를 다 벗었다. 봉우리 밑에 암자를 지었다. 암자 앞은 골짜기다. 물은 봉우리를 따라 나와서 골짜기로 들어간다. 골짜기의 형세는 삼태기 같아 뒤는 오므려지고 앞은 키〔箕〕 같이 벌어졌다. 솔개가 골짜기에 떴는데, 살펴보니 그 등이 몹시도 낮았다. 폭포는 바위 병풍 꼭대기에서 떨어진다. 물줄기가 절벽에 붙지 않고 방울방울 이어져 마치 비나 싸락눈 같이 고르게 퍼져서는 가늘게 흩뿌린다. 흰 비단이 허공에 걸려 가운데서 흔들리는 듯하다. 물 밑의 돌은 드문드문한 것이 부서진 먹 같고, 쟁글쟁글 끓는 소리는 아득하여 분명치가 않았다. 물이 봉우리에 있으면 천신폭(天紳瀑)이라 하고, 계곡에 있으면 산주폭(散珠瀑)이라 하니, 이것을 가리킨다. 계곡 오른편에 있는 것으로 폭포가 되었다가 물이 고인 것을 용연(龍淵)이라 한다. 사람으로 말하면 용연폭포는 오른쪽 어깨에서 나와 오른쪽 젖가슴 옆에 고여 있는 형국이다. 폭포를 바라볼 때 나는 오른손 팔꿈치쯤에 있으면서 장난치며 바위 틈에 서 있었으므로 바위가 내 머리를 가렸다. 대개 폭포 바닥은 절구통 같은데 둥글면서도 검고 아무 소리도 나지 않았다. 넘쳐서 흘러 나간 것이 앞서 건넜던 시내의 하나가 된다.

일설에 용연이 예전에는 산 위에 있었는데, 어떤 스님이 주문을 외자 용이 산을 가르고 내려와 수염을 드리우고 꿇어 엎드렸다고 한다. 스님이 주문을 그치지 않자, 또 수십 보를 더 내려와 엎드렸다. 스님이 턱을 끄덕이니, 용이 지금의 폭포에 자리 잡았다는 것이다. 상원암의 중들이 5월 5일 단오에 떡을 쪄서 시냇가 바위에 두었는데, 암자로부터 돌아와 보니 찾을 수가 없었다. 중이 놀라 말했다. "부처님께 공양할 수 없게 되었으니 살아서 무엇 하겠는가?" 그러고는 스스로 못에 몸을 던졌다. 못 속은 텅 비었는데 궁실이 있었다. 푸른 옷을 입고 머리카락이 허연 사람이 물었다. "손님은 어찌 오셨소?" 중이 연유를 고하자, 머리 흰 사람이 성난 소리로 동자를 불러 말했다. "좀 전의 떡시루를 가져오너라." 동자가 시루 하나와 떡 두 개를 무릎을 꿇고 돌려주었다. 중이 떡은 소매에 넣고 시루는 지고서 나왔는데, 시루는 어깨에 그대로 있었지만 떡은 돌로 변해 버렸다. 암자 앞에는 둥근 돌이 이제껏 두 개가 있다고 한다.

폭포의 꼭대기에서 동북쪽으로 수십 보를 가면 뿔처럼 생긴 큰 바위가 있어, 용각석(龍角石)이라 한다. 성근 솔을 이마에 이고 아스라이 가지를 드리웠다. 그 밑뿌리에 서면 마치 개미가 오이에 붙은 것 같다. 무릇 묘향산을 유람하는 자는 반드시 이곳에 이름을 새겨 놓고 돌아온다. 그래서 온통 먹 글자를 새기고 흠집을 내놓아 바위에 온전한 데라곤 없다. 원석공(袁石公)이 말하길, 불전(佛典)에 청산에 끌로 이름을 새기지 못하게 하는 율법이 빠졌다고 했으니 그 말이 옳다.[5] 단풍나무 사이로 흰 길이 나 있는데 멀리 사람이 기대섰다. 눈도 보이지 않고 주름살도 보이지 않아 형체가

---

5. **원석공이~옳다** 원석공은 원굉도(袁宏道)를 가리킨다. 그의 유기(遊記) 작품인 「제운」(齊雲)에 나오는 구절이다. 산에 몰래 들어가 벌목하고 채광하는 것은 금하면서, 속된 선비가 산의 신령을 더럽히는 짓은 왜 금지시키지 않느냐고 말하고 나서, "부처님의 말씀에 온갖 악업은 모두 악의 응보를 받는다고 했다. 이러한 악업은 마땅히 살인이나 도둑질과 같은 죄과인데 부처가 언급하지 않았으니, 또한 불전의 결함이다. 푸른 산의 흰 바위가 무슨 죄가 있다고 까닭 없이 그 얼굴에 묵형(墨刑)을 가하고 그 피부를 찢는단 말인가? 아, 또한 어질지 못하도다"(佛說種種惡業, 俱得惡報. 此業當與殺盜同科, 佛不及, 亦是缺典. 青山白石, 有何罪過, 無故黥其面, 裂其膚. 吁. 亦不仁矣哉.)라고 하였다.

희미하였다. 나무로 눈대중 하려는데 갑자기 사라져 버리므로 그제서야 행인인 줄을 알았다.

　동쪽으로 수풀을 뚫고 나서자 불영대(佛影臺)가 나온다. 뜨락의 잔디는 잘라둔 것 같고, 멀어서 활쏘기를 할 만하였다. 시원스레 툭 트여 평평한지라 햇볕을 받는 것도 가장 깨끗하다. 골짝 어귀는 서쪽으로 갈라져서 약산(藥山)의 푸른빛이 보인다. 암자에는 서산대사의 상(像)과 청허(淸虛)와 허백(虛白) 등 여러 스님의 상을 모셔 놓았다. 여러 상이 모두 비슷해서 어느 상 하나도 믿을 만한 것이 못 되었다. 나무꾼이 나무하는 길은 바위를 끼고 나 있다. 서로 엇갈려 실을 꿴 것만 같다. 시냇물이 언덕을 감아 안아, 둥근 것이 마치 활의 시위 같다.

　정오의 종소리를 들으며 조원암(祖院菴)과 자성암(自性菴)에 들러 쉬었다. 불영대의 동편에 있다. 담여 위에서 굽어보면 나뭇잎이 평평하고 빽빽하여 밟아도 꺼지지 않을 것만 같다. 산을 수십 보 내려와서 올려다보니, 나뭇잎마다 햇살이 비쳐 단지 한 겹의 말쑥한 겹옷으로 붉고 밝은 것을 가려 스스로 기뻐하고 혼자 뽐내면서, 빨리 못 가게 하고 남이 보아 주지 않는 것을 안타까워하는 듯했다.

　어느새 안개 속을 지나는데 몹시 귀에 익은 말소리가 들린다. 여기가 어디냐고 물었더니, 중이 보현사라고 말한다. 다시 눈을 돌려 보고는 갑자기 웃었다. 제 집 식구를 몰라보고 손님이라 한 꼴이어서 다시 한 번 놀랐다. 이것이 바로 평생 보아 평생 안다는 이목구비라는 것이다. 어째서 그런가? 갈 때는 서쪽으로 가고, 올 때는 동쪽으로 왔기 때문이다. 그렇다면 상원암 길을 동쪽으로 갔더라면 굳이 쇠줄의 위태로움은 겪지 않았을 것이다.

　절에 도착해서 시를 지었다.

관하(關河) 길을 넘고 건너가면서　　　　　　　　跋涉關河路

일 년 내내 시원스레 노니는도다.	終年博一遊
외론 절 저녁 되자 종이 우는데	鳴鐘孤寺夕
고운 단풍 가을 맞아 바위 수놓네.	繡石細楓秋
맑은 풍경 처음엔 기쁘너니만	淡境初生悅
먼 데 정이 어느새 근심 겨워라.	遐情忽爾愁
산속이라 물시계 하나도 없어	山中諸漏盡
사려 앉아 샘물 소리 듣고 있노라.	趺坐聽泉流

새벽에 비가 조금 내렸다.

17일 병신 丙申

묘향산에서 돌아 용문산(龍門山)으로 들어갔다. 골짜기를 나서는데, 중이 축하하며 말했다.

"이 산에서 노니시는 동안 바람도 없고 비도 없으니, 복력(福力)이 대단하십니다."

합장하고 예를 올리더니 말했다.

"일행 모두 보중하십시오."

나는 부채를 들어 사례하며 말했다.

"그대들의 부처님 힘이올시다."

빗기운이 여태 축축한데 아침 그늘이 땅을 끈다. 길은 젖어 깨끗하여 나무뿌리를 그저 비춘다.

중과 담여를 보내고, 젖은 물가 무너진 다리 서편에서 나귀를 탔다. 어지러운 돌 위로 달려가던 안개가 나무를 만나서는 마치 제비 꼬리가 갈라지듯 하였다. 흐르는 물결이 나뭇잎을 얽어매자 흡사 물고기 주둥이가 뻐끔거리는 것 같았다. 오른편으로 향산천(香山川)을 끼고 30리를 갔다. 흩날리는 빗방울이 이마로 불어오고, 사나운 바람은 정수리로 휘몰아친다. 갓이 벗겨져서 갓끈이 거의 끊어질 지경이었다. 하인 녀석의 다리는 귀신같고, 나귀의 꼬리는 쥐꼬리 같다. 기름옷에는 물방울이 뚝뚝 떨어져, 오동잎에 지는 이슬 소리를 낸다. 고치처럼 고개를 잔뜩 움츠리니, 안으로 젖꼭지가 보였다. 문득 뒷사람을 돌아보니, 그 눈은 서로 웃는데, 입은 웃는 까닭을 말할 겨를이 없다. 말이 달리자 채찍마저 서두른다. 비까지 덩달아 흩날린다. 걸음마다 진창에 빠지고, 발굽마다 물이 넘쳐흐른다. 구름은 희천군(熙川郡)의 경계를 끼고서 자옥이 엉겨 빽빽하게 덮여 있다. 묘향산 골짝 어귀의 바람이 이를 맞이한 이래로 자옥이 섯돌면서 서늘한 기운을 서로 나눈다. 강에는 잔물결조차 없고, 들에는 가는 연기도 보이지 않는다. 험한 바위도 이 때문에 검게 보이고, 잎 진 나무도 거뭇해 보인다. 이것은 눈을 부르는 바람이다. 강을 끼고 난 길은 모래가 아니면 돌이다. 기슭이 맞물려 들쭉날쭉하다가 강에 이르러 그친다. 늙은 등걸의 뿌리는 흔히 돌 틈으로 나와 귀신의 발톱처럼 움켜쥔다. 작은 덩굴풀이 이리저리 뻗다가 이따금 붉은 빛을 풀어 놓는다. 행색은 저마끔 바위 사이로 늘어서서 절벽을 따라 나간다. 우리 일행은 이에 반달 모양을 지으니, 길이 좁아 말들이 꼬리를 물고서 지나간다.

기름옷이 냉기를 머금어 취한 낮에 술이 깨려 하였다. 주막에 들어가 밥을 먹고 나서 하인에게 옷을 말리게 하고, 말에게 콩을 먹이라고 재촉했다. 하인 녀석이 손을 들어 가리키며 말한다. "채찍 끝에 구름 있는 데가 바로 용문인걸요." 이곳에서 거리가 겨우 30리라고 한다. 날은 갤 듯하나 냉기가 여전하기에 부러 출발을 지체하고 마당에서 주악(奏樂)을 벌였다. 타는 자, 부는 자, 치는 자가 차례로 벌여 앉아 각자 제 악기를 안고 연주하였다. 입 다물고 허리장구를 매단 행수가 고개를 숙였다가 이따금 옆 사람을 흘깃 본다. 큰 저를 부는 이의 뺨은 움푹 패여 성이 났고, 작은 저를 부는 이의 눈알은 휘둥그레 놀란 사람 같다. 해금을 타는 자는 처연하게 그 무릎에 기대고 있다. 술이 나오자 일어섰다. 〔속악은 다섯 가지를 합쳐 일부(一部)로 삼는데, 이름 하여 삼현(三絃)이라 한다.〕

정오에 출발했다. 강을 등지고 동쪽으로 꺾었다. 길 위의 빛깔은 돌은 섲고 언덕은 환하다. 나귀에 진흙이 들러붙어, 넓적다리를 뽑지 못하고, 꽁무니로 안장에 방아만 찧으니, 마치 잠든 소에 올라탄 것 같다. 함께 간 사람이 하는 말이 이런 길을 몇 리 가는 것은 10리 가는 힘이 든다고 한다.

무너진 구름 한 떼가 비를 끌고 지나가자 바람이 또 이를 뒤따른다. 서둘러 비옷을 꺼내 입고 사납게 채찍질을 했더니, 나귀도 귀를 쫑그리며 순순히 고개를 쳐들고 앞서 나간다. 꼬리가 두 다리 사이에 들어가 끝에서 물방울이 떨어지는데 촐랑대며 가는 모양이 우습다.

남은 비도 멀어지고 먹구름이 트이더니, 햇빛이 넘어오자 마치 바위 구멍으로 쏟아지는 폭포 같았다. 잠깐 만에 변하여 찢어지는데, 그 형세가 무논의 푸른 진흙을 쟁기가 갈아엎은 자욱 같았다. 이윽고 또 변하여 짙고 옅은 모양을 지으니, 그 형세는 마치 수묵으로 모란을 그렸는데, 도훈(倒暈)이나 정훈(正暈)으로 그린 것 같았다.[6] 또 조금 있으러니까 쭈글쭈글 주름진 형세를 짓는다. 섬들이 빙 둘러 있는 형상을 만들기도 하고, 오리와 갈매기가 출몰하는 형상을 짓기도 했다. 그러더니 곁으로 넘쳐나고 가로로 쏟아져서 아래로 사람의 옷에 번쩍번쩍 하였다. 잠깐 사이에 생각이 미치지도 못할 경계를 잘도 만들어 내니, 이것은 누구를 위한 것이고, 누가 그렇게 시킨 것이란 말인가?

석양을 받고서 용문산 앞 골짜기에 다다라 담여를 탔다. 승려들이 늘어섰는데, 장삼 빛이 멀리서도 희었다. 시냇물 소리와 단풍 빛이 걸음마다 번갈아 맞아 준다. 묘향산에 비하면 깊고 큰 기운이야 없지만, 바위와 흙

---

6. 도훈이나~같았다 도훈(倒暈)과 정훈(正暈)은 동양화에서 꽃잎을 그리는 방법이다. 도훈은 꽃 받침은 짙은 색으로 하고 꽃잎의 끝 쪽은 점차 옅게 그리는 것이고, 정훈은 그 반대이다.

의 품격은 묘향산과 진배없으니, 이곳은 묘향산의 작은 줄기이다. 용문사에서 잤다. 이날 밤 높은 곳에는 눈이 내렸다.

18일 정유 丁酉

일찍 세수하고 아침밥을 재촉했다. 황폐해진 불전(佛殿)의 북쪽 모퉁이를 따라 담여를 타고 갔다. 관해암(觀海菴)에 올랐다. 암자는 산꼭대기에 자리 잡았다. 멀리 청천강 북쪽을 굽어보니, 흐르고 우뚝 솟은 성곽과 숲을 마치 책상 앞에 늘어놓은 것 같았다. 철옹성은 전체 국면이 유독 도드라져 일어나, 마치 네 개의 바둑돌이 하나의 흰 돌을 쳐내는 것만 같다. 서해의 색깔이 땅 한 귀퉁이로 파고들어 하늘과의 사이가 몇 치일 뿐이다. 중은 해가 지는 것을 볼 수가 있는데, 흙비 때문에 볼 수가 없다고 했다.

백삼(白森)이란 것이 관해암을 나와 동북쪽으로 어지러운 돌무더기가 무너진 것처럼 산허리를 덮어 가렸다. 마치 무슨 흙 푸대를 쌓아 둔 것 같고, 쌓은 탑이 모지라진 것 같다. 둥근 것, 뾰족한 것, 팔뚝만치 긴 것, 손바닥처럼 너부데데한 것, 무 뿌리를 거꾸로 뽑은 것, 절굿공이를 꺾어 세운 것들이 혹은 한 길, 혹은 한 자씩 무리지어 서로 모여 있다. 우뚝 솟아 뾰족한 것이 둥근 것 하나를 덮어 쓰고, 시렁을 겹처 쌓은 것이 한 줄기 긴 것에 꽂혀 있기도 하다. 때로 서로 받들고 선 것이 한쪽 머리가 반쯤 쪼개지고 한쪽 뿌리가 반쯤 쪼개지기도 했다. 혹 주춧돌인 양 서로 마주하여 가름대 하나로 괴기도 했다.

처음 보았을 적엔 줄줄이 무너질까봐 겁나더니만, 차츰 밟아 보니 마침내 걱정이 없어졌다. 그래서 감히 흔들어 보기도 하고 밟아도 보았다. 하지만 그 뿌리가 깊이 박혀, 삐그럭거리는 소리는 나도 여전히 잘 버틴다. 이끼는 성질이 밀랍 같아서 끈적끈적 잘 들러붙는다. 다른 돌로 괴도 쉬 잘 붙는다. 곁에 가까이 있는 돌도 또한 솥발 모양이나 사립문 모양을 한 것이 있다. 백삼이라는 것은 흰 돌이 쌓여 빽빽이 선 것을 두고 하는 말이다.

밭 사이의 돌을 종처럼 쌓고서 소 넓적다리로 제사지내는 이는 농부다. 길 가의 돌을 보루처럼 쌓아 놓고 헤진 신발로 비는 이는 행인이다. 백삼 같은 것은 누가 한 것인지 나는 알지 못하겠다. 한 골짝을 가득 채우고 몇 리에 뻗어 있는 것이 어찌 사람이 한 것이겠는가? 어떤 이는 보면 볼수록 더욱 기이한데 비록 무너져도 또한 그렇다고 말한다.

백삼에서 앞으로 나가 수십 보 밖을 바라다보니 눈을 두른 안쪽에 구름이 자옥하다. 위는 겨울인데 아래는 가을인 셈이다. 높은 데 나무는 잎사귀 하나 없어 몹시 기이하였다. 장차 눈 있는 데까지 달려가서 발로 차고 밟아도 보고 돌아오려 했다. 하지만 바람이 지척에서 일어나니 겹겹이 껴입은 갖옷이 갈옷인 것만 같아, 일변 놀라고 일변 슬퍼하며 비로소 돌아서 달려왔다. 보기만 하던 중이 손가락으로 가리키며 눈으로 경계를 삼는데, 그 너머는 양덕현(陽德縣)이라 하였다.

하산 길에 두세 개 암사를 들렀다. 시까래는 무너지고 기와는 깨진 채 섬돌에는 먼지도 쓸지 않았다. 창틈으로 들여다보니 고양이가 자고 있다. 비구는 굶주림이 심해 부엌에서 물을 마시고 있다. 늙은 비구니는 쌀을 탁발하러 나갔다고 한다. 가지도 없는 나무가 오도카니 희게 엉켜 있어, 은색으로 도금이라도 한 듯하였다. 잎이 진 숲은 저 멀리 희미한 자줏빛을 띠어, 늘상 노을 기운에 젖어 있는 것만 같다. 해거름이 되어서도 돌아갈 수가 없어, 용문사에서 하룻밤을 더 잤다. 절방은 넓기가 관외(關外)에서 으뜸간다. 방안에서 칼춤을 추게 했다. 기문이 있다.

검무기 劍舞記

두 명의 기생이 검무를 춘다. 융복(戎服) 차림에 전립(氈笠)을 쓰고 잠깐 절하더니 돌아서 마주하고 서서히 일어난다. 귀밑머리를 매만지고 옷깃을 여미더니 버선발을 들어 치마를 툭 차고 소매를 든다. 검은 앞에 놓였어도 쳐다보지도 않고 느긋이 빙빙 돌며 다만 제 손만 살핀다.

방 한 귀퉁이에서 연주가 시작됐다. 북은 둥둥 울리고 피리 소리는 해맑다. 이때 두 기생이 나란히 나와 한동안 서로 으르다가 소매를 펼쳐 하나가 되고 어깨를 나란히 하여 나누어진다. 어느새 펄럭이며 앉더니 눈은 칼을 주목하며 가져올 듯 말 듯 아끼고 또 아끼며 다가설 듯 물러나며, 잡으려다 문득 놀란다. 잡았는가 싶어 보면 어느새 놓아 두어 헛되이 그 빛을 움켜쥐었다가 잠깐 만에 그 옆으로 낚아챈다. 소매는 칼을 쓰는 것 같고 입은 칼을 물려는 것만 같다. 겨드랑이로 눕고 등으로 일어나 앞으로 숙였다간 뒤로 접친다. 옷과 띠, 머리카락마저도 온통 모두 흩날린다.

문득 기세가 꺾여 열 손가락은 힘이 쪽 빠진 듯하여 쓰러질 듯 다시 일어난다. 바야흐로 춤사위가 빨라지자 손은 마치 인끈을 흔드는 듯하더니만 번드쳐 일어나자 칼은 어느새 간 곳이 없다. 고개 들어 이를 던지자, 칼 두 자루가 서리처럼 떨어지는데 느리지도 빠르지도 않게 허공에서 이를 낚아챈다. 칼날로 팔뚝을 재듯 고개를 들고 물러선다. 순식간에 서로 공격하는데, 사납기가 칼로 찌를 것만 같다. 검이 몸에 닿은 것이 한 치도 안 되겠고 찌를 듯 말 듯 하는 것이 마치 서로 양보하는 것만 같다. 번득이듯 번득이지 않는 것은 마치 내키지 않는 듯하다. 끌어당겨 펴지 않고 매었다간 풀지 않아 합치면 넷이 되고 나뉘면 둘이 된다. 칼 기운은 벽에 비쳐 파도 속에 용과 고기가 꿈틀거리는 형상을 짓는다.

순식간에 갈라져서 동서로 나뉘어 서니 서쪽의 기생은 땅에다 칼을 꽂고 팔을 늘어뜨리고 서 있다. 동쪽 기생이 달려들어 검을 마치 날개처럼 내달아 옷을 찌르고 우러러 뺨을 벤다. 서편 기생은 꼼짝 않고 서서 까딱

검무도(劍舞圖)　　신윤복 그림. 간송미술관 소장.

않으니 마치 영인(郢人)[7]의 자질과 다름없었다. 내달아 온 기생이 한 차례 펄쩍 뛰며 그 앞에서 용맹을 뽐내고 무예를 자랑하며 돌아온다. 서 있던 기생이 이를 쫓아가 그이를 보복하려는지, 말이 힝힝거리듯 몸을 추켜 갑자기 성난 돼지처럼 고개를 숙이고 곧장 달려든다. 흡사 비를 무릅쓰고 바람을 거슬러 내달리는 것만 같다. 싸울래도 싸울 수가 없고 멈출래도 멈출

7. **영인**　　장주(莊周)가 평생 토론을 벌였던 혜시(惠施)의 묘소에 들러 그를 회고하며 '운근성풍' (運斤成風)의 비유를 들었는데, 영인은 이때 등장하는 인물이다. 영인의 코끝에 살짝 흙덩이를 묻혀 놓고 장석(匠石)이 자귀를 휘둘러 흙덩어리만 떨어뜨리곤 할 때마다 영인은 자세를 흐트러뜨리지 않고 태연히 있었는데, 코는 조금도 다치지 않았다고 한다. 영인도 장석의 기술을 믿기에 까딱 않고 서 있었다는 것이다. 『장자』「서무귀」(徐无鬼)에 보인다.

수가 없다. 두 어깨를 순식간에 부딪쳐 각자 생각지 않게 발꿈치를 물고 도니 마치 문지도리가 물려 돌아가는 것만 같다. 잠깐 만에 동쪽에 있던 기생은 서쪽으로 가 있고, 서쪽에 있던 기생은 어느새 동쪽으로 가 있다. 일시에 몸을 돌려 이마가 부딪칠 듯 위에서 내려오고 아래에서 솟구친다. 검이 어지러워지자 얼굴은 보이지 않는다. 혹 제 몸을 가리키며 그 능함을 뽐내고 혹 허공에 나아가 그 자태를 다한다. 사뿐 걷다 훌쩍 뛰면 마치 땅을 안 밟은 듯, 잔득 폈다 오므리면 남은 기운이 미칠 것만 같다. 무릇 치고 던지고, 나아가고 물러가며, 위치를 바꿔 서고, 떨치고 떨어지며, 빠르고 느린 것이 모두 음악의 가락에 맞춰 그 수를 따랐다.

이윽고 쟁그렁 소리가 나자 검을 던지고 절을 하니 춤사위가 끝났다. 사방의 좌석은 아무도 없는 듯 적막하게 말이 없다. 음악이 끝날 무렵에는 여음이 가늘게 흔들리며 소리를 끈다. 처음 춤을 시작해 절할 때 왼손은 가슴에 얹고 오른손은 전립을 잡아 천천히 일어나 제 몸조차 가눌 수 없을 듯하는 것이 시조리(始條理)이다. 귀밑머리가 흐트러지고 옷자락은 헝크러져 순식간에 굽어보고 우러르다 번드쳐 칼을 내던지는 것은 종조리(終條理)이다. 내가 본 것은 썩 훌륭한 것은 아니다. 그래서 그 기이한 변화를 자세히 얻을 수는 없었다. 〔근세의 검무는 밀양 기생 운심(雲心)을 일컫곤 한다. 이들은 대개 제자들이다.〕

밤중에 술이 떨어졌다. 중의 혼돈주를 빌려다가 취했다. 〔허암(虛菴) 정희량(鄭希良)은 막걸리를 혼돈주라 하였다. 『취헌집』에 보인다.〕

19일 무술 戊戌

산을 작별하고 철옹으로 돌아왔다. 단풍 빛은 초췌하여 이미 올 적의 그것이 아니었다. 돌아보며 중에게 말했다.

"어찌 훗날 다시 오지 않을 줄 알겠는가? 비록 온다 해도 또 어찌 반드시 서로 만나게 될 줄 알겠는가? 임천(林泉)이야 비록 그대로겠지만 만약 그대를 보지 못한다면, 훗날의 회포를 내가 또 어찌 견디겠는가? 하늘 높은 가을 9월, 물이 저서 바위가 드러나매, 이 산 이 땅의 수많은 나무 속에서 내 자네와 작별하네 그려."

중들은 나를 전송하려고 동구까지 나왔다가 갔다. 모래는 밝고 해는 환해 문득 낮이 긴 줄을 알겠다. 몸뚱이를 나귀 등에 맡기고 안장에서 꿈을 꾸었다. 이따금 길가에서 들려오는 닭 울음소리가 문득 반가워 바라보며, 저 마을의 빈터를 부러워했다.

한낮에야 철옹성 동문에 다다랐다. 두 선비가 문루(門樓)에서 쉬는데 동자 몇이 따랐다. 술을 가지고 나를 기다리던 참이었다. 함께 놀러 갔던 윤생과 명생(明生)이었다. 내 행색을 말해 주고, 저들의 부지런한 뜻에 사례하고는 말고삐를 나란히 하고서 들어갔다.

묘향산 구경은 실로 부산하여 능히 다 찾아보고 끝까지 가 볼 수가 없었다. 하지만 그 이름난 암자와 빼어난 구역은 불지사(佛智寺), 견불사(見佛寺), 빈발사(賓鉢寺) 등 여러 절 같은 곳도 모두 한 차례씩 들렀다. 다만 아쉬운 것은 길이 막혀 비로봉과 향로봉에 올라 요해(遼海)를 한 차례 바라보고 오지 못한 것일 뿐이다.

무릇 유람은 운치를 위주로 하는 법이어서 유람에 날짜를 따지지 않고, 아름다운 곳을 만나면 문득 멈춘다. 나를 알아주는 벗을 데리고 마음에 꼭 맞는 곳을 찾아가는 것이니, 저 떠들썩 후끈 달아오른 것 같음은 나의 뜻이 아니다. 대저 속된 자는 선방(禪房)에서 기생을 끼고서 물소리 옆에다가 풍악을 펴니, 꽃 아래서 향을 사르고, 차 마시며 과자를 놓는 격이라 하겠다.

어떤 이가 와서 물었다.

"산속에서 풍악을 들으니 어떻습디까?"

내가 말했다.

"내 귀에는 다만 물소리와 승려가 낙엽 밟는 소리만 들리더이다."

평어

글은 첩첩산중 층층의 묏부리 같고, 기세는 놀란 파도 성난 물결인 듯하다. 차례는 소반의 구슬이나 널판 위의 탄환과 같아 건너뛰는 아득함이 없다. 현인군자의 성령(性靈)이요, 사인(詞人)의 기상을 여기서 볼 수 있다고 말할 만하다.

「묘향산기」(妙香山記)는 숨어 사는 이가 골짜기를 찾는 것 같아 세상을 버리고 홀로 서는 마음을 볼 수가 있다. 「검무기」 같은 것은 구슬을 꿰듯 차례가 있다. 후인으로 이 글을 읽는 자로 하여금 그 성정의 신기(神奇)함을 취하게 할 만하다. 초산반생(楚山潘生)[8]

---

8. 초산반생　중국 강남 출신의 사인(士人) 반정균(潘庭筠)을 가리키는 듯하다. 아마 중국 사행 때 이 작품을 가져가서 평을 받은 것인 듯하다.

양허당기 養虛堂記

양허(養虛) 김재행(金在行)[1] 선생이 중국에 들어가 절강의 명사들을 만났다. 육비·엄성·반정균이 그들로, 세 사람은 다 성품이 지극한 사람들이었다. 한번 보고는 몹시 기뻐 천애(天涯)의 지기(知己)를 맺었다. 돌아올 적에 많은 시문과 서화를 주고받았다. 지금까지도 그들의 풍류와 주고받은 서화가 해외에서 빛나고 있으며, 양허(養虛)라는 이름도 이미 천하에 알려졌다. 생각건대, 선생이 내게 부탁하여 한마디 말을 이어 짓게 한 것은 어찌 한 나라 사람이기 때문이겠는가? 그러나 기운과 의리로 서로 느끼는 것이 도리어 이역 땅의 사람만 못하다면, 내가 또한 선생을 이해함이 없다 하겠다.

대저 허(虛)는 실(實)의 반대이다. 오직 군자는 실학(實學)에 힘쓸 뿐, 어찌 허를 숭상하겠는가? 하지만 장자는 "사람에게 빈 구멍이 없으면, 여섯 가지 감각 기관이 서로 거역하며 다투게 된다"[2]고 말했다. 그대는 유독

---

1. 김재행   자는 평중(平仲)이고, 양허(養虛)는 그의 호이다. 종인(宗人)인 부사(副使) 김선행(金善行)을 따라 영조 41년(1765)에 중국에 갔는데, 이때 홍대용과 동행하여 절강의 많은 명사들과 교유했다. 뒷사람들이 청음 김상헌의 5대손으로 소개하고 있는데, 안동 김씨 세보에서는 그의 종적을 찾을 수가 없다.

저 산과 물을 보지 못했는가? 흐르는 것은 절로 흐르고 우뚝 솟은 것은 절로 솟아 있어 사람과는 무관한 것처럼 보인다. 그러나 바야흐로 저녁 이내가 피어나고 봄 물결이 퍼져 나갈 때, 이를 바라보면 기쁨이 충만하고 부러움이 일어나게 된다. 이 마음으로 속됨을 고칠 수 있고 욕심을 줄일 수 있으니 허를 기르는 뜻이 여기에 있다 하겠다. 이러한 때에 그 마음이 비어 있지 않았다면 그만이지만, 비어 있다면 선생이 반드시 받아들인 바가 있을 것이다. 하늘(천성)도 이와 같으니 허를 기르지 않을 수 없다. 허를 기르는 것은 하늘(본연의 천성)을 보존하는 것이다.

만 리 밖에서 벗을 사귀어 그 사람을 다시 볼 수 없는데도 종신토록 오매불망 잊지 못하는 것은, 요즘 사람들의 관점으로 보면 어찌 이른바 먼 것을 힘쓰고 가까운 것을 소홀히 하여, 비어 있어 쓸모없는 것이 아니겠는가? 그러나 그의 시를 외우고 그의 글을 읽으면 슬픔이 끊임없이 사무쳐 나와 옆에서 보는 사람조차 말없이 흐르는 눈물을 손으로 훔치며 차마 떠나지 못하게 되니 이는 어째서인가? 우도(友道)가 천성에 뿌리를 두고 있기 때문이다.

아아! 지금 사람들은 선생께서 허를 기르신 까닭을 안 뒤에라야 선생께서 산수를 즐기는 마음이 하늘에서 나왔고 만 리의 사귐을 끝내 버릴 수 없음을 알게 될 것이다. 절강 사람의 풍모를 듣고도 그들을 벗으로 도타이 사귄 까닭을 알지 못하고, 저녁 이내와 봄 물결의 빛깔을 보고서도 자기 성정과 아무런 상관이 없다고 여긴다면, 나는 감히 그를 알고 싶지가 않다.

---

2. 사람에게~다투게 된다 『장자』 「외물」(外物)에 보이는 "마음속에 천유가 없으면 육착이 서로 싸운다"(心無天遊, 則六鑿相攘.)에서 나온 것으로, 정신이 세속을 초탈하여 자연 속에 노니는 것을 뜻한다. 육착은 사람의 감각 기관으로 귀·눈·입·코·마음·지각 등 여섯 가지이다.

임금님의 활쏘기에 관한 기록, 그림과 함께

御射記 並圖

금상(今上) 재위 16년 임자년(1792) 겨울 10월 을미일에 국왕께서 후원[1]에서 활을 쏘셨다. 과녁에 10순을 쏘셨는데〔과녁은 목판을 쓰는데 너비가 한 길이고, 정곡(正鵠)은 3분의 1이다. 120보 떨어진 곳에 세운다. 화살은 유엽전이라 한다. 보통 화살 다섯 대를 1순으로 삼는다.〕49대의 화살로 72분(分)을 얻으셨다.〔분은 획이다. 한번 맞추면 1획이 되는데, 정곡을 맞추면 획수를 두 배로 한다. 49대의 화살을 적중시켜 72분을 얻었으니, 그중 23대의 화살이 정곡에 맞았음을 알 수 있다. 뒤는 여기에 따른다.〕

11월 정미일, 화살 다섯 대가 모두 정곡을 맞추었다. 병진일, 첫날과 같은 점수를 얻었는데, 3분이 더 보태졌다. 정사일과 무오일에는 모두 78분을 획득하셨다. 경신일은 첫날과 같았다. 12월 무진일, 또 이와 같았다. 을해일에는 점수가 80분에 이르렀다. 편혁(片革)에〔이는 과녁의 정곡이다.〕다섯 대를 맞춰 8분을 획득하셨다. 경진일, 부채를 쏘셨는데〔늘 쥐고 계시던 접부채로 길이는 7, 8촌인데 펼치면 위는 둥글고 아래는 뾰족하

---

1. **후원** 『정조실록』 16년 10월조에는 정조가 자주 창경궁 춘당대에서 활쏘기를 한 것으로 기록되어 있다.

다.〕다섯 대를 쏘아 네 발을 맞추셨다. 계미일에는 곤장을 쏘셨다. 〔군중에서 사람을 때리는 매다. 나무를 칼처럼 깎은 것으로 너비는 한 뼘쯤 되고 길이는 사람의 가슴 높이인데, 종이를 붙여 정곡을 만들었다.〕열 대의 화살이 나란히 정곡에 맞았다. 장혁(掌革)에〔편혁보다도 작다.〕다섯 발을 맞추셨다. 병술일, 작은 둥근 부채를 세 번 맞추셨다. 〔원의 지름이 네 치이다.〕경진일에서 이에 이르기까지 유엽전으로 49대를 맞춘 것이 세 차례이다.

정해일, 횟수를 반으로 줄여 스물네 대의 화살로 34분을 획득하셨다. 철전패(鐵箭牌)에〔모양은 등나무 방패와 같고 작기가 삿갓만 하다. 철전은 큰 화살로 촉의 무게가 6냥이기에 육량전이라고 일컫는다. 방패의 아래부분을 세워 거리를 한정하고 가운데를 취하지 않는다. 이는 작은 것을 시험하고자 한 까닭에 과녁으로 사용한 것이다.〕네 대를 맞추셨다. 신묘일, 순(巡) 수를 두 배로 하였는데, 맞추지 못한 것이 각각 하나씩 있어 153분을 획득하셨다. 다섯 대 모두 정곡에 맞은 것이 두 차례이다. 곤장이나 부채 등 작은 것들의 경우 네 차례 이하로 맞춘 것은 겹쳐 적지 않았다.

화살이 과녁에 맞을 때마다 시사자(侍射者)[2]가 큰 소리로 고풍(古風)[3]이라고 아뢴다. 고풍이란 상을 청하는 것이다. 왕께서는 웃으며 고개를 끄덕이시고는 상을 차등 있게 내려 주셨다. 각신들은 표전을 올려 사은하였다. 왕께서는 세상에 다툼이 없음〔時靡有爭〕을 말한 시를 인용하여 바른 마음으로 조정에 설 것을 권면하셨다.[4] 대개 활쏘기를 가지고 깨우치신 것이다. 또 따로 『사첩』(射帖)의 끝에, "검서관 네 사람은 실직이 없는 자들인데, 그중 한 사람은 다른 부서의 일을 겸임하여 실정 녹봉을 받는 것으로

---

2. **시사자**　왕을 모시고 함께 활을 쏘는 신하.
3. **고풍**　임금이 활쏘기를 할 때 배석하고 있던 신하들에게 물품을 시상하는 것을 말한다. 규장각에는 정조가 활을 쏜 성적과 배신(陪臣)에게 고풍을 하사한 내역을 기록한 『어사고풍첩』(御射古風帖) 3점이 소장되어 있다.

명문화하여 규정으로 삼으라"고 쓰시었다. 이에 서로 더불어 말하기를, "왕의 활쏘기 솜씨와 힘은 하늘이 내린 것이다. 50대를 쏘는 데 있어 번번이 한 대씩만 빠트린 것은 겸양이다. 옛날 성인이 확상(矍相)의 들에서 활을 쏘자 구경꾼들이 담장처럼 늘어섰다고 했다.[5] 하물며 우리 성상께서 문무를 겸비하시어 백왕(百王)을 뛰어넘으심에랴!

신등은 외람되이 가까이서 모시는 직책을 맡아, 영광스럽게 은하수의 광휘를 우러르고, 호시(弧矢)의 위엄에서 은혜를 입었으니, 상을 받을 만한 공이 없는지라 자리에 참여한 것만도 행운이다. 마땅히 후원 가운데 빗돌을 세워 그 일을 기록하고, 칭송하는 노래를 지어 국사에 올려, 무궁세에 환히 드러내 보여야 하리라. 그러므로 감히 그림과 기문을 들어 먼저 청사벽에 건다. 계축년(1793) 섣달, 신 제가는 두 손 모아 절하고 머리를 조아려 삼가 기록한다.

4. 왕께서는~권면하셨다 '시미유쟁'(時靡有爭)은 『시경』 상송(商頌) 「열조」(烈祖)에 나오는 구절이다. 『중용』 33장에서는 이 구절을 인용하여, 상을 주거나 벌을 주지 않아도 백성들이 선한 마음으로 권장되고 부월(斧鉞)의 권위가 서는 것을 말하였다. 또 14장에서 공자는, "활쏘기에는 군자와 비슷한 것이 있으니, 정곡을 맞추지 못하면 돌이켜 자신에게서 원인을 구한다"(射有似乎君子, 失諸正鵠, 反求諸其身.)고 하였으니, 활쏘기가 마음을 바르게 하는 수양의 힘이 있음을 말한 것이다.

5. 옛날~했다 확상(矍相)은 산동성(山東省) 곡부시(曲阜市)에 있던 지명이다. 『예기』 「사의」(射儀)에 "공자가 확상의 들에서 활을 쏘자 구경꾼들이 담장과 같았다"(孔子射於矍相之圃, 盖觀者如堵墻.)고 하였다.

고중암기 古中菴記

　　청장관 이덕무가 문을 닫아걸고 저술에 힘쓴 지 50년이 되어 간다. 길게 탄식하며 "백 번을 생각해 봐도 옛날만 한 것이 없다"고 하고는 자기 방을 '고중암'(古中菴)이라고 이름 붙였다. 어째서 '중'(中)이라고 했는지 묻자, '중화'(中華)를 말하는 것이라고 했다. 왜 '중고'(中古)라고 하지 않느냐고 했더니, 상고(上古)니 중고(中古)니 하는 말과 혼동되는 것을 피하기 위해서라고 했다. 어째서 중화를 사모하느냐고 묻자, 그는 이렇게 말했다.

　　"내가 중화의 책을 읽었고, 예전에 그 땅을 가 보기도 했다. 땅은 넓고 책은 많아, 깊이를 헤아릴 수 없는 바다와 변화를 알 수 없는 신룡과 같았다. 없는 게 없음을 풍부하다고 하고, 사람이 자득(自得)하는 것을 일러 즐거움이라 한다. 내가 지난날 옛사람의 책을 읽고 그 문장이라는 것이 모두 우리나라에서 나온 것인 줄로만 알았다. 그런데 이제야 시서(詩書)와 예악(禮樂)이 모두 중화의 것으로 풍부하여 즐길 만함을 알았으니 어찌 사모하지 않을 수 있겠는가? 바야흐로 고개 숙여 글을 읽고, 하늘을 우러러 생각하니 옛사람이 옛사람으로 되는 것이 절로 까닭이 있었다. 그래서 중국을 사모할 만함을 알지 못하는 자는 옛사람의 글을 알지 못하는 자일 뿐 아니라, 천세 이전과 만 리의 아득함을 알지 못하는 자라고 말하는 것이다."

사직단기〔남을 대신해 짓다〕 社稷壇記〔代人〕

　　예(禮)는 제사 의식보다 중요한 것이 없고, 제사 의식은 사직(社稷)보다 중요한 것이 없다. 해마다 첫 번째 신일(辛日)[1]에 임금께서 몸소 태사(太社)에서 풍년을 기원하는 제사[2]를 지냈는데, 하루 전날에는 희생을 살피고 그릇을 씻으셨다. 밤 시각을 알리는 북이 세 번 울리고 뜰에 횃불이 늘어서면 임금께선 면류관과 곤룡포 복장으로 홀을 잡고 울창주(鬱鬯酒)를 붓는 것부터 비단을 묻는 데까지 행하셨다. 아무리 추워도 남에게 대행케 한 적이 없었다. 엎드려 고개를 숙이고 제주(祭主)의 자리에 계시는데, 예를 갖춘 모습이 처음과 동일했다. 공경과 온갖 집사들의 예식이 끝나면, 돌아와 재전(齋殿)[3]에 납시어 농사를 권하는 글을 내려 팔도에 반포하여 본보기로 삼았다. 모두 엄숙하여 떠드는 자가 없었고, 다만 쟁그렁거리는 패옥 소리만 가까이 혹은 멀리서 들려왔다. 패옥 소리가 여창(臚唱)[4] 소리와 서로 섞

---

1. **첫 번째 신일**　원문은 상신(上辛). 신일이란 일진(日辰)의 천간(天干)이 신(辛)으로 된 날, 즉 신축일(辛丑日)·신묘일(辛卯日)·신사일(辛巳日) 따위를 말한다.
2. **풍년을 기원하는 제사**　원문은 기곡(祈穀). 정월 첫 신일에 풍년을 기원하는 제사를 드리는데 이를 기곡제라 한다. 대개 임금이 친히 행하였다.
3. **재전**　능·종묘 등에 제사를 지내려고 지은 집이다.

이면 비로소 임금의 발걸음이 제기와 섬돌 사이를 오르고 내리고 돌고 계심을 알 수 있었으니, 그 경건하고 엄숙함이 이와 같았다.

그러나 외방 주현의 수령들은 종종 경내(境內)의 제사에 있어서도 도리어 낡은 인습을 고집하여, 제단이 훼손되고 청소도 제때에 하지 않는다. 관동의 관찰사가 의례와 법식을 고쳐 바꾸고 임금께 올리니 명하여 여러 고을에 그 법을 따르라 하셨다. 모씨가 이 고을에 내려와 터를 잡고 개축하여 담을 사방으로 둘렀다. 4개의 영성문(欞星門)5을 세우고 세 칸 집을 지어 신위와 제기 등을 봉안하고 사람을 두어 관리하게 하였다.

그러고는 고을의 장로들과 유생들에게 말하였다. "이와 같이 한 것은 조정의 명령을 따른 것일 뿐 성의가 평소 마음에 쌓여 그리한 것은 아니다. 그러나 모씨가 일찍이 여러 집사의 뒤를 좇아 태사에 거둥하는 어가를 호종한 것이 여러 번이다. 고을의 수령으로 출사한 이래 임금의 말씀을 삼가 받든 것이 한두 번이 아닌데, 제사에 있어서는 더욱 정성을 다하였다. 수령이 된 자가 어찌 감히 두려워하며 스스로 경계하지 않을 수 있겠는가? 내직에 있든 외직에 있든 맡은 바 직분을 삼가 힘써 임금께서 걱정하고 근심하는 마음의 만분지 일이라도 어찌 감히 받들어 드러내지 않을 수 있겠는가? 『서경』「군진」(君陳)에 이르기를 '제사에서는 기장이 향기로운 것이 아니라 밝은 덕이 향기로운 것이다'라고 했고, 『시경』「상유」(桑柔)에서는 '좋은 술 향기로우니 내린 복 두루 미치네'라고 하였다. 사방 백 리 이내에 추위와 더위, 비바람이 때에 맞지 않으면 '태수가 정성스레 제사를 지내지 않아 그렇다'고 말하며, 벼가 잘 익지 않으면 '태수가 농사에 밝지 못하고 이랑을 정리하지 못하여 그렇다'고 말한다. 감히 고을의 일을 맡은

---

4. **여창** 조선조 때 통례원(通禮院) 인의(引儀)가 의식의 절차를 고저장단에 맞추어 부르면서 창도(唱導)하던 일을 가리킨다.

5. **영성문** 본래는 영성문(靈星門)이다. 영성(靈星)은 농사를 주관하는 별이다. 문의 모양이 가는 살을 가로세로로 좁게 대어 짠 세살창과 흡사하여 영성문(欞星門)으로 불리게 되었다고 한다.

자들에게 이를 말하노니, 고을의 선비들과 함께 힘쓸진저."

이를 기(記)로 삼는다.

여단[1]기〔남을 대신해 짓다〕[2] 厲壇記〔代人〕

귀신과 사람의 사이는 참 미묘하구나! 희생(犧牲)과 폐백(幣帛)으로 맞이하고, 소리와 모습으로 그려내고, 향기를 피워 구하며, 바르고 밝게 복장을 잘 갖추어 받든다. 이에 말하기를 "이곳에도 계시고 저곳에도 계시다"[3] 하고 또 "아마득하게 위에 있는 듯도 하다가 좌우에 있는 듯도 하다"[4]고 한다. 이와 같이 하니 백성의 미혹됨이 더 심하게 되었다.

대저 기장과 피, 옥백(玉帛)과 종고(鐘鼓),[5] 소애(蕭艾)와 고료(膏膋),[6] 보

1. **여단** 무자귀(無子鬼: 자손을 두지 못한 사람이 죽어서 된다는 귀신)와 역질(疫疾)로 죽은 자를 위로하는 제사를 지내던 단이다.
2. **남을 대신해 짓다** 이 글은 연암 박지원을 대신해 지은 것이다. 『연암집』 권1에 이와 똑같은 내용의 글인 「안의현여단신우기」(安義縣厲壇神宇記)가 실려 있어 이를 확인할 수 있다. 그러나 글자의 출입이 상당히 많은 편인데 연암은 분량을 훨씬 더 늘렸다. 『여한십가문초』에도 연암의 이 글이 실려 있다. 연암의 글은 신호열·김명호 역, 『국역 연암집』(돌베개, 2007) 참조.
3. **이곳에도~계시다** 『서경』「고명」(顧命) 주에서 주(周)나라 성왕(成王)이 서거한 뒤에 창 사이와 서쪽 행랑, 동쪽 행랑뿐 아니라 서쪽 협실(夾室)에도 안석을 배치한 이유로, "장차 선왕의 고명을 전하려는데 신이 이곳에도 계시고 저곳에도 계심을 알기 때문이다"(將傳先王顧命, 知神之在此乎在彼乎.)라고 풀이하였다.
4. **아마득하게~하다** 『중용』16장에 "제사를 지낼 때면 귀신이 양양히 그 위에 있는 듯도 하고 좌우에 있는 듯도 하다"(承祭祀, 洋洋乎如在其上, 如在其左右.)는 말이 나온다.

불(黻黻)과 총황(葱璜)[7]은 진실로 백성들이 일상에서 쓰는 물건이다. 이러한 것들을 사람이 죽어 된 귀신에게 올리는 것은 당연하다. 그러나 이것들을 가지고 하늘과 땅의 신, 해와 달과 별들, 바람과 구름과 천둥과 비, 산과 시내 및 명산대천 등의 여러 정령에게 바친다면 그 제물(祭物)이 너무 간소한 것이 아니겠는가?

성인이 여기에 대해 말씀하신 것이 있다. 『서경』「금등」(金縢)에 "재주가 많고 예능이 많으면 능히 귀신을 섬길 수 있다"라고 하였고, 『예기』「예기」(禮器)에는 "내가 제사를 지내면 복을 받게 된다"라고 하였다. 반드시 이와 같이 한 뒤에야 이런 이치가 있게 됨을 말씀하신 것이다. 보이지도 않고 들리지도 않는 가운데 공경을 다하여 사람과 귀신의 일에 감통하는 것이 분명하게 드러나지 않는가. 그런 까닭에 『논어』「선진」(先進)에서 "사람을 섬기지 못하는데 어찌 귀신을 섬길 줄 알겠느냐?"라고 말씀하신 것이다. 이 어찌 사람을 섬기는 것을 가지고 귀신을 섬기는 것으로 본 명확한 증거와 단적인 예가 아니겠는가?

그렇다면 지금의 주(州)·현(縣)에서 여러 제사 일을 집행하는 수령과 유생들이 과연 모두 마음을 쏟고 뜻을 다해 맑은 마음으로 예복을 입고 귀신을 대접하고 있는가? 그 기장과 피, 희생 제물과 술이 과연 모두 향기롭고 풍성하고 정결하며, 여러 제기와 술잔, 자리와 장막 등이 과연 비뚤어지고 이지러지고 깨져서 심하게 구차하지는 않은가? 하늘의 신과 땅의 신, 해와 달과 별들, 바람과 구름과 천둥과 비, 강물과 큰 산의 정령들이 과연

5. **옥백과 종고**　옥백은 옥과 비단으로, 제사를 지낼 때 올리는 예물이다. 종고는 제사에 연주되는 음악을 말한다.
6. **소애와 고료**　소애는 '쑥'이란 뜻으로 제사에 올리는 나물을 가리키며, 고료는 '기름'이란 뜻으로 제사에 올리는 고기를 가리킨다.
7. **보불과 총황**　보불은 예복에 수를 놓은 장식이고, 총황은 푸른 패옥이다. 즉 제사 지낼 때의 복식을 가리킨다.

모두 토해 내지 않도록 정성스럽게 제사를 지내고 있는가? 진실로 그러하지 못하다면, 이런 것으로 사람에게 대접해도 반드시 머뭇거리며 달가워하지 않을 텐데, 하물며 귀신은 말해 무엇 하겠는가?

우리나라 제도에 여제(厲祭)[8]는 중사(中祀)[9]에 속하며, 해마다 세 차례의 제사를 지낸다. 전염병이 도는 곳이 있으면 특별히 그 지역에 향(香)과 축문을 내려 제사를 지내게 하는데, 제사 하루 전날 성황신(城隍神)에게 알리는 것이 예(禮)이다. 지금 임금 17년(1793)[10]에 조정과 민간에서 행하는 여러 제사의 의례와 제기가 무너져 나라 안에 명령을 내려 크게 고치도록 하였다. 모 고을[11]의 여단(厲壇)은 관청의 동쪽에 있다. 이에 제단을 새로 쌓고 별도로 신사를 두어 신위(神位)와 제기(祭器)들을 봉안했다. 무릇 무당과 박수들이 고목과 거석에 제사 지낼 때 허물이 있으면 머리를 조아리고 잘못을 빌면서 제대로 제사 지내지 못했다고 여기는데, 하물며 엄중한 국가 사전(祀典)에 속해 있는 바르고 곧은 신들이야 더 말할 것이 있겠는가?

아무개는 성은(聖恩)을 입어 이 고을에 와서 다스리게 되었으니 고을 일에 힘을 쓰는 것이 마땅하다. 하물며 위로 조정의 명령을 받들고 아래로 우리 백성들을 위해 복을 맞이하고 재앙을 그치게 하는 일임에랴. 이에 특별히 그 일을 적고 아울러 제례(祭禮)의 근본을 논하여 관가의 교훈으로 삼는다.

---

8. **여제** 역질(疫疾)을 퍼뜨리는 귀신에게 지내는 제사를 말한다.
9. **중사** 나라에서 지내던 각종 제향(祭享)을 상·중·하 세 등급으로 나눈 것 중의 하나이다.
10. **지금 임금 17년** 『연암집』에는 정조 임금 16년(1792)으로 되어 있는데, 연암이 다시 바로잡은 것으로 보인다.
11. **모 고을** 원문은 읍명(邑名). 이 글은 박제가가 박지원에게 써 준 것인데, 어느 고을의 여단에 쓸지 확정되지 않은 시기였기 때문에 고을 이름을 넣지 않고 '읍명'(邑名)이라고 작은 글씨로 표기하였다.

跋

문형산[1]의 화첩 뒤에 붙인 글 題文衡山畵帖後跋

그림과 글씨는 진실로 기예 중 작은 것이다. 그렇다고 선비가 이를 버려두고 말하지 않는 것 또한 잘못이다. 지금 사람 중에는 옆모습을 그린 인물화를 보면서 나머지 한쪽 귀를 찾는 자가 있다. 심심찮게 이러고 보니 안중에 있는 사물의 경개도 별반 다를 것 없음이 드러난다.

주암 공(鑄菴公)[2]은 신비이면서도 기예에 통달한 사람이다. 그가 소장한 문징명(文徵明)의 〈간정춘수도〉(澗亭春水圖) 한 폭에는 절구 한 수가 함께 적혀 있다. 비록 진짜인지 가짜인지 감정할 수는 없지만, 가슴속에 품은 언덕과 골짜기[3]는 상상해 볼 수가 있다. 가을볕이 방 안에 비칠 때 두루마리를 펴고서 상상 속에서 즐긴다. 꽃과 나무가 그윽하여 깊은 것, 안개 낀 물이 에돌아 흐르는 것, 신록이 우거진 숲과 아름다운 바위의 그윽한 모습과 술동이를 열고 창을 열어젖힌 사람을 살펴보라. 아! 어찌해야 이런

---

1. **문형산**   1470~1559. 중국 명대 4대 화가의 한 사람인 문징명(文徵明)을 가리킨다. 형산(衡山)은 그의 호이고, 자가 징명(徵明)이다. 이름은 벽(璧)이다. 화가이자 서예가이며, 시인이었다.
2. **주암 공**   이덕무의 「족질복초」(族姪復初)라는 편지글에 보이는 '이주암'(李鑄菴)을 가리키는 듯하나 그의 자세한 행적은 알 수 없다.
3. **언덕과 골짜기**   원문은 구학(邱壑). 화가(畵家)의 화법(畵法)을 의미한다.

사람을 얻어 즐거움을 함께 누려 볼까?

경자년(1780) 8월 길일에 위항도인은 발문을 쓴다.

병오년(1786) 1월 22일 조회에 참석했을 때, 전설시 별제 박제가가 품었던 생각

丙午正月二十二日朝參時 典設署別提朴齊家所懷

신은 이달 17일에 비변사(備邊司)의 지위(知委)[1]를 삼가 받들었습니다. 위로는 정승 판서로부터 아래로는 대궐을 지키는 군사와 온갖 일을 맡은 신하들까지 제각기 품고 있는 생각을 남김없이 진언(進言)하라 하셨습니다. 신이 생각하기에 우리나라가 처음 세워져 왕통을 이어 온 지 4백 년 동안 정치와 교화가 융성하고 빛나서 그 아름다운 치적을 하·은·주 삼대(三代)에 견줄 만합니다. 성상(聖上)께서 나라를 다스리신 지 이제 10년으로 온갖 제도가 정비되었습니다. 논의할 만한 일이 있으면 성상께서 반드시 먼저 실행하셨으므로 실제 아뢰올 말씀이 없었던 것이지, 꺼리거나 두려워서 진언하지 않았던 것은 아닙니다. 그럼에도 불구하고 성상께서는 성인으로 자처하지 않으시고, 재앙을 만나면 더욱 근면하게 정사를 돌보시어 나무꾼 같은 비천한 자에게도 자문을 구하십니다. 그러므로 신은 무지함을 무릅쓰고 대략 한두 말씀을 올리고자 합니다.

현재 국가의 큰 폐단은 가난인데, 어떻게 하면 이 가난을 구제할 수 있겠습니까? 중국과 통상하는 길밖에는 없습니다. 이제 조정에서 한 사람의

---

1. **지위** 통지나 고시 따위의 형식으로 내려 주는 명령서를 말한다.

사신을 파견하여 중국의 예부(禮部)에 자문(咨文)[2]을 다음과 같이 보내십시오. "있는 것과 없는 것을 교역하는 것이 천하의 통용되는 법입니다. 일본과 유구(琉球), 안남(安南)과 서양 등이 모두 중국의 민(閩), 절강(浙江), 교주(交州), 광주(廣州)에서 교역하고 있습니다. 바라건대, 여러 나라처럼 뱃길을 이용하여 통상할 수 있도록 해 주십시오." 저들은 반드시 아침에 요청하면 저녁에는 허가를 내줄 것입니다. 그때 황당선(荒唐船)을 불러들여 길잡이로 삼으십시오.

황당선이란 모두가 광녕(廣寧) 각화도(覺化島) 백성 중 법을 어기고 몰래 바다로 나온 자들의 배로, 항상 4월에 와서 방풍(防風)[3]을 채취하여 8월에 돌아갑니다. 그간 저들의 행위를 금지시키지 못했으니, 아예 교역할 수 있는 시장을 만들어 주고 후한 뇌물을 주어 거래를 트는 편이 나을 것입니다. 또 바닷가 여러 섬에 거주하는 물에 익숙한 백성들을 모집하여 관원이 인솔하고, 곡식과 돈을 실어 시장으로 가게 하십시오.

산동반도의 등주(登州)와 내주(萊州)에서 온 배들을 황해도 장연(長淵)에 정박시키고, 요동반도의 금주와 복주(金復)·해성(海城)과 개주(蓋州)에서 나는 물건들은 평안도 선천(宣川)에서 교역하게 하며, 강소성과 절강성·천주(泉州)와 장주(漳州)의 재화들은 충청도 은진(恩津)과 여산(礪山) 사이에 모이게 하십시오. 그러면 영남의 면화와 호서의 모시, 서북 지역의 삼베를 비단과 담요로 바꿀 수 있고, 대나무 화살〔竹箭〕·백추지(白硾紙: 白綿紙)·가라지〔狼尾草〕·곤포(昆布)·전복 같은 산물은 금은이나 물소 뿔·병기·약재 같은 쓸모 있는 물건과 바꿀 수 있습니다. 배와 수레, 가옥, 기계의 이로움에 관해서도 배울 수 있을 것입니다. 천하의 도서(圖書)를 들여올

2. **자문** 조선 시대 중국과 왕복하던 외교 문서 중 하나로, 연경과 심양의 각 부에 조회·통보·회답하던 것이다. 이는 국왕의 명의로 위의 각 부와 동등한 관계(關係)에서 내왕하였다.
3. **방풍** 쌍떡잎식물 산형화목 미나리과의 다년생 초본식물로 고뿔, 풍병 따위에 약으로 쓴다.

수 있으므로 꽉 막힌 유자들과 속된 선비들의 편벽되고 고루한 견해는 굳이 깨뜨리지 않아도 저절로 깨질 것입니다.

논자들은 반드시 이렇게 말할 것입니다. "우리나라는 독자적인 예법과 제도를 갖추고 있습니다. 청나라의 정삭(正朔)⁴을 억지로 받들기는 하지만, 우리 본래의 뜻은 아닙니다. 문자와 제도에 있어 저들에게 저촉되는 것이 많으니, 우리가 가서 누설하거나 저들이 와서 엿보게 해서는 안 됩니다." 신은 지나친 우려라고 생각합니다. 옛날 월(越)나라 왕 구천(句踐)이 오(吳)나라의 회계(會稽)에 억류되어 있을 때 밤낮으로 나라 사람들과 모의한 내용이 모두 오나라를 없애는 것이었으니, 참으로 긴박한 사안이라고 할 수 있습니다. 하지만 그 계책이 누설되지 않은 것은 국사를 꾀한 자가 인재를 얻었기 때문입니다. 게다가 또 신이 들으니, 큰일을 이루고자 하는 사람은 작은 혐의를 피하지 않는다고 했습니다. 여우처럼 의심이 많아 늘 앞뒤 좌우를 두리번거리며 살핀다면 무슨 일인들 해낼 수 있겠습니까? 이제 1만 금이 나가는 박옥(璞玉)을 가공하고자 하여 이웃 나라에서 옥공(玉工)을 초빙하며 말하기를 "그가 나를 어떻게 할까 두렵다"라고 한다면 되겠습니까?

신이 듣기에, 중국의 흠천감(欽天監)에서 역서(曆書)를 만드는 서양 사람들은 모두 기하학에 밝고 이용후생(利用厚生)의 방법에 정통하다 합니다. 국가에서 관상감(觀象監) 한 부서를 운영하는 비용을 들여서 그 사람들을 초빙하여 머물게 하고, 나라의 인재들로 하여금 천문(天文)과 천체의 운행, 악기나 천문 관측 기구의 제도, 농잠(農蠶), 의약(醫藥), 기후의 이치 및

---

4. 정삭 본래 정월(正月)과 삭월(朔日)을 의미하는 말이었으나 책력을 뜻하게 되었다. 고대 중국에서는 제왕이 창업하면 어느 달을 정월로 하느냐를 결정하는 세수(歲首)의 개정이 있었고, 그에 따라 신력(新曆)을 반포하여, 백성들은 그것을 지켜 제반사를 집행했다. 중국에서 매년 원단에 신력을 반포하면, 복속 국가에서는 사신을 보내 그것을 받아 오게 함(奉正朔)으로써 신복(臣服)함을 표시하였다.

벽돌을 만들어 궁궐과 성곽과 다리를 짓는 방법, 구리나 옥을 채굴하고 유리를 구워 내는 방법, 화포를 설치하는 법, 관개하는 법, 수레를 통행시키고 배를 건조하는 방법, 나무를 베고 바위를 운반하는 법, 무거운 것을 멀리 옮기는 기술을 배우게 하십시오. 그러면 몇 년 지나지 않아 나라를 다스리는 데 알맞게 쓸 인재가 넘치게 될 것입니다.

논자들은 또 이렇게 말할 것입니다. "한나라 명제(明帝)가 불교를 받아들여 천고에 누가 되었습니다. 구라파는 중국에서 9만 리 떨어진 곳으로, 천주교라는 이교(異敎)를 숭상하고 인종도 우리와는 다릅니다. 또 그들은 해외의 여러 야만족과도 통상하니, 그들의 마음을 알 수가 없습니다." 신의 생각에 그들 무리 수십 명을 한 곳에 거처하게 하면 난을 일으키지 못할 것입니다. 그들은 결혼도 벼슬도 하지 않고 모든 욕망을 끊은 채 먼 나라를 여행하며 포교하는 것만을 신념으로 삼고 있습니다. 그들의 종교가 천당과 지옥을 독실하게 믿어 불교와 차이가 없지만, 후생(厚生)의 도구는 불교에는 없는 것입니다. 열 가지를 가져오고 그중의 하나를 금한다면 옳은 계책이 될 것입니다. 다만 저들에 대한 대우가 적절치 않아, 불러도 오지 않을까 염려될 뿐입니다.[5]

저 놀고먹는 자들은 나라의 큰 좀벌레입니다. 놀고먹는 자가 날이 갈수록 불어나는 것은 사족(士族)이 날로 번성하기 때문입니다. 사족의 무리들이 나라에 두루 깔려 있어 한 가닥 벼슬로는 그들을 모두 잡아매지를 못합니다. 반드시 그들을 처리하는 방법을 마련해야만 뜬소문이 일어나지 않고, 국법이 시행될 수 있습니다. 신이 청컨대, 물길과 뭍길을 이용하여 장사하고 교역하는 모든 일에 사족들이 참여할 수 있도록 허락해 주십시오. 혹은 장사 밑천을 빌려 주기도 하고 점포를 설치하여 장사하게 하고,

---

5. **논자들은~뿐입니다** 이 단락은 당시에 논란을 불러일으킬 소지가 많았던 부분이다. 이본에 따라서는 이 부분을 아예 삭제한 것(여강출판사 본)도 있다.

수완이 뛰어난 사람을 발탁하여 장사를 권장하십시오. 그리하여 날로 이익을 좇아 놀고먹는 세력을 점차 줄여 가고 생업을 즐기는 마음을 열어 제멋대로 하는 권세를 없애십시오. 이것이 지금의 사태를 옮겨 가는 데 하나의 도움이 될 것입니다.

신은 들으니, 현명한 사람은 자기를 속이지 않고 지혜로운 사람은 자기를 피폐케 하지 않는다고 합니다. 인재가 드문데도 인재 양성의 방도를 생각하지 않고, 재용(財用)이 날로 고갈되는데도 소통시킬 방법을 생각하지 않으면서 "말세가 되니 백성들이 가난하다"고 말하니 이것은 국가가 스스로를 기만하는 행위입니다. 지위가 높을수록 일처리는 간소해집니다. 관료가 되어서는 아랫사람에게 맡기고, 사신 가서는 역관에게 좌우에서 자기를 받들어 모시게 하고는 "체모를 허술하게 할 수 없다"고 말하니 이것은 사대부가 자기를 속이는 행위입니다. 경전의 뜻이나 외워 쓰는 시험의 숲에 갇혀 옴짝달싹 못하고, 변려문(騈驪文)을 짓는 길에서 기운을 다 소모하면서, 천하의 책들을 묶어 두고 "볼 만한 것이 없다"고 합니다. 이것은 과거 시험을 보는 자들이 자기를 속이는 행위입니다. 아비를 아비라 부르지 못하는 자가 있고, 형을 형이라 부르지 못하는 자가 있습니다. 사촌의 친척인데도 노예로 부리는 자가 있고, 얼굴에 검버섯이 돋은 상늙은이가 머리 땋은 아이의 아랫자리에 앉는 경우도 있습니다. 할아버지나 아버지 항렬의 어른에게도 절하지 않으며, 손자나 조카뻘 되는 사람이 어른을 꾸짖는 일도 있습니다. 그러면서 오히려 우쭐거리며 천하를 오랑캐라 무시하고, 자기야말로 예의를 지켜 중화(中華)의 문화를 간직하고 있다고 자부합니다. 이것은 풍속이 스스로를 속이는 행위입니다.

사대부는 국가에서 만든 것입니다. 그러나 국법이 사대부에게는 시행되지 않으니 이것이 자기를 피폐케 하는 것이 아닙니까? 과거란 인재를 취하는 길입니다. 그런데 인재의 선발이 과거 때문에 무너진다면 이것이 자기를 피폐케 하는 것이 아닙니까? 서원을 설립하여 선현(先賢)의 제사를 지내는 것은 유학을 높이기 위함입니다. 그런데 부역에서 도망하는 장정과 몰래 술을 빚어내는 사람이 서원에 의탁하고 있으니 이것이 자기를 피폐케 하는 것이 아닙니까? 국가에서 능히 네 가지 기만(四欺)과 세 가지 폐단(三弊)에 대한 설을 미루어 유형에 따라 적용시켜 고질적인 관행을 척결하고 올바른 길을 제시한다면 나라를 다스리는 일이 반 이상 이루어진 셈입니다. 오늘날 나라에서는 아전들의 견해를 쓰고, 선비들은 광대 짓거리를 하며, 남자들은 부인의 습속을 이어받고 있으면서도 아직 개선되지 않고 있습니다. 속된 사람이 어진 사람보다 많아서 속된 풍속이 만연하고, 아전이 고을의 수령보다 많으니 아전이 판을 치는 것입니다. 그러므로 "나라에서 아전들의 견해를 쓰고 있다"고 말씀드린 것입니다. 과거에 합격하고 관리가 되면 얼굴에 먹칠을 하고 덩실거리며 춤을 추는 것[6]이 광대의 짓이 아닙니까? 두루마기 같은 몽골풍의 의복을 걸치고 집안의 부인[7]이나 엄중하게 단속하고 있으면서 잘못을 깨닫지 못하고 있으니 이것이 부인의 풍속이 아닙니까? 이 세 가지는 시급하게 처리해야 할 일은 아닙니다. 하지만 이와 같은 부류의 일들로써 풍속과 기운이 침체되어 있음을 볼 수 있습니다. 진실로 바라건대, 뜻이 크고 몸가짐이 훌륭한 선비를 거두어 아전의 기풍을 씻어 내고, 광대의 풍속을 혁파하여 읍양(揖讓)의 풍속으로 바꾸고, 부인의 습속을 버려 예법에 맞는 복식을 입게 하십시오. 그러면 이것이 침체된 풍기를 떨치는 한 가지 방법이 되기에 충분할 것입니다.

국가를 잘 다스리는 사람은 근본을 맑게 하지 말단을 다스리지 않습니다. 그러므로 하는 일은 간략해도 이루는 공은 큽니다. 오늘날 국사를

6. **과거에~춤을 추는 것**   조선 시대 관리들의 신참례 풍속을 말한 것이다. 신참례 풍속은 장난기가 혹독할 정도로 심했다고 한다. 여기에 대해서는 신병주·노대환, 『고전소설 속 역사여행』(돌베개, 2005), pp. 328~335 참조.
7. **집안의 부인**   원문은 중궤(中饋). 중궤는 주궤(主饋)로, 집안의 살림에서 음식에 관한 일을 맡아 주장(主張)하는 여자를 가리킨다.

논하는 사람들은 "사치가 날로 심해진다"고들 말합니다. 하지만 신이 보기에 그들은 근본을 아는 자들이 아닙니다. 다른 나라는 사치 때문에 망해도 우리나라는 너무 검소해서 쇠해졌습니다. 왜 그렇겠습니까? 비단옷을 입지 않으니 나라에는 비단을 짜는 베틀이 없고, 그렇다 보니 비단 짜는 여인의 기술이 사라졌습니다. 음악을 숭상하지 않으니 오음(五音)과 육률(六律)이 조화롭지 않습니다. 물이 새는 배를 타고, 씻기지 않은 말을 타며, 찌그러진 그릇에 밥을 담아 먹고, 도배가 안 된 방에 거처하기에 공업과 목축과 도자의 기술이 끊어졌습니다. 심지어 농업이 황폐해져서 농사짓는 법을 잊어버렸고, 상업이 천시되니 사람들은 직업을 잃었습니다. 사농공상(士農工商) 네 부류 백성들이 모두 다 곤궁해져서 서로를 구제할 수가 없습니다. 가난한 백성들을 날마다 채찍질하며 사치를 강요해도 그리할 수 없을 것입니다.

오늘날 대궐 뜰의 의식을 거행하는 곳에는 멍석[8]을 깔아 놓았습니다. 경복궁 동서의 창덕궁과 경희궁의 궐문을 지키는 위병들은 무명옷에 새끼줄 띠를 두르고 서 있습니다. 신은 정말 이것이 부끄럽습니다. 이런 사정을 돌아보지 않고 도리어 백성들 집의 높은 대문을 허물고, 시장의 가죽신과 적삼 차림의 사람들을 잡고 마졸(馬卒)들이 귀마개 하는 것이나 우려하니 또한 너무 말단의 일들이 아닙니까? 군주의 글을 받들어 쓰는 사자관(寫字官)들에게 한 달만 육서를 가르친다면 틀리게 쓰는 글자가 적어질 것입니다. 이런 일을 하지 않고 다른 사람의 잘못된 자획만을 교정하고 있으니, 글씨를 잘못 쓴 자는 죽을 때까지 자기 잘못을 깨닫지 못합니다. 교정

---

8. 멍석　원문은 서저(棲苴). 가뭄이 들어 나무 위에 바짝 말라 엉겨 붙은 수초를 말하는데, 백성들이 은택을 입지 못한 채 곤경에 처해 있는 상황을 비유하는 말이다. 『시경』 「소민」(召旻)의 "저 가뭄이 든 해에 무성하지 못한 풀과 같고 저 물 위에 깃든 부평초 같으니, 내가 이 나라를 보건대 어지럽지 않은 것이 없구나"(如彼歲旱, 草不潰茂, 如彼棲苴, 我相此邦, 無不潰止.)라는 말에서 나왔다. 그러나 여기서는 『시경』의 원뜻보다는 '멍석'으로 풀이해야 의미가 통한다.

을 맡은 신(臣) 또한 틀린 글자를 이루 다 바로잡을 수 없습니다. 이러한 일들을 미루어 보면 우리나라에는 반성해야 하는 일이 많습니다.

동이루(東二樓)[9]를 처음 지을 때 호조(戶曹)에서는 날마다 3백 전을 써서 30명을 고용했는데, 능력도 없이 머릿수만 채우는 사람들이 그늘을 찾아다니며 자곤 했습니다. 계사(計士)[10]가 예산 내역을 열 장의 종이에 써서 보고하면, 낭관이 그중 반을 뚝 잘라 낸 뒤에 수결하며 "이렇게 해야 새는 비용[11]을 막을 수 있다"라고 하였습니다. 이것은 예산 내역을 적은 종이 다섯 장만을 살핀 것이고, 한 번에 9천 전을 잃은 것입니다. 이를 미루어 보면 국가 재정 운영의 기본을 논의할 수 있습니다. 승정원에서 왕명을 내릴 때에는 20~30명의 노비가 손을 맞잡고 발을 구르며 소리 높이 외쳐서, 그 소리가 몇 리 건너까지 들립니다. 이렇게 하지 않으면 백관(百官)에게 위엄을 세울 수 없다고 생각하기 때문입니다. 반면 병조에서는 낭관이 채찍을 잡고 소리 내지 못하게 합니다. 이것을 미루어 나라의 법령이 서로 모순되는 것을 하나하나 지적하여 헤아릴 수 있습니다.

온 나라의 일들을 어찌 다 말할 수 있겠습니까만, 작은 일을 가지고도 큰일을 깨칠 수 있습니다. 진실로 바라건대, 전하께서는 천근한 말을 잘 살피는 총명을 넓히시어 일을 줄여 차츰 재물을 절약하시고, 크고 작고 간에 서로 모순되는 정사와 법령들을 해결하십시오. 그러면 근본이 맑아지고 공은 커질 것입니다. 지금 신이 드리는 말씀은 모두 세상 사람들이 크게 놀랄 만한 것입니다. 하지만 이를 10년 동안 행한다면 나라의 세금은 줄어들고 백관의 녹봉은 늘어날 것입니다. 또 초가집과 거적문이 붉은 누

---

9. **동이루** 　정조 9년(1785)에 이문원 북쪽에 대유재(大酉齋)를 짓고 대유재에 붙여서 동쪽으로 동이루(東二樓)를 지어 서적을 소장했다.

10. **계사** 　호조에 속하여 계산을 맡은 사람으로, 종8품이다.

11. **새는 비용** 　원문은 미려(尾閭). 『장자』「추수(秋水)」에 나오는 말로, 동쪽 바다에 있는 물이 한없이 새는 곳을 뜻한다.

각에 화려한 집으로 바뀔 것이고, 걸어 다니며 물 건너기를 괴로워하던 자가 튼튼한 말이 끄는 가벼운 수레를 탈 수 있을 것입니다. 예전에는 나라의 안녕을 해치던 일이 이제는 나라에 상서로움을 불러들일 것이며, 예전에는 자신을 속이고 피폐하게 하던 문제들도 얼음이 녹듯 저절로 해결될 것입니다. 그런 뒤에 경복궁을 새로 짓고 경회루를 세워 정부와 육조의 옛 규모를 회복하시고, 나라 안의 사대부들과 더불어 군신과 백성들이 함께 즐길 수 있는 음악을 만드십시오. 수고로움은 잠깐이고 안락함은 영원할 것입니다. 그렇게 하여 우리 역대 선왕의 법도와 문화를 빛내시고 세자께는 억만 년 끝이 없는 왕업의 터전을 물려주십시오. 이 어찌 아름다운 일이 아니겠습니까!

만나기 어려운 것은 성스러운 군주이고, 놓칠 수 없는 것은 좋은 기회입니다. 지금 천하는 동쪽의 일본으로부터 서쪽의 서장에 이르기까지, 또 남쪽으로 과왜(瓜哇: 자바섬)에서 북쪽 끝 객이객(喀爾喀: 할하, 몽고 부족)에 이르기까지 전쟁의 먼지가 일지 않은 지 거의 2백 년이 되었습니다. 이는 지난 역사에는 없었던 것입니다. 이러한 때에 힘을 기울여 내정을 닦지 않는다면 다른 나라에 변고가 있을 때 우환이 우리에게도 미칠 것입니다. 그런데 지금 신하들은 태평 시절을 꾸미기에 겨를이 없으니, 신은 그것이 두렵습니다.

지금 전하께서는 천지를 경륜할 만한 위대한 학문을 품으셨고, 예악(禮樂)을 제정할 수 있는 재주를 지니셨습니다. 제왕의 강건한 뜻을 떨치신다면 장차 어떠한 공인들 세우지 못하겠으며, 무엇을 구한들 얻지 못하겠습니까? 그런데 도리어 조정에서 정치가 뜻대로 안 된다며 탄식하시고, 자신감을 잃은 채 개혁을 할 듯 할 듯 못하신 지가 10년이나 되었습니다. 장차 풍속을 따라 정치를 하고 그때그때 미봉책으로 메워 가면서 소강상태에 안주하시렵니까? 한나라의 신공(申公)은 고조에게 "다스리는 사람의 관건은 많은 말에 있지 않고 다만 힘써 행하는 것이 어떠하냐에 달려 있을 뿐입니다"라고 하였습니다. 시행하신다면 요즘 공거(公車)¹²를 통해 올라온 상소문들은 격언 아닌 것이 없을 것입니다. 그러나 시행하지 않으신다면 오늘 조정 뜰에 가득 쌓인 말이 나오면 나올수록 더욱 새로워도, 형식만 멀쩡하고 겉만 번드레한 글에 지나지 않을 것입니다.

　신은 글 읽기를 그만둔 지 오래인지라 마음이 꽉 막혀 빠뜨린 조목이 많고 창졸간에 제대로 답변하지 못하였습니다. 만일 전하께서 저의 어리석은 충심을 헤아리시어 말을 마칠 수 있도록 특별히 하루의 휴가를 내려 주시고 말을 받아쓸 사람 열 명을 보내 주신다면, 삼가 마땅히 폐부에 담긴 생각을 다 기울여 아뢰겠나이다. 신의 말이 전하의 위엄을 모독하지 않았는지 두렵습니다. 신은 죽을죄를 무릅쓰고 삼가 아룁니다.

---

12. 공거　한(漢)나라 때의 관서명(官署名)으로, 궁중 사마문(司馬門)의 수위(守衛)와 조정의 인재 초징(招徵) 업무를 담당했다. 전하여 임금에게 올린 소장을 접수하는 곳을 가리킨다.

傳

소전 小傳

　　그는 조선이 개국한 지 384년째 되던 해, 압록강 동편으로 1천여 리 떨어진 곳에서 태어났다. 조상은 신라에서 나왔고, 밀양이 그 관향이다. 『대학』에 나오는 '수신제가치국평천하'(修身齊家治國平天下)에서 취해 제가(齊家)라 이름 짓고, 『이소』(離騷)에 들어 있는 노래 「초사」(楚辭)에 의탁하여 호를 초정(楚亭)이라 하였다.

　　그의 사람됨은 이러하다. 물소 이마에 칼 같은 눈썹, 초록빛 눈동자에 흰 귀를 지녔다. 고고(孤高)한 사람만을 가려 더욱 가까이 지내고, 권세 있는 자를 보면 일부러 더 멀리하였다. 그런 까닭에 세상과 맞는 경우가 드물어 언제나 가난했다. 어려서는 문장가의 글을 배우더니, 장성해서는 국가를 경영하고 백성을 제도할 학문을 좋아하였다. 몇 달씩 집에 돌아가지 않아도 당시 사람들은 알지 못했다. 고명한 일에만 마음을 두고 세상일에는 무심하였으며, 사물의 명리(名理)를 종합하고 깊고 아득한 세계에 침잠하였다. 백세 이전의 사람들과 흉금을 트고, 그 뜻은 만 리를 넘어 날아다녔다. 구름과 안개의 기이한 자태를 관찰하고, 온갖 새의 신기한 소리에 귀 기울였다. 아득히 먼 산과 시내, 해와 달과 별자리, 지극히 작은 풀과 나무, 벌레와 물고기, 서리와 이슬, 날마다 변화하지만 정작 왜 그런지는 알지 못하는 것들을 자옥하게 마음속에서 깨달으니, 말로는 그 정상(情狀)을 다 표현할 수가 없고, 입으로는 그 맛을 충분히 담아낼 수가 없다. 스스로 생각하기를 저 혼자만 알 뿐 다른 사람들은 그 즐거움을 알지 못한다고 여겼다. 아아! 형체만 남기고 가 버리는 것은 정신이요, 뼈는 썩어도 남는 것은 마음이다. 이 말의 뜻을 아는 자는 생사와 성명의 밖에서 그 사람을 만나게 되리라. 찬(贊)한다.

> 죽백(竹帛)에 기록하고 그림으로 모사해도
> 세월이 흘러가면 그 사람 멀어지리.
> 하물며 자연에서 정화(精華)를 다 빼놓고
> 누구나 떠드는 진부한 말 모은다면
> 어찌 썩지 않음이 있겠는가.
> 대저 전(傳)이란 전한다는 뜻이다.
> 비록 그의 조예를 다 드러내고
> 그 품격을 다 설명할 수는 없다 해도,
> 완연히 특정한 한 사람일 뿐
> 그저 그런 천만 사람이 아님을 알게 한 뒤라야,
> 아득한 세상 하늘 끝에 가거나 천만년 세월이 흘러가도
> 사람마다 나를 만나 보게 되리라.

홍양길전 洪亮吉傳

홍양길의 자는 치존(稚存)으로, 강소성(江蘇省) 양호(陽湖) 사람이다. 어릴 적에 부모를 잃고 외가에서 자랐는데, 외할머니 장씨 부인이 힘써 배우도록 가르쳤다. 약관이 되기 전에 상서(尙書) 문민(文敏) 전유성(錢維城)[1] 공이 홍양길의 악부시 1백 수를 보고는 몸소 방문하였는데, 이로부터 명성이 크게 일어났다. 사하(笥河) 주균(朱筠)[2]이 황제의 명으로 안휘성(安徽省)에서 학생들을 시험하고[3] 첨사(詹事)[4] 전유성과 편수관(編修官) 전대흔(錢大昕)[5]에

1. **전유성**　1720~1772. 중국 청나라의 학자로, 자는 종반(宗盤), 호는 다산(茶山)·유암(紐庵)·가헌(稼軒), 시호는 문민(文敏)이다. 서화(書畵)에 모두 능했다.
2. **주균**　청나라 문인으로, 자는 죽군(竹君)·미숙(美叔), 호는 사하(笥河)·죽균(竹筠)이다. 건륭 시절에 진사에 합격하여 한림원 시독학사(翰林院侍讀學士)를 지냈으며, 그의 제의로 『사고전서』를 간행하였다. 저서로는 『사하문집』(笥河文集)·『십삼경문자동이』(十三經文字同異) 등이 있다.
3. **학생들을 시험하고**　원문은 시학(視學). 천자가 직접 국학에 행차하거나 혹은 관리를 파견하여 학생들의 학업 수준을 시험하는 것. 『예기』(禮記) 「학기」(學記)에 용례가 보인다. 공영달(孔穎達)은 시학(視學)을 풀이하기를 "학생들의 경업(經業)을 시험하는 것으로, 혹은 군주가 직접 하기도 하고 혹은 관리를 대신 보내기도 한다"고 하였다.
4. **첨사**　청대에 첨사부(詹事府)를 설치했는데, 그 안에 첨사(詹事)와 소첨사(少詹事)가 있었다. 이곳에서 경사문장(經史文章)을 담당하고 때로는 강관(講官)도 하였다.
5. **전대흔**　청나라 사람으로 자는 효징(曉徵), 호는 신미(辛楣)이다.

게 편지를 보내 말하였다. "내가 강남에 이르러 홍과 황(黃)[6] 두 사람을 만났는데, 그 재주가 마치 용천(龍泉)이나 태아(太阿)[7] 같아서 만 사람이라도 대적할 만하였다." 황(黃)은 현승(縣丞)인 경인(景仁)을 말한다. 간재(簡齋) 원매(袁枚)[8]는 홍양길에 대해 이렇게 말했다

"경전에 조예가 깊어 『춘추』와 관련된 저서로 『춘추삼전고의』(春秋三傳古義)와 『좌전고』(左傳詁) 두 권의 책이 있다. 역사에 정밀하여 지리서로 『삼국동진십육국강역삼지』(三國東晉十六國疆域三志)가 있다. 『사기이하사사유오』(史記以下四史謬誤) 열두 권을 간행하였다. 또 송(宋)나라의 이계천(李繼遷)[9]이 세운 나라가 1백 년 넘게 이어졌지만 사적에 빠진 것들이 있어, 『서하국지』(西夏國志) 열여섯 권을 만들었다. 육서(六書)에 있어서는 해성(諧聲)에 정통하여 『한위음』(漢魏音) 네 권을 저술하였다. 이 밖에도 시 2천 수를 지었으며, 문(文)과 잡다한 저술이 수백 편에 이른다. 수찬한 것으로는 『건륭부청주현지』(乾隆府廳州縣志)와 『막부전주불여』(幕府賤奏不與)가 있다."

내가 그의 『권시각을집』(卷施閣乙集)과 『오하영재집』(吳下英才集) 수십 권을 한림(翰林) 장문도(張問陶)[10]에게 구하여 읽었는데 참으로 좋았다. 장문도는 말했다. "홍양길이 차수(次修) 박제가 선생의 시를 보고는 입이 마르도록 칭찬하였다." 홍양길은 당시 숭문문(崇文門) 밖에 살았는데, 틈을

---

6. **황** 황경인(黃景仁, 1749~1783). 청대의 문장가로 북송 시에 뛰어났다.

7. **용천이나 태아** 용천검과 태아검. 모두 이름난 검의 이름이다.

8. **원매** 1716~1797. 중국 청대의 문인으로, 자는 자재(子才), 호는 간재(簡齋)·수원(隨園)이다. 절강성(浙江省) 전당현(錢塘縣) 출생으로 1739년 진사에 합격하였다. 심덕잠(沈德潛)과 함께 건륭제(乾隆帝) 시대의 시단을 양분하는 세력을 이룩하였고, 성령설(性靈說)을 주장하여 복고주의적 사조에 반대하였다. 시문집으로 『소창산방집』(小倉山房集, 82권), 시론으로 『수원시화』(隨園詩話, 26권)가 있다.

9. **이계천** 963~1004. 서하(西夏) 왕조의 기업을 닦은 사람. 각항족(覺項族) 출신으로, 선조의 성은 척발씨(拓拔氏)이다.

내 나를 찾아와 안부를 물었다. 나는 마침 일이 있어서 만나지 못하는 사정을 들어 거절하고는, '권시각'(卷施閣) 세 글자를 크게 써서 보냈다. 훗날 행장(荇莊) 공협(龔協)[11]을 만났는데 내게 말하였다. "치존 홍양길 태사께서 차수가 왔다는 것을 들으시고 한나절 기다렸는데 그대가 오지 않자 서운해 하며 돌아갔다네." 다시 한림 장문도를 통해 『삼국동진십육국강역삼지』와 『부청주현지』를 보내오면서 직접 소전(小篆)으로 대련(對聯)을 써서[12] 선물로 주었으니 그 풍류의 넓음이 이와 같았다. 홍양길의 문장은 변려에 뛰어났는데 일들을 나열하고 문구를 이어 가는 솜씨가 찬란하여 볼만하였다. 당대를 가슴 아파하고 옛날을 그리워하는 작품들은 종종 너무 서글퍼 차마 읽을 수가 없었고 『이소』와 변아(變雅)[13]의 남은 음조가 있으니 어찌 근심 걱정 속에서 태어나고 빈천한 가운데 자란 사람이 아니겠는가?

　　일찍이 그가 계목(季木) 전유교(錢維喬)[14]와 '사귐'에 대해 이같이 논의하였다.

　　"요즘의 선비들은 작위와 봉록, 벼슬의 서열, 연배에 얽매여 사귐을

---

10. 장문도　1764~1814. 청대 시인으로 자는 중야(仲冶)이고, 호는 선산(船山)이다. 시에 능하였고, 경관 시대(京官時代)에는 홍양길과 가장 친밀하게 지냈다. 그가 원매(袁枚)에게 인정받게 된 계기를 만든 것도 홍양길이었다. 청나라 때의 사천성 출신 시인 가운데 제1인자로 일컬어졌으며, 성령설(性靈說)을 신봉하는 그의 참신하고 서정적인 작품은 많은 사랑을 받았다. 서화에도 일가를 이루었다. 저서로 『선산시초』(船山詩草) 26권이 있다.

11. 공협　자는 극일(克一), 호는 행장(荇莊), 상주(常州) 사람이다. 그의 어머니가 왕사정의 손녀이다. 『호저집』(縞紵集)에 따르면 공협과 박제가는 서로 집안의 계보와 가족 관계 등을 상세하게 적어 보여 줄 정도로 친밀했다고 한다.

12. 직접~써서　『호저집』 홍양길 조의 이 부분에는 "바다 같은 티끌세상 뜻밖에 만나 보니, 무지개 같은 그 기운 어느 누가 알았으리"(案聯云, 意外相逢塵似海, 眼中誰識氣如虹.)라고 부기되어 있다.

13. 변아　『시경』 소아(小雅)와 대아(大雅)의 작품 중 정아(正雅)의 상대 개념으로, 주나라 정치가 쇠락한 시기의 작품을 뜻한다. 정풍(正風)에 대해 변풍(變風)이라 하는 것과 같다.

14. 전유교　1739~1806. 청대의 문학가이자 시인으로 자는 수참(樹參), 계목(季木)이며, 호는 서천(曙川)이다. 강소성 무진(武進) 사람으로 1726년 향시에 합격하였다.

맺는다. 어찌 사귐을 맺는 데 좌웅(左雄)[15]이 말한 것처럼 나이를 제한할 수 있으며, 또 어찌 벗을 사귀는 데 벼슬의 높낮이를 따질 수 있겠는가? 이것이 하나의 폐단이다. 만약 외부의 구속을 벗어나 참다운 마음을 구한다면, 얼굴에 언뜻 드러난 우아함을 귀신도 숨기지 못할 것이요, 한마디 말의 진실됨은 쇠와 돌 또한 그 뜨거움을 옮겨 줄 것이다. 우리들 무리에서 이 같은 사람을 찾는다면 그대가 그러한 사람들 중 하나이리라. 그대는 낭야(琅琊)가 새로 장가가지 않은 것을 본받았으며, 평양(平陽)이 잠시 의탁한 것을 배웠다. 옥처럼 우뚝하여 주문(朱門)에 처하였고 달처럼 밝고 밝게 평소의 행실을 이루었다. 평소에 '땔나무하는 것은 벼슬자리에서 벗어날 수 있는 기회지요'라 하고서는 급히 휴가를 얻어, 이름난 산의 오두막에서 쉬고 백로의 날갯짓을 바라보면서 세속의 먼지 낀 모습으로 푸른 소나무 가지를 붙잡는 것을 더럽게 여기었다. 이러한 마음을 갖고 살아가니 내가 그대를 버려두고서 뉘와 더불어 사귀겠는가?'

근포(董浦) 항세준(杭世駿)[16]이 지은 『삼국지보주』(三國志補注)의 서(序)에서는 이렇게 말했다.[17]

"요즘 사학(史學)에는 두 가지 경향이 있다. 하나는 숙사(塾師)들이 역사를 논한 것으로, 선을 좋아하고 악을 싫어하는 원칙에 얽매여, 비록 고

15. **좌웅**　자는 백호(伯豪)이고, 중국 후한(後漢) 안제(安帝) 때 효렴(孝廉)으로 추천되어서 기주자사(冀州刺史)를 거쳐 순제(順帝) 때 의랑(議郞)이 되었다. 당시 인재를 천거하는 방법 따위의 시정 득실에 대해 여러 번 상소하여 상서령(尙書令)까지 올랐다. 태학을 수리하고, 국내의 학자들을 불러 모으게 하여 유학을 장려하는 한편, 구경박벌제(九卿撲罰制)의 폐지를 간하여 장차 정사가 안정되자 대각에서 그를 '고사의 인물'로 높이 받들었다고 한다. 이 부분은 좌웅이 "효렴(孝廉)에 대하여는 나이가 만 40세가 못 되면 천거할 자격을 얻지 못하되 만약 훌륭한 재주와 특이한 행실이 있다면 꼭 나이에 구애되지 않도록 해야 할 것입니다"라고 건의한 것과 관련이 있다. 『후한서』(後漢書) 권61에 보인다.
16. **항세준**　청대 인화(仁和) 사람으로 자는 대종(大宗)·근포(董浦)이다.
17. **근포~말했다**　홍양길의 『권시각집』(卷施閣集)에 실린 항근포(杭董浦) 『삼국지보주』 서문의 일부분이다.

금(古今)에 통달하지 못할지라도 포폄을 마음대로 한다. 자운(子雲) 양웅(揚雄)[18]을 신망(新莽)[19]이라 덮어씌우고, 정중(鄭衆)[20]을 시인(寺人: 환관)의 목록에서 삭제하며, 일방적으로만 뜻을 붙여 해석하고 스스로 성인을 일컫는다. 이들의 오류를 따져 보면, 크게는 한(漢)나라 경제(景帝) 때 해마다 있었던 일식(日食)을 모르고,[21] 북제(北齊)의 건국(建國)에 있어서는 나라의 강역과 경계에 어둡다. 그 근원은 송(宋)나라 조사연(趙師淵)[22]에게서 비롯되었는데, 그 후 명(明)나라의 하상(賀祥)·장대령(張大齡) 같은 이들에 이르러서는 혹 '성인도 법 삼을 것이 없다'고까지 말을 하였다. 또 하나는 사인(詞人)들이 역사서를 읽은 경우이다. 그들은 한 글자와 한 구 사이에서 뜻을 구하고 여러 사람의 말에 따라 사마천을 칭송하며, 사서 하나를 읽고 나서는 백호관(白虎觀)[23]을 비웃는다. 그리하여 문사(文士)를 위해 전(傳)을 지을 적에는 반드시 굴원(屈原)에 비견하고, 대장(隊長)을 위해 비(碑)를 세울 때에는 또한 항우(項羽)의 업적에 가깝게 한다. 이들은 『사기』 두어 편만 읽고 나면 세사(世史)를 산삭(刪削)하고, 사마천의 한 모퉁이를 얻고는 기타의 사가(史家)들은 논하지 않는다. 그 근원은 송나라 구양수(歐陽脩)가

18. **양웅** 한나라 때 문장가로 『태현경』(太玄經)·『양자법언』(揚子法言) 등을 저술했는데, 뒤에 한나라를 찬탈하여 신(新)이란 국호를 내세운 왕망(王莽)을 섬겼다.
19. **신망** 서한 말에 제위를 찬탈하고 국호를 신(新)으로 바꾼 왕망(王莽)을 말한다.
20. **정중** 후한 때의 환관으로, 자는 계산(季産)이다. 화제(和帝) 때 두헌(竇憲) 형제의 불궤(不軌)를 꺾어 그 일당을 몰살한 공으로 대장추(大將秋)로 영진(榮進)하여 국정에 참여했다. 후한의 환관이 권세를 잡게 된 것은 정중에서 비롯되었다. 『후한서』(後漢書) 「정중전」(鄭衆傳)에 자세히 서술되었다.
21. **한나라~모르고** 송나라 주밀(周密)의 『계신잡지』(癸辛雜識)에서 "『통감』에는 한(漢) 경제(景帝)가 즉위한 후 4년 동안의 일식을 모두 7월 초하루로 잘못 적었다"라 하였다.
22. **조사연** 주희(朱熹)의 제자로 자는 기도(幾道)이다. 주희가 사마광(司馬光)의 『자치통감』을 근거로 하여 강목체(綱目體)로 편찬한 『자치통감강목』(資治通鑑綱目)의 많은 부분이 조사연의 손에서 이루어졌다. 이때 주자가 이미 쇠약해져 다시 필삭(筆削)하지 못해 의심스러운 부분이 많다.
23. **백호관** 후한 장제(章帝)는 여러 학자를 백호관(白虎觀)에 모아 놓고 오경의 동이(同異)를 변정하고 토론했는데, 그 과정이 『백호통의』(白虎通義)로 집약되어 있다.

『오대사』(五代史)를 지은 것에서 비롯되었는데, 그 후 명나라 장지상(張之象)[24]·웅상문(熊尙文) 같은 이에 이르러서는 곧장 글 짓는 법으로 행해졌다. 무릇 훈고(訓詁)에 통달하면 숙사(塾師)의 잘못을 바로잡을 수 있으니, 복건(服虔)[25] 등 21명이 『한서』에 주낸 것이 바로 이것이다. 또한 고사(故事)를 익히기만 하면 사인(詞人)들의 실수를 구제할 수 있으니, 배송지(裵松之)[26]가 『삼국지』를 주낸 것이 바로 이것이다."

그가 지은 「순화현지서록」(淳化縣志敘錄)[27]에서 말하였다. "신축년(1781)에 궁에 들어가서 방지(方志)[28]를 찬정한 것이 셋인데, 동주(同州)의 징성(澄城)과 빈주(邠州)의 순화(淳化)·장무(長武)가 이것이다. 관중의 땅은 넓고 사물이 많은데 여러 기록으로는 한나라 때의 『삼보황도』(三輔黃圖)[29]로부터 당나라 위술(韋述)의 『관중기』(關中記), 송나라 송민구(宋敏求)[30]의 『장안지』(長安志), 정대창(程大昌)[31]의 『옹승략』(雍勝略) 등에 이르기까지 모두 준거로 삼을 만하다. 그러나 부(府)나 주(州), 현(縣)의 지리지는 채집할 만한 것이 많지 않다. 아마도 명(明)나라의 제현(諸賢)들이 옛것을 본받지 않았고 참으로 간략하게 해서 옛 성이나 오래된 도랑을 버렸기 때문이다. 지

---

24. **장지상** 1496~1577. 자는 월록(月鹿), 호는 벽산외사(碧山外史)이다.
25. **복건** 후한의 경학자(經學者)이다. 초명(初名)은 중(重) 혹은 지(祇)라 하였고, 자(字)는 자신(子愼)이다. 하남 형양(滎陽) 사람으로, 중평(中平) 말에 구강태수(九江太守)를 지냈다.
26. **배송지** 372~451. 자는 세기(世期)이고, 하동군(河東郡) 사람이다. 남송(南宋) 429년 문제(文帝)로부터 누락된 것이 많은 『삼국지』(三國志)에 주석을 달라는 명을 받았다. 이 주석은 송(宋) 문제(文帝) 원가(元嘉) 6년(429)에 완성되었다.
27. **「순화현지서록」** 『권시각을집』(卷施閣乙集)에 수록되어 있다.
28. **방지** 지리지, 특히 한 지방의 지리에 대해 서술한 지리지를 말한다.
29. **『삼보황도』** 주로 한나라 때 장안(長安) 고적(故蹟)이 수록되었다는 지리 서적이다.
30. **송민구** 1019~1079. 송대의 지리학자로, 위술(韋述)의 것을 기초로 『장안지』(長安志) 20권을 지었는데, 장안의 고적으로 성곽·궁실에 관한 내용이 풍부하다.
31. **정대창** 1123~1195. 남송 때의 경학자로 지리학에 정밀하다. 저서로는 『역원』(易原)·『우공산천지리도』(禹貢山川地理圖)·『고고편』(考古篇)·『연번로』(演繁露)·『옹록』(雍錄) 등이 있다.

금 성대하게 전해지는 것들은 『무공지』(武功志)·『조읍지』(朝邑志) 두 지(志)
인데, 알지도 못하는 자들은 옛사람의 기록보다 낫다고 여기지만, 이는 올
바른 논의가 아니다. 나는 이 지리지를 만들면서 한결같이 선현들을 법도
로 삼았고 구차히 이론(異論)을 세우지 않았으니 이를 의지하여 규칙을 이
루어서 후세에 보이고자 한 것이다. 대저 기(記)라 한 것이 여덟이고, 부
(簿)라 한 것이 둘이며, 지(志)라 한 것이 다섯이고, 약(略)이라 한 것이 셋
으로, 모두 30권이다."

　　다섯 달이 지나 완성하고 이렇게 말하였다.

　　"옛 현(縣)과 지금의 현, 새 성(城)과 옛 성, 옛 진과 마을에 교량을 더
하고, 진(晉)나라 주육(朱育)의 『회계토지기』(會稽土地記) 등을 모방하여 토
지를 첫 번째로 기술하였다. 사가(史家)들이 '『감천전지』(甘泉傳志)는 석문
(石門)·야곡(冶谷)·인경(引涇)·형산(荊山)·도병(導洴)·관개(灌漑)의 이로움
이 끝이 없다'고 하였기에, 제(齊)나라 유징(劉澄)의 『송초산천고금기』(宋初
山川古今記) 등을 모방하여 산천을 두 번째로 기술하였다. 역사가들의 옛
법에 대사(大事)를 먼저 기록하였기에, 한(漢)나라 사마천(司馬遷) 등의 『대
사기』(大事記)를 모방하여 대사(大事)를 세 번째로 기술하였다. 옛사람이
'길항(吉行)[32]은 하루에 30리를 간다'고 하니 모든 지도를 펼쳐 보고 그 남
긴 뜻을 본받아 수(隋)나라 『서역도리기』(西域道里記) 등을 모방하여 도리
(道里)를 네 번째로 기술하였다. 진(秦)나라는 궁궐을 짓고서 5만의 집을 옮
기었고 한(漢)나라는 시원(始元)에 백성을 삼보(三輔)[33]로 옮기었는데 그 차
고 빈 것을 헤아린 것이기에, 송(宋)나라 원강(元康) 6년의 『호구부기』(戶口
簿記) 등을 모방하여 호구(戶口)를 다섯 번째로 기술하였다. 백성들의 풍속

---

32. **길항**　혼인과 같은 경사스런 일로 떠나는 길을 말한다.
33. **삼보**　한대에 장안에서 동쪽을 경조(京兆)·장릉(長陵), 북쪽을 빙익(馮翊)·위성(渭城), 서쪽을
부풍(扶風)이라 했는데 그 후 장안 인접지(隣接地)를 삼보(三輔)라 하였다.

은 백 리가 같지 않기에 사녀들을 기록하고 농공상(農工商)에게까지 미쳤으니, 진(晉)나라 주처(周處)의 『풍토기』(風土記) 등을 모방하여 풍토를 여섯 번째로 기술하였다. 옹주(雍州)는 지극히 높아서 신명의 지역이고,[34] 운양현(雲陽縣)의 감천궁(甘泉宮)[35] 또한 황제가 거처했던 곳으로 소귀(小鬼)[36]가 내려오면 신령스러워 업신여길 수 없으니, 제(齊)나라의 『사묘기』(祠廟記) 등을 모방하여 사묘(祠廟)를 일곱 번째로 기술하였다. 시대가 멀어져 좇을 수 없으나 금천씨(金天氏)[37]의 능과 청조씨(靑鳥氏)[38]의 무덤도 책에서 징험할 수 있기에, 송나라 이동(李彤)의 『성현총묘기』(聖賢冢墓記) 등을 모방하여 총묘(冢墓)를 여덟 번째로 기술하였다.

진 시황과 한나라 무제는 궁을 쌓고서 신선이 되기를 갈구하면서 홍애궁(洪崖宮)과 노거궁(弩阹宮)[39]을 성(城)에 더하여 두었기에, 진(晉)나라 『낙양궁전부』(洛陽宮殿簿) 등을 모방하여 궁전(宮殿)을 아홉 번째로 기술하였다. 세금을 거두는 장부는 전대(前代)에 없었고 농상사속(農桑絲粟)으로 시조(市租)[40]를 충당하였기에, 송나라 이상(李常)의 『원우회계록』(元祐會計

---

34. **옹주는~지역이고**　『사기』「봉선서」(封禪書)에 "옛부터 옹주는 지극히 높아서 신명의 지역이다"(自古以雍州積高, 神明之隩.)라고 하였다.

35. **운양현의 감천궁**　『괄지지』(括志志)에 "운양성은 옹주 운양현 서쪽 80리에 있는데, 진 시황의 감천궁이 있다"(雲陽城在雍州雲陽縣西八十里, 秦始皇甘泉宮在焉.)고 하였다.

36. **소귀**　옛날에 사람이 죽어 음(陰)에 들어가면, 그 위치가 낮은 자는 소귀가 된다고 한다. 『사기』「봉선서」에서 "두주(杜主)는 본래 주나라의 우장군이었는데, 진중(秦中)에서는 가장 작은 귀신으로서 신령함을 지녔다"(杜主, 故周之右將軍, 其在秦中, 最小鬼之神者.)라 했는데, 주(注)에서 사마정(司馬貞)은 "그 귀신이 비록 작기는 하나 신령함이 있음을 이른다"(謂其鬼雖小, 而有神靈.)라 하였다.

37. **금천씨**　삼황오제의 오제 가운데 하나인 소호금천씨(少昊金天氏)를 가리키는 것으로 보인다. 황제(黃帝)의 아들로서 어머니는 유조(嫘祖). 태호포희씨(太昊包犧氏)의 법을 닦아 소호라 한다.

38. **청조씨**　옛날 소호씨(少皥氏) 때 봉황(鳳凰)이 나타나자 벼슬 이름을 청조씨라고 했다고 하는데, 월력(月曆)을 맡아보던 벼슬아치이다. 『좌전』(左傳) 소공(昭公) 17년조에 "靑鳥氏, 司啓者也."라 하였다.

39. **홍애궁과 노거궁**　모두 장안의 감천궁(甘泉宮)에 있다.

錄) 등을 모방하여 회계(會計)를 열 번째로 기술하였다. 반궁(泮宮)이 가장 앞쪽에 있고 총사(叢祠)[41]가 그 뒤쪽에 줄지어 있어서 여러 현인들이 성대하고 제기가 화려하기에, 송나라 『숭녕학교신법지』(崇寧學校新法志) 등을 모방하여 학교(學校)를 열한 번째로 기술하였다. 관직에서 여가가 있으면 시를 읊조리는 것을 폐하지 않기에, 송나라 무명씨(無名氏)의 『아서지』(衙署志) 등을 모방하여 아서(衙署)를 열두 번째로 기술하였다. 백공(白公)과 정국(鄭國)[42]의 백성들이 지금도 노래하고 있으니, 그 남은 사적을 모아 이로써 벼슬아치의 경계로 대신하였기에, 당(唐)나라 두우(杜佑)의 『통전』(通典) 「직관지」(職官志) 등을 모방하여 직관(職官)을 열세 번째로 기술하였다. 세상에선 많은 선비를 구하는데, 선비는 경서를 통달한 것을 귀하게 여기므로, 송나라 최씨(崔氏)의 『등과기』(登科記) 등을 모방하여 등과(登科)를 열네 번째로 기술하였다. 광진(廣陵) 땅의 열사나 회계(會稽) 땅의 선현과 열녀들의 후전(後傳)을 안회(顏回)와 원헌(原憲)이 찬집하였으므로, 진(晉)나라 상거(常璩)의 『화양국사녀지』(華陽國士女志) 등을 모방하여 사녀(士女)를 열다섯 번째로 기술하였다. 금석의 글은 예로부터 썩지 않는다고 하기에, 송나라 정초(鄭樵)의 『통지』(通志) 「금석략」(金石略) 등을 모방하여 금석(金石)을 열여섯 번째로 기술하였다. 왕포(王褒)와 양웅(揚雄)의 작품은 간략하면서도 자세한 것이 으뜸이다. 국사로 우뚝하였으며, 「감천부」(甘泉賦)[43]를 지었기에, 한나라 유향(劉向)의 『칠략』(七略) 사부략(詞賦略)을 모방하여 사부

40. **시조** 상인들이 내는 세금.
41. **총사** 잡다한 신을 모시는 사당이나 제사.
42. **백공과 정국** 백공은 초나라의 백공승(白公勝)을 말한다. 백공은 그의 호이고, 승은 이름이다. 초나라 평왕(平王)의 손자이며 건(建)의 아들로, 뒤에 난을 일으켰다 실패했다. 정국(鄭國)은 한인(韓人)으로, 한(韓)나라가 진(秦)나라를 피폐케 하려 하여 수공(水工)인 정국을 시켜 진나라에게 권해서 경수(涇水)를 파게 했다. 이후에 모의가 발각되었으나, 진나라가 이로써 부유해져 마침내 제후를 병합할 수 있었다.
43. **「감천부」** 양웅이 지은 부(賦).

(詞賦)를 열일곱 번째로 기술하였다. 모든 지리지의 지역은 반드시 고금의 같고 다름을 미루어야 하니, 옛 서적에서 상고하여 지금의 잣대로 가늠해야 한다. 다만 이 한 편은 그 차례를 어지럽히지 않았기에, 상거(常璩)의 『화양국지서록』(華陽國志序錄)을 모방하여 서록(序錄)을 열여덟 번째로 기술하였다."

그의 여지(興地)는 방대하면서도 자세하다.

이확과 나덕헌의 일생 李廓羅德憲傳

이확의 자는 여량(汝量)으로, 태종 대왕의 왕자 경녕군(敬寧君) 비(緋, 1395~1458)의 6세손이다. 아버지는 관찰사 이유인(李裕仁, 1533~1592)으로, 만력 임진년에 집에서 왜적을 만나 굴하지 않고 죽었다. 그때 이확의 나이 세 살이었다. 자라서 신장이 8척이 넘었으며 기력이 빼어났다. 문충공(文 忠公) 백사(白沙) 이항복(李恒福, 1556~1618)이 아버지의 친구로서 이확을 찾 아 이것저것 묻고는, 그 풍모를 장하게 여겨 활과 화살을 주었다. 마침내 무과에 응시하게 되었다. 당시 병조판서 박승종(朴承宗, 1562~1623)이 무재 (武才)를 따로 시험하다가, 이확이 2백 보 밖으로 화살을 날리는 것을 보았 다. 이확을 아는 자가 있어, "옛날 절사(節死)한 이 아무개의 아들입니다" 라고 말하니 크게 놀랐다. 광해군이 특별히 내구(內廐)[1]의 말을 하사하고 겸사복(兼司僕)[2]에 제수하니, 그 이름이 한때에 떨쳤다.

을묘년(1615)에 장원 급제하여 대궐 수문장(守門將)[3]에 제수되었다가 선전관(宣傳官)[4]으로 옮겼다. 적신(賊臣) 아무개가 대비 폐출을 모의하여 모

---

1. **내구** 내사복시(內司僕寺)라고도 한다. 조선 시대 궁궐의 마구간과 임금이 타는 말·수레를 관 리하던 관청이다.

든 관리를 위협하여 주청하게 하였는데[5] 이확은 병을 핑계로 나가지 않았다. 박승종은 북방의 사정이 위태롭다고 판단, 이확을 천거하여 함경도 수성(輸城)[6]의 찰방으로 보냈다. 수성은 옛 관방이다. 이확은 부임하자 역졸 5백 명을 선발하여 활쏘기와 기마술을 가르치고, 이들을 아병(牙兵)이라 하였다. 아울러 병장기들을 정비하여 갖추어 놓았다. 방백 심열(沈悅, 1569~1646)과 병사 이수일(李守一, 1554~1632)이 그 사실을 조정에 보고하여 품계가 정3품 통정(通政)으로 승진하였다. 당시에는 광해군의 정사가 어지러워 제수하는 교지가 있어도 뇌물을 들여야만 시행되었다. 이확은 탐탁하게 여기지 않아 일이 거의 유야무야되었는데, 박승종이 하루에 세 번을 청하여 비로소 비답이 내려왔다.

신유년(1621)에 조정에서 장수의 재목을 선발하였다. 이확이 그중 하나로 뽑혀 첨지중추부사 겸 선전관이 되었다가 조사위장(曹司衛將)으로 옮겼다. 이확이 일찍이 궁원에 들어가 사나운 호랑이를 활로 쏴 죽이니 광해군이 장하게 여겨 가자(加資)[7]를 명하였다. 하지만 방해하는 자가 있어 시행되지 못했다.

---

2. **겸사복** 조선 시대 주로 왕의 신변 보호를 위한 시립(侍立)·배종(陪從)·의장(儀仗) 및 왕궁 호위를 위한 입직(立直)·수문(守門)과 부방(赴防)·포도(捕盜)·포호(捕虎)·어마(御馬) 점검과 사육·조습(調習)·무비(武備) 및 친병(親兵) 양성 등의 임무를 맡은 기병(騎兵) 중심의 정예 친위병이다.

3. **수문장** 도성 및 궁궐문을 지키던 관원으로, 1469년 처음으로 설치되었으며, 영조 대에 별도의 정직이 되었다.

4. **선전관** 선전관청(宣傳官廳)에 속하여 왕의 시위(侍衛)·전령(傳令)·부신(符信)의 출납과 사졸(士卒)의 진퇴를 호령하는 형명(形名) 등을 맡아본 일종의 무직(武職) 승지(承旨)이다. 대개 내금위(內禁衛), 겸사복(兼司僕), 별시위(別侍衛) 등에서 승진 서용되는 경우가 많았다.

5. **적신 아무개가~하였는데** 1618년(광해군 10) 1월 4일, 백관이 궁궐의 뜰에 모여 인목대비의 폐위를 주청했던 사실을 말한다. 적신이라 함은 이를 주도했던 이이첨(李爾瞻, 1560~1623)과 허균(許筠, 1569~1618) 등을 가리킨다.

6. **수성** 함경도 용성(龍城)의 다른 이름이다.

계해년(1623) 인조반정(仁祖反正)이 일어나던 날 이확을 처치하자는 논의가 있었다, 연평공(延平公) 이귀(李貴, 1557~1632)가 말했다. "이확이 돈화문에 진을 치고 있는데, 그가 만약 우리 쪽으로 화살을 한 대라도 날렸다면, 오늘의 거사를 성공할 수 있었겠소? 안타깝구나! 그는 군사를 거두어 길을 내주었지만[8] 공훈에 참여하지 못하는구나!" 인하여 이확을 천거하여 자기가 맡고 있던 황해도 평산(平山)을 대신 맡게 하였다.[9]

얼마 안 있어 이괄이 반란을 일으켰다.[10] 당시 이확은 무고를 입어 의금부에서 조사를 받고 있었는데, 왕께서 석방하여 본직에 복귀시켰다. 이때 불러 말씀하시길, "어사가 풍문으로 사실을 잘못 알고 말았다. 지금 적의 기세가 매우 예리하여 그대에게 궁검(弓劍)과 경군(京軍) 4백을 내리니 잘 막도록 하라." 이확은 머리를 조아려 눈물을 흘리고 길을 재촉하여 서쪽으로 출전했다. 이때 경군 중에는 실제로 따르는 자가 없었으니, 이확은

---

7. 가사　고려와 조선 시대 자급(資級)을 더해 주는 것을 말한다. 조선 시대에 관원 승진의 근거로 근무 일수를 따졌는데, 대가(代加)나 왕의 특지(特旨)에 의한 경우에는 근무 일수와 관계없이 품계가 올라갈 수 있었다.

8. 군사를~내주었지만　원문은 명금청도(鳴金淸道). 명금은 북을 치거나 화살을 쏘아 군대를 철수하는 신호로 삼는 것을 말하며, 청도는 거리의 말이나 행인들을 깨끗이 제거한다는 의미로, 예전에는 황제가 행차할 때 거리에 사람이 다니지 못하게 하였다. 여기에서는 진을 치고 있던 군사를 거두었다는 의미이다.

9. 이확을~맡게 하였다　『여한십가문초』 권7에 실린 박지원의 「가의대부 행삼도통제사 자헌대부 병조판서 겸 지의금부사 오위도총부 도총관 충열이공 신도비명」(嘉義大夫行三道統制使資憲大夫兵曹判書兼知義禁府事五衛都摠府都摠管忠烈李公神道碑銘)에 따르면, 이확은 반정에 뜻이 있었으나 어머니 때문에 참여하지는 않았다. 대신 반정이 일어나던 날 돈화문에서 군사를 거느리고 있다가 반정군에게 길을 열어 주었다고 한다. 반정이 성공한 뒤 이확을 죽이자는 의견이 있었지만, 이귀가 적극적으로 만류했으며 오히려 추천하여 자신이 있던 평산을 맡게 하였다.

10. 얼마~일으켰다　1624년 1월 평안병사 이괄이 인조반정의 논공행상에 불만을 품고 일으킨 반란을 말한다. 이괄은 인조반정에 공이 많았지만 거사에 늦게 참여했다 하여 2등공신이 되었고, 이에 불만을 품고 반란을 일으켜 평양과 한양을 차례로 점령했다가 진압되었다. 인조는 이 사건으로 공주까지 피난 갔다.

겨우 늙고 약한 병사 1백여 명만을 거느렸다. 나아가 적병을 치다가 황해도 평산의 저탄(猪灘) 싸움에서 패배했다. 이확은 강에 몸을 던졌으나 죽지 않고, 도원수 장만(張晩, 1566~1629)의 군대에 의탁하였다. 한양 서대문 밖 길마재[鞍峴] 싸움에서 크게 무찌를 때 선봉이 되었으나, 공과 과가 서로 비슷하다 하여 공신록(功臣錄)에 기록되지 못했다.

곧이어 황해도 안악(安岳)군수에 임명되었다가 평안도 자산(慈山)으로 옮겼다. 정묘년(1627) 봄 건주(建州) 오랑캐[11]가 우리 의주 땅을 습격하여 깨뜨리고, 이어서 안주(安州) 고을도 무너뜨렸다. 이확은 황해도 평산과 평안도 자산의 접경에 있는 자모산성(慈母山城)을 지키고 있었다. 방백 윤훤(尹暄, 1573~1627)이 이확을 불러 평양으로 오게 했다. 이확이 그 부당함을 힘써 주장했지만 받아들여지지 않았다. 이확이 나갔지만 평양은 이미 함락되었고, 자모산성 또한 이어서 무너지고 말았다. 이확은 병사들을 거두어 안주성 북쪽으로 진군하여, 적병의 첩자 고한룡(高汗龍)의 목을 베고 김덕경(金德卿)을 사로잡아 체부(體府)[12]에 올렸다.

김덕경은 안주의 소역(小譯)[13]인데, 관리의 임명장을 위조하여 목사가 되었다. 당시 적군은 청천강에 진을 치고 병기를 싣고 막 건너려고 하였으므로, 이확이 그때를 틈타 궁지로 몰아 거의 모두 죽였다. 승전을 알리는 첩서가 이르자 왕께서는 매우 기뻐하시어 특별히 그 자급(資級)을 올려 주셨다. 또 적군의 용맹한 장수 고차박씨(高遮博氏)를 유인하여 죽이니 왕께

---

11. **건주 오랑캐** 원문은 건로(建虜). 건주 오랑캐는 누르하치 휘하의 여진족인데, 당시로서는 후금국(後金國)을 가리킨다. 건주(建州)는 명나라에서 여진족의 한 부족을 나타내는 말이었는데, 뒤에 이들이 여진족의 여러 부족을 통일하고 나아가 청나라까지 세웠다. 건주 여진의 내력에 대해서는 김구진의 「조선전기 여진족의 2대 종족－오랑캐(兀良哈)와 우디캐(兀狄哈)」(『백산학보』 68, 백산학회, 2003) 참조.
12. **체부** 체찰부(體察府)의 준말로, 임금의 명령을 받고 지방에 파견되어 제반 군무(軍務)를 총괄하던 임시 벼슬아치인 체찰사(體察使)가 군무를 보는 곳이다.
13. **소역** 지방 관아에 소속된 하급 역관을 뜻한다.

서 가자(加資)를 명하셨다. 방백 김기종(金起宗, 1585~1635)이 이확에게 가
손을 잡고 사례하며 말했다. "내가 예전에는 공을 믿지 않아 여러 차례 공
의 단점을 말했으니, 하마터면 공을 잃을 뻔했소." 이로부터 둘은 지기(知
己)로 사귀었다. 중군(中軍)을 임명하여 군정을 맡기니 백성들이 크게 기뻐
했다.

기사년(1629)에 함경도 덕원부사에 제수되었다가 5월에 영흥부사로
옮겼다. 이확은 이포(吏逋)¹⁴를 채우고 군적(軍籍)을 정확하게 하여 간교한
자들을 엄벌하니, 온갖 폐단이 모두 개선되어 고을이 크게 다스려졌다. 왕
께서는 옷감을 하사하여 격려하셨고 고을 사람들도 용흥강변에 빗돌을 세
워 그 덕을 기렸다. 임신년(1632)에 탐라목사로 부임하여 군기(軍器)를 크
게 다스렸다. 내직으로 들어와 서추(西樞) 겸 총관(摠管)이 되었다.

병자년(1636)에 회령부사로 임명되었는데 정체(呈遞)¹⁵하고 있을 즈음,
인열왕후(仁烈王后, 1594~1635, 인조의 비)께서 돌아가셨다. 오랑캐 우두머
리 홍타시(弘他時)¹⁶는 영고이대(英固爾岱)와 마복탑(馬福塔)¹⁷ 등으로 하여금

14. **이포** 아전들이 사사로이 이용하여 축낸 국고를 말한다.
15. **정체** 관리를 의망(擬望)할 때 부임하는 곳에 친족이 벼슬을 하고 있을 경우의 사피(辭避), 혹
은 인사에 문제가 있을 경우, 정세(情勢)상 부득이한 경우, 신병(身病)이 있을 경우, 부모의 상이나
봉양할 때 등의 일로 다른 사람으로 갈아 임명하기를 청하는 것을 말한다.
16. **홍타시** 청나라 태조 황태극(皇太極)을 가리킨다. 그는 누르하치의 여덟째 아들로 1625년 왕
위에 올라 1627년 정묘호란을 일으켰으며, 1636년 국호를 청, 연호를 숭덕(崇德)으로 고치고 병자
호란을 일으켰다.
17. **영고이대와 마복탑** 영고이대와 마복탑은 청 태종의 측근 장수로서 청나라의 조선 침략은 물
론, 전쟁 이후에도 조선과의 외교 관계를 주도했던 인물이다. 만주 발음을 음차했기 때문에 표기가
제각각인데, 조선에서는 보통 용골대(龍骨大)와 마부대(馬夫大)로 표기하였다.
18. **달단과 위패** 달단은 몽골 출신 관리를, 위패는 한족 출신으로 청나라에 투항하여 관리가 된
사람을 가리키는 것으로 보인다. 청나라는 1636년 조선을 침입하기 전에 이미 몽골 세력을 확실하
게 복속시켰고, 또한 적극적인 유화 정책으로 수많은 한족 관리와 장수들이 투항하여 관리 조직의
근간을 이루고 있었다. 당시 조선에서는 한족 출신으로 청나라의 관리가 된 사람들을 부를 때 접
두사처럼 앞에 '위'(僞) 자를 붙였던 것으로 보인다.

조문 및 춘신(春信)을 빙자하여, 달단(韃靼)과 위패(僞貝)[18]를 통해 칙서를 보내 황제의 참칭을 의논하게 하였다.[19] 조정에서 그 편지를 물리치자 오랑캐 사신들은 두려워 달아났다. 당시 춘신사(春信使)[20] 첨지 나덕헌은 먼저 출발하여 의주에 머물고 있었다. 이때 이확은 동지(同知)의 신분으로 회답사의 일원이 되어 함께 심양에 갔다.

덕헌의 자는 헌지(憲之)이고, 본관은 나주이다. 아버지 사침(士忱, 1526 ~1596)은 문장과 덕행으로 중종과 선조 즈음에 알려졌으니, 그의 사적이 『삼강행실도』에 실려 있다.[21] 덕헌은 어려서 당쟁에 연루되어 철원에 유배 갔다. 임진왜란이 일어나자 비분한 마음이 일어 병서를 읽었다. 계묘년 (1603) 별시 무과에 급제하여, 문익공 이덕형(李德馨, 1561~1613)의 추천으로 선전관에 배수되었다. 수원 중군에 있다가 통정(通政)이 더해져 북도찰방사로 진급하였다. 갑자년(1624)에 장만(張晩)의 군대에 있으면서 길마재에서 이괄의 군대를 깨뜨렸다. 나덕헌의 아내와 장만의 아내는 자매인지라, 덕헌은 이를 부끄럽게 여겨 공을 받지 않고 다만 진무권(振武券)[22]에 이름만 올렸다. 봉산과 안악 등에 군수로 제수되었는데 부임하는 곳마다 명성이 높았다.

19. **오랑캐~하였다**　1636년 3월의 일이다. 이때 관학 유생들이 편지를 찢고 사신을 참수하자는 소를 올렸는데, 나쁜 낌새를 감지한 사신 일행이 몰래 달아났다.
20. **춘신사**　1627년 정묘호란 이후 1637년 청나라와 화약(和約)이 이루어지기까지, 조선에서 심양에 봄가을로 보냈던 사절단을 일러 춘신사와 추신사라 하였다.
21. **아버지~실려 있다**　나사침이 16세 때 어머니가 병으로 위급하자 손가락을 잘라 맛보게 하여 위기를 넘겼고, 어머니는 결국 병이 나았다고 한다. 이 이야기는 1614년 『삼강행실도』가 증보될 때 새로 수록되었다.
22. **진무권**　조선 인조 때에 일어난 이괄의 난을 평정하는 데 공을 세운 사람들을 기록한 책이다. 인조반정 때 공이 많았던 이괄은 2등에 녹훈(錄勳)된 것에 불만을 품고 인조 2년(1624) 1월에 반란을 일으켜 서울을 점령했다가 패하였는데, 이때 이괄의 난을 평정하고 난 뒤 토벌에 따른 논공행상으로 3등의 진무공신(振武功臣)을 책록하였다. 1등은 장만(張晩)·정충신(鄭忠信)·남이흥(南以興) 3인이고, 2등은 이수일(李守一)·김기종(金起宗) 등 9인이며, 3등은 남이웅(南以雄) 등 30인이다.

처음 영고이대가 와서 관사에 묵고 있는데, 갑자기 사라져 행방을 알지 못했다. 덕헌은 급히 김시양(金時讓, 1581~1643)을 찾아가서는, "오랑캐는 반드시 남한산성으로 갔을 겁니다. 귀로에 반드시 동관후(東關侯) 사당[23]에서 쉴 것입니다"라고 말하고는, 삶은 돼지고기를 준비하여 사당에서 맞이하게 하였다. 과연 영고이대가 와서는 무안하고 난감한 낯빛을 띠었다. 사태를 파악하는 그의 기민함이 이와 같았다.

덕헌(德憲)[24]은 사람됨이 곧아 구차함을 용납하지 않았다. 무과로 벼슬에 올랐지만 강직한 태도로 말을 하였으며, 조정의 권세 있는 고관들도 동등하게 사귈 수 있는 사람으로 여겼다. 이 때문에 자못 많은 질시를 받았다. 천계(天啓, 1621~1627) 연간에 건주 여진의 세력이 날로 강성해져 몽골의 여러 부족을 항복시키고, 요양과 심양 일대에 거점을 둔 뒤 동쪽으로 우리나라와는 화친하였다. 이때 나라에 일이 많았는데 문신들은 모두 사신으로 가는 일을 꺼려 피하였다. 이때부터 평안도 고을의 목사나 수령에 무관들이 많아졌다. 이에 충성스럽고 지혜가 많으며 언변에 능해 적국에 사신 보낼 만한 자라고 넉헌을 추천하는 자가 있었다. 형조참의 겸 접반사를 맡아 가도(椵島)에 들어가 유흥치(劉興治)의 기밀과 사세를 엿보았다.[25]

계유년(1633) 이후로 해마다 심양에 들어갔는데, 이때 이르러 세 번이

23. **동관후 사당** 관후(關侯)는 『삼국지연의』에 나오는 장수 관우(關羽)이니, 현재 서울 종로구 숭인동 동대문근처에 남아 있는 동묘(東廟)를 가리키는 것으로 보인다. 다만 지리적으로 남한산성을 둘러보고 돌아오는 길에 들를 만한 위치가 아닌 점이 의문이다.
24. **덕헌** 나덕헌에 대해서는 이 글과 비슷한 시기에 지어진 이덕무의 「나통어사일사장」(羅統禦使逸事狀, 『간본 아정유고』 권6)에 있어 서로 내용을 보완할 수 있다.
25. **가도에~엿보았다** 가도(椵島)는 평안북도 철산군에 속해 있는 섬으로 피도(皮島)라고도 한다. 철산반도 남단에서 약 4km 떨어진 곳에 있다. 면적은 19.17km²이다. 명청 교체기에 명나라의 모문룡(毛文龍)은 이 섬에 군대를 주둔시켜 후금의 배후를 노렸는데, 조선 조정에서는 이들을 대하는 데 정치·경제적으로 어려움을 겪었다. 유흥치는 1629년 모문룡이 죽은 뒤에 이 섬에서 명군을 지휘했던 장수이다.

나 사신에 충원되었다. 1636년 영고이대가 달아날 때 덕헌이 국경에서 만났다. 영고이대가 말하기를, "우리 한(汗)께서는 영토를 넓게 개척하시어 공열이 날로 성대하니 마땅히 대호(大號)[26]를 더하여 천명을 따라야 한다. 우리 여러 왕자의 교서를 귀국에서 열어 보지 않는 것은 어째서인가?" 하였다. 덕헌이 말했다. "안 된다. 우리나라는 신하로 천조(天朝, 명나라)를 섬긴 지 2백 년이 넘었다. 군신의 의리가 해와 별처럼 빛나니 예가 아닌 일에 대해서는 듣고 싶지 않다." 영고이대가 말했다. "천자가 어찌 하나로 일정하게 정해지란 법이 있는가? 우리 한(汗)께서는 성심을 미루어 남을 대접하고, 전쟁하면 반드시 승리하고 있다. 하지만 남조(南朝, 명나라)는 각박하여 대신들이 싸움을 그치지 아니하니 망할 날이 멀지 않았다." 덕헌이 말했다. "충신은 존망으로 절의를 바꾸지 않고, 열녀는 성쇠로 인해 두 마음을 지니지 않으니, 이것이 바로 천지의 큰 도리이다." 영고이대가 말했다. "사신으로 심양에 들어오면 따르지 않고자 한들 되겠는가?" 덕헌이 말했다. "따를 수 없다. 비록 내 머리가 한(汗)의 뜰에 걸리더라도, 내 뜻을 빼앗을 수는 없을 것이다." 영고이대가 그들의 국서를 보여 주자 덕헌은 바로 던져 버렸다. 영고이대가 웃으며 말했다. "이 안에서 무슨 더러운 냄새라도 나는가?"

4월 초하루, 이확 등은 오랑캐 군주에게 국서를 받들었다. 그가 접대하는 예는 매우 간결했다. 7일, 영고이대와 마복탑이 위한림(僞翰林)을 거느리고 숙소에 이르러 오랑캐 추장의 답서를 꺼내었다. 글은 만주 글자로 써 있었다. 큰 목소리로 번역하여 읽었는데, 모두 맹약을 깨뜨린 일에 대한 협박과 공갈의 말이었다. 10일, 위예부랑(僞禮部郞)이 와서 오랑캐 추장의 명령을 전했다. "교하례(郊賀禮)가 정해졌으니, 이치상 마땅히 함께 가야 한다." 이확 등이 꾸짖어 말했다. "일은 끝났는데, 감히 다른 곳으로 가

---

26. 대호　황제의 명령을 말하는데, 여기에서는 조선이 여진에게 황제의 칭호를 쓰라는 의미이다.

겠는가!" 11일, 오랑캐가 황제를 참칭하여 하늘에 제사를 지냈다. 날이 밝자 군사 30여 기가 와서 숙소를 포위하고 겁을 주었다. 이확 등은 동쪽을 향해 절하고는 도포와 관을 벗고, 서로 상투를 묶고 손을 잡은 채 드러누워 움직이지 않을 뜻을 보였다. 이에 이확 등을 남문 밖으로 끌어내니, 이확 등은 기가 막혀 눈을 감고 갔다. 그때 오랑캐의 진중에서는 찬양하며 음악을 울리는 소리가 들려왔다.

오랑캐는 이미 관온인성황제(寬溫仁聖皇帝)라 참칭하고, 국호를 고쳐 청(淸)이라 하였으며, 연호를 바꿔 숭덕(崇德)이라 하였다. 확 등을 억지로 축하 반열에 데려다 절하게 하였지만, 확 등은 거부하며 따르지 않았다. 오랑캐들은 크게 노하여 몰려들어 머리채를 잡아끌었다. 확 등은 비록 온갖 모욕을 당하여 온몸에 피를 흘렸지만 오히려 성내어 꾸짖기를 그치지 않았으니, 서로 실랑이하던 자리가 푹 파일 정도였다. 한족 사람으로 이 광경을 본 자들은 모두 탄식하며 눈물을 흘렸다. 날이 저물자 오랑캐 추장이 돌아가는데, 황색 용포에 백마를 탔고, 수레 덮개는 푸른색과 누른 것이 각각 4개였다. 누르고 붉은 깃발이 10개였고, 갓끈은 붉었으며 소매는 좁았다. 말을 타고 따르는 자가 1만 명을 헤아렸는데, 이들이 군진을 벗어나자 큰 바람이 일어나 그 의장의 반 이상이 꺾였다.

이확 등은 다시 숙소에 갇혔다. 12일, 오랑캐들은 동문 밖에서 그들의 조상에게 제사를 지냈다. 이때도 확 등을 을러 참석시키고자 더 심하게 협박하여 몰아 나가는데, 욕하고 때리고 하는 광경을 차마 볼 수 없었다. 하지만 이확 등은 더욱 굽히지 않았다. 덕헌은 갈비뼈가 부러져 다 죽게 되었는데, 한 오랑캐가 장막 안으로 음식을 가득 담아 보내 주었다. 덕헌은 눈을 부릅뜨고 발로 차서 깨 버렸다. 오랑캐들이 서로 돌아보며 낯빛을 잃었다. 그때 광녕총병(廣寧摠兵)이 있었는데 몰래 역관을 통해 말하기를, "우리들은 대대로 명조에서 녹을 먹었는데 목숨을 건지기 위해 여기까지 이르렀으니, 공들을 보기에 부끄럽다"고 하였다.[27]

13일, 오랑캐 추장은 고산(固山)[28] · 패륵(貝勒)[29] · 달단(韃靼) 등과 잔치를 베풀어 군마의 일을 맹세하였다. 여창(臚唱)하는 소리가 하루 종일 끊이지 않았지만 이확 등은 끝내 부르지 않았다. 이에 오랑캐 추장은 여러 장수를 모아 이확 등을 죽일 것을 의논했다. 그때 다이곤(多爾滾)[30]의 아들 요퇴(要魋)가 이르기를, "저들은 죽는 것을 영광으로 아는 자들입니다. 죽이면 우리는 사신을 죽였다는 오명을 뒤집어쓸 것입니다"라고 하자, 오랑캐가 죽일 의논을 그만두었다. 다이곤은 이른바 구왕(九王)이라는 자이다. 25일, 영고이대와 마복탑 등은 억지로 오랑캐 추장의 회답 국서를 맡기며 열어보지 못하게 하고는, 1백여 사람을 시켜 이확 등을 60리 밖으로 내쫓았다. 확 등이 편지를 보니 거짓 옥새 및 거짓 황제 칭호, 그리고 숭덕을 연호로 하는 날짜가 적혀 있기에 땅에 던져 버렸다. 오랑캐는 크게 노하여 또 통원보(通遠堡)[31]까지 내쫓은 뒤, 국경이 가까워져서야 되돌아갔다.

확 등은 어쩔 수 없었다. 다만 오랑캐의 연호는 절대로 받을 수 없지

---

27. 그때~하였다 광녕은 지금의 북녕시(北寧市)로, 명나라 때 요동총병이 군사를 주둔하던 곳이다. 명청 전쟁 시기 청나라에서는 대대적인 회유 정책을 펼쳐, 수많은 한인 관료 및 장수들이 투항하여 청진에 속해 있었다. 이 시기를 척화신들의 사적을 기록한 조선의 문헌에는, 한인(漢人)들이 조선 선비의 절의에 감탄하곤 했다는 기사 내용이 많은데, 이는 저간의 사정을 배경으로 한 것이다.

28. 고산 고산은 청나라 초기의 군제인 팔기(八旗) 가운데 1기를 뜻한다. 팔기병은 병졸 300인이 하나의 우록(牛彔)을 이루고, 다섯 우록이 하나의 갑라(甲喇)를 이루고, 다섯 갑라가 하나의 고산(固山)을 이루어, 모두 여덟 고산이 된다.

29. 패륵 패륵은 귀족을 뜻하는 만주어 바이루를 음차한 것으로, 군왕의 바로 아래 직급이다. 청 종실의 봉작은 친왕(親王), 군왕(郡王), 패륵(貝勒), 패자(貝子)의 순서로 되어 있다.

30. 다이곤 1612~165. 다이곤은 누르하치의 열네 번째 아들로 보통 구왕(九王)으로 일컬어졌다. 태종의 아들 순치제를 도와 1644년 북경 입성을 이끌었고, 청나라 초기의 정국을 안정시키는 데 많은 역할을 했다. 특히 조선과 인연이 깊어, 인질로 가 있던 조선의 왕자들이나 대신들과 친분이 깊었다.

31. 통원보 연행로 상에 있던 마을 이름으로, 조선 사람들이 송참(松站)이라 불렀던 곳이다. 봉성시(鳳城市)와 초하구(草河口) 사이에 있으며, 박지원이 홍수로 여러 날 머무르며 많은 일화를 남긴 곳이기도 하다.

만 곧바로 훼손하면 화가 나라에 미칠까 두려워, 그 편지를 흰 종이와 푸른 베 속에 감추었다.[32] 그들을 속여 "말이 병들어 갈 수가 없다" 하고는 말을 버리고 갔다. 먼저 군관 신여호 등을 보내 장계를 올렸다. 평안감사 홍명구(洪命耈, 1596~1637)는 '확 등이 이미 오랑캐에게 절을 했고 또 길에 그들의 편지를 두고는, 그걸 거두어 오라는 왕명을 얻어 허물을 남에게 돌리고 자기는 죄를 면하려 한다'고 생각하여 변경에서 효시할 것을 청하였다. 삼사 및 관학의 유생들도 다투어 참수할 것을 청하였다. 하지만 청음공 김상헌(1570~1652)의 건의로 죽음을 면하고, 이확은 평안도 선천으로, 나덕헌은 의주의 백마산성으로 유배 갔다. 확 등은 자신들의 무죄를 밝히지 않고, 사람들에게 "올해가 지나기 전에 전란이 일어날 것"이라고 말했다. 덕헌은 늙고 병들었지만 오히려 간곡하게 외교를 통해 적의 기세를 누그러뜨려야 함을 말하여 당시 사람들이 깨닫기를 바랐다.

얼마 뒤 접반사 이필영(李必榮)이 가도(椵島)의 도독 심세괴(沈世魁)가 본국 명나라에 보내는 주문(奏文)을 얻었는데, 거기엔 대략 이렇게 씌어 있었다. "역노(逆奴)가 감히 창궐하여 하늘과 조상에 제사를 지내고 조선의 신하들을 위협하여 배무(拜舞)케 하였지만, 이확과 나덕헌 등은 죽음으로 굽히지 않았으니 큰 절개가 늠름합니다. 겪고 들은 것이 명백하니 꾸며서 속이는 말이 아닙니다." 이에 천자의 감군어사 황손무가 천자의 친서로 포상을 내렸는데 가도가 함락되는 바람에 끝내 전달되지 못했다. 9월, 역관 신계암(申繼黯) 등이 억울함을 아뢰니 왕께서 모두 석방하였다. 덕헌은 도중에 병이 들어 고향으로 돌아갔다.

11월, 확은 모친상을 당해 양근(楊根) 산골로 들어갔다. 12월, 과연 오

---

32. 다만~감추었다 이 문장과 다음 문장 사이에 생략된 것이 있다. 앞 이덕무의 글에 따르면 청의 국서를 상자에 숨겨 말에 실어 심양으로 돌려보냈다고 했다. 말에 실었다는 부분이 빠졌음을 알 수 있다.

랑캐의 대군이 쳐들어왔다. 왕께서는 확으로 하여금 상중(喪中)에서 일어나 남한산성으로 들어오게 하셨다. 확이 "적의 대군이 아직 도착하지 않았으니 급히 강화도로 행행(行幸)하셔야 합니다"라고 아뢰었다. 왕께서 강화도로 간다는 명을 거두시고, 확에게 (남한산성) 남문을 지키라고 명하였다. 확은 기이한 계책으로 적을 패퇴시켜, 죽인 자가 많았다. 당시 날씨가 매우 추웠는데, 적들이 대포를 쏘아 성곽을 무너뜨렸다. 이에 흙을 메우고 짚을 섞어 물을 대서 얼리니 성은 다시 견고해졌다. 이를 보고 적들이 크게 놀랐다. 왕께서는 중사(中使)³³를 보내어 고기를 권하며 확에게 한 등급의 자품을 더하셨다. 당시 성중의 장졸들로 갑옷을 입고 선 자들은 모두 확에게 장수의 재략이 있다고 생각했다.

성이 함락되고 확은 돌아가 어머니의 장례를 치렀다. 오랑캐 추장이 묻기를, "확 등은 어디 있는가? 지난번 목숨을 걸고 굴복하지 않았으니, 오늘 만나 볼 수는 없는가?" 하였다. 이로부터 그 당시 심양에서의 일이 조금씩 밝혀졌다. 왕께서도 또한 마음으로 확 등의 인물됨을 알고 장차 중용하려고 하였다. 덕헌을 발탁하여 교동수군통제사로 삼았다. 확은 상복을 벗고 충청병사에 제수되었다가 통제사로 옮겨 갔다. 하지만 두 사람은 상처가 심하고 병이 깊었다. 경진년(1640)에 덕헌이 먼저 죽었다. 확은 병을 이유로 여러 번 관직에서 물러나 이천 온천(伊川溫泉)에서 목욕하게 해 줄 것을 청하였다. 왕께서는 걱정하며 특별히 말을 내리셨으니 깊이 아끼셨던 것이다. 현종 을사년(1665)에 이확이 죽었다. 왕께서는 관리를 보내 제사 지내게 하고, 유사에게 명하여 별도로 부의를 보내 주셨다.

그로부터 20년 뒤 숙종 갑자년(1684)에 참판 이선(李選, 1632∼1692)이 상소하여 아뢰기를, "확 등은 비방의 논의가 이미 풀렸고 큰 절개가 더욱 분명해졌지만, 제대로 표장하지 않은 채 오늘에 이르렀으니, 관직 추증을

---

33. 중사 왕명을 전달하던 내시.

청합니다"라고 하였다. 왕께서 의논할 것을 명하였다. 이에 영의정 김수항(金壽恒, 1629~1689), 영부사 김수홍(金壽興, 1626~1690), 행판부사 정지화(鄭知和, 1613~1688)·이상진(李尙眞, 1641~1690), 청성부원군 김석주(金錫冑, 1634~1684)가 의논하였는데 모든 의견이 같았다. 왕께서 말씀하셨다. "확 등은 한 몸으로 오랑캐의 땅에 들어가 큰 절개를 지켜 굽히지 않았으니, 이확에게는 병조판서를, 나덕헌에게는 병조참판을 제수하라." 하지만 시대가 오래되어 자손들은 가난하고 잘못된 전문이 이어져 내려와 야사에 의심스럽고 분명치 않은 기록이 그대로 있다. 비록 당일 공을 알던 사람이라도 왕왕 저들의 국서를 받았다고 의심하였다. 대저 두 공이 죽음을 두려워 않고 한 몸으로 호랑이 같은 오랑캐들의 뜻을 어겼으니, 거짓 황제 칭호를 쓴 편지에 무슨 미련이나 연연함이 있어 태우거나 찢어 버리지 않은 것이겠는가? 저들이 강제로 몰아 내쫓았으니, 속임수로 버렸을 뿐이다. 그 뜻이 참 엄숙하고 아름답다. 외방에 사신 가서는 적을 느슨하게 하고 안으로는 심성을 닦았으니, 두 공을 여기에서 헤아려 살필 수 있다.

무술년(1778)에 내가 연경 관사에 들었을 때, 지금 황제가 새로 펴낸 『전운시』(全韻詩)[34]를 보았더니, 그 조상들의 발상 내력과 역대 제왕의 흥망과 감계할 일들을 낱낱이 서술되어 있었다. 모두 4성(四聲)으로 하였으며, 책은 다섯 편이었다. 그들 태종이 황제를 참칭할 때의 일도 기록하였는데, "조선 사신이 절하지 않아 뜻이 유독 어그러졌다. 가짜로 예를 지켜 우리를 격발시켜 그 동료들을 죽이게 하는 것임을 알았다"는 구절이 있었다. 그 주에 이르기를, "나덕헌과 이확이 절하지 않았다……"라고 하였으니, 이를 본 사신들은 모두 눈물을 흘리며 두 공의 절의가 이처럼 성대하게 천

---

34. 『전운시』   청나라 건륭제가 지은 장편 영사시로, 만주족의 선대에서부터 청나라 초기의 사적, 그리고 역대 제왕의 사업 등을 4언으로 지은 책이다. 『황청개국방략』과 함께 간행되어, 당시 연경에 갔던 박제가·박지원 등이 이 책을 보고 이확과 나덕헌, 그리고 삼학사 등의 행적을 확인하였다.

하에 빛나고 있음에 감탄하였다.

하지만 나라 사람들이 그들의 자손을 천거하지 않는 것은 어째서인가? 드디어 돌아와서는 그 일을 아뢰었다. 지금 임금 3년, 이제 그 책을 구입하여 규장각에 소장하며, 덕헌에게는 충열(忠烈)을, 확에게는 충강(忠剛)이라는 시호를 내리고, 아울러 정려를 세울 것을 특별히 명령하셨다. 확의 후손 중 택관(宅觀)이라는 자가 양근에 살고, 세교(世橋)라는 자는 확의 형인 하(廈)의 후손인데 장성에 산다. 덕헌의 후손 벽천(璧天)은 나주에 사는데, 독서하고 농사를 지으며 생계를 유지한다.

외사씨는 말한다. "나는 병자년(1636) 정축년(1637)에 있었던 호란[35] 이후 우리 사신으로 중국에 들어간 자들은 등주와 내주를 거쳐 북쪽으로 올라가 연경에 이르렀는데, 요양 수천 리 사이 숙소의 벽에서 간혹 「나이항절도」(羅李抗節圖)를 보았다고 들었다. 당시 혁혁하기가 이와 같은데도 나라 사람들에게 인정받지 못한 것은 어째서인가? 두 어른의 유사를 읽어 보니, 그 재간(才幹)과 풍절이 비록 오랑캐 땅에 사신 가는 일이 없었더라도 한 시대의 명신임에 틀림없다. 대저 아주 작은 나라의 신하로 이름이 중화와 오랑캐 땅에 두루 울렸고, 구구하게 밝혀지지 않은 대의를 영원히 천하 후세에 알리게 된 것이 어찌 우연이겠는가, 어찌 우연이겠는가!"

---

35. 병자년~호란 원문은 병정(丙丁). 인조 14년 병자년(1636)에 있었던 호란이 이듬해 정축년까지 계속되었기 때문에, 이를 병정노란(丙丁虜亂)이라고도 한다.

문집

3

文集

墓誌銘

조선 가선대부 행 용양위부호군 겸 오위도총부부총관 이관상[1] 공의 묘 앞에 있는 혼유석[2]명〔병서〕

朝鮮嘉善大夫行龍驤衛副護軍兼五衛都摠府副摠管李公墓前魂遊石銘〔並序〕

공의 성은 이씨(李氏)요, 이름은 관상(觀祥)이며, 자는 국빈(國賓)이다. 관향은 덕수(德水)다. 임진왜란 당시의 명장 충무공 이순신이 그의 5대조가 된다. 아버지의 이름은 홍박(弘樸)이고, 어머니는 초계(草溪) 변씨(卞氏)다. 동래 정씨를 배필로 맞아 딸과 아들을 낳았다. 아들 한주(漢柱)[3]는 공의 형인 이보상(李普祥)의 후사가 되었다가, 다시 집안 동생인 이길상(李吉祥)에게 출계하였다. 또 다른 아들은 한동(漢棟)이고, 딸은 경력(經歷) 윤문연(尹文淵)에게 시집갔다. 측실 소생으로 아들 하나와 딸 셋을 두었다. 아들은 한석(漢石)이다. 첫째 딸은 김치눌(金致訥)에게 시집갔고 또 한 딸은 박제가(朴齊家)에게 시집갔으며, 나머지 한 딸은 아직 어리다. 공은 병신년

---

1. **이관상**　관련 기사는 「가선대부 행 용양위부호군 겸 오위도총부부총관 이공행장」(嘉善大夫行龍驤衛副護軍兼五衛都摠府副摠管李公行狀)에 자세하다.

2. **혼유석**　상석의 뒤쪽 무덤의 앞쪽에 놓는 긴 네모꼴의 돌을 말한다. 넋이 놀 수 있도록 하기 위해 둔다고 한다.

3. **아들 한주**　이몽직(李夢直)을 말한다. 자식 없이 일찍 죽고 말았는데, 박제가의 「제이몽직문」(祭李夢直文)·「답이몽직애」(答李夢直哀), 박지원의 「이몽직애사」(李夢直哀辭)를 통해 그의 인물 됨을 확인할 수 있다.

(1716)에 태어나 신유년(1741)에 병과에 급제했다. 고을을 다스린 것이 일곱 번이고 절도사가 된 것이 여섯 번이다. 경인년(1770)에 죽어 온양(溫陽) 설아산(雪峨山) 기슭 을좌(乙坐)에 묻혔다. 공은 품은 뜻과 타고난 성품이 우뚝하여 임금과 부모를 섬김에 실행이 갖춰져 있으니, 굳이 일일이 전하지 않는다. 명을 지어 이른다.

남는 것은 인연이요	居者爲緣
가는 것은 혼이로다.	逝者爲魂
인연이 남지 않는다면	緣旣不住
혼 또한 어디로 가랴.	魂亦何之
연기도 아니건만	旣非如煙
얼기설기 엉키었고	婀娜縈回
바람도 아니건만	又非如風
문득 왔다 사라지네.	蕭蕭忽忽
사람들은 말들 하지	人亦有言
땅에 있는 물 같다고.	如水在地
공의 혼은 어디 계시는가	公魂何在
오지도 가지도 않을세라.	非來非去
자식들의 눈 속에 마음속에 있나.	在公子女骨肉之親心中眼中
공 그리는 정인의 꿈속에 있나.	在誉愛人及其情人思公之夢
유람했던 산수 간에 있나.	在所遊處山水之間
천백 년 뒤 공을 말할 입에 있나.	在千百年言公之口
지금 세상 공의 칭송 듣는 귀에 있나.	在今一世聞公之耳
초혼할 때 지붕 위 옷에 있나.[4]	在皐復日乘屋者衣
장례할 때 상여 소리에 있나.	又在公葬蔽露之聲
공의 묘소	亦公之墓

단풍 숲	楓樹之林
이 모든 것들은	凡此數者
정을 두면	以關情故
모두 혼이 있게 되고	皆爲有魂
정을 아니 주면	不關於情
혼이 없다네.	卽無其魂
과거의 현인군자 비추어 봐도	觀于古人賢人君子
문장과 공업은	文章功業
존경하고 사모할 만하네.	可敬可慕
충의로운 사람은	忠義之人
그 이름 썩지 않고	其名不朽
혼 또한 절로 남으리.	卽魂自在
그 밖에 평범한	其它尋常
시속의 무리들을	流俗之輩
누구도 일컫지 아니하니	人所不稱
혼이 없어서라네.	無所有魂
뒤에 올 사람들이	使後人者
이처럼 구한다면	如是以求
공의 혼 불멸함이	公魂不滅
이 돌과 같으리라.	有如此石

4. 초혼할~있나 고복(皐復)을 말한다. 사람이 죽으면 다시 돌아오기를 바라는 의미에서 그의 옷
가지를 가지고 지붕 위에 올라가 그 영혼을 부르던 것이다. 『예기』(禮記) 「예운」(禮運)에 보인다.

이 동자 묘지명[1] 李童子墓誌銘

동자의 이름은 백손(伯孫)으로 완산 이제(李濟)와 ○○○ 씨[2]가 그의 부모이며, 그 선조는 종실 덕양군(德陽君)에서 갈라져 나왔다. 동자는 경진년(1760) 6월 5일 오시(午時)생으로, 열세 살 되던 해 3월 그믐날 유시(酉時)에 병으로 죽었다. 15일 만에 혜화문 동쪽 13리 되는 우이동 골짜기 임좌(壬坐) 방향에 무덤을 썼다. 예전 동자와 한마을에 살아서 나는 그의 깔끔한 모습과 깨끗한 기운을 알고 있었다. 『초사』(楚辭)를 옆에 끼고 와서 물어볼 때엔 밝은 달빛이 휘장을 비추었고, 진첩(晉帖)[3]을 앞에 두고 임서에 몰두할 땐 시원한 기운이 방 안에 가득했다. 아아! 살았을 땐 머리를 쓰다듬으며 아꼈는데, 이제 죽어 시신을 어루만지려니 차마 어찌하리오. 나를 좇아 1년을 배웠고, 김영중(金英仲) 선생에게서 몇 달을 배웠다. 이에 영중이 벼슬을 …….[4]

---

1. **이 동자 묘지명** 이 글은 일본정가당문고본(日本靜嘉堂文庫本) 『초정전서』(楚亭全書)에만 있다.
2. **○○○ 씨** 이름이 누락되었다.
3. **진첩** 진(晉)나라 서예가들의 글씨를 탁본하거나 모사한 서첩을 가리킨다.
4. **영중이 벼슬을 ……** 이후 몇 글자가 누락되었다.

홀연히 왔다가는 속절없이 떠나가서   來本無端去忽然
부모님 마음에 한 서리게 하였구나.   徒令父母恨纏綿
그 몸은 초목 따라 뿌리로 돌아가니   身隨草木同歸盡
파초 같은 그 모습 잠시의 인연일세.   形比芭蕉暫有緣
귀중하다, 전서는 명사의 필적이요   珎重篆爲名士蹟
가런타, 묘지명은 친구가 새겼구나.   可憐石是故人鐫
모르겠네, 먼 훗날 쟁기 끝에 나타나면   不知何歲犁頭起
이 글을 읽어 보고 누가 밭을 갈리오.   讀取其詞詎作田

장환 묘지명 張瓛墓誌銘

　　위장(衛將) 장세경(張世經) 군에게 환(瓛)이란 아들이 있는데, 자가 헌옥(獻玉)이다. 신축년 5월 그믐 전날 태어나 어릴 적 이름을 신대(辛大)라 했다. 열두 살에 한마을 사는 변씨(卞氏)의 딸에게 장가들어, 한 해 뒤에 죽었다. 이때가 계축년(1793) 9월 15일이다. 여드레 후 파주·아무 마을 서남쪽 언덕에 장사 지내니 선영이 있는 곳이다.

　　지난 일을 더듬어 보니, 내가 장세경 군과 함께 왕명을 받들어 강화도에 갔다가 돌아와 교외에 이르렀는데, 장환은 그때 겨우 다섯 살로 말 머리에서 그 아비를 맞이하였다. 그 자태가 그림같이 빼어났으므로 길 가던 사람들이 모두 눈길을 주었다. 생생하기가 마치 어제 일 같건만, 이 사람은 어느새 장성하여 장가들고 죽었구나. 아아! 슬퍼할 만하도다.

　　장환은 어려서부터 아름다운 자질을 지녀 능히 아버지의 뜻에 순종하였다. 아버지가 맡은 일이 임금을 가까이서 호위하는 일인지라 자주 집안을 돌보지 못하였다. 장환은 능히 밖으로는 손님을 접대하고, 안으로는 비복들을 다스려, 의젓하기가 어른과 다름없었다. 크고 작은 편지나 문서 기록도 그 아버지가 빠짐없이 자세히 살피게 하였다.

　　꽃구경 철에 서당의 생도들이 모두 나갔는데, 장환만은 홀로 어버이께 고하지 않았다 하여 사양하고 가지 않았다. 늘 '효도하면 복이 생기고, 검소하면 마음이 편안하다'는 말을 외우며, 된장과 채소만 먹고 해진 버선과 구멍 난 신발을 신고 다녀도 한번도 성내거나 부끄러워함이 없었다. 시문 짓기를 기뻐하여, 지은 글을 내보이면 그 동료들이 깜짝 놀랐다. 여덟 살에 마마를 앓았다. 무릇 선물로 받은 장난감이 있으면 서당 선생님께 모두 맡겨 간직해 달라고 했다. 어떤 이가 열쇠라도 가질 것을 권하면 장환은 정색을 하고 이렇게 말했다. "선생님께 자물쇠를 맡기고 열쇠를 가진다면 이것은 의심하는 것이니, 어찌 그런 이치가 있겠는가?"

훈민정음을 보고는 며칠을 몰두해서 스스로 반절의 방법을 체득하였다. 이에 규방의 아름다운 이야기를 한글로 옮겨 그 누이에게 보여 주었다. 아내를 맞이할 적에 신부의 방을 꾸미자, 장환은 이렇게 요청하였다. "누이의 거처보다 낫게 해서는 안 됩니다. 제 마음이 편치 않습니다." 한번은 신부의 집에 갔는데 담배를 내어 오자, 장환이 이렇게 말했다. "저희 집안의 법도가 스무 살 이후에나 담배 피우는 것을 허락합니다. 감히 피우지 못하겠습니다."

장환과 함께 배운 사람들은 이렇게 말한다. "장환은 재빠르고 날렵해서 몇 길 되는 담장도 뛰어넘고, 말 타기나 노래도 잘해서 이따금 질탕하고 호방하였다." 하지만 장세경 군은 이러한 사실을 알지 못했다. 그 손을 여며 가지런히 펴고서 정신을 안으로 모아 긴 소리로 부르면 그 소리가 들을 만하였다 한다. 문장은 유려하여 요절할 상이 보이지 않았다. 아아! 장환이 비록 장가를 갔지만 나이는 겨우 열세 살이었다. 그런데도 성취의 조숙함이 이와 같았으니 만일 하늘이 그에게 수명을 주었더라면 그 나아감을 또 어찌 헤아릴 수 있었겠는가? 슬프다! 장씨의 본관은 덕수(德水)이고 장환의 어머니는 아무 본관의 아무 씨다. 장환에게는 여덟 살 난 아우가 있어, 그가 아들 낳기를 기다려 장환의 후사로 잇는다 한다. 명(銘)을 짓는다.

아비가 자식 곡함 이치를 거스르니   父而哭子理其逆
재주까지 높은지라 모두들 슬퍼하네.   矧伊才也所同慽
소년의 높은 의기[1] 그 행적에 드러나니   橘頌之義著闕蹟
짧은 글에 적신 눈물 핏빛을 띠는구나.   字少淚多都成碧

---

1. **소년의 높은 의기**   원문은 귤송지의(橘頌之義). '귤송'(橘頌)은 『초사』(楚辭) 구장(九章)의 편명으로, 초(楚)나라의 시인 굴원(屈原)이 자신의 고결하고 변하지 않는 지절(志節)을 귤나무에 비해 읊은 것이다.

죽은 딸 윤씨 부인의 묘지명 亡女尹氏婦墓誌銘

내 나이 스물일곱 살(1776) 섣달 27일에 네가 태어났고, 내가 쉰 살 되던 해(1799) 5월 6일에 네가 죽었다. 너는 태어난 지 15년 되던 해(1790) 겨울, 집안끼리 잘 알고 지내던 윤씨 집안의 아들 후진(厚鎭)에게 시집갔다. 그해 5월 나는 사신의 임무를 받들고 열하(熱河)에 가서 순황제(純皇帝: 건륭제의 시호)의 만수연(萬壽宴: 건륭제의 팔순 잔치)에 참례했다. 9월에 돌아와 압록강을 건넜는데, 왕명이 있어 3백 리를 나는 듯 말달려 서울에 이르렀다. 급히 의복을 갖추어 편전에 입대(入對)하니, 상(上)께서는 다정하게 노고를 위로해 주며 군기시정(軍器寺正)으로 승진시켜 주셨다. 그러고는 다시 연경에 갈 것을 명하셨다.[1] 이어 솜과 비단을 하사하시며 네가 시집가는 밑천으로 삼게 해 주셨으니, 참으로 특별한 성은이었다. 그때 네 혼례를 이

---

1. **상께서는~명하셨다** 박제가는 건륭제 만수절의 진하 사절단으로 5월에 출발하여 10월에 돌아왔다. 당시 사행의 정사는 황인점(黃仁點), 부사는 서호수(徐浩修), 서장관은 홍문관 교리 이백형(李百亨)이었고, 박제가는 유득공과 함께 종사관으로 수행했다. 이때 건륭제는 정조가 6월 18일 원자를 본 것 등에 대해 특별한 관심과 우호감을 표시하고, 직접 지은 시를 새긴 옥여의(玉如意)와 벼루 등을 선물했다. 이에 정조는 그 은혜에 특별히 사례하기 위해 박제가를 임시 군기시정으로 삼아 동지사의 뒤를 따라가게 하였다.

틀 앞두고, 나는 왕명을 받들어 곧바로 떠나느라 혼례식을 지켜보지 못했다.

이듬해(1791) 네 남편이 남궁시(南宮試)에 합격하였다. 그때 두 집안에 부모가 모두 계시어 그 이른 성취를 경축하였으니, 집안에 복록이 될 것을 의심하지 않았다. 그 이듬해(1792) 가을 내가 충청도 부여 고을을 맡고 있을 때, 네 어미가 집에서 세상을 떠났다. 또 4년 뒤(1796), 너는 시아버지를 따라 그의 임지인 단성(丹城)에 갔다. 1년 뒤(1797) 시어머니의 상을 당했다. 너는 안상주가 되어 집안일을 도맡아 하였고, 맡은 일을 잘 해낸다는 칭찬을 받았다. 하지만 나는 기쁘지 않았다. 네가 어린 나이에 여러 번 슬픈 일을 겪은데다 집안일까지 감당하자면 너무 힘들 거라고 생각했기 때문이다. 상기를 끝내자 과연 병이 들었는데 시댁에서는 네가 회임한 줄만 알고, 오랜 병이 깊어진 줄은 알지 못하였다.

10월에 나는 너를 영평의 관사로 데려갔다. 어미는 죽고 없어 시댁보다 나을 것이 없겠지만 너의 피로를 풀어 주고 싶었기 때문이다. 몸을 조리한 지 수십일 만에 조금 나아졌다. 11월에 네 아우를 남씨(남근중南謹中)에게 시집보냈는데, 너는 그 아이와 함께 서울 집으로 왔다. 올봄 네 시아버지는 금산 고을로 옮겨 가면서 대부인(大夫人)을 맞이하려 했는데, 네가 발을 다치는 바람에 시행하지 못했다. 나는 영평이 가깝기에 다시 너를 데려가려 했지만, 네 시아버지가 관가의 일로 의금부의 조사를 기다리고 있어 결행하지 못했다.

나는 떠나가면서 여러 번 너를 돌아보았는데, 수척한 네 모습이 너무 안쓰러워 반년만 잘 버텨다오 하면서 마음으로 빌었다. 단옷날 관아에 홀로 앉았는데 급보가 날아왔다. 밤중에 즉시 네 두 어린 아우를 태우고 비를 맞으며 80리 길을 달려가다가, 말 위에서 부음을 듣고 들판에서 목 놓아 울었다. 이에 앞서 깊은 숲에 들어간 꿈을 꾼 적이 있었다. 도끼로 나무를 베어 낸 자국이 있고 풀빛이 그윽하여, 너의 어린 두 아우를 어루만지며 간절하게 무언가를 바라는 듯 서글퍼했다. 깨고 나서 기분이 좋지 않았는데, 이날 너를 위해 목 놓아 운 뒤에야 그 꿈속 광경이 하나의 징조였다는 걸 알게 되었구나! 내가 들어가자 너는 이미 염을 끝냈는데, 나를 보지 못한 것을 한으로 여겼다고 하더구나.

네 아우를 시집보내면서 너와 의논한 적이 있다. 그때 너는 말하기를, "화려하면서 얇은 옷보다는, 질기면서 두꺼운 게 낫지 않겠어요?"라고 했었다. 나는 그 말이 덕에 들어맞음을 기뻐했으니, 이로써 너의 검약함을 알았다. 너는 6남매 중 둘째였는데, 아우들이 모두 둘째 누나를 좋아했으니, 이로써 네가 집안에서 우애 있었음을 알았다. 네가 죽자 비복과 먼 친척붙이들까지 소리 내어 울며 슬퍼하지 않는 이가 없었으니, 이로써 네가 시댁에서 죄를 짓지 않았음을 알았다.

너는 시집간 지 10년이 넘도록 자식을 낳지 못하고 죽었으니, 지금으로 보면 울며 슬퍼할 사람 하나 만들지 못했고, 뒷날로 보면 후손이 끊어지고 말았구나! 나는 이제 노쇠하여 슬픔 또한 더할 것이 없다. 다만 조물주가 주어 다정하게 했다가 다시 빼앗아 나를 괴롭히는 것이 한스러울 뿐이다. 모월 모일 천안군(天安郡) 삼기점(三歧店) 선영의 모 좌향의 언덕에 묻는다. 나는 가고 싶었지만, 직책상 함부로 도의 경계를 넘을 수 없어, 묘지명을 지어 광중에 넣는다. 후세 사람들은 이를 보고 네가 정유 박제가의 딸임을 알 것이다. 명(銘)을 짓는다.

망망한 대지에서	茫茫厚地
어여쁜 딸 애도하네.	哀此婉孌
살아 한번 헤어지곤	生之訣兮
아비 얼굴 못 보았네.	不見父之面

생원 이행묵 묘지명 庠生李行默墓誌銘

행묵(行默) 이이신(李而信) 군은 기미년(1799) 3월 28일에 죽었다. 갑오년에 태어났으니 스물여섯 해를 살았다. 그의 객인 담수(澹叟) 권처가(權處可)가 영평 관사에 있는 내게 달려와 말했다. "이군이 병이 들어 닷새 만에 죽었는데 죽을 때 또한 별다른 말은 없었습니다. 다만 부탁하며 '옛날 송나라 때 형거실(邢居實)은 일찍 죽었지만 그가 지은 「추풍사」(秋風辭) 세 수는 주 부자(朱夫子)께서 드러내어 칭찬하였습니다.[1] 제가 죽거들랑 시 한 권이 있으니 정유 선생에게 부탁하여 가려 뽑게 하면 좋겠습니다'라고 말했습니다." 나는 시권을 열어 보고 눈물을 흘리면서 답장하려 했으나, 그러지를 못했다. 그 비교하고 견주는 것이 차례를 잃었지만 잠시 헤아릴 겨를이 없었다.

이군은 언제나 8월 15일이면 철원에 성묘를 가는데, 죽기 전 해에 이군은 나와 순담(尊潭) 계곡[2]에서 만나기로 약속했다. 순담은 영평과 철원

---

1. 형거실은~칭찬하였습니다 형거실(邢居實)은 북송 때 사람으로 시문이 뛰어났으나 스무 살에 요절하고 말았다. 뒷날 주희(朱熹)는 그의 「추풍사」(秋風辭) 세 수를 높이 평가하여 『초사집주』(楚辭集註)를 편찬하면서 거기에 포함시켰다.

사이에 있는데, 이군이 강물이 막혀 약속 날짜를 놓치는 바람에 나는 하루 종일 서성거렸다. 이군은 관아에 들러 사과하고는 떠나갔고 다시는 볼 수 없었다. 철원에 장사를 지냈다고 들었기에, 직접 상여의 끈을 끌고 싶었으나 장례 날짜를 정확히 알지 못했다. 한양에 들어갈 일이 있어 양주 갈림길에 이르렀는데, 장례 행차가 있어 물어 보니 바로 이군이었다. 나는 그의 아버지 손을 잡고 들판에서 곡을 하였다.

슬프다! 만약 그가 살아서 여기에서 만났더라면 주막의 술을 사 마시며, 도봉산과 수락산 사이 안개와 구름, 나무 빛깔을 하나하나 가리키며 시를 지었을 것이다. 이군의 아버지는 주부(主簿) 이응정(李應鼎)인데, 나보다 세 살이 적다. 군의 장인은 도사(都事) 서유년(徐有年)으로 나보다 여섯 살이 적다. 두 집안이 아들을 장가보내고 딸을 시집보낼 때 나는 엄숙한 표정으로 이군의 아버지를 지목하여 "후생이 가외로다" 하면서 서로 농담을 주고받았다. 이제 서유년도 죽은 지 오래되었고 후생의 아들도 잇따라 죽었으니, 내가 어찌 늙고 병들지 않겠는가?

이군은 어릴 때부터 매우 슬기로워 열세 살에 어머니 심씨의 상을 치르는데 어른처럼 의젓했다. 집안을 관리하고 노비를 다스리며, 문서를 살피고 서찰을 쓰는 일에 이르기까지 어른들이 모두 이군에 기대어 처리했다. 이군은 총명하고 아름다운데다 몸가짐을 잘 닦았으니 손님을 맞이할 때는 실언하는 법이 없었고, 다른 곳에서 사람을 보더라도 능히 물색하여 열에 일고여덟을 얻었다. 그의 사람됨은 고결하였지만 능히 화합하였고, 부드럽지만 굳게 지킬 줄 알았으며, 재주가 많았지만 성정은 담박하였다. 일을 처리함에는 물러가고 나아갈 때와 빠르게 할 때와 느긋하게 할 때를

---

2. 순담 계곡　강원도 철원군 갈말읍 군탄리(軍炭里)에 있는 계곡. 순담(蓴潭)이란 이름은 순채(蓴菜)라는 수초가 자랐다고 해서 붙인 이름이다. 조선 정조 때 영의정 김관주가 이곳에 순담(純潭)이라는 연못을 만들었다고 해서 순담 계곡이라 불리게 되었다는 말도 있다.

정확히 알았으니 머리가 희도록 나이를 먹은 사람도 미치지 못하는 것이 있었다. 혹 그 문장의 아름다움만을 일컫는 사람은 이군을 깊이 알지 못하는 자이다. 일찍이 방 하나를 깨끗이 치워 옛 그릇과 유명한 사람의 글씨와 그림을 쌓아 놓고 향을 피우고 차를 마시고 피리와 거문고를 연주하며 홀로 즐겼다. 그의 벗이 책망하였다. "쓸데없는 일일세. 빨리 공령문을 읽어 진사가 되고 과거에 급제하는 것이 좋겠네." 이군이 웃으며 말했다. "내가 높은 성적에 급제하여 바로 공경이나 재상이 된다고 해도 이것으로 저것과 바꾸지 않을 터인데, 하물며 이조차 기필할 수 없음에랴!"

그의 아버지가 한강 상류에서 도자기 굽는 것을 감독한 일이 있었다. 이군이 와서 말했다. "초여름의 강물 빛이 넘실거리니 청컨대 함께 물결을 거슬러 올라가고 싶습니다." 나는 기뻐하며 허락했다. 사흘 동안 시 20여 편을 지어 돌아왔는데, 이군은 오래도록 그 시를 외우곤 했으니 대개 아버지의 가까운 친구를 모신 것을 자랑스러워한 것이다. 예전 내가 잠시 휴가를 낸 적이 있었다. 집의 형편이 궁색해서 호박을 삶아 우연히 떡을 만들었더니, 이군이 그 새로운 맛을 좋아하였다. 그런 까닭에 여름철이면 번번이 호박떡을 만들어 이군을 먹이며 자주 함께 묵었다. 벽에 시를 적은 것이 어제 일만 같건만 호박떡을 먹던 즐거움은 끝내 돌이킬 수 없게 되었다.

이군은 왕실 전주 이씨로 그 가계 내력은 이군의 할아버지 양근공(楊根公) 휘 창욱(昌郁)의 묘지 글에 모두 실려 있어 이 글에서는 적지 않는다. 이군에게는 자녀가 있었으나, 이군이 죽자 모두 요절하였고 딸 하나만 겨우 세 살이다. 이에 이군의 세대가 실낱처럼 끊어지지 않았다. 명(銘)을 짓는다.

궁예의 산에는	弓裔之山
교목만 우거졌네.	喬木芊緜
묏자리를 여기 두니	安此宅兆
천 년토록 전해지라.	用諗千年

가선대부 행 용양위부호군 겸 오위도총부부총관 이관상 공의 행장

嘉善大夫行龍驤衛副護軍兼五衛都摠府副摠管李公行狀

공의 휘는 관상(觀祥)이고 자는 국빈(國賓)으로, 임진왜란 당시 명장이 었던 충무공 이순신의 5대손이다. 공은 외모가 훤칠하고 마음에 품은 뜻 이 우뚝하여, 말하고 웃는 사이에도 사람을 감동시켰다. 26세 되던 신유년 (1741)에 무과에 급제하였다. 이해 겨울 천거되어 선전관으로 들어갔다. 계해년(1743)에 어머니 상을 당하여 삼년상을 마치고 다시 벼슬자리에 임 명되었다. 무진년(1748)에 중화부사(中和府使)가 되었는데, 기사년(1749)에 체직(遞職)되고 훈정(訓正)¹으로 승진하였다.

얼마 있지 않아 중화(中和) 해창(海倉)의 속미(粟米) 1천여 석이 줄어들 어 새로 부임한 부사가 공에게 허물을 돌리자, 감사가 임금님께 장계를 올 리려 하였다. 중화 백성들이 "전 부사께서 우리들을 어떻게 대해 주셨는 가? 사실이 아닌 것으로 죄를 덮어썼으니, 은혜를 저버리는 것은 사람의 도리가 아니다"라고 서로들 말하였다. 이에 감사에게 달려가 호소하였다. "전 부사는 우리에게 부모와 같은 분입니다. 청컨대 사흘만 말미를 주신

---

1. 훈정　훈련원의 정3품 벼슬. 훈련원은 조선 시대 군사의 시재(試才)와 무예의 훈련, 병서의 습 독(習讀) 등에 관한 일을 맡아보던 관아이다.

다면 저희 백성들이 대신 곡식을 채워 넣을 것입니다." 아마도 창고에 쌓아 둔 곡식이 오래되어, 5년 된 것은 상하였고 10년 된 것은 흙이 되어 버린 것이니, 들어간 곡물과 남은 곡물의 양이 맞지 않는 것으로 책임을 물을 수 없는 사정이 있었던 것이다. 이에 감사가 이를 승낙하였다. 마침내 밤낮으로 이고 지며 곡식을 나르는 백성들이 길에 끊이지 않았다. 사흘이 되기도 전에 비었던 곡식이 모두 채워져 뒤에 이른 백성들은 헌납할 수 없어서 이미 와서 헌납한 사람들과 실랑이를 벌였다. 감사가 백성들에게 균등하게 헌납하도록 하였다.

경오년(1750) 전주영장(全州營將)을 제수 받아 부사의 일까지 수행하게 되었다. 이 고을은 본래 일이 지극히 번잡하다고 일컬어졌다. 송사 문건이 하루에도 8천 건을 웃돌아 송사하는 백성들이 관아에 끊이지 않았으며, 아전과 빈객들도 너무 많았다. 공은 언제나 새벽부터 관아에서 일을 보았고, 아침 식사 후에는 화살을 열 번 정도 쏘았다. 낮 동안에는 공사를 처리하여 해가 진 뒤에야 끝이 났다. 사령은 번잡하지 않았고 하나도 빠뜨리는 경우가 없었다. 사오일 지난 후에 거듭해서 들어오는 송사 문건이 있으면 곧 알아보았다. 몇 달 만에 전주가 크게 다스려졌다.

그러던 어느 날 토포군사(討捕軍士)[2]를 잡아들여 호령하였다. "도적을 잡는 자리에 있으면서도 한 사람의 도적도 잡지 못했으니 장형에 처해야 마땅하다." 토포군사는 겁에 질려 대답을 하지 못했다. 공이 곧바로 군사에게 붓을 들어 다짐하게 하고는 이렇게 말했다. "강도 23인이 지금 공북루(拱北樓)에서 자고 있으니, 너는 급히 가서 그들을 포박하여라. 단 한 명이라도 놓쳐서는 안 된다. 만약 놓친다면 그 도적의 죄를 너에게 물을 것이다." 공북루는 관아에서 5리 떨어진 곳에 있었다. 군사가 나가서 잠시 후에 22인을 사로잡아 왔다. 공이 노여워하며 "한 사람은 어디에 있는

---

2. **토포군사** 도적 잡는 일을 맡은 군관이다.

가?” 하니 엎드려 말하길 “한마디 말씀만 드리고 죽겠습니다. 과연 스물 세 명이 있었는데, 한 사람은 쇠 채찍으로 거듭 쳤는데도 다시 일어나 도망을 쳤습니다. 그를 쫓아가 거의 잡을 뻔했는데, 도적이 훌쩍 누대 아래로 뛰어내렸습니다. 에워싼 군사들이 일거에 흩어져 감히 당해 내지 못했습니다. 소인이 쫓아갔으나 붙잡지 못했으니, 죽어도 달리 할 말이 없습니다.” 온 관아의 사람들이 놀라며 그 신묘함을 칭송하였다.

하루는 문졸(門卒)이 들어와 박장각(朴長脚)이 뵙기를 청한다고 아뢰었다. 박장각은 도내 도적의 우두머리였는데 다리가 길어서 붙여진 이름이다. 공은 평복 차림으로 주위 사람을 물리치고 그를 만났다. 때는 바야흐로 한여름이었는데, 장각은 반팔 솜옷을 입었고 바지 차림도 그러했다. 미투리를 신고 패랭이를 썼으며 두 정강이를 동여매고 천천히 걸어서 들어오는데, 허리 아래만 해도 거의 보통 사람의 키만 했다. 허리를 구부려 절하고[3] 일어나 뜰 가운데 섰다.

공이 꾸짖어 말하였다. “너는 도둑놈이고 나는 도둑을 잡는 관원이다. 어찌하여 스스로 죽을 곳으로 들어왔는가?” 장각이 빙그레 웃으며 말하였다. “듣자하니, 공북루에 있는 스물세 명의 도적을 사또가 앉아서도 알았다는데, 어찌 그리 신묘하십니까! 한번 우러러 뵙고자 이처럼 당돌한 짓을 하였습니다. 그러나 사또 또한 저를 죽이지는 못할 것입니다. 전에도 이 뜰에 들어온 것이 한두 번이 아닙니다. 새로운 사또가 이 고을에 부임했다는 소식을 들을 때마다 곧 가서 뵙기를 청하였는데, 반드시 위엄을 성대히 갖추고 차례차례 행차를 알리는 소리 속에 들어왔으니, 한 번만 보고도 그 사람됨을 알 수 있었습니다. 용맹한 군졸들을 호령하기에 분주했지만 두려워할 만한 것은 보이지 않았습니다. 목에 긴 칼을 씌우고 몸을 포승으로

---

3. **허리를 구부려 절하고** 원문은 경절(磬折). 경쇠는 악기 이름인데, 굽은 모양이다. 이 구절은 마치 경쇠의 모양처럼 허리를 굽히는 것을 말한다.

묶어도 마치 바보처럼 고개를 떨어뜨린 채 하는 대로 맡겨 두었습니다. 이 윽고 아전이 나아가 '하옥 시키겠습니다'라고 말하기에 기지개를 한 번 펴서 포승줄을 끊어 버렸고 눈을 부릅떠 긴 칼을 박살내 버렸습니다. 땅에 침을 한 번 뱉고서는 한구석의 담장을 밀치고 나가는데 감히 저를 어떻게 하지 못한 것이 여러 해였습니다."

공이 말했다. "내 손으로 너를 벤다면 어찌하겠느냐?" 장각이 말하였 다. "사또에게 저를 죽일 계책이 있겠지요. 그런 것들은 제 알 바가 아닙 니다. 허나 저도 제 살 길을 찾을 것입니다. 두 마리 호랑이가 맞붙어 싸 우면 둘 모두 온전할 수가 없습니다. 언뜻 듣자니 백금을 가진 사람은 마 루 끝에 걸터앉지 않는다고 합니다. 저 같은 천한 목숨이야 상관할 바 아 니지만, 사또께선 어찌 혈기의 용맹으로 이처럼 자신을 가볍게 여기어 필 부의 일을 행하려 하십니까?" 공이 안색을 고치고 자리를 내어 주며 의기 로써 격동시키니, 장각 또한 뜨거운 마음이 일어 마침내 굴복하였다. 이에 장각을 토포군관으로 보내어 도적의 무리들을 잡아 오게 하였다. 한 달쯤 지났는데도 아무런 움직임이 들리지 않자 사람들은 모두 의심하며 도적에 게 속은 것이라 여겼다. 얼마 있지 않자 과연 도적 40여 명을 잡아 왔다. 조사해 보니 모두 다 사실이었다. 이로부터 도적을 기찰하고 잡는 일이 신 기에 가까워 여러 가지 골칫거리들이 사라졌으며 백성들이 도적에게 당하 는 일이 없어 사방이 편안해졌다.

신미년(1751) 평안도 위원군수(渭原郡守)에 전배(轉拜)되었는데, 병 때 문에 부임하지 못했다. 전주 감영 소속 기녀에게서 몸을 조리했는데, 한 번도 공을 모시지 않은 기생이었다. 탕을 끓이기를 정성스레 하면서 잠시 도 곁을 떠나지 않았다. 기녀의 젖먹이가 집에 있었는데, 물러나가 젖을 먹이면 공에게 상서롭지 못할까 저어하여 마침내 자식이 굶어 죽기에 이 르렀다. 하지만 공의 은혜에 감사하는 마음은 끝이 없었다. 공이 병중에 위가 약해져, 살아 있는 붕어 생각이 간절하였다. 이에 백성들이 앞 다투어 붕어를 바쳤는데, 비록 수백 리 밖에서도 한 마리 붕어를 얻으면 반드시 물에 담아 가지고 공을 찾아왔다. 한번은 밤에 사방 산에 불빛이 가득하여 이상하게 생각했는데, 알고 보니 관내의 백성들이 사또의 병이 낫기를 바라며 기도하는 촛불 빛이었다고 한다.

공이 장차 떠나려 하자 장각이 찾아와서는 길에서 인사를 하였다. 공이 물었다. "자네는 장차 어디로 가려 하는가? 이 뒤로도 영원히 선한 사람이 되지 않으려는가?" 장각이 말하였다. "이미 공의 지우(知遇)를 입었으니 저에게는 두 가지 마음이 없습니다. 다만 저는 오랫동안 도적 잡는 일을 맡아서 원망을 맺은 일이 심히 많습니다. 이제 다른 지방으로 피해 살까 합니다. 오래지 않아 사또께서 틀림없이 관찰사의 임무를 맡으실 것입니다. 만일 박장각이 도적질하였다는 말씀을 들으신다면 집집마다 찾아다니며 제 목을 베라고 하더라도 달게 여기겠습니다." 후에 장각은 온양의 북쪽 마을에서 짚신을 삼아 팔며 몇 년을 살았는데, 그 뒤로 종적을 알지 못했다고 한다.

평안도 위원 땅의 풍속은 집집마다 제사를 모시는 세대가 달랐으니, 심지어는 10대나 20대까지 신주를 모셔 두고서 제사를 지내기도 하였다. 어떤 사람이 서울의 풍속을 듣고 신주를 무덤 앞에 묻고자 하면 모든 사람들이 한결같이 비난하였다. 공이 이를 깨우쳐 주어 4대 이상의 신주는 무덤 앞에 묻게 하였고, 고조를 체천(遞遷)[4]하는 예와 백 년토록 옮기지 않는 의리[5]를 가르쳤다. 또 학궁전(學宮田)과 양사고(養士庫)[6]를 두었으며, 서사(書社)[7]를 지어 스승을 모시고 학도를 모아 문학을 강론하였다. 이로부터

---

4. 체천 옛날 사당에는 기제사로 모시는 4대 고조까지의 위패를 모셨는데, 후손의 위패가 들어오면 제일 동쪽으로 들어간다. 그리고 그 자리에 있던 조부님 등의 위패는 서쪽으로 한 칸씩 옮긴다. 옮기다 보면 제일 서쪽에 모셨던 5대조의 위패는 자리를 그만 내주어야 한다. 이것을 친진(親盡)으로 체천(遞遷)하였다고 한다. 지극히 가까운 어버이 사이가 끝났으므로 신주를 폐하여 무덤으로 옮긴다는 뜻인데, 이때 5대조의 위패는 무덤 오른쪽 하단에 묻는다.

지금까지 촌락에서는 활 쏘고 말달리는 사이에서 글 읽는 소리가 나게 되었다.

갑술년(1754) 여름에 가선대부에 올랐으며 가을에 장단부사(長湍府使)에 발탁되었는데, 또다시 군량미가 서류상에 있는 것보다 부족하여, 그 허물이 공에게 미쳤다. 어떤 중신이 진언하기를, "신이 관찰사로 있을 때 중화 땅 백성들이 이관상을 위하여 스스로 곡물 바치기를 원하는 것을 보았습니다. 백성들의 마음을 얻은 것으로는 이 사람이 제일이니, 그럴 리가 없을 것입니다"라고 하고서 상세히 살펴볼 것을 청하였는데, 과연 공의 잘못이 아니었다.

병자년(1756)에 함경도 영흥 땅을 다스렸다. 정축년(1757)에 충청수사(忠淸水使), 무인년(1758)에 충청병사(忠淸兵使)에 제수되었는데 모두 요직에 있는 사람들에게 미움을 받아 부임하지 못하였다. 기묘년(1759)에 다시 황해수사(黃海水使)를 제수 받았고, 경신년(1760)에 총관(總管) 자리를 역임했다. 신사년(1761)에 황해도 안악군수(安岳郡守)를 제수 받았는데, 이미 수사를 역임했기 때문에 부임하지 않았다. 가을에 경상우병사(慶尙右兵使)를 제수 받았다. 임오년(1762) 봄에 북병사(北兵使)를 제수 받았는데, 가을에 오랑캐와 접경지대에서 삼을 캐는 사람들 사이에 다툼이 일자, 회령(會寧)에 군대를 모으니 국경 지역 여러 고을이 이 때문에 민심이 크게 흔들렸다. 병영의 군사들은 마치 오늘이나 내일 전쟁이 일어날 것처럼 간혹 집안 사람들과 울면서 이별을 하는 이들도 있었다. 마을 백성들은 닭과 개를 잡고 솥을 놓아둔 채 집을 버리고 달아나면서 곧 난리가 일어날 것이라고 생각

5. **백 년토록 옮기지 않는 의리**   원문은 불천(不遷). 임금으로부터 불천위(不遷位)를 하사 받으면 위패를 옮기지 않고 붙박이로 계속 사당에 모시고 자손 대대로 기일(忌日) 제사를 지낼 수 있어 불천위 제사가 많을수록 가문의 영광으로 알았다.
6. **학궁전과 양사고**   둘 모두 학교 운영 경비를 마련하기 위해 별도로 설치한 기구이다.
7. **서사**   서당 형태의 교육 기관.

하였다. 공은 이를 진정시키기 위해, 술자리를 베풀고 노래와 춤으로 흥겨운 자리를 만들었고 장교들과 활쏘기를 하였다. 백성들의 마음이 그제야 진정되었고 끝내는 아무 일이 없었다. 논자들은 탄핵을 받아 파직되는 것이 두려웠던 것이라고 생각했다. 마침내 3년의 금고형에 처해졌다.

을유년(1765) 겨울에 전라병사(全羅兵使)를 제수 받았으나 대신들을 보지 않았다는 이유로 대궐을 떠나자마자 부임도 못하고 면직되었다. 병술년에는 경상좌병사(慶尙左兵使)로 배수되어 임기를 채우고 돌아왔다. 울산의 진사 유문준(劉文濬)이 공의 치적을 적어 한 권의 책으로 만들어 『이절도이정록』(李節度異政錄)이라고 불렀다. 그 대강은 다음과 같다. 고을에 한 사람이 있는데, 방탕하게 노닐고 도리를 거스르면서 부모 봉양도 돌아보지 않았다. 공이 어버이의 은혜[8]와 살아 계실 때 효도해야 하는 뜻으로 깨우치니, 그 사람이 감격하고 깨달아 마침내 효자가 되었다. 또 한 사람이 기생에게 빠져 아내를 내쫓고 집안을 망친 일이 있다. 공께서 불러들여 따뜻하게 깨우쳐서 그를 단정한 사람으로 바꾸어 놓았다. 어떤 여인이 나이 마흔이 다 되었는데 집안이 가난하여 결혼하지 못하고 있었다. 공께서 그 일을 주관하여 격식을 잘 갖추어 시집 보냈다. 모두 이런 류의 일이었다.

기축년(1769)에 영변부사(寧邊府使)를 제수 받았다. 영변성은 험한 산에 막혀 끊어진 곳이 많았고 마을에서 멀리 떨어진 곳에 있었다. 공께서 성을 순찰하는 군사들이 겨울이면 의지해 쉴 만한 곳이 없음에 마음을 쓰다가 그 형편을 살펴 토굴 열두 곳을 지었다. 성안에 물이 부족하여 우물 열 몇 곳을 추가로 팠다. 1년 동안 관청을 수리한 것이 6백여 간이나 되었고, 포루(砲樓)를 놓은 것이 60여 곳이나 되었다. 항상 말하였다. "다스림의 근본은 군사와 농업 두 가지인데, 멀리 내다봐야 할 것은 군사다. 그러

---

8. **어버이의 은혜**　원문은 육아지은(蓼莪之恩). 『시경』 소아(小雅) 곡풍지십(谷風之什) 「육아」(蓼莪) 편은 돌아가신 어버이를 사모하나 봉양할 수 없음을 한탄하는 내용으로 되어 있다.

므로 반드시 먼저 군정을 행해야 한다." 부임하는 곳마다 성벽과 군대의 의장을 새롭게 하였다. 폐단을 혁신하는 일은 법에 구애받지 않았고, 백성들에게 이로운 일은 책임지고 시행하였다. 이로써 백성들이 지금까지도 공을 생각한다. 위원 사람들은 생사당(生祠堂)에 화상을 그려 놓고 절을 한다. 중화와 함경도 감영 등에는 모두 영모비(永慕碑)가 있다. 공이 사람들을 향해 많은 말을 하지 않았지만 한번 접하면 그 기질이 변하였고, 따로 베푼 것이 없어도 다투어 그 덕을 품어 공을 위해 죽고자 하는 마음이 생겨났다. 그 천성이 보는 것만으로도 사람들을 감동시키는 면이 있었던 것이다.

공의 나이 아직 약관이 안 되었을 때 참판공께서 늙어 병든 지 여러 해라 입에 맞는 음식이 없었다. 공께서는 눈이 오나 바람이 부나 맨발로 나가 참새를 잡고 웃통을 벗은 채 물고기를 구해 오면서 부모님께서 잡수시기만을 바랐다. 상을 당함에 미쳐 통곡하며 우는 공의 얼굴빛이 옆에 있는 사람까지도 서럽게 했다. 정부인(貞夫人)을 곁에서 모실 때는 재롱을 부리면서 한번 웃으시기만을 바라곤 했다. 고향에 살 때 몹시 가난했는데, 어버이가 연로하셨는데도 벼슬하지 못하는 것을 근심하였다. 형님과 더불어 이별하며 이렇게 말했다. "우리 두 사람이 각각 문과 무에 종사하여 3년이 지나면 반드시 한 사람은 성공할 것입니다." 마침내 활쏘기를 배웠다. 서울에서 객지 생활을 할 때 양식이 떨어져 하루 종일 먹지 못하기도 했으나 활쏘기 연습을 그치지 않았다. 공이 등과(登科)하고 나서 계해년(1743)에 어머니께서 돌아가셨다. 그래서 매번 벼슬을 옮길 때마다 번번이 눈물을 흘리면서 먼 데 나가 있어 부모를 제대로 섬기지 못한 죄송한 마음[9]을 이

9. **먼 데~죄송한 마음** 원문은 부미지감(負米之感). 객지에 나와 있으면서 부모를 잘 봉양하지 못하는 것이 부끄럽다는 뜻이다. 공자의 제자 자로(子路)가 일찍이 어버이를 섬길 때 여지(荔枝) 열매를 따 먹으면서도 1백 리 밖에서 쌀을 짊어지고 와서 부모를 봉양한 데서 유래했다. 『공자가어』(孔子家語) 「치사」(致思)에 보인다.

기지 못했다.

담복(禫服)[10] 중에 있을 때, 포구에 있으면서 벼슬길을 구하는 자가 들러 언제 서울에 들어가느냐고 물은 일이 있었다. 공께서 처연히 말씀하셨다. "외로운 여생에 세상을 살아갈 아무 뜻도 없네. 다만 주상께서 춘추가 높으시어 신하된 도리로 감히 나가지 않을 수 없을 뿐이니, 적극적으로 벼슬을 구하는 일은 생각할 개제가 아닐세." 처음 벼슬에 뜻을 둔 것은 어버이를 위해서였고, 예전에 관직을 사양하지 않은 것은 나라에 몸을 바치기 위해서였다. 바야흐로 이때에 세상은 모두 고식적(姑息的)인 짓만 하였으니 비록 무신이라도 서생과 다르지 않았던 것이다. 공은 말하길 "이는 고개를 숙이고 오락가락하며 나랏일에 힘쓰지 않는 것이다." 자기의 지조를 지켜 권세가에 몸을 굽히지 않았고 일을 논함에 있어서는 잘못된 관습을 따라 하지 않았다. 이 때문에 지위는 2품이었으나 벼슬살이에서는 세상과 맞지 않는 것이 많았다. 그러나 일이 있으면 공을 그냥 두지 않았다.

공은 평상시에 외물을 가지고 지나치게 마음을 쓰지 않았다. 옷이 있으면 입고 음식이 생기면 배불리 먹으며 이르기를, "사나이는 마땅히 이와 같아야 한다"고 하였다. 친척 가운데 빈궁한 사람이 있으면 말하지 않아도 먼저 베풀었고, 마음에 맞는 사람이 있으면 데려다 가르치기도 했다. 혼인이나 초상을 돕는 데 몇 천 금을 썼는지 모른다. 해마다 받은 녹봉을 집 안에 쌓아 두는 일이 없었고 사치도 하지 않았으니, 집 안의 기물은 소박하기만 했다.

형님을 잘 섬겨 늙을수록 서로 떨어지지 않았다. 형님을 모시고 영변에 갔을 때, 형님이 병들자 공은 잠자리에도 들지 않고 사소한 약까지 반드시 친히 점검했다. 자제들이 대신할 것을 청하여도 허락하지 않고 이렇

---

10. 담복 대상(大祥)을 치르고 난 60일에 지내는 제사가 담제이다. 담복은 담제 뒤 길제 전에 입는 흰색 혹은 옥색의 옷을 말한다.

게 말했다. "내 마음에 미진한 것이 있는 것 같구나." 사람들이 모두 공의 효성과 우애가 정사(政事)보다 더 훌륭하다고 했다.

경인년(1770) 8월 19일에 관아에서 돌아가셨다. 아들 한주 등이 널을 받들어 아무 땅에 장례를 모셨다. 함께 묻힌 동래 정씨는 매우 어질고 명석했는데 공보다 5년 먼저 생을 마쳤다. 한주가 공의 행적을 가지고 나에게 글을 부탁하면서 이렇게 말하였다. "선친께서 자네를 깊이 사랑하셨으니, 그대는 사양하지 마시게." 내가 말했다. "공께서 일을 헤아리고 백성을 다스리는 재주가 있으셨으나 이를 다 쓰지 못하셨고, 목숨을 바쳐 나라에 보답하려는 마음이 있으셨어도 사람들이 미처 다 알지 못하였습니다. 마땅히 대인(大人) 명공(名公)의 말로 후세에 믿게끔 하여야 하니 나는 감당하지 못하겠습니다." 한주가 강권하기를 그치지 않아 이에 위와 같이 행장을 지었다. 나는 견문도 적고 세상 경험도 없는 사람이니, 어찌 공의 성대함을 말할 것인가. 그러나 잡고 있는 붓끝에 사사로운 마음을 두지는 않았다.

밀양 박제가가 삼가 행장을 짓다.

침향목으로 만든 영지 모양의 여의[1]에 새긴 글

沈香靈芝如意銘

땅에 영지가 있음은	地之有芝
하늘에 구름이 있음과 한가지다.	猶天之有雲也
뒤엉기어 꼴을 이루다	或形而凝
제멋대로 흩어지니	或散而棼
이것은 자연의 무늬로다.	是惟自然之文

---

1. 여의 보살이 갖는 기물이다. 옥이나 뿔·대 따위로 만들었는데, 한 자쯤 되는 자루는 끝이 굽어 고사리 모양과 같다. 원래는 등의 가려운 곳을 긁는 데 썼는데, 가려운 곳을 생각대로 긁을 수 있다 하여 나온 말이다.

남극 노인 연산¹에 새긴 글 南極研山銘

사슴은 엎드려 무릎을 핥고 있고	鹿舐其膝伏于地
동자는 대답하며 곁에서 모시누나.	童子唯唯隅而侍
바위굴은 움푹 들어가 비도 피하겠고	石窟谽谺雨可避
백발은 늘어지고 치마 끝에 신 보인다.	素髮垂襟舃露帔
손에 든 술병에는 은근한 뜻 담겨 있네	手握葫蘆有微意
남극성² 나타나매 천하가 평안하리.	弧南見則天下治

1. **연산** 벼루가 산에 붙어 있는 모양이기에 연산이라고 한다.
2. **남극성** 원문은 호남(弧南). 호남은 남극성의 별칭이다. 호성의 남쪽에 있어 붙인 이름이다. 남극성은 나라의 운명을 주관하는 별로 인식되어 이 별이 나타나면 나라가 평안하고, 보이지 않으면 군사가 일어난다고 하였다. 『사기』 「천관서」(天官書)와 『한서』 「천문지」에 그 용례가 보인다.

집에 있는 두 벼루에 새긴 글 家藏二研銘

하나는 단계 벼루인데, 아래로 떨군 연꽃과 연뿌리를 새겼다. 꼭대기에 명을 새겨 말하였다.

가을 연꽃 물에 잠겨	秋荷浸水
속은 검고 가는 누렇다.	裏黑邊黃
문 닫고 벼루 씻으니	關門洗硯
진짜 연못가에 서 있는 듯.	宛在池塘

또 하나는 흡주 벼루인데, 포도 잎새 아래로 연지(硯池)를 만들었다. 명을 새겨 말하였다.

두 줄기로 덩굴 말렸으니	蔓之雙旋
나비의 더듬이인 듯.	蝶鬚之拳
푸른 잎새 뒤집히자	碧葉之反
연못 물이 온통 검네.	一泓之玄

찻주전자에 새긴 글 茶罐銘

흙 주전자 안에다 혜산(惠山)¹ 샘물 끓이니   惠山中靈有甌土
솔바람² 고기 눈알³ 고금이 따로 없다.   松風魚眼無古今

1. **혜산**   중국에 있는 산으로, 그 산 밑에 세 못〔池〕이 있는데, 맑고 물맛이 좋다. 부근의 주민들
이 그 샘물로 술을 빚어 혜천주(慧泉酒)라 이르는데, 맛이 맑고 차다.
2. **솔바람**   주전자에 물이 끓기 시작할 때 나는 소리를 말한다.
3. **고기 눈알**   주전자에 물이 끓기 시작할 때 바닥에 물고기 눈알 모양으로 동글동글 수포가 맺히
는 것을 말한다.

찻물 끓이는 화로에 새긴 글 茶爐銘

불이 세면 안 되나니 그릇에 금이 가고 　　火不可烈器將裂
물은 함부로 할 수 없으니 손잡이가 떨어지리. 　水不可狎墜厥執

기하 유련(柳璉)의 영지를 조각한 단계연에 새긴 글 柳幾何靈芝端硏銘

영지에 맺힌 감로수   靈芝甘露

한 방울만 얻어도 천하의 보배라네. 得一則爲天下祥

하물며 그 감로 가운데 붓을 듬뿍 적시고 何況蘸筆甘露之中

영지의 곁에서 먹을 갈아   磨墨靈芝之傍

우뚝하고 기이한 문장을 짓는 사람이겠는가! 以成奇偉譎怪之

              文章者乎

송나라 때 만든 양 모양의 제사 그릇에 새긴 글

宋羊尊銘

표면에 꽃무늬가 아롱지니	土花之斑爛也
우물 밑서 단약이 어룽대는 듯.	如拂甃井之丹砂也
은으로 새긴 장식 희고 깨끗해	銀鏤之皎潔也
마치 구름 사이로 가을 물이 보이는 듯.	如破雲之出秋河也
볼록한 곳엔 양 머리가 버팅겨 있으니	其腹則羊首之麤矗
마치 빈산 낡은 무덤에	如空山古墓
옹중과 돌기린이 양옆에 선 것 같고,	左翁仲而右麒麟也
그 밑바닥엔 노루 눈알 늘어놓았으니	其底則麂眼之離披
마치 가을 배 위에서 고기 그물을 말리거나	如秋艇之曬魚網也
야인이 집 울타리를 손질하는 것만 같다.	野人之編屋籬也
아아!	噫
나는 고고하고 차가운 성품으로	吾以孤峭冷逸之性
천하의 화려함을 두루 다 보았으니	盡天下之繁華巧麗
내 눈길 한번 받기에도 부족하거늘	曾不足以受吾一眄
도리어 구구하게 변송(汴宋)¹의 그릇 하나에	而乃反區區自溺於沛
스스로 빠져 헤어나지 못함은	宋之一器

어째서인가?　　　　　　　　　　　　　何也?

---

1. **변송**　송나라 태종(太宗)부터 흠종(欽宗)까지 모두 변경(汴京)에 도읍하여 북방에 살았기 때문에 붙인 이름이다. 북송(北宋)을 달리 표현한 명칭.

해낭[1]에 새긴 글 亥囊銘

돼지는 구워졌고, 곡식은 구름 같은데　　　　豕旣燻穀如雲

내가 이를 우리 임금에게서 받았다네.　　　　吾以受之於君

돼지를 다치게 말라, 곡식도 넘쳐나네[2]　　　豕勿傷穀穰穰

내가 이를 우리 임금에게 바치리.　　　　　　吾以獻之于王

---

1. **해낭**　『국조보감』에 따르면 정월 첫째 해일(亥日)에 임금이 내리던 비단 주머니로, 성종 16년 (1485)에 풍속이 시작되었다고 한다. 여기에서는 물론 정조에게서 하사받은 것이다. 이덕무의 연보에 정조 10년(1786) 해낭을 하사받은 기록이 있다. 여기서의 해낭도 이때 받은 것으로 보인다.
2. **돼지를~넘쳐나네**　『동국세시기』에 따르면 정월 첫째 돼지날〔上亥日〕에 환관들이 궁중에서 횃불을 들고 "돼지 주둥이 지진다."고 하며 돌아다녔고, 신하들에게는 태운 곡식을 담은 해낭을 나눠 주었는데, 풍년을 기원하는 뜻을 담은 것이라고 하였다. 돼지 주둥이를 지진다 함은, 곡식을 먹어 치우는 돼지에 대한 주술적 경계의 뜻을 담은 것이다. 이 글에서 1행의 돼지는 환관들의 행위 속 돼지를 의미하고, 3행의 돼지는 '해낭'을 가리키는 것으로 보인다.

자낭[1]에 새긴 글 子囊銘

네 머리를 수그리고   俯爾首

네 입을 질끈 묶어   緘爾口

네 지킴을 잃지 마라.   毋失爾守

1. 자낭   음력 정월 첫 자일(子日)에 임금이 근신들에게 하사하던 비단 주머니로, 정조에게서 하
사받은 것이다.

頌

비옥희음¹송〔병인〕 比屋希音頌〔幷引〕

　　신(臣)이 지난해(정조 16, 1792) 11월 10일에 이동직(李東稷)의 상소²에 대해 내리신 한 통의 비답을 받자오니, 글이 찬연하고 평은 정중하였습니다. 신은 낮은 고을의 보잘것없는 벼슬아치로 이같이 특별한 예우를 입음에 황공하고 감격하여 몸 둘 곳을 몰랐습니다. 또 금년(정조 17, 1793) 1월 3일에 내각의 관련 공문을 받자오니 문신(文臣)들이 시문(詩文)을 지어 스스

---

1. **비옥희음**　『노자』(老子)에 '대음희성'(大音希聲)이 보인다. '대음희성'은 '지극히 큰 소리(大音)는 들을 수 없다(希聲)'는 뜻으로 쓰였다. 소리가 있으면 궁음(宮音)이니 상음(商音)이니 하는 것들을 분별하게 되고, 소리에 분별이 생기면 결국 통중(統衆)이 불가능하리라는 것이다. 정조는 이에 앞선 1792년 11월에 비지를 내려 "나는 요즈음에 치세의 희음을 듣고자 한다"(予於近日, 欲聞治世希音.)라고 요청한 바 있고(『정시문정』正始文程 권1, 임자 11월 6일 참조), 박제가는 정조의 요구에 따라 자송문(自訟文)을 적는 과정에서 경전(經傳)의 문체를 썼다. 특히 송(頌) 부분에서는 시서(詩書)의 어구나 문체를 십분 활용함으로써 자신이 패사소품의 문체에만 경도된 것은 아님을 드러내고자 하였다. '비옥희음'(比屋希音)의 제목과 내용 또한 정조의 덕치·교화에 대한 희망과 찬양을 표현한 것이다.
2. **이동직의 상소**　이동직(李東稷, 1749~?)이 정조 16년(1792)에 올린 상소. 그 골자는 남인의 영수 채제공을 제거하고자 하는 것으로, 남인들의 학문이 대부분 이단사설(異端邪說)이고 문장이래야 순전히 패관소품을 숭상할 뿐이라면서 이가환을 성균관 대사성에서 해임할 것을 청한 것이다. 『조선왕조실록』 정조 16년 11월 6일조 참조. 이동직은 연암의 『열하일기』에 대해서도 문체가 저속함을 상소한 바 있다.

로에 대해 해명한 전례[3]에 따라 특별히 신에게 시를 지어 올리라 명하셨습니다. 성상(聖上)께서는 문풍(文風)이 예스럽지 않음을 가지고 여러 번 조정에서 탄식하시었습니다.[4] 신과 같이 변변치 못한 재주를 지닌 사람 또한 발탁하시고[5] 순순히 잘 이끌어 큰 길을 보여 주시니, 마치 이끌고 나아가 사업을 같이할 만한 자로 여기는 듯하셨습니다. 신이 비록 부족하고 어리석으나 어찌 힘을 쏟아 스스로 분발하여 사업의 완수를 도모하지 않겠습니까?

신은 약관의 나이에 미약하나 지향하는 바가 있어 한두 명의 벗과 더불어 적막한 땅에서 고문(古文)을 창도하였습니다만, 이웃의 사내조차 들러 물어 본 적이 없습니다. 헛된 이름으로 잘못 발탁되어 백의(白衣)로 조정에 들어가서는 또 책을 베껴 쓰고 교정하는 것을 직분으로 삼았으나, 또한 일찍이 언변에 능하다는 평을 받지도 못했습니다. 근세에 이르러 홀연 외람되이 특별한 사랑을 받아 책을 엮는 책임을 전담하거나 임금의 명에 따라 글을 짓는 반열에 서서[6] 이따금 예원(藝苑)의 여러 신하와 더불어 앞서거니 뒤서거니 이름을 드러내고 보니, 엄연히 당세의 문인 가운데 한 자

3. 문신들이~전례 이옥·남공철·이상황·김조순 등이 정조의 견책을 받고 자송문을 지어 올렸는데, 특히 이상황은 「힐패」(詰稗)란 연작시를 써서 명말청초의 문인들과 소품문, 소설 등을 맹렬히 비난했다. 김조순은 동지사의 서장관으로 중국으로 떠나려는 참이었으나, 정조는 압록강을 건너기 전에 제출할 것을 지시하여 답을 받아 냈다. 이에 대해서는 강명관의 「문체와 국가정치: 정조의 문체반정을 둘러싼 사건들」(『문학과 경계』, 2001, 가을)과 김혈조의 「연암체의 성립과 정조의 문체반정」(『한국한문학연구』 6, 한국한문학연구회, 1982) 등에 자세하다.
4. 성상께서는~탄식하시었습니다. 정조의 『일득록』(日得錄)을 보면 1784년 정지검(鄭志儉)이 "명·청 이래의 문장은 험괴하고 첨산함이 많아 나는 보고 싶지 않다. 요즘 사람들은 명청인의 문집 보기를 좋아하는데, 무슨 재미가 있는지 모르겠다. 아니면 재미가 있는데도 내가 그 재미를 알지 못하는 것인가?"라고 기록한 기사가 보인다.
5. 발탁하시고 원문은 봉비지채(葑菲之採). 『시경』 패풍(邶風) 「곡풍」(谷風)에 "순무를 캐는 것은 뿌리 때문만은 아니라오"(采葑采菲, 無以下體.)라는 구절이 보인다. 순무를 캘 때 그 뿌리가 맛있다고 해서 줄기의 아름다움까지 버릴 수 없음을 말한 것이다. 여기에서는 서얼 출신인데다 하찮은 재주를 지닌 자신을 버리지 않고 검서관으로 발탁해 준 데 대한 감사와 겸손의 표현으로 썼다.

리를 차지하게 되었습니다. 신은 진실로 절대 감당하지 못하겠습니다만 스스로 다행스럽게 여기는 것이 있습니다. 70명이나 되는 공자의 문도들은 성인을 만나 스승으로 삼고 몸이 마치도록 배우기를 싫증 내지 않았습니다. 신이 부족한 재주로 성대한 때를 만나 10여 년 이래로 문로(門路)를 잃지 않았던 것은 대부분 임금께서 지으신 글을 교정한 덕분이었습니다. 비지(批旨) 가운데 저작자의 반열에 신(臣)의 이름도 올려 주시며, "문단에 올라 우이(牛耳)를 잡고[7] 다시금 대일통(大一統)의 권형을 밝히는 것을 나의 임무로 여기노라"라고 하셨습니다. 이는 신을 천자의 모임에 참여하는 변방의 오랑캐나 진상품 가운데 가장 하찮은 것쯤으로라도 숫자를 채우기에 족하다고 여기신 것입니다. 포의(布衣)로 있다가 문단에서 우뚝 일어나 한 방면에서 대장군의 붉은 깃발을 세워 천하를 호령하더라도 지체 높은 선생들이 쏠리듯 이를 따르는 법입니다. 하물며 성인께서 남면(南面)의 존귀한 자리에 처하여 손수 문형(文衡)을 잡고 친히 고각(鼓角)을 세워 풍운을 휘둘러 물리치고 해와 달을 움직이게 하여 옛날의 예법에 맞는 무악(舞樂)으로써 떨치고 순임금의 음악으로써 바루신다면 만방의 구석구석에서 머리를 조아려 신하를 일컫고 공손히 왕화(王化)를 받들지 않을 자가 어찌 있겠습니까?

『주역』에서는 "인문을 관찰하여 천하를 조화롭게 한다"[8]라고 하였고

---

6. **책을~서서** 검서관의 본래 일은 규장각에서 서적을 출판할 때 각신(閣臣)을 도와 교서(校書)와 편서(編書)를 담당하는 것이었으나, 박제가는 1790년(정조 14)에 이덕무·백동수 등과 함께 『무예도보통지』(武藝圖譜通志)를 엮었고, 1791년(정조 15)에는 유득공·이덕무 등과 『병지』(兵志)를 찬집한 바 있다. '책을 엮는 책임을 전담했다'는 것은 이때의 일을 가리키는 것으로 보인다. 또 박제가가 '임금의 명에 따라 글을 짓는(즉 응제의) 반열에 섰다'는 것은 「등영주이십운응령 병소서」(登瀛洲二十韻應令幷小序), 「규장각연사례일응령 병소서」(奎章閣燕射禮日應令幷小序), 「규장각팔경응령」(奎章閣八景應令) 등의 시를 통해 확인할 수 있다.

7. **문단에~잡고** 우이(牛耳)를 잡는다는 것은 맹주가 됨을 뜻한다. 전국시대에 제후들이 회맹(會盟)할 때 맹주가 소 귀를 잡고 피를 받아 나누어 마신 데서 유래한다. 문단을 좌우하는 종장의 역할을 하리라는 천명이다.

공자께서는 "문장이 환히 빛난다"[9] 하셨으니 이것이 어찌 사장(詞章)의 문장이겠습니까? 신이 보건대 수십 년 이래로 글에 능하다고 일컬어진 자들은 모두 공령문에만 뛰어난 것일 뿐, 사장까지 아울렀다고는 들어 보지 못하였습니다. 신은 곤궁하게 될까 두려워함이 심하여 감히 드러내 놓고 물리치지는 못하였으나, 힘껏 유속(流俗)을 배척하여 깨끗이 찌꺼기를 남기지 않는 것은 신이 자부하는 바이고, 또한 자잘한 솜씨로나마 임금을 섬기고자 하는 것입니다. 신은 일찍이 다른 사람에게 이렇게 말한 적이 있습니다. '지금의 배우는 자들이 또한 어찌하여 한유와 유종원, 구양수, 소식의 글만 일삼는단 말인가. 당장 저보(邸報)[10] 가운데 있는 임금의 말씀을 가져다가 엎드려 읽어 보면 될 것이다.' 신이 우러러 숭상하고 일삼은 바가 이와 같았습니다. 비록 분주히 움직이며 아랫사람을 이끌고 윗사람을 받들지는 못했지만, 또한 스스로 도를 배반하지 않았다고는 말할 수 있습니다.

세상에 한가로이 떠도는 이야기에 간혹 신의 글이 명나라의 습속을 배웠다고 헐뜯는 것이 있지만, 이것은 시대성만으로 견해를 말한 것에 불과합니다. 대저 사인(詞人)의 글에는 시대가 있지만 지사(志士)의 글에는 시대가 없습니다. 신은 진실로 사인으로 자처하지 않았지만, 뜻을 둔 바는 있습니다. 13경(經)으로 날줄을 삼고 23사(史)로 씨줄을 삼아 서로 얽어 헤아려 여기에 바탕을 두고 실용에 돌아가기를 힘쓰는 것이 신이 배우고자 하는 바입니다. 비록 아직 능히 이르지는 못하였으나 마음은 진작 거기에 가 있었습니다. 체재를 구별하여 성당(盛唐)을 으뜸으로 삼고 8대가를 일

---

8. **인문을~조화롭게 한다** 『주역』「분괘」(賁卦)에 "천문을 살펴 때의 변화를 알고 인문을 관찰하여 천하를 조화롭게 한다"(觀乎天文. 以察時變, 觀乎人文, 以化成天下.)라고 하였다.
9. **문장이 환히 빛난다** 『논어』「팔일」(八佾)에 "주나라는 앞 2대를 교훈으로 삼았으니 빛나도다 그 문장이여! 나는 주나라의 문물을 따르겠다"(周監於二代, 郁郁乎文哉, 吾從周.)고 하였다.
10. **저보** 조선 시대 서울의 관아에서 지방에 보냈던 공공 문서.

컬으며 스스로 훌륭한 문장가라 하는 것에 이르러서는 진실로 겨를이 없습니다. 더구나 잔단 재주를 파는 섬인(纖人)의 문장을 표절하거나 소설이나 연극 대본 따위를 독실히 믿는 것은 신이 크게 부끄럽게 여기는 바입니다. 지금 사람들은 신의 반 토막 원고조차 본 적이 없으면서, 무엇으로 신에 대해 논한단 말입니까. 어찌 예전에 지은 응제(應製)의 글 한두 편을 가지고 합당치 않다고 여기는 것입니까. 이들 글은 모두 임금께서 다 살펴보신 바이니, 보묵(寶墨)은 해와 달처럼 환히 빛나 구정(九鼎)이나 대려(大呂)보다 무겁습니다.[11] 그렇다면 이것으로 신에 대해 논하는 것은 노나라 술이 박하다 하여 한단을 포위하는 것에 가깝지 않겠습니까.[12] 신이 삼가 전날의 비지(批旨: 상소에 대한 임금의 하답)를 살펴보매 신 등을 두고 "천리 밖의 다른 풍속을 사모하여 초연히 몸을 빼어 벗어남이 드문 것은 그들의 죄

---

11. 보묵은~무겁습니다 보묵은 임금의 글이나 글씨를 높혀 부르는 말이다. 구정(九鼎)과 대려(大呂)는 주나라 왕실에서 만든 아홉 개의 솥과 큰 종으로 왕실의 권위를 상징하는 보물이었다. 자신의 문장에 대해서는 이미 정조의 높은 안목으로 평가가 끝났음을 말한 것이다.

12. 그렇다면~않겠습니까 초나라가 제후들을 불러 모았을 때, 노나라와 조나라가 각각 초왕에게 술을 바쳤는데, 노나라 술은 박하고 조나라 술은 후하였다. 초나라의 술을 맡은 관리가 조나라의 술을 구하였으나, 조나라에서는 주지 않았다. 이에 화가 난 관리가 노나라의 박한 술을 조나라 것이라고 속여서 바쳤고, 초왕은 조나라의 술이 박한 것으로 오인하여 조나라의 한단을 포위하였다. 『장자』 「거협」(胠篋)에 보인다. 여기에서는 아무런 허물이 없는데도 견책을 당한 박제가 자신의 처지를 빗대어 말한 것이다.

13. 천리 밖의~하신 이몽직(李東稷)이 이가환(李家煥) 등의 문제를 비판하는 내용의 상소를 올렸을 때, 정조는 이에 대한 비답을 통해 다음과 같이 말한 바 있다. "천 리나 먼 나라의 풍속을 사모하기도 하고, 인재 등용의 자리에 끼이지 못하기에 17명의 악당이 발분(發憤)하는 이야기를 즐겨보기도 한다. 시문을 짓고 붓을 휘두르는 말기에 이르러서는 걸핏하면 서로 본떠서 조화롭지 못한 경박한 소리를 내는데, 이러한 세계에서 초연히 벗어나는 자가 거의 없다. 이것은 조정의 책임이지 그들의 죄는 아니다.(反慕千里不同俗之俗, 自知彙征之莫混, 則嗜看十七子發憤之譚. 至于咳唾揮弄之末, 而動相摸畵, 惢惢竊竊, 鮮有能超然聳拔於那裏. 斯亦朝廷之責, 非渠之罪也.) 정조는 여기에서 박제가 등 서얼 출신 지식인들이 중국의 풍속을 사모하거나 순정치 못한 문체에 골몰하는 현상을 염려하는 한편, 그 책임이 다만 서얼 지식인 개인에게 있는 것이 아니라 인재 등용 정책의 한계에 따른 것임을 인정하고 있다. 『정시문정』(正始文程) 권1 참조.

가 아니다"라 하신[13] 것은 성인께서 미루어 용서하시는 말씀입니다. 오늘 연석(筵席)의 교지(敎旨)에서 "굳이 허물을 반성하는 글을 짓지 않아도 된다"라고 하신 것은 『춘추』(春秋)의 은밀히 꾸짖어 갖추게 하는 뜻입니다. 어기에는 이유가 있습니다. 싱인의 말씀은 시위를 당기기만 할 뿐 놓지는 않습니다. 만약 곡진히 신의 마음을 풀어 주신다면, 신은 은혜를 머금고 영예를 입어 감히 그 뜻을 저버리지 않겠습니다. 그러나 엎드려 내각의 관문에서 부연한 글을 읽어 보니, 허물을 고쳐 거듭나야 한다고 하였습니다.

잘못에는 두 가지가 있습니다. 배움이 지극하지 못한 것은 진실로 신의 잘못입니다. 하지만 천성이 다른 것은 신의 잘못이 아닙니다. 이를 음식에 비유해 보겠습니다. 상에 놓인 자리로 말한다면, 서직(黍稷)이 앞자리에 놓이고 국과 포는 뒤에 놓입니다. 맛으로 말한다면, 소금에서 짠맛을 가져오고 매실에서 신맛을 취하며, 겨자로 매운맛을 가져오고 찻잎에서 쓴맛을 취합니다. 이제 짜고 시거나 맵고 쓰지 않음을 가지고 소금이나 매실, 겨자와 찻잎을 죄주는 것은 마땅합니다. 그렇지만 반드시 소금과 매실과 겨자와 찻잎이 각기 그 물건 되는 것을 나무라 "너는 어찌 서직과 비슷하지 않은가?"라고 하거나 국과 포에게 "너는 왜 앞자리에 있지 않느냐?"라고 말한다면, 지적을 당한 것들은 실질을 잃게 되고 천하의 맛은 폐해지고 말 것입니다. 그런 까닭에 아가위나 배, 귤과 유자 같은 과실, 개구리밥과 흰쑥, 붕어마름이나 물풀 같은 음식, 이빨이 날카로운 들짐승이나 깃털 달린 날짐승의 제사 음식도 못 쓸 것이 없는 것은 입에 맞는 바가 있기 때문입니다.[14] 그런 까닭에 선(善)에는 일정한 스승이 없다고 말하는 것입니다. 비지에서 말씀하신 "하늘을 나는 새나 물에 잠긴 물고기도 그 본성을 저버리지 아니하고, 둥근 장부와 네모진 구멍이 각각 그 쓰임에 알맞다"라고 하셨으니, 성군께서 문장을 논하심이 참으로 훌륭하다 하겠습니다.

『이소』(離騷)는 국풍(國風)이 변한 것이지만 천하의 지극한 문장입니다. 주나라 왕실이 옮겨 가지 않았다면 「서리」(黍離)도 주남과 소남의 소리가 되었을 것입니다.[15] 삼려대부 굴원이 쫓겨나지 않았더라면 초나라는 군주와 신하가 수창하는 올바른 노래를 이었을 것입니다.[16] 정치가 바르지 않으니, 한 몸뚱이인 굴원에게 애통한 곡조가 있었으며, 주나라 호경의 백성들이 먼저 통탄의 노래를 불렀던 것입니다. 이것이 성상께서 정사를 이루는 기미인 시문에 마음을 두시고 왕업을 영원히 하는 것으로 문치(文治)의 근본을 삼으신 까닭입니다. 문장의 도는 한 가지로 일괄해서 말할 수가 없습니다. 오래 전해지기를 바란다면 반드시 그 배움이 깊어야 합니다. 이런 까닭에 군자는 독서를 귀하게 여깁니다. 이것이 신등이 날마다 애를 써서 독서를 그만두지 않는 까닭입니다. 신은 삼가 성상의 말씀을 받들어 「비옥희음송」 한 편을 지어 두 번 절하옵고 머리를 조아려 바칩니다. 그 시는 이러합니다.

해가 뜨는 동방은　　　　　　　　　　日出之方

14. 맛으로 말한다면~때문입니다　지금까지 몇몇 연구자들이 여기에 보이는 '음식의 비유'를 들어 박제가의 시론을 설명한 바 있다. 안대회는 「백탑시파의 연구」(『열상고전연구』1, 1988)와 『18세기 한국한시사 연구』(소명출판, 1999) 등에서 이 부분을 인용하여 '개성을 무시하고 몰개성적인 것으로 통일시킴은 잘못이라고 말한 것'으로 설명했고, 김경미 역시 「박제가 시의 연구」(연세대 박사학위논문, 1991)에서 같은 주장을 편 바 있다. 한편, 송재소는 『한시 미학과 역사적 진실』(창작과비평사, 2001)에서 같은 부분을 두고 '박제가가 시의 다양성을 인정한 것'으로 보았으며, 최근 김월성은 「조선후기 신운론 수용 연구」(강원대 박사학위논문, 2004)를 통해 '자연미를 추구하는 입장에서 천연 그대로의 본성을 주장한 것'이라는 의견을 제시했다.
15. 주나라 왕실이~것입니다　「서리」(黍離)는 『시경』의 편명이다. 주나라가 왕실을 옮긴 뒤에 쇠퇴하기 시작했다. 만약 주나라가 왕실을 옮기지 않았다면, 「서리」란 작품은 변풍이 아니라 정풍에 있었을 것이라는 말이다.
16. 삼려대부 굴원이~이었을 것입니다　굴원은 초나라의 대부이다. 참소를 당하여 유배를 가 『이소』를 지어 충간(忠諫)하였으나 용납되지 않아 멱라수에 빠져 죽었다. "삼려대부 굴원이 쫓겨나지 않았더라면"의 해당 원문 '삼려이불방'(三閭而不放)은 「어부사」에서 단장취의한 것이다. "군주와 신하가 수창하는 올바른 노래"의 해당 원문 '갱재지성'(賡載之聲)의 '갱재'는 '이어서 노래 부른다'는 의미로, 왕과 신하가 서로의 직분에 충실하라고 권고하는 내용이다. 『서경』「익직」(益稷)에 보인다.

예로부터 문명이라	終古文明
이들이들 벼와 기장	油油禾黍
바른 소리 열었구나.	肇我正聲
청구의 땅 천제가 아껴	帝眷靑邱
위대해라 우리 임금	皇矣惟辟
거듭거듭 누대를 밝히시고[17]	重光奕葉
온갖 복을 내리신다.	百祿之錫
왕이 백성 돌아보네	王類下民
누가 웃고 누가 찡그리나.	孰笑孰顰
길쌈하고 추수하니	旣絲旣穀
균등하지 않음 없네.	莫不爾均
왕의 정치 어떠한지	王在治忽
네 소리를 듣고 아네.	聽于爾音
백성의 마음 소리	民有心聲
국풍이라 일렀네.	時謂之風
국풍에 허물 있다면	其風有愆
백성의 괴로움이네.	惟民之疾
백성에게 왕은 물어	王咨于民
네 잘못을 내 담으리.	予捄汝失
화목하고 밝은 집은	有穆明堂
성인의 거처일세.	聖人攸居
내가 어이 잊으리오[18]	俾也可忘

---

17. 거듭거듭 누대를 밝히시고 원문은 중광혁엽(重光奕葉). 『서경』 「고명」(顧命)에 보인다. 중광 (重光)은 중명지덕(重明之德)으로, 문왕도 광(光)이 있고 무왕도 광(光)이 있기에 중(重)이라 한 것이다. 혁엽(奕葉)은 여러 세대를 의미한다. 박제가가 정조를 향해 '누대에 걸쳐 거듭된 광명'을 예찬하기 위해 끌어 쓴 표현이다.

구들장[19]과 그 제사를.	陶復厥祕
산룡의 칡베 옷을	山龍絺繡
성인께서 입으셨네.	聖人攸御
어이 옷이 없다 하리[20]	豈曰無衣
이 큰 베옷 품으리라.	懷此大布
꾸밈이 바탕 물리침은	文之滅質
또한 심히 위태롭네.	亦孔之殆
저 소리 화려함을	彼聲靡靡
뉘우칠 줄 왜 모르나.	曷不知悔
다만 옛날 악기 있어	惟古有樂
그 이름 슬이라네.	厥名爲瑟
한 노래에 셋이 화답	一倡三和
음악 소리 질박하네.[21]	朱絃疏越
체종(遞鐘)은 기교 없고	遞鐘斂巧
비죽(比竹)[22]은 번잡 않다.	比竹慚繁

---

18. 내가 어이 잊으리오　원문은 비야가망(俾也可忘). 『시경』 패풍(邶風) 「일월」(日月)의 "그의 마음 어찌 잡을까, 잊지를 못하겠네"(胡能有定, 俾也可忘.)에서 가져온 표현이다.

19. 구들장　원문은 도복(陶復). 『시경』 대아(大雅) 「면」(緜)에 "고공단보께선 구들 위에 살았으니"(古公亶父, 陶復陶穴.)라고 하였다. '도'(陶)는 구들부엌이고 '복'(復)은 이중 구들로, 모두 꾸밈 없는 질박한 모습을 가리킨다. 박제가는 이하에서는 '문(文)이 질(質)을 멸하는 것은 몹시 위태로우므로'(文之滅質, 亦孔之殆.-29·30행) '화려함을 떨쳐 내고 무늬를 지워야 함'(服黜其華, 繪屏其章.-67·68행) 등을 역설하고 있다. 이는 당초 정조가 박제가 그룹에게 순정문학의 성격이자 지향점으로서 제시한 바이므로, 위의 시에서 박제가는 '정조의 취지를 충분히 이해하고 있으며, 이를 따를 것임'을 약속하고 있는 것이다.

20. 어이 옷이 없다 하리　원문은 기왈무의(豈曰無衣). 『시경』 진풍(秦風) 「무의」(無衣)에 "어찌 옷이 없다 해서 그대와 속옷 함께 입으리오. 왕명으로 군대를 일으키거든 우리들 창과 모를 손질하여 그대와 한 짝이 되리라"(豈曰無衣, 與子同袍. 王于興師, 脩我戈矛, 與子同仇.)가 보인다. 이 노래는 진나라 백성이 언제나 자신의 임금을 따를 것임을 드러내고 있다. 박제가 스스로의 입장이나 지향이 정조의 정책으로부터 크게 벗어난 것이 아님을 밝히기 위해 인용했다.

그 세상은 멀지만	其世已遠
그 노래는 여태 있네.	其曲猶存
질박하여 꾸미지 않음	如樸未雕
현주(玄酒)[23]와 한가지라.	若酒之玄
엷은 것은 도타웁게	薄可使敦
거친 것은 평탄하게.	怢可使平
화평한 이 소리는	愔愔伊籟
오직 덕을 본받은 것.	維德之則
왕께선, "즐겁도다	王曰樂哉
우리 황극 세우도다	建我皇極
절름발이 달려가고	有跛斯走
장님이 눈을 뜨네.	有瞽斯明
꿈에서 깨어난 듯	如夢旣寤
취했다가 술이 깨듯.	如醉獲醒
너무 기뻐 춤을 추니	懽忻舞蹈
귀에 온통 가득하다.	盈耳洋洋
이로써 덕 기르고	可以育德
상서로움 불러오리.	可以致祥
때맞춰 비 지나니	若時雨過
그 흥 더욱 거나하다.	其興也勃

21. **음악 소리 질박하네**   원문은 주현소월(朱絃疎越). 종묘의 제사에는 『시경』 주송(周頌) 청묘지십(淸廟之什) 「청묘」(淸廟) 편을 연주했는데, 이때 '슬'(瑟)이란 악기를 사용하였다. '슬'이라는 악기는 주현으로 하고 구멍을 성기게 한다. 주현은 붉은 실인데, 이것을 연주하면 소리가 탁하다. '월'은 슬의 아래에 있는 구멍으로, 성기게 하여 소리를 더디게 하는 장치이다. 비록 음색이 그리 아름답지 못하지만 선왕의 음악이었기에 존중되었다. 『예기』(禮記) 「악기」(樂記)에 보인다.
22. **비죽**   대나무로 만든 관악기.
23. **현주**   맛을 꾸미지 않은 술, 즉 물.

믿지 않는 자 있으면	有不信者
네게 벌이 이르리라."	底汝于罰
남쪽에서 북쪽에서	自南自北
서편에서 동편에서,	自西自東
뉘 말하나 경박하여	孰謂澆漓
도와 맞지 않는다고[24]	而不玄同
그 백성 오래 살고	其民壽考
그 날은 길게 펴리.	其日舒長
옷 화려함 떨쳐 내고	服黜其華
그림 무늬 지우리라.	繪屛其章
집에선 질장구 치고	家擊簣桴
문에선 와준(瓦樽) 치리.	戶稱瓦樽
태평세상 만만세를	太平萬歲
우리 임금께 바치리.	以獻吾君

---

24. 도와 맞지 않는다고　원문은 이불현동(而不玄同). '현동'(玄同)은 말 없는 가운데 도(道)와 하나가 된다는 뜻이다. 『노자』에 "날카로움을 꺾고 얽힌 것은 풀며, 빛을 숨기고 세속과 어울리는 것, 이를 현동이라 한다"(挫其銳, 解其紛, 和其光, 同其塵, 是謂玄同.)라 하였다.

네 가지 삼가야 할 일 四勿箴

보는 것은 한계 있어	視雖有限
빠르면 못 쫓는다.	疾不可追
잠깐에도 기름 있어	瞬亦有養
생각을 곧게 해야 하리.	用直厥思〔視〕
소리 듣는 감각은	聲聞之感
형색과 다름 없다.	不殊形色
귀로 들음 상세하니	彼入猶詳
내달림을 가리도록.	自馳當擇〔聽〕
소리가 있는 말은	有聲之言
남이 함께 듣지만	人所同聽
소리가 없는 말은	無聲之言
어지러움 어이 싹틀까.	曷云亂萌〔言〕

행동은 큰 데 있지 않으니 動不在大
망령됨 없으면 고요하리. 無妄卽靜
본받을 만한 의표는 儀之可象
모든이들 따른다네. 百體從令〔動〕

진사 이소¹의 초상화에 찬하다 李進士〔燻〕小像贊

웃음은 입에서 나오지만, 간혹 눈썹으로 웃기도 하고 광대뼈로 웃기도 하고 수염으로 웃기도 한다. 그 사람을 그릴 때에 반드시 그 웃는 모습을 그려야 하는 것은 아니다. 그러나 웃는 모습을 그렸다면, 내가 눈썹으로 웃는지 광대뼈로 웃는지 수염으로 웃는지를 알 수 있어야 전신(傳神)의 능한 일을 마쳤다고 할 것이다. 나는 십삼 이희경(李喜經)²이 아버지인 하유재(何有齋) 이소(李燻)의 초상화를 그린 것을 보았다. 침묵하고 있지만 말씀하시는 듯하고, 그 눈길은 기뻐하는 듯하였다. 웃음으로 미루건대 마음은 응당 기뻐하고 있었다. 그래서 나는 그가 종신토록 산수의 사이에서 한껏 고조되어 술을 마시고 시를 짓는 즈음에 세상을 가벼이 여기고 멀리 노니려는 뜻이 은근히 드러남을 알게 되었다.

---

1. **이소** 1728~1796. 자는 치회(穉晦)이고, 호는 하유재(何有齋)로, 이희경의 아버지다.
2. **이희경** 1745~? 자는 십삼(十三)·성위(聖緯)·사천(麝泉)이고, 호는 설수(雪峀)·윤암(綸菴)·광명거사(廣明居士)이며, 본관은 양성(陽城)이다.

이덕무의 초상화에 찬하다 李懋官像贊

몸은 약해도 정신은 굳세니
지킴이 안에 있기 때문이다.
겉모습 차가워도 마음이 따뜻함은
도타움이 밖에 있는 까닭이다.
지금은 도잠(陶潛)처럼 숨어 살지만
옛날에 났으면 이윤(伊尹)같이 높았으리.
사람들은 그가 쓴 글 『세설신어』(世說新語)[1]로 알고
그 마음속 가득한 『이소』(離騷)[2]는 알지 못하네.

---

1. 『세설신어』　중국 남조(南朝) 송(宋)나라 유의경(劉義慶, 403~444)이 편집한 후한(後漢) 말부터 동진(東晉)까지의 명사들의 일화집이다.
2. 『이소』　춘추시대 굴원이 간신의 모함으로 정계에서 쫓겨나 세상에 대한 울분을 읊은 노래. 사람들은 이덕무의 글씨와 문장을 보고 한 시대 명사의 풍모만을 느낄 줄 알았지 그의 가슴속에 가득한 시대에 대한 울분을 알지 못한다는 뜻이다.

진주이씨 일문의 충효를 찬하다〔병서〕[1]
晉州李氏一門忠孝贊〔幷序〕

이유련(李裕鍊)은 진주 사람으로, 그 선조는 경무공(景武公) 이제(李濟)[2]
다. 영조 무신년(영조 4, 1728)에 역적 이웅보(李熊輔)와 정희량(鄭希亮)[3] 등이
영남에서 반란을 일으켰다. 이때에 이유련은 늙어 흰머리였지만[4] 강개하
며 이불 폭을 찢어 전투복을 만들어서 그의 두 자식인 세한(世翰)과 상화
(尙化)에게 입히고는 "나라를 위해 죽는다면 후회는 없을 것이다"라고 말
했다. 두 아들이 마침내 나아가 중군(中軍)의 우하형(禹夏亨)[5]을 뵙고 토벌
방책을 말했다. 먼저 성초령(省草嶺)[6]을 점령하여 도적의 무기를 빼앗고 추

1. **진주이씨일문충효찬〔병서〕** 청장관 이덕무도 이유련에 대한 전을 남겼다. 『간본 아정유고』 권
3 「이씨삼세충효전」(李氏三世忠孝傳)에 이유련과 두 자식에 대한 내용이 자세하다. 이 책은 무신
란(戊申亂) 때 영남에서 앞장서 의를 일으킨 이세한(李世翰)·상화(尙化) 형제의 충절과 그 아들 소
봉(肅葑)·소리(肅理), 그리고 손자 용재(龍梓)·용손(龍孫)·용채(龍采)·홍채(興采)의 지극한 효심
을 기리고자 편간(編刊)한 책으로, 역시 무신란 때의 종군장사(從軍將士)인 김처영(金處榮)의 아들
여종(麗鍾)과 김해(金海)의 공편(共編)이다.
2. **이제** ?~1398. 태조의 셋째 딸 경순(慶順) 공주의 남편이다. 개국의 공으로 흥안군(興安君)으
로 봉해졌으나, 정도전의 난에 관련되어 처형되었다. 이유련은 이제의 9대손이다.
3. **정희량** 본관은 초계(草溪). 본명은 준유(遵儒)이다. 1728년 소론(少論)의 호응을 얻어 밀풍군
(密豊君) 탄(坦)을 추대, 왕통을 바로 세워야 한다고 이인좌(李麟佐) 등과 반란을 일으켰다.
4. **이때에~흰머리였지만** 이때 이유련의 나이 68세였다.

격하여 도적 21인을 사로잡아 도적들이 마침내 흥성하지 못했으니, 모두 이들의 지력(智力) 때문이었다. 정조 12년(1788)에 특명으로 그 집안을 복호(復戶)[7]했다. 세한 형제는 모두 지극한 행실이 있었으니 숙종(肅宗)이 승하하자 3년 동안 최복(衰服)을 입고 북쪽을 바라보며 통곡했다. 이유련의 병이 위독해지자 상화의 아내 강씨가 손가락을 잘라 피를 먹이고 똥의 달고 쓴 것을 맛보아 그 병의 정도를 살폈다. 세한 이래로 상을 당하여 여막에 거한 사람이 삼대에 걸쳐 여섯 사람이 있었다. 손가락을 잘라 피를 먹인 사람이 여섯인데 부인은 한 사람이었으며, 어린 자식으로 종기를 빨았던 사람이 두 명 있다. 호랑이도 감응한 것이 두 번이며, 소상(小祥)에 매가 꿩을 잡아다 묘 앞에 가져다 놓은 것도 한 번 있었다.[8] 세한이 일찍이 「가훈」(家訓) 세 편을 지었는데, 그 대략적인 내용은 효성과 우애, 근면함과 검소함으로 더욱 노력하라는 감계이다. 그 충의가 떨쳐 나옴에는 뿌리가 있다.

큰 도적이 난 일으켜	大憝遘凶
인륜이 떨어졌네.	人倫墮落
화답하여 응했던 자	彼和應者
대대로 벼슬 누려 왔지.	世有官爵

5. **우하형** 조선 후기의 무신으로 자는 회숙(會叔), 본관은 단양(丹陽)이다. 1710년(숙종 36) 무과에 급제했다. 1728년(영조 4) 선산부사(善山府使) 박필건(朴弼健)과 함께 이인좌의 난을 평정했다.

6. **성초령** 전라북도 무주와 경상남도 거창의 경계를 성초령이라고 한다. 이 길은 서울로 올라가는 길목으로, 이유련의 두 아들인 세한과 상화가 이곳에서 역적과 싸움을 하였다. 이덕무의 「이씨삼세충효전」에 그 정황이 자세히 소개되어 있다.

7. **복호** 충신·효자·절부(節婦) 등 특정 대상자에게 그 호(戶)의 조세나 부역을 면제해 주던 일을 말한다.

8. **이유련의 병이~한 번 있었다** 세한·상화 형제가 싸움터에 나아간 지 사흘 만에 유련의 병이 위독해져 죽을 지경에 이르렀다. 이 내용과 각 인물에 대해서는 이덕무의 「이씨삼세충효전」에 매우 자세하다.

신하됨을 근심하며	洯矣惟臣
이에 충성 다하였네.	乃如之忠
늠름한 두 아들은	桓桓二子
날랜 군사 이끌고서	倡率羆熊
험지에서 토벌하여	伐謀據險
의로운 깃발 먼저 들었네.	義旗先擧
역적 잡아 바치어서	獻俘于陳
도적이 달아났지.	賊脫其距
왕의 군대 승전가에	王師凱歌
내가 앞장 되었다네.	我爲前茅
살던 옛집 돌아오니	言返其居
진주의 교외였지.	于晋之郊
온 집안이 흥기하여	室家烝烝
화락하고 기뻐했네.	和樂且陶
종기를 빨아 주던	有吮其癰
아직 어린 아들 있고,	垂髫之子
며느리에까지 감화 미쳐	施及婦人
단지(斷指)하여 피 흘렸지.	亦灌其指
송백이야 시들어도	松柏枯矣
효자로 칭송되리.	孝子號矣
도적이 훔쳐 달아나니	盜乃逋矣
호랑이가 포호했네.[9]	虎乃嘷矣

9. 호랑이가 이에 표호하였지 이유련의 자손들이 시묘살이를 하는데, 하루는 여막에 도적이 들어 물건을 훔쳤다. 이날은 유독 캄캄했는데 큰 호랑이가 따라 들어와 으르릉거리니 그 소리가 언덕과 골짜기에 진동했다. 도적이 놀라서 훔쳤던 물건을 버리고 도망쳤다. 이덕무의 「이씨삼세충효전」에 자세하다.

누가 피를 아끼리오	孰吝于血
부모님만 장수하면.	親壽延哉
종기 빠는 것도 안 어렵네	孰難于癰
엿 먹듯이 즐거했네.	兒甘如飴
얼음 속 잉어[10]와 겨울 죽순[11]	氷鯉冬笋
섬돌에 널렸구나.	羅列堂陛
삼강 법도 다하잖아	三綱不匱
대대로 실행했지.	用常厥世
이에 복호하게 됨은	乃復其戶
조정의 구휼이라.	朝廷有卹
어찌 후세에 드리워짐	豈其垂後
철권(鐵券)[12]에만 남겠는가.	必券之鐵
징험 없다 하지 말라	無云匪徵
영남 사람 죄 말한다.	嶺人攸言
외사씨는 일을 밝혀	外史發潛
감히 임금께 말 올리네.	敢告輶軒

10. **얼음 속 잉어** 진(晉)나라 왕상(王祥)의 고사. 겨울철에 그 계모가 병이 들어 잉어 먹기를 원하자, 왕상이 강에 나가 옷을 벗고 얼음 위에 엎드리니 얼음이 스스로 녹으며 잉어가 나왔다고 한다.
11. **겨울 죽순** 삼국시대 때 초(楚)나라 강하(江夏) 사람 맹종(孟宗)은 그의 어머니가 죽순을 몹시 먹고 싶어 하였는데, 겨울철이라 죽순을 구할 수가 없었다. 이에 맹종이 대숲에 들어가서 탄식하자, 어느 사이 죽순이 자라나 이를 가져다가 어머니에게 드렸다. 『초국선현전』(楚國先賢傳)에 보인다.
12. **철권** 옛날 공신(功臣)에게 내려 주던 쇠로 만든 문권. 붉은 글씨로 적었으며, 반쪽을 주고 반쪽을 나라에 보존했다.

간장 진전¹의 〈상우도〉에 찬하다 陳簡莊尚友圖贊

백성이 좋아함은	民有攸好
먹고사는 것이 전부라네.	酒宇酒宙
무리 속에 외돌톨이	處衆匪羣
옛날 바라 친해졌지.	望古伊親
그 사귐은 어떠한가	其契維何
그 모습이 글에 있네.	有象在文
몽매함 어이 깨우칠까	彼蒙曷喩
알 수 없다 말들 하네.	昧此云云
진공은 발분하여	陳公發憤
흰머리로 공부했네.	皓首窮經
사농과 좨주²	司農祭酒

1. **진전(陳鱣)** 자는 중어(仲魚), 호는 관향(管香)이다. 자신의 집을 '간장'(簡莊)이라 이름 지었다. 절강 해령 사람이다. 훈고학에 밝아 『논어고훈』 등의 책을 짓기도 했다. 유득공도 『연대재유록』에서 진전과 필담한 내용을 다루었다. 〈상우도〉가 어떠한 그림인지는 알려진 바 없다.
2. **사농과 좨주** 사농은 청나라 때의 관직 기구인 사농시(司農寺)이고 좨주(祭酒)는 관직 이름이다. 당시 진전(陳鱣)의 신분을 나타내는 것으로 보인다.

관탑[3]과 양정[4]	管榻楊亭
그 정신 뉘 전할까	孰傳其神
책 덮고 한숨 쉬네.	掩卷而歔
앉은 모습 잊은 듯하고	其坐如忘
시선은 생각에 잠긴 듯.	其視若思
모시는 이 곁에 없어	旁無一侍
이웃 삼기 쉽겠구나.	卜鄰孔易
말 한마디 안 꺼내도	口不出話
눈가루가 땅에 가득.	霏屑滿地
백안시 하지 않아	無白眼傲
누런 얼굴 부처와도 다르다네.	異黃面禪
우뚝하게 다스리니	嘐嘐自牧
소학의 실천일세.	小學之箋

조선 사람 수기 박제가 짓다.

---

3. **관탑** 단정한 생활 자세를 견지하는 것을 말한다. 진(晉)나라 황보밀(皇甫謐)의 『고사전』(高士傳) 관영(管寧) 조(條)에 의하면, 삼국시대 위(魏)나라 관영이 55년 동안 나무로 만든 탑상(榻牀)에 앉아 있었는데, 단정한 자세를 한 번도 잃은 적이 없었으므로, 무릎 닿는 곳에 모두 구멍이 뚫렸다고 한다.
4. **양정** 관탑(管榻)과 같이 양씨 성을 가진 사람의 정자를 말하는 것으로 보이는데, 전거는 미상.

議

동활자를 새기는 일에 대한 의론 鑄字議

평안도 감영에서 먼저 새긴 활자본에 대해 글로 써서 말씀하셨다.

"동활자와 목활자는 그 우열이 뚜렷한데, 이 동활자의 제도와 모양을 보니 생각했던 것보다 훨씬 못하다. 이명예(李命藝)[1]가 내려가지 않아 자획을 점검하지 못한 것이 많아서 그런 것인가? 먼저 목활자를 새긴 뒤에 동을 주조하여 글자를 만드니, 이명예의 점검 여부는 크게 상관이 없는 듯하다. 그렇다면 동과 나무의 제도가 달라, 여러 번 번각(翻刻)하느라 본래의 모습을 잃었음이 틀림없다. 쉽게 마모되는 근심은 먼 훗날의 일이지만, 본래의 모습을 잃어버린 탄식은 당장의 긴요한 일에 문제가 된다. 이 일은 대교(待敎) 부자가 주관해 왔지만 대교가 마침 입직 중이 아니니, 내일 박제가와 이명예를 불러 『생생자보』(生生字譜)[2]와 이 판본을 꺼내 보여 주어, 그 편리함과 불편함을 자세히 고찰하여 즉시 바로잡아 지체되는 폐단을 없게 하는 것이 좋겠다. 평안도 감영의 장인들을 모을 수 있으면 다시 이명예를 보내 활자 만드는 공사를 시작하고, 그게 여의치 않으면 모두 가지

---

1. **이명예**　정조대에 활동했던 사자관(寫字官)으로, 여러 자료에 이름이 전하지만 자세한 행적은 알 수 없다.

고 돌아와 서울의 공인들을 예전처럼 활용하는 것이 좋을 듯하다. 동활자
의 경우 글자의 획이 원만하지 않을 뿐 아니라, 기울거나 뭉그러진 곳도
있으니, 그 곡절에 대해서는 박제가 등에게 자세히 묻도록 하라."

신은 논합니다.

"이 동활자가 『생생자보』의 원 글자에 미치지 못하는 것은 생생자(生
生字)의 원래 판각을 사용하지 않고 새로 번각할 때 본모습을 잃었기 때문
이지, 결코 동활자에 문제가 있어서가 아닙니다. 본 획에 어그러진 것이
있다면 동활자를 주조하는 경우 『생생자보』의 원래 글자 하나면 충분하
니, 한 번 더 번각하여 옛 모습까지 잃어버리게 할 필요는 없습니다. 동활
자 중 기울고 비뚠 글자의 경우 또한 원 글자의 본래 앉혀진 꼴이 정밀하
지 않기 때문입니다. 만약 빠진 글자를 추려 내어 취진자의 방식대로 만든
다면, 표면의 두껍고 엷은 차이가 모두 가지런해질 것입니다. 만약 동으로
주자(鑄字)하지 않고 본래의 글자를 칠하여 넓게 사용하면 이전에 판각한
장인들의 솜씨도 들쭉날쭉하지 않을 것입니다. 대개 한 판에 박은 열 가지
필체를 열 명의 공인에게 나누어 주면 열 가지 필체가 만들어지는데, 필의
(筆意)를 얻은 자는 매우 적으니 훌륭한 장인을 얻기가 이렇게 어렵습니다.
몇 해 전에도 시작했다가 곧 그만둔 일이 그러한 사실을 입증합니다."

2. 『생생자보』 1792년(정조 16) 윤4월에 시작하여 같은 해 6월 29일에 규장각에서 만든 나무 활
자를 생생자(生生字)라 한다. 중국의 취진판(聚珍版) 서식을 본떠 『강희자전』(康熙字典)의 글씨를
본으로 하여 동으로 주자(鑄字)하려다가 여의치 않아 황양목(黃楊木)으로 새긴 활자다. 새긴 수는
큰 자와 작은 자가 각각 15만 9,246자로 모두 31만 8,492자이나, 1814년의 「판당고」(板堂考)에서는
큰 자 15만 7,200자, 작은 자 16만 4,300자로 1794년(정조 18)에 만든 것으로 되어 있다. 『생생자보』
는 곧 이 활자로 찍은 책이다.

문집

4

文
集

최휘조에게 답하다 答崔輝祖

해가 길어진 것은 날이 따뜻해졌기 때문입니다. 편지에 예전처럼 고요히 지내신다고 하니 마음이 놓입니다. 제가 지난번 출타한 날이 마침 그대가 도성에 들어온 날과 같았습니다. 이것이 저에게는 불행이지만, 그대와는 무슨 상관이 있겠습니까? 지난번 부탁하신 글은, 다만 눈보라로 날이 궂은데다가 사이사이 아프기도 하여 아직 붓 잡을 생각을 못하고 있습니다. 조금만 기다려 주심이 어떻겠습니까? 제 생각에 그 말은 만사(輓詞)도 뇌문(誄文)도 아닙니다. 다만 내가 그대를 위로하는 가운데 대략 사실을 더한다면 될 것 같은데 그대는 어떻게 생각하시는지요? 최근의 원고를 찾아보았지만 실제 모인 것이 없었습니다. 입추 이후로 시문을 지은 게 드무니 참으로 게을렀습니다. 이런저런 사정을 말해 봐야 모두 구구한 변명이 될 뿐입니다. 그대의 말은 예전의 나로써 오늘의 나를 본 것입니다. 그러니 짓지 못한 것이지 짓지 않은 것이 아닙니다. 마구간에 나귀가 있으니 날을 정해 타고 나설 작정입니다. 이만 줄입니다.

상중의 이몽직¹에게 答李夢直哀

정월 초하루에 답장을 받아 보고 상중에 큰 탈 없이 지내고 있음을 멀리서나마 알 수 있었습니다. 참으로 다행입니다. 저는 나이가 들수록 병은 더해지고 배움은 퇴보하고 있으니 어찌하면 좋겠습니까? 제가 공의 가문에 사위가 된 지 벌써 몇 해가 되었습니다. 날마다 제가 하는 말을 듣고 제가 하는 일을 보았을 터인데 오히려 둘째를 의심하시다니요? 저는 평소에 말이 서툴러 남들과 함께 잘 어울리지도 못하고, 게을러서 공령문에 힘을 쏟지도 못했습니다. 이것이 남들에게 용납되지 못하는 이유입니다. 간혹 만나는 사람이 있어도 모두가 저와 같이 외롭고 힘없으며 세상 물정 모르는 한두 선비일 뿐, 그 밖에는 없습니다.

이런 저를 가지고 알고 지내는 사람이 많고 밖에 노닐기를 좋아한다고 말한다면, 어찌 지나친 말이 아니겠습니까? 그대가 시험 삼아 열 사람을 모아 놓고 물어 보십시오. 어찌 한 사람이라도 알고 지내지 못하는 자

---

1. **이몽직**　박제가의 장인인 이관상(李觀祥)의 아들 한주(漢柱, 1749~1774)이다. 이 편지는 이몽직이 모친 상복을 입었던 시기에 쓴 것인데, 정확한 시기는 알 수 없다. 이 책 하권 235쪽 각주 3에서 한 번 소개하였다.

가 있겠습니까? 시험 삼아 한 달 동안 살펴보십시오. 어찌 하루라도 밖에 나갈 일이 없겠습니까? 저는 일찍이 벗에게 이런 말을 했습니다. "뒤에 올 사람들이 나를 문인(文人)으로만 볼까 봐 두렵다네." 마음속으로 오히려 경박하게 문장만 놀리는 짓을 차마 할 수 없다고 생각했기 때문인데, 이것은 족하께서 정확하게 알고 본 것이 아닙니까? 지금 족하께서 저를 책망하심이 저를 깊이 사랑해서임을 제가 어찌 모르겠습니까?

족하께서는 비방이 점점 더 심해지는 원리를 알고 계십니까? 여기에 어떤 사람이 있는데, 한 객이 찾아와서 먼저 이렇게 묻습니다. "어떤 사람이 나를 비방하고 다니는데, 자네는 들어 보았는가?" 그 사람이 이미 들었다면 반드시 이렇게 대답할 것입니다. "들었네. 과연 그런가?" 이것은 그 객으로 하여금 앞서 들었던 말이 사실임을 확인시켜 주는 것이 됩니다. 그 객이 만약 듣지 못했다면 반드시 "이게 무슨 말인가?" 하고 되물을 것입니다. 그렇게 되면 어쩔 수 없이 그 일의 본말을 다 들어 설명해야 합니다. 이 또한 한 사람의 입을 더하는 꼴이 되고 맙니다. 어찌 그 비방이 천하에 두루 퍼지지 않을 수 있겠습니까?

제가 보건대, 족하에게 친구가 있으면 반드시 먼저 나를 아끼는 마음으로 자랑할 것이고, 자랑하다가 또 염려하여 "이 사람은 기이함을 좋아함이 이러하네"라고 말할 것입니다. 이렇게 되면 족하의 친구는 저를 '기이함을 좋아하는 사람'으로 알게 됩니다. 그 사람은 듣고서 또 그의 친구에게 이렇게 말할 것입니다. "아무개가 자신의 매부 아무개의 이름을 말하면서 기이함을 좋아한다고 염려하더군." 그러면 온 좌중에서 이렇게 맞장구를 칠 것입니다. "그렇지. 그 말이 옳지. 기이함을 좋아하는 것은 말세에 이롭지가 않지." 이렇게 되면 족하의 친구의 친구들은 또 저를 기이함을 좋아하는 사람으로 알게 됩니다. 이렇게 달이 지나고 보면, 제가 기이함을 좋아한다는 사실을 누가 모르겠습니까? 그러나 사실 제가 기이함을 좋아한 적이 있었습니까? 사실은 족하의 무리들이 기이함을 좋아한다고 저에게 덮어씌운 것입니다.

기이함을 좋아한다고 말하는 것이 시문과 서찰이 남들과 조금 다르기 때문입니까? 족하께서 보셨다시피, 제가 말을 하고 서찰을 보낼 때 어떤 사람인지 가리지 않고 모두 다 기이하게 하던가요? 제게는 그렇게 해도 된다고 허여한 사람이 한두 명 있는데, 족하 또한 그중의 하나입니다. 만약 족하께서 그렇게 하지 말라고 하셨다면 제가 어떤 글에서 그렇게 했겠습니까? 족하께서는 제 글을 보고 감춰 두어 사람들에게 처음부터 자랑하지 말았어야 했고, 또 저를 염려하는 말을 하지 말았어야 합니다. 허물이 있어 조용히 저에게 말씀하셨다면 저도 마땅히 "참으로 저를 아껴 주시는 군요"라고 말씀드렸을 것입니다.

지금 족하께서 제가 충고를 받아들이지 않고 혼자 잘난 척한다고 생각하신다면, 이것은 저를 버리시는 것이니, 어찌 제가 바라는 바이겠습니까? 비방은 입을 통해 더해지고, 사랑은 쉽게 자랑하기 때문에 어그러집니다. 내가 친애하지 않아서가 아니라, 너무 가까워지면 멀어지기 때문입니다. 변명을 하다 보니 제 주장만 내세우고 말았습니다. 부끄럽고 부끄럽습니다. 제가 지금까지 말씀드리지 않은 것은 족하께서 스스로 헤아려 주시기를 기다렸기 때문입니다. 이제 족하께서도 분명히 아시리라 생각합니다. 마음속 생각을 제대로 펼치지 못하여 두서없는 말이 되고 말았으니 용서하십시오.

상중의 이몽직에게 답하다 答李夢直哀

지난 두 해 동안 빈소를 모시느라 기력은 편안하신지요. 비 이슬 같은 은택에 젖음은 없다 해도 효자의 마음은 그리움이 더욱 가없어 아득히 먼 데로 향하겠지요.

들으니, 선부군의 묘 앞 혼유석(魂遊石) 아래에 행적을 새겨서 지석(誌石)을 대신한다더군요. 대저 땅속에 묻는 것을 묘지(墓誌)라 하니, 묘비가 있는데 다시 묘지를 두는 것은 옛 사람의 깊은 염려로, 천만년 뒤를 기다려 땅속의 일을 징험하기 위해서입니다. 이제 이 돌은 잘 모르긴 해도 백년 이내에는 반드시 기울어짐이 없겠고, 그렇다면 산이 언덕으로 변하기도 전에 남으로 하여금 선부군의 지문(誌文)이 이미 인간 세상에 나온 것으로 의심하게 할 것입니다. 특히 영구함에 흠이 있게 됩니다. 제 생각에는 지문은 그대로 두어 훗날을 기다리고, 또 따로 명(銘) 하나를 지어서 새긴다면 의리에 해가 되지 않을 겝니다. 훗날에 전하는 도리에 있어서도 또한 보완되는 바가 있겠지요. 이는 두원개(杜元凱)가 두 개의 비를 만든 것과 같습니다.[1]

제가 이제 「혼유석명병서」(魂遊石銘幷序)[2] 400자를 지었습니다. 이 글은 묘지도 아니고 묘갈도 아니지만, 묘지나 묘갈이라 해도 또한 안 될 것이 없습니다. 후세 사람들에게 이를 보게 한다면 공에 대해 다른 사람이 지은 것이 아님을 알겠습니다. 저 또한 조금이나마 평소 구구하게 공을 위하던 마음을 서술하였으니, 그대가 이를 버리거나 취할 수가 있습니다. 제 글은 평생 세상과는 맞지 않았습니다. 이 또한 다만 그대가 마음으로 결정해야지 굳이 남에게 물어 그 가부를 들을 것이 없습니다. 저 또한 감히 자기를 버리고 남을 따라 부합하기를 구하지는 않습니다. 원컨대 돌의 형상을 그려서 보내주시면 마땅히 글씨를 써서 보내드리겠습니다. 선부군의 행장에 대한 초고를 제가 어찌 감히 소홀히 하겠습니까? 다만 초고를 여러 번 고치다 보니 끝내 마음에 들지가 않습니다. 이는 시일이 정해진 일이 아닌 지라 조금만 기다리면 마무리될 것입니다.

나중에 이것으로 어디에서 묘지문을 받을지는 모르겠으나, 근세에는 반드시 작위를 가지고 선조의 묘지를 구합니다. 승려의 비명조차도 당시 재상의 관함(官啣)을 빌려다 씁니다. 혹은 다른 사람이 지었는데도 지위가 높은 자의 이름을 가져다가 채워 넣기도 합니다. 이는 참으로 비루한 습속입니다. 대저 그 선대를 위하여 썩지 않게 하고자 한다면 마땅히 천하 만세에 전할 만한 글을 구해야지, 그 사이에 조금이라도 작위가 끼어들어서는 안 됩니다.

그대들이 능히 이같은 습속을 벗어 던질 수만 있다면 미중(美仲) 박지

---

1. **두원개가~같습니다** 두원개는 진(晉)나라 사람 두예(杜預, 222~284)로 원개는 그의 자다. 진나라 무제(武帝) 때 양호(羊祜)의 천거로 대장군이 되어 오(吳)나라를 정벌하고 무공을 세웠다. 『좌전』을 아주 좋아하여 『좌전집해』(左傳集解)란 주해서를 지었는데, 이는 『좌전』에 대한 가장 이른 시기의 주해서였다. 두원개는 두 개의 비석을 만들어 하나는 현산(峴山) 꼭대기에 세우고 다른 하나는 양강(襄江) 속에 빠뜨려 길이 자신의 이름을 전하려 했다. 박제가는 이몽직에게 부친의 묘지(墓誌)와 묘명(銘)을 따로 지어, 훗날 서로 보완의 의미가 되도록 해야 한다는 뜻으로 말한 것이다.

2. **「혼유석명병서」** 원제목은 「조선가선대부행용양위부호군겸오위도총총관이공묘전혼유석명병서」(朝鮮嘉善大夫行龍驤衛副護軍兼五衛都摠府副摠管李公墓前魂遊石銘幷序)로 『초정전서』 문집 권3에 실려 있다.

원 선생은 오늘날의 한유(韓愈)요 소식(蘇軾)입니다. 그 글이 비록 속인들의 헐뜯음을 많이 받긴 했어도 이는 모르는 자와 더불어 말할 수 있는 것이 아닙니다. 그럴진대 선부군의 묘지문은 쓸 만한 사람이 없다고는 말할 수가 없습니다. 제가 비록 감히 좋아하는 사람에게 아첨하는 것은 아니나, 제 말을 또한 어찌 그대가 반드시 믿어 주기를 바라겠습니까. 다만 제 마음을 다할 뿐입니다.

혜보 유득공에게 주다 與柳惠甫

소의 침 같은 비가 사흘 동안 그치지 않으니, 효자인 그대가 사는 마을은 분명 진창이 되었을 것입니다. 아우인 제가 상중의 그대[1]와 만나 이야기를 나누고자 한 지가 오래되었습니다. 하지만 나귀를 타자니 오래 앉아 있기가 힘들겠고, 타지 않자니 먼 걸음이 힘들까 싶어 주저할 따름입니다. 나귀를 팔아 집을 사서 서로 가까이 지내게 된다면 좋겠습니다.

---

1. **상중의 그대**　원문은 애자(哀者). 유득공의 어머니가 돌아가신 해는 1801년이다. '애자'라는 표현으로 보아 유득공이 모친 상중일 때 보낸 편지로 보인다.

추성관 이정재[1] 어른께 답장하다 復秋聲館丈人

1

저녁 무렵 귀한 편지가 문 앞에 이르렀으니, 어찌 느낌이 없을 수 있겠습니까? 봄날의 우레가 잠든 벌레를 깨우는 때[2]입니다. 우러러 기거(起居)의 편안하심을 바라 마지않습니다. 저는 하루 종일 하는 일 없이 낮잠을 이웃 삼아 지냅니다. 자리에 서책을 어지러이 늘어놓는 것에나 흥취가 있다 할까요. 족하께서 문을 닫아걸고 나오지 않는 것이 바로 서생의 본래 모습입니다. 볼만한 것은 고요히 앉아 있는 데에 많은 법입니다. 저는 제 붓[3]이 40년간 책상 위에서 도대체 무슨 일을 했는지 보지 못함을 한스러워할 뿐입니다. 족하께서 가지고 계신 것을 보여 주지 않으시렵니까? 이덕무도 편안하고 한가롭다고 하지만, 진창이 심하고 마을도 떨어져 있어 마

---

1. **이정재(李定載)**　자세한 정보가 알려지지 않은 인물이다. 박제가와 이덕무의 문집에만 두 차례씩 그 이름이 보인다. 박제가가 쓴 「송이정재왕공주서」(送李定載往公州序)의 내용으로 보아 시대에 쓰이지 못한 낙척한 인사로 보인다.
2. **봄날의~깨우는 때**　원문은 계칩(啓蟄). 24절기의 하나이다. 우수와 춘분 사이에 있는데 양력 3월 5일 전후가 된다. 동면하던 벌레가 봄철에 나와 움직이는 철이라는 뜻이다.
3. **붓**　원문은 관처사(管處士). 붓을 의인화하여 일컫는 말이다.

음만 있을 뿐 찾아보지 못하고 있습니다. 저는 간혹 문을 나서 산책하다가 서글픈 마음에 그만두곤 합니다. 마침 다른 일이 있어서, 심부름 온 사람을 오래 세워 두었습니다. 죄송합니다.

2

자연에 숨어 살며 천고의 세월을 이야기하는 것은 좋은 일이라고 일컬을 만합니다. 족하의 책상은 부처님 머리처럼 존귀하니 저의 보잘것없는 시로 오래도록 더럽히기에는 마땅치가 않습니다. 청컨대 돌려주십시오.

3

허신(許愼)의 『설문해자』(說文解字)를 예전에 볼 때는 너무 경황이 없었습니다. 족하에게 있는 것을 알면서도 빌리지 못했으니 남의 집에 있는 것을 말해 무엇 하겠습니까? 세속에서는 '책을 빌려 주는 것은 하나의 바보짓'이라고 잘못 말들 하지만, 바보라는 글자의 '치'(癡)는 술병을 뜻하는 '치'(瓻)입니다. 황정견은 "내게 천 권 책 빌려 주기 마다하지 않는다면, 다른 날 그대에게 한 병 술로 갚으리라"(不辭借我書千卷, 他日還君酒一瓻.)고 했습니다. 치(瓻)는 술병이니 족하께서는 다시 한 번 생각해 주십시오.

상중의 낙서 이서구에게 주다 與洛書哀

이슬비와 엷은 안개에 남은 봄이 흔들립니다. 효자께서는 어떻게 지내시는지요. 제 아내의 병은 조금 차도가 있습니다. 무릉선생(武陵先生)[1]은 만월대(滿月臺)로 놀러갔고 무관(이덕무)은 황주(黃州)에 갔다가[2] 평양으로 향했는데, 모두 한 달 내외면 돌아올 것입니다. 혜보(유득공)의 무리는 모두 상중[3]에 있습니다. 유득공 또한 송씨 마을에 머물고 있다 하니, 문을 나서도 마땅히 갈 곳이 없습니다. 우리는 약관의 청춘인데도 오히려 이처럼 쓸쓸한 신세가 되었습니다. 나이를 먹어 가고 세속의 인연이 깊어져만 가고 보니 세상일을 알 만합니다. 한두 해 전만 해도 훌쩍 오고 가며 술을 마시고 노는 흥겨운 일들이 있었는데, 이미 깬 꿈을 이을 수 없고 흐르는 물은 잡을 수 없는 꼴이 되고 말았습니다. 저는 요즘 마음 둘 곳이 없으며, 책도 읽지 않은 지 벌써 몇 달입니다. 꽃나무와 누대를 즐기는 마음 또한 심히 무료하기만 하니 어쩌겠습니다. 무관의 시를 보내오니, 한번 살펴보시기 바랍니다.

1. **무릉선생**　박지원의 별호.
2. **무관은 황주에 갔다가**　이덕무의 연보에 따르면, 1771년 3월 이덕무는 조카 광섭과 함께 황주를 유람했다. 이때 박지원과 백동수가 동행했는데, 개성 만월대에서 헤어졌다고 한다.
3. **상중**　원문은 죄칩(罪蟄). 아버지의 상중에 있음을 말한다.

공작관 박지원에게 답하다 答孔雀館

열흘 장맛비에 밥 싸 들고 찾아가는 벗[1]이 되어 주질 못하여 부끄럽습니다. 공방(孔方)[2] 2백을 편지 전하는 하인 편에 보냅니다. 호리병 속의 일은 없습니다.[3] 세상에 양주(揚州)의 학(鶴)은 없는 법이지요.[4]

1. **밥 싸 들고 찾아가는 벗** 원문은 과반지붕(裹飯之朋). 급한 처지를 돌봐 줄 친구라는 말이다. 『장자』 「대종사」(大宗師)에 "자여(子輿)와 자상(子桑)이 친구로 지냈는데, 장맛비가 열흘이나 계속되자, 자상의 처지를 생각하여 자여가 밥을 싸 들고 찾아갔다"라고 하였다.
2. **공방** 돈을 익살스럽게 표현한 말. 돈이 둥글고 가운데 모난 구멍이 있으므로 의인(擬人)하여 공방(孔方)이라 한다. "세상 사람들이 형처럼 친한 자를 공방이라 했다"는 구절이 진(晉)나라 노포의 「전신론」(錢神論)에 있다.
3. **호리병~없습니다** 술을 못 부친다는 말이다. 술이 아까워서가 아니라 여러 날 빈속에 술을 마셔 좋은 것이 없겠기에 한 말이다.
4. **세상에~법이지요** 양주의 학은 이것저것 좋은 것을 한꺼번에 다 누린다는 말로, 세상에 양주의 학이 없다고 한 것은 밥과 술을 다는 못 보내니 그리 알라는 이야기다. 양주 학 이야기는 남조(南朝) 양은운(梁殷芸)의 『소설』(小說)에 처음 보인다.

　진채(陳蔡) 땅에서 곤액(困厄)이 심하니[5] 도(道)를 행하느라 그런 것은
아니라네. 망령되이 누추한 골목에서 무슨 일로 즐거워하느냐고 묻던 일[6]
에 견주어 본다네. 이 무릎을 굽히지 않은 지 오래되고 보니, 어찌 좋은 벼
슬이 구차하게 자주 절하더라도[7] 많으면 많을수록 좋은 것만이야 하겠는
가? 여기 또 호리병을 보내니 가득 담아 보내 주심이 어떻겠는가?

5. 진채 땅에서 곤액이 심하니　공자가 진채 땅에서 7일 동안 밥을 지어 먹지 못하고 고생하였다.
진채 땅의 곤액이란 자기가 벌써 여러 날을 굶었다는 말이다.
6. 무슨~일　안회처럼 누항에 살면서도 가난한 삶을 즐기겠다고 자신의 삶을 안회에게 견준 부분
이다.
7. 구차하게 자주 절하더라도　원문은 복복극배(僕僕亟拜). 『맹자』 「만장」 하에 용례가 나온다. 육
공(繆公)이 자사(子思)에게 삶은 고기를 자주 보내 주었는데 이를 거절하고 받지 않은 일이 있다.
절을 올리고 머리를 조아리고 받는 것을 혐오한 때문이다. 연암은 자신이 벼슬길에 오래도록 있지
않다 보니 이것저것 따질 계제가 못 됨을 해학적으로 말한 것이다.

형암에게 부치다 寄炯庵

들자니 선생께서 지붕을 새로 엮었는데 이엉이 대단히 깔끔하다고 하더군요. 생각건대, 선생께서 앉아 저술하시느라 날이 더욱 빨리 가겠습니다그려. 저는 집에 있으면서 잡절(雜絶) 세 수를 지었는데, 여기에 평점(評點)을 구하고자 합니다. 문장에 선생의 평점이 없으면 장사 지낼 때 한유의 묘지명(墓誌銘)¹을 얻지 못한 것과 같다고 생각합니다. 선생께서 어찌 비밀로 감춰 아끼고 내놓지 않으면서 혜묵(慧墨)을 그대로 마르게 하고 훌륭한 글을 허공으로 돌아가게 하시렵니까?

---

1. **한유의 묘지명**　한유는 비지문(碑誌文)을 많이 쓴 걸로 유명한데, 특히 여기서는 「유자후묘지명」(柳子厚墓誌銘)을 염두에 둔 것으로 보인다.

의주 사람에게 주다 與龍灣人

먼 변방 천 리에 소식은 문득 한 해가 되어 갑니다. 서글픈 감회는 다만 오늘뿐이 아닙니다. 이 편지가 여기서 서쪽으로 넘어가기는 어려움이 많을 듯합니다. 저는 날마다 자투리 책과 온전치 않은 글로 일삼고 있는지라 녹록하여 말씀드릴 만한 것이 없습니다. 멀리 통군정(統軍亭)[1] 위에서 술 마시고, 위화도 가운데서 사냥하실 일을 떠올리면 마음이 훨훨 날아가 고개를 그쪽으로 들지 않을 수가 없습니다. 빼어난 경치와 계절의 번화함은 말할 것도 없이 나그네 시름을 몇 섬 쯤 녹여 주고도 남겠지요? 저는 평생 달리 좋아하는 것이 없습니다. 다만 중국 종이만은 이를 아낌이 골수에 스몄습니다. 의주(義州)는 중국과 경계인지라 가깝기가 마치 옷을 꿰맨 자국 같으니, 중국 종이를 쉽게 구할 수 있겠지요. 그대가 주머니 속의 돈을 꺼내 사 줄 수 있겠는지요? 글씨 쓰고 그림 그리는 데 꼭 알맞기 때문입니다.

---

1. **통군정**　평북 의주군 의주읍에 있는 고려 전기의 누정. 북한 보물 제11호. 건립 연대는 990년 (성종 9)에 편찬된 『임사홍기』(任士洪記)에 나타난 통군정에 대한 기록으로 보아 고려 전기가 분명하고 1538년(중종 33)에 수리하였으며, 6·25 전쟁 때 파괴되었으나 전후 복구되었다. 통군정 남쪽, 지금의 신의주 가까운 압록강 가운데 위화도가 있다.

생원 정문조[1]에게 주다 與鄭生員〔文祚〕

저 박제가는 머리 조아려 두 번 절하며 아룁니다. 맏아드님이 세상을
떠났다니 이게 무슨 말입니까! 다른 사람은 쉽게 얻을 수 있어도 맏아드님
같은 사람은 얻을 수 없는 법입니다. 살릴 수만 있다면 백 사람이 자기의
수명을 조금씩 나눠 줄 것입니다. 골육의 정으로 죽은 자의 재주 있고 없
음에 대해서는 논할 바 아니지만, 천지의 관점으로 보면 더욱 마땅히 현인
들이 안타까워할 일입니다.

지난번 사촌 큰형님께서 오셨을 때, 아드님 홍역〔痘瘡〕은 이미 사라졌
지만 병세는 그대로라는 말씀을 하시기에 하루도 마음을 졸이지 않은 날
이 없었습니다. 그런데 상중(喪中)에 살림은 궁핍하고 부리는 아이들도 겨
를이 없어 안부를 묻는 일이 저절로 끊어졌습니다. 짧은 편지 한 장도 보
내지 못한 채 손을 꼽아 날을 헤아리며 이제는 훌훌 털고 일어나 앉았을
것이라고 생각했습니다. 차마 듣지 못한 소리가 홀연히 꿈에도 가닿지 못

---

1. **정문조** 생애와 내력은 미상이다. 시집 권1의 「희방왕어양세모회인육십수」(戱倣王漁洋歲暮懷
人六十首) 중 한 수가 정문조를 대상으로 한 것이다. 이 편지 내용으로 보아 박제가보다 연배가 위
였을 것으로 추정된다.

할 땅에 미칠 줄을 뉘 알았겠습니까? 지극히 놀라고 의심스러워 마음을 가라앉힐 수 없었습니다. 사람을 통해 알아본 뒤에야, 몇 번 더 약을 썼지만 며칠 만에 병세가 악화되었는데 나는 까맣게 모르고 있었다는 사실을 알게 되었습니다. 알았다면 제가 상중이긴 하지만 예법을 깨면서라도 반드시 영결하고 돌아오지 않았겠습니까?

말과 생각이 여기에 미치니 남은 한을 어찌 풀 수 있겠습니까? 적이 생각건대, 맏아드님은 평소 여러 소년들과 어울리지 않고 오직 하루 먼저[2] 태어난 저만을 좋아했습니다. 우리 마을에 오면 제게 들르지 않은 적이 없고, 제게 들를 때마다 아쉬움 때문에 차마 떠나지를 못하곤 했습니다. 마음을 터놓고 논하는 주제는 과거의 테두리를 훌쩍 벗어났고, 강학할 때는 문자학이나 수학 같은 실용 학문에까지 미쳤으니, 이대로 갈고닦으면 원대하고 고명한 수준에 이를 것이라 확신했습니다. 하지만 하늘의 이치는 믿기가 어려우니, 아름다운 꽃만 피우고 열매를 맺지 못하는군요. 얄팍하고 가벼운 기운은 날로 심해지고, 타고난 분수가 완전하지 않으니, 이 모두 운명인 것을 어쩌겠습니까!

여름 초에 북한산을 유람하고 돌아와서는, 초서와 몇 폭 그림이 있으니 소매에 넣어 가지고 오겠다고 했는데, 이 한마디가 영원한 이별의 말이 되고 말았습니다. 그때 그 모습이 떠오르면 제 마음과 기운이 다 사그라지고 맙니다. 오늘부터 영원토록 그리움은 끝이 없어 절대로 잊지 못하리니, 어디에 처해야 할지 모를 뿐입니다.

엎드려 생각건대 어버이의 자식 사랑이 크고 깊었으니, 그 찢어지는 마음을 어찌 감당하실는지요. 옛날 어떤 사람이 정이천(程伊川) 선생에게

---

2. **하루 먼저**　원문은 일일장(一日長). 하루 먼저 태어났다는 말이지만, 실제 그렇다는 것이 아니라 어른이 아랫사람을 대할 때의 겸사이다. 공자가 여러 제자들과 대화할 때 각자 원하는 바를 편안하게 말하라고 할 때, "내가 자네들보다 하루 먼저 태어났다고 해서 나를 어렵게 생각하지 말라"(以吾一日長乎爾, 毋吾以也.)라 한 데서 유래한다. 『논어』 「선진」(先進)에 나온다.

말하기를, "선생님의 평소 학문을 바로 오늘 쓰셔야 합니다. 도를 지키는 도타움을 아시니 반드시 이치로써 보내십시오"[3]라고 하였습니다. 제가 바라는 바 또한 이러할 뿐입니다. 아직도 더위가 남아 있어 상례의 절차를 기일에 맞추기가 쉽지 않을 것이니, 더욱 비통한 일입니다.

저 박제가는 상중의 몸이라서 예법상 가서 조문하지 못합니다. 생사 이별에 정의를 저버림에 부끄럽고 슬프기 그지없어 편지를 쓰매 눈물이 흐릅니다. 엎드려 바라건대 살펴 주십시오.

---

3. 선생님의~보내십시오   『이정유서』(二程遺書)의 「이천선생연보」(伊川先生年報)에 정이천의 아들이 죽자 문인이 한 말로 나온다.

석파 김용행에게 주다 與金石坡[龍行]

그대는 매정한 사람이라 할 만합니다. 저는 지금 망월사(望月寺)에 앉아 있습니다. 그대는 멋대로 나가서 곧 돌아온다고 해 놓고 거듭 기한이지나도 돌아오지 않았습니다. 저는 당연히 옥정사(玉井寺)에 갔을 거라 여기고 중을 보내 찾았으나 없더군요. 몸소 천주사(天柱寺)로 가려 했으나 마침 비와 우박이 섞어 내려 주저하며 머물러 밤새도록 탄식했습니다. 그대는 어느 절에 머물고 있는지, 또 나를 계속 생각이나 하는 건지 모르겠습니다. 다음날 새벽 뿌연 안개가 자욱하여 사방을 바라보면 호수와도 같았습니다. 저는 소매를 걷어붙이고 산등성이를 따라 옥정사 길로 찾아갔지만 도착해 보니 또 없더이다. 다시 국청사(國淸寺)로 가서 여기저기 물었으나 모두들 그대를 알지 못했습니다.[1] 한 늙은 스님이 "어제 정오에 한 손님이 잠시 들렀다가 되돌아 나갔는데 혹시 그 사람일지 모르겠다"고 말하

---

1. **저는~못했습니다** 여기 나오는 사찰들은 모두 남한산성에 있는 것들이다. 망월사는 동문 북쪽에 있고, 옥정사는 북문과 동장대 사이, 천주사는 서장대 아래, 국청사는 서문 아래에 있다. 현재 그중 옥정사와 천주사는 터만 남아 있고, 망월사와 국청사는 중창되었다. 아래 단락에 나오는 개원사는 남쪽 성곽 아래 있는데, 남한산성 총섭이 거처하던 성내 8개 사찰 중 종찰이었으며, 현재도 남아 있다.

더군요. 저는 맥이 풀려 한참을 서 있다가 천주사에 이르렀습니다. 등지고 서 있는 훤칠한 사람을 보곤 문득 그대가 와 있는 거라 여겨 마음이 설레었습니다. 그러나 또 헛된 발걸음이 되고 보니 비로소 원망이 들더군요.

처음 우리는 개원사(開元寺)에서 만나기로 했습니다. 50리 거리에 며칠이 지나도록 오지 않았으니, 어찌 그다지도 지나친 것입니까? 만났을 때는 밥상을 나란히 하며 밥을 먹고 이불을 함께 덮고 잤습니다. 함께 시를 지었고 같이 술을 마셨지요. 홀연 알리지도 않고 떠나 버려 정 많고 연약한 체질인 이 벗으로 하여금 한시도 마음을 놓지 못하게 한 지가 이틀이나 되었습니다. 미친 것이 아니라면 매정한 일입니다. 그대는 어찌된 것입니까?

깊은 산골짜기에 처음 올 때, 길은 익숙지 않고 걸음마다 위태로운 돌이 차이고 가면서도 못된 짐승이 걱정되어 의심이 끊이지 않았습니다. 머리카락은 오히려 희어지지 않았지만, 무릎은 이미 진흙투성이였습니다. 또 적이 생각하기를 개원사는 우리들의 처음 목적지이고 정자금(鄭子禽)이 있기로 한 곳이니, 족하가 혹 여기에 있을 거라는 기대에 신선처럼 빨리 걸었습니다. 찾아보고는 나도 모르게 머리를 들어 길게 탄식했습니다. 서글퍼하며 머뭇거리는데, 마치 장님이 지팡이를 잃은 것 같았습니다. 이때의 이러한 마음은 지금은 다 잊었습니다.

그런데 또 그대는 정자금에게 이르기를 6일에는 반드시 오겠다고 말했습니다. 저는 그 말을 믿고 여기에 머물렀던 것입니다. 그러나 그날 날씨가 좋지 않았으니, 저는 오지 않더라도 신뢰가 없는 것은 아니라며 마음속으로 이해했습니다. 다음날 다시 망월사에서 종일토록 있으면서 세 번이나 사람을 보내 알아보았고 저 또한 직접 가서 물어 본 것이 세 차례였습니다. 만나지 못하고 나서야 툭툭 털고 돌아갈 뜻이 생겼습니다. 그렇지만 오늘 지나는 길에 또 승려에게 "두 사람의 수재(秀才)[2]가 관악산에서 오면 내 이름을 말해 주고 이 뜻을 알려 달라"고 부탁했습니다. 돌아갈 때 그대가 또 빈말[3]한 것을 더욱 탄식했습니다. 이제 막 망월사로 돌아오는데 어둑어둑 저녁 빛이 벼루에 비칩니다. 할 말이 있어도 다하지 못하고 또 말에 두서가 없지만 어쩌겠습니다. 그대를 위해 충고하는 뜻이 이와 같을 뿐입니다.

2. **수재**　원래는 과거를 준비하는 서생을 뜻하는데 여기서는 젊은 선비 정도의 뜻이다.
3. **빈말**　원문은 포풍(捕風). 포풍착영(捕風捉影)은 바람을 잡고 그림자를 붙들어 맨다는 말로 부질없는 일을 뜻한다. 『한서』(漢書) 「교사지 하」(郊祀志下)에 보인다.

관헌 서상수에게 주다 與徐觀軒〔常修〕

1

저는 궁벽한 마을에 살고 있어 세상 소식을 듣지 못하고 있었는데, 백영숙(白永叔: 백동수)이 사람을 보내 족하께서 북관(北關) 땅으로 유배를 가게 되었다고 전하더군요. 급히 사동(寺洞)으로 가 보았으나 떠난 지 이미 나흘이나 되었다고 합디다. 저는 바로 알려 주지 않았다고 이덕무를 나무랐는데, 이덕무는 '마땅히 알고 있을 거라 여겨서 알리지 않았다'고 말하더이다. 아아! 이미 이별을 하고 말았으니 또한 어찌하겠습니까? 무더위가 심한데 행로는 어떠하십니까? 판잣집에 풍토도 다른데 먹고 자는 일은 어떻습니까? 오랑캐의 노랫소리와 털옷 입은 사람들 속에서 어떻게 지내십니까?

저의 늙으신 어머니는 오랜 병이 재발하여 형과 아우가 밤에도 눈을 붙이지 못하고 낮에도 띠를 풀지 못한 지가 벌써 20일입니다. 지금 비록 조금 나아지긴 했지만 나머지 증상들은 아직 그대로입니다. 떠나실 때 손을 잡아 위로하며 보내지 못했습니다. 또 즉시 인편에 편지를 보내어 객점의 안부를 묻지도 못했습니다. 지난날 노닐던 일들을 돌이켜 생각하니 밤하늘의 별빛처럼 생생하기만 합니다. 저는 백탑(白塔) 아래에 갈 때마다 반드시 서유년(徐有年: 서상수의 아들) 군의 독서를 살피고 돌아왔습니다. 그러나 집이 멀어 자주 가지는 못합니다. 저는 최근에 한 마리 빠른 말을 타고서 육진의 산천과 족하의 얼굴을 보고 돌아오려고 생각했지만, 생각일 뿐 방도가 없습니다. 먼 변방엔 사람이 드물어 편지를 보내기 어렵습니다. 먼 길을 가면서 몸을 잘 돌보시기 바랍니다. 짧은 종이에 많은 사연들을 담지 못합니다.

2

북관의 진산인 백두산은 두만강과 압록강이 발원하는 곳입니다. 자작나무가 주로 자라고 비목어(比目魚)[1]가 많습니다. 여자들은 삼을 잣고 남자들은 사냥을 합니다. 황량한 벌판 수초 사이에서 야인들이 피운 연기를 볼 수가 있습니다. 수레가 털컹거리며 지나다니고 말과 가축이 무리를 이룹니다. 조선의 한 모퉁이임에도, 유독 이곳에는 중국의 풍속이 있습니다. 2천 리 길을 떠나 객이 되었으니, 수십 일이 지나면 고적과 명승지를 많이 살펴볼 수 있을 것입니다. 이 또한 임금님의 은덕입니다. 다만 늙고 병든 부모님이 집에 계시고, 어린 자식의 독서를 도와서 이루어 줄 방도가 없는 것이 족하의 근심일 뿐입니다. 그러나 서유년의 학문은 이덕무가 있으니 무엇을 근심하겠습니까? 북관에는 처서만 되면 서리가 내린다고 하니, 족하께서도 이른 추위를 겪을 것입니다. 원컨대 힘써 더 챙겨 드시기 바랍니다. 이미 오래전에 앞 편지를 써 두었다가, 또 이 편지를 말미에 붙입니다. 판잣집에서 무료한 저녁에 펼쳐 위로로 삼으시기 바랍니다.

---

1. **비목어**　한쪽 눈만 있어 두 마리가 나란히 붙어야만 비로소 헤엄칠 수 있다는 물고기로, '부부 간의 지극한 사랑'을 뜻한다. 실제로는 넙치나 가자미를 말한다.

3

저는 죄가 막중하여 열한 살 때는 아버지를 여의었고, 스물네 살인 지금에는 다시 어머니를 잃었습니다. 이른바 낳아 주시고 길러 주신 은혜를 한 가지도 갚을 길이 없게 되었으니, 슬프고 괴로운 심정이 천지에 가득합니다. 돌아가신 어머니는 혼자가 되어 가난하게 사신 지 10여 년입니다. 몸에는 온전한 옷을 걸치지 못하셨고, 입에는 맛있는 음식을 대지 못하셨으며, 새벽까지 잠 못 들며 남을 위해 삯바느질하여 자식을 공부시키셨습니다. 자식이 교유하는 사람 중에는 왕왕 선생(先生)·장자(長子)로 당시에 이름난 사람이 많았는데, 반드시 힘껏 불러들여 술과 안주를 갖추어 대접하시곤 했습니다. 그 자식을 보는 자들은 실제로 그 집안의 가난한 사정을 알지 못했습니다. 제가 공부에만 뜻을 두어 오늘에까지 이른 것은 모두 어머니께서 주신 것입니다. 아아! 가난[2] 때문에 어머니를 모시면서 평소 자식의 직분을 다하지 못했습니다. 문장으로 불후의 업적을 남겨 죽은 후에라도 부모님의 이름을 빛내고자 했으나, 그것이 다만 헛되고 막중한 불효임을 깨달았습니다. 지금의 인인(仁人) 군자들께서는 가엾게 보아주시기를 바랍니다.

4

『회우기』(會友記)[3]를 보내 드립니다. 제가 평소 중원을 무척 사모하지 않은 것은 아니지만, 이 글을 보고 나니 다시금 갑자기 미칠 것만 같았습니다. 밥상을 두고도 수저 드는 일을 잊어버리고 세숫대야 앞에서도 씻는

---

2. 가난   원문은 숙수(菽水). 콩죽을 먹고 물을 마신다는 '철숙음수'(啜菽飮水)의 준말로, 청고(清苦)한 생활을 말한다. 『예기』(禮記) 「단궁」(檀弓)에 보인다.
3. 『회우기』   홍대용이 연경에 가서 절강의 세 지성인과 사귀고 그들과 주고받은 필담을 이덕무가 『천애지기서』(天涯知己書)란 이름으로 편집한 것이다.

것을 잊을 정도입니다. 아! 여기는 진실로 어떤 곳입니까? 조선입니까? 제가 보니 절강(浙江)이요 서호(西湖)입니다. 그곳은 길이 몇 리나 되는지 헤아릴 수 없을 정도로 넓고도 광활합니다. 소와 말을 구별하지 못하는 무리들은 은연중에 이 조선 땅만을 실재하는 세계로 여겨 겨우 몇 천 리의 울타리 안에서 태어나 늙고 병들며 죽어 가고 있습니다. 그 마음은 과연 중원 땅이 있는지 아는 걸까요, 모르는 걸까요? 말이 한마디만 중원에 미치면 말을 돌려 사양하며 이르기를, "조선 땅도 아직 다 보지 못했습니다"라고 하니, 이들은 여름벌레나 우물 안의 개구리처럼 견문이 좁은 사람이거나 실상도 모르면서 학 울음소리와 바람 소리[4]에도 깜짝깜짝 놀라는 부류입니다. 또 한쪽에서는 와자지껄 떠들어 대고 환호하며 칭찬하는 것을 그치지 않습니다. 첫째도 중원이요 둘째도 중원이라 하니, 무엇을 좋아하고 무엇을 좋아하지 않는단 말입니까? 그게 아니면 서책이나 일용품을 그대로 베끼려 무던히 노력해도 한번 보면 그것이 가소로운 것임을 알 수가 있습니다. 설령 진짜인지 가짜인지 분간치 못하게 만들어 낸다 해도 찾아보면 없어진 지 오래입니다.

저와 혜보 유득공 같은 사람은 천성이 중원을 좋아하고 그 행동거지 또한 은연중 그들과 합치되는 바가 있습니다. 이걸 누가 가르쳐 주고 누가 전해 준 것이겠습니까? 만약 저희들이 힘써 노력하고 배워서 그리되었다고 여긴다면 진실로 우리를 아는 사람이겠습니까? 아아! 우리나라는 3백 년 동안 중국과 사신을 왕래하며 만났지만 한 사람의 명사도 만나 보지 못하고 돌아왔을 뿐입니다. 이제 담헌 홍대용 선생께서 하루아침에 천애지

---

4. 학 울음소리와 바람 소리　원문은 학려풍성(鶴戾風聲). 『진서』(晉書) 「사현전」(謝玄傳)에, "부견(符堅)이 군사 백만을 거느리고 진을 벌여 비수(肥水)에 육박하자 사현이 군사 8천 명을 거느리고 물을 건너 들이쳤다. 부견의 군사가 무너져서 갑옷을 벗어던지고 밤에 달아나는데 바람 소리나 학의 울음소리만 들어도 모두 왕사(王師)가 몰려온다고 여겼다"라고 한 데서 따온 말로 의구심이 많음을 일컫는다.

기(天涯知己)를 맺어 그 풍류와 문묵(文墨)이 아름답게 빛나고 있습니다. 사귄 사람들은 모두 다 지난날 책 속에서 본 인물들이요, 주고받은 말들은 모두 하나하나 우리들의 가슴과 머릿속에 박혀 있던 것들입니다. 저들이 비록 천 리 밖 우리들을 알지 못한다고 해서 우리가 어찌 저들을 아끼고 사랑하며 감격하여 울면서 의기투합하지 않을 수 있겠습니까?

담원 곽집환에게 주다 與郭澹園〔執桓〕

　　박제가는 담원 족하에게 머리를 조아립니다. 제가 족하의 시를 얻어
본 지도 몇 달이 지났습니다. 멀리 신교(神交)를 의탁해 놓고 앞질러 우도
(友道)의 일단을 자처하고 있으니,[1] 이는 마치 매일 무덤 사이를 다니며 제
사 음식을 얻어먹으면서도 자기 아내에게는 늘 부귀한 이들과 어울린다고
말하지만, 정작 부귀한 이들은 뭔 일인지 전혀 모르는 경우[2]와 같습니다.
족하 또한 저에 대해 전혀 알지 못하니, 상상이 좋아 나올 근거가 없어 꿈
에서도 만날 수가 없습니다. 이것이 수레를 타고 쥐구멍에 들어가지 못하
는 것[3]과 무엇이 다르겠습니까? 만약 족하께서 뒷날 저를 알게 되신다면
벗이라고 하셔야 합니다. 그렇지 않다면 자기 혼자 벗으로 삼은 것이니 어
찌 남들의 웃음거리가 되지 않겠습니까?

1. **멀리~있으니**　박제가가 곽집환의 시를 보고 나서 스스로 벗으로 여긴 것이지 실제 만나 벗이
된 것은 아니라는 의미다.
2. **매일~경우**　제(齊)나라 사람 중에 외출만 하면 술과 고기를 배불리 먹고 들어오는 사람이 있
어, 아내가 누구와 어울리느냐고 물으면 부귀한 사람들과 만났다고 했다. 하지만 한 번도 부귀한
사람이 찾아오지 않는 것을 의심하여 아내가 뒤를 따라가 보니, 무덤 사이를 다니며 제사 음식을
얻어먹는 것이었다. 이 모습을 본 아내는 돌아와 첩에게 이야기하고 함께 눈물을 흘렸지만, 정작
남편은 아무것도 모르고 돌아와 뽐내더라는 이야기다. 『맹자』 「이루」(離婁)에 나온다.

이 세상을 함께 살아가는 것만으로도 큰 인연이라 할 수 있습니다만, 구천의 옛사람들에 비긴다면 외려 미진한 기운이 우리 사이에 있는 듯합니다. 예로부터 같은 시대에도 현인들이 헤아릴 수 없이 많지만, 사람들은 아득히 먼 천 년 전 사람들을 돌아보기를 좋아하여 '벗'이라고[4] 합니다. 벗이라 하면 벗이 되는 것이니, 만나고 안 만나고는 따지지 않아도 됩니다. 아아! 저의 몸과 마음을 점검해 보면 내세울 만한 게 하나도 없지만, '벗 사귐'에 있어서만큼은 유독 애정이 깊습니다. 간혹 친구 생각에 문득 천 리 길을 달려가고[5] 한마디 말로 의기투합하는 등 옛사람들이 지기(知己)를 가장 중시한 일들을 볼 때마다 감격하여 마음을 가누지 못합니다.

족하의 시를 얻고부터 족하께서 마음속에 답쌓여 닳지 않는 기상을 지녀 한 세상을 돌아보며 악착스런 자들과 더불어 노닐기를 즐기지 않으심을 알았습니다. 그래서 그 말한 바를 살피고 그 벗 삼은 바를 생각하느라, 하루 사이에도 정신을 백 번씩 쏟곤 했습니다. 적이 제 평생을 생각해 보니 중국을 옛사람만큼이나 사모했습니다. 하지만 그 사이 산하가 만 리나 떨어져 있고 세월은 천 년을 격해 있습니다. 이덕무 등 여러 사람과 이

3. 수레를~못하는 것   『세설신어』(世說新語) 「문학」(文學)에 위개(衛玠)와 악령(樂令)이 꿈에 대해 이야기하는 장면이 나온다. 위개가 꿈이 무엇이냐고 묻자, 악령은 상(想)이라고 대답했다. 이에 다시 "형신이 접하지도 않았는데 꿈꾸는 것이 어찌 상(想)이겠습니까?" 하자, "원인이다. 수레를 ▮고 쥐구멍에 들거나 양념을 하여 쇠절구를 씹어 먹는 꿈은 꾼 적이 없으니, 모두 생각해 본 적이 없고 그럴 만한 근거도 없기 때문이다"(因也. 未嘗夢乘車入鼠穴, 擣齏噉鐵杵;皆無想無因故也.)라고 대답했다.

4. 아득히~'벗'이라고   『맹자』「만장」(萬章)에 이르기를, "천하의 좋은 선비를 벗하는 것으로 부족하여 시대를 거슬러 올라 옛사람을 논한다. 그의 시를 읊고 그의 글을 읽으면서 그 사람을 모른다면 되겠는가? 이런 까닭으로 그 시대를 논하는 것을 상우(尙友)라 한다"(以友天下之善士爲未足, 又尙論古之人. 頌其詩, 讀其書, 不知其人, 可乎. 是以論其世也. 是尙友也.)라고 하였다. 그 뒤로 당대에 지기를 얻지 못한 많은 사람이 상우(尙友)를 내세웠다.

5. 천 리 길을 달려가고   『진서』(晉書) 「혜강전」(嵇康傳)에 다음과 같은 이야기가 있다. "동평의 여안은 혜강의 높은 인격에 감복하여 생각날 때마다 수레를 몰아 천 리 길을 찾아갔다."(東平呂安, 服康高致, 每一相思, 輒千里命駕.) 벗 사이의 정이 깊음을 뜻한다.

일을 논할 때마다 크게 탄식하며 눈물이 옷깃을 젖시지 않은 적이 없습니다. 그 아쉬움은 날이 갈수록 풀리지 않습니다.

처음엔 『회성원집』(繪聲園集)⁶에 부칠 서문을 엮고 아울러 저의 시 몇 책을 보내 정표로 삼으려 했습니다만, 집에 아이가 한 달이나 앓고 있어 붓 잡을 겨를이 없었습니다. 근래 담헌 홍대용과 함께하는 자리에서 겨우 「담원팔절」(澹園八絶)을 급하게 썼을 뿐입니다. 어제 들으니 이덕무 등 몇 사람은 모두 서문을 지어서 짐에 넣기를 마쳤다고 합니다. 이제 곧 심부름꾼이 떠날 텐데 저의 미진한 성의를 다할 수 없으니 아쉽고 서운하기 그지없습니다. 또 들으니 몇 사람은 당액(堂額)의 기문(記文)을 부탁한 자가 있다고 합니다. 저 또한 간절하게 바라는 것이 있습니다. 분수(汾水)와 진수(晉水) 사이 명사의 솜씨로 '尚友中原(상우중원), 臥遊古人(와유고인)'을 새긴 인장 하나를 보내 주시어, 바다 밖 궁벽한 마을의 서질(書帙)에서 빛이 나도록 해 주십시오. 서재에 앉은 저를 아름답게 해 줄 뿐 아니라, 죽은 뒤에도 제 삶의 징표가 되기에 충분할 것입니다. 혹 몇 편 시를 소리 높여 읊으시고 바람결에 그 소리를 부치시어 멀리하지 않은 뜻을 보여 주신다면 그 서로 좋아하는 마음만을 취할 뿐입니다. 어찌 꼭 사적을 기록한 글로써만 먼 데 일을 비슷하게나마 헤아릴 수 있는 것이겠습니까?

아아! 이제부터 나는 그대 있음을, 그대는 나 있음을 알게 되었으니 수많은 날은 모두 족하와 서로 그리워하는 나날이 될 것입니다. 태어나고 죽는 일이 반복된들 어찌 차마 잊을 수 있겠습니까? 마음이 가는 대로 쓰다 보니 말에 조리가 없습니다. 너그러이 헤아려 주시기 바랍니다. 계사년(1773) 중추 2일 조선의 초정 박제가 합장 배례.

---

6. 『회성원집』 곽집환의 문집. 당시 이 문집에 써 준 글로 박지원의 「회성원집발」(繪聲園集跋)이 남아 있다.

갱당 이조원[1]에게 주다 與李羹堂〔調元〕

조선의 기인(畸人)[2] 박제가는 갱당(羹堂) 이조원(李調元) 선생 문하에 삼가 두 번 절하고 글을 올립니다. 저는 바다 밖의 변변찮은 서생[3]으로 올해 나이 스물여덟입니다. 가족들도 얼굴을 거의 보지 못하고 이웃 사람들은 제 이름을 알지도 못합니다. 뜻하잖게 오늘 친구인 탄소(彈素) 유금(柳琴)이 베껴 쓴 『건연집』(巾衍集)[4]이 중국 대인의 눈에 들었다니, 선생께 흠씬 경도됨이 한자리에서 이야기를 나누고 수레를 멈추어 잠깐 만나는 것보다 더함이 있습니다. 이는 진실로 평생의 큰 행운이요, 세상에 다시없는 기이한 인연입니다. 처음에 그 말을 들었을 때는 하도 놀라워 잘못 들었나 싶었다가 이것은 특별히 대군자께서 품어 주신 성대한 마음이라 여기게 되었습니다. 그 평점(評點)한 말들을 보니 폐부를 찌르며 하나하나 마음에 합

---

1. **이조원** 갱당은 그의 자이며, 호는 우촌(雨邨)이다. 자세한 내용은 시집 1 각주 214번 참조.
2. **기인** 세속과는 맞지 않지만 하늘과는 화합하는 사람이다. 『장자』 「대종사」(大宗師)에 보인다.
3. **변변찮은 서생** 원문은 추생(䵷生). 추는 조그마한 고기로, 보통 자기를 낮출 때 쓴다.
4. **『건연집』** 유금이 영조 52년(1776) 11월 서호수(徐浩修)를 수행하고 연경에 가면서 초정·형암·강산·영재의 시편 각각 100여 수를 선집하여 『건연집』이라 이름 붙이고 이조원과 반정균에게 서문 및 평어를 받은 일이 있다.

당함이 있었으니 결코 예사로이 지나쳐 버릴 만한 것이 아니었습니다. 그리하여 곧장 너울너울 가벼이 연경으로 날아가 얼굴을 뵙고 향을 사른 후 큰절을 하고[5] 돌아오고 싶은 마음이 일었습니다.

아아! 선비는 자기를 알아주는 자를 위해 목숨을 바칩니다. 어찌 그것이 명예를 좋아하고 허물을 싫어해서 그러한 것이겠습니까? 또한 온 나라 사람이 비방해도 두려워하지 않고 한 사람만이 인정해도 과분하게 여기는 경우가 있습니다. 왜냐하면 한 치의 마음은 스스로가 알기에 속일 수 없는 것이기 때문입니다. 적이 살피건대, 선생의 저서는 집에 가득하지만 미처 보지 못한 것은 잠시 접어 두고 다만 시험 삼아 『황화집』(皇華集)을 꺼내어 한두 번 읽었더니, 부화한 수식을 거두어 소박한 진실로 귀착했습니다. 거들먹거리며 자랑하는 내색을 하지 않았고 굳센 기운이 종이 위에서 울리는 것을 볼 수 있었으니, 참으로 대가의 목소리였습니다. 하물며 선생은 뛰어나고 높은 재주를 갖고 관리를 선발하는 요직에 계시니, 한마디 가부의 말로 천하의 명류들을 나아가고 물러나게 하기에 충분합니다. 이러한 때에 저는 속국 조선의 벼슬 없는 선비로서 상도(上都: 북경)의 용문(龍門)에 이름이 알려졌으니, 그 불후의 영광이 남들에 비해 더욱 마땅히 영원할 것입니다. 나아가 저는 하늘이 저의 정성을 살피시어 조공 가는 사신을 수행하기를 바라고 있습니다. 말을 끄는 미천한 사람이라도 되어서 중국의 산천과 인물의 장대함, 궁실 건축과 수레와 배를 만드는 제도, 농사를 비롯한 온갖 기술과 산업의 종류를 마음껏 보고자 합니다. 꼭 견학하고 싶은 것을 하나하나 서면으로 작성하여 선생께 여쭙고 싶습니다. 그런 뒤에 돌아와 밭 사이에서 죽는다 해도 한이 없겠습니다. 선생은 어떻게 생각하시는지요?

---

5. **큰절을 하고**   원문은 정례(頂禮). 인도 고대의 절하는 법으로, 상대자의 앞에 나아가 머리가 그의 발에 닿도록 하는 절. 오체투지(五體投地)·접족례(接足禮)·두면례(頭面禮)라고도 한다.

언뜻 유금의 말을 들으니, 선생께서 장차 『건연집』을 간행할 것이라 한다고 합니다. 만약 한두 해 안에 그 인쇄한 책을 얻어 볼 수 있다면 눈앞의 한 잔 술보다 훨씬 낫겠습니다. 유금은 우리나라 사람들의 이목에 방해가 될 것이라고 어깁니다. 하지만 제 생각에는 알지 못하는 사람은 비록 그 책을 읽더라도 보지 않은 것이나 진배없다고 생각합니다. 다만 그 책을 전해 주실 때에는 믿을 만한 사람을 시키셔야 합니다. 마침 저는 과거 초시에 뽑혀 장차 복시(覆試)[6]에 나아가야 하고, 세속의 잡무로 정신없습니다. 하고 많은 말을 글로 다 적을 수가 없습니다. 그저 선생의 혜량을 바랍니다.

---

6. **복시**　원문은 회위(會闈). 초시에 합격한 사람들에게 보이는 과거를 말한다.

추루 반정균[1]에게 주다 與潘秋庫〔庭筠〕

  조선의 기인(畸人)은 추루(秋庫) 반정균(潘庭筠) 선생의 문하에 거듭 절하고 아룁니다. 그대가 저를 알게 된 것은 『건연집』으로부터 시작되었지만, 제가 그대와 교분을 맺은 것은 이미 10여 년이 되었습니다. 저는 담헌 홍대용과 처음에는 서로 알지 못하는 사이였는데, 그대 및 철교(鐵橋) 엄성(嚴誠), 소음(篠飮) 육비(陸飛)와 더불어 천애지기를 맺고 돌아왔다는 말을 듣고서는 마침내 먼저 찾아가 사귐을 맺게 되었습니다. 그대들과 담헌이 주고받은 필담과 시문들을 얻어서 읽어 보며 손에서 잠시도 놓지 않았고 잘 때도 머리맡에 둔 것이 여러 날이었습니다. 아아! 저는 정이 많은 사람입니다. 눈을 감으면 그대 모습이 눈앞에 아른거렸고 꿈속에서는 그대의 마을에서 노닐었지요. 그래서 이렇게 편지를 써서 제 마음을 전하고자 하오니, 살펴보시고 헤아려 주십시오. 하늘의 인연으로 만나게 되면 얼마나 좋겠습니까?
  제 벗 탄소 유금이 우촌(雨村) 이조원(李調元) 선생과 교분을 맺고서 인

---

1. **반정균**　추루는 그의 호이며, 자는 난공(蘭公)이다. 1666년 홍대용이 북경 유리창에서 만나 교유한 사람 중 하나이다.

하여 또 그대와 은근한 마음을 서로 통하였는데, 저의 문집을 꺼내어 비평하기에 이르렀습니다. 이후로 제 마음은 이미 그대를 만난 것입니다. 생각건대, 정성이 닿는 곳에 혼령이 서로 통하여 그런 것이 아니겠습니까? 『건연집』에 씨 주신 발문은 나는 듯하고 서문은 곡진하니, 각기 그 일에 따라서 뜻을 다하셨습니다. 우촌 선생의 글과는 이따금 다른 곳도 있지만, 또한 뜻하는 바가 있음을 알 수 있으며, 중원 군자의 혜안이 달빛과 같아서 한 가닥의 머리털만 한 거짓도 용납함이 없기에 충분했습니다. 저는 평소시 짓는 것을 달가워하지 않고 그 재주와 품격이 『건연집』 속 여러 군자 중에서 가장 아래입니다. 그러나 중국을 사모하는 간절한 심정에 있어서는 여러 군자도 모두 저에게 미치지 못한다고 생각합니다.

시는 대단치 않으나 편지 끝에 붙여 천추에 썩지 않게 하고자 했습니다. 그렇게 된다면 제가 죽는 날이 영원히 태어나는 해가 될 것입니다. 소음 육비는 진사시를 거쳐 무슨 관리가 되었고 언제 북경에 있게 됩니까? 오늘 이후에는 오직 추루 선생의 모습을 한 번 뵙기만 바라오니, 만나서 마음을 털어놓을 수 있다면 10년의 독서보다 마땅히 나을 것입니다. 이 뜻을 이룰 수 있을는지 모르겠습니다. 육비 선생이 어디 계신지 소식이 있어 제 마음을 전달할 수 있기를 바랍니다. 산천이 가로막고 있어 뒷날의 만남을 기약할 수 없어 종이를 펼쳐 놓고 서글픈 마음으로 먼 곳을 멍하니 바라봅니다. 어쩌면 좋겠습니까? 겨를이 없어 마음속의 생각을 다 전하지 못합니다. 살펴 주시기 바랍니다.

이조참의 정지검의 이길대를 만나 보기를 구하는 편지에 답장하다 謝鄭吏議[志儉] 求見李吉大書

가르침 잘 받았습니다. 저번에 솜씨 있는 기술자를 힘써 구하셨음에도 제가 이길대(李吉大)를 천거하지 않은 일로 집사(執事: 정지검)에게 의심을 받은 적이 있습니다. 이길대는 저의 벗일 따름이니, 선비의 길을 책려해야지 기예를 권면해서는 안 됩니다. 집사께 사람을 천거하는 일 또한 옛 도리로써 해야지 기예의 비천함으로 할 수는 없습니다. 집사께서 사람을 얻어 함께 일하는 데 있어서도, 마땅히 대의를 우선하고 자잘한 것들은 버리며, 깊이를 묻고 얕은 재주는 따지지 않으셔야 합니다. 지금 집사께서 사람을 구하는 뜻이, '그 사람을 얻으면 지혜를 열어 이로운 물건을 만들고, 중화의 제도를 배워 나라를 이롭게 하고, 그 도를 실행할 수 있다'고 생각하시는 것입니까? 아니면 잠시 보이는 재주만을 시험하여 그 성공 여부를 살펴 한 집안의 작은 이익을 얻으시려는 것입니까?

오늘날 이 문제를 말하는 사람은 많습니다. 처음에는 수레와 베틀 등의 기계를 만드는 일에 제법 뜻이 있는 듯 수선을 피우지만, 한 달만 지나면 장난이나 놀이거리로 삼지 않는 사람이 거의 없습니다. 수레와 바퀴를 만들 줄 아는 장인은 많으니 어찌 천거하기를 기다릴 필요가 있겠습니까? 세상에서 인사(人士)를 천거하지 않은 지가 오래입니다.

인사의 천거에는 몇 가지 유형이 있습니다. 사람이 근실하고 출납에 밝다고 지목하여 전곡(錢穀) 관련 일을 맡기는 경우가 있습니다. 붓놀림이 재빨라서 사람의 뜻을 잘 받아 적는다고 하여 서기를 맡기는 경우가 있습니다. 과거문에 밝아 문제에 따라 임기응변하는 능력이 있으면 자기 자제들과 교유시켜 과거를 위한 개인 교사를 맡기기도 합니다. 그런가 하면 방외(方外)의 사귐도 있으니, 일반적인 절차를 어기고 특별히 위로하는 뜻을 보냅니다. 그들은 깊이 숨어 세상에 잘 나오지 않으면서 산중에 누워 한 시절 신망을 거두었다가 남몰래 지름길을 거쳐 말솜씨를 파는 것입니다. 이와 같은 유형은 모두 이런저런 연줄을 통해 사람을 소개하는 경우입니다. 도가 깊은 사람일수록 세상 자취는 더욱 형편없으니, 세상의 이른바 '인사 천거'(薦士)라는 것은 남몰래 뇌물을 써서 관리의 마음을 움직이는 솜씨에 지나지 않습니다.

저처럼 명민하지 못한 사람이 어찌 감히 저와 같은 사람을 끌어내어 만에 하나 의심 받을 일을 했겠습니까? 이길대의 사람됨은 변수(卞隨)[1]나 백이(伯夷)처럼 절개가 높은 것이 아닙니다. 그의 마음에는 솔직히 한 사람 지기를 얻어 이름도 이루고 자기 한 몸을 맡기려는 의도가 없지 않습니다. 제가 그 사람의 굶주림과 가족의 초라한 살림을 안타깝게 여기고, 또 그 재주와 그 솜씨로도 시대를 만나지 못해 죽어 가는 것을 보게 될지도 모릅니다. 그래도 끝끝내 감히 이 시대의 사귐을 가지고 그에게 주선하지 못하는 데에는 참으로 굶어 죽는 것보다 더 심각한 이유가 있기 때문입니다.

오늘날 나라 안의 현자 중 한 가지 기예로 유명한 사람치고 제가 만나 보지 않은 이가 없습니다. 가까운 사람과는 간혹 어울리기도 했습니다. 만나거나 어울린 적은 없어도 그 이름을 들어 어떤 사람인지는 알고 있습니

---

1. **변수**　『사기』(史記)「백이열전」(伯夷列傳)에 나오는 인물로, 하나라 때 왕위를 주겠다는 말을 듣고 더럽다고 여겨 물에 빠져 죽었다. 보통 뜻이 높고 절개가 곧은 사람으로 일컬어진다.

다. 그들 대부분이 빈천한 까닭에 그들의 기예는 천시되는데, 오늘날 기예를 우습게 보는 풍조는 더욱 심합니다. 세상에서 천시되는 솜씨를 지닌 데다 더욱 우습게 여기는 시대를 살고 있으니, 세상에서 버려진 채 밖으로 나올 수가 없는 것입니다. 집사께서 그들을 구하는 뜻이 세태와 다르고 제가 소개하는 것이 세상의 인사 추천과 같지 않다고 해도, 그걸 누가 믿어주고 누가 알아주겠습니까?

저는, 사람들의 교제는 '잘 어울리되 업신여기지 않고, 마음을 곧게 하되 노여워하지 않으며, 가난하다고 부끄러워하지 않고, 재능이 있다고 기술로 삼지 않으며, 세상에서의 부침과 출처와 상관없이 뜻은 모름지기 높아야 하되 몸가짐은 낮게 굽혀야 한다'고 생각합니다. 제 스스로 처신하고 남에게 대하는 태도가 대개 그렇습니다. 제 생각에, 이길대가 곤궁한 처지에 있는 것은 그럴 수밖에 없는 이유가 있습니다. 그런데 사람들이 그런 사정을 보고 손쉽게 길들일 수 있을 거라고 생각한다면, 그 사람과 저의 마음 모두를 복종하지 않도록 할 뿐입니다.

사람을 쓰려는 자는 먼저 그의 마음을 얻을 뿐 그 기예를 찾지 않는 법입니다. 마음으로 복종하면 선비는 자기를 알아주는 사람을 위해 죽는 것도 마다하지 않지요. 기예를 말할 게 무어 있겠습니까? 만약 기예를 얻으려 할 뿐이라면, 그 기예 또한 다 얻지 못하는 법입니다. 술을 좋아하는 사람에게 비유해 보겠습니다. 어떤 사람이 뜬금없이 그를 불러 술꾼이라고 한다면 그는 반드시 무안하고 부끄러운 기색으로 술잔을 받지 않을 것입니다. 왜 그럴까요? 남에게 허물 잡히는 것이 싫기 때문입니다. 하지만 절친한 벗을 만나면 아무런 거리낌 없이 술잔을 재촉하여 마시면서 술이 적지나 않을까 걱정합니다. 지금 이길대가 집사로부터 술꾼 대접을 받는다는 혐의가 없을 수 있겠습니까?

애초 집사께서 이길대를 찾은 것은 오로지 그의 기예 때문인데, 이길대는 집사에게 가서 자기 솜씨도 보이지 못하고 돌아왔으니 헛걸음이 되고 말았습니다. 가지 않았으면 그만이되 갔다면 이길대가 꼭 필요한 사람임을 알아주셨어야 했고, 쓰셨다면 그 성취가 수레나 베틀이나 술주자나 작두 한 대에 그치지 않을 것임을 헤아려 주셨어야 합니다. 도를 펼치기에 충분하지 않은데 기예의 이름을 받았으니, 그 사람의 마음은 말할 것도 없거니와 집사께서 사람을 쓰는 도에도 넓지 못함이 있습니다. 지금 집사께서는 군주의 인정을 받고 청요직에 계시니, 장차 민생에 필요한 일용의 도구를 구할 것을 강설하고 백성들의 삶을 편리하게 할 방도를 생각하실 것입니다. 그러다 중화의 제도를 이용하여 오랑캐의 미개한 습속을 바꾸려는 뜨거운 뜻이 일어나면, 마주(馬周)[2]·염거(冄璩)[3]와 같은 문객을 얻어 예우하고 조정에 천거하여 국가의 차원에서 그들을 써야 합니다. 그를 어찌 구구하게 사사로이 한 기술자로 사귀고, 그로 하여금 사사로이 하나의 기계나 만들게 할 수 있겠습니까?

저는 일찍이 이길대에게 이렇게 말했습니다. "자네는 기예를 좋아하여 이름이 널리 알려졌으니, 그 솜씨를 찾는 사람들이 자네 집 문에 모일 걸세. 이렇게 된다면 비록 하루에 수레 천 대를 만들어도, 자신의 학문을 하나도 시험하지 못하는 것과 같네." 이길대에게 지닌 기예에 정진할 것을 권면하지 않은 적이 없습니다. 어려서 배우고, 자라서 배운 것을 시행하고자 하는 마음은 사람이면 누구나 가지고 있습니다. 집사께서 이러한 사람을 추천받아 얻고자 하신다면, 장차 제가 만나 볼 사람이 어찌 이길대 한 사람뿐이겠습니까?

---

2. **마주** 당나라 사람. 어려서 가난했지만 학문을 좋아했다. 자라서 장안의 중랑장 상하(常何)의 문객으로 있다가, 그를 위해 작성하여 황제에게 올린 글로 일거에 감찰어사에 발탁되었다.
3. **염거** 미상.

내한 서유구에게 주다 與徐內翰〔有榘〕

　박제가는 아룁니다. 저는 세상에 드문 은혜를 입어, 규장각을 설치한 뒤 대궐에 출입한 지 14년이 되었습니다. 하는 일은 매우 중요하고 입은 은혜도 지극히 영화로워, 백발로 거북등이 될 때까지 이 일에 종사하여 만분의 일이라도 보답하려 했습니다. 불행히도 5년 전부터 계속해서 밤을 새우는 바람에 왼쪽 눈이 침침해져 안경도 효과가 없어 믿을 것은 오직 한쪽 눈뿐이었습니다. 그런데 몇 개월 전부터 갑자기 눈이 흐려지는 증세가 다시 도지는 바람에, 등불이 다해도 심지를 자르지 못하고 붓질이 잘못되어도 바로잡지를 못했습니다. 때때로 정도에 지나치게 눈을 사용하다 보면 눈병 약인 금설(金屑)을 다 사용해도 며칠 동안이나 증세가 계속되었습니다. 엽전이나 물결 같은 것이 일렁이기도 하고, 주근깨와 얼룩이 자욱한 것처럼 그 모습을 형용할 수가 없습니다. 또 눈동자가 얼얼하면 눈을 감고 싶고, 눈썹이 거칠거칠하여 비빌 생각만 합니다. 이 모두가 쇠약해지는 몸의 증상이니 꼭 백태가 끼어서 그런 것이 아닙니다.

　하지만 검서관의 주된 업무는 책을 베껴 쓰고 교정하는 일인데, 이 두 가지 일은 모두 눈에 달려 있습니다. 어제(御題)와 일성록(日省錄), 일력(日曆)과 임헌공령(臨軒功令)[1]이 갑자기 쌓이는데, 이 일은 모두 기한이 정해져 있고 때때로 뜻하지 않은 일도 생겨나곤 합니다. 이런 궁함은 두고라도 말 못할 일들이 수시로 생겨 나눌 몸은 없고 미룰 사람도 없습니다. 10분(分)의 일을 할 수 있는 눈으로 1분의 일을 해도 오히려 온전히 하지 못할까 두려운 법인데, 1분의 일을 할 수 있는 눈으로 10분의 일을 하려 하니 사정이 어떠하겠습니까? 이처럼 억지로 직책을 맡으면 하는 일은 잘못되게 마련이고, 하는 일이 어그러졌는데도 그 지위에 있으면 책임이 누구에게로 돌아가겠습니까? 저는 이것이 두렵고 두렵습니다. 하는 일 없이 녹을 받았다는 나무람을 면할 수 있기를 바랍니다.

의논하는 사람 중에 이렇게 말하는 자가 있습니다. "자네의 눈이 비록 침침하다고는 하나 소경이 될 정도는 아니네. 혹시 비방하는 자가 있어 교묘하게 피하려 한다는 의심을 덮어씌우고 은혜를 저버린다는 비방을 굴레 지운다면, 몸마저 보전하지 못할 터이니 어찌 눈에 그칠 뿐이겠는가?" 이것은 그렇지 않은 점이 있습니다. 대저 무거운 것을 지고 고통을 참으며 씩씩대면서도 나아가지 못하는 것은 지친 말의 정황입니다. 채찍질을 계속해 대어 죽음에 이르도록 깨닫지 못하는 것은, 말이 말을 하지 못하기 때문이지요. 만약 말이 말을 할 수 있다면 이런 지경에는 이르지 않았을 겁니다. 하물며 지금 백성의 윗자리에 계신 임금의 성명(聖明)이 밝게 빛나 천하의 모든 생물이 그 타고난 품성을 곡진히 이루고 있으며, 제왕의 정책을 윤색하고 외치(外治)의 방법을 진주하는 신하로서 집사와 같은 분이 있으니, 아랫사람의 사정을 굽어 듣고 위로 아뢰는 것은 말이 다 끝나기를 기다리지 않을 것입니다. 악공(樂工)의 쓰임은 듣는 데 있고, 변사의 쓰임은 혀에 달려 있습니다. 귀머거리인 악공이 악기를 다루고, 벙어리인 변사

---

1. **임헌공령** 임헌(臨軒)은 임금이 어좌(御座)에 앉지 않고 평대(平臺)에 거둥하여 앉는 것이고, 공령(功令)은 고과(考課)의 법령으로 학령(學令)이나 선거령(選擧令)과 같은 것이다. 여기에서는 임금의 책문(策文)을 말한다.

가 적국에 사신을 갔다는 말은 들어 보지 못했습니다. 지금 검서관의 쓰임은 눈에 달려 있으니, 눈이 보이지 않으면 물러나는 것이 마땅합니다. 지난 저녁에 무릎을 맞대고 했던 말이 우연이 아님을 헤아려 주십시오. 머뭇거리다 오늘에 이른 것은 관직의 대소와 상관없이 자취가 임금과 가깝기 때문입니다. 비록 일에서 벗어나기를 바라지만 감히 탐탁지 않은 마음이 있어 그런 것은 아닙니다.

비록 그렇지만 제가 어찌 높이 날고 멀리 달려 세속에서 벗어날 수 있겠습니까? 몸에 닥친 만 가지 일에서 벗어나 한 줄기 시력을 온전히 하고 싶을 뿐입니다. 정월 초하루와 하지와 동지에 임금을 모시는 일, 경연에서 맡은 실무, 편집과 범례를 정하는 논의에 이르기까지 눈을 특별히 사용할 필요 없는 일들은 아직 몇 년 더 할 수 있습니다. 그리고 내각에는 이미 임시로 관복을 착용하는 예가 있으니, 때때로 출입하여 조금이라도 군은(君恩)을 사모하여 보답하려는 정성을 이룰 수 있을 것입니다.

아아! 한 집안의 생계도 이 일과 관계되고 제 한 몸의 거취도 여기에서 나옵니다. 비록 지극히 어리석은 사람이라도 내각(內閣: 규장각)이 아니면 물 떠난 물고기요, 둥지 잃은 새처럼 돌아갈 곳이 없어 고초를 겪다 궁하게 굶어 죽게 될 것임을 알고 있습니다. 그런데도 이렇게 그만두기를 바라는 것은 부득이한 사정이 있기 때문임을 아실 것입니다. 과거에 심인사(沈驎士)[2]는 고요히 몸을 길러 여든의 나이에도 두 눈이 다시 밝아졌습니다. 장적(張籍)[3]은 이절동(李浙東)에게 보낸 편지에서, "다시 하늘을 볼 수 있다면 지금부터의 삶은 모두 각하께서 내려 주신 것이다"[4]라고 하였습니

---

2. **심인사** 남제(南齊) 무강(武康) 사람이다. 빈사(貧士)로서 손수 발〔簾〕을 짜며 글을 읽어 경사(經史)에 박통했다. 별호가 직렴선생(織簾先生)이다.
3. **장적** 당나라 시인이다. 한유(韓愈)의 추천으로 국자박사(國子博士)가 되었으나, 눈이 멀어 태상시 태축(太常侍太祝)이라는 낮은 벼슬로 가난 속에 살았다. 눈먼 그는 자기 속의 불만을 시로 표현했다.

다. 동료 관원 중에 결원이 생기더라도 형세상 곧 채워질 것입니다. 엎드려 바라건대, 집사께서는 의논하신 뒤에 임금님께 아뢰어 주십시오. 제가 맡은 직책을 다른 사람이 대신할 수 있도록 허락해 주시어 심인사의 바람을 이루고 이절동의 은덕을 얻을 수 있게 해 주십시오. 그러면 천만다행이 겠습니다.

4. 다시~것이다 한유가 대필한 편지인 「대장적여절동이서」(代張籍與浙東李書)에 따르면, 본문에서 말하는 내용은 다음과 같다. "庶幾復見天地日月, 因得不廢, 則自今至死之年, 皆閣下之賜也."

사위 남제득에게 부치다[1] 寄南甥

1

지난번 신부가 왔을 때 마땅히 편지가 있을 거라 말했는데, 아직 받지 못해 슬픔이 그지없네. 눈보라가 더 심해졌지만 간간이 개어 화창하다. 편안하게 잘 지내는지 궁금하구나. 처음에는 중춘에 말을 보내 자네를 맞으려 했다만, 객사(客使)[2]가 아직 돌아오지 않고 파산(坡山)[3]과 영평(永平)[4] 사이에서 출몰하고 있다네. 추위를 무릅쓰고 오간 것이 거의 천여 리 길이니, 최근에야 비로소 서울 집에 도착했을 테지. 또한 자네 아내를 보내고 나니 마음이 비어 무료하구나. 또 큰 딸과 작은 딸이 연이어 병이 들었다니, 근심과 괴로움을 이루 말할 수 없네. 자네가 이미 배움에 뜻을 두었다면 결코 시골 마을에서 더러움에 물들고 득실만을 따지면서 전답이나 구

---

1. **사위 남제득에게 부치다** 규장각본 『정유각문집』을 저본으로 하여 민족문화추진회에서 편한 『정유각집』에는 실려 있지만, 일본 정가당문고본을 저본으로 하여 이우성이 편한 『초정전서』에는 실려 있지 않다. 남생(南甥)은 사위 남제득(南濟得)이다.
2. **객사** 역사(驛舍)의 감독관을 말한다.
3. **파산** 경기도 파주를 말한다.
4. **영평** 과거 경기도 영평현으로 지금은 포천군에 귀속되었다.

하고 집값이나 물어서는 아니 되네. 어찌하여 몸을 이끌고 서울로 가지 않는가? 육신이 건강하지 않아도 오히려 갈 수 있을 터이네. 다음 달 보름께 자네 집에 제사가 있다고 들었기에 말을 보내지 않네. 보름이 지난 뒤에 마땅히 노비와 말을 보낼 것이니 모름지기 지네 아내를 데리고 함께 오도록 하게. 백운동(白雲洞)과 금수정(金水亭)에서 노닐까 하는데, 또한 무엇이 거리끼겠는가? 과장(科場)의 일은 또한 어떻게 하고 있는가? 나머지 일은 서로 만나 얘기하세나. 이만 줄이네.

2

한 달 동안 소식이 없어 바야흐로 간절하게 슬프고 그리웠는데, 종놈이 가지고 온 편지를 보고서 무탈하게 잘 지냄을 알았으니 위로 되고 기쁘기가 이루 말할 수가 없네. 이 사이 기운의 쇠함이 날로 심해졌네. 선왕(先王)의 우제(虞祭)와 졸곡제(卒哭祭)[5]를 어느덧 마쳤는데, 천지간에 외로운 신세가 되어 따를 데가 없으니, 허전함을 어이해야 하는지? 자네의 학문은 정녕 죽고 사는 갈림길에 놓여 있으니, 반드시 맹렬히 살피고 통렬히 책망하여 정문일침(頂門一鍼)을 놓아야 할 걸세. 다른 사람에게 바랄 수 없으니, 이 모든 것은 자기 분수 안의 일이네. 이른바 '내가 인(仁)하고자 한다면 인이 이르는 것'이니, 또한 자신보다 나은 사람을 가까이 하여 스스로 제2의 의체(議諦)로 떨어지지 않기를 간절히 바라네.

3

아이가 와서 편지를 받으니 기쁨을 알 만하구나. 이런 중에 잠시 큰 병

---

5. **우제와 졸곡제** 원문은 우졸(虞卒). 우제(虞祭)와 졸곡제(卒哭祭)를 말한다. '우제'는 장례를 마치고 돌아와서 지내는 제사로, 초우(初虞)·재우(再虞)·삼우(三虞)의 총칭이다. '졸곡제'는 삼우제를 지내고 3개월 이후 날을 잡아 지내는 제사다.

이 없어 때때로 사서를 읽으며 애오라지 근심을 잊고 있다. 채찍질하여 안으로 가까이 할 수 없다면[6] 돌이켜 몸에서 구해야 한다. 자네 또한 노력하면 절로 영화로워질 터이니, 가업을 무너뜨리지 말게. 『규장전운』 대본(大本)을 얻어 백지도침[7]에 베껴 써서 한 통 부치네. 이로써 글자를 알 수 있고 글을 정밀히 할 수 있으니, 모름지기 반드시 그렇게 하도록 하게. 자네 어렸을 때의 뜻을 버리라[8]는 것은 곧 관례 때의 말이니 또한 분발해서 앞을 향해 가도록 하게. 한가하게 헛되이 세월을 보내지 말기를 바라네.

6. **채찍질하여~없다면** 정호(程顥)의 말에서 따왔다. 정호는 학문에 대해 다음과 같이 언급했다. "학문이란 단지 채찍질하여 안으로 가까이하여 자기 몸에 붙게 하여야 한다. 그러므로 절실히 묻고 가깝게 생각하면 인이 그 안에 있게 된다"(學只要鞭辟近裏, 著己而已. 故切問而近思, 則仁在其中矣.)라고 하였다.

7. **백지도침** 홍두깨에 말아 다듬이질 하여 광택을 낸 백지를 말한다. 필사하기에 좋다고 한다.

8. **자네~버리라** 원문은 기이유지(棄爾幼志). 『의례』 사관례(士冠禮)에 "좋은 달 좋은 날에 비로소 원복을 입었으니, 너의 어렸을 때의 뜻을 버리고 너의 어른스러운 덕을 따르면 장수하고 상서로우며 복을 크게 하리라"(令月吉日, 始加元服, 棄爾幼志, 順爾成德, 壽考維祺, 以介景福.)란 구절이 있는데, 본문은 여기에서 따왔다.

장임에게 부치다[1] 寄稔兒

1

하루가 1년인 양 길구나. 공무를 보는 뜨락은 적막하다. 네가 능히 독
서하여 얻음이 있었으면 한다. 삼가서 이 좋은 시절을 그저 흘려보내서는
안 된다. 일상적인 편지로는 그 말이 뜻을 다 전달하지 못하겠구나. 어째
서 사서(四書)를 평소에 읽지 않는 게냐? 또 『소학』(小學)을 가져다가 열심
히 익히면 마땅히 절로 알게 될 게다. 아이들은 숙제로 읽히면 효과가 있
는데, 다만 빼먹는 경우가 없을 수 없으니 이는 아이의 잘못은 아니다. 일
이 많을 때라도 가르치지 않고서 그리하면 어찌 하겠느냐? 일전에 주서(注
書) 이온중(李溫仲)이 남면(南面)에 와서 함께 백운(白雲)에 들어가 하룻밤을
묵고 돌아왔더니, 조금 마음이 놓인다. 유가평(柳嘉平)이 화운한 것이 있어
모름지기 살펴보라고 부친다.

---

1. **장임에게 부치다**　이 편지는 민족문화추진회 편 『정유각집』에만 실려 있고, 『초정전서』본에는
실려 있지 않다.

2

잇달아 편지를 받아보니 마음이 놓인다. 안생(安生)은 어째서 이다지도 자주 왕래하는 게냐? 소인과는 인연을 맺으면 안 된다고 이미 말하지 않았더냐? 수리서(數理書)를 소장한 집안이 또한 드물어 파는 값이 마땅히 40냥이나 되었구나. 값의 많고 적음은 논할 것이 없다. 급한 일이 아니다. 사서조차 여태 읽지 않았으니, 이는 이른바 차례를 건너뛰는 것이다. 만일 탐벽(耽癖)이 있다면 영동(泠洞) 등 여러 곳에서 어렵잖게 빌려 볼 수 있을게다. 나는 혼자 방안에 누워 때때로 악몽을 꾸다가 놀라 깨곤 한다. 또 먹는데 질려 고기는 먹을 수가 없고 보리밥에 푸성귀만 먹으며 견디고 있다. 10일에는 서울로 들어가고 싶었는데, 비 때문에 큰 밭의 벼가 피해를 몹시 많이 입었다. 바야흐로 날마다 나쁜 것을 솎아내어, 다듬어 책으로 만들어 두어야겠기에, 보름 전에는 길 떠나기가 어려울 듯싶구나. 백성의 일이 걱정스럽다. 아이들에게 읽기 숙제는 주고 있느냐?

3

내가 서흘랑(西屹廊)에서 묵고, 이튿날 비를 맞으며 80리를 가서 간신히 도착했다. 그런데 다음날은 비가 전날보다 더 심해져서 도리어 다행이라 여겼다. 다만 네가 반드시 성묘를 갈 것이라 생각되는데, 만약 비 때문에 출발하지 않았다면 다행이겠다. 봄가을 절일(節日)의 묘제와 시제(時祭)와 기제(忌祭)는 조금씩 간격이 있으므로, 날을 물려서 제사를 드리고 묘를 청소하고 돌아오더라도 예법에 그다지 해로울 것이 없다. 네가 굳이 날짜를 지키려고 길을 떠난 뒤에 반드시 크게 낭패를 보게 될까 걱정이구나. 연생(燕生)은 오늘 마땅히 출발할 텐데, 더워서 과연 예정에서 어긋나지 않을는지 모르겠다.

장임(長稔)·장름(長廩)·장엄(長馣) 세 아들에게 부치다[1]

寄稔廩馣等

1

나는 24일에 배소(配所)에 도착했다.[2] 중간에 그 많은 산과 물을 지나
오면서도 꿋꿋하였다. 다리의 상처는 조금 나아 이제는 측간에 갈 때 남의
부축을 받지 않아도 괜찮다. 다만 의원과 약이 없고 침놓는 사람이 없어
완전히 아무는 것이 더디니, 이것이 염려될 뿐이다. 조밥과 찬 짠지를 먹
지만 평소처럼 편안하니 너희는 절대로 내 걱정은 하지 말거라. 다만 두
아우를 부지런히 가르쳐서 공부를 폐하지 않게 하는 것을 우선으로 해야
한다. 네가 여기로 오는 것도 급할 게 없다. 다만 내년 봄에 한 번쯤 오는
것은 정리상 막기 어려울 듯하구나. 삼사(三司)의 논의가 매서우니 너희들
은 두려운 마음을 늘 지녀야 한다. 또 기회를 틈타 몰래 해코지하는 무리
들이야말로 정말로 두려워하지 않으면 안 된다.

이 천지에는 그래도 공론이란 것이 있어 책임 맡은 관리 이하로 모두

---

1. **장임~부치다** 민족문화추진회 편 『정유각집』에는 「기임아」(寄稔兒)로 되어 있다.
2. **나는~도착했다** 박제가는 장인어른인 윤가기와의 사건에 연루된 죄로 1801년 9월 종성에 유배
되었다.

내 억울함을 알고 있지만, 운명인 것을 어찌하겠느냐? 다만 마땅히 천명을 순순히 받아 오직 선을 행하여 재액을 물리치는 것이 옳으니, 너희들은 절대로 자포자기해서는 아니 된다. 내가 비록 2천 리 밖에 있다가 여기서 죽는다 해도 내 집 안방과 같을 뿐이니 무엇이 한스럽겠느냐? 1, 2년 기다려 너희가 이곳에 와서 서로 만나 가족이 단란히 지낸다면 또한 우리 임금의 영토 안에서 우리 임금의 신하로 살아가는 것일 터이니, 이른바 혜주(惠州)가 하늘 위에 있지 않다는 것[3]이 이를 두고 하는 말이다. 영문(營門)에서는 죄가 무겁다 하여 바깥사람과 서로 통하지 못하게 한다는구나. 주인이 무서워 겁내는 것은 괴상할 것이 없고, 이 일의 속사정을 모르는지라 영문에서 조심하는 것 또한 괴이하달 것이 없다. 무릇 편지를 보낼 적에는 평안하다는 글이나 적고, 그것도 1년에 두어 차례만 보내면 충분할 듯싶구나.

이곳에서 이미 바깥사람과 통하는 것을 허락하지 않고 보니, 서책도 빌려 볼 수가 없다. 편벽(片璧), 즉 『규장전운』(奎章全韻)과 구경(九經) 및 삼승실(三升室)에 있는 유리 안경 좋은 것을 가져왔으면 좋겠다. 『주자전서』(朱子全書) 같은 것은 너무 무거우니 어찌 가져올 수 있겠느냐? 꼭 한 번 읽고 싶지만 그럴 수가 없구나. 둘째 누님의 병은 말기가 되었는데 돌아갈 날을 가늠할 길이 없으니, 이러다가 영결(永訣)할까 걱정이 된다. 이것이 가장 마음 아픈 일이다. 남내(南內)[4]가 가장 보고 싶구나. 약한 몸이 크게

---

3. 혜주가 하늘 위에 있지 않다는 것 혜주는 중국 광동성에 있는 지명으로, 소동파가 유배되었던 곳이다. 『소동파시집』을 보면 소주 정혜원(정혜사)의 장로 수흠이 그 문도 탁계순(卓契順)을 혜주로 보내 소동파의 안부를 물었다는 기록이 보인다. 더하여 「소동파혜주첩」(蘇東坡惠州帖)에 "소주 정혜원에서 불교를 배우는 탁계순이 매(邁)에 이르기를, '그대는 무얼 그리 심각하게 근심하는가? 혜주가 하늘 위에 있는 것도 아니니 가다 보면 이를 것이네'라고 하였다"(蘇州定惠院學佛者卓契順謂邁曰, 子何憂之甚. 惠州不在天上, 行卽到耳.)라는 구절이 있는데, 본문은 여기에서 따왔다. 혜주와 마찬가지로 종성 또한 왕화(王化)가 미치는 곳으로 살 만한 땅임을 말한 것이다.
4. 남내 남씨의 아내란 뜻인데, 여기서는 남씨(南氏)에게 시집간 둘째 딸을 가리킨다. 박제가가 사위에게 준 편지가 하권 문집 4 337면에 실려 있다.

놀랐을 테니, 내 마음이 몹시 심란하다.

2

13일에 인편이 있어 편지를 부쳤는데, 어느 날에 서울에 들어갔는지 모르겠구나. 또 남쪽으로 가는 사람이 있기에 다시 편지를 부친다. 비록 5, 6일 사이지만 마땅히 새로운 마음으로 읽어 보도록 해라. 내 다리의 종기는 이제 다 나았다. 다만 나무껍질이 벗겨진 듯한 증세는 오래갈 듯하구나.

내가 어릴 때 의동(義洞) 집에 살 적에 돌아가신 어머께서 점을 치시고는5 "이름이 천하에 가득하나, 몸에 큰 어그러짐이 있겠다"고 하신 적이 있다. 내가 생각하기에 변방에 귀양 온 것보다 더 큰 어그러짐은 없을 테니, 이제야 점치는 사람이 과연 신통한 것을 알겠구나. 내가 호를 고쳐 뇌옹(纇翁)으로 한 것은 이를 기억하려는 것이다.

일전에 『규장전운』과 사서(四書)를 새로 과거에 급제한 진사에게서 얻어 보았다. 『중용』은 읽어서 거의 다 외웠다. 종이와 붓이 없어 그때그때 기록할 수 없는 것이 괴롭구나. 앞의 편지에서 빠뜨렸기에 말해 둔다. 빈 공책을 크기에 따라 얼마간 부쳐 보내도록 해라. 한 번 편지를 보내면 문득 두 달이 지나 버리니, 올해 안에는 이곳까지 소식 오기가 어렵겠구나.

뱃속에 횟병 증세가 몹시 고약하여 통증을 없애고 싶구나. 예전에 기록을 보니 후추를 꿀에 버무려 알약을 만들 수 있다고 하더구나. 대두(大豆)도 수십 알쯤 가져왔으면 좋겠다. 내 건강은 신경 쓸 것 없다. 다만 두 아우를 잘 가르치고, 집안일을 잘 다스려 뒤죽박죽되지 않도록 하는 것이 좋겠다. 길게 말하지 않는다.

5. **점을 치시고는** 원문은 괘영(卦影). 색채로 길흉을 점치는 방법이다.

3

　제득(濟得)은 아마 보름 사이에 먼저 들어갈 듯하고, 김 유생(金儒生)도 오늘쯤 잇달아 들어가지 싶다. 삼가 듣자니 16일이 가례를 올리는 길일[6]이라고 하더구나. 팔도가 온통 기뻐하니, 『시경』에서 말한 "하늘이 그 배필을 세우시니, 명을 받자옴이 이미 굳건하다"[7]는 것이라 하겠다. 가만히 지난날을 떠올려 보니 단지 구슬피 사모하는 지극함이 있을 뿐이다.

　나는 9월 전부터 어깨와 등이 좋지 않았다. 또 앞니에 통증이 있어, 계절 탓에 감기에 걸렸나 했는데, 이번 달 들어서는 이미 나았다. 밥도 전처럼 잘 먹는다. 10월 15일 어머니 제사도 이 땅에서 지나 보내고 말았으니, 불충과 불효를 생각하면 살고 싶지가 않구나. 누님의 소상(小祥)이 또 그다음 날이니, 내 마음이 어떻겠느냐? 너희들은 모두 책을 잘 읽고 있느냐? 내 걱정 말고, 부지런히 잘 배워서 이때의 바람을 저버리지 말아야 할 것이다.

　세시(歲時)인데다 눈이 쌓였으니 필시 소식이 백여 일쯤 끊기지 싶다. 이번에 가는 사람이 올해가 가기 전에야 돌아오겠지만, 이제부터 편지를 부치는 것은 기약이 없을 듯하다. 하지만 또한 아무런들 어떻겠느냐? 집안 소식을 자주 듣고 싶지 않은 것은, 이 때문에 마음이 흔들리고 싶지 않기 때문이다. 다만 원하기는 너희들이 경서를 부지런히 읽는 것뿐이다. 『중용』은 아직도 정서하지 못했다. 해가 길어지기를 기다려 시작하련다. 『예기』는 겨우 반쯤 썼단다. 예는 반드시 『의례』(儀禮)와 『주례』(周禮) 및 주소(注疏)를 살핀 뒤라야 책을 이룰 수 있겠는데, 가져올 길이 없으니 마음이 답답하기 짝이 없구나.

---

6. 가례를 올리는 길일　1802년 10월 16일 순조와 김조순의 딸 순원왕후(純元王后)가 혼례를 치른 것을 말한다.
7. 하늘이~굳건하다　『시경』 대아(大雅) 문왕지십(文王之什) 「황의」(皇矣)에 보인다.

4

이달 초하룻날, 지난 조보(朝報)[8]에서 대비께서 전교를 내리신 것을 읽고, 천한 신하인 나 또한 용서하여 석방하는 은전을 입은 것을 알았다. 이제야 하늘의 해가 가리워 밝지 않은 곳이 없어, 비록 작은 새와 같은 미물도 조화옹의 호생(好生)의 덕[9]에 은혜를 입지 않음이 없음을 믿게 되었다. 지금과 지난날을 굽어 우러르매 감격의 눈물이 줄줄 흘러내렸더니라.

정원(政院)의 계(啓)와 정당(政堂)의 상소가 혹시 나오더라도, 또한 어찌 반드시 나를 해치려고 그러는 것이겠느냐? 이제부터는 비록 이 땅에서 죽는다 해도 눈을 감지 못하는 귀신은 되지 않을 것이다. 어찌 집에 빨리 돌아가고 더디 돌아감이 참담해하고 울적해하는 빌미가 될 수 있겠느냐? 비록 다행히 국경 변방을 떠난다 해도 나는 마땅히 천천히 길을 떠날 것이다.

한번 백두산에 올라 천지를 보고, 바닷가를 따라 남쪽으로 가서 발 멎는 곳에서 지낼 것이다. 너희들은 반드시 날짜를 꼽아 가며 기다릴 필요가 없다. 게다가 나는 고향[10] 곁에 한 채의 오두막조차 없으니, 감히 거드름 피우며 성으로 들어갈 수가 없구나. 장차 가면서 또 도모해 보련다. 상자평(向子平)이 말한 '집안일은 다 끊어 버렸으니 다시는 나와 관계 짓지 마라'고 한 것을 얻을까 한다.[11] 내가 예전부터 금강산 뒤편 기슭 감호(鑑湖)

8. **조보**   조선 시대 승정원에서 재결 사항을 기록하고 서사(書寫)하여 반포하던 관보를 말한다. 조칙, 장주(章奏), 조정의 결정 사항, 관리 임명, 지방관의 장계(狀啓)를 비롯하여 사회의 돌발 사건까지 실었다.
9. **호생의 덕**   『서경』「대우모」(大禹謨)에 "살리기를 좋아하는 덕이 백성의 마음에 흡족하다"(好生之德, 洽于民心.)라는 구절이 있다.
10. **고향**   원문은 송추(松楸). 옛날 묘(墓) 옆에 심던 소나무와 개오동나무로, 전하여 선산(先山)이 있는 고향을 말한다.
11. **상자평이~얻을까 한다**   상자평은 동한(東漢) 때의 사람으로 이름은 장(長)이고, 자평은 그의 자(字)다. 자녀의 혼사를 끝마치자 "집안일은 끝났으니 나와 관계 짓지 말라" 하고는 북해(北海)의 금경(禽慶)과 더불어 오악 명산을 돌아다니며 유람하고 다시는 돌아오지 않았다고 한다. 세속에서 자녀의 혼사 일이 끝나면 상평(向平)의 소원을 이루게 되었다고 말한다.

곁을 아꼈다. 가까이에 밭 갈 만한 곳이 있으니 봉래 양사언이 소요하던 곳이다. 지나다가 이곳에 눌러앉고 싶었으나 다만 인마(人馬)가 양식을 가져갈 방법이 없을까 염려되어 마땅히 형세를 보아 가며 하려고 한다. 혹 중도에 걸어가게 되면 구름처럼 노니는 운유도인(雲遊道人)이 되어 밥을 빌어먹어도 충분하다. 마땅히 너희들에게는 내가 있는 곳을 알게 하겠다. 대간의 계(啓)에서 죄인의 이름이 아직 지워지지 않았으니, 지내는 곳을 알려 주지 않을 수 없구나.

5

생각건대, 김군이 이미 편지를 전했을 테지. 돌아갈 날짜는 아직은 잡지 못할 듯싶다. 「채미」(采薇)와 「출거」(出車)[12]의 시는 그 집안사람들을 위해서 한 말이다. 만약 내가 미고(靡盬)[13]의 수고로움만 없다면 바야흐로 장차 무하유(無何有)의 고장에서 소요하며 노닐면서 옛사람과 이웃을 삼으면 그만일 것이다. 다만 너희들이 하류의 사람이 됨을 면하기만 바랄 뿐이다. 5월 6일에 대략 밥과 푸성귀를 갖추어 네 둘째 누이를 제사 지내 주면 좋겠다. 내가 비록 이러한 뜻을 말하지는 않았지만 너희들 또한 이를 알고 있지 않았겠느냐? 해마다 늘 그리 한다면 또한 좋지 않겠느냐?

주인은 비록 가난하지만 음식을 주는 것이 예전보다 나아 얼마간 분수에 넘치는구나. 몇 달 동안 연거푸 쌀밥과 고기를 먹었더니, 속된 눈으로 보면 낯빛이 자못 충실해졌다고 여길 것이나, 내 스스로 보기에는 정신은 조금 혼미해져서 그 강건함은 거친 기운에 지나지 않는다. 이로 보아 고기를 먹지 않아도 괜찮으리라는 것을 알겠구나.

---

12. 「채미」와 「출거」 모두 『시경』 소아(小雅)의 편명이다. 「채미」는 행역(行役)을 보낸 것을 읊은 시이고, 「출거」는 개선하여 돌아오는 장수를 위로하는 시이다.
13. 미고 왕사미고(王事靡盬)의 준말로, 왕명(王命)을 받들어 수행하느라 부모 봉양 등 다른 일에는 눈을 돌릴 겨를이 없는 것을 말한다. 『시경』 당풍(唐風) 「보우」(鴇羽)에 보인다.

『예기』는 수백 항목에 찌를 찔러 두었는데, 『의례』와 『주례』를 한 차례 검토하지 않을 수 없는 까닭에 잠시 책을 이루지 못하고 있어 몹시 답답하다. 장름이와 장엄이가 만약 조금 글씨를 익혔다면 돌아가 책으로 엮을 수 있겠다만, 또한 어찌 쉬 기약하겠느냐? 온갖 일에 대한 생각이 모두 스러졌지만, 오직 차와 담배만은 끊으려 해도 끊을 수가 없어, 못 얻으면 괴롭기 짝이 없으니 고질이 된 것 같구나. 여기서 20여 리 떨어진 곳에 술집이 있다. 문인(門人) 한 사람이 닭과 기장 안주를 갖추어 나를 청하니 이틀쯤 자고 돌아올 생각이다. 경황이 없어 길게 적지 못한다.

연생에게 답하다 答燕生

15일에 네 편지를 받았다. 그러니 13일에 네 둘째 형에게 부친 편지는 없던 것으로 생각해라. 『소학』을 읽는다고 들었다. 반드시 그 책 속에 말한 대로 할 것 같으면 바야흐로 나를 만나 볼 수 있을 것이다. 홀로 있는 데서 삼간다는 신독(慎獨)의 뜻은 형과 함께 배워, 우선 스스로를 속이지 말라는 무자기(毋自欺)를 위주로 하고, 구용(九容)과 구사(九思)[1]를 으뜸으로 삼아야 할 것이다. 나는 잠시 아무 병이 없다. 다만 해를 넘겨서야 둘째 누

---

1. **구용과 구사**　『예기』「옥조」(玉藻)에 나오는 '구용'(九容)과 『논어』「계씨」(季氏)에 나오는 '구사'(九思)는 『소학』(小學), 『격몽요결』(擊蒙要訣) 등에 인용되고 있다. '구용', 즉 군자가 마땅히 지녀야 할 아홉 가지 용모란, 1. 발걸음을 무겁게 할 것(足容重), 2. 손가짐을 공손히 할 것(手容恭), 3. 눈을 단정히 할 것(目容端), 4. 입모습을 조용히 할 것(口容止), 5. 말소리를 고요히 할 것(聲容靜), 6. 머리를 반듯하게 하고 몸을 곧게 가질 것(頭容直), 7. 숨쉬기를 고요하게 할 것(氣容肅), 8. 서 있는 모습을 덕스럽게 할 것(立容德), 9. 얼굴빛을 장엄하게 할 것(色容莊) 등이다. '구사', 즉 올바로 생각하기 위한 아홉 가지 방법이란, 1. 눈으로 볼 때는 밝게 볼 것을 생각할 것(視思明), 2. 귀로 들을 때는 참뜻을 얻고자 생각할 것(聽思聰), 3. 표정을 지을 때는 온화함을 생각할 것(色思溫), 4. 몸가짐에는 공손함을 생각할 것(貌思恭), 5. 말을 할 때는 참됨을 생각할 것(言思忠), 6. 어른을 섬길 때는 공경스러움을 생각할 것(事思敬), 7. 의심나는 것이 있으면 물어 배우기를 생각할 것(疑思問), 8. 분한 일이 있으면 어려운 지경에 이르지 않게 할 것을 생각할 것(忿思難), 9. 이로운 것을 보면 정당한 것인지를 생각할 것(見得思義) 등이다.

님의 부음을 들으니, 한스러워 살고 싶지가 않구나. 다만 부지런하고 다만 공경하여 금수(禽獸)가 되어서는 안 될 것이다. 내가 어찌 다른 것을 바라겠느냐? 종이가 이처럼 부족하여 많은 말을 적지 못한다. 네 형은 여태도 아무 소식이 없으니 답답하구나.

장임에게 부치다 寄稔兒

1

네가 떠난 뒤 도중의 소식을 듣지 못했다. 지난달 14일 이후로 이번 달 18일 사이에 서울에서 온 사람이 셋이나 되는데도 집의 소식을 얻어 보지 못했으니 또한 어찌된 일이냐? 이 고을에서 맞아 보내는 재랑(在郎) 신관(新官)이 지난달 안으로 길을 떠난 듯하니, 네가 반드시 그 편에 편지를 부칠 수는 없겠구나. 편지를 부치면 필시 시시콜콜한 말이 많을 텐데, 다만 집안에 두루 평안하다는 말만 얻으면 된다.

나는 13일에 그리운 마음이 아득하기에 시 한 수를 지어 뜻을 적어 보았다. 인하여 창을 열고 어둠 속에 앉아 있다가 비 기운에 접촉이 되어 새벽이 되자 갑자기 발이 차고 먹은 것이 체한 느낌이 들었다. 그래서 온종일 춥고 몸이 으슬으슬 떨렸는데 열은 나지 않았다. 이틀을 꼬박 괴롭게 아프기에 학질에 걸렸나 의심이 들어 몹시 염려되었다. 차와 청심환을 복용하고, 이틀간 음식을 끊었더니 지금은 이미 말끔하게 회복되었다. 아마도 체한 모양으로 학질은 아니었던가 보다.

그 사이에 『중용정설』(中庸筳說)[1]은 이미 다 끝냈다. 헤아려 보니 앞서 보낸 것 외에도 또 50여 장은 되지 싶다. 대개 누런 종이에 쓴 것이 이미

20여 장이나 된다. 깨끗하게 옮겨 쓸 수 있는 사람이 없어 괴롭구나. 여기 남은 빈 공책은 또 『맹자』를 쓰기에도 모자라니 장차 어찌하겠느냐?

베개에 엎드려 「석고가」(石鼓歌)² 40운을 지었는데, 부쳐 보여 주지 못해 유감이다. 병만 없다면 다른 온갖 생각은 모두 상관없고, 집 생각까지 잊어버릴 지경이다. 너희들도 모름지기 노력하고 자애하여 배움을 잃는 지경에 이르지는 말아야 하니 이것을 바랄 뿐이다. 사서정(四書筵)의 '정'(筵) 자는 '지설'(只說) 두 글자로 고치련다. 대개 이연평(李延平)³ 선생께서 '지시설야'(只是說也)라 한 뜻에서 취한 것이다. 모름지기 삼가 이를 고치고, 서문의 하단 또한 고치도록 해라. 연평은 사사로운 뜻을 멈춘 이후로 모름지기 마음이 넓어지고 몸이 편안해졌으며, 만나는 일마다 한결같이 깨끗하였다. 바야흐로 이 도리를 너는 다만 말로만 해서는 아니 된다.

2

이달도 거의 다 끝나 가는구나. 내가 오늘 여기서 국상일(國祥日)⁴을 보내려고 하니, 지극한 안타까움이 어찌 내가 귀양을 왔기 때문이겠느냐? 귀양 온 일 같은 것은 내가 이미 마음에 두지 않은 지 오래되었다. 근래 『사서혹문』(四書或問)⁵을 다 읽었다. 전혀 소득이 없었다고는 말할 수 없지만

1. 『중용정설』 박제가가 유배지에서 편찬한 책 이름인 듯하나, 전해지지 않아 그 실상은 알 수 없다.
2. 「석고가」 이 책 중권 580쪽 '돌북 노래」(石鼓歌) 참조.
3. 이연평 이동(李侗, 1093~1163). 중국 송대의 인물로, 자는 원중(愿中)이고 연평선생(延平先生)으로 불렸으며, 주희의 스승으로 알려져 있다. 주희가 찬한 『연평문답』(延平問答)에 "오직 일용처(日用處)에서만 공부에 착수하니, 거의 점차로 자신과 외물(外物)이 합치될 것이다. 그렇지 않으면 이는 단지 말일 뿐이다"(唯於日用處, 便下工夫, 庶幾漸可合爲己物. 不然只是說也.)라고 하였다. 자신은 그러한 경지에 이르지 못하고 말로만 그러한 견해를 펼친다는 겸사로 쓴 것이다.
4. 국상일 이 편지 뒷부분에서 '어제가 27일'이라 했고 정조가 승하한 것이 1800년 6월 27일이므로, 이 편지는 1801년 또는 1802년 6월 28일에 작성된 것이다.
5. 『사서혹문』 주희가 『사서장구』(四書章句)의 집주(集注)를 완성한 뒤에 다시 제가(諸家)의 설을 모아 문답체로 서술한 책이다.

나를 일으켜 세워 격렬하게 분발시키는 것이 없어 유감이다.

어제는 27일이었다. 너희는 서대문 밖의 사당에 가서 절을 올렸느냐? 다음 달은 제사가 자주 있는데 마음 자세가 어떠한지 궁금하구나. 너희들은 내가 멀리 있는 것을 염려하지 마라. 나를 염려할 시간이 있다면 다만 절실하게 공부를 하는 것이 좋을 것이다. 결단코 대충대충 그럭저럭 내가 있을 때처럼 해서는 안 될 것이다. 어린 두 동생도 시기를 잃게 해서는 안 된다. 고삐를 벗어 던져 제멋대로 하지 않도록 기약해야 할 것이니라.

대저 백여 일 뒤라야 소식을 받아 볼 텐데, 혹 소식을 받지 못한대도 또한 어찌 자주 연락할 수 있겠느냐? 너희들이 배고플까 염려하지는 않는다만, 단지 배우지 못할까 염려할 따름이다. 내가 일찍이 작은 책자로 만든 『주역』이 있는데, 겨우 상경(上經)만 베낀 것이다. 네가 모름지기 하경(下經)을 이어 써서 꼭 부쳐 보내도록 해라. 근래 『주역』을 읽어 보니 마음에 기쁘고 이치가 순순히 들어와 그다지 어렵지 않음을 느꼈다. 이를 통해 내 나이가 늙었음을 알 수 있겠더구나. 시 몇 편 옮겨 적은 것을 부친다. 어제는 큰비가 내려 우박이 얼음 조각 부서지는 것 같아 보리가 다 죽고 말았다.

3

새 사또가 도임한 것이 초사흘이었으니, 네 편지를 받은 것이 또 꼭 한 달 만이로구나. 네 걸음이 21일에 서울에 도착한 것을 알았으니 참으로 빠르다 하겠다. 하물며 손주 얻은 소식까지 얻고 보니 위로됨을 말로는 다할 수가 없구나. 다만 능히 볼 수가 없으니 더욱 안타까울 뿐이다. 오늘 제사 드리는 일은 네가 아우들을 데리고 가서 참석하였더냐? 나라 제사가 또 하루 건너이고, 집안의 제사가 잇따라 있고 보니, 소재(穌齋) 노수신(盧守愼) 상국(相國)의 '불충한 신하에다 불효한 자식이 되었다'란 구절이 떠올라 간장(肝腸)이 굽이굽이 꼬이는 것만 같구나.

붓과 먹, 빈칸이 처진 공책 몇 권과 경서 가운데 주석이 갖추어진 『주역』·『춘추』·『예기』·『시경』·『서경』이 있으면 좋겠으니, 반드시 차차로 보내 주어 내 소망에 부응해 주면 좋겠다. 이것이 없이는 13경을 따져 밝히는 일을 할 수가 없으니 어찌 내게 없을 수 있겠느냐? 죽기 전에 반드시 이 빚을 마무리 지을 수 있다면 다행이겠다.

전에 보낸 『사서설』(四書說) 가운데 깎아 내고 고친 것이 있고, 또 잘못된 곳은 이미 고친 것도 있으니, 경솔하게 밖으로 돌려서는 안 된다. 의심나는 점이 있으면 또한 조목조목 물어, 내게 편지로 부치는 것이 좋겠다. 곁에 글씨 써 주는 사람이 없어, 『중용』과 『맹자』는 여태도 탈고하지 못했으니 고민스럽구나. 『주역』은 종이가 도착하기를 기다리고 있다. 주약조(朱若祖)가 향교의 서책을 담당하게 되어 『삼경대전』(三經大典)을 빌려 볼 수가 있었다. 하지만 『주역』에 「계사」(繫辭)가 없으니 탄식할 만하구나. 너도 사서(四書)를 열심히 읽고 아울러 『사서혹문』과 『사서정의』(四書精義) 등의 책을 익히도록 해라. 『주자전서』도 익숙하게 보아야 할 것이다. 다음 달 19일은 네 외할아버지의 기일이다. 네가 다른 일이 없다면 반드시 가서 참석해 내가 있을 때처럼 하는 것이 좋겠다. 손주 녀석 이름은 원경(願卿)으로 했으면 좋겠구나. 소동파의 시에서 가져온 말이다.[7] 초 4일에는 새 사또가 내가 점고에 나오지 않았다고 느닷없이 주인에게 곤장 석 대를 때렸다. 그래서 15일에 내가 직접 갔더니만 이번에는 또 문을 닫아걸고 만나 보지 않으려 하면서, "이후로는 주인이 대신 점고를 하게 해도 괜찮다"고

---

6. **소재 노수신~되었다**   노수신이 진도에 귀양살이하면서 지은 작품이다. 『소재집』(蘇齋集) 「세모희제」(歲暮戲題)에 "천지의 동쪽, 나라의 남쪽, 옥주성 아래 몇 간 암자에, 용서받기 어려운 죄와 고치기 어려운 병 있어, 충신도 못 되었고 효자도 못 되었네. 귀양살이 3천 5백 일이 다행이요, 을해생에 병진년 맞아 부끄럽다. 너 노수신아 죽지 않더라도, 공사 간의 보답을 어찌 감내하려느냐'(天下之東國以南, 沃州山下數間庵, 有難赦罪難醫病, 爲不忠臣不孝男. 客日三千五百幸, 行年乙亥丙辰慚. 汝盧守愼如無死, 報得公私底事堪.)라고 하였다.

7. **소동파의~말이다**   소식(蘇軾)의 「집귀거래시십수」(集歸去來詩十首)에 보인다.

하더구나. 그 경박하기가 이와 같으니 말해 무엇 하겠느냐?

다만 위에서 꼽은 것 같은 책이 내게 있기만 하다면 이곳에 있더라도 집에 있는 것이나 진배없을 것 같다. 혼자 생각해 보니 내 평생에 이처럼 한가한 날은 없었다. 하늘이 나를 대접하는 것이 참으로 지극하니, 궁벽함을 근심하는 마음은 전혀 없다. 너희들도 어려움을 이기고 글을 읽어야지 빈둥빈둥 이때를 놓쳐서는 아니 됨을 알아야 한다.

「석고가」의 원고본을 부친다. 한 본을 베낀 후 내게 다시 부쳐 다오. 이 같은 작품은 유애(柳哀)[8]에게 돌려 가며 보여 주어도 괜찮다. 『논어』에 대해서는 『혹문』을 참고하여 70여 항목을 보완했고, 4, 5개 항목은 고쳤다. 서문 중에도 또한 10여 글자를 고쳤으니 마땅히 나중에 보여 주겠다.

너도 책을 읽을 때마다 기록을 남겨 허투루 지나쳐서는 안 된다. 하지만 『이아』(爾雅)와 『효경』 같은 것은 이른바 소경(小經)이라는 것이니, 대략 살피면 된다. 의심나는 대목을 『본초』 같은 책으로 징험해 보는 것도 묘한 방법이다. 제생의 편지를 받아 보니, "부들 돛을 달아 바람을 넘는다"라는 말이 있던데, 이것은 효자의 말이 아니다. 배를 타고는 노닐지 말라[9]고 옛 교훈에도 분명히 있거늘 하물며 바닷길이겠느냐? 금년 겨울에는 굳이 올 필요가 없다. 비록 온다고 해도 어찌 물길로 오는 것을 의논할 수 있겠느냐?

4

지난달 24일 편지는 생각건대 어제나 그저께쯤은 들어갔겠구나. 이번 과거 시험 보러 가는 인편에 이 안부 편지를 부친다. 나라의 경사는 전에

---

8. 유애　유득공을 가리킨다. 1801년 9월 박제가가 종성으로 유배를 가기 전, 1801년 8월 유득공의 모친 남양 홍씨(1725~1801)가 죽었다. 유득공이 모친의 상중이었기에 일컬은 표현이다.
9. 배를~말라　원문은 주이불유(舟而不游). 부모님이 주신 몸을 온전히 보존하기 위해 '길을 가되 지름길로 다니지 말고, 배를 타고는 노닐지 마라'(道而不徑, 舟而不游.)고 『예기』 「제의」(祭義)에 보인다.

없던 것이어서 넘쳐흐르는 은택이 마치 엎어진 동이에서 물이 콸콸 넘쳐흐르는 것과 같지만, 그늘진 골짜기에서 감히 흰 해의 볕 드는 봄날을 바라겠느냐? '주남(周南)에서 체류하고 있었다'[10]는 말은 진실로 호화스러운 말이었을 뿐이다. 북쪽에 내던져져 있다 보니 분수에 넘치는 생가은 하지를 못하겠구나. 너희들은 일과를 정해 책 읽는 것을 그만두지는 않았겠지. 나 또한 산만해서 일정한 분량이 없다. 다만 본 바가 전과는 저절로 다르다. 평소에 한 글자의 글도 읽지 않은 것이 안타까울 뿐이다. 『맹자』는 겨우 손으로 쓰기를 마쳤다. 그러나 사서(四書)의 의리는 무궁하므로 머리를 박고 있으면 벗어날 날이 없을 텐데 이것이 걱정이다. 만약 여러 종류의 책을 얻어, 또 너희들이 곁에서 베껴 써 준다면 지극한 즐거움이라 말할 만하다. 하지만 이 일을 어찌 바랄 수 있겠느냐?

어제는 네 어머니의 기일(1792년 9월 20일)이었다. 네 누이들이 모두 모였는지 궁금하구나. 나도 혼자서 마음이 상했는데, 하물며 너희들은 나까지 보지 못했으니 오죽하겠느냐. 오늘은 네 생일(1780년 9월 21일생)이고, 내일은 바로 돌아가신 임금(정조)의 생신(1752년 9월 22일생)이로구나. 지난날을 돌이켜 생각하자니 내 마음이 어땠겠느냐? 또 내일은 윤씨 집에 시집간 네 누이의 생일이다. 윤 서방은 아직도 서울 집에 있다더냐? 이번에 가는 김공은 문인이요, 술을 좋아하는 사람이다. 비록 좋은 안주는 없더라도 이웃집 술이 분명 좋을 터이니, 몇 잔을 권하되 취하도록 주어서는 절대로 안 된다. 두 아우를 부지런히 가르쳐 반드시 허랑하게 세월을 보내지 않도록 해야 한다.

---

10. **주남에서 체류하고 있었다**   『사기』「태사공자서」(太史公自序)에 "이해에 천자가 처음으로 한나라 황실의 봉선(封禪) 의식을 거행했다. 그러나 태사공은 주남에 체류하고 있었기 때문에 그 일에 참여할 수가 없었다. 이로 말미암아 화가 치밀어 죽음에까지 이르렀다"(是歲天子始建漢家之封, 而太史公留滯周南, 不得與從事, 故發憤且卒.)란 기록이 보이는데, 여기에서 주남은 옛 지명으로 지금의 하남성 낙양시라고 한다.

장임·장름·장엄 세 아들에게 부치다 寄稔廩馣等

    섣달 11일에 무과를 보고 온 사람 편에 네가 동짓달 13일에 쓴 편지를 받아 보았다. 아이들 모두 마마가 나았다니 기쁜 소식이라 하겠구나. 하지만 제득(濟得)이가 강원도 금화현(金化縣)에 떨어져 머문다더니, 이제 중춘(음력 2월)이 반 너머 지났는데도 소식이 끊기고 없으니, 걱정스럽고 답답하기가 과거 시험 본 사람이 방이 나붙기를 기다리는 것보다 심하구나.

    나는 그럭저럭 편히 지내고 있다. 『예기』는 벌써 찌를 다 달았고, 『시경』을 외우면서 나날의 괴로움을 견디고 있다. 주소(注疏)를 보고 싶지만 어찌하겠느냐? 너는 필시 이곳으로 찾아와 만나 보려는 생각이 있겠지만, 다만 집안일을 주관할 사람이 없고 두 아우가 멋대로 노닐 텐데 어찌 오기를 기필하겠느냐? 금년엔 눈이 많아서 네가 오는 길이 막히고 진창이 될까 걱정이다. 또한 벌써 길을 떠났으면 어쩌나 싶기도 하구나.

    서너 명 학동이 있으니 밥을 지어 먹을 수 있는 조금 넓은 곳을 얻었으면 싶구나. 백발이 다시 검어지고 있어, 거울에 비춰 보면 푸른 살쩍이 마치 20년 전 같다. 다만 구레나룻과 수염이 이미 자란 것은 흰 것 그대로인데, 이를 뽑으면 검은 것이 나오니 괴이하기도 하다.

    남제득(南濟得)이 비록 에돌아 길을 갔다고 한다만, 내 생각에는 벌써 성내로 들어갔을 법하다.[1] 너희가 내 등창 때문에 염려하겠구나. 등창은 이미 나았다. 처음부터 다 낫기까지 근 한 달 남짓 걸렸는데, 끝내 곪지는 않았다. 이 때문에 치료를 꽤 했다. 쇠똥을 써서 사흘간 지졌고, 소주로 사흘을 지졌다. 소금물로 6, 7일 씻고, 가는 침으로 5, 60군데나 구멍을 냈다. 그 뿜어 나온 것이 마치 숯불이 활활 타서 터지는 것 같더구나. 처음엔 붉더니만, 나중에는 껍질이 몇 겹 벗겨지고, 사지 끝과 엉덩이가 근질근질하였다. 지금은 이미 흔적도 없다.

　근래 들어 더위가 괴롭더니 근자에는 비가 계속 내리는구나. 때때로 『주역』을 읽다가 전에 이해하지 못했던 것을 이해하게 되니, 참 즐겁다. 너희도 내 걱정일랑 말고 노력하여 독서하고 집에서 잘 지내면 좋겠구나.

---

1. 남제득이~법하다　이 이하 편지의 경우 민족문화추진회 편 『정유각집』에는 「기임름엄등」(寄稔廩醃等)이란 제목으로 따로 편차되어 있다. 남제득은 사위의 이름이다.

장름과 장엄에게 부치다[1] 寄廩馣

1

너희들도 나를 생각하느냐? 과연 나를 생각한다면 독서를 부지런히 하는 것만 못하니, 내 생각과 너희 마음을 저버리지 않도록 해라. 긴 날을 헛되이 보내지 말고, 글을 배우고 예를 익혀 밥을 찾아 날뛰는 마음을 없애는 게 좋을 게다.

2

섣달에 너희들의 편지를 보고 하나같이 성실하지 않음을 알았다. 너희들이 아직도 예전 습관을 고치지 못하고 있다고 생각하니 미운 마음까지 드는구나. 부스럼 병에 걸린 뒤로는 한기에 닿아 상처가 더칠까 걱정이다. 원경(願卿)이의 해맑은 웃음을 떠올려보는데 가끔 꿈속에서나 볼 뿐이로구나. 너희 형이 혹 길을 나서게 되면 이 편지에 답신을 보내거라. 나는 예전 주인집에서 상(喪)을 당한 까닭에 한 학동의 집으로 거처를 옮겼단

---

1. **장름과 장엄에게 부치다** 민족문화추진회 편 『정유각집』에만 실려 있고, 『초정전서』본에는 빠져 있다.

다. 여러 가지로 생활하기는 좋다마는, 그 집이 매우 가난한데도 쌀밥에 고기반찬을 놓으려 하니 도리어 그게 마음이 불편하다. 학동의 나이는 너와 동갑인데 체격이 듬직하고 어른스럽구나. 이름은 김암(金嵓)이라고 한다. 이제 막 글씨 공부를 가르치는데, 날마다 『규장전운』 반장을 외우고 『통감』 열 권을 읽었을 뿐이다. 너희들은 사서 중 『시경』과 『서경』을 외우는 게 좋겠다. 문리는 어느 경지에 이르렀느냐? 대충 대충 설렁 설렁 읽으면 멀리 나아갈 수가 없다. 그 이행 여부가 곧 나를 잊었는지 잊지 않았는지를 드러내는 명확한 증거가 될 터이니, 너희들은 알아서 하는 게 좋을 것이다.

둘째와 셋째에게 답하다 答仲季兩兒

장름이는 필묵이 한결같이 조급하고 경솔하여 조금도 성의가 없으니 문리를 가늠해 볼 수 있겠고, 인품도 그다지 나아지지 않았음을 알 수 있겠다. 이것이 걱정이로구나. 장엄이는 자획은 조금 낫지만, 다만 늘상 쓰는 보통 글자도 번번이 잘못 쓰니 이끌어 가르쳐 주는 이가 없어 그런가 싶다. 어째서 『규장전운』을 살펴보지 않는 게냐? 이곳의 아이들은 2월부터 4월까지 날마다 『규장전운』을 숙제로 내어, 얇은 서판에 그 주를 써 놓고 외우게 했다. 못 외우는 사람이 있으면 한 글자에 한 대씩 때렸다. 처음에는 반 장씩 내주었는데, 두 편을 넘긴 뒤에는 하루에 한 장씩 숙제를 해낼 수 있었다. 이렇게 해서 120일 만에 마쳤다. 이후로는 경서를 가르칠 때 그다지 힘이 들지 않더구나. 너희 또한 마땅히 이 방법을 본받는다면 아울러 자획에도 통할 수가 있을 것이다. 다만 하고많은 일 중에서 흐트러진 마음을 거두는 것만큼 제일로 중요한 일은 없으니 명심하고 명심해라.

장임에게 부치다[1] 寄稔兒

일전에 김생이 과거를 보려고 다시 서울 길을 간다고 하더구나. 그래서 편지를 부쳤으니, 아마 이번 보름 전에는 들어갈 듯 싶다. 철인(哲仁)이도 또한 잘 머물고 있다니 마음이 놓인다. 다만 여태 관문(關文)[2]이 없는 걸 보면 서로 붙들고서 아직 일이 끝나지 않은 것일 게다. 하늘에 죄를 얻지 않은 것만으로 족하다. 돌아오는 것이 더디고 빠른 것쯤이야 어찌 마음에 두겠느냐? 다만 너희가 결말을 잠시 기다렸다가 말을 사서 보내오면 아주 좋겠구나. 공연히 입 하나를 더 보태게 될까 봐 보내려고 해도 보내지 못하고, 머물려 두자니 보탬이 없어, 주저함이 막심하고 그 때문에 대신 걱정할 뿐이다. 학동의 집으로 옮겨 지내면서 한 달간 고기를 먹었더니 기력이 달리지 않는구나. 하지만 몹시 혼탁해짐을 느끼니, 이 또한 마땅히 끊어야겠다. 솜옷에서 솜을 빼고 입으려니 또한 시절을 헤아리기에 족하다. 집안이 훈훈해서 벌써 겹옷을 입었다. 물 흐르듯 추위와 더위가 바뀌니 탄식할 만하다.

---

1. **장임에게 부치다** 민족문화추진회에서 편한 『정유각집』에만 실려 있다.
2. **관문** 상관(上官)이 하관에게 보내던 문서를 말한다.

장임에게 부치다[1] 寄稔兒

1

지난 달 19일의 편지는 15일 이후에나[2] 도착했겠지. 이 달도 또 지나가매, 시절을 느끼며 옛 일을 떠올리니, 어찌 마음을 가눌 수 있겠느냐? 다만 먹고 자는 것은 조금 편안하다. 『역전』(易傳)은 이미 완성했는데, 깨끗이 베껴 쓸 수가 없다. 겨울에 남의 손을 빌려서 장차 부본을 만들려고 한다. 수비묵(水飛墨)[3]과 청백필(靑白筆)을 또한 대기가 어렵구나. 게다가 등촉도 없어 걱정이다. 보내온 약 두 첩은 달여서 복용했다. 하지만 어찌 잠깐 만에 효과를 바라겠느냐? 다만 바라기는 너희가 마음을 쏟아 경서를 읽는 것뿐이다. 망녕되이 다른 책을 보며 시일을 허비해서는 안 될 것이다.

---

1. **장임에게 부치다**　민족문화추진회 편 『정유각집』에만 실려 있다. 이 책 하권 365쪽 편지의 세 번째 글 다음에 편재되어 있다.
2. **15일 이후에나**　원문은 망념간(望念間). 음력 보름께부터 그 달 스무날께까지의 사이.
3. **수비묵**　물체를 물에 넣고 휘저어 잡것을 골라내는 것을 수비(水飛)라 한다. 좋은 재료를 써서 만든 고급의 먹을 가리킨다.

2

오가(吳哥) 편에 편지를 보냈는데, 또한 지체되지는 않았느냐? 민동(民洞) 누님의 대상(大祥)도 이미 지났다. 지난 일을 어루만져 생각자니 어찌 마음을 가누어야 할지, 차라리 잠에서 깨어나지 않았으면⁴ 좋겠구나. 여태 돌아가지 못해서 그런 것만은 아니다. 나는 그런대로 편히 지내고 있다. 다만 책을 읽고 사색하는 것은 예전만 못하니, 어찌 점차 쇠약해지는 것이 아니겠느냐? 떠나는 날짜가 정한 것이 있다면 또한 어찌 말이 없다 해서 여태 가지 않을 수 있겠느냐? 다만 공문을 보내는 것이 기약이 없게 될까 걱정일 뿐이다. 너희는 노력해서 독서하고, 시일을 헛되이 보내지 말아라. 내가 여전히 네 곁에 있는 것처럼 해야지, 그렇지 않으면 비록 내가 돌아간다 해도 또한 아무 소용이 없을 게다. 마침 인편이 있다기에 잠시 소식을 전한다.

---

4. 잠에서 깨어나지 않았으면   원문은 무와(無吪). 차라리 잠이 든 상태에서 영원히 깨어나지 않았으면 좋겠다는 표현이다. 『시경』 「토원」(兔爰)에 "온갖 근심 모여드니, 차라리 잠이 들어 깨어나지 말았으면"(逢此百罹, 尙寐無吪.)이라 하였다.

장임에게 부치다 寄稔兒

1

편지를 받고 또 달을 넘겼구나.[1] 너희들은 내가 죄인의 명단에서 빠지는 날을 돌아올 날로 알고 있겠지. 죄인의 명단에서는 이미 지워졌지만, 부(府)에서 길을 떠나지 못하게 하니 쉬 떠나지는 못할 듯싶구나. 하늘의 보살핌은 어두운 곳도 밝게 비추지 않음이 없어 구덩이에서 건져 내어 임석(衽席)[2]에 둘 것이니, 또 어찌 곧장 돌아가지 못하는 것을 유감스럽게 여길 수 있겠느냐? 절로 때가 있는 법이니 사람의 힘으로 할 수 있는 일이 아니니라.

다만 너희들이 독서를 즐겨 하지 않아 아비의 뜻을 잇지 못하는 것[3]이 한탄스러우니, 어찌하면 늙은 아비에게 허물이 없게 할 수 있겠느냐? 일전

---

1. **편지를~넘겼구나** 민족문화추진회에서 편한 『정유각집』에는 첫 번째 편지가 「기임아」(寄稔兒)로 분리되어 있다.
2. **임석** 침실에 까는 이부자리로, 아녀자의 처소를 말한다.
3. **아비의 뜻을 잇지 못하는 것** 원문은 간부지고(幹父之蠱). 간(幹)은 나무의 줄기로 지엽(枝葉)이 붙는 것이니, 곧 자식이 부모의 사업을 잇는 것이다. 고(蠱)는 이미 파괴된 전인(前人)의 사업이다. 이 말은 자식이 이미 파괴된 아비의 사업을 이어 일으킨다는 뜻이다. 『주역』「고괘」(蠱卦)에 보인다.

에 들자니 집을 팔았더구나. 집안일로 내가 마음 쓰고 싶지 않은데다 이곳에 있는지라 내 뜻과 같을 수야 없었겠지. 내가 만약 돌아가면 구름처럼 팔도를 유람할 것이다. 내 스스로 먹고살 계획은 있으니 너희들은 염려할 필요 없다. 다만 부지런히 쉬지 않고 의리를 궁구하여, 먹고사는 일에 휘둘리는 일은 없도록 해라. '농사를 지어도 굶주림이 그 안에 있다'[4]는 공자의 가르침을 흘려들어서는 안 된다.

만약 시골에서 살려거든 부여(扶餘) 또한 내가 잘 지낼 수 있는 곳이다. 독서로 마음을 풀면서 일체의 세상맛이나 인정으로 얽힌 인연을 다 끊어 버리면 거의 신선에 가깝다고 할 만할 것이다. 하지만 곁에서 나를 분발시켜 주는 사람이 없으니, 갑자기 혼자 웃다가 그만 접어 두고 만다. 날마다 옛 성현과 마주하고 날마다 밥을 먹으니, 낯빛이 예전에 비해 더 좋아졌다. 이 밖에 무엇을 한하겠느냐? 부여에 있는 이상국(李相國)의 정자가 부서졌으나 그 아래 맑은 못은 경치가 빼어날 듯하니, 너는 가서 물어 보도록 해라. 네가 반드시 다른 지방을 찾지 않고 온 가족이 내려가서 내 밭을 갈면 굶주림에는 이르지 않을 것이다. 아끼고 절약하여 고기 먹을 생각을 하지 않는다면 저축도 할 수 있을 터이니, 어찌 마음에 두지 않을 수 있겠느냐?

2

관가의 인편에 겨우 편지를 봉해 부쳤다.[5] 이번에 제득이 와서 편지를 받아 보니 위로가 되는구나. 관부의 소장은 지난번에 이미 얻어 보았다. 이것은 사람의 운명과 관계된 것이라 인력으로 할 것이 아니다. 절로 돌아

---

4. **농사를~있다** 『논어』 「위령공」(衛靈公)에 보이는 말이다.
5. **관가의~부쳤다** 민족문화추진회에서 편한 『정유각집』에는 두 번째와 세 번째 편지의 경우만 한 제목 아래 같은 편지로 묶어 있다. 이하 네 번째, 다섯 번째, 여섯 번째 편지의 경우 「기임아」(寄稔兒)란 제목으로 따로 편재되어 있다.

갈 때가 있을 것이니, 어찌 한 터럭만큼이라도 생각을 쏟아 바라고 빌 수 있겠느냐? 다만 보잘것없는 몸으로 거듭해서 임금의 뜻을 어지럽게 하니, 송구하고 황송하기 그지없구나. 너희들은 힘을 쏟아 독서하여 훗날의 보답이 이르기를 도모해야 할 것이다. 돌아가는 계획은 잠시 하지 않는 것이 좋겠다. 계획은 때에 맞춰 하는 법이니, 어찌 내 한 몸 때문에 마음 쓰겠느냐? 상자평(尙子平)은 나의 스승이니라.

3

향교 노비가 와서 네가 지난달 19일에 쓴 편지를 받아 보았다. 생각건대, 네가 구실을 받으러 간 일은 날짜를 헤아려 보니 마땅히 이미 다녀왔겠구나. 네 어머니의 기일이 며칠 뒤니 구슬픈 마음이 어떠하겠느냐? 내 돌아갈 날은 마음에 두지 마라. 이곳에 있자니 다만 독서가 생각 같지 않음이 염려될 뿐이다.

간신히 『역심해』(易甚解)[6] 한 권을 완성했지만 또한 깨끗하게 베껴 쓰지는 못했다. 금년 겨울에는 마땅히 『예기』를 수습해 볼까 한다. 다만 『춘추』 한 부만은 여태도 손을 대지 못하고 있다. 장차 경전을 설명하는 것은 또한 그다지 어렵지 않지만, 다만 경(敬)을 확립하지 못해 마침내 하류로 돌아감을 면치 못할까 걱정스러울 따름이다. 너 또한 나쁜 옷과 거친 음식을 염두에 두지 말고 죽을힘을 다해 책을 읽어 군자가 된다면, 높은 벼슬아치나 큰 부자보다 훨씬 나을 것이다.

돌아간 뒤 살 곳은 굳이 미리 꾀할 것 없다. 또한 부여의 금담(琴潭)만큼 알맞은 곳은 없지 싶다. 그 정자가 비록 부서졌지만 수습하여 한 채 작

---

6. **『역심해』** 박제가는 함경도 종성 유배지에서 유교 경전을 꼼꼼히 읽고 정리했는데, 『역심해』는 『주역』을 읽고 새롭게 정리한 책으로 보인다. 현재 전하지 않아 그 구체적인 모습을 가늠하기 어렵지만, 제목으로 유추해 보건대 『주역』에 깊이 있는 해설을 더한 책으로 보인다.

은 집을 지을 만은 하니, 문을 닫아걸고서 사람들과 접촉하지 않고 고기 잡고 나무하며 날을 보낸다면 어찌 지극한 즐거움이 아니겠느냐? 나 또한 마음으로 아직 돌아갈 길을 정하지는 못했다. 마땅히 마음 가는 대로 발길에 내맡길 뿐, 어찌 반드시 동서남북을 가리겠느냐? 홍원(洪原)과 북청(北靑)의 사이도 또한 노닐 만하나, 다만 언제나 돌아가게 될지 모르겠구나.

4

하늘의 기쁨이 성대히 이르고 나라의 경사가 겹치니, 올해가 어떤 해인가? 바로 앞선 조정에서 일찍이 손가락을 꼽아 가며 기다리던 때이다.[7] 우러러 남쪽 구름을 바라보며 기뻐 손뼉 치다 말고 잇달아 구슬픈 마음을 가눌 길 없으니, 다만 어찌 주남(周南)에 대한 그리움[8]에 머물러 있기 때문만이겠느냐?

들자니 화성(華城)으로 어가(御駕)가 행차한다는 명이 있다더구나. 사실이라면 그날이 언제라더냐? 또 엎드려 듣건대, 갑진년의 예[9]에 따르라고 했다더구나. 하지만 절목을 자세히 듣지 못했으니, 뒤 인편에 부쳐 보여 주면 좋겠다. 내게도 관례에 따라 국과 떡과 소고기를 보내 주니 세밑의 형색이 마치 서울과 같다. 다만 너희가 곁에 없을 뿐이다.

근래 들어 자못 피곤하고 멍해져서 경전 읽는 작업도 양이 줄었다. 또

---

7. 앞선~때이다　1794년, 정조는 갑자년 구상과 함께 화성 신도시 건설계획을 발표한다. 갑자년 구상이란, 정조가 갑자년(1804)에 15세 되는 세자(순조)에게 왕위를 물려주고 그해 칠순이 되는 모친 혜경궁 홍씨를 모시고 화성에 은퇴해 산다는 것이다. 이를 위해 화성 신도시를 만들고 수도권 병력의 주력 정예병으로 구성된 장용영 외영을 화성에 두겠다는 구상이었다. 수원은 부친 사도세자의 능인 현륭원(顯隆園)이 있는 곳이었다.
8. 주남에 대한 그리움　주남(周南)은 『시경』의 편명으로 주(周)나라의 정시가 올바르게 펼쳐졌던 시절의 풍속을 읊은 것이라고 한다. 여기서는 정조에 대한 그리움을 말한다.
9. 갑진년의 예　정조는 1784년(갑진)에 사도세자의 무덤을 융릉으로 추중하면서 화성에 행차한 일이 있는데, 그때의 일을 말한다.

한 깊이 생각하는 것을 견디지 못해 대충대충 되는 것을 면치 못하겠구나. 몸이 고달픈 것은 조금 나은데, 눈이 쉬 피곤하고 흐려지는데다 눈물이 자꾸 흐르고, 또 속 열 때문에 괴롭구나. 아마도 구들이 너무 덥기 때문인 듯하다. 나는 지난해 2월부터 소식(素食)하지 않고, 또 조만 가지고 지은 밥은 먹지도 않았다. 늘 쌀밥과 기장밥만 먹었으니 편안히 지낸다고 할 만한데도 별반 보탬이 없으니, 사람의 강건함은 진실로 입고 먹는 데 있지 않구나. 너희들은 날마다 경전을 읽고 일과를 세워 글씨를 써서 허투루 지나쳐서는 안 된다. 그저 허송세월하면 나를 보는 날이 더욱 더디어질 것이다. 이것을 더욱 유념해야 할 게다.

5

네 생각을 하다가 적막해서 단란하게 모여 지내지 못함이 안타까웠다. 하지만 집안일을 건사해야 하니 어쩌겠느냐? 오늘은 소나무로 처마를 달아서, 집이 덥지 않게 되었다. 네가 무엇으로 먹을 것을 얻는지 걱정이구나. 자꾸만 마음을 쓰지 않을 수가 없다. 세월은 도도히 흘러만 가니, 언제나 산과 바다의 즐거움을 이루고 너희들에게 경학을 가르칠 수 있을는지? 한밤중에도 잠들지 못할 때가 많다. 경전에 대한 해설 또한 초고 상태로 정서하지 못했다. 이 또한 마치지 못한 빚 가운데 가장 시급한 것이로구나.

6

너희들과 헤어진 지도 네 해가 지났다. 이미 은혜를 입어 살아 돌아왔어도, 또 각각 한집 울타리 밖에서 지내고 있으니, 돌아오지 않은 것과 다를 바가 없다. 언제나 거처를 정해 모두 모여 살며 경전을 가르치고 학문을 생각할 수 있을는지 모르겠다. 학포(鶴浦)가 늘 꿈에 보이는데, 집안일로 여태 길을 나서지 못했으니 어쩌한단 말이냐? 내가 남 서방에게 들러

보니 병이 조금 나았더구나. 그래서 성포(星浦)에서 밥을 먹고 추하(楸下)에서 자고는 청평(靑坪)의 누님 산소에 곡을 하고 종손(宗孫)을 조문하였다. 송파(松坡)에서 2백 리 길을 돌아오는데 사람 형편이 조금은 펴진 듯하다. 자하동의 수석(水石)이 비를 만나 몹시 아름답더구나. 이 고을 사또가 함께 노닐자 하므로 날이 개기를 기다려 가 볼까 한다.

7

내가 살 날이 몇 해나 될지 모르겠다.[10] 하늘이 만약 내게 산해(山海)의 사이에 복거할 것을 허락하여, 너희들과 함께 경전을 강독할 수 있다면 이 것이야말로 가장 즐거운 일일 것이다. 네가 지금 먼 길을 나서니, 도중에 혹 외물에 마음을 빼앗길까 걱정이다. 음식이나 여색 같은 것이 모두 이러한 외물이다. 만약 그렇다면 나를 잊음이 오래인 것이니, 어찌 내가 하고자 하는 바를 갖출 수 있겠느냐? 한 마음 한 생각조차 네 아비가 이 세상에 오래 살지 못한다는 것을 한시라도 잊지 말고, 어떻게 하면 여생을 편안히 보낼 수 있을까를 생각해서, 다른 데 눈을 돌리지 않도록 해라. 터럭만큼도 망령되이 재물을 낭비하거나 근력을 소모해서는 안 된다. 추위를 무릅쓰고 천 리 길을 가니, 어찌 크게 마음이 쓰이지 않겠느냐? 모름지기 어버이의 염려를 생각한다면 자식이 마땅히 어떤 마음가짐을 지녀야겠느냐? 그곳에 당도하거든 조급하게 해서는 안 되고, 해를 넘겨 돌아와도 무방하다. 형편을 보아 처리하도록 해라.

10. **내가~모르겠다** 민족문화추진회에서 편한 『정유각집』에는 실려 있지 않고 『초정전서』에만 같은 제목으로 실려 있는 편지다.

장름과 장엄에게 답하다[1] 答廩罉

너희들이 아예 책을 읽지 않는다 하니 걱정스럽구나. 내 얼굴의 종기는 이미 평평해져서 내일이나 모레 사이에는 마땅히 근이 빠질 게다. 하늘의 은덕이 드넓어 잠리(簪履)[2]를 거두어주심을 입으니, 합문에서 송축 올림을 어찌 그만 둘 수 있겠느냐? 유군은 여태도 오니 않으니 답답하다.

---

1. **장름과 장엄에게 답하다**　민족문화추진회에서 편한 『정유각집』에만 실려 있다.
2. **잠리**　공자가 어떤 한 부인이 광주리에 시초(蓍草)를 캐어 놓고 울고 있는 것을 보고는, 부인에게 그 연유를 물었다. 그러자 그 부인은 "시초로 만든 비녀를 머리에 꽂고 나왔다가 잊어버렸습니다"라고 말하였다. 이에 공자가 "광주리에 담긴 시초를 가지고 새로 비녀를 만들면 되지 않소"라고 말하니, 그 부인은 "새로 비녀를 만들 수 없는 것이 아니라 옛 것을 잊을 수 없습니다"라고 답하였다고 한다. 또 초나라 소왕(昭王)이 난을 만나 국외로 피난하였다가 돌아올 때에 전에 신던 신을 잃어버리고 애써 찾으면서 이렇게 말하였다 한다. "같이 나왔다가 같이 들어가지 않으면 안 된다." 여기서 말하는 비녀와 신발은 과거에 함께 했던 옛 신하를 일컫는데, 여기서는 정조의 구신이었던 박제가 자신을 가리킨다.

조카 임득상[1]에게 주다 與任甥得常

아! 가엾은 조카여, 누이는 마침내 세상을 떠났구나. 너희들이 아비의 대상(大喪)을 마치기도 전에 다시 어미의 상을 당하는 슬픔을 만났으니, 하늘이 너희 집안에 내리는 재앙이 어찌 이다지도 혹독하단 말이냐. 내가 뜻밖의 화를 만나 북쪽 땅에 내던져졌는데, 연이어 흉사[2]를 만난 근심이 있게 되니 신명(神明)께서 벌 내리심이 어쩌면 이렇게도 크단 말이냐. 내가 하늘에 죄를 얻은 까닭에 너희에게까지 여파가 미쳤구나. 천고의 이별을 백 일이 지난 후에야 들었다. 인간의 도리가 끊어졌으니, 누구를 원망하겠느냐. 죽고 사는 것은 정해진 이치이고 또 오래된 병까지 있어서 오래 살지 못한다는 것을 알고 있었지만, 나는 아무 일도 없이 집에 있으면서 장례를 조금도 도와주지 못하니, 또한 이 마음이 어떻겠는가?

우환이 동기에게 있으니, 그 병이 반드시 나 때문에 생기지 않은 것이

---

1. **임득상**　박제가와 같은 측실 소생으로 현령(縣令) 임희택(任希澤)에게 시집간 첫째 누이의 아들이다. 1795년에 진사에 올랐지만 자세한 이력은 전하지 않는다. 이덕무의 『청장관전서』와 정조의 『홍재전서』에 각각 1건의 기록이 보인다.
2. **흉사**　원문은 상우(尙右). 『노자』의 "길사(吉事)에는 왼쪽을 위로 삼고, 흉사(凶事)에는 오른쪽을 위로 삼는다"(吉事尙左, 凶事尙右.)는 구절에서 따왔다.

라고는 할 수 없다. 이리저리 뒤척이며 생각하노라니 이대로 영원히 잠에서 깨어나지 않았으면 좋겠다는 생각을 하였다. 장례식³도 끝마쳤고 우제(虞祭)와 졸곡제(卒哭祭)⁴도 지나 해가 바뀌었는데, 너희들은 잘 지내고 있느냐? 집까지 팔았다고 하니 사는 형편을 짐작할 수 있겠다. 너무 슬픔에 젖어 몸을 상하게 해서는 안 될 것이다. 삼가 경계하고 조심하여 다시 만나기를 바랄 뿐이다.

내 몸이 잠시 무탈하여 옛 경전을 익히면서 근심을 풀고 있으나, 다만 살 날이 얼마나 될지는 알 수 없구나. 아들 장임이 날 보러 오려고 한다는데, 길이 험하여 마음이 쓰인다. 집에 있는 두 아이를 이따금 돌보아 멋대로 놀지 않게끔 하는 것이 좋겠구나. 마침 인편이 있어 매우 바쁘다고 하기에 겨우 이 한마디 위로의 말을 전한다. 모쪼록 애쓰거라. 이만 줄인다.

3. **장례식** 원문은 양사(襄事). 일을 이룬다는 뜻인데, 전하여 장례식을 뜻한다.
4. **우제와 졸곡제** 원문은 우졸(虞卒). 우제(虞祭)는 장례를 마친 뒤에 지내는 제사이다. 졸곡(卒哭)은 무시곡(無時哭)을 마친다는 뜻으로, 삼우제(三虞祭)가 지난 뒤 3개월 안에 강일(剛日)에 지내는 제사이다. 아침저녁으로 상식할 때만 곡을 한다. 제사 절차는 축문만 다를 뿐 우제와 같다.

사위 윤겸진에게 답하다 答尹甥〔兼鎭〕

　네 편지 한 통을 받으니, 어찌 빈 골짜기에 숨은 사람에게 들려오는 반가운 발소리[1]가 아니겠느냐? 게다가 어버이가 무탈하다 하니 위로됨이 더욱 크구나. 들으니 강가의 거처를 꾸려 보겠다는 생각은 이미 정돈한 듯하구나. 가까이에서 보살피지 못하고 홀로 궁벽한 곳에 있으면서 도깨비나 막고 있는 것이 안타까울 뿐이다.

　기이한 재앙을 입은 사람이야 예로부터 어디 한둘이겠느냐마는 내가 어찌 감히 스스로 죄가 없다 말하겠느냐? 평일에 남에게 거스르는 일을 쌓은 것이 이 지경에 이르렀으니 비록 부끄러움이야 없다 해도 어찌 다른 허물마저 없겠느냐? 평생의 잘못을 모으면 진실로 한 번 귀양 가고도 남음이 있을 것이다. 남들이 반드시 다 그러한 것은 아닌데도 나만 홀로 귀양 온 것은 이른바 하늘이 나를 두터이 대우하는 것이다. 오히려 아직 버림받지 않은 것이 남아 있기 때문일 뿐이다.

　이곳에는 책이 없어 다만 『규장전운』과 사서를 가져다가 백여 일째 읽

---

1. **빈 골짜기에~발소리**　원문은 공곡족음(空谷足音). 아무것도 없는 골짜기에 울리는 사람의 발소리라는 뜻으로, 쓸쓸할 때 손님이나 기쁜 소식이 오는 것을 말한다. 『장자』「잡편」(雜篇)에 보인다.

고 있다. 수백 항목의 기록을 저술했는데, 어느 날에나 너희와 더불어 이 것을 강론할 수 있을지 모르겠구나.

내 평소 때에 영합하고 시세에 달려가는 성품이 아니지만 다만 특별 히 선대왕에게서 알아줌을 입어 누린 지위가 실제보다 과분했으니 감히 '물러나겠다'는 한마디 말을 하지 못하였다. 경신년(1800) 6월² 이후로는 문득 살고 싶은 마음이 없어 평강(平康)에 은둔하려고 밭을 보러 갔었다. 바야흐로 상기를 마치기를 기다려 호연히 처음 먹은 뜻을 이룸을 노래하 려 했던 것이지 이제까지 머뭇거리려 한 것은 아니었다. 일과 마음이 어긋 나서 갑자기 구렁텅이 속으로 떨어지는 것도 또한 운명이니, 운명을 어찌 피할 수 있겠느냐? 진실로 이로 말미암아 마음과 생각을 다잡아 노년의 보 람을 거둘 수 있으니, 하늘의 후한 은혜가 아닌 줄을 어찌 알겠느냐? 무엇 을 탄식하겠느냐? 구차하게 먹고 입는 것이 절도를 잃고 거처가 불안한 것 따위는 또한 이미 마음에 두지 않은 지 오래되었다.

비자열매³를 먹고 횟배를 없앤 뒤로는 정신과 기운이 자못 좋아져서 수염과 터럭이 더 희어지지는 않으니 내가 반드시 죽지는 않을 것 같구나. 너희는 아직 젊으니 어찌 다시 단란하게 모이게 되지 않을 줄 알겠느냐? 너무 마음 쓰지 마라. 하늘이 내린 재앙이 끝나지 않아 임씨에게 시집간 누이의 상이 또 났으니, 어찌 다시 죽지 않을 마음이 있겠느냐? 아아, 그만 둘지어다. 다만 바라건대, 노력하여 독서에 나아감이 있어야 하리라. 서울 소식이 드문데다 또 강 저편에 대한 그리움마저 있으니, 어찌한단 말이냐.

---

2. **경신년 6월** 정조 임금이 승하한 때를 가리킨다. 정조는 1800년 6월 28일에 49세를 일기로 일 생을 마쳤다.
3. **비자열매** 두 끝이 뾰족하고 기름이 많으며 맛이 떫어 구충제로 쓰이는데, 특히 촌충이 잘 죽는 다.

대아 김정희에게 답하다 答金大雅〔正喜〕

초저녁에 편지를 받고 보니 장막 안에서 바라보는 것만 같아 몹시 이상하였네. 양주에 있을 때 우연히 둔괘(遯卦)의 대상(大象)을 취했는데, 그대가 어떻게 벌써 이 호(號)를 들었더란 말인가.[1] 그제야 한강(韓康)이 저자에서 약을 팔다가 홀연 패릉의 산속으로 들어갈 생각을 한 일을 알겠구려.[2] 나귀는 끌어당겨서는 안 되고 마치 어린 계집종을 다루듯 해야 하니, 반드시 앞장서게 하지 말고 뒤따르게 해야 할 걸세. 다만 봄날 아침은 추위가 아직 매서워 수석(水石) 사이로 가기에는 편치 않을 듯하여 걱정이구려. 식전에 일찍 갔다가 식후에 돌아와서 마땅히 동대문 밖으로 갈까 하네. 돌아오거든 답장을 주시게.

1. **양주에~말인가** 둔괘(遯卦)는 『주역』의 세 번째 괘로 은둔의 미덕을 나타낸다. 이 구절은 박제가가 은둔의 뜻을 담은 호를 사용한 것에 대한 김정희 편지에 대한 답신인데, 구체적으로 그 호가 무엇인지는 알 수 없다. 『완당전집』에 박제가에게 보낸 편지는 실려 있지 않다.
2. **한강이~알겠구려** 한강은 후한(後漢) 때 패릉(霸陵) 사람으로 염휴(恬休)라고도 한다. 자는 백휴(伯休)다. 장안의 저자에서 30년 동안 약을 팔되, 값을 달리하지 않았다. 어떤 여자가 한강에게 약을 사다가, 값을 깎아 주지 않자 "그대가 한백휴라도 되오? 값을 깎아 주지 않다니?"라고 성을 냈다. 한강은 "나는 이름을 피하고자 했거늘, 지금 구구한 여자도 모두 나를 알고 있으니, 약은 팔아서 무엇 하는가?"라고 탄식하고는 패릉의 산속에 은둔하였다. 『후한서』(後漢書) 「일민전」(逸民傳)에 나온다.

아무개에게 주다 與人書

하늘이 일세의 재주를 내었으니 일세의 일을 마치기에 족하오. 관장 (官長)이 되어서 손님을 맞고 전송하며 배알하는 것을 견뎌 내지 못한다면, 재상이 되어서는 어찌 먹던 밥을 토해 내고 감던 머리를 쥐고서[1] 일을 할 수 있겠는가? 다만 하엽주(荷葉酒)는 취함이 더뎌 통쾌하지 않음이 괴로우니 내가 한 번 취하기에는 넉넉지가 않다네.

---

1. **먹던~쥐고서**　『사기』「노세가」(魯世家)에 보인다. 주공이 정사를 돌볼 때에 찾아온 인재를 놓치지 않기 위해 먹던 밥을 토해 내고 머리 감다가 뛰쳐나간 데서 나온 말이다.

書(答問)

답하다 答

1

경문(經文)[1]은 지극히 명백하고 그 차례에도 곡진한 의의가 있으니, 결코 후세 주석가들의 범례로 증자의 글을 논해서는 안 된다. 무릇 '대학'(大學)이란 자기 몸을 닦고 남을 다스리는 수기치인(修己治人)의 일인데, 수기치인은 모두 지선(至善)에서 그치니, 이것이 바로 대강령(大綱領)[2]이다. 열다섯 살에 대학에 들어가는[3] 자 치고 이것을 모르는 자가 없다. 그러므로 "그칠 데를 안 뒤에야"(知止而后)[4] 운운하여, 스스로 생각하고 스스로 터득

---

1. **경문**　고본(古本)『대학』을 가리킨다. 『대학』은 원래 『예기』의 한 편명이었는데, 일찍부터 독립되어 주요 경전의 자리를 차지했다. 그 내용은 공자의 말을 증자가 정리한 것이라는 설이 우세하다. 그런데 주희(朱熹)는 『대학장구』를 편찬하면서, 고본 『대학』의 편차가 뒤바뀌고 결락이 있다는 정이천의 말에 근거하여 그 편차를 다시 정리했다. 이에 박제가는 고본 대학의 원래 편차에는 문제가 없다는 견해를 밝힌 것이다. 명대에는 왕양명이, 초정 이후에는 정약용이 고본 『대학』의 타당성을 주장했다.
2. **대강령**　『대학』의 첫 구절 "大學之道, 在明明德, 在親民, 在止於至善." 중 명명덕(明明德)과 친민(親民)과 지어지선(止於至善)을 삼강령(三綱領)이라 하는데, 그중에서도 지선(至善)이 전체를 통괄하는 강령이라는 뜻이다.
3. **열다섯 살에 대학에 들어가는**　주희는 「대학장구서」(大學章句序)에서, 옛날에는 열다섯 살이 되면 천자의 아들에서부터 공경대부의 아들에 이르기까지 모두 대학에 들어가서 공부했다고 했다.

하게 하였다. 그리고 다시 본말(本末)과 시종(始終)과 선후(先後)를 가지고 분명하게 말하여,[5] 아래 글에 6개 '선'(先) 자를 일으켜서[6] 이로 하여금 절로 앎에 이르고 격물(格物)하게 하였다. 삼강(三綱) 및 여섯 '선'(先) 자는, 밝게 드러내 보인 것이 관석(關石)으로 고르게 하고[7] 서울의 도성에 법을 내건 것[8] 정도가 아니다. 왜 그런가 하는 까닭에 대해서는 반드시 스스로 터득하게 한 뒤에야 앎이 지극하다(知之至)[9]라고 하였다. 그러므로 덕 있는 사람은 마음에서 얻는다 함은 이를 이른 것이다. 끝에 또 반드시 수신(修身)으로 근본을 삼는다고 하여[10] 분명하게 '본'(本) 자를 지시하였다.

또 두터움과 엷음으로 비유하여 보통 사람의 마음에도 원래 거꾸로 가고 뒤집어 베푸는 이치가 없음을 밝혔다.[11] 하지만 어질지 않은 사람은 자기가 사랑하지 않는 것으로써 사랑하는 것에 미친다. 모두 자기는 안다고 말하지만 사실은 그물과 덫과 함정을 피할 줄 모르니, 결국은 거꾸로 가고 뒤집어 베푸는 조목으로 돌아가고 만다. 그러니 성인이 보인 두텁고

---

4. 그칠 데를 안 뒤에야　첫 구에 이어지는 구절 "知止而后有定, 定而后能靜, 靜而后能安, 安而后能慮, 慮而后能得."을 두고 설명한 것이다.

5. 본말과~말하여　이어지는 구절 "物有本末, 事有終始, 知所先後, 則近道矣."를 설명한 것이다.

6. 아래 글에~일으켜서　이어지는 구절 "古之欲明明德於天下者, 先治其國; 欲治其國者, 先齊其家; 欲齊其家者, 先脩其身; 欲脩其身者, 先正其心; 欲正其心者, 先誠其意; 欲誠其意者, 先致其知; 致知在格物."을 설명한 것이다. 모두 여섯 번에 걸쳐서 '선'(先) 자를 사용했다.

7. 관석으로 고르게 하고　원문은 관석화균(關石和鈞). 도량형(度量衡)을 통용하여 화평(和平)하게 함을 말한다. 『서경』「오자지가」(五子之歌)에 보인다.

8. 서울의~내건 것　원문은 상위현법(象魏懸法). 상위는 성문을 말한다. 예전엔 법을 높은 성문에 내걸었다.

9. 반드시~지극하다　이어지는 구절 "物格而后知至"를 설명한 것이다.

10. 끝에~삼는다고 하여　이어지는 문장이 "自天子以至於庶人, 壹是皆以脩身爲本."으로 끝나는 것을 말한 것이다.

11. 두터움과~밝혔다　이어지는 문장 "其本亂而末治者否矣, 其所厚者薄, 而其所薄者厚, 未之有也!"를 설명한 것이다. 이는 수신과 제가, 치국과 평천하를 받은 것으로, 『대학장구』에서 주회는 본(本)을 신(身), 소후(所厚)를 가(家)로 보았다. 수신(修身)과 제가(齊家)가 치국(治國)과 평천하(平天下)의 근본이 됨을 말한 것이다.

엷음의 비유가 지극히 친절하고 놀라울 정도로 예리하기가 이와 같다. 또 거듭 '지본'(知本)과 '지지지'(知之至)[12]를 말하여 이를 맺었다. 격물(格物)과 치지(致知)에 대해서는 더할 말이 없는 까닭에 바로 '성의'(誠意)[13]로 접속시켰다. 배우는 사람의 일은 아무리 만 가지로 생각해 보아도 신독(愼獨)보다 앞서는 것은 없다. 신독이 없으면 나라를 다스리고 천하를 평화롭게 한다고 해도 모두 가짜이다. 옛사람이 하나라도 의롭지 않은 일을 하고 한 명이라도 허물없는 사람을 죽인다면 천하를 얻는다 해도 하지 않을 것이라 한 것이 바로 이를 이름이다.

홀로 있을 때 삼가는〔愼獨〕 사람은 장차 지선(至善)에 이를 것이다. 때문에 『시경』을 인용하여[14] 영탄하였으니, 이는 지선이 있는 곳을 가리킨 것이다. 수기치인은 모두 지선을 상한으로 삼으니, 명명덕(明明德)과 신민(新民)보다 중요성이 앞서는 것은 당연하다. 명명덕과 신민 뒤에 '지'(止) 자를 쓴 것은 바로 이른바 "모두 마땅히 지선의 곳에 멈추어서 옮기지 말아야 한다"고 한 그것이다. 앞에서 말을 타고 내리는 것〔上馬下馬〕을 말하면 반드시 말〔馬〕을 먼저 언급한 뒤에 타고 내리는 것〔上下〕을 말하게 된다. 허공을 타고 허공에서 내리는 이치가 없음이 바로 이것이다. 그 아래 또 지본(知本)을 중언부언한 것은, 근본을 모르면 거꾸로 가고 뒤집어 베풀게 될까 우려한 까닭이다. 경전의 글이 다행히도 온전함을 얻어 이처럼 어지럽지 않으니, 하늘이 사문(斯文)을 잃지 않은 까닭이다.

2
경문의 범례는 비록 똑같은 문장이라도 반드시 우회하여 피했다. '所

---

12. **지지지**　고본 『대학』에서는 바로 이어 "此謂知本, 此謂知之至也."라고 하였다.
13. **성의**　고본 『대학』에서는 바로 이어, "所謂誠其意者, 毋自欺也."로 받은 사실을 가리킨다.
14. **『시경』을 인용하여**　바로 이어 『시경』의 「기오」(淇奧) 등 몇 편의 시를 인용한 것을 가리킨다.

謂誠其意者'로 시작한 문장은 '必誠其意'로 맺었다. '所謂修身在正其心者'로 시작한 문장은 '此謂修身在正其心'으로 마무리했다. '所謂齊其家'를 말하면서는 '기'(其) 자를 첨가하여 '身不修不可以齊其家'로 끝냈다. '所謂治國必先齊其家者'를 말하면서는 두 층위로 종결지었는데, 한 번은 '故治國在齊其家'로 종결지었고, 또 한 번은 '此謂治國在齊其家'라고 말했다. '平天下在治其國'을 말하면서는 윗단락 마지막 문장의 '치국' 앞에 '기'(其) 자를 쓰지 않던 예를 바꾸었다. 옛사람의 수사법이 이와 같다.

3

격물(格物)의 '물'(物)이 천하만물(天下萬物)의 '물'(物)과 같다면, 경전에서는 마땅히 '먼저 그 사물을 궁구하고'(先格其物)라고 하고, 또 '물(物)이란 어떤 물건인가?'(物者何物)라고 했어야 마땅하다. 이제 다만 지(知)라하고 물(物)이라 하였으니 대개 '지'라는 것은 이 '물'을 말한 것이다. 그런데 앞에서 이미 분명하게 물에는 본말이 있고 지에는 선후가 있다고 한 것을 대서특필하였다. 그렇다면 이때 물(物)은 외물(外物)이 아님을 알 수 있으므로 다시 더 보태지 않은 것이다.[15]

4

주자의 글은 '유이'(有以) 두 글자를 잘 사용하였으니, 「대학장구서」에서도 다섯 차례나 '유이'(有以)란 글자를 썼다. '不能皆有以'라 했고, '無不有以'라 했고, '內有以·外有以'라 했으며, '有以接乎孟氏'라 했다. 명명덕(明明德)에 대한 주석에도 '亦有以', '必其有以', '皆有以明其德' 등이 있

---

15. 그런데~않은 것이다 "欲誠其意者, 先致其知; 致知在格物, 物格而后知至."에 대한 설명이다. 여기서 말하는 물(物)이 구체적인 낱낱의 외물이 아니라 이치나 원리 등을 가리키는데, 그것이 이미 앞에서 말한 '물유본말'(物有本末)에 내재되어 있기 때문에 설명을 덧붙이지 않았다는 말이다.

다. 전문(傳文) 1장에서 인용한 "湯之盤銘曰: '苟日新, 日日新, 又日新.'"에 대한 주석에서도 '一日有以滌其舊染'이라 했고, 전문 6장 성의(誠意)에 대한 해석에서도 '有以見其用力之始終'이라 하였다. 『논어집주』와 『맹자집주』에서도 또한 많이 사용했다. 이는 비록 글쓰기의 습관이지만, 또한 신중하게 논란하여 잘라 말하지 않는 것을 귀하게 여기는 태도를 볼 수 있다.

5

『대학』은 먼저 고본(古本)을 숙독해야 하고, 그 다음에 주자의 『대학장구』를 읽어야 한다. 주자의 주석 뜻을 모두 통한 뒤에야 질문을 할 수 있다. 그렇지 않으면 질문할 것이 없을 뿐만 아니라, 답을 한다고 해도 또한 통하지 않는다.

6

근세에 한 선비가 도적이 길에서 사람을 죽이는 걸 보고 말하기를 "서(恕) 자 공부가 부족하구나"라 하니, 사람들이 비웃음거리로 삼았다. 그 말을 미루어 보면 참으로 옳다. 그러나 도둑에겐 마땅한 말이 아니기에 비웃었을 뿐이다. 소인이 나쁜 짓을 행하는 것은 제 힘을 실제에 쓰지 못하기 때문이다.[16] 그러나 여기에서 힘을 썼느냐 힘을 쓰지 않았느냐를 논하는 것은 마땅치 않다. 만약 자신을 속이는 것을 반은 알고 반은 몰랐다고 여긴다면,[17] 이 소인 또한 반은 알고 반은 몰랐던 자이겠는가. 아래 글과 연

---

16. **소인이~때문이다** 주자는 성의(誠意)를 해석한 전문(傳文) 6장에서 소인이 겉으로는 선(善)을 가장하면서도 암암리에 불선(不善)을 행하는 것을 두고, 자기에게 내재된 힘을 쓰지 않은 것[不用其力]으로 풀이하였다.
17. **만약~여긴다면** 주자의 제자가 '무자기'(毋自欺)에 대한 문제를 제기하면서 "스스로 속인다는 것은 반은 알고 반은 모르는 사람이 선은 마땅히 내가 해야 하는 것인 줄 알면서도 도리어 완전하게 선을 버리지 못하고 악은 내가 해서는 안 되는 것인 줄 알면서 도리어 스스로 버리지 못하는 것이다"(전문 6장 소주)라 말한 것을 논박한 것이다.

달아 보고 싶지 않은 까닭이다.

7

　나쁜 짓을 행하여 남들에게 발각되는 것은 말할 것도 없고, 설령 천하
후세 사람을 속인다 하더라도 자기를 속였다는 것은 변함이 없다. 자기를
속이는 것은 하늘을 속이는 것이다. 하늘은 아득히 먼 것이 아니니 자기의
마음이 곧 하늘인 것이다. 양진(楊震)이 말한 하늘이 알고 땅이 알고 내가
알고 네가 안다는 사지(四知)의 일화[18]에서도 알 수 있다.

8

　백세(百世) 이하는 모두 '영원'[沒世]이라고 말할 수 있다. 하지만 직접
그 일을 겪은 자에게는 더욱 절실하다. 주석에서 후현(後賢)과 후민(後民)으
로 논단한 것은 오래되면 오래될수록 잊히지 않음을 보인 것이니 직접 겪
은 사람은 당연히 그 안에 포함된다.[19]

9

　뜻은 마음의 한 부분이고, 마음은 뜻의 전체다. 그러므로 뜻을 거짓 없
게 하는 것(誠意)이 마음을 바르게 하는 것(正心)보다 먼저다. 뜻은 안으로

---

18. 양진이~일화　양진(楊震)은 동한(東漢) 시절의 형주자사(荊州刺史)로, 청렴결백하고 행동이
어질어 사람들은 그를 '관서(關書)의 공자'라고 불렀다. 그가 동래군 산동성의 태수로 부임했을
때, 관내 부사 한 사람이 그를 은밀히 찾아왔다. 부사는 황금 10근을 내놓으면서 이권 하나를 청탁
했다. "아무도 모르는 일이오니 부디 이것만은 받아 주십시오." 그러나 그는 점잖게 나무라며 타
일렀다. "하늘이 알고, 신(神)이 알고, 내가 알고, 그대가 알잖은가. 그런데 어찌 아무도 모른다고
하겠는가?"

19. 백 세~포함된다　전문 3장 "詩云, 於戲前王不忘. 君子賢其賢而親其親, 小人樂其樂而利其利,
此以沒世不忘也."의 주석에 대한 글이다. '몰세'(沒世)는 어진 정치를 편 사람이 죽어 세상에 없는
상태를 말한다. 주자는 본문의 군자(君子)를 후현(後賢)과 후민(後民)으로 풀이하였다.

부터 나오므로 그 홀로 있음을 삼가야 한다. 성내고 좋아하며 즐기는 것 등은 모두 밖으로부터 들어와 일에 나타난다. 그러므로 처음에 '심'(心) 자를 말한 것이니, 앞뒤가 마땅히 이와 같아야 한다. 그러나 뜻에 전혀 거짓이 없기 선에도 마음이 올바른 때도 있으니, 꼭 성의(誠意)가 지극히 이를 때까지 몇 달이고 몇 년이고 기다릴 필요는 없다. 정심(正心)이나 수신(修身)은 모두 앎을 이르게 하는(致知) 것으로 능히 얻을 수 있는(能得) 물건이다. 수신(修身)은 모든 사람과 사물이 집으로 삼는 곳이다. 이것은 모두 여러 유자들이 넘치도록 설파한 것이니 어찌 보지 못했을까? 비록 보지 못했더라도 경전의 글만 숙독하면 또한 저절로 얻게 된다. 무릇 진짜 의심나는 것이 있으면 반드시 잘 물어야 한다.

10

옥계(玉溪) 노씨(盧氏)[20]가 말했다. "혼자 있을 때 나쁜 짓을 하는 자는 오직 남이 알까 두려워하지만 사람들이 반드시 알게 된다."[21] 이것이 신독(愼獨)에 대한 바른 풀이다. 만약 "성실함과 성실하지 못함은 남이 알 바 아니니, 홀로 있음(獨)은 그야말로 자기 혼자 있는 것(獨)이다"라고 말한다면 어찌 남이 알까 두려워하겠는가? 남이 알 바 아니라 함은 그 책임이 내게 있다고 이르는 것과 같다. 그 책임이 내게 있는 일인데, 남이 알까 두려워한 뒤에 일의 기미를 살필 필요가 있겠는가? 내 의문은 이 점에 있다. 까닭에, 앞에서 이미 진술한 것을 또 여기서 누누이 설명한 것은 계발함이 있기를 바라서이다.

---

20. **옥계 노씨**　노진(盧禛)을 가리킨다. 노진의 자는 자응(子膺)이고, 옥계는 그의 호이다. 풍천(豐川) 사람으로 시호는 문효(文孝)이다.
21. **혼자~알게 된다**　전문 6장 "曾子曰: '十目所視, 十手所指, 其嚴乎.'"를 풀이한 소주에 보인다.

11

지극한 선은 모두 임금 된 자가 이끌어 가야 한다. 대개 잘 다스려 태평하게 하는 것은 남의 위에 오른 자의 일이기 때문이다.

12

경문(經文)은 『시경』과 『서경』을 많이 인용했다. 세 번 인용하기도 하고 혹은 네 번 인용하기도 했으며, 혹은 일으키기도 하고 혹은 끝맺기도 했다. 금본(今本)에서 지극한 선에 그친다고 풀이한 곳은 『중용』의 마지막 장처럼 잇달아 다섯 번을 『시경』에서 인용했으니[22] 지나치다고도 할 수 있겠다.

13

쌍봉(雙峰) 효씨(曉氏)는 "심광체반(心廣體胖)은 마음을 바르게 하고 몸을 닦은 효험이다"[23]라고 했는데 의미가 통하지 않는다. 이는 '자겸'(自慊)[24]을 가리켜 말한 것이기 때문에 반드시 성의(誠意) 장에서 언급했던 것이다. 장구를 나눌 수 없었기에 마치 '유덕'(有德)으로 범칭한 것처럼 했다. 그러므로 쌍봉 효씨의 말이 이렇게 된 것이다.

---

22. 잇달아~인용했으니 　전문 3장 '지어지선'(止於至善)을 풀이한 대목을 말한다. 『중용』의 마지막 33장은 여섯 번 잇달아 『시경』의 시를 인용하였다.

23. 심광체반은~효험이다 　『대학장구』「성의」(誠意) 장의 소주(小注)에 보이는 구절이다. "雙峰曉氏曰, 心不正, 何以能廣. 身不修, 何以能胖. 心廣體胖, 卽心正身修之驗. 所以能心廣體胖, 只在於誠其意, 以此見誠意爲正心修身之要."라고 했다.

24. 자겸 　『대학장구』의 "所謂誠其意者, 毋自欺也, 如惡惡臭, 如好好色, 此之謂自慊. 故君子必愼其獨也."에 보인다.

14

　쌍봉 효씨는 말했다. "성의(誠意)는 다만 마음을 바르게 하는 요체이며, 평천하(平天下)에 이르기까지 모두 성의가 그 핵심이다. 그러기에 정자도 천덕(天德)과 왕도(王道)를 논하여 '그 핵심은 오직 근독에 있다. 천덕은 마음을 바르게 하고 몸을 닦는 것이며, 왕도는 제가치국평천하(齊家治國平天下)이고, 근독(謹獨)은 성의의 주된 뜻이다'라고 말했던 것이다."[25] 이는 경문에 통달하지 못했을 뿐 아니라 정자의 견해와도 통하지 않는다. 근독이 곧 성의라면, 어찌 성의 가운데 근독을 요체로 삼으라고 할 수 있겠는가? 이것은 대개 신독을 기미를 살피는 것(審幾)으로 여긴 데서 나온 것이며, 스스로 속이는 것(自欺)을 공죄(公罪)로 여겼기 때문이다. 정자가 말한 왕도란 것은, 비록 치국평천하에까지 이르렀어도 근독이 아니고는 패도일 뿐 왕도가 아님을 말한 것이다. 그 천덕이라는 것은 끝없는 최고의 공력이다. 최고의 공력이란 것도 이 근독으로부터 얻어지는 것이다. 이것이 신독의 지극히 바른 가르침이니, 또한 알기 어려운 것은 아니다. 천덕이 마음을 바르게 하고 몸을 닦는 것이며 왕도가 제가치국평천하라는 말은 진실로 이른바 '덕이 있는 사람은 몸이 윤택하다'는 것을 총칭한 것이지만, 반드시 성의의 아래에 있는 부류임을 알지 못한 것이다. 이것이 비록 『성리대전』의 소주(小注)에 있다 해도, 또한 굳이 볼 것은 없다. 그렇다면 이런 주장을 채택함으로써 『성리대전』을 만든 자의 학문을 또 알 만하다.

15

　덕으로 나아가는 기초로 삼을 수 없다는 것[26]은 '마음이 비록 밝더라도 근독하지 못하면 그 밝음을 잃게 되어 성의의 근본으로 삼을 수 없게

---

25. 성의는~말했던 것이다　『대학장구』 성의 장의 소주에 보이는 쌍봉 효씨의 언급이다.
26. 덕으로~없다는 것　『대학장구』 "우전지육장(右傳之六章), 석성의(釋誠意)"의 주에 보인다.

됨'을 말한다. 신안(新安) 진씨(陳氏)가 "성의란 덕으로 나아가는 바탕이다"[27]
라 했으니, 또 주자의 주장과 통하지 않는다.

16

격물치지는 몽매와 깨달음과 관련된 것이라 함은 옳다. 깨닫는 데에
는 선후의 차이가 있기에 반드시 홀로 있을 때 삼가야만 깨달았다고 말할
만하다. 요즘처럼 이치를 궁리하는 것이 이른바 위로는 푸른 하늘까지 아
래로는 땅 속까지 다하는 것이라면 깨달음도 몽매함으로 여기는 것이 아
니겠는가? 이러한 언급은 이치를 궁구함을 버려두고 하지 않음을 말하는
것이 아니라, 성의 장 앞에 별도로 한 자리를 마련하여 증자의 본경과 다
르게 하려 하지 않은 것일 뿐이다.

17

그대들은 또 경문(經文)을 자세히 읽고 옛 성인의 의도와 취지를 살펴
야 한다. 조금도 차이가 없어진 뒤에야 안목이 생기고 어지럽게 논쟁이 일
어나던 것도 하나하나 깨끗이 정리될 것이다. 또한 고작 하나 얻은 견해로
가볍게 남들과 분변해서는 안 된다. 다만 배워 세심하게 체득해야 할 곳에
서는 힘껏 지극히 마땅함을 구해야 한다. 공부의 출발점은 또한 혼자 있을
때 삼가는 것부터 시작해야 한다.

18

정심(正心) 장에서는 "정심(正心)과 수신(修身)을 해석하였다"라고 했
고, 수신(修身) 장에서는 "수신(修身)과 제가(齊家)를 해석하였다"라고 했

---

27. **성의란~바탕이다** 『대학장구』 "우전지육장(右傳之六章), 석성의(釋誠意)"의 소주(小註)에 "新
安陳氏曰: '此言知至後又不可不誠其意, 蓋誠意者進德之基本也.'"란 언급이 보인다.

다. 경문(經文)의 처음과 끝에 비록 그 글자만 있고 뜻이 없지만 위 문장을 바로 아래 문장에 이었으니, 그 형세상 구절이 이어지지 않을 수가 없다. 제가(齊家) 장 끝에 이르러서 두 번 '제기가'(齊其家)를 일컬었으니, 더불어 치국을 해석한 깃이라 말할 수 있다. 이것은 비록 자은 절이지만 또한 군더더기에 해당한다. 경문을 자세히 보면 알 수 있다.

19

절재(節齋) 채씨(蔡氏)가 말했다. "지혜가 이르지 않으면 정확하게 시비를 구별하지 못하니, 무엇으로 기준을 삼아 따를 수 있겠는가? 행동에 힘쓰지 않으면 정밀하게 의를 구하여 신묘한 경지에 들더라도 부질없는 말에 그칠 것이다."[28] 채씨의 말을 가지고 다시 설명해 보겠다. "다만 조금이라도 자신을 속이지 않으면 이것이 탄탄한 큰길이 될 것이니, 지침이 없음을 근심하지 않아도 된다. 어찌 별도로 앎을 이르게 할 필요가 있겠는가? 성의(誠意)를 못한 생각과 정심(正心)에 도달하지 못한 일은 비록 정밀하게 의를 구하여 신묘한 경지에 들더라도, 마침내 달걀을 보고서 닭을 구하고 탄환을 보고 새 구이를 생각하는 것이니, 이른바 지나치게 생각이 앞서 가는 것이다. 신독으로 바탕을 삼아 바탕 위의 바탕을 구하지 않고, 일에 응하는 것을 마음으로 삼아 마음 이전의 마음을 짓지 않음만 같지 못할까 염려된다. 만일 그렇다면 지혜를 실천하는 것〔做〕과 말하는 것〔說〕은 두 가지 이치가 아닌 것이다."

20

옛사람들이라고 해서 어찌 이치〔理〕를 궁구하지 않았겠는가? 그러나

---

28. 지혜가~것이다　『대학장구』에서 '치국평천하'(治國平天下)를 해석한 전(傳) 10장에 대한 소주(小註)에 보인다.

이학(理學)이란 명칭은 송나라에서 비롯되었다. 대체로 성의(誠意)하기 이전부터 이미 사물의 이치를 궁구하여 초학(初學)의 후생(後生)이 성명(性命)에 대해 고담하니, 진나라 때의 청담과 더불어 나란히 일컬어지는 비웃음이 있었다. 노장의 현묘한 말이 어찌 일찍이 지극한 이치가 아니었겠는가? 다만 실용에 급하지 않았을 뿐이다. 그러나 한마디 말로 아는지 모르는지를 파악할 수 있다면, 그 말만 들어 보고도 그 사람들의 수준을 알 수 있다. 성명(性命)에 관한 설은 **때때로 간웅(奸雄)을 조장하고 사사로운 당파를** 숨겨 주기도 한다. 도학(道學)이란 이름에 대해서는 아무도 감히 공격하지 못하지만 자기와 견해가 다른 사람은 배척하여 배신자로 여겨서 칼자루가 쉽게 바뀌니, 문파나 집안을 비호하는 견해와 간계를 부려 모함하는 폐습이 일어났다. 이 또한 주자 문하의 죄인이다.

21

경전의 말씀에 대해서는 안력(眼力)과 심력(心力)과 필력(筆力)이 모두 이르러야 하니, 이 세 가지를 얻는 것이 모두 배움이다. 나는 어려서 배움을 알지 못하고 그저 문사를 얽어 아로새기는 것만을 좋아했다. 또 20여 년 관직에 있었으니, 날마다 군옥(群玉)의 부서에 출근하고 늘 수많은 서책 속에서 살았지만, 문서 관련 속무가 대부분이어서 마음껏 글을 읽지 못했고, 결국은 글과 도 모두 마땅함을 잃고 말았다. 이제 다 늙어 유배를 당하여 돌아갈 곳이 없어지매 비로소 경전을 궁구할 생각을 하였으니, 죽은 다음에야 그만둘 수 있다[29]고 한 것이 또한 내 경우에 가까운 것이 아니겠는가? 다만 죽을 때까지 흐트러지지 않고 이 자세를 간직한다는 뜻으로 천지간에 하루의 힘을 다하리라 책려할 뿐이다. 근본이 얄팍하니 그 빛이 널

---

29. **죽은 다음에야 그만둘 수 있다** 『논어』 「태백」(泰伯)에 나오는 증자의 말이다. 유자의 소임을 자부하는 것이 멀고도 중함을 이른 것인데, 여기서는 그렇게 할 날이 많이 남지 않았음을 말한 것이다.

리 퍼지지 않음은 형세상 그럴 수밖에 없다. 오히려 고명께서 부지런히 가르침을 내려 주시고 잘못을 지적해 주어 기주 땅의 처녀가 오히려 분칠하고 눈썹 그리는 보람을 알게 해 주기를 바란다.

22

무릇 생각이란 사물에 말미암아 일어나는 것이 있고, 사물을 뛰어넘어 지나치는 것이 있는데, 훈고 또한 그러하다. 마음에서 곧바로 이해되는 것이 있고, 남의 견해를 가져다 뒤집는 것도 있다. 주자의 견해에는 반드시 옛사람의 주석이 충분치 않다고 보아 뒤집은 것이 있다. 후인들은 주자의 견해로 말미암아 또 초월하여 지나쳐 버리니, 도리어 옛사람의 주석과 합치되지 않는 줄을 어찌 알겠는가? 그래서 다툼이 생기게 되었다. 그러나 논쟁을 들은 자 또한 옛것을 옳다 하기도 하고 지금 것을 옳게 여기기도 한다. 그리고 보면 다툼을 듣는 자가 또 자기 견해를 내게 된다. 그런 까닭에 경전을 논하는 자는 주장이 분명치 않은 것을 근심하는 것이 아니라, 당파의 마음이 없어지지 않음을 근심한다. 동쪽이 옳다 서쪽이 옳다 하는 자들이야 논할 것도 없다. 거기에 크게 관계된 자들 또한 반드시 겸손하게 변론하여 지극히 마땅한 학설로 몰아가는 데 힘써 지당한 데로 돌아가야 하니, 조금이라도 스스로 잘난 체하는 기색이 있으면 볼 게 전혀 없다. 그러므로 "서하(西河) 모기령(毛奇齡) 같은 사람은 밝게 가리는 판단력은 있지만 도타운 행실은 없다"고 말하는 것이다.

문집

5

文
集

왕명에 따라 『북학의』를 지어 올리며 應旨進北學議疏

엎드려 아룁니다. 신은 작년 12월에 농업을 권장하고 농서를 구한다고 반포하신 윤음을 엎드려 받들었습니다. 신은 마을의 어른들과 함께 두 손 모아 받들어 읽고서 차례대로 돌려 가며 보도록 했습니다. 그 가운데 글을 모르는 이가 있어서 그를 위해 윤음의 뜻을 풀이해 주니 서로들 기뻐하고 즐거워하며 찬양했습니다. 손이 덩실거리고 발이 절로 뛰노는 것조차 몰랐습니다. 그러나 곧이어 큰 한숨이 나왔습니다. 평소에 쌓아 둔 지식이 하나도 없어 밝으신 명령을 받들어 완수할 능력이 부족할까 두려웠기 때문입니다.

그러나 신이 엎드려 생각해 보니 세상의 온갖 사물에는 정밀한 뜻이 존재하지 않는 것이 없습니다. 하물며 하늘이 아름다운 곡식을 내려 주신 일이야 더 말할 나위가 있겠습니까? 우리 백성들을 먹이는 그 일은 매우 중요하고 그 이치가 지극히 깊습니다. 어찌 남의 부림을 받는 종이나 어리석은 무리에게 맡기고 그 엉성하고 형편없는 보응을 앉아 받을 수 있겠습니까? 그 일에 맞는 사람을 기다린 후에 실천해야 하는 것입니다. 지금 우리 임금께선 우(禹)임금이 힘을 다한 농사일을 사모하시고 주공(周公)의 밝은 농사를 본받아 우리 백성들이 굶주리지 않고 추워하지 않는 것을 왕정의 최우선 뜻으로 삼고 계십니다. 이에 수많은 백성이 그 복록을 누리는 일이 차례차례 다가올 것입니다.

신이 외람되이 고을의 직책을 맡은 지 어느덧 3년입니다. 다스림의 효과가 백 리에 미치지는 못했으나 나라를 걱정하는 마음은 천하 사람보다 앞섭니다. 매일 산골의 백성들을 살펴보면 화전을 일구고 장작을 쪼개느라 열 손가락이 무더졌건만, 입는 옷은 10년이나 된 해진 솜옷이고 사는 집은 허리를 구부린 후에야 들어갈 수 있으며, 연기로 그을린 벽에는 회칠도 하지 않았습니다. 먹는 것은 깨진 주발에 담긴 밥과 간도 맞추지 않은 나물입니다. 나무젓가락이 부엌에 놓여 있고 질항아리만이 부엌에 있을 뿐입니다. 그렇게 사는 까닭을 물었더니 무쇠솥과 놋수저는 수차례에 걸쳐 이정(里正)¹이 빼앗아 가 이미 환적(還糴)으로 납부했다고 합니다.

그들의 부역에 대해 물으니 노비가 아니면 군보(軍保)²인지라 이백오륙십 전을 관청에 낸다고 합니다. 국가의 경비가 나오는 곳이 바로 여기입니다. 서글픈 마음이 들어 베 짜는 것을 걱정하지 않는 홀어미의 탄식³이 흘러나왔습니다. 지금의 법을 바꾸지 않고는 지금의 풍속에선 하루아침도 살아갈 수 없을 거라 여겼습니다. 다만 제가 맡은 마을 하나만 그런 것이 아니라 모든 마을이 그러하고 온 나라가 똑같이 그러합니다. 이것이 임금께서 강개하게 떨치시어 한번 개혁할 것을 생각하시고, 책문을 내려 조언

---

1. 이정   조선 시대 최말단 지방 행정 조직인 이(里)의 책임자를 말한다. 인구 이동 및 증감의 파악, 호구 파악 및 유이민에 대한 규제, 환자(還子)와 진제(賑濟)의 집행 과정에서 환자 분급 대상자의 선정·분급·징납, 전세(田稅) 수납, 요역차발(搖役差發) 등 정부의 직접적인 지방 통치에 협력했을 뿐만 아니라, 문교(文敎)·권농(勸農)·풍화(風化)·금령(禁令) 등을 담당했다.
2. 군보   조선 시대에 군역 의무자로 현역에 나가는 대신 정군을 지원하기 위해 편성한, 신역(身役)의 단위로 주로 농사일을 대신하였다. 후기에는 양병(養兵) 비용을 충당하기 위하여 농사일을 하는 대신 쌀이나 베를 바치게 했는데, 그 폐단이 이루 말할 수 없었다 한다.
3. 베 짜는~탄식   『좌전(左傳)』 소공(昭公) 2년 조에 "과부가 자기 베를 짜는 것을 걱정하지 않고 주나라가 쓰러지는 것을 걱정하는 까닭은 화가 자기에게까지 미치기 때문이다"라는 구절이 있다.

을 구하심이 이같이 부지런하고 극진하신 까닭입니다. 신이 듣건대, 나라를 다스리는 것은 말을 기르는 것과 같아 말에게 해가 되는 것을 제거하면 그만이라고 합니다. 지금 농업에 힘쓰시려 한다면 반드시 먼저 농사에 해가 되는 것을 제거한 이후에야 다른 일들을 말할 수가 있습니다.

첫 번째는 선비를 도태시키는 것입니다. 헤아려 보건대, 올해 대비과(大比科)[4]의 해에 크고 작은 과거 시험에 응시하러 오는 자가 거의 10만 명을 넘습니다. 단지 10만 명에 그치는 것이 아닙니다. 이 무리의 부자(父子)와 형제들은 비록 과거에 응시하지는 않아도 역시 모두 농업에 종사하지 않는 자들입니다. 농업에 종사하지 않을 뿐만 아니라, 모두 농민들을 머슴으로 부리는 자들입니다. 동등한 백성이지만 부림을 받는 자와 부리는 자의 관계에 이르면 강자와 약자의 형세가 이루어집니다. 강자와 약자의 형세가 이루어지면 농업은 갈수록 가벼이 여겨지고 과거는 갈수록 중시됩니다. 조금이라도 자신의 능력을 믿는 자가 모두 과거장으로 달려가려 하면, 부득불 농사짓는 일은 어리석은 자나 머슴에게 돌아갑니다. 이렇게 되니 그 처자식을 몰아 들녘에서 일하게 하고, 소 먹이고 밭갈이하는 일의 반 정도가 규중 아낙네 몫이 됩니다. 풀을 베고 방아 찧는 일은 모두 부인네 책임입니다. 그렇게 되니 황량한 작은 고을에는 다듬이 소리가 거의 끊어지고, 그 결과 온 나라에는 입을 옷이 없어 몸을 가리지도 못하게 되었습니다. 학자와 사대부들은 보고도 당연하다고 여기고 옛날부터 그랬거니 생각합니다. 당나라 시인이 쓴 「밭 갈며 일하는 여인」이란 시[5]를 살펴보니 안록산의 난리가 일어난 후를 탄식한 것이었습니다. 지금은 평화가 100년을 내려왔지만, 부녀자가 밭갈이를 하는 일은 참으로 이웃 나라에 들리게

4. **대비과** 원문은 대비(大比). 전시(殿試)와 같은 것이다. 1603년(선조 36)에 처음으로 두어 3년에 한 번씩 실시했고, 『속대전』(續大典) 이후에는 4년에 한 번씩 보는 식년시(式年試)로 바꾸었다.
5. **당나라~시** 당나라 시인 대숙륜(戴叔倫)이 지은 「여경전행」(女耕田行)이란 시를 말한다. 안록산의 난이 일어난 후 백성들의 비참한 참상을 바라보고 이 시를 썼다.

해선 안 됩니다.

이것이 어찌 선비들이 다만 농사에 해가 된다고 말할 정도에 그치는 일이겠습니까? 그 실제는 농업을 죽이는 아주 심각한 것입니다. 이 무리들이 나라 인구의 절반이 넘은 지가 100년이나 되었습니다. 지금 날로 늘어만 가는 선비들을 도태시키지 않고 도리어 날로 가벼이 대접받는 백성들을 '어이해 너희들은 힘을 다 쏟지 않느냐'고 꾸짖는다면, 비록 조정에서 날마다 천 개의 공문을 띄우고 현의 관리들이 날마다 만 마디 말로 신칙한다 해도 한 바가지 물로 수레 가득한 장작 더미의 불을 끄는 격인지라 아무리 애를 써도 전혀 도움이 되지 않을 것입니다.

두 번째는 수레를 통행시키는 일입니다. 옛날 영의정이었던 김육(金堉, 1580~1658)은 평생의 고심이 오직 수레와 화폐, 두 가지 시책에 있었습니다. 화폐 시행의 초기에 논의가 여러 갈래로 나뉘어 거의 중지될 뻔하다가 겨우 시행되었습니다. 신의 종고조인 신(臣) 박수진(朴守眞)[6]이 그 일을 실제로 주관하였습니다. 지금 만약 수레를 통행시킨다면 10년 안에 백성들이 수레를 좋아하는 정도가 화폐를 좋아하는 수준에 그치지 않을 것입니다. 이른바 "백성들로 하여금 행하게 할 수는 있지만, 그 이치를 알게 할 수는 없고",[7] 또 "백성들과 결과를 함께 즐길 수는 있어도, 처음의 근심을 함께할 수는 없다"[8]는 말이 그것입니다. 농사는 비유하자면 물과 곡식이요, 수레는 비유하자면 혈맥입니다. 혈맥이 통하지 않으면 사람이 살지고 윤기가 흐를 이치가 없습니다. 의서(醫書)의 도인(導引)에 따르면 약 이름 중에 하거(河車)[9]란 것이 있는데, 바로 이 뜻을 담은 것입니다. 수레와 화폐

---

6. **박수진** 1610~1656. 자는 군실(君實), 호는 사천(斜川)이다. 서울 사람으로 집안이 몹시 가난했는데, "나를 등용하면 돈을 유통시킬 수 있다"고 말하고 다녔다고 한다. 김육이 그 말을 듣고 조정에 실무자로 천거했다.

7. **백성들로~없고** 『논어』(論語) 「태백」(泰伯)에 보인다.

8. **백성들과~없다** 『사기』(史記) 「상군열전」(商君列傳)에 보인다.

는 모두 농사에 관련되지는 않지만 농사에 유익하므로 나라에서 급선무로 삼아야 합니다. 우리나라의 경우 쓸모없는 선비들이 옛날에는 없었는데 지금은 있고, 유용한 수레는 옛날에는 있었으나 지금은 없습니다. 이익과 해로움의 뒤바뀜이 이러한 극단에 이르렀으니, 백성들의 초췌함은 진실로 이상할 것이 없습니다.

　논자들은 반드시 "풍속이란 갑자기 바꿀 수 없으므로 현재의 농업에 바탕을 두어 바꾸어 가야 한다"고 말할 것입니다. 그렇다면 이러저러한 말을 할 것 없이 시험해 보면 그만입니다. 먼저 중국의 요양(遼陽)에서 각종 농기구를 무역하여 들여오고, 서울에 대장간을 개설하여 법식에 따라 두들겨 농기구를 만들게 합니다. 쇠가 생산되는 먼 고을로 관속을 보내 나누어 만들게 하여 그 이익을 거두고 농기구 제조법을 퍼뜨립니다. 농사법을 시험할 땅은 많고 적고를 가리지 말고 서울 근처에 마련하면 됩니다. 작으면 100무, 많으면 100경 정도면 됩니다. 그것으로 둔전을 만들어 농사에 정통한 자 한 명을 뽑아 옛날 한나라 때 수속도위(搜粟都尉)와 같은 역할을 맡깁니다. 별도로 농부 수십 명을 파견하여 그 비용을 후하게 주고 전문가 한 명이 지시하는 바를 듣게 합니다. 가을에 수확할 때엔 한 해 농사의 득실을 비교합니다. 이렇게 한 해 두 해 하다 보면 반드시 효과를 보게 될 것입니다. 그런 다음에 각 도마다 훈련받은 농부를 나누어 파견하여 한 사람이 열 명에게 기술을 전하고, 그 열 명이 백 명에게 기술을 전하면 10년도 안 돼 풍속이 변화될 수 있습니다. 다만 계획을 시행하는 초기에는 비용이 많이 들 것입니다. 그러나 몇 년 이내에 그 비용을 충분히 보상받을 수 있습니다. 그 효과가 멀리 미친다면 그 비용은 따질 것조차 없습

---

9. **하거**　기맥의 순환을 활성화시키는 도교의 양생도인법 중 하나이며, 도사들이 단약을 빚는 원료의 이름이기도 하다. 한편 중의학에서는 산모의 태반 속 성분으로 만든 자하거(紫河車)의 약칭으로도 쓰인다. 본문에서의 쓰임이 어디에 근거하고 있는지는 분명치 않다.

니다.

신은 일찍이 선대의 어진 신하 이이(李珥)가 말한 바 10만 명의 군사를 미리 양성하자는 유지를 받들어 서울에 30만 섬의 쌀을 비축하여 근본을 튼튼하게 하고자 했습니다. 그 계획을 간략히 말씀드리자면 선박을 개조하여 조운을 증강시키는 것, 수레를 통행시켜 육로로 운행하게 하는 것, 둔전을 실시하여 농사법을 가르치는 것입니다. 서울의 4만~5만 가구가 먹을 식량과 여러 관리 및 군병의 녹봉에 충당할 곡식은 모두 삼남에서 바닷길로 운송되는 10여만 섬의 곡식에 의지하고 있습니다. 사사로이 자기들이 먹고자 저장한 것을 제외하더라도 반드시 20만 명이 여러 달 먹을 식량을 저장해 놓은 뒤에라야 위급한 상황에서도 믿을 수가 있습니다.

우리나라는 배의 제조 기술이 엉성하고 서툴러 제때에 목적지에 이르지 못하므로 하적된 물건이 썩어 냄새나는 경우가 많으니, 중국의 선박 제도를 반드시 배워야만 합니다. 그런 다음에야 연해의 곡식을 배로 실어 한강까지 나를 수 있습니다. 배로 실어 나르는 일을 늘려도 부족하므로 또 반드시 육로의 수송이 필요합니다. 육로 수송을 할 경우 인부가 어깨로 짐을 나르거나 말 등에 실어서 운반할 수는 없습니다. 그러니 수레를 통행시키는 일 외에는 방법이 없습니다. 수레로 통행하더라도 사사로운 곡식까지 전부 운송할 수는 없습니다. 그러므로 모름지기 둔전을 설치해야 합니다. 둔전을 설치하여 옛 제도를 시험한다면 노력은 반으로 줄고 그 효과는 배가 되어 30만 섬의 곡식은 가져오기를 기약하지 않아도 저절로 이를 것입니다.

옛날 송나라에는 '심태평암'(心太平菴)[10]이란 호를 가진 사람이 있었고, 명나라에는 「장취원기」(將就園記)를 쓴 사람[11]이 있었는데 모두 그 뜻을 말

---

10. 심태평암　송나라 때의 시인 육유(陸游, 1125~1209)를 가리킨다. 육유는 「심태평암시」(心太平菴詩)를 짓고 이 말을 서재 이름으로 삼았다.

로써 드러낸 것입니다. 저들은 모두 낮은 자리에 있어 뜻을 이루지 못한
까닭에 말로써나마 드러내어 염원한 것입니다. 지금 우리 전하께서는 제
왕의 지위[12]에 올라 어루만지고 이끌며 비춰 주고 윤택하게 하고 계십니
다. 정사를 바로잡고 곧게 하며 나라의 모든 일에 고루 마음을 쓰시니 어
찌 말로써 드러내기만 하는 데 그칠 뿐이겠습니까?

신은 농사를 맡은 관리입니다. 제가 말씀드린 것은 모두 농사를 경영
하고 처리한 바탕 위에서 논의한 것입니다. 무예를 닦는 일, 문치의 정비,
교화, 예악의 일에 있어서는 감히 아뢰지 못했습니다. 다만 원하기는 마을
의 백성이 편히 지내고 생업을 즐기며, 봇도랑과 밭고랑을 제도에 맞게 수
리하며, 가옥을 가지런히 정비하고, 백성들의 용모가 깨끗하고 말에 신의
가 있으며, 도구가 견고하고 의복이 단정하며, 수목이 무성하게 자라며,
가축들이 잘 자라는 것입니다.

남녀가 게으르지 않아 각기 자기 일에 종사하고, 공인과 상인이 모여
들며, 도적들이 사라지고, 교량과 객사 및 화장실에 이르기까지 수리되고
다스려지지 않는 것이 없으며, 낚시하고 헤엄치고 사냥하고 배와 수레가
통행하며, 어린아이들은 병들지 않고, 늙은이는 태평 노래를 부르는 일
등, 이 모두는 근본을 다지고 농업에 힘쓴 뒤의 효험이고 집집과 사람마다
넉넉하게 된 이후의 일입니다. 천하가 화합하고 모든 존재가 제자리에서
잘 길러지는 일은 모두 여기를 벗어나지 않습니다. 한 고을이 이와 같으면
온 나라도 이와 같이 될지니, 풀이 바람에 쓰러지고 역말이 소식을 전하듯
그 응답은 메아리같이 울려 퍼질 것입니다. 신은 아침에 이 효과를 본다면

---

11. **「장취원기」를 쓴 사람**　명나라 말기의 황주성(黃周星, 1611~1680)을 가리킨다. 「장취원기」(將
就園記)를 지어 자신이 꿈꾸던 상상 속의 정원을 그렸다. 황주성의 자는 구연(九煙), 호는 추구재
(芻狗齋)이다.
12. **제왕의 지위**　원문은 구오(九五). 『주역』(周易) 「건괘」(乾卦)의 아래로부터 다섯 번째 양효(陽
爻)인 '구오'(九五)가 임금의 지위를 나타내는 상이라는 데서 유래하였다.

저녁에 죽어도 아무 유감이 없습니다.

신은 젊어서 연경에 노닐고는 중국의 일을 말하곤 했습니다. 우리나라 선비들이 지금의 중국은 옛날의 중국이 아니라고 여기면서 서로 모여 비난하고 비웃는 것이 너무 심합니다. 지금 제가 바친 말씀은 이전부터 이들이 비난하고 비웃는 것 중의 한두 가지에서 벗어나지 않으니 또다시 망발을 한다는 비난을 참으로 스스로 불러들이는 셈입니다. 그러나 이것을 버리고는 제가 드릴 말씀이 없습니다. 보잘것없는 자의 의견이라도 채택하시겠다는 참으로 분에 넘치는 은혜를 입고 보니 미천한[13] 사견이나마 감히 숨기지 못했습니다. 삼가 논설과 차기를 기록하여 27개 항목에 49개 조목을 얻고는 '북학의'라고 제목을 붙였습니다. 숭고하고 엄숙한 분을 모독하였사오니 살펴 가려 쓰시길 바라옵니다. 신은 두목(杜牧)의 재주가 없으니 「죄언」(罪言)[14] 같은 글도 쓰지 못했고, 배움은 왕통(王通)[15]에 부끄러우니 어찌 감히 그들에 비견될 만한 책략을 바칠 수 있겠습니까? 신은 두렵고 황송한 마음에 몸 둘 바를 모르겠습니다. 삼가 죽음을 무릅쓰고 아룁니다.

---

13. 미천한 원문은 추요(蒭蕘). 꼴 베고 땔나무를 하는 나무꾼으로, 이런 천박한 사람의 말이라도 성인(聖人)이 반드시 가려서 듣는다는 말이 있다.

14. 「죄언」 당나라 시인 두목(杜牧)이 지은 글이다. 두목은 834년 회남절도사 우승유(牛僧孺)의 서기(書記)로 근무할 때 국가의 실책을 따진 「죄언」을 지었다. 국가의 중대사를 직책도 맡지 않은 하급 관리가 말하는 것 자체가 죄가 된다 하여 '죄언'이라 하였다.

15. 왕통 수(隋)나라 용문(龍門) 사람으로 자는 중엄(仲淹), 시호는 문중자(文中子)다. 어린 시절부터 학문에 힘썼고 장안에 가서 「태평십이책」(太平十二策)을 올렸으나 쓰이지 않을 것을 알고는 물러나 하분(河汾)에 살면서 학도(學徒)들을 가르치며 생활했다. 배우는 이가 천여 명에 이르렀다고 한다.

祭文

이몽직의 제문 祭李夢直文

아아! 옛말에 이르기를, "죽음은 태산보다 무겁기도 하고 깃털보다 가볍기도 하다"[1]라고 했고, 옛글에서는 "수명을 누리고 죽는 것은 정명(正命)이고 질곡 가운데 죽는 것은 정명이 아니다"[2]라고 했다. 똑같은 죽음일 뿐이지만 경중에 따라 정(正)과 부정(不正)이라 나누어 부른 것이다. 명분이 있다면 가벼운 죽음이 무거운 죽음에 미치지 못하고, 정명을 지킨 죽음이 지키지 못한 죽음보다 나은 것은 분명하다. 옛날의 군자는 정명을 지킨 가벼운 죽음으로 정명을 지키지 못한 무거운 죽음과 바꾸지 않았으니, 가벼이 죽으면서 정명을 지키지 못한 것이야 더욱 말할 것도 없다. 태산같이 무거운 죽음에도 사람들은 오히려 유감스러워하는 바가 있고, 깃털처럼 가벼운 죽음에도 사람들은 오히려 허물하는 바가 있다. 그런 까닭에 기울어진 담장 아래 서서 스스로를 위태롭게 만들고 어떤 사람은 술과 여색에 빠져 자기의 목숨을 해치기도 하며, 어떤 사람은 도랑에서 아무도 모르게 혼자 죽기도 하고[3] 질곡 가운데 죄 없이 죽어 가기도 한다. 불행히도 병장

1. **죽음은~하다** 사마천의 「보임소경서」(報任少卿書)에 보인다.
2. **수명을~아니다** 『맹자』 「진심」(盡心)과 「공손추」(公孫丑)에 보인다.

기로 전투를 벌이는 날을 만나 두 군대가 서로 겨루는 즈음에, 창과 방패를 들고 북채를 쥔 채 적에게 죽음을 당하더라도 나라를 위해 목숨을 바친 것이라면 또한 열사의 머리털을 일어서게 하고 지사의 의기를 더하기에 족할 것이다.

이제 몽직은 한마디 말을 남길 겨를도 없이 옛 친구들과 분명히 헤어져 죽었으니, 하늘을 탓하게 하고 사람들을 슬프게 하는구나. 비간(比干)은 곧았으나 간언하다가 죽었고, 백이는 맑았으나 굶어 죽었으며, 굴원은 고결했지만 물에 빠져 죽었고, 미생은 신의가 있었으나 물에 휩쓸려 죽었다. 네 사람의 행동을 누구인들 높이지 않겠는가? 그러나 저 미생의 부모와 굴원의 무리와 백이의 친구들과 비간의 가족들은 오히려 원망하고 허물했을 터이니, 반드시 죽는 것이 사는 것보다 낫다고 말하지는 못할 것이다.

이제 몽직은 활쏘기를 익히고 나오다가 잘못 날아온 화살에 맞아 죽었다. 활쏘기는 스스로 위태롭게 여겨야 할 일도 아니고 잘못 날아온 화살에 맞는다고 꼭 죽는 것도 아닌데, 어찌 이같이 공교로운 일이 있단 말인가? 사람의 키가 한 길이나 되지만 백 걸음 밖에 있으면 머리가 주먹만 하게 보인다. 저 화살의 촉은 제멋대로 움직여 방향을 통제할 수 없는 것이 붓끝과도 같으니, 억지로 맞추려고 해도 맞출 수가 없는 것이다. 저 난세의 백성들과 수많은 전투를 치른 병사들도 반드시 모두 화살에 맞아 죽는 것은 아닌데, 이제 몽직은 활쏘기를 마치고 소매를 떨쳐 가다가 길에서 홀로 지나가는 한 화살을 면하지 못한 것이니 어찌 이다지도 공교로움이 심하단 말인가? 평소 별 탈 없이 한가로이 지내면서 태평 시절의 일신을 남아의 거업으로 삼았으니 사람들과 다를 바가 없었다. 남에게 구할 때는 털끝만한 혐의도 없게 하였고 자기 자신을 다스림에 있어서는 작은 실수도 없었으니, 생사와 관계되지 않음이 이와 같았다. 그러나 하루아침에 잘못

3. 도랑에서~죽기도 하고 『논어』「헌문」(憲問)에 보인다.

날아온 화살에 맞아 홀로 화살촉에 죽은 귀신이 됨을 면치 못했으니, 편안히 앉아 있는데 담장이 무너지고 허공 속에서 나타난 차꼬에 묶인 것과 무엇이 다르겠는가?

만약 비간이 함구하여 말을 하지 않았고 백이가 주나라의 곡식을 먹었으며 굴원이 뭍으로 갔고 미생이 약속을 저버렸는데도 오히려 죽음을 면치 못하였다면, 우리들은 하릴없이 원한만 더 깊어졌을 것이다. 아침에 났다 저녁에 죽는 하루살이에게도 오히려 볼 만한 소식이 있고, 금세 일어났다 사라지는 물거품에도 촉발되는 연유가 있으니, 사람의 죽음을 돌아보면 어떠하겠는가? 이처럼 무료함과 절망이 심하니, 말해 보아도 이름을 알 수 없고 생각해 보아도 그 이치를 알 수가 없다. 몽직의 사람됨이 남들보다 조금 나아서 이 같은 막힘이 있었더란 말인가? 그렇다면 만약 몽직이 둔하고 어리석은 일개 멍청이여서 말을 해도 알아듣지 못하는 사람이었다면 반드시 살았을 것이다. 만약 그러한 자라면 죽는다 하더라도 저들의 삶보다는 나음이 있을 것이다.

아아! 몽직이 비록 무업(武業)에 종사했으나 유자처럼 옷을 입고 문사들을 좋아하여 우리들을 좇아 노닐었다. 매번 맑은 밤 마음이 동하면 스스로 술병을 들고 기약 없이 이르러 흥건하게 마음을 다 얻은 뒤에야 돌아갔다. 사람됨이 총명하고 재기가 넘쳤으니, 언어와 문사 중 흔연히 마음으로 사모하여 오래도록 잊지 못할 것이 있으면 모두 다 섭렵하였다. 집이 온양에 있어서 사귄 사람들은 모두 충청도 뼈대 있는 가문의 후예들이었고, 다닌 곳은 대대로 명론이 주장되던 곳이었다. 그런 까닭에 그 말이 이따금 춘추대의와 존주의 뜻, 심성과 이기, 예론의 득실, 산림 도통의 연원에 미쳤다. 언제나 정론을 부추겨 높였으니 몸소 찾아와 들어온 사람들은 두려운 마음으로 기이하게 여기지 않는 이가 없었다. 그들은 예전에 언뜻 보았을 때의 경박하게 잘난 체하면서 풍류나 좇던 가객(佳客)의 면모를 다시는 떠올리지 못했다. 나는 또한 동지들에게 자랑하여 이렇게 말했다. "지금 세상에 과장(科場)을 드나드는 수천 명의 유자들은 늙을 때까지 천하에 선비의 몸가짐을 지닌 자가 있는 줄을 알지 못하니, 몽직과 같은 사람을 단지 무인일 뿐이라고 할 수 있을 것인가?' 하루는 가서 그의 글 상자를 열어 보고 스스로 엮은 작은 시집 한 권을 얻었는데, 제목이 『설계신은주사사인기』(雪溪神隱朱砂私印記)였다. 바야흐로 그 운치가 맑고 깨끗했으니 몽직과 같은 사람을 어찌 명사라 부르지 않을 수 있겠는가?

또 붓놀림이 날렵하고 용모가 단아하였으니, 이것만으로도 당세의 신하 명부에 이름을 올리기에 충분하였고 조상의 남은 공훈을 업고 앉아서 벼슬자리에 나아가는 것도 어렵지 않았다. 하지만 그의 마음은 요행으로 과거를 취하고자 하지 않아서 활쏘기에 힘을 쏟았으니, 이와 같은 사람을 쉽게 얻을 수 있겠는가? 평생 남의 가난한 사정을 보면 불쌍히 여기는 마음으로 베풀고자 했고, 빈객과 더불어 노넒에는 그 비용을 아까워하지 않았다. 의복과 금전과 물품 등을 사사로이 쌓아 두지 않았다. 여러 형제와 자매가 자기에게서 가져가려 해도 꺼리지 않았으며 형제자매들도 그를 대함에 또한 그러하였으니, 그 마음 씀씀이가 넉넉했던 것이다. 아아! 세상일은 많고도 많아 일어나지 않는 일이 없다. 누군들 죽지 않으랴만 몽직만 한 사람은 적고, 어찌 사람이 없을까만 몽직만 못한 사람이 많다. 이것이 내가 그의 죽음을 거듭 슬퍼하고 되풀이하여 아파하는 까닭이다.

예전에 나는 몽직의 선대부에게 인정을 받아 사위가 되었는데, 선대부께서는 자제처럼 대해 주시고 손님처럼 맞아 주셨다. 평안도 관찰사를 맡으셔서는 나를 데리고 가셨다. 강산이 빼어나고 누대와 가무가 번화한 곳을 따라 반년 동안 천 리를 유람했다. 날마다 즐거운 일이 있었는데, 몽직이 늘 함께했다. 그때 나의 나이는 약관이었고 몽직은 나보다 한 살이 많았다. 얼마 안 있어 선대부께서 돌아가셨다. 몽직은 선친이 나를 사랑하셨던 것처럼 우호를 끊지 않고 지금까지 계속해서 찾아왔다. 그의 행동에 선대인과 같은 노성한 맛은 없었지만, 아버지의 법도를 잇는 시가 있는 것으로써 마음을 달래곤 했다.

이제 몽직은 죽었고 자식은 복중에 있어 아들인지 딸인지 알 수도 없으니, 뒷날을 의탁함도 겨우 실낱만 같다. 눈앞의 묵은 자취도 더불어 말할 사람이 없으니, 이로부터 우리가 평안도에서 노닐었던 자취는 쓸어 낸 듯이 사라지고 말 것이다. 오륙 년이면 연기가 흔적을 남기지 않고 새가 허공 속으로 날아가 버린 것과 같이 될 것이다.

몽직은 출계하여 백부의 후사가 되었는데 집은 시골에 있지만 해마다 서울에서 노닐었다. 집 뜰에는 열 길이나 되는 큰 소나무가 있어서 집 안 가득 짙은 녹음이 우거졌다. 큰 눈이 내리는 날 동호인 시 모임을 갖기로 약속했다. 약속이 이루어지기도 전에 우리 어머니께서 돌아가셨다. 몽직은 이를 한탄하며 사람의 일이란 아침저녁을 기약할 수 없는 것이라고 하였다. 이제 몽직도 죽어 그를 조문하는 한두 사람은 내 이야기를 하고 탄식하고 눈물을 흘렸으며, 대문턱 너머 그 큰 소나무를 바라보며 함께 술 마시던 감회를 이기지 못했다고 한다. 죽기 며칠 전 내 집에 찾아와 이야기를 나누다가 밤이 되자 밥이 나왔기에 먹기를 권하니 그는 힐끔 쳐다보며 말하기를, "누이가 직접 만든 건가? 게장이 있는 걸 보니 내가 좋아하는 걸 알고 있음일세"라고 했던 말이 아직도 귓전에 남아 있다. 방금 전의 일처럼 역력하니 백 번을 생각해 보아도 그가 어찌 이렇게 허망하게 죽었는지 알 수 없는 일이다.

몽직이 막 상처를 입었을 때 나는 어머니 산소에서 여막을 지키느라 가 볼 수가 없었다. 몽직의 거처에서 오는 사람이 하루에도 여러 명이었는데, 상처에 대해 물으면 어떤 사람은 귀라 하고 어떤 사람은 머리라 하여 모두가 일정하지 않았다. 한 벗이 와서 '오른쪽 귀밑머리 위인데 씹으면 움직여 서로 만나는 곳'이라 하기에 내가 대답을 잘했다고 칭찬하였다. 또 의원을 시켜 증상을 살핀 것이 이처럼 대충하지 않았으니, 몽직은 반드시 살아날 것이라고 생각했다. 듣자니 다친 지 여러 날 되었는데도 마땅한 약이 없는 것에 당황하기에, 침착하게 약을 쓰게 하고 상황을 보아 돌봐 주려 세 번이나 어둠을 타고 다녀왔다. 몸을 어루만지며 손을 잡아 주고 돌아왔는데, 이레 만에 끝내 일어나지 못하고 말았다. 다시 이레가 지나 상여가 고향으로 돌아갔다. 나는 상례를 지키고 있기에 조문하지는 못하고 대신 글을 지어 조전(祖奠)에 쓸 수 있게 하려고 했다. 하지만 그때 한식(寒食)을 만나 어머니 무덤의 묘막에서 떼를 입히고 돌아왔으니, 거듭 슬픔이 밀려왔을 뿐만 아니라 다른 일은 생각할 겨를이 없었다. 3월 이후로 날마다 일에 치여 붓을 잡고 종이를 펼칠 만한 여력이 없어 초안을 잡지 못했다. 이제 몽직의 장례일도 벌써 지났는데, 아직까지 한마디 말로 그 연고를 드러내지 못했으니, 마치 평소에 알지 못하는 사람같이 되어 버렸다. 부끄럽고 서럽기 그지없다.

일찍이 증자는 모친상 중에 제수를 갖추어 친구 자장을 곡하여 이르기를 "내가 조문하노라"라고 했다.[4] 지금 나는 몽직에게 말하기를 "조문하지 못하노라"라고 하니, 몽직이 이 사실을 안다면 어떻게 생각할 것인가? 이제 듣건대 몽직을 아는 한두 사람이 모두 글을 지어 몽직을 조문했다고 한다. 나 또한 사람을 사서 입으로 불러 하고 싶은 말을 받아 적게 한 것이 이와 같다. 복상 중의 사람은 남의 제사에 참여하지 못하니, 이 글을 제문이라 할 수 없어 스스로 편지글에 견주었다. 글의 차례를 돌볼 겨를이 없었으니, 영령께서 아신다면 이러한 사정을 살피소서.

---

4. **일찍이~했다** 『예기』(禮記) 「단궁」(檀弓)에 보인다. 증자가 어머니 상 중에 있었는데도 자장이 죽자 조문을 갔다. 자장은 친구이므로 상제로서 무거운 상복을 입었더라도 조문해도 괜찮다고 했다.

장인 이관상 공 제문[1] 祭外舅李公文

경인년(1770) 겨울 10월 정축일 셋째 사위 밀양 박제가는 삼가 향을 사르고 술을 따라 닭 벼슬 피로 띠풀을 적신[2] 뒤, 장인 고 절도사 이공의 널에 두 번 절하고 아뢰나이다.

오호라, 세상에서 장인과 사위의 관계가 무료해진 지 오래입니다. 속인들은 오히려 자기 사위를 자랑할 줄 알고, 또한 사위는 장인에게서 아낌을 받습니다. 하지만 아끼는 것은 알아줌이 되기에 부족하고, 자랑하는 것은 영예로움이 되기에 충분치 않습니다. 장인과 사위의 이름은 있지만 장인과 사위의 즐거움은 없습니다. 대저 장인이 사위를 보면 반드시 으레 무슨 책을 읽느냐고 묻습니다. 사위는 보통 사양하여 "불민하와 일찍이 독

---

1. **장인 이관상 공 제문** 규장각본 『정유각문집』을 저본으로 하여 민족문화추진회에서 편한 『정유각집』에는 실려 있지만, 일본정가당문고본을 저본으로 하여 이우성이 편한 『초정전서』에는 실려 있지 않다.
2. **닭~적신** 원문은 관모(灌茅). 한나라 때 곽태(郭泰)가 모친상을 당했을 때 어떤 유생이 닭벼슬에서 피를 내어 띠풀 묶음에 뿌린 일에서 유래한다. 장례식장의 사람들 모두 그 행위의 뜻을 이해하지 못했다. 이에 곽태가 설명하기를, 닭은 평범한 동물이지만 오덕(五德)을 갖추었고 띠풀도 흔한 풀이지만 무성하게 퍼져 잘 자라나는 것이니, 어머니의 일생이 평범해보이지만 많은 덕을 갖추었고, 또 그 덕이 후손 대대로 유구하게 전승되기를 바라는 마음을 담은 것이라고 하였다.

서에 종사하지 못하고 있습니다" 라고 대답합니다. 장인이 다시금 대뜸 "노력해야 하네."라고 하면, 사위는 통상 "네네."하고 대답합니다. 입으로 말하지는 않아도 속으로는 이미 삐죽거리니, 이것은 다른 것이 아니라, 사위와 장인의 즐거움을 알지 못하기 때문입니다. 무릇 장인과 사위의 즐거움이란 그 귀함이 서로의 마음을 알아줌에 있으니, 딸의 지아비요 아내의 아비인 까닭에만 있지 않습니다. 대저 서로의 마음을 알아주지 않으면서 오히려 또 사위니 장인이니 하고 말하며 그 집을 드나드는 것은, 규방 안의 의식(衣食)의 받듦을 편안하게 여기는 것에 지나지 않으니, 그 무료함이 심하다 하겠습니다.

비록 그러나 그 지어미를 맞이하는 날, 기러기를 든 자가 앞장서 가면 따르는 이가 골목을 메우고, 맞이하는 사람들로 길이 가득합니다. 의복과 안장 얹은 말과 병풍과 초례상 및 각종 그릇 들은 모두 금빛 은빛의 채색으로 꾸몄습니다. 이끌어 마루로 오르게 하면 사위는 장인에게 절을 올립니다. 장인은 사위에게 눈길을 주는데 먹지 않아도 배가 부릅니다. 좌우를 둘러봐도 아쉬운 것 하나 없습니다. 물 흐르듯 베풀어 주어 오히려 다 받지 못할까 염려할 정도입니다. 한마디라도 입에서 나오면 어기는 자가 없습니다. 이것은 무슨 힘입니까. 모두 장인이 아끼므로 그런 것입니다. 하지만 막상 장인의 부고를 듣게 되면 부끄러워 눈물도 흘리지 않고, 날이 저물지 않아 그날로 와서 조문을 합니다. 곡은 세 번 소리 내는 데 지나지 않습니다. 제삿날에는 고기도 먼저 먹습니다. 시속에서는 자기와 관계없는 것을 헐뜯어 '장인의 시마(緦麻)'[3]라고 까지 말합니다. 이는 살아서는 그 아낌을 독차지 해놓고, 죽어서는 그 의리를 잊는 것이니, 또 어찌 이다지도 무료하단 말입니까!

---

3. **장인의 시마** 시마(緦麻)는 상복의 일종인데, 다섯 가지 복제 중에서 가장 비중이 가벼운 것이다. 일상의 의례 중에서 장인의 상례가 가장 경시되었음을 의미한다.

오호라, 저와 공의 사이는, 같지 않은 것으로 따지면 무(武)와 문(文)이 다르고, 오래 되기로는 고작 세 해 뿐이며, 곁에서 모신 것은 일찍이 열흘도 되지 않습니다. 하지만 공께서는 묵묵히 저를 아껴주셨고, 저는 홀로 묵묵히 공을 알았습니다. 살아서는 참으로 기뻐하였고, 돌아가시매 진정으로 슬퍼하는 것은 어째서입니까? 사람은 진실로 한번 보고 아는 사람이 있고, 전혀 다른데도 더욱 뜻 맞는 사람이 있으며, 한 가지 일로 일생토록 잊지 못하는 사람이 있습니다.

아아, 저는 우활한 선비입니다. 키는 일곱 자가 채 못 되고, 이름은 마을 문 밖을 나가지 못했습니다. 공께서 한번 보시고 딸을 아내로 주시었으니, 풍류와 기개가 마치 벗을 맺음과 같았습니다. 제가 깔깔대며 웃으면 공께서는 제 속을 헤아리시어 우스개로 여기지 않으셨습니다. 제가 혼곤히 잠이 들면 공께서는 제게 그럴 만한 일이 있음을 아시고 게으르다고 여기지 않으셨습니다. 공께선 제가 눈 오는 날 벗을 찾아가 밤새도록 돌아오지 않거나, 부서진 집의 종이창으로 별 빛이 몸에 비치고, 새벽에 일어나 벽을 긁으면 얼음이 녹아 손톱에 가득하며, 주인의 이불이 누워도 정강이를 가리지 못건만, 침상을 나란히 하여 잠자면서 시를 읊조리고 노래하기를 그만 두지 않는 것을 보시고는, 그 병통을 근심할지언정 그 즐거움을 알아주셨습니다. 공께서는, 제가 객사에서 글을 읽는데 밤낮으로 더위에 푹푹 쪄서, 누워 토상(土牀)을 보면 모기·파리·벼룩·빈대가 온몸에 들끓고, 우러러 집의 들보를 보면 거미줄이 휘날려 연기와 함께 매달려 있으며, 초저녁에 밥을 지으면 수저는 구부러지고 밥그릇은 작은데, 한번 씹을 때마다 돌이 하나씩 나오고 보리겨가 뺨 안에서 까끌대며, 소금물에 절인 생부추는 길이가 들쭉날쭉한데, 이런 데서 한달 남짓 지내면서도 아무렇지도 않은 듯 지낸다는 말을 들으시고는, 일찍이 그 괴로움을 안타까이 여기셨어도 그 참을성만큼은 알아주셨습니다.

공께서는 일찍이 이렇게 말씀하셨지요. "갓은 굳이 좋은 것을 가릴 것

없다. 검고 둥글면 그만이다. 신도 꼭 장식할 필요 없다. 삼태기만 아니면 끌고 다닐 뿐이다." 제가 일어나 대답했었지요. "그렇다면 저는 너무 불우합니다. 제 마음은 언제나 침향목과 단목으로 저를 조각하고 색실로 저를 수놓아 열 겹으로 싸서 간직하여 길이 후세에 전해 사람마다 보게 하고 싶습니다. 저는 산수와 구름 안개가 아름다운 것과 꽃나무와 새 깃의 어여쁜 것을 보면 문득 기뻐 아끼면서 저도 또한 그렇게 되고 싶습니다. 대저 제가 오늘날 아무것도 없는 텅빈 집에서 소쿠리 밥에 표주박 물 마시며 헤진 솜옷을 입고 살면서도 마치 그 좋고 나쁜 것을 알지 못하는 듯 지내는 것이 어찌 본마음이겠습니까? 다만 알아주는 자를 만나지 못한 것일 뿐입니다." 공께서는 혀를 차며 말씀하셨지요. "이 아이의 가슴 속이 이처럼 사치스러운 줄은 몰랐구나." 대저 공께서 말씀하신 바를 제가 굳이 말하지 않았고, 제가 행한 것을 공께서 기필하지도 않으셨습니다. 하지만 남에게 화낼 일도 제게는 웃고 넘기셨고, 남에게 꾸미셔 하신 것도 제게는 참으로 대하셨으니, 대개 속마음으로 서로 느껴 각자 하지 않는 바가 있음을 알았던 것일 뿐입니다.

오호라, 제가 공의 사위가 된 지 이틀 째 되던 날이었습니다. 공께서는 달빛을 타고 나가시어 우물 난간 동편에 지팡이를 세워두고 말 씻기는 것을 구경하셨지요. 제가 청하여 "끌고 가서 타볼 수 있겠는지요?" 하자, 공께서는 즉시 허락하셨습니다. 종놈을 돌아보며 서둘러 안장을 얹으라 하시고는 가고 싶은 데로 가보라 하셨습니다. 제가 급히 말리며 말했습니다. "안장은 왜 합니까? 제가 갈기를 잡아 쥐고 등에 가로로 걸터앉아 채찍을 한번 울리면 말이 달릴 것입니다." 공께서 놀라 기뻐하시며 혼자 술을 따라 함께 마시고는 제게 경계하여 "밤 늦게까지 돌아다니진 말게."라고 말씀하셨습니다. 이에 종이 검은 옷을 입고 술값을 지닌 채 뒤를 따라왔습니다. 저는 간편한 복장으로 말에 올라 배오개[梨峴]와 시전(市廛)에서 쇠다리[鐵橋]까지 내달려, 백탑(白塔) 북쪽으로 벗을 방문하고, 탑을 한 바퀴 돌아서 나왔습니다. 이때 달빛은 길에 가득하고 꽃나무는 하늘가에 닿았는데, 드문드문한 별빛은 흩어졌더랬지요. 말은 고개를 꺾어 천천히 냄새를 맡으며 제자리를 맴돌며 걸으니, 뻗치는 기운이 발굽을 이기지 못해 다시 갈 곳을 알지 못하였습니다. 돌아와 설풋 잠이 들었는데, 공께서는 취했나 살펴보시더니 와서 제 뺨을 어루만지시고 이불을 덮어주며 제가 눈치 채지 않도록 하셨습니다.

오호라, 지난해에는 저를 데리고 약산의 관아에 머물게 하셨습니다. 저는 오랜 객지 생활에 몸을 빼낼 길이 없어 유희하고 방랑함으로써 공에게 보여드렸었지요. 한번은 나비를 잡으려다 잡지 못하고 잘못 꽃 한 송이를 꺾었더랬습니다. 기생들이 떠들썩거리며, "낭군께서 꽃을 꺾었다"고 하니, 공께서 말씀하셨습니다. "떠들지 말고, 꺾인 꽃을 낭군께 드려라." 제가 앞으로 나아가 웃으니 공께서 말씀하셨습니다. "내가 해를 마치도록 보내지 않고, 네가 꽃을 몇 송이나 꺾는지 보겠다." 오호라, 이제와 생각하면, 이 일은 마침내 다시 볼 수가 없는 것이어서, 그 말씀을 더더욱 잊을 수가 없습니다.

오호라, 지난해에는 공을 따라 철옹성 남문에 올라 술잔을 들고 시를 지었습니다. 이날은 중추절이라 들판엔 남은 벼가 있었습니다. 공께서는 산천이 아득하고, 기러기는 높이 날고, 시골집의 울타리가 저물어가며, 소와 말이 오가고, 제사 지내는 여인네들이 머리에 이고 등에 진 것을 보시고는, 난간에 기대어 먼 눈길을 주시며 동쪽으로 서울을 바라보시고는 서글피 오래도록 즐거워하지 않으셨지요. 그리고는 말씀하셨지요. "맡은 일이 분주하다 보니, 성묘를 못한 지가 4년이나 되었구나." 제가 빗대어 말씀드렸지요. "장인어른, 저를 보십시오. 허리 아래 인끈이 있습니까? 저 같으면 툴툴 털고 돌아갈 뿐입니다. 누가 말리겠습니까?" 공께서 해명하셨습니다. "이 인끈이 어찌 내가 하고자 하는 것이겠는가? 이미 나라에 몸을 허락하였으니, 의리상 사양할 수가 없는 것이지."

오호라, 공의 마음이 어찌 일찍이 인끈 하나를 가지고 구차하게 남에게 향하는 바 되어 이를 구한 것이겠습니까? 대개 절로 이르매 그 힘을 다한 것일 뿐입니다. 날마다 밤 깊어 등심지가 다하면 홀로 저를 불러 앉히시고는, 때로 젊은 시절 전원에서 한가롭게 지내시던 일을 말씀해 주시곤 하셨지요. 그러면 문득 뜻이 내달려 가는 것만 같아, 자질(子姪)들과 함께 벼슬을 버리고 고향으로 돌아가 밭 갈고 김매는 것을 가르치고, 섣달에는 말술로 이웃들을 모아 오리를 사냥하고 고기를 낚으면서 남은 해를 마치려 하셨을 뿐입니다. 그러다가 다시금 강개하여 탄식하시면서 늙어 가는 것을 마음 아파하셨고, 혹 하신 말씀을 다시 이룰 수 없게 될까 염려하셨지요. 제가 술잔을 끌어 술을 올리면, 조금 있다가 슬픈 소리로 『이소』(離騷)의 노래를 외우시며 술자리의 생각을 쓸어 버리셨으니, 안색을 바꿔 자리를 들썩이며 몇 줄기 눈물을 흘리시지 않은 적이 없었습니다. 집 식구와 좌우에서 모시던 이들도 전혀 알지 못했습니다.

오호라, 지난 해 공께서 서쪽에 머물러 계실 때였습니다. 저는 9월에 태백산에 들어가 단풍 든 나무와 시내 바위를 구경하고 여러 절간을 다니다가 열흘 만에 돌아왔었지요. 공께서 물으셨습니다. "산에 들어가 무엇을 했는고?" "불경을 읽었습니다." 공은 웃으며 말씀하셨지요. "늙마에 힘들게 되면 가서 딸 사위와 함께 부처나 배워야겠구나." 이때 제가 자주 돌아가기를 청했지만 공께서는 굳이 제가 떠나는 것을 몹시 힘써 만류하셨지요. 그래서 제가 말씀드렸습니다. "부처 믿는 사위야 쓸모가 없으니 쫓아내 보내버리는 것만 못하실 겁니다." 아, 이제와 생각해보니, 조금만 더 머물렀더라면 이제껏 공과 더불어 서로 처음과 끝을 함께 할 수 있었을 것입니다.

오호라, 공께서는 사람됨이 겉꾸미지 않으셨으니, 진짜와 비슷하게 구는 가짜를 보면 짐짓 꾸짖으셨습니다. 당시에는 세상이 모두 안일에 젖어 떨치지 못하였는지라 문식(文飾)이 날로 승하였으니, 비록 무인이라 해도 기절을 가지고 감히 하지 못함이 마치 서생과 다름없었습니다. 공께서는 홀로 말씀하셨지요. "이는 모두 이리저리 눈치나 보며 나라 일에 힘쓰지 않는 자들이다. 나는 무인이니, 문장은 내 일이 아니다." 조정에 선 지 30년에 한 사람도 공을 아는 자가 없었습니다. 공께서는 골계로 물리치고, 세상을 희롱하는 것으로 한 세상을 건너가셨습니다. 이에 세상에서는 모두들 광사(狂士)로 지목하였고, 공 또한 스스로를 광사라 하셨지요. 지난날 제가 일찍이 공에게서 이것으로 설(說)을 지으라는 부탁을 받았으나 사양한 적이 있습니다. 공께서 말씀하셨지요. "사양하는 까닭이 사위가 되어 미친 것으로 장인에게 덮씌울 수가 없어 그런 것인가? 그 글만 취하고, 사위임을 잊는다면 괜찮을 걸세." 제 글이 완성되기도 전에 공께서는 세상을 떠나셨습니다.

오호라, 공께서 저에게 부탁하셨던 것은 공의 광(狂)을 저만큼 잘 아는 이가 없다고 여기셨기 때문입니다. 대저 광(狂)에는 너무 맑아서 미친 것처럼 보이는 청광(淸狂)과 세상의 혐의를 피하기 위해 거짓 미친 양광(佯狂)이 있습니다. 술에 미친 사람도 있고, 병으로 미친 사람도 있으며, 광견(狂狷)[4]의 광(狂)도 있습니다. 공께서는 어떤 광(狂)에 속하시렵니까? 사방 자리에 있는 사람이 모두 취하였는데, 멀쩡한 이를 가리켜 취했다 하면 취하지 않았다고 우길수록 더욱 더 취한 사람이 될 것입니다. 취한 사람은 많고, 안 취한 사람은 적고 보면 어찌 능히 스스로 변명하겠습니까? 저 술 취하지 않은 사람은 답답하여 미칠 것만 같아서 술 취한 자들과 사절하지 않을 수 없을 것입니다. 오호라, 공의 광(狂)은 스스로 밝힐 수 없어 생긴 것입니까?

---

4. **광견** 광(狂)은 뜻이 너무 커서 행동으로 다 옮기지 못함을, 견(狷)은 행동으로 굳게 준신하는 것을 의미한다. 『논어』, 「자로」에 나오는 바, 공자가 "중도를 행하는 사람을 얻어 함께 하지 못하면 광자(狂者)이나 견자(狷者)와 함께 하리라."(不得中行而與之, 必也狂狷乎!)고 한 말에서 유래한다.

옛날에 얼굴을 씻지 않고 대야의 물을 마셔버린 자가 있었습니다. 그의 벗이 이를 조롱하며 크게 미쳤다고 여겼지요. 그 사람이 말했습니다. "남들은 겉을 씻고 나는 안을 씻은 것일세." 오호라, 공의 광(狂)은 안을 씻는 그런 부류입니까? 마음에 있어 미치지 않았고, 일에 있어서도 미치지 않았으며, 알아주는 자에게도 미치지 않았습니다. 유독 알아주지 않는 자에게만 미쳤던 것이니, 아아 공의 광(狂)은 알아주는 자를 만나지 못해서였던 것입니까? 썩은 유자들이 경전의 장구(章句)를 가지고 활과 화살을 모욕하고, 무인이라고 공을 비웃고 광(狂)으로 공을 조롱하면, 공 또한 광(狂)으로써 이를 대우하여 더욱 광망하여졌으니, 아아 공의 광이 어찌 성품으로 유자를 좋아하지 않아서 그랬던 것이겠습니까? 다만 속된 유자를 좋아하지 않음이 저와 같았을 뿐입니다.

여기 한 사람이 있어, 단정하게 지내며 외출하지 않고, 도서(圖書)를 곁에 두고 종일 바둑을 둡니다. 남들은 한가하다고 말하지만, 속은 실로 돈내기 생각뿐입니다. 공께서 그 판을 가만히 보시고는 미친 짓이라고 쓸어버리셨습니다. 여기 어떤 사람이 있어 백주 대낮에 부처가 되겠다면서 먹지 않고 살고, 말하지 않고 앉아 있다가, 불빛을 숨겨 빛을 발하고, 밤중에 몰래 고기를 뜯어 먹으니, 공께서는 그 요사스러움을 헤아려 보시고는 미친놈이라며 때리셨습니다. 오호라, 사람이 한가롭게 지내며 선하지 아니하여 못하는 짓이 없으면서 슬쩍 남을 속여먹고 스스로 계책을 얻었다고 여기는 자가 공의 광(狂)에 간파 당하지 않는 자가 드물었습니다.

오호라, 죽는 것은 잊는 것이니, 잊으면 정도 없습니다. 죽는 것은 깨달음이니, 깨달으면 후회도 없습니다. 죽음으로 죽음을 본다면 어찌 일찍이 이를 일러 슬프다 하겠습니까? 하지만 종일 술잔을 올려도 어찌 일찍이 한 잔인들 마실 것이며, 종일 관을 어루만진들 어찌 한마디라도 하시겠습니까? 슬퍼해도 알지 못하시니, 곡은 또한 어찌 하리이까? 허나 삶으로 죽음을 생각하면 마음이 답답해져서 다시금 곡하지 않을 수가 없습니다.

아아, 제가 곡하는 것은 다만 사위가 장인을 슬퍼함이 아닙니다. 대개 공에게 지기(知己)의 느낌이 있어서입니다. 아아 슬프도다. 상향!

대신 지은 장인의 제문 代人祭外舅文

　　모년 모월 모일, 사위 아무개는 장인 아무개 공의 영전에 제사를 지내며 아룁니다. 아! 사람이 살아가며 부형과 스승을 제외하고, 항상 가까이 지내면서 의지하는 사람은 장인입니다. 그러므로 평소에 말투와 몸가짐의 법도나 기질과 취향 등에서 왕왕 장인을 닮는 자가 많습니다. 이것이 어찌 어려서부터 총애를 독차지하고 은혜를 입음이 너무 깊어, 모르는 새 저절로 물들고 몸에 배서 그런 것이 아니겠습니까? 그럼에도 오히려 처가에 박절하여 살아 계실 때에 공경을 다하지 않고, 돌아가셔서는 정성을 다하지 않는 것은 의리를 저버리고 풍속을 해치는 행위이니, 어찌 도리라 하겠습니까?

　　아! 사람들은 일상에서 집 안에 들면 부부의 의가 중요하고 집을 나서면 사위와 장인의 관계가 소중합니다. 이것은 사람마다 다 그런 것이지만, 제 경우를 생각해 보면 천하에 특별한 일이라서 오늘날 다시 얻기 힘든 것입니다. 아아! 제가 공의 사위가 된 지 십여 년에 장모님의 상이 있었고, 이듬해 봄에 아내가 죽었으니, 대개 여자자(女子子)[1]로서 상을 마치지도 못

---

1. **여자자**　딸자식이 죽어 그 아버지가 상을 주관할 때 '여자자신주'(女子子神主)라 한다.

했는데, 공께서 다시 돌아가셨습니다. 아! 은혜는 이로부터 끊어지고 인연이 이로부터 덧없게 되었습니다. 세월이 오래지 않은 것이 아니요, 지나간 일이 많지 않은 것이 아니니, 다시 어찌 그렇게 지나가 버린 것은 쉽고 남아 있는 것은 적단 말입니까?

아아! 늙고 죽는 이치를 후생이 어찌 알 수 있겠습니까? 아내가 죽은 뒤로 장인을 뵈면 슬픔이 일었습니다. 슬펐던 것은 문득 한순간에 생사가 어긋났기 때문입니다. 아내가 죽은 뒤로 장인을 뵈면 기뻤으니 완연히 옛 모습 그대로였기 때문입니다. 장인을 뵙고 슬퍼함에 외려 그 모습이 있었지만, 장인도 이제 돌아가셨으니, 슬퍼할 데가 없습니다. 슬퍼하려고 해도 슬퍼할 곳이 없는 까닭에 슬픔은 더욱 커집니다. 눈물은 가슴을 적시되 꼭 눈에 흐르는 것은 아닙니다. 저는 이 글을 지으면서도 곡을 하지는 않지만 마음은 아프기 그지없습니다. 아아!

이사경의 제문 祭李士敬文

계사년(1773) 8월 말에 초정 박제가는 창라(蒼蘿) 이사경(李士敬)의 관 앞에서 통곡하며 말하노라.

슬프다 사경이여	哀哉士敬
표연히 멀리 갔네.	飄然遠去
그 오랜 세월 동안	日月其久
누가 살던 곳이던가?	云誰之處
책 거문고 붓과 벼루	琴書筆硏
예전 그대 즐기던 것,	子昔所嬉
어이 가져가지 않고	胡不將去
여기 이리 버려됐나?	棄寘于玆
예전 방에 있을 적에	昔在其室
찡그리고 웃었는데,	伊笑伊顰
그 모습 이제 봐도	鑑其毫髮
참 아니라 뉘 말하랴.	孰云非眞
홀연히 저승 가니	忽焉歸空

꿈인가 생시인가?	如夢斯寤
하루살이 인생이니	蜉蝣之生
덧없기는 한가지라.	以酉悲午
그 옛날 옛 벗들은	昔之故舊
벗이라고 불러 보고,	猶呼爲友
예전의 친척들은	昔之親戚
친척이라 부르누나.	猶呼親戚
나무를 불러 보고	呼木爲木
바위를 불러 본들,	呼石爲石
정이 통치 아니하니	情旣不屬
저가 어찌 알겠는가?	詎能相識
예전 내가 예 왔을 젠	昔我來斯
그 목소리 종을 치듯	如聲在敲
두드리면 응답하여	觸之則應
어김이 없었다네.	不錯絲毫
지금 내가 여길 오매	今我來斯
그림자가 그늘 들 듯,	如影就陰
방황하여 둘러봐도	徊徨自顧
찾을 곳 모르겠네.	不知所尋
슬프다 사경이여!	哀哉士敬
시 짓기를 좋아하여	昔好爲詩
약관에 시가 천 편	弱冠千篇
읊느라 여위었지.	以吟而羸
그 의론 몹시 높아	其論甚高
잗단 것 일삼지 아니했네.	不事卑卑
당시(唐詩) 높여 송시(宋詩) 내쳐	尊唐黜宋

엄한 말로 배척했지. 呵斥嚴辭

그대에게 내 말했네. 余謂子言

"그리하지 마시게나. 毋爾之爲

시라는 저 물건은 詩之爲物

정한 실체 본시 없네. 本無定體

좋아함이 치우치면 其嗜有偏

좋은 것도 막히는 법." 雖善猶滯

그댄 내게 말했었지. 子謂余言

"기이한 것 좋아 말게. 無惑乎奇

기이함은 불길한 것, 過奇不祥

시운(時運)이 쇠함일세." 時運之衰

그대에게 내 말했네. 余謂子言

"뱉은 말은 못 담는 법. 駟舌莫追

글에는 본심 없어 文無本心

흐르는 물과 같아, 如水流行

땅에 따라 물결 일 뿐 隨地淪漪

평범 기이 따로 없네. 孰奇孰平

조잘대는 새 울음이 鳥之嚶嚶

꾸민 소리 아닌 게고, 非爲音聲

톡톡 뛰는 벌레 몸짓 蟲之趯趯

꾸민 모습 아닌 것을. 非爲容飾

슬프니 곡을 할 뿐 哀之而哭

어이 미리 얽어 둘까? 寧有宿構

가려우니 긁는 게지 癢至而搔

긁고 말고 선택할까? 焉擇去就

동인(東人)이 멍청하여 東人鹵莽

손 있어도 쓰지 못해,	有手莫措
그 정신 움츠린 채	委厥神精
진흙 인형 흉내 내네.	傚彼泥塑
시는 산 것 좋아하니	詩不厭活
쟁반 위 수은 같고,	如汞走盤
시는 새 것 좋아하니	詩不厭新
물감이 산(酸) 만난 듯.	如染遇酸
선입견 고집 말고	毋固先入
세속 흔듦 두려워 말게.	毋畏俗撓
항상 홀로 깨어 있어	常自惺惺
묘함 잃지 말아야지."	毋失其妙
슬프다 사경이여!	哀哉士敬
지난해 여름 가을	在昨秋夏
그대 시 크게 변해	其詩大變
남 욕해도 난 기뻤지.	人誚我賀
그대에게 내 말했네.	余謂子言
"시는 마음속에 있어	詩存乎心
신령스런 작용이라	是心之靈
고금이 따로 없네.	無古無今
당송(唐宋)이니 원명(元明)이니,	唐宋元明
지나간 얘기일 뿐,	過去之簿
산천초목 모든 것이	山川草木
글자 없는 시구라네."	不字之句
그대 처음 의심타가	子初驚疑
홀연 환히 웃었지.	忽笑以粲
마음으로 허락하니	心旣見許

삶과 죽음 차이 없다.　　　　　死生奚間

내가 이 글 지어서　　　　　我有斯文

그댈 위해 읽어 주고,　　　　　爲子而讀

내가 이 술 가저다가　　　　　我有斯酒

그댈 위해 따르누나.　　　　　爲子而酌

하늘 끝에 바람 불어　　　　　天末其風

소슬히 오싹한데,　　　　　瑟然以寒

먼 데 생각 정 모으니　　　　　凝情邈想

그대 넋이 돌아온 듯.　　　　　尙疑其還

슬프다 사경이여!　　　　　哀哉士敬

살아 그 글 불에 태워,　　　　　生焚其藁

열에 하나 남았으나　　　　　存一於十

훗날 살핌 기다리세.　　　　　庶俟後考

심씨 집안에 시집간 외사촌 누이의 제문 祭沈外姊文

　　모년 모월 모일, 내제(內弟) 박제가는 삼가 술과 과일을 차려 놓고 유인 광주 이씨의 혼령에 곡하며 아룁니다. 아아! 부모님이 아니 계시면 바깥일은 여러 삼촌께, 집안일은 여러 고모님께 여쭙는다고 합니다. 큰누님께서 이같이 일을 처리하지 않으심이 없었던 것은 또 말해 무엇 하겠습니까?

　　저는 불행히도 늦둥이로 태어나 일찍 아버지를 여의었습니다. 선친의 만년 일을 말하려 해도 능히 다 알지를 못하는데, 하물며 할아버지와 큰아버지 시절의 일을 어찌 알겠습니까? 유인은 제가 좇아 모시던 분 중 가장 어른이셨고 현명하셨습니다. 제 나이 십여 세 때에 선친의 의복을 가지고서 도성 남쪽 집에 가서 뵌 적이 있습니다. 그때 머리를 쓰다듬고 떡과 엿을 주시며 저에게 옛 일을 말씀해 주셨는데, 이야기를 그치려 하지 않으셨습니다. 용모나 성품의 기이함, 의복과 제사의 법식, 결혼이나 족보의 근원, 벼슬이나 월일의 상세함 등에 있어서는 간혹 비지문(碑誌文)이나 기문(記聞) 등에 없는 것도 얻어 들을 수 있었습니다. 제가 이때에 어려서 다 알아듣지는 못했습니다.

　　얼마 안 있어 유인께서는 남녘의 남포(藍浦)[1]로 이사를 가셨고 저 또한 쓸쓸히 여러 차례 옮겨 다녔으니, 소식은 1년에 겨우 한 번 정도 이르렀습니다. 20년 세월을 보내는 사이, 옛날 젖먹이들은 상투를 틀고 자식을 보았고, 그때의 청년들은 어느새 머리털이 하얗게 새어 가고 있습니다. 유인께서는 끝내 저를 한 번도 보지 못했으니, 인생사의 변화가 이와 같고 헤어져 지낸 지 오래라는 사실을 알 수 있습니다.

계사년(1773)에 저는 홀어머니를 여의었고 기해년(1779)에는 임금의 은총을 입어 내각에 뽑히어 들어갔습니다. 이때 유인께서 편지를 보내셨는데, 대략 "벼슬에 나아감이 귀한 것이 아니고, 뜻을 이루고 몸을 세우는 것이 기쁜 것이네. 힘써 끝까지 청렴하고 삼가서 집안의 명성을 떨어뜨리지 말게"라고 당부했습니다. 이때에 유인의 연세는 거의 일흔에 가까웠는데, 검은 머리칼이 하나도 없다고 들었지만, 써 보내신 뜻이 단단하고 굳세기가 오히려 평소와 같았습니다.

금년 봄 제가 각함(閣銜)[2]의 직위를 지니고 충청도 고을을 맡아 다스리게 되었습니다. 남포와는 이웃 고을이어서 가까운 날 얼굴을 뵈올 것을 생각하고 다행스레 여겼습니다. 저는 그때 집안 대대로 전해 오는 옛일들을 찬술했는데, 선대의 일들을 알 수 있어서 기뻤습니다. 안부를 여쭌 편지의 답신이 돌연 격세의 부고가 되고 보내 주신 물품을 제기[3]에 진설하게 될 줄 그 누가 알았겠습니까. 여사(女史)께서 돌아가신 것[4]을 애도하고 전형을 의탁할 길이 없음을 통곡합니다.

오늘 이후로는 비록 이야기하며 베푸시던 가르침을 다시 듣고,[5] 임하

---

1. **남포** 충청남도 보령군 남포면 지역에 있던 현의 명칭이다.
2. **각함** 조선 후기의 규장각 등에 소속된 관원을 말한다.
3. **제기** 원문은 명기(明器). 죽은 사람을 장사 지낼 때에 망인(亡人)이 생시에 쓰던 것을 비슷하게 만들어 무덤에 넣어 주던 물건을 말한다.
4. **돌아가신 것** 원문은 운망(云亡). 임금을 훌륭히 보좌할 현인이 없어 나라가 위태롭게 된 것을 말한다. 『시경』「첨앙」(瞻卬)에 보인다.

의 풍채를 가까이하고자 해도 어찌 얻을 수 있겠습니까? 도성 남쪽 집의 나무들은 한 아름으로 자랐고 예전 계집종과 노인들은 한 명도 살아 있지 않으니, 이곳을 한 번 지날 때마다 비 오듯 눈물이 흐르고 서성거리며 떠나지를 못합니다. 하물며 오늘 무덤 앞의 석물[6]을 몸소 대하고 묘소의 봉분을 바라보며 그 자손들을 애도하고 있음이겠습니까? 아아! 새 무덤의 흙은 아직 마르지 않았는데, 그 음성 그 모습 영원히 막히었으니 비록 벼슬길에 여러 번 이곳에 온다 해도 또 누구를 보러 다시 오겠습니까. 붓을 잡고 한번 통곡하니 샘물처럼 눈물이 솟습니다. 아아! 슬픕니다. 상향.

---

5. **비록~듣고**   원문은 수욕복청위문지훈(雖欲復聽闈門之訓). 위문(闈門)은 침문(寢門)을 반쯤만 여는 것이다. 춘추시대 노(魯)나라 공보문백(公父文伯)의 어머니는 계강자(季康子)의 종조숙모(從祖叔母)였는데, 계강자가 찾아가면 그녀가 침문을 반쯤만 열고서 그와 얘기를 나누고 서로 문턱을 넘지 않았던 데서 유래하였다. 『국어』(國語) 「노어」(魯語)에 보인다. 여기서는 서로 예의를 지키며 가르침을 받은 것을 이야기한 것으로 보인다.

6. **무덤 앞의 석물**   원문은 상설(象設). 상설은 무덤 앞에 사람이나 짐승의 형상을 본떠 만든 석물을 가리킨다.

인척 정기호의 제문 祭鄭戚器瑚文

갑진년(1784) 8월 계묘일, 밀양 박제가는 소주와 구운 닭고기를 갖추어 동래 정공의 장례식에 와서 글을 지어 제사 지내며 아룁니다. 공은 책을 끼고 장사를 했으며 소를 기르는 선비였습니다. 몸소 농사지으며 부모를 섬겼으니 어디에도 부끄럽지 않았습니다. 낯빛에 가난한 티를 내지 않았고, 이야기를 나누면 지루하지 않았습니다. 많은 사람을 겪어 보았지만 이러한 데서 참으로 느낌이 많았습니다. 역정(驛亭) 동쪽의 안개 낀 숲이 바라보이는 거친 냇가 띳집에 물을 건너 찾아가곤 했습니다. 공의 할머니는 돌아가신 우리 어머니의 당고모였으니, 그 관계가 비록 가깝기도 했지만 만난 뒤로는 더욱 친근해졌습니다. 지난해 이달 과일을 싸 보내 주셨는데, 이제야 와서 공을 위해 통곡합니다. 가을 열매는 주렁주렁 매달렸으니, 언덕에 올라 멀리 보며 탄식합니다. 그 의지할 데 없음을 생각하고 새 무덤에 세 번 술을 뿌립니다. 아시는지요 모르시는지요. 아아! 슬픕니다. 상향.

사간 김복휴[1]의 제문 祭金司諫復休文

모년 모월, 제자 박제가는 약간의 음식을 갖추어 놓고 사간 김공의 영전에 곡하며 아룁니다. 옛날 제가 어릴 적에 공께서는 이웃집에 사셨습니다. 그저 이웃이 아니라 집안끼리의 혼인으로 대대로 돈독했습니다. 공께서는 자주 우리 집에 가족들과 함께 와 밥을 드셨으니, 노복들은 주인과 다름없이 생각하고 아이들은 스승과 같다고 여겼습니다. 옛날 제가 아버님을 여의고는 공의 사랑을 듬뿍 받았습니다. 어리석다 나무라지 않으시고 모르는 게 있으면 잘 이끌어 주셨습니다. 그 후 떨어지거나 멀리 살기도 하였으니 늘 문하에 있지는 못하였습니다. 서른 살이 되시도록 슬픈 일은 많고 기쁜 일은 적었는데, 제가 이를 갈 무렵 공께서 과거에 급제하심을 보았습니다.

저는 나이 들어 장성했지만 공의 행로는 막히고 꼬였습니다. 저 탐욕스런 벼슬아치들은 이익 좇는 일에만 눈이 밝으니, 누구만 못해서 빛이 가려진 것이겠습니까? 지난날 제가 왕명 받들고 한 해에 두 번 연경에 들어

---

1. **김복휴**　1724년생으로 1757년 정시(庭試)에서 을과(乙科)로 합격했다. 자는 명도(明道)이고, 관향은 청풍(淸風)이다.

갈 적에, 공이 마침 집을 얻으려 하시기에 제 집을 비워 오시게 하였습니다. 공께서 저를 맞아 주시리라 생각하면서 옛 추억에 잠겨서 즐거웠지요. 하지만 문에 들어가선 울음을 터뜨렸으니, 공께선 이미 돌아가시어 무덤 속에 드셨습니다. 제 집이니 제가 염을 했어야 마땅한데 예법 또한 짝이 맞지 않았습니다. 수척하게 여윈 손자들, 그 옛날 저처럼 어리더군요. 아늑하게 담장을 둘러친 곳이 공께서 이제 사실 집입니다. 곁에는 밭이 있어 저 사는 집이 분명하건만, 숲에는 옛날 가지가 없고 거리엔 지난날 사람이 없습니다. 제 그림자 돌아보며 한숨 짓는데 서산으로 해는 뉘엿뉘엿 집니다. 돌고 도는 세상사에 가슴이 울렁거리매 마치 나무 구멍을 찾는 것 같습니다.[2] 눈물 콧물 뒤섞여 흘러내리니 어찌 차마 눈 뜨고 볼 수 있겠습니까.

---

2. **마치~같습니다**　『진서』(晉書) 「양호전」(羊祜傳)에 관련 고사가 보인다. 양호가 다섯 살 때 유모(乳母)에게 "내가 가지고 놀던 금반지를 가져오라"고 하자, 유모가 "본시 금반지를 가진 적이 없지 않느냐?"고 하였다. 양호가 곧장 이웃에 사는 이씨(李氏)의 집 뽕나무 구멍으로 가서 금반지를 찾아내자 이씨가 크게 놀라며 "이는 내 죽은 아이가 잃었던 물건이다"라고 하므로, 사람들이 이씨의 죽은 아이는 바로 양호의 전신(前身)이라 했다.

이소 공의 제문 祭李公爐文

유세차 무오년(1798) 4월 26일은 하유재(何有齋) 처사 이공 휘 일(日)의 2주기이다. 하루 전인 기미일에 만생(晩生) 박제가는 때마침 영평(永平)의 임소에 있으면서, 삼가 무잡한 말을 엮어, 벗인 아무개를 시켜 영궤(靈几)의 곁에서 곡하고 이를 고하노라.

아아! 공은 예전 문을 닫아 걸고, 세상의 교만함과 인색함을 병통으로 여기셨네. 뭇 사람 말 횡행해도 공 아니면 그 누구를 믿었겠는가. 학교를 마다하였으니 불모(不毛)를 편히 여김이요,[1] 비단옷을 스승 삼지 않았으니 말세를 공경한 것이라네. 군자는 아양을 잘 떨고, 소인은 아첨을 잘하여, 백성들이 날로 달라지매, 그 누가 편안함을 알겠는가. 길게 생각하고 짧게 노래하니, 아득하기 천년이라. 미친 체하며 머리 풀고서도 후회함 없으셨네. 다만 이 문묵(文墨)만은 산수(山水)의 구역이라, 미간에서 기운 솟자 기쁨을 못 가눴지. 세상을 낮게 할 금비(金篦)와 독서의 열쇠가, 줄줄이 다 나와서 갔다가는 다시 오네. 여러 자식 끌끌하여 계주(薊州)를 문지방 드나들

---

1. **학교를~여김이요** 학교의 원문은 상교(庠膠)이다. 상(庠)은 학교라는 말인데, 주(周)나라 때에는 교상(膠庠)이라 하였다. 이소가 과거에 응시하여 성균관에 들어가지 않은 것을 두고 한 말이다.

듯하고, 나 또한 부족하나 만수절(萬壽節)에 사신 갔네.[2]

구주(九州)의 선비가 잠기기도 하고 드러나기도 하나, 공은 다만 방안에서 향 사르며 웃었다네. 내 집엔 솔 그늘 있어, 푸른빛이 담을 두르니, 공께서 오셔서 휘파람 불면 가을 구름 아득히 어두워졌었지. 내가 임금 은총 입음을 권면하셨고 내 성품이 솔직함을 걱정하셨지. 영욕이 내게 있어도 몸과 같진 않은 법. 메밀국수 고깃국 차려 찾아뵘을 싫어하시니, 모시고서 수저 들고 얘기 나누면 그만이었네. 창옥병과 금수정은 선향(仙鄕)이라 일컬어졌지. 그리워도 볼 수 없어 울음과 눈물만 하염없네. 공께서 세상 뜨시매 오도(吾道) 더욱 외롭구나. 애송이들 제멋대로 뜨거움만 향하누나. 아아, 공이시여! 천 길 절벽 우뚝 서서 푸른 안개 자옥하니 스러질 수 없으리라. 긴 무지개 변하여서 하늘 다리 되소서. 바람 우레 물리쳐서 별자리의 좌우되소서. 저 시끄러운 무리들이 두려워하고 부끄러워하리. 내 알겠네, 공의 마음, 이소(離騷)처럼 어지러움을. 오호 애재라. 상향.

2. **여러~갔네**　이소의 여러 자식들이 중국에 여러 차례 사신 갔고, 박제가 자신 또한 황제의 만수절을 축하하기 위해 연행 길에 올랐던 일을 말한 것이다.

둘째 딸의 제문 祭仲女文

임술년(1802) 5월 6일, 아비가 함경도 종성에 있는지라 아들 장임더러 죽은 딸 윤씨 부인의 신위에 곡하게 하고 이렇게 말하노라. 네가 죽을 때 이 아비는 곁을 지켜 주지 못했고, 장사를 지낼 때에도 이 아비가 돌봐 주지 못했구나. 네 무덤에 풀이 무성하도록 곡하지 못했으니, 무심한 이 아비를 어이하리. 네가 죽은 지 1년 뒤에 너의 시아버지가 불행히도 큰 화에 걸렸으니, 너의 죽음이 어찌 복력(福力)이 아니겠느냐? 너의 시집 노비들이 훔치는 것을 이 아비가 나무란 적이 있었다. 이를 빌미로 이 아비를 무고 하는 바람에 아비 또한 거의 죽을 뻔했지만, 은혜로 북쪽에 유배 오게 되었다. 너의 제삿날이 다시 돌아왔건만 너의 시집이 이리저리 흩어져 사라지고 없다 보니, 제사를 지내 줄 사람도 없을 텐데 소식조차 통하지 않는구나. 이 아비가 아직 집으로 돌아가지 못했지만, 너의 형제들이 모두 있어 한번 곡하게 하노라. 네가 만약 이러한 사실을 안다면 돌아와서 친정 음식을 먹고 굶주리지 말거라. 아, 슬프다.

집안 형님 참지 박도상[1] 공의 제문 祭族從兄參知公〔道翔〕文

  을축년(1805) 3월, 한식 다음 날인 임진일에 각정(角亭) 박공(朴公)을 양
주의 선영에 장례 지냈습니다. 집안 아우 제가는 삼가 술을 갖추어 뿌리
고, 곡을 하며 제수를 올려 아룁니다. 아아! 공은 때에 막혀서도 할 말을
능히 다 하셨고 몸이 편안하더라도 능히 절제하셨으며, 일을 도모함에는
손에 쥔 듯 능숙히 하셨고[2] 문장을 펼침에는 언급하지 않은 것이 없었습니
다.[3] 저 형식적으로 율격이나 맞추는 광대 같은 사람들은 공의 우아하고
법도 있는 문장을 알지 못했고, 고을을 잘 다스린 솜씨[4]는 알려졌지만 공
이 지닌 근원의 덕행은 알지 못했습니다. 집안사람을 사랑하였으나 공의

---

1. **박도상**　1728~1805. 조선 후기의 문신으로 영조 26년(1750)에 진사가 되어 음직으로 도사(都
事)를 지냈고, 1771년 식년 문과에 병과로 급제하여 장령(掌令)이 되었다. 정조 11년(1787) 상소를
올려 학문의 타락, 서원의 병폐 등 9개조의 시폐(時弊)와 그것을 구할 방법을 논하였다. 변려문과
제술(製述)에 뛰어난 재주를 가지고 있어서 영조가 문신들에게 시문을 짓게 할 때 여러 번 1등에
뽑힌 일이 있다.

2. **손에~하셨고**　원문은 여취여휴(如取如携). 자유자재로 편안한 모양을 가리킨다. 『시경』 대아
(大雅) 「판」(板)에 보인다.

3. **언급하시지 않은 것이 없었습니다**　원문은 무언불수(無言不酬). 다양한 분야에 걸쳐 널리 언급함
을 가리킨 말이다. 『시경』 대아 「억」(抑)에 보인다.

드러나지 않은 은택은 몰랐고, 조정에서는 공을 칭송했지만 이용후생으로 나라를 빛낸 것은 알지 못했습니다. 만약 공께서 명말 만력 천계 연간(임진 병자년의 혼란기를 말함)에 처하여 문장과 외교를 담당하는 반열에서 힘을 썼더라면, 오늘날까지 세상 사람들에게 알려진 것이 공훈을 받은 한두 신하의 아래에 있지 않을 줄을 어찌 알겠습니까? 아아! 공께서 돌아가시니 우리 집안은 쓸쓸해졌습니다. 우리 집안은 쓸쓸해졌고 나라 사람들도 또한 반드시 크게 아파하며 통곡할 것입니다. 저는 북쪽으로 유배되었다가 죽지 않고 고향에 뼈를 묻을 수 있게 되었습니다. 감사하게도 무궁한 은혜를 입어 선대의 밭두둑에서 여생을 보내게 되었습니다. 이제 막 공의 뜻을 이어받았는데, 공의 죽음을 맞게 되었으니, 저 염라대왕은 어찌 이리도 야박하단 말입니까? 아아! 풍류는 그쳤고 아름다운 말씀도 끊어졌습니다. 덕을 살피고 업을 묻는 일도 이제는 없어졌습니다. 아아! 한식날 북망산은 예로부터 슬펐건만, 하물며 오늘 선조의 옛터에서 공의 장례를 지켜보고 있음이겠습니까? 아아! 슬픕니다. 상향.

---

4. **고을을 잘 다스린 솜씨** 원문은 군읍지치보(郡邑之治譜). 치보(治譜)는 치현보(治縣譜)의 약칭으로 고을살이가 빼어남을 일컫는다. 남제(南齊) 때 부염(傅琰) 부자가 모두 지방관으로 뛰어난 업적이 있었는데, 사람들이 "부씨(傅氏) 집안에는 고을을 잘 다스리는 비결을 적은 보첩(譜牒)이 있는데, 자손들에게만 전하고 남에게는 보여 주지 않는다"라고 한 데서 유래하였다.

祈雨文

화적연에서 비를 기원하는 글 禾積淵祈雨文

　맑은 기운 빛나니 그 신령 반드시 기이하리라. 넘실대는 화적연에서 우리 근심 전합니다. 어찌하여 올해에는 천재 이리 극심한가. 해충이 겨우 멎자 가뭄 이어 닥쳐왔네. 봄비도 미흡한데 여름까지 이어지니, 뭇 생명과 온갖 곡식 모두 다 시들었네. 백성이야 무슨 잘못 있으리오, 관리들 질책함이 마땅하리. 머리를 조아리고 구해 주길 청하노니, 간절히 바라건대 저버리지 마소서. 백 리에 주룩주룩 한바탕 비를 내려, 한순간에 이 가뭄 해소해 주소서. 정갈한 술과 고기 갖추어 올리나니, 신께서는 거듭 대답 내려 주소서.

백운산에서 비를 기원하는 글 白雲山祈雨文

　영주의 진산은 백운산이로다. 빼어난 정기 머금어 신령하다 알려졌네. 지금에 날 가물어 벼이삭은 불타는 듯. 나라의 신료 체계 신들에도 적용되니, 신 또한 지킴 있어 그 경계 넘지 않네. 목욕재계한 뒤 제사를 지내려 땅을 쓸고 단을 쌓네. 여기 사방 백 리 땅이 이 산에 기대거늘, 어찌 한 번 비를 내려 우리 백성 살리지 않으시나. 가랑비를 북돋우어 성한 기운 토해 내면, 보습 다퉈 나오고 도랑마다 물 흐르리. 그 징조 충만하니 기쁨 벌써 이는도다. 마음을 한데 모아 은덕을 기다리니, 바라건대 잘못됨을 바로잡아 주소서.

上樑文

영변 고마별청[1]의 상량문[2] 寧邊雇馬別廳上樑文

고마의 관아가 설치된 지 오래이니 영변부의 폐단이 된 것이 크도다. 본고(本庫)는 원래 세금으로 거둔 쌀과 돈[3]으로 해마다 정해진 규정에 따라 말 관리에 필요한 비용을 충당했다. 하지만 말의 수는 부족했고, 빌리는 때도 일정치가 않았다. 혹 풍년과 흉년에 상관없이 쓰임이 많아서 창고가 텅 비는 지경에까지 이르렀다. 오늘날 지방관의 시찰[4]이 너무 극심하여 무단으로 백성들의 말을 빼앗아 소란스러울 정도다. 태수인 이관상 공께서

1. **고마별청** 민간의 말을 샀을 주고 징발하는 일을 맡아 보는 관아다. 조선 숙종 때 고마법(雇馬法)의 실시로 사신이나 수령 등 지방관의 교체와 영송(迎送)에 따른 제반 비용을 마련하기 위해 설치하였다.
2. **영변 고마별청의 상량문** 초정은 1768~1769년(19~20세)에 영변부사였던 장인 이관상의 권고를 받아들여 한동안 영변에 머물면서 과거 공부를 했는데, 영변의 철옹성에는 이관상이 말을 기르기 위해 세운 마별청이 있었다. 이 글은 당시에 지은 것이다.
3. **세금으로 거둔 쌀과 돈** 원문은 봉미작전(捧米作錢). 조선 시대 현물로 내던 세금을 돈으로 환산해 내는 것이다. 조선 전기까지는 토지세를 쌀 또는 콩 같은 현물로 납부했으나 조선 후기에 들어서면서 현물 납부의 곤란을 해소하고 유통을 활성화하기 위해 일정 현물세를 돈으로 환산하여 납입하게 하였다. 작전의 비율은 전국에 걸쳐 일정하지 않고 지역에 따라 편차를 두었다.
4. **지방관의 시찰** 원문은 순력(巡歷). 조선 시대에 관찰사가 자기 관할 내의 각 고을 민정을 시찰하던 일이다.

는 고을에 이르러서 이러한 사정을 개탄하셨다. 법도를 마련하고 폐단을 개선하여 사정에 맞게 변화시켜 예전의 기준에 의거하여 말을 사들이니, 말도 넉넉하고 재화도 이전과 같았다. 백성들이 스스로 구하여 기르는 것을 허락하니, 백성들이 즐거이 따랐으며 업무에도 아무런 방해됨이 없었다.

이에 모두들 고마별청의 조목을 따로 세워, 길이 따를 고을의 규범으로 삼기를 원하였다. 남산에서 재목을 베고 가을에 터를 다지니, 몇 리 마을에 도끼질하는 소리가 울려 퍼졌다. 초저녁 달빛 아래 돌을 운반하는 노래가 끊이지 않았다. 국화가 누렇게 피는 9월에는 목공들을 모아 공사를 감독하였다. 백주(白酒) 들고 하루 세 번 이노(吏奴)를 찾아 치하하니 지금 세상 살아감을 다행으로 여기면서 고마별청 낙성됨을 즐거워하는구나. 들보가 올라갈 때 짧은 송시(頌詩)를 짓노라.

들보의 동쪽에는	惟樑之東
소나무에 가린 정자	惟亭隱松
모란봉이 저기일세.	牧丹之峰
들보의 서쪽에는	惟樑之西
약산 동대 우뚝하고	東臺出兮
안개 속에 객사 있네.	客舍煙低
들보의 남쪽에는	惟樑之南
골짜기에 구름 가득	峽坼雲含
철옹성이 우람하다.	鐵城巖巖
들보의 북쪽에는	惟樑之北
관아 문 높게 열려	官門高闢
고각 소리 들려오네.	時聞鼓角

들보의 위아래엔	惟樑上下
기둥과 지붕 있어	有木有瓦
여기서 말 기른다네.	于以養馬
들보 이미 올렸으니	旣上樑矣
말은 더욱 번창하고	馬蕃昌矣
공은 아니 잊혀지리.	公不忘矣

呈文

이천과 양근의 사인들을 대신하여
관아에 올리는 글 代利川楊根士人等呈文

　　이천 둔지산면에 사는 사인 박제민(朴齊民)의 아들 장국(長國)의 본적은 밀양이며, 감사 박순(朴純)의 현손입니다. 어려서부터 지극한 행실이 있어 마을에 알려졌습니다. 어버이의 뜻을 따르고 언제나 좌우에서 받들어 모셨으니[1] 사람들의 칭송과 그 부모의 말에 차이가 없었습니다.[2]

　　아내를 맞이하였는데, 그의 아버지가 남쪽에 갔다가 기한이 지나도록 돌아오지 않았습니다. 장국은 신혼 생활[3]을 즐거워하지 않고 그 이별을 한스럽게 생각했습니다. 먹거나 쉴 때도 편안해하지 않았으며 나날이 여위어 갔습니다. 「사친시」(思親詩) 몇 장과 「계부사」(戒婦詞) 한 편을 지어 신성(新聲)으로 바꾸었는데 슬프면서도 강개한 뜻이 담겨 있습니다. 요즘 그 곡조가 상류 사회에 전해졌는데 듣는 사람마다 눈물로 소매를 적시지 않는 이가 없습니다.

---

1. **언제나~모셨으니**　원문은 좌우무방(左右無方). 『예기』 「단궁」(檀弓)에 보인다. 곁에서 봉양함에 한없이 정성을 다한다는 뜻이다.
2. **사람들의~없었습니다**　공자가 제자 민자건의 효를 칭찬하며 한 말이다. 『논어』 「선진」(先進)에 보인다.
3. **신혼 생활**　원문은 연이(燕爾). 연(燕)은 잔치 연(宴)과 통용된다.

장국은 신해년 3월에 혼인하고, 5월 7일 남쪽으로 아버지를 찾아뵙기로 결정하고 말을 빌려 혼자 나섰습니다. 저물녘 여주의 서쪽 여울을 지나는데 마침 비가 쏟아졌습니다. 물이 넘쳐 길을 잃고 그만 물살 거센 곳에 빠지고 말았습니다. 처가 식구들이 안장 없이 말이 울고 있는 것을 보고 놀라서 횃불을 들고 찾아 나섰습니다. 이튿날 모래밭에서 그 시신을 찾았습니다. 행적을 알아보았더니 객점 사람이 이렇게 말했습니다. "어제 해가 막 저물 제 말을 타고 물을 건너는 사람이 있어 불러 이르기를, 날이 어두워지고 강에는 안내자도 없으니 머물러야 한다고 했지요. 그런데 그는 아버지를 뵈러 가는 중이라 마음이 급해 머무를 수 없다며 끝내 가고 말았습니다. 이 사람이 틀림없습니다"라고 하였습니다.

　　아아! 장국은 끝내 효(孝)를 위해 죽은 것입니다. 그의 아내 청송 심씨는 양근 남시면 사인 부(鎩)의 따님으로, 청양군(靑陽君) 심의겸(沈義謙, 1535~1587)의 8세손입니다. 변고를 듣고 나서 맨 처음 상복을 입고 시어른을 뵈었습니다. 음독한 것이 한 번이요, 목을 맨 것이 두 차례였는데 구해 주는 바람에 죽지 못했습니다. 자신을 보호해 주는 것이 빈틈이 없음을 알고는 짐짓 마음을 놓게 하는 말을 하였습니다. 또 여러 차례 측간에 가서 배가 아픈 것처럼 보였습니다. 감시가 조금 소홀해지자 거짓 자는 척하고 이불을 둘둘 말아 누워 자는 모양을 만든 다음 몰래 북쪽 담장을 넘어 나갔습니다. 울타리 안에 작은 우물이 있는데, 깊이가 겨우 한 자 남짓한 그곳에 잠겨 몸을 굽혀 빠져 끝내 일어나지 않았습니다. 이때가 8월 19일, 장국의 장례식을 치르기 전입니다. 마을 사람들은 모두 혀를 차고 눈물을 흘리며, 그 남편에 그 아내라고 말했습니다. 물에 빠져 죽은 사람이 예로부터 수없이 많지만 이 사람처럼 하기는 더욱 어려운 일입니다. 물이 깊으면 죽기가 쉽고 얕으면 목숨이 더디 끊어지는 법이니, 이같이 빠진 자가 어찌 남들보다 한 등급 높지 않겠습니까? 한 달 사이에 효자와 열녀가 한집안에서 났으니 우뚝한 일입니다. 세상에 정려를 세워 표창하는 제도가 없으면 그만이겠지만, 그렇지 않다면 이 두 사람을 두고 누구를 기리겠습니까?

저희들은 이에 두 고을에 두 사람의 이름을 장계(狀啓)로 올렸고, 관에서도 극구 탄복하고 칭찬하며 논하여 표창하겠다는 뜻을 하달하였습니다. 하지만 일이 이루어지기도 전에 두 고을의 관장께서 모두 체직되었으니, 정려 설립의 안건이 계류된 지 벌써 1년이나 지났습니다. 어버이의 병중을 알기 위해 똥 맛을 보고 손가락을 잘라 피를 먹이는 일은, 효의 한 절목일 뿐이고 상투적인 말에 불과한데도 오히려 사람들은 지나치게 모범으로 삼아 하기 어려운 일이라고 여깁니다. 하지만 그 무엇이 몇 고을 사람들이 한꺼번에 똑같이 칭찬하고 귀가 있으면 모두 듣고 입이 있으면 누구나 전하는 진짜 효도만 같겠습니까?

장국은 젊은 시절 독서를 좋아하여 역법과 천문, 지리와 지도, 의약과 문자 등 마음 깊이 이해하지 못하는 영역이 없었으니, 어른들은 큰 학자가 될 것으로 기대하였습니다. 이는 이 사람이 갖춘 나머지 일에 불과합니다. 한마음으로 지극히 어버이를 사모하여 걸음걸음마다 잊지 않아 그 마음이 얼굴과 노래에 나타났으니, 옛날의 효자라고 해도 어찌 그보다 더할 수 있겠습니까? 만약 풍속을 채록하는 관리가 그의 시를 남해(南陔)와 백화(白樺)⁴ 사이에 두었다면 성인이 반드시 이를 취했을 것이고, 심씨의 열행(烈行)을 점대(漸臺)⁵와 백주(柏舟)⁶의 노래와 함께 『열녀전』에 전했을 것은 의심의 여지가 없습니다.

장국과 심씨는 궁벽한 마을의 평범한 사람일 뿐입니다. 저희들은 권

---

4. **남해와 백화**　모두 『시경』 녹명지십(鹿鳴之什)에 수록된 시 제목인데, 가사는 전하지 않는다. 「모시서」(毛詩序)에 따르면, 효자가 부모를 잘 봉양하는 뜻을 담은 노래라고 한다.

5. **점대**　연못 가운데 있는 대(臺)를 말한다. 제(齊)나라 임금의 비(妃) 위희(衛姬)가 점대에서 놀 때, 마침 물이 크게 불어나 위험하게 되었다. 제나라 임금이 사람을 시켜 나오라고 부르자, 위희는 "임금이 나를 부르는 표적인 부절(符節)을 보내지 않았으니, 여자의 몸으로 남의 남자 말만 듣고 갈 수 없다" 하고 나오지 않고 물에서 죽었다는 고사가 있다.

세와 이익을 좋아해서도 아니고 평소의 고상한 행실이 있어서도 아니며 장차 고향 어른들에게 칭찬을 듣거나 인정받고자 한 것도 아닙니다. 참으로 우뚝하고 기이한 행실이 혹 사라져 전해지지 않는다면 천하에 선한 행실이 막힐 것이고 성세를 배양하는 효험도 드러나지 않게 될 것입니다. 이것이, 저희들이 관부와 행영을 좇아다니며 더럽히고 어지럽힌다는 혐의도 피하지 않고 성상의 귀에 한번 들리기를 바라는 이유입니다. 엎드려 바라건대, 합하께서는 그 실상을 조사하시고 저희 고을의 효자와 열부의 정려를 나란히 세워 풍속 교화를 수립케 하여 유명(幽明) 간에 서운함이 없도록 해 주시기를 간절히 바랍니다.

---

6. **백주** 『시경』 용풍(鄘風)의 「백주」 시를 말한다. 위(衛)나라 태자 공백(共伯)의 처(妻) 공강(共姜)이 남편이 죽은 후 재가(再嫁)하지 않고 절조를 지킨 내용을 읊었다.

題跋

만필[1] 謾筆

　지금 사람들은 아교로 붙이고 옻칠을 한 속된 눈꺼풀을 덧붙이고 있어 떼어 내려 해도 떼어 낼 수가 없다. 학문에는 학문의 꺼풀이 있고, 문장에는 문장의 꺼풀이 있다. 큰 문제는 잠시 접어 두고 예를 들어 수레에 대해 말할 것 같으면, 우리나라는 산천이 험하고 가로막혀 수레를 쓸 수가 없다고 주장한다. 산해관(山海關)의 편액을 두고도 진나라 때 이사(李斯)의 글씨라고 하면서 십 리 밖에서도 능히 보인다고 우긴다. 서양 사람은 인물화를 그릴 때 눈동자의 검은 부분을 즙을 내서 눈동자의 점을 찍는지라 언뜻 보면 살아 있는 것 같다고 말한다. 오랑캐가 머리를 땋는 것은 부모가 살아 계신지 돌아가셨는지에 따라 하나로도 하고 둘로도 하니, 이것은 마치 옛날의 머리 땋는 제도와 다름없다고 설명한다. 황제가 성씨를 낙점한다고 주장하기도 하고, 서책을 찍을 때 토판(土板)으로 한다고 말하기도 한다.

　이 같은 주장은 일일이 다 꼽을 수가 없다. 비록 나와 친하게 지내 나를 믿는 사람도 이 문제에 있어서는 내 말을 믿지 않고 저쪽 말을 믿는다.

---

1. **만필**　이 글은 『북학의』에 「북학변」(北學辨)이라는 제목으로 실려 있다.

스스로 나를 안다고 여기던 사람이 늘상 나를 밀어 높이다가도 바람결에 한마디 말도 안 되는 뜬소문을 듣게 되면, 마침내 그 평생의 벗을 크게 의심하고, 갑자기 나를 비방하는 자의 말을 믿는다. 나는 그가 왜 나를 믿지 않고 저를 믿는지 그 까닭을 알 수 있을 것 같다. 지금 사람은 바로 '호' (胡), 즉 오랑캐라는 한 글자로 천하를 말살하려 들기 때문이다. 내가 "중국의 풍속이 이처럼 훌륭하다"고 말하면, 그가 바라던 바와 크게 다르기 때문이다.

무엇으로 증명할까? 시험 삼아 사람들에게 "중국의 학자 중에도 퇴계 같은 사람이 있고, 문장도 간이(簡易) 최립(崔岦) 같은 사람이 있다. 명필은 한석봉보다 더 낫다"고 말하면, 반드시 발끈하여 낯빛이 변하면서 대뜸 "어찌 그럴 리가 있겠소?"라고 말한다. 심한 경우는 그 사람을 죄주려 들기까지 한다.

시험 삼아 사람들에게 "만주 사람은 그 말소리란 것이 꼭 개 짖는 소리 같고, 음식도 냄새가 나서 도무지 가까이할 수가 없다. 뱀을 시루에 쪄서 먹고, 황제의 누이가 역졸과 붙어먹어 종종 가남풍(賈南風)[2]의 일이 일어나곤 한다"고 하면 반드시 크게 기뻐하면서 여기저기 말을 전하느라 정신이 없을 것이다.

내가 사람들에게 힘껏 변론하여 이렇게 말한 적이 있다. "내가 직접 눈으로 확인하고 왔지만 이런 일은 전혀 없었네." 그러자 그 사람은 마침내 석연찮아 하면서 말했다. "아무개 역관이 이렇게 말했단 말일세." 그래서 내가 말했다. "그대가 그 역관과의 친분 정도가 나와 비교할 때 어떠한가?" 그가 말했다. "사귐이야 깊지 않지만 거짓말할 사람은 아닐세." 내가 말했다. "그렇다면 내가 거짓말을 한 게로군." 그래서 어진 자가 보면 인

---

2. **가남풍**　진(晉)나라 혜제(惠帝)의 황후를 말한다. 질투가 심하고 음란하여, 민간의 잘 생긴 남자들을 궁궐로 몰래 불러들여 정을 통한 후에 죽이거나 내쫓는 짓을 저질렀다고 한다.

(仁)이라 하고, 지혜로운 자가 보면 지(智)라고 한다는 말을 믿게 되었다.

내가 자주 사람들과 논변하자, 자못 이를 비방하는 자마저 생겨났다. 인하여 이 일을 써서 스스로 경계를 삼는다.

편지 뒷면에 적다 記書幅後

　　외사씨(外史氏)는 말한다. "천하의 일은 뭐든 뜻 같지가 않다." 그러나 나는 일찍이 이런 말을 들었다. 옛사람은 '상우'(尚友), 즉 천고의 옛사람과 벗 삼는다고 했다. 옛사람을 벗 삼는 자는 반드시 수염과 눈썹을 떠올려 보며 '아무개다'라고 생각한다. 또 '와유'(臥遊), 곧 누워서 노닌다고도 했다. 누워 노니는 자는 반드시 그 유람의 행차를 그려 보면서 '바로 나다'라고 생각한다. 대저 진짜 교유를 나누고 진짜 유람을 하는 자는 천 명 백 명에 하나일 뿐이니 그 뜻의 같지 않기가 이와 같다.

　　이제 내가 한번 생각으로 노닐고 벗과 사귄다고 한들 또 누가 능히 이를 금하겠는가? 그렇다면 어찌 벗을 사귀고 노니는 것만 유독 이러하겠는가? 생각 속에서는 공명도 뜻대로 이루어지고, 부귀도 뜻과 같이 이루어진다. 차나 향, 미인과 오래된 그릇, 서화도 생각 속에서는 어느 것 하나 두루 갖추어지지 않음이 없다. 좋은 날 아름다운 경치 속에 꽃과 버들은 무성한데 한번 말하고 한번 웃는 것도 또한 마음에 맞지 않는 것이 없다. 혹 먼 길 떠난 나그네를 대신해서 그 고향에 돌아가기도 하고, 혹 가난한 사람으로 하여금 돈과 비단을 많이 얻게 하기도 한다. 속된 사람과 만나면 그 마음과 눈을 씻어 준다. 질병을 없앨 수도 있고, 이별을 사라지게 할 수도 있다. 백 년 천 년 아니 만 년토록 오래 살 수도 있고, 내생(來生)의 다른 세상에서 사람이나 새, 짐승, 형제와 부부를 미리 정해 볼 수도 있다. 당우(唐虞) 삼대의 거룩한 임금의 다스림을 빨리 회복할 수도 있고, 사해 만국의 아득히 많은, 말이 통하지 않는 사람들과도 편지를 주고받을 수 있다.

　대저 천고라는 것은 만 리 떨어진 과거이고, 만 리라는 것은 현재에서 천고 이전이다. 저 절강 땅의 반정균(潘庭筠)과 육비(陸飛)가 어찌 오늘날 나에게 현재에서 천고 이전의 사람이 아니겠는가? 그러나 내가 망상 속에서 이르기를 '나는 이미 절강 사람을 보았다'고 해도 나를 어쩌지 못할 것이고, 편지¹ 한 통을 지어 놓고서 '반생이 날마다 내게 편지를 부쳐 온다'고 해도 나를 어쩌지 못할 것이니, 무엇 하나 여의치 못할 것이 있겠는가? 설령 중국에 태어나 이 사람과 더불어 한마을 한골목에 살면서 무릎을 맞대고 손을 맞잡더라도, 그 일생의 교유와 풍류 또는 아름다운 모임의 남은 자취는 짤막한 편지나 시 한 수, 글 한 편이 인간 세상에 떠돌아다니는 것에 지나지 않을 것이다.

1. **편지**　원문은 혁제(赫蹏). 글을 적은 작은 쪽지를 일컫는 말로, 서간문의 별칭이다.

「풍수정기」의 뒤에 쓰다 書風樹亭記後

　그 어버이가 나면서부터 부귀와 복록을 갖추었고 자손의 영화와 세간의 즐거움을 누리지 못함이 없는데다 그 자신도 타고난 수명을 다 누린 사람이 있다고 치자. 그래도 그 자식 된 자는 충분치 않다고 생각하여 구슬프게 그리워함이 남만 못하지 않은 것은 사사로운 욕심이 아니겠는가? 그렇지 않다. 그것은 하늘의 이치이다. 또 어떤 사람이 있어, 그 어버이가 나면서부터 빈천 속에서 굶주리며 이리저리 떠돌다가 불행히 일찍 세상을 떴다고 하자. 그러면 자식 된 자가 구슬피 그리워하는 것이 남보다 더함이 있는 것 또한 하늘의 이치인가? 그렇지 않다. 사사로운 마음이다.

　대저 골육의 마음이란 외물로 가감(加減)할 수 있는 것이 아니다. 바야흐로 돌아가실 즈음에는 여한이 없을 수 없으니, 살았을 적에 뜻을 얻고 못 얻고는 논할 바가 아니다. 그러나 내가 이 문제에 있어 사사로운 마음이 들지 않을 수 없는 것은 어째서인가? 저들도 어버이가 된 것은 똑같은데, 어떤 사람은 부귀하여 오래 살고, 어떤 사람은 빈천 속에 일찍 죽었다면 그 사이에 경중이 없을 수는 없는 것이다. 진실로 그렇구나! 내가 한스러움이 남고 돌이켜 안타까운 것이 남보다 더함이 있는 것은 어쩔 수 없이 사사로움이 있어서이구나.

하지만 그릇을 씻다가 내 어머님을 생각하면, 아침저녁 끼니도 잇지 못할 양식으로 음식을 준비하시던 일이 떠오르지 않을 수가 없으니, 다른 사람도 그렇겠는가? 횃대를 어루만지며 내 어머님을 생각하노라면, 못 쓰게 된 솜으로 늘 추위와 바람을 막아 줄 옷을 다 지어 주시던 것을 떠올리지 않을 수 없으니, 다른 사람도 나와 같겠는가? 등불을 걸다가 내 어머님을 떠올려 보면, 닭이 울 때까지 잠 못 이루시며 무릎을 굽혀 삯바느질하시던 모습이 생각나지 않을 수 없으니, 다른 사람에게 이런 경험이 있겠는가?

상자를 열다가 어머님의 편지를 얻어 자식이 먼 데 나가 노니는 데 대한 마음을 술회하시고 헤어져 있는 괴로움을 말씀하신 대목을 보면 넋이 녹고 뼈가 저미지 않을 수 없어, 갑자기 차라리 몰랐으면 싶어지기까지 한다. 손을 꼽아 내 나이와 어머님의 연세를 헤아려 보아, 돌아가신 어머님의 연세는 겨우 48세[1]이시고 나는 24세임을 알았을 때, 구슬피 머뭇거리며 소리를 놓아 길게 호곡하면서 눈물을 비 오듯 흘리지 않을 수가 없는 것이다.

---

1. **48세** 원문은 사십재팔(四十纔八). 초정은 1773년 10월 15일에 모친상을 당했다.

이사추의 편지 뒤에 쓰다 題李士秋書幅後

　　나는 평소에 해서를 잘 쓰지 못한다. 또 급박하게 쫓기는 것을 싫어해 항상 행서나 초서로 급한 일에 부응하곤 했다. 만약 어떤 사람이 값비싼 거울처럼 반질반질한 종이를 주고, 좋은 술을 얼근할 정도로 기분 좋게 마신 후 향기로운 햇차를 곁들이며, 어여쁜 아가씨가 종이를 접고, 좋은 친구가 먹을 갈아 준다면 그제야 한번 해서를 쓸 수 있을 것이다. 여름철 같은 때는 더더욱 쓰기가 어렵다. 예전 난하관(灤河館)에서 야정(冶亭) 시랑(侍郞) 철보(鐵保)를 위해 파리 대가리만한 작은 해서를 수십 줄 쓴 적이 있는데, 땀을 열 동이쯤 쏟았다. 야정은 이 때문에 예를 올리며 내게 감사를 표했다. 집에 있을 때 쓴 것은 여덟아홉 번뿐이다.

문사민의 화권에 쓰다[1] 題文士敏畵卷

　　근래의 화가로는 연객(煙客) 왕시민(王時敏)[2]과 석곡(石谷) 왕휘(王翬)[3] 두 사람을 손꼽지만, 우리나라 사람들은 대개 거론하지도 않는다. 이 또한 서가(書家)로는 문징명(文徵明)과 동기창(董其昌)[4]을 겨우 구분하고, 득천(得天) 장조(張照)[5]가 어떠한 사람인지 알지 못함과 같은 경우이다. 문사민 군은 그림에 푹 빠져 있었지만, 스승에게 배우지 않고 홀로 궁리하여 도달하였다. 구륵(勾勒)[6]과 선염(渲染)[7]의 화법(畵法)은 종종 양자강 이남의 필법(筆

---

1. **문사민의 화권에 쓰다**　규장각본 『정유각문집』을 저본으로 하여 민족문화추진회에서 편한 『정유각집』에는 실려 있지만, 일본 정가당문고본을 저본으로 하여 이우성이 편한 『초정전서』에는 실

2. **왕시민**　원문은 연객(煙客). 청나라 때의 화가로 산수화에 뛰어났던 왕시민(1592~1680)의 호가 연객이다.

3. **왕휘**　원문은 석곡(石谷). 청나라 때의 화가로 산수화를 잘 그렸던 왕휘(1632~1717)의 호가 석곡이다.

4. **문징명과 동기창**　원문은 문동(文董). 명나라 때의 서예가인 문징명(1470~1559)과 동기창(1555~1636)의 병칭이다.

5. **장조**　원문은 득천사구(得天司寇). 득천은 장조(1691~1745)의 자이다. 한때 사구(司寇) 벼슬을 지낸 까닭에 그렇게 말한 것이다. 벼슬은 형부상서에 이르렀으며, 서법으로 이름이 높았다.

6. **구륵**　윤곽을 선으로 묶고 그 안을 색으로 칠하는 화법이다.

法)과 유사하다. 포산(浦山) 장경(張庚)[8]에게 보여 주지 못한 것이 애석하다. 그리 했다면 틀림없이 그가 지은 『화징록』(畵徵錄)에 수록되었을 것이다. 정사년(丁巳年, 1797년) 초가을, 해어화재(解語畵齋)에서 쓰다.

그린 사람 누구이고 보낸 이 누구인가	畵畵者誰寄者誰
한 분은 거사요 두 사람은 스님일세.	一爲居士兩爲僧
강산 그린 필묵에는 한가한 일뿐이거니	江山筆墨渾閒事
최상승의 경지에 언제 함께 오르려나?	何日同參最上乘

이것은 의백(衣白) 추지린(鄒之麟)[9]이 연소(年少) 만수기(萬壽祺)[10]에게 그림을 그려 보내면서 지은 작품이다. 두 공은 모두 숭정(崇禎) 때의 유민(遺民)이기에 시의(詩意)기 이외 같다.

---

7. **선염** 동양화에서 화면에 물을 칠하여 마르기 전에 붓을 대어 몽롱하고 침중한 묘미를 나타내는 기법을 말한다.

8. **장경** 원문은 포산장공(浦山張公). 청대 화가인 장경(1685~1760)을 말한다. 장경의 호는 포산이고, 자는 공지우(公之于)이다. 어렸을 적에 과거를 포기하고 시문(詩文)에 힘썼으며, 서법이 공교롭고 그림을 잘 그려 일가를 이루었다.

9. **추지린** 원문은 의백추신호(衣白鄒臣虎). 명나라 화가인 추지린(鄒之麟)을 말한다. 호가 의백(衣白)이고 자가 신호(臣虎)이다.

10. **만수기** 원문은 만년소(萬年少). 명나라 서주(徐州) 사람 만수기(1603~1652)로 그의 호가 연소이다. 만수기 역시 서예와 그림에 뛰어났던 인물이다. 만수기가 일찍이 추지린에게 그림을 그려 줄 것을 부탁하자, 그림을 그리고 위에 보이는 칠언절구 한 수와 발문(跋文)을 지어 주었다. 이러한 기록과 시문이 청나라 장경(張庚)의 『화징록』(畵徵錄)에 보인다.

문징명의 〈간정춘수도〉 화제 뒤에 쓰다

書文衡山澗亭春水圖畫題後

중국에서는 침(侵) 자 운을 진(眞) 자 운과 섞어 쓴다. 그래서 이 두루 마리에서도 '심'(深) 자를 가지고 '신'(新) 자, '인'(人) 자와 함께 짝을 맞춘 것이다. 그렇긴 해도 그다지 썩 좋지는 않다고 생각된다. 고시에서 침 자 운은 이따금 동(東) 자 운과도 통용된다. 『시경』에서는 '올피신풍'(鳩彼晨 風)으로 '올피북림'(鬱彼北林)에,¹ '처기이풍'(淒其以風)으로 '실획아심'(實獲 我心)에 짝을 맞추었다.² 뿐만 아니라 『이소』(離騷)에서도 '담담강수상유풍 (湛湛江水上有楓), 목극천리상춘심(目極千里傷春心)'을, 이어지는 구절 '혼혜 귀래애강남'(魂兮歸來哀江南)의 '남'(南) 자 운으로 나란히 압운해도 진실로 서로 통하니³ 옛날과 지금의 차이점을 알아 두지 않을 수 없다.

경자년(1780) 8월, 위항외사(葦杭外史)는 쓴다.

---

1. '올피신풍'으로 '올피북림'에   『시경』 진풍(秦風) 「신풍」(晨風)에 보인다. 부인이 집 나간 남편 을 근심하여 읊은 노래이다.
2. '처기이풍'으로~ 맞추었다   『시경』 패풍(邶風) 「녹의」(綠衣)에 보인다. 버림받은 자신의 처지를 삼베가 한풍(寒風)을 만나 쓸모없어진 것에 비유한 노래다.
3. 『이소』에서도~통하니   관련 구절은 『초사』(楚詞) 「초혼」(招魂)에 나온다. 굴원(BC 343?~BC 277)의 작품이라는 설도 있고, 그의 제자 송옥(宋玉, BC 290?~BC 222)의 작품이라는 설도 있다. 『문선』에는 송옥의 작품으로 그 전문이 실려 있다.

書事

영풍군의 사적 書永豊君事

　　우리 세종대왕의 왕자 영풍군 전(瑔)은 혜빈(惠嬪) 양씨(楊氏)의 아드님으로, 취금헌(醉琴軒) 박팽년(朴彭年, 1417~1456)의 사위이다. 단종께서 왕위를 양여하던 날 화의군(和義君) 영(瓔), 한남군(漢南君) 어(𤥽), 금성대군(錦城大君) 유(瑜), 그리고 영양위(寧陽尉) 정종(鄭悰)[1] 및 사육신과 함께 죽었다. 가족들은 관노가 되고 가산은 모두 적몰되었다. 숙종조에 단종의 묘를 장릉(莊陵)[2]으로 추복(追復)한 뒤 특별히 명을 내려 혜빈 양씨 모자에게 시호를 내리고 예로써 장례했다. 영조대왕 갑인년(1734)에 상신 조현명(趙顯命,

1. **정종**　?~1461. 본관은 해주(海州)로 참판 충경(忠敬)의 아들이다. 1450년(세종 32)에 문종의 딸 경혜 공주(敬惠公主)와 혼인한 뒤 영양위(寧陽尉)에 봉해지고, 단종 초기에 형조판서가 되어 단종의 두터운 신임을 받았다. 1455년(단종 3)에 금성대군(錦城大君) 유(瑜)의 사건에 관련되어 영월에 유배되었다. 이 해에 수양대군이 즉위했는데, 문종의 유일한 사위라 하여 경기도 양근(楊根)에 양이(量移)되었으나, 1456년(세조 2) 사육신 사건으로 죄가 가중되어 다시 수원·통진을 거쳐 광주(光州)에 안치되었다. 1461년 승려 성탄(性坦) 등과 반역을 도모했다 하여 능지처참 되었다.
2. **장릉**　강원도 영월에 있는 단종의 능호이다. 세조에 의해 1457년 6월 노산군으로 강봉된 단종은 강원도 영월 청령포에 유배되었다가 금성대군 유가 단종 복위를 계획하다가 발각되는 바람에 다시 서인으로 강봉되었다. 같은 해 10월, 단종은 사약을 마시고 죽었다. 1681년 노산대군에 추봉되었다가 1698년 단종으로 복위되었다. 이때 '장릉'이란 능호(陵號)가 부여되었다.

1690~1752)의 상주를 받고 다시 장례식과 연시연(延諡宴)에 필요한 물품들을 넉넉하게 지급하고, 기타 휼전(恤典) 또한 금성대군이나 영양위의 경우에 의거하여 시행하라는 교시를 내리셨다. 그러므로 대군 한 분과 왕자 두 분은 차례대로 거행했지만, 영풍군은 혈손 없이 따님 하나만을 두어 향사(享祀)가 끊어졌기에 조정의 휼전을 한 차례도 거행하지 못했다.

기사년(1749)에 한남군의 8세손 이세구(李世球)로 하여금 제사를 받들게 했다. 하지만 임신년(1752) 7월에 이세구 또한 아들 없이 죽었기에 을해년(1755)에 계양군(桂陽君) 증(增, ?~1464)의 10세손 주부(主簿) 이정화(李正華)에게 제사를 받들게 했다. 병자년(1756) 2월 정화가 말씀을 올려 열성조의 예로 조례를 제정하여 거행하게 해 줄 것을 청하였다. 호조에서는 아래와 같은 이유로 임금에게 보고되지 않도록 하였다. "지금 이 상언(上言)의 요지는, 적몰된 재산을 내어 주는 일이고, 예장(禮葬)의 물력을 내어 주는 일이며, 연시연(延諡宴)의 물품을 지급하는 일이다. 그런데 적몰된 재산은 3백 년 전의 일인지라 공사 간에 참고할 만한 문건이 없으니 미루어 지급하려 해도 방법이 없다. 예장 물력의 경우 기사년에 그 자손들과 노비 이름의 소장(訴狀)으로 인하여 본조에서 이미 예에 따라 처리하였으니 다시 논할 것이 없다. 연시연의 물품은 비록 전에 특별한 은총으로 지급한 일이 있었으나 자손 된 자가 감히 바랄 바가 아니다." 이러한 이유로 계류시킬 것을 청하였다.

8월, 정화는 다시 상언(上言)을 초하였는데 그 요지는 다음과 같다.

적몰된 재산의 경우 왕자 대군에게는 사패(賜牌)와 전민(田民)과 제택(第宅)을 지급하는 전례가 있으니, 호조에서 나와 호조로 들어갔으면 천 년이 지났다 해도 거기 그대로 있을 것입니다. 갑인년(1734) 경연 중 영양위는 전례에 따라 시행하라고 교시하신 것이 바로 이와 같은 일입니다. 그렇다면 화의군과 한남군은 3백 년 전 분들이 아니란 말입니까? 또 영양위

집안의 경우 집과 전민을 다시 지급한 외에 자손의 상언으로 인하여 150결 면세 혜택을 추가로 지급하였습니다. 그로부터 몇 년 지나지도 않았는데 영풍군만 고증할 만한 근거가 없다는 것은 무슨 이유입니까? 잔치 물품의 지급은 특별한 은총에서 나왔지만, 대군 한 분과 왕자 두 분이 한꺼번에 거행할 수 없어 시기를 다르게 했던 것인데, 이는 모두 그 자손들이 청구하여 이루어진 것이었습니다. 그런데 유독 영풍군의 자손에게는 은혜를 구한다고 함은 어째서입니까?

쌀과 무명을 내어 준 일에 대해서는 본디 알지 못했는데, 호조에서 임금에게 보고되지 않도록 막은 일이 있은 뒤에 담당 관리에게 물어보니 과연 무명 25필과 쌀 닷 섬을 지급한 일이 있었습니다. 하지만 이는 8년 전 이세구가 받은 것이지, 작년에 새로 정해진 봉사자(奉祀者)는 알지 못합니다. 받은 사람 이름은 거론치 않고, 벌써 지급했다고만 하면 마치 속임수로 받고 다시 받으려는 것처럼 보이니, 어찌 크게 놀라지 않을 수 있겠습니까? 엎드려 생각건대, 친왕자를 예장하는 품등에는 일정한 법례가 있습니다. 예관은 자재 마련의 일을 감독하고 묘도(墓道)를 닦는 등, 온갖 일을 거행함에 있어 격식대로 한 뒤에야 비로소 예로써 장사 지내 생사 간에 서운함이 없다고 말할 수 있습니다. 하지만 약간의 쌀과 무명을 내어 주는 것만으로는 지금의 호조가 책임을 겨우 때웠다고 밖에는 할 말이 없습니다. 또 화의군과 한남군 두 집안의 경우와 비교하면 백분의 일도 채 되지 않는데, 의례대로 처리했다 함은 무슨 말입니까?

가령 영풍군에게 애초 일컬을 만한 절의가 없었더라도 성조 시절의 친왕자이시니 죽은 뒤의 모든 일을 이처럼 처량할 수는 없는 일입니다. 하물며 존귀와 절의가 그와 같음이겠습니까? 다른 형제에게는 모두 은장(恩章)이 내려졌고, 역대 임금님의 가르침 또한 형제 사이에 차이를 두지 않았습니다. 그러니 지금 저 억지로 끌어 맞추는 자들은 조정의 은전을 이렇게 엉터리로 써서는 안 됩니다. 또 영풍군의 묘는 고양에, 그 부인의 묘는 충주에 있습니다. 애초 시신을 짚으로 싸서 장사를 지냈으니 한 조각 비석이나 상석도 없습니다. 쓸려 내린 모래와 무너진 언덕의 흙이 마구 섞여 무덤 속에 들어갔고, 신위를 모신 사당에는 비바람이 들이닥쳐 네 계절 향불조차 올리지 못한 날이 많았습니다. 이것은 자손 된 자들이 가슴을 치며 통곡할 일일 뿐 아니라, 지사(志士)와 인인(仁人)들이 함께 마음 아파 탄식할 일이 아니겠습니까?

비록 저승의 원한은 다 신원되었다 해도 적몰된 가산은 돌아오지 않았고, 짚으로 싸서 장사 지낸 상태 또한 옛날 그대로입니다. 후사를 세워 제사를 받들게 했다고는 하나 살림이 궁핍하여 사당을 세우지 못하고 연시연을 베풀지 못한다면, 어찌 조정에서 충의를 기리고 종실을 도탑게 대하는 성대한 일이 될 것이며, 돌아가신 왕자를 되살리고 끊어진 향화를 잇는 본뜻이 될 수 있겠습니까? 엎드려 바라건대 승정원에 빨리 영을 내리시어 다시금 「갑인일기」를 살피게 하시고, 해당 부서에 분부해서 기사년의 문서를 다시 열람하게 하여 한결같이 두 분 왕자와 한 분 도위의 예에 따라 영풍군으로 하여금 예로써 개장(改葬)하게 하시고 잔치를 베풀어 시호를 맞이하게 하여, 묘를 세워 신위를 봉안하고 전민을 얻어 영원히 향화가 끊어지지 않도록 하며, 선산이 지켜질 수 있도록 해 주십시오.

이 뜻이 왕께 전달되기 전에 정화가 또 죽으니 일이 마침내 덮어지고 말았다. 그러다가 신묘년(1771)에 판서 이익정(李益炡, 1699~1782)이 상소하여 왕자의 자손들을 등용할 것을 청하였기에 그 뜻을 이조에 하달하였다. 정화의 아들 재천(在天)이 순강원(順康園)³의 수봉관(守奉官)에 둘째 후보로 천거되었다. 재천은 뒤에 무과에 급제했는데, 세상에는 그가 영풍군의 제사를 받드는 사람이란 걸 아는 사람이 없었다. 재천은 금위초관(禁衛哨官)

3. **순강원** 경기도 남양주시에 있는 선조의 후궁 인빈 김씨의 무덤

으로 6품에 올랐는데, 지금 임금 무신년(1788) 6월 도정(都政)⁴에서 황해도 인산첨사(麟山僉使)의 둘째 후보자로 천거되었다가 제수되었다. 부임하고 사나흘 뒤 대신이 경연에서 상주하기를, 인산은 본디 당상관이 가는 자리인데 당하관으로서 파견되었으니 시행치 말고 다시 금위초관에 임명할 것을 청하였다. 대개 까닭 없이 승진한 것을 싫어하여 벼슬을 떨어뜨리려 한 것이었다. 재천의 관직 득실은 사사로운 일에 속하지만 영풍군의 봉사자라는 것을 알았다면 이조에서도 반드시 전례와 달리 거두어 쓰는 도가 있었어야 했다. 하지만 영풍군은 아직 거적에 쌓인 상태로 흙에 있고 적몰된 가산도 되돌려 받지 못한 것 등의 사실은 차마 이대로 소리 없이 사라지게 할 수 없다. 그러므로 그 전말을 갖춰 기록하여, 어전에 나아가 한번 아뢸 수 있게 되기를 바란다.

4. **도정**　매년 2회 또는 4회씩 이조와 병조에서 행하던 인사 행정

詩補遺

성해 박지원, 무관 이덕무, 혜풍 유득공이 밤에 모여 삿
갓에 대해 읊었다. 그 방법은 나이순으로 운자를 놓되 서
로 넘나들지 않기로 했다. 삼경이 되어서야 잠이 들었다.
각자 완성하지 못한 구절들이 있는데, 그것은 내가 이어
보충했다.[1] 星海懋官惠風夜集詠笠 其法拈一韻以齒排字 不相出沒 三更而
睡 各有未就者 余續至補焉

치포관(緇布冠)[2]은 주나라 제도와 같고   緇布周制如
죽피관(竹皮冠)[3]은 한나라 의례 아닌가. _성해   竹皮漢儀未〔星海〕
금화모(金華帽)[4]는 아취 물씬 풍기고   金華輸雅致
대삿갓은 풍미가 넉넉하다네. _무관   青篛饒風味〔懋官〕
게알처럼 촘촘한 올[5] 환히 빛나고   蟹卵光獨表

1. **성해 박지원~이어 보충했다** 박지원의 『연암집』 권4와 유득공의 『영재집』 권1, 그리고 이덕무
의 『아정유고』 권1에 모두 「영대정잡영」(映帶亭雜咏)이 실려 있다. 모두 이날 지은 것이다. 『연암
집』·『영재집』·『초정전서』에는 전문이 실렸는데, 구절에 있어서 약간의 출입이 있다. 『아정유고』
에는 이덕무가 지은 구절만 실려 있다. 박지원과 이덕무의 시는 민족문화추진회의 번역본이 있어,
본 시를 역해하는 데 많은 도움이 된다.
2. **치포관** 옛날 왕과 서민들이 상용하던 갓의 일종으로, 관례를 행할 때 처음 이 갓을 사용했다.
『예기』「옥로」(玉藻)에 보인다.
3. **죽피관** 진(秦)나라 말 유방(劉邦)이 대나무 가죽으로 만들어 쓰던 갓이다. 신분이 귀해진 뒤에
도 때로 사용하였다. 유씨관(劉氏冠)이라고도 한다. 『사기』「고조본기」(高祖本紀)에 보인다.
4. **금화모** 금빛으로 장식한 모자를 가리키는 것으로 보인다. 이백의 시 「고구려」(高句麗)에 "금
꽃 장식한 절풍모 쓰고, 백마 타고 잠깐 맴을 도누나"(金花折風帽, 白馬小遲回.)라고 하였다.
5. **게알처럼 촘촘한 올** 게알처럼 올을 촘촘하게 엮은 갓을 가리킨다. 「배비장전」에 "게알 같은 제
주 탕건"이란 구절이 있고, 「이고본춘향전」에도 비슷한 말이 있다.

돼지털 갓[6] 그 값이 가장 비싸네. _재선　　　　　　猪鬣價最貴〔在先〕

테두리는 부처의 후광과 같고　　　　　　　　　旁圜佛放毫

불룩한 가운데는 의서의 위 그림이라. _성해　　中凸醫畫胃〔星海〕

갓 누고 맹세함 월나라서 시작되었고[7]　　　　結盟越人自

기자 땅의 싸움 그쳤다고 말들 한다네.[8] _무관　止鬪箕邦謂〔懋官〕

그림쇠만 사용하고 자는 아니 대면서[9]　　　以規不以矩

씨줄에다 날줄로 교차해 짜네. _혜풍　　　　　有經復有緯〔惠風〕

패랭이는 경우마다 각각 다르나[10]　　　　　　蔽陽或異件

절풍립은 언제나 비슷하다오.[11] _성해　　　　折風乃常彙〔星海〕

비 가리는 모자 종이 피마자 잎 닮았고　　　　雨冒紙類蓽

6. **돼지털 갓**　저모립(猪毛笠)이라고도 한다. 돼지의 털로 싸개를 한 갓으로, 죽사립 다음가는 품
질로 당상관이 썼다.

7. **갓~시작되었고**　월(越)나라 사람들은 순박하여 처음 친구를 사귈 때 일정한 예식이 있어 단(壇)
을 쌓고 닭과 개를 잡아 제사를 올렸다. 그리고 "그대는 수레 타고 내가 삿갓 썼거든, 다른 날 만났
을 때 수레 내려 읍하게나. 그대가 우산 메고 내가 말을 탔거든, 다른 날 만났을 때 말에서 내리리
다"(君乘車我戴笠, 他日相逢下車揖. 君擔簦我跨馬, 他日相逢爲君下.)라고 맹세한 후, 조그만 허물
이 있다고 하여 경솔히 절교하지 않았다. 이 사연은 『풍토기』(風土記)와 『예기』「단궁」(檀弓)에 실
려 있다.

8. **기자~한다네**　우리나라 사람들이 싸움을 좋아하므로, 기자가 와서 큰 갓과 긴소매의 옷을 입
혀 예의를 익히고 싸움하지 못하도록 했다고 한다. 이는 조선 문명의 유래를 기자(箕子)에게서 찾
는 유자들의 일반적인 생각이었다. 이덕무의 『앙엽기』 권8의 「입위우구」(笠爲雨具)에 그러한 설명
이 있고, 야담집 『한거잡록』(閒居雜錄). 정명기 편, 한국야담자료집성, 제1책 503쪽)에도 비슷한 내
용이 실려 있다.

9. **그림쇠만~대면서**　규(規)는 그림쇠(컴퍼스)이고 구(矩)는 자이다. 갓의 모양이 모두 둥글어 각
이 지지 않음을 말한 것이다.

10. **패랭이는~다르나**　폐양(蔽陽)은 댓개비로 성글게 대우와 양태를 엮어 만든 갓이다. 평량립(平
凉笠)·평량자(平凉子)라고도 하며, 폐양자(蔽陽子)·차양자(遮陽子)라고 하는데, '햇빛을 가려 주
는 모자'라는 뜻이다. 조선 초기에 흑립이 양반층의 전유물이 되면서 역졸(驛卒)·보부상(褓負商)·
백정 등의 천한 신분에서 착용하거나 상복(喪服)으로 상주(喪主)가 외출 시에 두건 위에 썼다. 상
류층보다는 서민층의 쓰개로 널리 애용되었다. 이 구절은 오랜 세월 제도의 변화가 많았고, 그 모
양과 제도가 다양한 패랭이의 특징을 말한 것으로 보인다.

먼지털이 털의 모양 고슴도치 같네. _무관	塵刷毛宵蝟〔懋官〕
모시와 대나무는 서로 의지하지만	苧竹相輔車
곱고 거친 차이는 하늘과 땅이로다.¹² _재선	精麤自涇渭〔在先〕
갑옷은 구리줄로 솔기를 잇고	戰裝綴銅線
갓끈은 검은 비단 사용한다네. _재선	士纓緌黑絹〔在先〕
비 기운 눅눅할 때 옻을 말리고	燥髹乘雨靄
불의 힘을 빌려서 아교 붙이네. _무관	綴膠藉火煟〔懋官〕
혼자 쓰면 엄연한 일산과 같고	獨整儼華蓋
함께 서면 우뚝한 상위(象魏)¹³로구나 _혜풍	對峙特象魏〔惠風〕
수레바퀴 같지만 구르지 않고	車轂也不轉
솥뚜껑 모양이나 끓일 수 없네. _성해	鼎蓋而無沸〔星海〕
크기는 과녁을 삼을 만하고	大堪荷準的
멀리 보면 버섯이 덮여 있는 듯. _재선	遠疑菌蔽苻〔在先〕
등잔 앞선 타는 것 잊지를 말고	臨燈爇毋忘
측간 갈 때 벗는들 누가 탓하리. _재선	如廁免何誹〔在先〕
실을 붙여 높은 품질 구별을 하고	附絲高品別
구름 새겨 묘한 솜씨 보여 주누나. _성해	刻雲巧思費〔星海〕
반과산 두보¹⁴에겐 씌울 만하나	可加飯顆甫

---

11. 절풍립은 언제나 비슷하다오 절풍립은 절풍모(折風帽)라고도 한다. 고구려 사람들이 쓰고 다니던 삼각형으로 된 마름모꼴 모자다. 모자 양쪽에 새 깃털을 꽂은 고구려 벽화의 모자가 그것이다. 돈황의 석굴 벽화에도 나타난다. 중국에 들어가 한위(漢魏) 시대에 유행했다. 『북사』(北史) 「고려전」(高麗傳)에 보인다. 이 구절은 오래전에 그 모습을 잃은 절풍립의 모양새가 통일된 모습으로 기록에 남아 있는 것을 말하는 것으로 보인다.

12. 모시와~땅이로다 갓의 재료와 제도를 말하는 것으로 보인다. 갓은 모시와 대껍질 어느 하나가 없어도 만들 수 없지만, 그 재질의 곱기는 차이가 많이 난다는 뜻으로 풀었다.

13. 상위 고대 중국의 궁궐문 밖에 마주 세운 한 쌍의 건물이다. 그곳에 교령(敎令)을 현시(懸示)했다고 한다. 『주례』(周禮) 천관(天官) 「태재」(太宰)에 보인다.

상투 튼 위타(尉陀)[15]야 어찌 쓰리오. _무관　　　　寧資椎髻尉〔懋官〕

우산을 대신하니 아이들 부러워하고　　　　代傘童還羨

비녀 꽂자 늙은이 비로소 안심한다네.[16] _재선　　憑簪老始慰〔在先〕

관례 따라 과장(科場)에선 쓰지 못하고　　　例惟場屋禁

문 지날 땐 문설주 부딪힐까 염려하누나. _재선　行且門楣畏〔在先〕

둥글기는 비구의 엎은 바리고　　　　　　比丘圓覆盂

성글기는 우바새 그물이로다. _무관　　　優婆疏結尉〔懋官〕

모인 자리 산들이 둥글게 솟고　　　　　參座圍岌業

놀이판엔 장다리꽃 빽빽하구나. _혜풍　　觀場簇薹蔚〔惠風〕

반쯤 꺾음 예로부터 협객들 좋아했고　　半挫俠故喜

너무 넓은 건 난쟁이들 꺼린다네. _성해　太博矮所諱〔星海〕

유손 이름 속담에도 올라와 있고[17]　　鎦孫騰俗諺

송도에선 가는 풀로 노끈을 삼네. _재선　崧陽紉細卉〔在先〕

선비에겐 휼관이 맞지 않는데[18]　　　不稱士冠鷸

---

14. 반과산 두보　　이백(李白)이 반과산(飯顆山)에서 두보(杜甫)를 만나 희롱삼아 지은 시에 "반과산 앞에서 두보를 만나니, 머리엔 벙거지 쓰고 해는 한낮이로구나. 묻노니 어찌하여 저리 너무 여위었노. 전부터 시 짓기 괴로워서 그리 된 게지"(飯顆山前逢杜甫, 頭戴笠子日亭午. 借問爲何太瘦生, 爲被從前作詩苦.)라고 하였다.

15. 상투 튼 위타　　위타는 남월(南越)의 왕이다. 위타가 자기 나라 습속대로 맨상투 머리에 두 다리를 뻗고 앉아서 한(漢)나라의 사신을 접대했다고 해서 한 말이다. 『사기』에 보인다.

16. 비녀~안심한다네　　비녀〔簪〕는 갓이 벗겨지지 않도록 갓에 끈을 꿰어 머리에 꽂는 물건이다. 갓이 벗겨질 염려가 없어져 안심한다는 뜻이다.

17. 유손~있고　　유손(鎦孫)은 초립 만드는 장인의 이름인데, 손재주가 없기로 유명했다. 그래서 거칠고 겨우 모양만 갖춘 것을 두고 "유손의 초립 같다"고 하였다. 『연려실기술』 권 28, 「인조조고사본말」에 보인다.

18. 선비에겐~않는데　　휼관(鷸冠)은 물총새의 깃으로 장식한 갓으로, 법도에 맞지 않는 것이었다. 정(鄭)나라의 자장(子臧)이 송(宋)나라로 달아나 이 갓 쓰기를 좋아했다. 이 소문을 들은 정백(鄭伯)이 법도에 어긋난 갓 쓴 것을 싫어하여 도적을 시켜 그를 죽였다. 『좌전』 희공 24년 기사에 보인다.

여인들 비비털 다리 달가워할까?[19] _혜풍	寧屑女髦狒〔惠風〕
집안의 머슴에겐 벙거지[20] 어울리고	家奴品宜氈
향객들 격조는 사립문에서 잃는구나. _재선	鄉客格失扉〔在先〕
탐라 갓은 매미 날개보다도 얇고	耽羅薄於蜩
고려 갓은 비췻빛 물을 들였지. _무관	高麗染如翡〔懋官〕
아침에는 고운 빛 눈 안에 가득하고	纖彩旭漏眶
한낮엔 둥근 그림자 장딴지에 내려앉네. _혜풍	團影午壓腓〔惠風〕
저녁엔 처마 아래 거미를 뒤집어쓰고	夕簷蒙游蛛
타작마당 메뚜기들 위에서 뛰노누나. _성해	秋場戴跳蚩〔星海〕
평평한 정수리는 뚫린 하늘 기우는 듯	平頂天穿補
검은 테두리는 다 먹힌 월식 같네. _무관	玄規月蝕旣〔懋官〕
광대 복장 금작(金雀)[21]은 틀린 것이고	金雀優服詭
옥로(玉鷺)[22]의 무사 모양 군세 보이네. _혜풍	玉鷺武貌毅〔惠風〕
절구 몸에 배는 맷돌과 같고	似臼腹磨形
체처럼 눈에는 연기 어리네. _재선	如籭眼烟氣〔在先〕
얼굴 덮으면 달게 잘 수 있지만	面覆睡蹔悅
겨드랑이 끼려면 한숨 아니 나올까. _무관	腋挾仆詎欷〔懋官〕
검게 칠함 상주를 위로함이요	墨抹憐服禫

---

19. **여인들~달가워할까** 비비(狒狒)는 머리의 털을 늘어뜨리고 빠르게 달렸다고 하는 원숭이의 일종이다. 다리는 여인들이 머리를 풍성하게 보이기 위해 덧댄 딴 머리 장식이다. 『시경』 용풍(鄘風) 「군자해로」(君子偕老)에 "검은 머리 구름 같으니, 다리를 달가워 않네"(鬒髮如雲, 不屑髢也.)란 구절이 있다.

20. **벙거지** 전립(戰笠), 병립(兵笠)이라고 한다. 대개 흑의(黑衣)와 병용하거나 전령복(傳令服)에 사용하였다. 운두가 높고 전이 평평하게 넓으며, 장식이 없고 돼지털로 만들었다.

21. **금작** 비녀 머리를 장식하는 새 모양의 수식.

22. **옥로** 높은 벼슬아치나 외국에 가는 사신이 쓰는 갓 위에 달던, 옥으로 만든 장신구. 해오라기 모양이다.

은 수식은 작록을 축하함이라.[23] _혜풍   銀飾賀祿饡〔惠風〕

치달리면 가는바람 소리가 나고   迅馳細歊颸

언뜻 보면 어른어른 기운 비치네. _무관   閃睨潤纈甄〔懋官〕

습기라도 찰까 봐 꼰 줄로 버티어 두고   恐濕撐繩紏

때가 묻을세라 갓집에 싸서 둔다네. _무관   惜汚套匣衣〔懋官〕

젖혀 쓰면 탕자 모습 가까워지고   岸腦則近蕩

당겨 쓰는 사람은 화난 듯하네. _혜풍   貼顙者若憞〔惠風〕

이 갓의 모양 따라 쇠로 만들면   這箇依樣鐵

저민 고기 삶으라는 청을 들으리. _재선   還被煮觽乞〔在先〕

---

23. 은 수식은~축하함이라   조선 시대에 정3품 벼슬에 오르면 갓 머리를 은으로 장식할 수 있었다.

화원에서 그린 화훼도에 적은 잡제응령

院畵花卉雜題應令

사계화 四季

초록 받침 붉은 꽃이   綠跗丹英
네 계절에 어여뻐라.   媚于四季
구멍 뚫린 괴이한 돌   怪石谽谺
이와 벗해 그윽하다.   伴此幽寄

접시꽃 戎葵

무릇 천하의 참빛깔이 오채(五采)는 말할 것도 없고 모두 다 금빛을 띠고 있는 것은 햇빛을 받기 때문이다. 하물며 접시꽃은 여름의 기운을 받아 태양을 향해 기우는 성질을 지녔음에랴.

凡天下之眞色, 無論五采, 悉帶金色者, 日之所被也. 何況戎葵, 稟朱明之氣, 傾太陽之性者哉.

앵속화 罌粟花

대궐에 파묻혀서 저무는 해 견디다가 　　　　鎖直淯淯耐日斜
그림 한 장 볼 적마다 집 생각 한 번 한다. 　　一回讀畫一思家
작은 누각 옆쪽에 주름을 드리운 곳 　　　　小樓側面簾垂地
앵속화 몇 가지가 거꾸로 비치누나. 　　　　倒映數枝罌粟花

푸른 꽃과 붉은 이삭 碧花紅穗

푸른 꽃과 빨갛게 익은 이삭이 　　　　　　碧花與紅穗
원유산(元遺山)의 시구[1]를 떠올리누나. 　　宛憶遺山句
좋은 가을 작은 누각 기대앉아서 　　　　　良秋倚小樓
『방초보』(芳草譜) 속집을 짓네. 　　　　　續修芳草譜

바위 곁의 나비 石畔蝴蝶

나비의 옷은 　　　　　　蝴蝶之衣
수를 놓은 날개인가? 　　繡而飛耶
주름 파인 바위 얼굴 　　皺石之面
구름이 변한 걸까? 　　　雲之變耶
꽃이 저리 늘어짐은 　　花之若若
작위를 받아선가? 　　　錫爵者耶

---

1. **원유산의 시구**　원호문(元好問)의 「동평이한경초충」(東平李漢卿草蟲) 시에 "그대가 꿈결에 장자 경지에 이름을 알았거니, 붉은 이삭 푸른 꽃 바람 이슬 맑으리라"(知君夢到南華境, 紅穗碧花風露淸.)란 구절이 있다.

꽈리 酸蔣

양용수(楊用修)[2]는 "등롱초(燈籠艸)가 섬돌 둘레에 가득하여 사랑스럽다"고 했다. 요즘은 어린 아이들이 아직 익지 않은 열매를 가져다가 알맹이는 제거하고 껍질만 남겨 그 주둥이를 상하지 않게 하고는, 잇새로 거꾸로 넣어 공기를 들이마시기를 마치 오줌통 씹듯이 하면 소리가 울린다. 꽈리 고사의 하나로 보충할 만하다.

楊用修云: "燈籠艸盈盈繞砌可愛." 今小兒就未熟, 去實存皮, 勿傷其口. 倒納之齒間, 吸氣如脬嚼而鳴之, 可補酸蔣掌故一則.

월월홍 月月紅

| 월월홍 꽃잎이 나비 날개 둘렀으니 | 月月紅帶粉翅蝶 |
| 남종의 포전화(鋪殿花)[3] 고사가 이것일세. | 南宗鋪殿花故事 |

패랭이꽃 石竹

꽃의 변화 많기로는 패랭이꽃만 한 것이 없다. 언뜻 보면 붉은 꽃과 흰꽃 두 종류뿐인 듯이 보이지만, 자세히 살펴보면 붉은 꽃 가운데도 흰빛과 황금빛, 검은빛을 띤 것이 있고, 흰 꽃 중에도 붉은빛과 자줏빛, 검은빛을 띤 것이 있다. 천백 송이의 변화가 끝이 없으니 재주꾼이라 말하지 않을

---

2. **양용수**　명(明)나라 학자인 양신(楊愼)을 말한다. 용수는 그의 자다. 호는 승암(升庵)이다. 『승암집』(升庵集)이 있으며, 『무종실록』(武宗實錄)을 편찬했다.
3. **포전화**　궁중을 장식하기 위해 사용하는 명주 바탕의 채색 그림을 말한다. 강남(江南)의 서희(徐熙) 등이 두 폭으로 짠 비단 위에 모여 있는 꽃과 쌓인 돌을 그린 것이 있는데 약초가 솟아나고 새와 벌, 매미가 오묘하게 섞여 있다. 이는 이주(李主)의 궁중에 설치하는 용도로 바친 그림인데 이것이 포전화이다.

수 있겠는가?

花之多變, 莫如石竹. 泛觀不過紅白二種, 細察則紅之中有白暈金暈漆暈, 白
之中有紅暈紫暈墨暈, 千百而不窮, 可不謂之才乎?

가을 국화와 사마귀 秋菊螳螂

국화는 능히 서리 견디고	花能拒霜
사마귀는 수레를 막을 수 있네.[4]	蟲則拒轍
저들은 용맹으로 하였지만	彼以其勇
나는 내 절개로 하리라.	我以吾節

파초와 큰 나비 芭蕉大蝶

파초의 그늘 아래	綠天之陰
큰 나비[5]의 그림자.	鬼車之影
회향(茴香)[6]의 향내 엄습하니	冪歷茴香
여름 풍경 은은해라.	迷離夏景

4. **사마귀는~있네** 당랑거철(螳螂拒轍)에서 나온 말이다. 사마귀가 수레를 막는다는 말로, 자기 분수를 모르고 상대가 되지 않는 사람이나 사물과 대적한다는 뜻이다.
5. **큰 나비** 원문은 귀거(鬼車). 귀거조(鬼車鳥)라는 전설 속에 보이는 머리가 아홉 달린 새를 말 하는데, 여기에서는 나비의 일종으로 크기가 부채만 하고 날개는 넷이며, 여지(茘支) 위에 날기를 좋아하는 나비를 말한다.
6. **회향** 회향(懷香)으로 회향풀이나 회향풀의 열매를 말한다. 대(大)회향과 소(小)회향이 있는데, 다 같이 약으로 쓰고 기름도 짠다.

배추 菘菜

『남사』(南史)에는 추숭(秋菘)이라 기록했는데	南史著秋菘
북쪽 사람 백채(白菜)라 부르는구나.	北人呼白菜
굳은 땅엔 기르지 말아야 하리	莫教硬地栽
치자보다 씨앗 더 연약하거니.	簷蒀劣於芥

계시와 수국 雞翅繡菊

『급취장』(急就章)[7]엔 계시[8]를 설명하였고	急就說雞翅
당시(唐詩)엔 수국[9]이 많이 나오지.	唐詩多繡菊
추위와 더위를 서로 이으니	寒暑遞相承
어여뻐라, 그 사이엔 패랭이꽃이.	婆娑間石竹

원추리 萱花

내게 망우초(忘憂草)[10] 있어	我有忘憂
집 머리에 심었다네.	言樹堂襟
맥문동(麥門冬)[11] 술 빚으면	門冬釀酒

---

7. 『급취장』　중국 전한 원제 시대(BC 48~BC 33) 사유(史遊)가 쓴 책으로, 주는 당나라 안사고(顏師古)가 달았는데, 물명(物名)·인명(人名) 따위를 수록하였다.
8. 계시　나무 이름으로, 닭의 날개처럼 흰 바탕에 검은 무늬가 있기에 붙여진 이름이다.
9. 수국　국수나무를 말한다. 속껍질까지 잘 벗겨내면 안에 흰 국수가락 같은 것이 있기에 붙여진 이름이다.
10. 망우초　원추리의 다른 이름이다. 근심을 잊게 해 준다고 해서 망우초이고, 임신한 여자가 허리에 차면 아들을 낳는다 해서 의남초(宜男草)라고도 한다.
11. 맥문동　다년생 식물로, 뿌리가 마치 보리처럼 잔털이 있고 잎은 부추와 같으며, 겨울이 되어도 시들지 않는다고 한다.

노인 외려 아이 되리.   返老還童

수박을 먹는 쥐 西苽鼫鼠

초록빛 짙은 수박	綠沉之苽
쥐 두 마리 붙어 있네.	鼫鼠附焉
우러러 붉은 액즙 마시며	仰嚥丹液
구부린 채 붉은 수박 쪼개누나.	俯囓紅犀
둘러봐도 사람 없어	四顧無人
뜻 얻은 양 멋대롤세.	意殊自得
이를 보는 사람들아 큰 소리를 내지 마라	觀此者戒勿高聲
소리 놀라 화들짝 달아날까 염려되니.	恐聲翩然而逸也

실제 失題

벌레 수염 제 몸보다 훨씬 더 길고	蟲鬚長於身
꽃 모양은 과일처럼 둥글구나.	花體圓如菓
주렁주렁 천기를 머금었는데	種種含天機
기우뚱한 바위 또한 아름답구나.	頹然石亦可

영릉향 零陵香

영릉향[12] 꽃향기 피어나는데	披拂零陵香

---

12. **영릉향**   콩과에 속하는 향초의 일종. 여름에 꽃이 피고 향기가 강하다. 전하여 성정(性情)이 아름다운 것의 비유로 쓰인다.

태호석(太湖石)[13]엔 구멍이 숭숭 뚫렸네.　　　嵌空太湖石

어여뻐라 한 쌍의 호랑나비는　　　　　　　　可憐雙蛺蝶

등왕의 호접도[14] 베껴 온 겐가.　　　　　　　搨取滕王跡

작약 勺藥

작약은 초모란(艸牧丹)에 지나지 않고　　　芍藥不過是艸牧丹

모란은 목작약(木芍藥)에 불과하다네.　　　牧丹不過是木芍藥

옛사람은 작약이라 말을 하였고　　　　　　古人言芍藥

지금 사람 모란이라 말을 하는데,　　　　　今人言牧丹

그 실지 한 가지를 말한 것일 뿐.　　　　　其實一而已

때문에 화가가 그린 것 보면[15]　　　　　　故畫家之正暈倒暈

또한 대략 서로서로 비슷하다네.　　　　　亦略相似

지초와 대나무 芝艸琅玕

영지는 뿌리 없고　　　　　　　　　　　　靈芝不根

대나무는 껍질 있네.[16]　　　　　　　　　竹箭有筠

---

13. 태호석　　산봉우리, 시내, 동굴 따위의 형상을 한 돌로 정원석 등에 많이 쓰인다. 중국 태호(太湖)에서 나기 때문에 생긴 이름이다. 구멍이 많고 주름이 잡혀 있다.

14. 등왕의 호접도　　등왕(滕王) 이원영(李元嬰)이 나비를 좋아해서 나비 그림을 잘 그렸다고 한다. 당대(唐代)의 명화(名畵)인 〈호접도〉(蝴蝶圖)가 등왕의 작품이다.

15. 화가가 그린 것 보면　　원문은 정훈도훈(正暈倒暈). 꽃잎은 일반적으로 꽃받침에 가까울수록 색깔이 더욱 진하고 꽃잎 쪽으로 다가갈수록 옅은 색깔을 띤다. 이런 특징을 그대로 살려 그리는 것을 정훈이라 한다. 반대로 만일 꽃받침 부분의 색깔이 옅으면 그 꽃잎의 끝 쪽으로 진한 색깔로 그리는데, 이것을 도훈이라 한다.

16. 대나무는 껍질 있네　　원문은 죽전유균(竹箭有筠). 이때 죽(竹)은 대죽(大竹)을, 전(箭)은 소죽(小竹)을 가리킨다. 대나무에는 푸른 껍질이 있다는 말이다. 『예기』에 같은 구절이 보인다.

천 년 후에도 늙지 않으며　　　　　　　　後千歲而不老
사시사철 언제나 푸르다네.　　　　　　　貫四時而長春

여뀌 이삭에 붙은 매미와 부들 사이의 대나무 蟬附蓼穗蒲間淡竹
여뀌꽃 흔들리자　　　　　　　　　　　蓼花顫
매미 소리 떨린다.　　　　　　　　　　蟬音戰
부들풀 허리 털자　　　　　　　　　　拂蒲脊
닭이 밟고 지나가네.　　　　　　　　　見雞躝

맨드라미와 달팽이 雞冠蝸涎
아래쪽엔 달팽이집　　　　　　　　　　下有蝸廬
위에는 맨드라미.　　　　　　　　　　上有雞冠
몸 숨길 만하고　　　　　　　　　　　可以庇身
벼슬할 만하네.　　　　　　　　　　　可以做官

야합과 지분 夜合地盆
야합 흰 꽃 향기로워　　　　　　　　　夜合馨白
배꽃보다 더욱 좋고,　　　　　　　　　過於梨花
지분의 달고 신맛　　　　　　　　　　地盆酸甛
산사보다 훨씬 낫네.　　　　　　　　　絕勝山楂

가여지 假荔枝

잠자리는 몰골도(沒骨圖)[17]요	蜻蜓沒骨
댓잎은 쌍구(雙鉤)[18]러니,	竹葉雙鉤
그 열매 누렇지만	有黃其實
불수감(佛手柑)[19]만 못하다오.	佛手之奴

월계수 月桂

계수 덤불 가시 많아	叢桂多刺
다가가서 보지 마라.	戒狎視也
나비는 두 개의 더듬이로	蝶鬚雙拳
꽃 기운을 마시누나.	飮花氣也

진달래 杜鵑

진달래 활짝 피니	杜鵑葩矣
꿀벌들 에워쌌네.	蜜蜂衒矣
이어 나는 푸르름은	蔓生之碧
꽃다움을 다투는 듯.	競此芬華

---

17. **몰골도**　윤곽선을 그리지 않고 그냥 채색하여 그린 그림.

18. **쌍구**　바깥 윤곽선을 그린 후 채색한 그림.

19. **불수감**　감귤류에 속하는 과일로 중국에서는 남방 광동지방에서 많이 생산된다. 부처님의 손같이 생겼다고 하여 불수감(佛手柑)이라는 이름이 붙었다. 유자보다 크고 긴 열매로, 겨울에 익으며 끝이 손가락처럼 갈라지고 향내가 매우 좋다.

산국과 담죽 山菊淡竹

산국화 이르지만 山菊雖早
가을바람 조짐일세. 金風是兆
담죽이 흔하지만 淡竹雖賤
푸른빛은 으뜸이라. 碧色冠冕.

박꽃에 거미줄이 얽혀 있고 그 곁엔 안래홍이 있다
蛛絲冒匏花 旁有雁來紅

박꽃은 희고 匏花白
안래홍[20]은 붉다. 雁來紅
거미줄에 찬 이슬 매달렸으니 蛛絲寒露濃
생각건대 빈풍도 그린 것일세. 想是畫豳風

봉선화[21] 鳳仙花

송궁(宋宮)에서 감히 이름 못 불렀나니[22] 宋宮不敢名
이 때문에 이 꽃 귀함 알게 되었지. 從識茲花貴
의원은 급성자(急性子)라 이름 부르니 醫言急性子
고기 먹고 체한 위를 풀어 준다네. 制肉能疏胃

---

20. **안래홍** 비름과에 딸린 한해살이풀로 잎은 촘촘히 어긋맞게 나며, 노랑·빨강의 얼룩무늬가 있다. 기러기가 북쪽으로 날아들 즈음인 8~10월에 잎이 물들기 때문에 붙여진 이름이다. 항상 붉은 색을 띠고 있기에 영원히 늙지 않음을 상징한다.

21. **봉선화** 꽃 모양이 봉황을 닮았다고 해서 붙여진 이름이다.

22. **송궁에서~불렀나니** 송나라 광종(光宗)의 휘(諱)가 봉(鳳)이었기에 궁중에서는 봉선화를 여아화(女兒花), 국비(菊婢), 우객(羽客) 등으로 불렀다고 한다. 명(明)나라 이시진(李時珍)의 『본초강목』(本草綱目) 「봉선」(鳳仙)에 보인다.

추해당[23] 秋海棠

그 꽃의 담박함이 사랑스럽고	其花愛淡蕩
잎새의 나부낌을 기뻐한다네.	其葉喜翩反
바람 부는 날에는 감상치 말고	勿令當風日
『화경』(花鏡)[24] 속의 말을 살펴보시게.	鑒茲花鏡言

추해당 又

나비 한 쌍 너울너울 날아드노니	偃蹇雙飛蝶
비녀와 귀고리를 갖추었구나.	亦能具簪珥
추해당 그 꽃 정말 어여쁘구나	復憐秋海棠
해맑게 발 친 책상 비추어 주니.	瀟灑伴簾几

수선화 水仙

우뚝히 홀로 서니	表獨立兮
어찌 그리 빼어난가.	一何儇儇
파란빛은 낙수 물결	碧爲洛波
푸른색은 상강(湘江) 안개.	靑是湘烟

---

23. **추해당**　여러해살이풀로 가을에 연분홍과 백색의 작은 꽃을 피운다. 추해당이라는 이름은 봄에 피는 해당화와 꽃 색깔이 비슷하면서 가을에 핀다는 데서 비롯한다.
24. 『**화경**』　청(淸)나라의 진호자(陳淏子, 1612~?)가 찬한 책으로, 내용은 화력신재(花曆新栽)·과화십팔법(課花十八法)·화목유고(花木類考)·등만유고(藤蔓類考)·화초유고(花草類考)·금수인충유고(禽獸鱗蟲類考) 등으로 편제되어 있다.

소반에 배를 담고 능금꽃을 놓았다 盤中梨實配以柰花

배를 보관하는 법은	藏梨之法
꼭지를 자르지 말아야 하네.	不斷其蔕
봄이 지나도 썩지 않아	經春不壞
꽃과 더불어 짝을 이뤘네.	與花作對

두 마리 벌과 여치 雙螽蟈蟈

바위 하나에	一拳石
세 종류 국화.	三品菊
두 마리 나나니벌	兩細腰
두 마리 여치.	雙蟈蟈

불수감 佛手柑

부처님의 여린 손이[25]	兜羅緜手
우담발화 받들고서	捧優鉢曇
천 년 세월 송축하네.	頌一千年

고추 番椒

중국 사람들은 번초(番椒), 즉 서번(西番) 고추라 하고, 우리나라 사람

---

25. 부처님의 여린 손이　원문은 도라면수(兜羅緜手). 불교어로 '도라'는 얼음이고 면은 솜이니, 얼음같이 흰 솜을 말한다. 또한 '도라'는 나무 이름이고, '도라면'은 도라나무에서 버들개지처럼 핀 것을 말한다. 부처님의 손이 버들개지나 흰 솜처럼 부드럽기 때문에 '도라면수'라 한다.

들은 당초(唐椒)라 한다. 색이 붉고 단단한 것만 가지고 분명히 남방에서
난 것이라고 우기는 것은 촌학구(村學究)의 주장이다.

華人謂之番椒, 東人謂之唐椒. 若以色丹硬, 定爲南方之産, 則邨學究之論也.

순무 蔓菁

순무 꽃은	蔓菁之花
노란 것이 있고 푸른 것도 있다.	或黃或碧
변하여 유채가 되니	化爲芥薹
그 종이 자주 바뀐다.	其種屢易

옥잠화[26] 玉簪花

동청(銅靑)에 가루를 뿌려 놓은 듯	靑糁銀粉
나비 날개 가을 맞아	蝶翅當素秋
날고 앉고 그 자태 제각각인데	飛坐各殊態
꼿꼿해라 옥으로 머리 꽂으리.	亭亭玉搔頭

석류 石榴

석류를 그리는 것은 자식을 많이 낳으라는 뜻을 취한 것이니 『북제서』
(北齊書)에 보인다.

畫石榴, 取多子之義, 見北齊書.

---

26. **옥잠화** 옥비녀꽃이라고도 한다. 피기 직전의 꽃망울이 백옥으로 깎은 비녀 같기에 붙인 이름
이다.

나비가 복숭아 내음 맡고, 돌 화분 곁에는 전추라[27]가 심겨 있다

蝴蝶嗅桃實 石盆旁挿剪秋羅

나풀나풀 나비가	翊然其蟲
복숭아 맴도는데	瞻之維實
전추라(剪秋羅) 고운 꽃은	秋羅之剪
무늬 돌을 집 삼았네.	文石爲室

소나무를 쪼는 딱따구리 鴽啄松樹

솔 비늘 어둡기 구리 같은데	松鱗暗似銅
딱따구리 부리는 끌보다 굳네.	鴽嘴堅於鑿
어여뻐라, 가시덤불 우거진 속에	復憐叢棘中
가을 국화 서로 함께 얽혀 있구나.	秋菊相交錯

27. **전추라** 석죽과(石竹科)에 속한다. 가을 비단을 가위로 자른 것 같다 하여 붙은 이름. 가을에 앞서서 피는 꽃이라는 뜻으로 전추라(前秋羅)라고도 하였다.

고송유수도인[1]의 잡화 그림에 적은 평

古松流水道人雜花題評

산에는 자줏빛 무리 가로 어렸고 탑의 흰 모서리 드러났으니, 분명히 석양 무렵의 광경이렷다.

먹물을 살짝 묻혀[2] 산을 그렸고 먹물을 듬뿍 묻혀 나무를 점 찍었으니, 명암과 향배의 묘체를 얻었도다.

미불 문하의 사람이로다.

월계화가 비록 곱기는 해도 달빛으로 적시면 무성해지고,[3] 묵은 바위

---

1. **고송유수도인** 조선 후기 화인 이인문(李寅文, 1745~1821)의 호다. 그는 도화서의 화인으로 격조와 기량 면에서 당대의 김홍도와 쌍벽을 이룬다는 평가를 받는다. 대표작으로 〈강산무진도〉(江山無盡圖)와 〈송계한담도〉(松溪閑談圖) 등이 있다.

2. **먹물을 살짝 묻혀** 원문은 갈필(渴筆). 붓에 먹을 살짝 묻혀 그리는 묘법(描法)이다. 반대로 먹물을 듬뿍 묻혀 그리는 법을 윤필(潤筆)이라 했다. 중국 남종화(南宗畵)는 갈필을 존중하여 노고(老枯)의 취향을 즐겼고, 북종화(北宗畵)는 윤필을 위주로 하여 먹에 윤택이 있는 것을 존중하였다. 묘법에 알맞게 만들어진 빳빳한 털로 만든 붓도 갈필이라 한다.

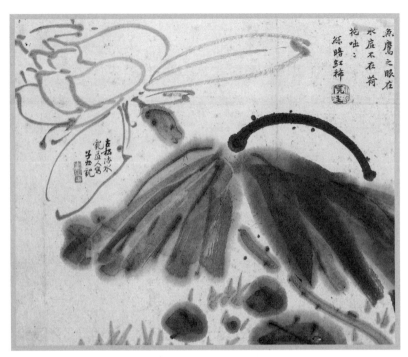

이인문의 그림 화제에 박제가가 "물총새의 눈길은 물 속에 있고 연꽃에는 있지 않다네. 쯧쯧"이라고 썼다. 서울대박물관 소장.

가 비록 추하나 쇠못을 박아도 들어가지 않는다. 이에 비로소 품격은 겉모습으로 논할 수 없음을 알았다.

깃털은 달라붙고 눈빛이 고요하니 기러기 중에서도 기심(機心)을 잊은 놈이다.

3. 달빛으로 적시면 무성해지고 원문은 요천계즉익무(澆天癸則益茂). 천계(天癸)는 원래 남자의 정액이나 여인의 생리처럼 생식을 가능하게 하는 현상 또는 물질을 뜻했는데, 뒤에는 여인의 월경을 가리키는 말로 쓰였다. 계(癸)는 물을 뜻한다. 여기서는 달빛으로 해석했는데, 빗물로 풀 수도 있다.

까마귀 눈이 가물가물 저물어 가는 것은 말할 것도 없고, 버들잎이 진 흙 자국을 띤 형세를 살펴보라.

고송유수도인이 사는 집이니, 문설주에 열 길 노을 가로 서렸네. 황혼을 그리려도 그릴 데 없어, 새 한 마리 마른 등걸 먼저 앉혔네.

물총새의 눈길은 물속에 있고 연꽃에 있지 않다네. 쯧쯧!

이 땅에는 감식안이 없는 것인가? 나는 그를 만나고 싶네.

막 여러 가지 풀꽃을 그린 뒤여서인지 물고기의 지느러미와 꼬리가 아직도 풀잎의 기운을 띠고 있다.

깊은 밤중에 무를 씹어 먹어도 그 맛은 그 속에 절로 있고, 수묵으로 무를 그려도 그 흰빛은 그 속에 절로 있으니, 이른바 구방고(九方皐)가 천리마를 알아보던 방법이다.[4]

딱따구리는 주술 거는 방법 아는지 그 깃털에 알록달록 무늬가 있어 꽃을 꽂은 무당과 비슷하구나. 그래서 한 번 웃노라.

---

4. **구방고가~방법이다** 구방고는 춘추시대 말을 잘 감별했던 백락(伯樂)의 친구다. 구방고는 백락의 추천으로 진(秦) 목공(穆公)을 만났다. 목공은 구방고에게 천하의 명마를 구해 오게 했다. 구방고는 석 달 뒤에 말 한 마리를 끌고 와서 "황색의 암컷으로 천하에 보기 드문 명마"라고 소개했다. 목공이 보니 밤색의 수말이었다. 그래서 말의 암수도 구분 못한다며 구방고를 쫓아내려 했는데, 백락이 보고 "내면이 중요하니 외관은 중요하지 않다"고 했다. 이에 다시 보니 과연 천하의 명마였다. 『전국책』(戰國策)에 보인다. 검은빛 먹으로 흰 무를 그리고 캄캄한 밤에 흰 무를 씹는 것도 비슷한 이치이니, 그림의 묘미가 외관이 아니라 그 내면에 있음을 보아야 한다고 말한 것이다.

文集

1

序文 一

朴趾源

爲文章, 如之何? 論者曰, 必學古. 必學古而已者, 是王莽足以製禮樂, 陽貨可以爲萬世師耳. 學古寧可爲? 然則刱新可乎? 曰苟刱新而賢乎. 是三丈之木, 賢於關石, 而延年之聲, 可登淸廟矣. 刱新亦安可爲也? 夫然則如之何? 吾將奈何! 無其已乎!

噫! 學古者, 病泥迹, 刱新者, 患不經. 苟能學古而能變, 刱新而能典, 今之文猶古之文也. 何者? 古之人有善讀書者, 公明宣是已. 善爲文者, 莫如淮陰侯. 故如學古者, 若魯之男子獨居也, 則不泥於迹矣. 如刱新者, 若虞詡之增竈也, 則不厭於學古矣.

由是觀之, 天地雖久, 不斷生生, 日月雖舊, 光輝日新, 載籍雖博, 旨意各異. 故飛潛走躍, 必有厥名, 山川草木, 必有秘靈, 積雨蒸菌, 腐草化螢, 禮有訟, 樂有議, 書不盡言, 圖不盡意. 仁者見之, 謂之仁, 智者見之, 謂之智. 故俟百世聖人而不惑者, 前聖志也, 舜禹復起, 不易吾言者, 後賢述也.

古人者, 先於我者也. 所謂智者, 先我思者也. 我於後人, 亦自古也. 故明日之昔, 卽今朝也. 往者不可追, 俄者事已也. 言以道志, 匪由人也. 禹稷顏回, 其揆一也. 隘與不恭, 君子不由也. 朴氏子齊家, 年十九, 能文章, 號曰楚亭, 從予遊予. 夜與之言如此, 遂書其卷首. 潘南朴趾源譔於孔雀舘中.

序文 二

日月星辰, 天文也, 而飾乎旂裳, 昆蟲鳥獸, 地産也, 而上乎彝鼎. 徐方之土于侯社, 夏翟之羽於旌旄, 登龍于章, 升玉於藻, 百工婦人, 雕黹染練, 以供宗廟祭祀之文, 何者? 甘受和, 白受采也.

詩文之道亦然. 今之嗤六朝者, 率曰綺曰靡, 夫所惡乎綺靡者, 爲其淫色蛙聲, 柔而鮮振也. 若啓朝華披夕秀, 樹丰骨於選言之路, 亦何害乎其綺靡乎? 司馬之文如天, 以其神全也, 班固之文如地, 以其氣厚也.

朴楚亭東國之麗于文者也, 其人短小勁稜, 才情蓬勃, 上探騷選, 旁采百家, 故其爲文詞, 有如粲, 如星光, 如貝氣, 如蛟宮之水焉. 有如粲, 如屯雲, 如久陰, 如枯腐, 如熬燥之色焉. 有如春陽, 如華川者焉, 逶逶迤迤. 有如海運震怒動湯, 怪異百出者焉, 豈非天下之奇文哉? 然而自振者無力, 終知者甚稀, 萬里之外, 以求序于余. 豈所謂獲助於古, 而不獲助於今乎?

夫古之爲文詞者, 欲使天下, 聞之而必行, 觀之而必蹈. 散之茫洋以爲道, 演之浸淫以及物, 不爲之發微而闡幽, 後之學者, 從何行之而蹈之哉? 此余之所以不能已于文也, 故爲之弁其首. 羅江李調元雨邨書.

序文 三

陳鱣

嘉慶六年三月, 余擧進士, 遊都中, 遇朝鮮國使臣朴修其檢書于瑠璃敞書肆, 一見如舊相識. 雖言語不通, 各操不律書之, 輒相說以解. 檢書通經博古, 工詩文. 又善書法, 人有求, 則信筆立書所作以應.

時余同年友嘉定錢君旣勤繼至. 旣勤克承家學, 著述甚夥. 檢書偕同官柳君惠風, 亦閎覽多聞, 而卓然儒雅. 四人者, 賞奇析義, 舐墨濡毫, 頃刻盡數紙. 余欲叩以逸周書之在子前兒嗛羊, 管子之文皮毻服, 說文解字之鮸魵鰅鱸鰈魳魺魦鱳鮃鱅鰅, 遽數之, 不能終其物, 且日已旰矣, 遂散去.

越數日, 又相見, 辱贈以東紙·摺扇·野笠·藥丸. 余卽賦詩四章志謝, 副以楹聯·碑帖及拙著論語古訓, 幾幾乎投縞獻紵之風焉. 有頃, 檢書, 手一編出示, 曰貞蕤藁略. 皆其舊作. 首列對策, 發明古學, 貫通六藝群書. 讀之, 洋洋灑灑, 如登高山·臨滄海, 驟然莫測其崇深. 戒余從事于聲音·文字·訓詁, 已歷多年, 意有所會, 輒疏記之, 近年性漸忽忘, 未敢自信. 今閱檢書之作, 先得我心之所同然, 不覺興感交集.

檢書自言, 所列策問, 乃其先國王親製. 國王好學博聞, 直接鄒魯淵源, 不作漢唐後語. 而恭儉禮下, 從善如流. 夙知草茅之名, 振拔于科擧常格之外而登進之, 擢授要職, 君臣知遇, 古所罕覯. 余歎其何榮若此. 蓋嘗三入京師, 所交, 皆名公巨儒. 其天性, 樂慕中朝, 好譚經濟, 曾著北學議二卷. 其他著作詩文尙多, 此所存者, 才十之一. 然其中攷證之作, 酬唱之篇, 雲流泉涌, 綺合藻抒, 粲然具備. 同人亟爲校刻, 請余弁其端. 余固謝不敏. 適綿州李墨莊中翰, 出使琉球, 方歸, 亦在坐, 欣然勸余爲之. 洪惟我國家, 文敎誕敷, 東

漸西被, 梯山航海, 重譯來庭, 何止越裳西旅. 而朝鮮, 古稱君子之國. 檢書,
皇華載命, 周爰詻詖, 不愧九能之目. 將見斯編一出, 流布風行, 膾炙人口,
咸知崇實學·尙風雅, 無間于絶域遐陬, 豈不盛哉, 豈不快哉. 若夫澹雲·微
雨二語, 遂詫爲東國解詩, 抑亦淺已. 海寧陳鱣序.

海獵賦

　　癸巳春, 踰金剛, 觀於東海之水獵. 命漁人, 播網而舟入, 麾而復出于陸. 爲左右翼而麾之, 延袤五里, 拏者千指. 自午至酉, 魚巨細以百數. 俘其怪類異産, 悉陳之亏岸. 審厥形體, 泝求其名. 參以方言, 驗諸圖經, 茫昧不合, 驚疑萬狀.

　　遂邉海而立, 慨然有燃犀之想. 惟天水縫, 青極而白緣. 茫茫然規之以圓. 若冷霓之與寶劍, 使人心怖, 迫視之不敢. 少焉皺雲若齴, 浪花甚矗. 延緣囓岸, 逼我履絢. 余褰衣反走, 却立改容而歎曰: "偉哉水也! 彼舟楫之所通, 豈非水國之一隅, 而網罟之所獲, 僅爲海錯之錙銖乎? 然而小士睢盱鯊蝎之目, 拊搏不聞鯔潮之聲, 殊不知久狎則龍象不詭, 枌覿則蝦蟹皆驚. 故淡菜之鄙褻, 章舉之紊亂, 鮫人之妙巧, 蜃樓之靈幻, 何嘗揆之以凡衷, 限之於狹眼哉, 而況竭萬里之深邃, 泄千古之冥秘, 則其必有怪怪奇奇, 擺弄而滑稽而不止於斯者矣."

　　竊嘗究之. 天地之間, 海處其半, 燥濕相形, 剛柔以判. 水陸之互出, 譬若胡桃之凹凸. 生物之依附, 亦猶瓠犀之擺列. 則上下雖懸, 而未爲無合足之民, 幽明殊境, 而未爲無含氣之倫.

　　於是乎跂息肖翹, 各從其形. 胎卵濕化, 孰非爲生? 適然而魚, 適然而吾. 惟其與我而殊, 故群聚而笑之, 又從而小之. 以渺然之心, 窺不測之深, 以一定之見, 論無窮之變.

　　由是觀之, 彼流行者爲可履, 而必空虛者爲可恃. 故魚行而不墜也, 深淺其世也, 沾濡其界也. 或吹沫而孤泳, 或呷波而同隊. 下而必有資乎土, 則猶之穿井而飲食也, 其出而曝鯉而露背也, 亦時時乎似我之盥濯而沐浴哉? 然則以水觀魚, 寧能自知其爲水? 而以魚觀人, 其必以爲孑然無憑, 而慮其將死也.

余乃冷然解頤, 拂袖而起. 覽天際之寥廓, 思萬物之端倪, 心忽忽而不竟, 終半途而自迷. 始知至大之不可以語悉, 而至多之不可以理詰.

置酒洛陽南宮應令

君天下而宅中, 拊帶礪而餘思, 臨清瀍而洗兵, 倚碧嵩而揚觶. 皇恩遍於既醉 曰: 有賴於諸君, 旣同德之咸集, 故把杯而酬勳. 王壚餘而一戎, 朕亦時之酒人. 天鶉首而喚醉, 地鴻門而逃飮. 彭城酣以楚戰, 時有酒而難淹. 家豊西而化國, 八載勞夫將相. 芟群雄於鹿逐, 翊眞主於馬上. 風雲會而海一, 又三傑之最著. 羌收圖於入秦, 繫借箸於撓楚. 金壇屹而授印, 詔兵仙使淸路. 紛先後而夾轂, 導余之乎東洛. 披丹券而信誓, 分白茅而列爵. 非無術於償功, 別有思於同樂. 山河繞以大樽, 與子期乎南宮. 橫天橋於水半, 頫複道於沙中. 瞻食龜之舊郊, 訪測圭之遺蹤. 龍顔酡而色喜, 舊酒徒而今帝. 欣需雲之在玆, 詠湛露而遐睇. 徠群工而鵠立, 迓徹侯而駿奔. 簫韶發於九天, 舃茀煌於千門. 回折券之故事, 侈錫爵之恩言. 情旣達於接下, 戒宜存於鑒前. 君何失於一范, 吾不如者三人. 潮初暈於婦貌, 眼纔襭於昴精. 千鍾配以百榼, 大酒所於王庭. 知到手而莫辭, 盖不醉則無歸. 雷殷殷兮麴車, 星爛爛兮酒旗. 宜移封於酒泉, 新册勳於醉鄕. 携新豊之十千, 賀觴政於未央. 拚璇題而獻賦, 掇金刀之遺芳.

伯夷太公不相悖論

興亡者, 天地之大數, 而出處者, 君子之大節也. 或國興以出, 或國亡以處, 夫興亡, 必一時之事, 而出處, 非一人之身. 則於是, 有曰伯夷焉, 有曰太公焉. 伯夷之心, 曰: "予殷民也. 殷君雖暴, 臣不可以非君, 予守臣之道而已." 太公之心, 曰: "獨夫行凶, 萬民塗炭, 我武維揚, 于湯有光, 吾行天之討而已." 嗚呼! 彼二人者之平日, 非有素所詭激而然也, 亦非有安排布寘, 爭名較勝而然也. 紂之亂也, 避地于海濱者同也, 文王之作也, 盍歸乎來者同也. 方殷命之未絶, 周師之未會也, 彼二人者亦將携手相將, 談論於乞言之地, 翺翔於養老之堂, 以爲天下之理, 一而已也.

及夫商郊倒戈, 尚父有鷹揚之擧, 西山採薇, 墨胎作扣馬之諫. 然後二人者之行, 一出而一處, 一興而一亡, 使天下後世之論者, 遂以爲大不同而迥相殊也. 則二人者之心, 從玆而不明, 二人者之心不明, 則武王之心不明, 武王之心不明, 則彼伯夷者, 亦不過爲一偏枯不曉事之人而已也. 吾於是, 竊有懼焉, 大書特書而論之.

曰: "伯夷之憂, 萬世之憂也, 太公之心, 天下之心也, 橫之爲經, 豎之爲權, 仁人之心, 同出於至誠惻怛, 無一毫私意於其間, 則爲用雖殊, 其義則同, 非若黑白之可辨, 薰蕕之相別也. 彼君子此亦君子, 彼賢人此亦賢人, 天下之所謂二老, 千古之所謂兩是也. 如帝舜·文王之若合符契, 禹稷·顔回之易地皆然. 殊軌同歸, 理一而分殊者也. 嗚呼! 義理無窮, 遭逢亦異, 則天下之事, 固難以一槩論矣. 魯男子之於柳下惠也, 不害其爲同, 優孟之於楚叔敖也, 雖似而實非. 則觀其論迹而不論心, 與論心而不論迹, 其義理不待言說而自辨矣."

詩學論

　　吾邦之詩, 學宋金元明者爲上, 學唐者次之, 學杜者最下. 所學彌高, 其才彌下者, 何也? 學杜者, 知有杜而已, 其他則不觀而先侮之, 故術益拙也. 學唐之弊同然, 而小勝焉者, 以其杜之外, 猶有王孟韋柳數十家之姓字, 存乎胸中. 故不期勝而自勝也. 若夫學宋金元明者, 其識又進乎此矣. 又况博極羣書, 發之以性情之眞者哉?

　　由是觀之, 文章之道, 在於開其心智, 廣其耳目, 不繫於所學之時代也. 其於書也亦然. 學晉人者最下, 學唐宋以後帖者, 稍佳, 直習今之中國之書者, 最勝. 豈晉人唐宋之書, 不及今之中國者耶? 代遠則模刻失傳, 生乎外國, 則品定未眞, 反不如中國今人之書之可信而易近, 古書之法, 猶可自此而求也. 夫不知搨本之眞贋, 六書金石之原委, 與夫筆墨變化流動自然之體勢, 而規規然自以爲晉人也, 二王也. 不幾近於盡廢天下之詩, 而膠守少陵數十篇之句字, 以自陷於固陋之科者耶?

　　夫君子立言, 貴乎識時. 使余而處中國, 則無所事於此論矣. 在吾邦, 則不得不然者. 非其說之遷也, 抑勢之使然也. 或曰: "杜詩晉筆, 譬諸人則聖也. 棄聖人而曰學於下聖人者耶?" 曰: "有異焉, 行與藝之分也. 雖然畫地而爲宮, 曰: '此孔子之居也.' 終身閉目, 不出於斯, 則亦見其廢而已矣. 若夫文章古今升降之槪, 風謠名物同異之得失, 在精者自得之, 殆難與人人說也." 上之五年辛丑初冬, 葦杭道人, 書于兼司直中.

試士策〔丁酉增廣〕

對: 於戲! 試士云者, 何士之試也? 有道德之士焉, 有文學之士焉, 有技藝之士焉. 夫今之冠儒冠衣儒衣, 于于而挾策者, 果能兼此數者之才而試之歟? 抑或各求其一而試之歟? 夫道德文章技藝之士, 或千里而比肩, 或百世而隨踵, 則古之士, 若是其難也. 何今之冠儒冠衣儒衣, 盈乎庭而遍乎國者, 無非士也, 則試之果皆盡其方而然歟? 才之果能合其試而然歟? 何古之士雖少而必傳, 今之士雖多而無聞也?

然則今之所謂試士云者, 槩可以知矣. 以功令之皮毛, 卜一身之蘊抱, 以浮華之套語, 束天下之文章, 以片時之得失, 決平生之進退. 試之於名, 則爭趨而爲名矣, 試之於利, 則爭趨而爲利矣. 爵祿之所勸, 榮達之所在, 試之於水火, 而其不赴於水火者, 幾希矣. 豈其志之不若人哉? 抑亦習之所由成爾. 故試士之名雖同, 而試士之效不同, 試士之義雖同, 而試士之迹各殊.

由古及今, 而試士之法, 蓋亦不知其幾變矣. 其見於經, 則試可乃已, 出於帝堯之典, 四科取人, 亦在魯論之記. 三代之造士, 戰國之客, 西京之孝廉, 東京之吏, 魏晉之九品中正. 詞賦起於隋唐, 八股昉於荊公, 以及宋元明淸, 各試其士, 各取其才. 其間雖不能無同異得失之可論, 而亦莫不因時適宜, 與之沿革. 向所謂道德文章技藝之士, 亦往往有由試而出焉, 則世之論者, 遂有以科舉爲性命義理者矣. 殊不知今之試士非古之試士也. 家傳而戶習者, 盡是掇拾之陳言, 自衒而自媒者, 已自立身之初年, 則自玆以往, 試士之法, 靡靡然日入於衰壞矣. 然則識時務者, 其可不及時而更張之乎. 愚也折衷今古, 著書立言, 思欲一試於當世之君子者久矣. 今何幸拜問之辱. 乃言曰云云, 遂條云云, 設弊云云, 大抵云云, 與前二論同意.

　　主試李公命植, 大加歎賞曰："此不可以時俗程文論者." 拔置第一, 而下段捄弊措語, 有違格式. 他考官, 欲黜之, 李公不可, 遂降置三等. 余是時, 實未嘗習一應舉策, 偶於場中, 見旁人作, 無甚難者. 遂構成篇首, 其下程式, 令李友喜明足之. 余一邊書一邊呼曰："豈非龍首蛇尾者耶?" 李君笑曰："子顧無尾, 乃敢擇耶." 適日暮風起, 信手書呈. 只以出場爲快, 初非置得失於胸中也. 不愜之事, 欲諱逾章, 偶被高擡, 遂惹人笑. 于今有餘愧焉.
戊戌秋日, 齊家自識.

六書策

策問

王若曰: 書居六藝之一焉. 自昔有周之訓國子也, 敎之六書, 則先王之重文字也, 盖如是矣. 春秋以上, 言文不言字, 如左傳於文止戈爲武, 論語史之闕文, 中庸書同文, 皆其證也. 然則文與字之並稱, 始於何代·何書·何人·何說, 而爾等可遡擧而歷對之否?

字之古義, 近育不近文, 如易之貞不字, 詩之牛羊腓字之, 春秋之使字敬叔, 皆其驗也. 然則字之訓文之由, 爾等亦可言歟?

文象立而結繩移, 鳥跡明而書契作. 獨體爲文, 合體爲字, 文有八象, 字有六類, 其制造之精義, 可詳確歟?

指事之視識察見, 上下是也. 象形之畫物隨體, 日月是也. 諧聲之以事爲名, 江河是也. 會意之比類合誼, 武信是也. 轉注之同意相受, 考老是也. 假借之依聲托事, 令長是也. 其究解之妙旨, 可極言歟?

四象爲經, 假借轉注爲緯, 則同一六書, 而或爲經或爲緯歟? 四象有限, 假借轉注無窮, 則同一六書, 而或有限或無窮歟? 六書之中, 假借轉注, 偏多歧論. 以假借言之, 則或曰借聲, 或曰因其聲·借其義, 或曰借象不借音. 以轉注言之, 則或曰轉聲, 或曰轉其聲注其義, 或曰有因其義而轉者. 有但轉其聲而無意義者, 有三轉四轉至八九轉者, 有轉同聲者, 有轉旁聲者, 有雙音倂義, 不爲轉注者, 有旁音叶音, 不在轉注例者. 此其論, 果皆有據歟?

八卦爲忠, 古文爲質, 籀文爲文, 則忠質文, 何與於文字, 而如此分屬歟?

依類象形謂之文, 形聲相益謂之字, 著於竹帛謂之書, 則文字書, 固各有專意, 不容通釋歟?

秦漢之更用八體, 今可悉數, 甄豐之刊定六體, 亦可歷舉歟? 梵也·伽盧也·季頡也, 竺典並稱之三人, 瑞華也, 花草也, 雲霞也, 後來變化之三體, 皆可指其得失歟? 橫則如長舟之截小渚, 直則如春筍之抽寒谷, 何所取象歟? 河洛開而圖書兆, 嘉禾生而穗書始, 何所取徵歟?

大抵文字者, 墳籍之根本, 詞章之宅宇, 言語之體貌也. 展卷玩古, 則千載共朝, 削簡論今, 則萬里對面, 以之傳道述事, 治官察民, 而凡天地萬物, 造化不窮之跡, 莫不有待而資取焉. 大矣哉, 文字之功用也!

古文最首出, 而大篆次之. 及秦李斯等三家之蒼頡七章·爰歷六章, 博學七章, 所謂小篆也, 又次之, 自是而爲程邈之隸書, 爲西京之卝書, 爲藥書·爲楷書·爲懸針·爲飛白, 皆名小學. 至許叔重朶史, 籀以下諸書, 又作說文解字, 則後世小學之僅存者, 賴有此一部而已.

然以朱夫子之地負海涵, 亦不免別求小學於曲禮·內則之支流, 而灑掃應對習事居敬之說, 皆漢唐以上不傳之旨訣也. 此可謂發前未發, 有功後學歟? 惟是一種從事於六藝者, 往往考古證今, 以文字爲小學, 異見崖論, 至今紛如, 何哉? 豈朱子之猶有未講歟, 抑諸儒之務奇妬新歟?

夫學莫大於格致, 格致莫要於文字. 予於文字之學, 雖未嘗專心用力, 而其於音義沿革之間, 蓋不無粗窺端倪者. 今子大夫平居讀書, 多識古文奇字者, 而又當承命編釐韻書, 安得不敬策求助, 補予格致? 其悉意敷陳, 毋拘程式. 予將親覽焉.

對策

臣對: 臣聞書者, 與道俱生者也, 道無形體, 則書以际之, 道無方所, 則書以導之, 道無言語, 則書以達之. 故世無離水之魚, 亦無離書之道矣. 其在天也, 則日星之昭明也·寒暑之消長也·雲霞之絢爛也, 其在地也, 則江河山岳之流峙也·艸木蟲魚之榮落變化也, 其在人也, 則身體毛髮屈伸偃仰之態·衣服飲食動靜語默之象, 無非書也.

方其一而未名, 蘊而將朕也, 宓羲得之, 以爲卦, 倉史得之, 以爲書, 於是乎名其卦曰易, 名其書曰字. 世儒窾啓, 妄生分別, 見讀易者曰老師而敬之, 見學字者曰初學而小之, 殊不知書也·易也, 合之則爲一, 離之則爲二. 彼卦中之一畫, 非書中之指事乎, 卦中之奇耦, 非書中之象形乎. 曰陰曰陽, 非會意乎. 有卦, 必有名, 非諧聲乎! 卦中之交易·變易, 非子母相生, 假借轉注之發凡起例乎. 是知不明乎書者, 必其不通乎易者也, 善乎! 陶九成之言曰:"六書, 八卦之變也."

今我聖上, 學貫三才, 道冠百王. 觀人文而化成, 冒天下而不遺, 發策問道, 以六書爲先. 大矣哉! 眞知爲治之要矣. 臣雖譾陋, 敢不以所聞於先哲者, 颺言以對乎! 臣, 伏讀聖策自書居止覽焉, 臣拜手稽首曰.

都嘗試論之. 書雖六藝之一, 而實則貫乎六藝, 蓋惟禮樂射御數五者, 各不相通, 而書能通之. 書雖小學之事, 而實則大人之道, 不外乎是. 夫惟語其小, 則偏傍點畫之微, 而語其至, 則造化之所由起, 精義之所由托也. 信乎其能達幽顯之情, 明天人之際者矣, 是以聖王重之.

周官保氏之爲教也, 自八歲而爲始, 所以諷說於摳衣之餘, 講摩於隅坐之間者, 無非此六書之旨. 故時無不識字之人, 朝無不通經之官. 子夏之釋物, 辨丁乎魚枕, 秦醫之說疾, 測蠱于蟲皿. 委妥可通. 見于姜鼎, 近本一, 證在周彝, 徵之于昔, 有由來矣.

烏虖! 聖遠言湮, 六藝之教不行, 六經之學不傳. 五十二家之書, 都來穿鑿, 三百六十之體, 更相榛蕪. 帖括之儒, 或習焉而不察, 家塾之童, 或少見而多怪, 文字之寄於世也, 縣縣焉不絶如綫矣. 如欲挽回振作, 賁飾皇猷, 煥然與三代同風, 則不必高談性命之原, 馳騖六合之外, 卽此一書 學之復古, 而治天下, 已運之掌上矣.

請因聖問而條陳之, 春秋以上, 言文不言字, 文與字之並稱, 顧寧人, 以秦本記瑯邪臺頌, 爲證. 然孔子曰:"牛羊之字, 以形舉也." 夏禹治水, 得金簡玉字之書, 則古亦有言字者矣.

字之本訓, 乳也, 乳者, 必有愛育之心, 故爲愛爲育. 乳者必孳生, 故又有文字之字. 按周禮春官大宗伯內史, 掌達書名於四方, 注, 古曰名, 今曰字, 滋益而名, 故更曰字, 此鄭用說文說. 然字之於物也, 猶名之於人也, 雖謂之直通名字之字, 亦可矣.

結繩移於書契, 作者雕龍之侈辭, 別無精義. 而獨體·合體之字母, 八象·六類之制造, 夾漈之略, 可按而攷, 今不必重煩筆墨.

指事象形會意諧聲假借轉注, 卽所謂書之六義. 天下之字, 皆從此出者也, 其說, 莫詳於許氏說文. 然有蘊而未發者, 有引而可伸者, 許氏輒曰:"意兼聲." 此但得二義. 其實亦有一字兼數義者, 其於合體, 曰諧聲, 則獨體之聲, 從何而來, 許氏蓋闕如也.

原其得聲之故, 卽古人天生之言語. 故六義次序, 雖事在形先, 其聲則必事在形後, 何則? 指事者, 形於字而後, 節其事而命之爲聲者也, 象形者, 先有其名, 得字之後, 因而稱之, 不必別立一聲故也. 其餘實難更. 僕按部而求, 亦自可尋.

四象以爲經, 假借轉注以爲緯, 經有限而緯不窮者, 楊用修之說也. 經中有緯, 緯中有經, 固不可畫一. 而旣以六書爲十分, 而聲四義三事二形一, 則十分之內, 所謂經者, 已盡據之矣. 十分之經, 未必是字字假借, 字字轉注, 則只見其經無減而緯有限, 楊說窮矣.

六書之中, 假借轉注, 最多歧論. 以假借論之, 則程端禮曰借聲, 張謙中曰因聲借義, 易疏曰, 借義不借音. 一言而蔽之曰, 有有義之假借, 有無義之假借, 有古有其義而今不可臆度者, 有本無其義而偶與之合者. 諸家之論, 謂之皆通可也, 謂之皆偏可也. 雖使蒼頡自來, 亦必唯唯否否, 眕茲聚訟矣.

以轉注論之, 則程端禮曰轉聲, 張謙中曰轉聲借義, 趙古則曰:"有因其義而轉者, 有但轉其聲而無義, 有三轉・四轉・八九轉者, 有轉同聲, 有轉旁聲, 有雙音併義不爲轉注者, 有旁音叶音, 不在轉注例者."

至以考老之同意相受, 駁許愼以下諸儒, 亦一言而蔽之曰, 莫善於近世戴東原之說. 其言曰, 說文, 考注曰老也, 老注曰考也, 轉注者, 互訓也. 然則同意相受之旨, 了然矣. 諸公有知, 得無霍然汗下?

八卦也・古文也・籀文也, 分屬忠質文而以小篆爲霸者, 包蒙之論也. 由今觀之, 當日之所謂霸者, 邈然若尙忠之世, 作此論者, 亦衰世之意乎!

從象形而曰文, 從滋益而曰字, 從著於竹帛者而曰書. 此三者, 雖曰各有專義, 以其爲用相近也. 故古今文筆, 隨時混用, 知者自知, 誠無待於訓詁矣.

曰大篆, 曰小篆, 曰刻符, 曰摹印, 曰蟲書, 曰署書, 曰殳書, 曰隸書者, 秦之八體也. 曰古文, 曰奇字, 曰篆書, 曰隸書, 曰繆篆, 曰蟲書者, 甄豊之六體也, 其實相沿而遞減者也. 印度之右行, 西域之左行, 中國之下行, 兄弟三人主文, 三方異矣哉.

落英茂木之象, 花草雲霞之變, 蕭帝之風流, 山翁之悟解, 可念也. 小渚之長舟, 寒谷之春筍, 乃書訣中, 千里陳雲, 萬歲枯藤之類, 非六義之攸關, 說文中並無此語, 今不索言.

馬負呈祥, 龜浮効靈, 河洛之辭, 徵於易傳. 芊頭之山, 一本九穗, 神農之應, 載在緯書. 皇矣哉, 人文之肇闢也.

大抵文字者, 天地之精粹, 生民之耳目也. 原夫書契之未立也, 雖有至明, 不能察萬里之心, 雖有至聰, 不能聽萬世之語, 雖有至辯, 不能名萬物之賾. 於是乎, 制而象之, 區以別之. 或牘焉而漆, 或楮焉而墨, 狀範毫端, 呈形字表, 以之而郵, 則萬里之顏在眼, 以之而扣, 則萬世之響在耳, 以之而呼, 則萬物之數可坐而致矣. 文字之功用, 若是其妙且神乎!

自是厥後, 學者日趨簡捷. 自古文而籀, 籀而秦, 篆之道, 凡三變. 自篆而隸, 隸而楷, 楷而艸, 書之道, 凡四變. 而懸針・飛白許多名目, 又紛然旁出, 則所謂秦篆之不可復行, 殆有甚於秦時之視古文, 六書之義, 幾乎熄矣.

又况自晉以降, 習書之家, 以二王之姿媚, 爲尸祝. 自宋以來, 讀字說者, 以荊公之執拗爲口實, 一日之春·千里之艸·三刀之州·八人之火, 信之甚牢. 七音之賁·八音之敦·九音之齊·十音之辟, 解者無人.

增竹於匪而象離, 加食爲餗而旨衍. 書登梵篋, 口必加旁, 字入道書, 雨常建首. 俗學纏糾, 不可救解. 兼之以詞章·八股之習, 束之以功令, 驅之以爵祿, 則古學之弁髦, 尚何言哉?

嗟乎! 古書之存者, 於今亦罕矣, 漢藝文志小學十家. 蒼頡篇見考工記者, 惟鞄韗柯欘四字. 凡將見文選注者, 惟'黃潤纖美宜制褌', '鍾磬竽笙筑坎侯'二句. 訓纂見史記正義者, 惟戶扃鄂三字, 則非但班志所云, 閭里書師斷六十字爲一章者, 已無面目, 而相如楊雄之蹟, 亦泯滅無傳矣.

天幸斯文未墜, 許叔重說文, 始一終亥, 字母五百四十部, 爲九千三百五十三字之綱領者, 宛然俱在. 李陽氷之字原, 徐鉉之韻譜, 皆許氏之功臣, 而他如史遊之急就篇, 郭忠恕之珮觿汗簡, 賈昌朝之羣經音辨, 李文中之字鑑, 張謙中之復古篇, 近代顧氏之音學五書, 邵氏之古今韻略, 皆足以羽翼斯道, 馳名藝苑, 爲醫俗之針砭, 復古之津梁. 六書之興, 亶在斯歟.

臣又嘗見世宗朝成均館所藏經書板本, 則偏傍必詳, 點畫無訛, 其時書學之明, 可以推知. 而大聖人制作之心法, 亦足揣於萬一矣. 誠願殿下, 以此本, 重加校梓, 與中國石經並列, 而以說文以下數子之書, 立之學官, 增置博士弟子. 如漢時未央殿前故事, 回雕蟲之末技, 返魚雅之淳風. 眞書如立, 行書如行, 而汲冢之簡·岣嶁之碑·獵鼓之碣·碧落之文, 可得而通矣. 陽文爲款, 陰文爲識, 而仲丙, 公乙·兄丁·伯申之鼎, 祖乙·父癸·婦庚·母辛之卣, 蒲萄·馬鬣之鏡, 行葉·蟠紋之鍾, 可得而考矣. 其繼往開來, 紹前烈而詔後謀者, 將與天壤共垂. 臣向所陳復古之請, 良以是也.

夫以朱子之集大成於群賢, 於其撰小學之書也, 以曲禮·內則·弟子職等篇, 爲之支流, 而本之以灑掃·應對·執事·居敬之說, 未嘗一及於三蒼爾雅之訓者, 豈眞不講於六藝之旨而然歟? 蓋有所急者存焉. 亦猶程子之說易,略象數而宗義理, 以救王弼以後老莊之弊云爾. 此聖賢隨時扶世之苦心也.

夫義理之小學, 名物之小學, 漢儒已並言之. 西河毛氏, 亦以六經共爲六藝, 後儒之往往侵凌, 以小學把作己物, 固不滿一笑. 而至于今日, 則朱子之說, 又如日中天, 而名物訓詁之學, 微矣. 正宜表章, 漢儒舊說與大全集註, 並行不誖, 豈非朱子之本意, 小學之急務乎?

夫學莫大於格致, 格致之要, 又莫先於文字. 聖學之高明, 固已洞見於書道之原矣. 臣何敢更贊一辭? 而臣等旣承御定韻書校正之命, 請以韻之一義, 仰復焉. 夫字必有義, 亦必有音. 書之通乎經, 亦猶韻之通於樂也. 字義修而經術正, 韻學明而古樂興. 惟殿下懋哉懋哉, 臣謹對.

七七策

王若曰: 一歲之中, 奇月之三五七九, 重其日, 以爲名節. 而生數則三三爲首, 成數則七七爲首. 予嘗問三三矣, 其於七七也, 可無問乎?

大衍揲蓍, 蓋取諸重七, 洪範稽謨, 亦言其凡七. 夷則屬申是七焉, 月令流火, 火爲七焉. 其應皆在是日歟?

承華虹節, 史稱七枚呈祥, 汾陽夜祝, 靈著七襄與齡, 七月七夕, 七枚七襄, 若是其符合者何歟?

作飯百斛者蔡子, 獻寶一囊於唐帝. 仙家之會, 必於七夕而然歟?

蜘蛛在合成網, 何謂得巧之兆, 烏鵲塡河爲橋, 可驗如期之會耶? 類族出遊, 池魚亦知節序, 效隸拜稽, 文人本自善謔耶? 一雨而昨日今日之異名, 雙星而南俗北俗之殊號者, 何也? 井梧飄而天下記秋, 野黍熟而農人爲珍, 授時重農之意, 亦寓於是節歟?

夫七夕者, 秋孟初節也. 在我朝, 重是日, 並列於三九良辰. 集青衿於泮水之宮, 命題試之, 以賁飾太平, 甚盛矣哉. 然數之始中終, 以一五九爲歸, 三七之在奇數, 若戶之有樞而已. 歲時伏臘, 斗酒自勞, 元朝重午, 撰進帖子, 蓋亦歷代之流風, 而古人之重一五也, 如此. 使荊楚舊史, 編我歲時之紀, 未必不以固陋爲譏, 元日午日之所不試, 只舉三七, 此必有奧旨存焉者. 予欲與子大夫, 講七七之義, 苟能考據該洽, 援古而證今, 則其視玉匣之詠, 金風之辭, 不猶爲有用之策耶? 其悉意條陳, 毋雜浮辭. 予將親覽焉.

臣對: 臣以爲日之用七, 非特於月之七也. 有每月而用七者, 冬至之卦, 日七日來復, 是至月之七日也. 董勛答問禮俗云, 正月七日爲人日, 此正月之七日也, 古詩廬江小吏行云, 初七及下九, 嬉戲莫相忘者, 蓋非特七月之七矣! 亦有以歲而言七者, 曰小國七年, 曰七年小成! 亦有以世而言七者, 曰七世之廟, 可以觀德. 古聖人立國經世之論, 制禮成人之節, 多用此數, 如音之七均, 性之七情, 祭之七祀, 雖似偶合, 莫不有自然之數, 存乎其間, 豈非幹支配合, 已自容成之世, 剛柔筮日, 本出太卜之遺者耶? 合五緯於兩曜, 分四方之經星, 而曰七政, 曰七宿, 則天亦用七矣. 殷人七十而助, 則地亦用七矣. 七之時義, 淵乎妙哉. 今我聖上, 履九五之位, 撫千一之運, 垂七月七日之問, 臣雖才非七步, 讀慚七略, 敢不罄竭所蘊, 以對揚萬一乎?

臣伏讀聖策, 自一歲止節歟, 臣雙擎百拜, 丹衷隕越. 臣竊伏惟念, 七者, 陽數之始, 而成物之首也. 處河圖之前, 居洛書之右, 根於五而配於九, 則若是乎七之參造化而關世運也. 是以聖人重之, 制字而象形, 顧名而思義, 莫不眷眷於扶陽抑陰之義. 故遇是月而逢是日者, 命之爲良辰, 傳之爲美俗. 追端午之冷淘, 伴重陽之茰佩, 誠有異乎四月之四六月之六者矣. 雖然知此日之爲名節, 而惟遨遊是尙, 認此月之爲畸月, 而惟酒食是務, 則天地成物之機微, 而先王對時之政衰矣. 爲人上者, 曷可不於敬天勤民之義? 懋哉懋哉.

臣請因聖聞而條陳之. 挂一扐三之蓍, 符乎重七者, 大衍之虛一也. 卜二占五之稽, 居乎六八之間者, 洪範之次七也. 律吹夷則, 申七以屬之, 星流大火, 天七以成之. 雖謂之是日之應, 可矣. 蘭殿迎仙, 呈七枚之嘉菓, 銀州祈福, 邀七襄之天孫者, 蓋亦不離乎是日之名矣. 百斛之飯, 方平之犒, 從若是多乎. 一囊之寶, 眞如之獻君, 何其異也?

蜘蛛密網, 天寶之宮奩乍開, 烏鵲塡橋, 淮南之幻說橫行, 閨幃之習, 遊戲是尙, 道家者流傳, 會而成之者歟? 魚鼈分行, 亦能知時, 蓏菓畢陳, 因而敷袵, 武陵之記異, 零陵之乞巧, 不難卜也. 洗車灑淚, 隔霄而殊稱, 黃姑擔鼓, 異地而各號, 雨師之別於今昨, 天官之分於南北, 有由來矣. 金井徘徊, 詞人感梧葉之零, 湯餅相酬, 農夫說黍靡之變, 授時重農之意, 寓於是矣.

臣伏讀聖策, 自夫七止策耶, 臣雙擎百拜, 丹衷隕越. 大抵七夕之爲時也, 辭朱炎之赫威, 逆白露之新涼, 百子之地, 故事攸得, 九孔之針, 遺俗猶存. 矧在我朝, 尤重是日, 列之三三九九之間, 設科而取士, 登庸黼黻之才, 發揮鏗鏘之音, 所以修飾皇猷, 賁揚文風者, 郁郁乎, 彬彬乎, 蔑以加矣.

夫數者, 始於一而終於九, 五居其中, 三與七之在其間, 不過如戶之有樞而已. 雖然, 非三則五爲無根之葉, 無七則九爲無臍之磨, 豈非所謂三十輻共一轂, 當其無爲之用者耶? 夫節日之名, 初無定名. 無歲不豐, 則歲皆良節矣, 無日不樂, 則日皆嘉日矣. 以歷代而言, 則節日之沿革多端, 以諸國而言, 則節日之風俗萬殊. 果使良史之才, 操筆而紀, 我東之月令, 則固將超唐宋而軼三代區區荊楚之編, 詎譏其固陋耶?

三元之進帖, 七日之試士, 所謂一而二, 二而一者, 初無異同之可論, 而要不出古先王蜡日之遺澤, 則三爲生數之首, 而前日三三之問, 其生物之心乎. 七爲成數之首, 而今日七七之問, 其成物之意乎. 生成者, 天地之至德, 而聖人之能事也. 盛矣哉, 垂鴻號於百代, 揭佳俗於天下, 其宏規奧旨, 粲然備具於對時育物之中矣.

臣伏讀聖策, 自其悉止覽焉, 臣雙擎百拜, 丹衷隕越. 夫金風玉匣之辭, 齊梁浮薄之體, 不足比擬於明廷策士之禮. 大哉言乎! 大聖人懋實之政, 臣固欽仰之不暇. 而詩有之曰, 鳲鳩在桑, 其子七兮. 鳩之子, 至於七之多, 而結之以淑人君子, 其儀一兮. 七者何也, 陽也, 一者何也, 道也. 伏願聖上, 惟七惟一, 孜孜焉. 臣謹對.

八子百選策

王若曰: 唐宋八大家文鈔, 茅鹿門所以病後世之僞剿, 摽先覺之精粹, 視千古操觚者之金石關和也. 西京尙矣, 先儒以蜀之出師表, 晋之歸來辭, 爲文章絶調, 則是書之但取唐宋, 何據歟. 六朝騈儷, 着力要變, 則唐不收蘇頲者, 何故? 文敝之餘, 發明古道, 則宋不錄柳開者, 何說歟? 空同名家也, 而直詆其剽裂, 荊川師承也, 而不列於批選者, 亦有義歟? 韓之吞吐騁頓, 柳之巉巖峭岃, 歐陽之遒麗逸宕, 長蘇之行行止止, 俱可謂善評, 而王·曾·兩蘇之獨無取譽, 何歟?

碑誌世皆首韓, 而此云遜於歐王. 書牘人咸稱蘇, 而此云韓特崛起. 有何超凡之解, 而論斷之如此歟? 以一意爲全局, 故無旁意, 以劕詞爲摹畫, 故無庋詞, 誰謂是八家秘鑰, 而果可稱的見歟? 或以李翶·孫樵, 增爲十家, 或以韓·柳·歐·蘇, 約爲四家, 則不增不約, 得不失於煩簡? 或挈論定評於本題之下, 或傍鑴要旨於字行之間, 則其論其鑴, 能不錯於義例歟? 有以伊周鳴不平, 譏退之之東野送序, 有以韓白優劣論, 戲子瞻之醉白堂記, 歐公之六一傳, 至訾以不成說話, 柳州之服氣書, 或斥其謏渨本態, 受是訾議, 而並在選中, 何歟?

漢有文類, 唐有文粹, 宋有文鑑, 其評選之凡例, 與此何如? 而荊川旣有文編之作, 則鹿門以其高弟, 別爲此櫽栝之篇者, 得無嫌於務勝歟? 皇明十大家文鈔, 所以繼是書爲續篇, 而一代之詞宗, 反多於兩朝之茹茅, 則世愈降而才愈下者, 未足爲確論歟? 盖嘗論之, 文章者, 發於心而作於氣者也. 故心細而氣養, 則體雖萬變, 而文無不至, 心麤而氣局, 則言雖依樣, 而理終不得, 此其自然而然, 如風行水上, 非倚規矩拾釘餖所可幾及也.

然則是書之作, 適足爲不才子傭耳剽目之資, 而所謂長箋出而字學謬, 八家出而文章息者, 誠非過語歟. 雖然訾謷是書之論行, 而文體又一變矣, 夫周之雅, 七國之壯偉, 漢之瞻, 皆心也氣也. 彼翦綵之花, 刻楮之葉, 孰不辨其爲假爲冒, 而覥然以秦漢自命. 一種謏世炫俗之徒, 往往卑夷八家, 而古者如贗, 才者如莽, 奇者如吃, 滔滔流弊, 至于今莫可救正. 然後知八家之眞不可少, 而細心養氣之方, 亦必待金石關和, 有以型範也.

予今萬機之暇, 餘事涉獵, 思欲以作家眞正之體段, 洗百年積痼之習, 而其要莫如八家文抄之表章準的, 則導之誘之, 率由不畔, 使當世之公私述作, 一變爲高文典册者, 將何術而致之? 嗚呼! 射無正鵠, 則羿不能巧, 學無正論, 則游夏不能工, 是書也, 願與子諸生講之.

臣對: 臣以爲文之有八子, 其猶樂之有八音, 味之有八珍乎. 八子之有百選, 其猶八音之倫次成聲, 而八珍之調劑烹飪乎. 夫音之數八, 而耳之官一焉, 則聽不足周矣, 味之數八, 而口之官一焉, 則食不足徧矣. 然則如之何其可也?

說者曰: "各亦就其一, 而篤焉而已矣." 此操瓠家, 一韓 · 一蘇, 各師其師之說也, 嗜金石而遺絲竹, 飫淳熬而失熊蹯也, 惡乎其可也? 說者曰: "然則盍亦咸英韶濩之畢備, 籩豆簠簋之並陳矣乎?" 此佔畢家, 兜攬八子, 兼收博觀之說也. 人之聰明有限, 而載籍無窮, 則將見其敝敝然彈其智力, 泛濫而失其歸耳.

於是乎有折衷於聖人者. 孔子刪詩, 必曰詩三百, 此選之祖也. 夫聖人, 豈不曰惟此三百, 可以專對, 可以從政云爾? 則選固無事乎多矣. 列宿之繁, 而曰五星, 曰十二次者, 義和之選于天也. 坤輿之廣, 而曰五嶽, 曰十二州者, 章亥之選于地也. 八子之書, 魚鱗雜襲, 而止于百者, 聖人之選于文也. 故八音之倫次, 莫不定乎神夔之律, 八珍之調劑, 莫不期於易牙之口, 八家之文, 各一其材, 而莫不呈奇獻態, 效尺寸于淵鑑之中. 如百選者, 豈非裁世之玉尺, 懸物之金秤, 大藥之刀圭, 九品之中正也哉?

臣, 於此, 百拜莊誦. 有以仰我聖上彌綸曲成, 提領挈綱之盛德大業也. 非天下之至精, 其孰能與於此? 請因聖問, 破格而陳之可乎?

諱辯·師說, 均是止謗, 而諱辯之勝, 在壓倒人. 師說則遮護自己之不暇, 喻之以兵, 攻先於守矣. 段太尉狀回味之橄欖也, 張中丞敘旣飽之飣餖也, 舍舊圖新, 適于時也. 十哲原躋聖廟, 則閎廟記之並列於兩學記固也. 忠孝本非二致, 則菩薩閣之合選於佛骨表者, 果不悖於闢異矣.

韓碑·柳記·歐序·蘇論者, 各家之槃略也. 各家之中, 各取諸體者, 百選之義例也. 其不能偏於所長, 亦勢也. 韓之原有五, 取二則重, 取一則輕, 補以他原, 成始終也. 長公之於論畫, 幾乎神矣, 傳神一段, 春餘之孤花, 而睡夢之淸磬也. 如幾策之大議, 論選格之邊幅, 甚窘, 恐難容榻外之鼾睡矣. 送窮·乞巧, 不平之鳴, 而若秋聲·赤壁, 則超然埃壒之表矣.

晨入暮出, 非得士也. 仁義之人, 其言藹如, 韓公之本領如此. 彼其乞淸波之轉, 求伯樂之顧者, 安得不姑退三舍? 十二郎文, 字字懇到, 不期工而自工. 至張員外·石曼卿, 則情事之外, 添却擺弄, 文字一想, 未若祭歐陽二篇之有關於交道文運也.

徐偃王碑, 亂頭粗服風神, 故勝箕子碑, 顧影自喜, 太涉矜愼, 表忠觀, 蘇之眉目, 烏重胤, 韓之茶飯矣, 老子不如伯夷, 禮樂不及春秋, 誠如聖諭, 而明允則非春秋, 尙有他論, 若荊公子由非此, 則無此體故歟.

指其悟, 則雖毛穎之鑿空, 愚溪之說夢, 未必不爲醫俗砭愚之端, 而責其醇則辨奸之先見, 而臣虜狗彘, 爲尙氣之語病, 梓人之相業, 而闕足不治, 非適用之通才, 姑不必到底論也. 靈壁園之凌駕木假山, 君術策之突過策斷. 臣, 於右方, 老子禮樂, 不及春秋, 伯夷之問, 纔已略言之矣.

殷員外石昌, 言其政也. 兄弟有美堂·擬峴臺爭長之. 滕崒若墨君·樊矦之低昂, 鴟夷鐵槍之進退, 舉一反三之不得已, 東征西怨之詎足問耶?

曾之兩序, 紐於王之二選, 王之兩書, 紐於歐穎二書. 以至石卿·許君之志, 西山鄞縣之遊, 爭臣之於諫官. 凌虛九曲之對峙, 小而名二子·讀孟嘗, 大而救災議·用兵書.

臣愚死罪不敢, 切切然執其銖黍之見, 論其去就之迹, 反不免穿鑿傅會之歸矣.

文之有碑誌, 猶律之有斷例也. 殿之於後, 其義可推. 韓於有唐, 崛起布衣, 爲後來七子之宗, 則以一敵三, 無愧重席.

臣請推餘意, 略及選外之旨可乎? 文章之弊, 至于近日而極矣, 浸淫於說經者, 或認話頭爲古文, 浮沈于功令者, 第奉駢儷爲關石. 或空疏而强爲考證, 或涉獵而昧於體裁, 反覆纏綿, 載胥及溺. 惟聖上, 慨然於斯, 建皇極於詩書禮樂之林, 上天時而下水土, 左規矩而右準繩, 煦濡陶鑄, 躋一世於文明仁壽之域. 首揭八子之書, 以牗厥迷, 以正厥趨, 猶且聖不自聖, 詢于芻蕘. 於治道之汙隆, 文體之升降, 三致意焉,

臣誠竊啓, 固不足仰塞明命之萬一, 而竊嘗聞之, 文不徒行, 待人而行. 彼八子者之卓然名世, 家俎豆而戶尸祝, 豈其無所本而然哉, 然則百選之作, 特轉移風俗之一大機耳.

昔朱文公之書, 由魯齋而傳于河北, 至永樂而大行, 八子之文, 顯于茅氏, 得聖人而逾光. 方之永樂之朱書, 果孰得而孰失歟? 若其選狹而旨遠, 體約而用博者, 所謂勻天之一閟, 而全鼎之一臠.

鐵門之關, 而鑰匙焉在玆, 膜眼之開, 而金篦焉在玆矣. 夫子午之針, 僅比一芒, 而萬里之坎离是正. 紺色之珠, 不過彈丸, 而宿昔之見聞靡遺. 則今之百選, 信乎其能抉天地之秘要, 御萬理之至賾者矣. 故曰水不在深, 有龍則靈. 臣於百選之對, 亦云云, 臣謹對.

八子百選 〔抄啓文臣親試及文臣應製〕

王若曰: "予嘗於機務之暇, 繙閱御定八子百選, 玆詢爾等. 蓋茅坤之八家文鈔選也, 而予又取百於其中, 則選之選也. 然選文如選人, 鑑衡或錯其當, 賢不肖易混, 予爲是之思, 遴揀之際, 三致意焉. 妍媸斤兩, 非不略有勘定, 而人見有萬不同予見, 予亦未之自信者有之. 均爲齊楚, 而立落未必皆然, 放非鄭衛, 而存刪不無可議. 如諱辯之載, 而師說之漏焉, 段太尉逸事狀之見編, 而張中丞傳後敍之不錄焉.

衛吾道則必取兩學記, 而幷及閔子廟記, 固爾. 闢異端則首揭佛骨表, 而亦擧菩薩閣記, 何也? 韓碑·柳記·歐序·蘇論, 世素稱其各有所長, 而掄揀反遜於所短. 原道之特簡, 固取其能近道也, 原過之必錄, 何與於善補過歟? 傳神, 卽滑稽小品而選, 錢幾策, 乃經綸大筆而遺珠, 秋聲·赤壁, 旣以騷體而入鈔, 則送窮·乞巧, 奚爲而闕之歟? 上張僕射書·答李翊書, 徒尙其辭達而已, 則爲人求薦書·應科目時與人書, 獨不可謂辭達已乎? 韓退之之祭十二郎文, 固是千古逸調, 而如蘇子瞻·王介甫之祭歐陽公文, 何優於祭張員外·祭石曼卿文, 諸作而取捨, 若是不同, 何歟? 徐偃王碑·箕子碑, 旗鼓相當而輸贏之, 表忠觀碑·烏重胤碑, 門路不差而軒輊之, 蘇子由之老子論, 不如王安石之伯夷論, 王安石之禮樂論, 不如蘇明允之春秋論, 而反取其不如者, 果有意義之可言歟?

辨姦論之先見, 梓人傳之砭俗, 實有關於治理, 愚溪對之憒悱, 毛穎傳之尙奇, 果何益於世道? 靈壁園記, 何敢擬乃翁之木假山記, 君術策, 何敢擬乃兄之策斷, 而反取其子弟者, 亦有月朝之可評歟? 送殷員外序與送石昌言北使引, 不過魯衛之班, 墨君堂記若樊侯廟記, 可謂晉隨之別, 而畢竟有李廣·雍齒之幸不幸, 何歟? 有美堂記·擬峴臺記, 鴈行如也, 王彦章畫像記·伍子胥廟銘, 鱗比若也, 而畢竟爲隨珠·燕石之取不取, 何歟? 曾南豐之進太祖總序, 似勝於百年無事箚子, 列女傳目錄序, 似勝於靈谷詩序, 而一不見採, 王荊公之上田正言書, 不讓於上范司諫書, 上杜學士書, 不讓於上韓太尉書, 而一不拔彙. 尙論之士, 果無雌黃之說歟?

先雜著而後碑誌, 凡例云何? 以一韓而當三蘇, 多寡緣甚? 石曼卿墓表之於許平之墓志, 若曲終之雅, 西山宴遊記之於鄞縣經遊記, 若詩餘之詞, 而棠梨査橘, 各有所嗜而然歟? 爭臣論之於諫官論, 若一串聯絡, 凌虛臺記之於九曲亭記, 若兩壘對峙, 而醨糟醇釃, 別有其味而然歟? 若揀其小篇, 則老泉之名二子說, 豈遜乎臨川之讀孟嘗君傳, 若遴諸大册, 則子固之救災議, 豈遜乎東坡之諫用兵書乎? 爾等各陳其意見, 黜陟去取. 苟當於理, 予何難舍己而從? 且故相金錫胄選古文九十九首, 爲文而弁之, 名曰古文百選, 爾等如有合作, 予其可不用是爲雋?"

賀若弼韓擒虎俱爲上勳

御製條問曰, 以受降而言, 則擒虎之功, 當居第一, 以揚武而言, 則若弼之勳, 亦爲無雙. 果無優劣高下之可定者歟? 俱實上勳, 蓋出於各滿其心, 欲息其爭之意. 而旣恥居其後矣, 亦必羞與爲伍, 果能無兩虎共鬪之患歟? 韓擒虎, 幸而死耳. 不然, 以二將跋扈之心, 寧終無事歟? 以漢高比獵之意, 言之, 孰爲人功, 如蕭何而當居元勳歟? 若弼之平陳七策, 可以當之歟? 發縱指示, 別有其人歟?

臣對曰, 平陳之役, 若韓·若賀之功, 求之於事, 而難於甲乙, 則求之於心, 而高下立定矣, 何者? 弼恥在虎後, 而虎未嘗恥在弼後, 則弼之自知者已明, 譬如摘樹頭之菓, 一人攀木矣, 設梯矣勞亦至矣, 一人持竿, 一鉤而落其菓, 所摘者, 期於菓, 則不得不以得菓之功, 爲第一, 所謂射人先射馬, 擒賊先擒王者矣, 夫欲奪降箋者, 弼也, 違令先期者亦弼也. 論其好勝之心, 殆有甚於王渾之與王濬, 則隋文之俱實上勳, 不害爲息鬪止鬪之計. 弼旣過其望矣, 虎雖不死, 未必更有紛紜耳, 果有是也. 大將軍之除名, 必不待四年之久, 而三太猛之嘖, 在於楊高秉政之先矣. 若其平陳七策, 不過爲崔仲方·薛道衡之先策, 而道衡·仲方, 不爲元勳. 又況加之御授之目, 上之於論功之際, 則迺其自伐之尤者, 觀於自載家傳之語, 文帝之意, 亦可見矣. 開皇之初, 虎與弼也, 俱爲高穎戚之薦, 則隋之人功, 非穎而誰? 若夫人功之上, 又有發蹤之李德林, 則惜乎穎之不能終讓也.

記里皷

御製條問曰, 注言記里皷, 所以識道里, 車上有二層, 上有木人, 行一里, 下層擊皷, 行十里, 上層擊鐲. 意其制有機括轉運, 如璣衡漏鍾, 皆以斡旋之遲速, 合於晷刻之遷移, 則遲速, 宜有一定之限. 今夫道有遠近, 而行有疾徐, 則機發之遲速, 亦當隨而不同歟? 不然則一里擊皷, 十里擊鐲, 不幾近於膠珠之瑟耶?

臣對曰, 記里皷之制, 本注, 雖引宋天聖年大章車爲證, 而此非晋時之原制. 按晋書輿服志云: "記里皷車形, 制如司南, 中有木人, 執槌向皷, 一里打一槌. 司南卽指南, 義熙五年, 劉裕屠廣固時所獲, 使張綱補緝者也." 司南下云, 駕四馬如樓三級, 四角金龍銜羽葆, 大駕出行, 爲先啓之乘. 夫司南也‧記里也, 兩車俱爲天子之鹵簿. 天子行必治道, 吉行不過三十里, 則其行之必徐, 道之必坦, 槩可以想矣. 意其必以徐行平道爲準, 而疾行倍行, 亦當以比例爲差. 如以日行百里爲率, 而倍道者, 必二里擊一槌, 三百里者, 必三十里擊一鐲. 又或使其中之機輪以行爲轉, 疾行則急轉, 徐行則緩轉, 不行則不轉, 期於一里十里, 而擊皷‧擊鐲, 則自無膠柱皷瑟之患矣. 蓋古之人, 運智創物, 有非文字言語所可形容模索. 故自成湯之飛車, 偃師之木人, 諸葛之木牛流馬, 後世都無傳焉. 至如璣衡漏箭之法, 議如聚訟. 臣本菱學, 固不敢指一仰對, 而記里皷之制, 不過是度地之物, 則步數尺度, 最近而易驗, 非若日晷星刻之積累而易差也. 其法之深淺, 恐當少遜於問時‧測天諸器之逾細而逾巧者矣.

文集

2

西課藁序

國朝選士之法, 有曰詩曰賦曰疑義表策, 或論箴銘頌等, 以爲進士及第. 夫文章者六經之皮毛也, 功令者文章之皮毛也. 使注疏爲陳言者疑義之過也, 以俚語代風騷者詩賦之弊也. 夫論策之爲言也, 有以考其是非試其才能, 今也小兒亦按法而爲之矣. 我國科詩始于卞春亭輩, 其體初若唐人長篇. 若唐人則猶足以詠物托思, 今則有鋪頭入題回題諸法, 賦亦如之, 皆指擬古事以爲題, 無一句自家語, 終日讀之, 不知其何謂也, 而俗士譁然自信以爲眞, 以科擧之眼並文章六經而混之, 顛倒於斯. 而不之覺也. 夫士平生當一不履試闈, 然後方可謂之潔身無汙, 黽勉而就之者, 已下第二等耳.

余旣娶, 婦翁李公曰:"從衆, 可也." 及莅西府, 攜余行曰:"士生斯世, 致君澤民, 非科擧, 則不能進身." 余退而學百篇. 嗚呼! 抑亦有說也耶. 遂附之西集.

己丑秋日, 楚亭書於鐵甕城中.

白塔淸緣集序

環城而塔爲中焉, 遠望嶙峋, 若雪竹之迸筍者, 圓覺寺之遺址也. 往歲戊子己丑之間, 余年十八九. 聞朴美仲先生, 文章超詣, 有當世之聲, 遂往尋之于塔之北. 先生聞余至, 披衣出迎, 握手如舊. 遂盡出其所爲文而讀之. 於是親淅米, 炊飯于茶罐, 盛以氷瓷, 庋之玉案, 稱觴以壽余. 余驚喜過望, 以爲千古之盛事, 爲文以酬之. 其傾倒之狀, 知己之感, 盖如此.

當是時也, 炯菴之扉對其北, 洛書之廊峙其西. 數十武而爲徐氏書樓, 又折而北東, 爲二柳之居也. 余乃一往忘返, 留連旬月, 詩文尺牘, 動輒成帙, 酒食徵逐, 夜以繼日.

嘗娶婦之夕, 取舅家驄馬, 解鞍而騎之, 獨從一奴出. 時月色滿道, 從梨峴宮前, 鞭馬西馳, 至鐵橋酒家飮. 鼓三下, 遂盡歷諸朋家, 繞塔而出. 當時好事者, 比之陽明先生訪鐵柱觀道人事. 至今六七年之間, 落落離居, 貧病日侵, 有時相逢, 雖各幸其無恙, 而風流減於疇昔, 容光非復曩時. 則始知朋遊, 固有盛衰, 而彼此各自一時也.

中原人以友朋爲性命, 故王漁洋先生有氷修耦長月夜科跣見過之作, 邵子湘集中, 追記當時隣居之勝事, 以寓離合之思. 每覽此卷, 有異世同心之感, 相與歎息者久之.

友人李君十三, 合書燕巖炯菴諸公及余詩文尺牘若干卷. 余爲題之曰白塔淸緣集, 而序之如此, 以見吾輩之遊盛於當日, 而且以自擧平生之一二云.

送白永叔基麟峽序

天下之至友曰窮交, 友道之至言曰論貧. 嗚呼! 青雲之士, 或枉駕於蓬蓽, 韋布之流, 或曳裾于朱門, 何其相求之深而相合之難也?

夫所謂友者, 非必含杯酒, 接殷勤, 握手促膝而已也. 所欲言而不言, 與不欲言而自言, 斯二者, 其交之深淺, 可知已. 夫人莫不有恡, 故所私莫過於財; 亦莫不有求, 故所嫌莫甚於財, 論其私而不嫌, 而況於他乎! 詩云:"終竇且貧, 莫知我艱." 夫我之所艱, 人未必動其毫髮. 故天下之恩怨, 從此而起矣.

彼諱貧而不言者, 豈盡無求於人哉? 然而出門强笑語, 寧能數舉今日之飯與粥乎? 歷陳平生, 而猶不敢問其咫尺之扃鐍, 則幾微之際, 而至難言者, 存焉耳. 必不得已而略試之, 善導而中其觳, 漠然不應於眉睫之間, 則向之所謂欲言而不言者, 今雖言之, 而其實與不言同.

故多財者, 患人之求, 則先稱其所無, 斷人之望, 則故有所不發, 則其所謂含杯酒, 接殷勤, 握手促膝者, 舉不勝其悲涼躑躅, 而不悵然失意而歸者, 幾稀矣. 吾於是乎知論貧之爲不可易得, 而向者之言, 蓋有激而云然也.

夫窮交之所謂至友者, 豈其瑣瑣細鄙屑而然乎? 亦豈必僥倖可得而言哉? 所處同, 故無形迹之顧, 所患同, 故識艱難之狀而已. 握手勞苦, 必先其飢飽寒煖, 問訊其家人生產, 不欲言而自言者, 眞情之惻怛而感激之使然也. 何昔之至難言者, 今之信口直出而沛然, 莫之能禦也? 有時乎入門長揖, 竟日無言, 索枕一睡而去, 不猶愈於他人十年之言乎? 此無他. 交之不合, 則言之而與不言同, 其交之無間, 則雖默然兩相忘言, 可也. 語云:"白頭而新, 傾蓋而故." 其是之謂乎!

吾友白君永叔, 負才氣, 遊於世三十年, 卒困無所遇. 今將携其二親, 就食深峽. 嗟乎! 其交也以窮, 其言也以貧, 余甚悲之. 雖然, 夫吾之於永叔, 豈特窮時之交而已哉? 其家未必有並日之煙, 而相逢猶能脫珮刀典酒而飲, 酒酣, 嗚嗚然歌呼, 嫚罵而嬉笑, 天地之悲歡, 世態之炎涼, 契濶之甘酸, 未嘗不在於中也.

嗟乎! 永叔豈窮交之人歟? 何其數從我而不辭也? 永叔早知名於時, 結交遍國中, 上之爲卿相牧伯, 次之爲顯人名士, 亦往往相推許. 其親戚鄉黨婚姻之誼, 又不一而足, 而與夫馳馬習射擊劍拳勇之流, 書畫印章博奕琴瑟醫師地理方技之倫, 以至市井皁輿耕漁屠販之賤夫, 莫不日逢於路而致款焉. 又踵門而至者, 相接也. 永叔又能隨其人, 而顏色之, 各得其歡心. 又善言山川謠俗名物古蹟及吏治民隱軍政水利, 皆其所長. 以此而遊於諸所交之人之多, 則亦豈無追呼得意, 淋漓跌蕩之一人? 而獨時時叩余門, 問之則無他往. 永叔長余七歲, 憶與余同閈而居也, 余尙童子, 而今焉已鬚矣. 屈指十年之間, 容貌之盛衰若斯, 而吾二人者, 猶一日也. 卽其交可知已.

嗟乎! 永叔平生重意氣, 嘗手散千金者數矣, 而卒困無所遇, 使不得糊其口於四方. 雖善射而登第, 其志又不肯碌碌浮沈取功名. 今又挈家屬, 入基麟峽中, 吾聞基麟古獩國, 險阻甲東海. 其地數百里, 皆大嶺深谷, 攀木杪以度, 其民火粟而板屋, 士大夫不居之. 消息歲僅得一至于京. 晝出則惟禿指之樵夫, 鬅髮之炭戶, 相與圍爐而坐耳. 夜則松風謖謖繞屋而磨軋, 窮禽哀獸, 嗚號而響應. 披衣起立, 彷徨四顧, 其有不泣下沾襟, 悽然而念其京色者乎!

嗟乎! 永叔又胡爲乎此哉! 歲暮而霰雪零, 山深而狐兎肥, 彎弓躍馬, 一發而獲之, 據鞍而笑, 亦足以快醍醐之志, 而忘寂寞之濱也歟! 又何必屑屑於去就之分, 而戚戚於離別之際也! 又何必覓殘飯於京裏, 逢他人之冷眼, 從使人不言之地, 而作欲言不言之狀也! 永叔行矣! 吾向者窮而得友道矣. 雖然, 夫吾之於永叔, 豈特窮時之交而已哉.

送李定載往公州序

秋聲館李子,將盡室南下,辭王城而遠處於湖之鄉. 余就往別之于約山亭之草堂. 因山而爲園, 有臨眺之勝. 遂相與坐于前岡, 羨冥飛之鴻, 詠皎皎之駒. 時山菊初妍, 商颷振葉, 北望道峰挿天靡靡而若馳, 白嶽明媚, 葱蘢而映發, 宮闕之崔嵬, 街市之往來, 北漢弼雲之雲烟城郭, 隱見滅沒於指顧之中.

余擧扇而歎曰:"佳哉, 其鬱鬱乎! 余嘗周遊乎域中, 歷覽麗羅箕子之故都, 涉太白金剛之墟矣. 其山水之壯麗文明, 未有能遠過者, 雖有林壑泉石之觀, 其何以捨此而他求乎, 而況王城治化之所出, 四方之所輻輳, 其仕宦閭閻之族, 人物樓臺舟車貨財之盛, 與夫親戚友朋文獻之徵, 悉聚於此, 而況吾與子生長之地, 而步屧慣於阡陌, 風景存乎夢寐, 則顧何忍一朝棄之而去, 寧能無躑躅夷猶, 眷顧而不行者乎!"

夫李子直齋之門人也. 負奇氣而行古道, 其必有聞乎君子出處之大節, 陰陽進退消長之幾, 挽回世道經濟斯民之志矣. 寧能離群索處, 硜硜自信, 若方外獨行者之爲歟. 夫古之人, 有巖居川觀, 草衣木食, 厭繁華而就枯槁者矣. 夫豈其果於忘世獨善其身者歟. 抑亦幽愁鬱悒, 不得志於時, 有所寄寓而忘懷者歟. 夫李子胡爲乎捨此而遠去也.

悵荷衣之莫攀, 悲此日之易徂, 於是酒且終矣. 樹黑而斜陽沒, 山高而遠煙合, 向之千門萬戶, 漫漫如水, 不可復辨, 而喧囂未已, 如聚蚊雷. 李子曰:"噫! 夫人生死出沒於斯, 而莫之覺也. 吾二人者, 登高而望之, 俯臨而笑, 且以爲何如也? 又況遠此而去者乎!"是日迫昏至, 不辨人衣而別.

學山堂印譜抄釋文序

今之聰明不開者, 患在淡看古人書. 夫古人, 絶不作凡語, 何淡之有? 獨不見夫學山堂張氏之印譜乎? 人知其爲印譜而已, 不知其天下之奇文也. 知其印譜之文而已, 曾不知古人之語之無一弗如是者也.

夫張氏之爲此也, 當明末朋黨之世, 值陰盛陽衰之運, 懷忠抱憤, 獨行無偶, 不平之氣無處發洩. 於是雜取經史子集百家之韻語, 摘爲印藪, 假托譏刺之末, 摩挲乎篆刻之間. 反言之則激人也易, 直言之則入人也深. 文短而意長, 采博而旨嚴. 國風之比興也, 離騷之怨慕也, 里巷歌謠之咨嗟詠歎也.

雖嬉笑怒罵, 反復百出, 恩怨炎凉, 情態互殊, 而其砭骨之聲, 刺眼之色, 千載愈新, 不可得而終泯, 則冷然而癡者可慧, 森然而妍者可毅, 小人足以平其忮心, 君子足以扶其正氣, 誠名理之奧府, 辭命之鑰匙, 鬧茸之金篦, 頹俗之砥柱者矣.

讀者於此, 苟得其欲哭欲泣之心, 可驚可愕之狀, 則天下之奇文, 不過如是, 古人之千言萬語, 不過如是. 吐詞則霏霏而可聽, 摛翰則翩翩而可樂, 聰明開而悟解來矣, 又豈特今日之印譜而已哉?

吾友懋官爲之釋文手抄, 而索余序. 嗚呼! 鴨水以東, 不淡看書者幾人. 則宜余言之不見信也夫, 噫!

送元玄川重擧序

今之士大夫, 非科擧, 無以入仕宦, 非門閥, 不能擅淸要. 夫科擧之必取, 則士有自鬻之行, 而廉恥崩於立身之先. 門閥之爲尙, 則官無擇人之實, 而貴賤判於有生之初矣. 世道之衰, 職此之由乎. 故名位之偶顯焉耳, 能禁其親戚姻婭之例襲乎? 方正之或擢矣而已, 不勝其浮華躁競之雜進, 則是國家造士黜陟之命, 寄於僥倖黯昧之地, 而先王名分爵祿之器, 常世假乎私門, 而不共公於天下也. 然而淸要之途一焉, 而閥閱之族日盛, 仕宦之數不加, 而科擧之目日繁. 以日盛日繁之徒, 處一淸要之途, 不加之仕宦, 而其人者, 又皆出於浮譁雜進之中. 而又地醜而德齊, 不肯久相下, 勢不得不激而生變. 於是有朋黨者出, 而分而爲二, 裂而爲四. 乘時而互擠, 一進而一退, 至相殺戮而後已, 則衣冠化爲干戈, 論議甚於仇敵, 而世道遂隨而大壞矣. 自玆以往, 不得已而爲羈縻之術, 合其氷炭薰蕕, 而示之以所同, 常數遷其官而均分其勢. 數遷之不足, 而獵奪之, 獵奪之不足, 而亦何所不至. 此又調停之論所由起, 而朋黨之害, 固自若也.

嗚呼! 今之士大夫, 旣皆得其時而據其地, 則取自來之位, 若室中之物, 而又各敎其子弟, 汲汲習功令攻章句, 以競其餘利. 又各擁其私人, 限其名色, 使不相出入, 以相標榜於朝廷. 否則猶足以沽其曾高之遺蔭, 以號令一方, 割膏腴之地, 以自營殖. 安坐而遊食者, 抑且幾萬人之多, 而數百年於玆矣. 土地人民, 非國之有也, 黜陟爵祿, 非國之用也.

當是時也, 科擧閥閱朋黨之言, 盈於國中, 天下之勢, 不歸於此, 則歸於彼. 久乃習, 故常若以爲性命義理, 固不出於此者. 是古而非今者不信, 守道而獨行者見疑. 愚或有餘, 智或不足者, 莫此時若也.

夫科舉繁而躁競成, 門閥勝而賢才滯, 朋黨盛而殺戮興. 遊食者衆而民貧, 調停之論起而是非混. 國之元氣, 日鑠於冥冥之中, 而匹夫匹婦, 無故而囂然, 喪其樂生之心矣.

向也世道之弊二焉, 而其末也三, 向也世道之弊三焉, 而其末也五. 其他無於禮之禮, 非先王之法. 所以苛察而區別者, 又不知有幾則. 嗚呼! 夫今之士大夫, 何其紛紛焉節目之多也?

玄川元公起家進士, 浮沈郎署二十餘年, 晚得除一郵, 旋罷以去. 窮餓困躓, 和光而不流, 安分而知時. 間嘗充書記, 航海之日本, 日本之人士, 交口稱玄川先生.

元公文學長者也, 人亦稍稍誦其賢矣, 而卒無有能舉之者. 乃得僻地於城南, 種樹以自給, 樹苑然長矣, 卽復賣, 以買田于砥平之山中, 父子夫妻, 共相躬耕. 夫元公之志, 豈不久哉, 而業已老白首矣. 時秋九月, 灘水未落, 布帆旣具, 瞬息可東. 嗟乎! 丈夫得其時, 則廊廟不足爲其榮, 不得志, 巖穴不足爲其貶. 彼世間之所謂富貴貧賤黜陟爵祿之物, 擧不足以累其心, 則又惡得而縻其行哉?

名聲震耀殊俗萬里之外, 而命不加亨也, 浮沈郎署二十餘年, 而道不加約也. 獨能潔身於幾微之際, 托意於埃壒之表. 不以顚沛而屢移, 不以遲暮而易節, 爰返初服, 聊遂素好, 豈不難哉?

嗚呼! 今之士大夫, 有非科舉非門閥非朋黨, 上不及於仕宦, 下不及於工商, 若附庸之國而行於人. 飢餓將死. 而猶且冒其士大夫之號, 而求爲農夫不可得者, 則又何爲者邪?

炯菴先生詩集序

吾友炯菴先生李懋官詩凡若干首, 予手抄訖, 薰沐而後讀之. 讀之, 未嘗不歔欷而歎也. 客曰: "奚取乎詩也?" 曰: "瞻彼山川, 莽乎無極. 靜水含淸, 孤雲舒潔. 雁將子而南遷, 蟬冷冷而欲絶. 豈非懋官之詩乎?"

客曰: "此秋朕也. 詩固得而冒之乎?" 曰: "何傷乎! 亦論其際而已矣. 夫莫之然而然者天也, 知其然而爲之者人也. 天人之間, 亦必有其分矣. 則際也者分也, 合內外之道也. 故得其際, 則萬物育鬼神格, 而不得其際, 則芒芒乎不辨自己之與馬牛矣, 而況於詩乎?"

客曰: "詩者與生俱生者也. 小兒呱呱, 拍背而謠之, 嗚嗚然與啼聲相合, 已而兒眠矣. 此天下之眞詩也. 夫吾聞之, 詩出於性, 有邪有正, 觀其好惡與世俗汗隆. 故綺麗之作, 不錄於國風, 噍殺之音, 不登於淸廟. 今子遺淡泊之味, 自然悅藻繪之新工, 背前轍而不遵, 獨師心法之法."

曰: "黃鐘之黍至細也, 鳥獸之文至微也. 律呂於是乎起, 八卦由是以作. 夫詩在數爲易, 在聲爲樂. 非知道者, 其孰能語斯哉?"

客曰: "然則詩何師?" 曰: "盈天地之間者皆詩也. 四時之變化, 萬籟之鳴呼, 其態色與音節自在也, 愚者不察, 智者由之. 故彼仰脣吻於他人, 拾影響於陳編, 其於離本也亦遠矣."

客曰: "然則凡所謂漢唐宋明之詩, 皆不足法歟?" 曰: "奚爲而然也? 吾所謂然者, 與其逐末而多岐, 曷若遡本而求要. 夫然後, 天地之眞聲, 古人之微言, 應若霜鐘之自鳴, 而陰鶴之相和也. 然則懋官之詩, 得庖犧伶倫之心矣. 若夫法律之沿革, 字句之淵源, 有掌故者在."

丙申秋日, 愚少弟朴齊家撰.

柳惠風詩集序

情非聲不達, 聲非字不行. 三者合於一而爲詩. 雖然字各有其義, 而聲未必成言. 於是乎詩之道, 專屬之字, 而聲日離矣. 夫字之離聲, 猶魚之離水, 而子之離母也. 吾恐其生趣日枯, 而天地之理息矣.

夫古詩三百篇, 亦猶有其字, 而不得其聲者矣. 竊意古者言出而字成, 故其助語虛詞, 皆能委曲有味. 今其禮樂刑政之器, 鳥獸草木之名, 皆已破壞渙散, 不可復攷. 雖使今之人與三代之士, 卒然相遇, 則其國俗之別, 方音之殊, 不啻若蠻夷之入於中國矣. 而猶且切切然誦其言, 而咨嗟而詠歎之曰: "此, 眞關雎也, 眞雅頌也." 吾以爲此特今人之字音, 非古之原聲也.

夫今之所謂巫覡之歌詞, 倡優之笑罵, 與夫市井閭巷之邇言, 亦足以感發焉懲創焉而已矣. 庶幾猶有古詩遺意歟. 然而執筆而譯之, 言無不似也, 索然而不得其情者, 聲與字殊道也. 聲與字殊道, 而古今之文章之不相侔, 槩可以見矣. 嗚呼! 千世之遠, 萬國之衆, 詩之變, 蓋不知其幾也. 隨其變而爲聲, 亦各有自然之節焉.

吾友柳惠風之爲詩也, 可謂兼至而備美者矣. 乃能因字於古, 而通聲於今, 其形於中而動於外者, 若樹出花而鳥自鳴也, 不自知其所以然, 則聲與字之殊, 又不足論矣. 雖然聲與字一也, 而善則合之, 不善則離之, 何也? 文出乎字, 而聲成於字外. 故曰: "字者下學, 而聲者上達."

丙申仲秋, 友人朴齊家撰.

北學議自序

余嘗時, 慕崔孤雲·趙重峰之爲人, 慨然有異世執鞭之願. 孤雲爲唐進士, 東還本國, 思有以革新羅之俗, 而進乎中國, 遭時不競, 隱居伽倻山, 不知所終. 重峰以質正官入燕, 其東還封事, 勤勤懇懇, 因彼而悟己, 見善而思齊, 無非用夏變夷之苦心. 鴨水以東千有餘年之間, 有以區區一隅欲一變而至中國者, 惟此兩人而已. 今年夏, 有陳奏之使. 余與靑莊李君從焉, 得以縱觀乎燕薊之野, 周旋于吳蜀之士, 留連數月, 益聞其所不聞, 歎其古俗之猶存, 而前人之不余欺也.

輒隨其俗之可以行於本國, 便於日用者, 筆之於書, 並附其爲之之利與不爲之弊, 而爲說也. 取孟子陳良之語, 命之曰北學議. 其言細而易忽, 繁而難行也. 雖然先王之敎民也, 非必家傳而戶諭之也. 作一臼而天下之粒無殼者矣. 作一臼而天下之足無跣者矣. 作一舟車, 而天下之物無險阻不通者矣. 其法又何其簡且易也!

夫利用厚生, 一有不修, 則上侵於正德, 故子曰: "旣庶矣而敎之," 管仲曰: "衣食足而知禮節," 今民生日困, 財用日窮, 士大夫其將袖手而不之救歟? 抑因循故常, 宴安而莫之知歟?

朱子之論學曰: "如此是病, 不如此是藥." 苟明乎其病, 則藥隨手而至. 故於今日受弊之原, 尤拳拳焉, 雖其言之不必行於今, 而要其心之不誣於後. 是亦孤雲·重峰之志也.

今上二年歲次戊戌秋九小晦雨中, 葦杭道人朴齊家次修, 書于通津田舍.

詩選序

選詩之法，要當百味俱存，不可泯然一色. 夫選者何? 擇之使不相混也. 泯然一色，則是選而再混也，初何選之有哉?

味者何? 不見夫雲霞與錦繡歟? 頃刻之間，心目俱遷，咫尺之地，舒慘異態，泛觀之，不足以得其情，細玩則味無窮也. 凡物之變化端倪，有足以動心悅目者，皆味也. 非獨在口謂之也. 選奚取乎味? 夫鹹酸甘苦辛五者，得之於舌，達乎面目，其不可欺也如此. 不如是，則非味也. 非味之食，猶不食，然則選之法，何異哉?

百味俱存者何? 選非一焉，而又各舉其一也. 夫知酸而不知甘者，不知味者也. 秤量甘酸，間架鹹辛，而苟充之者，不知選者也. 方其酸時，極酸之味而擇焉. 其甘也，極甘之味而擇焉. 然後可以語於味矣.

子曰: "人莫不飲食也，鮮能知味也." 由此觀之，聖人心細，故能得不言之妙於其口. 俗人泯然一色，日用而不知耳. 或曰: "水何味焉?" 曰: "水儘無味. 然渴飲之，則天下之味莫過焉." 今子不渴矣，奚足以知水之味哉?

渤海考序

余嘗西踰鴨綠, 道夒陽, 至遼陽, 其間五六百里, 大抵皆大山深谷. 出狼子山, 始見平原無際. 混混茫茫, 日月飛鳥, 升沈于野氣之中, 而回視東北諸山, 環天塞地, 亘若畫一. 向所稱大山深谷, 皆遼東千里之外障也. 乃喟然而嘆曰: "此天限也." 夫遼東天下之一隅也. 然而英雄帝王之興, 莫盛於此. 皆其地接燕齊, 易覘中國之勢. 故渤海大氏, 以區區散亡之餘, 劃山外而棄之, 猶足以雄視一方, 抗衡天下. 高麗王氏, 統合三韓, 終其世不敢出鴨綠一步, 則山川割據得失之迹, 槪可以見矣.

夫婦人之見, 不踰屋脊, 孩提之遊, 僅及門閾, 則固不足語垣墻之外矣. 士生新羅, 九州之內, 錮其目而廢其耳. 且不知漢唐宋明興亡戰伐之事, 而況於渤海之故哉!

吾友柳君惠風, 博學工詩, 嫺於掌故, 旣撰廿一都詩注, 以詳域內之觀, 又推之爲渤海考一卷. 人物郡縣世次沿革, 組縷纖悉, 錯綜可喜, 而其言也, 歎王氏之不能復句麗舊疆也, 王氏之不復舊疆, 而鷄林樂浪之墟, 遂貿貿焉自絕於天下矣. 吾於是有以知前見之相符, 而歎柳君之才能審天下之勢, 窺王霸之略. 又豈特備一國之文獻, 與葉隆禮汪楫之書, 絜其長短而已哉? 故序而論之如此.

送李懋官出宰積城縣序

近世州縣, 率皆以俸入相高下. 非但得之者以此爲欣戚, 至於銓家差遣, 亦若有軒輊於其間者. 然夫均外也, 均品也, 均有民人焉, 有社稷焉, 區而別之者, 是豈朝家分憂共理之意哉?

蓋嘗觀乎執事之班矣, 百各司之官畢集, 其席地相問答, 纏纏如也, 皆月朔炬燭之數也. 米錢之總也, 醢醬魚菜·油柴飯餘·升斗錙銖之贏, 爲幾何也. 嗟乎! 今之人有能易其才於名物度數, 則可以備顧問矣, 移其學於道德文章, 則可以興太平矣.

靑莊李君由檢書擢積城縣監, 出入內外六年矣, 未嘗一見其道仕宦腴瘠. 顧好著書, 所至成帙, 古蹟名勝謠俗方物吏治民隱, 扣之如響, 其出無窮. 豈所謂易其才移其學者耶!

吾聞積城, 地不過五十里, 戶僅千三百, 多士大夫, 墳墓簽丁伐木之訟, 往往而至. 衙舍傾圮破壞, 撐柱以度日, 縣門鼓角不備, 則口吹而足蹋, 一人兼二事焉. 故數邑之殘者, 積必居其一.

雖然李君苟能以著書之才爲政, 則庶無愧於民人社稷之責, 而以不問俸錢之心處官, 則邑之大小, 何有於我哉! 若夫躡紺岳之古寺, 泛臨津之上流, 訪七重城之遺址. 其嘯詠歌之際, 必有雜然而見乎篇章者, 吾且盥手而誦之.

飮中八仙圖序

古稱仙家者流, 有僊僊輕擧蟬蛻羽化之說. 故凡物之淸高·妙麗·縹紗·離奇·隱現·變幻不可方物者, 輒以仙稱之, 如兵仙·詩仙之類是也. 世所傳飮中八仙圖者, 其名盖出於有唐之世, 而杜甫氏作歌詩, 好事者, 倣其意, 而遂爲之圖焉.

夫以天寶極盛之際, 飮酒者何限, 而八人者獨以仙稱. 則雖其行藏本末, 大小不同, 而要之, 必有淸高·妙麗·縹紗·離奇, 得酒中之趣, 使人見之, 飄然有遺世出塵之想者矣. 方其流連乎竹溪之濱, 傲兀於長安之市. 談驚四座, 筆搖五嶽. 破去畦畛, 消磨齷齪. 小天地而外形骸, 惟麴蘗之是耽, 陶陶焉悠悠焉, 不知老之將至. 彼將自以爲世間之所謂富貴爵祿, 果無足以易其樂, 則雖謂之仙, 亦宜也.

今觀此圖, 人物之大, 僅如一指. 而睡睙酩酊, 顚倒淋漓, 呼觴把杯之狀, 縱橫百出. 以至樓臺磵溪草木衣裳冠履牀几筆墨彝鼎之屬, 黯然皆有酒氣. 蹊逕之外, 又自有一種天然不食烟火之意, 歷歷焉. 捫之而拾其姓名, 嗅之而得其性情, 不獨其眉眼鬚髮老少黔晳長短肥瘦坐臥行立語默眠寤之不同而已也.

世之畫者, 往往以臨摹亂眞, 習與成俗, 陳腐可笑. 甚或嫌其相類, 易置而更變之. 八人之面目雖殊, 神情則一人而止耳. 夫鳥集于木, 至相類也, 徐而察之, 態萬不同者, 得乎天也. 乃庸師者, 欲以色色而分之, 形形而異之, 不出十鳥, 而巧窮矣. 讀此畫者, 持吾說而求之, 其於眞贋雅俗古今之鑒別, 必有脫然而神悟, 泠然而解頤者矣.

自兹以往, 凡神鬼鳥獸蟲魚花卉與夫山水雲烟陰晴朝暮四時變化之端倪, 可以觸類而伸之, 則筆墨之能事畢, 而文章繪素之觀止矣. 請書此, 以語世之深於畫者質焉. 至若八人者之名姓爵里, 並載唐書及杜集, 兹不具列焉.
　　臣謹序.

雅亭集序

　　世之篤論者稱李懋官, 品識第一, 篤行第二, 博聞强記第三, 而文章特第四耳. 乃於第四之中, 人之不知者過半, 則矧敢悉其所謂一二三者哉. 雖然, 方懋官之未知名也! 泊然窮居, 手一編若將終身者, 而一朝舘閣交薦之, 朝廷至設官而處之, 號曰檢書. 上嘗稱其文, 有山林氣. 及其沒而命徵其藁, 給內帑錢爲剞劂費, 何其盛也. 昔漢武求相如之書, 宋高序東坡之集, 方之于玆, 未足多焉. 於是乎懋官之平生, 定矣.

　　嗟乎! 余與懋官, 周旋三十年. 所其行藏本末, 大略相似. 世或有王前盧後之目, 其實師之云乎, 豈敢友之云乎哉? 獨於談藝一事, 犁然相合, 若執符契, 而調琴瑟, 物無得而間焉. 每舉王元美祭李于鱗云, 惟子與我開闢所稀之語, 以相擬似. 今其集中論次交遊·宴集·登賢·聚散日月, 歷歷俱在, 而斯人之墓草宿矣, 爲之俯仰太息, 而不能已焉.

　　蓋嘗論之, 文有詞人之文, 有儒者之文, 華實之謂也. 懋官, 雅不欲以詞人自命, 亦不欲以儒者, 高自標榜. 故其學, 常自附於鄭漁仲·馬貴與之間. 爲文章, 無捭闔之態, 矜持之容, 期於毋俗而已. 其微意, 以爲有過此者, 存焉耳. 原其著述, 箚記語類, 則白虎之通論, 中壘之別錄也. 小學名物, 則急就之功臣, 埤雅之後勁也. 其考古證今, 則亭林·秀水之一流人也. 尤善尺牘題評, 小而隻字單辭, 大而聯篇累紙. 零零瑣瑣, 纚纚霏霏, 可驚可愛, 縱橫百出, 殆欲兼李君實·陳仲醇輩, 而掩其長者矣. 人見其尺牘題評, 而曰: "懋官非古文." 此尤世說, 以不學史漢列傳者也. 見箚記名物, 而曰: "懋官非古文." 此責注疏之異於八家文抄者也.

懋官最不喜爲詩, 所選不滿一卷. 然其意匠峭崛, 格律精嚴. 毋雷同毋武斷, 以不襲不攷, 爲歸趣. 蓋其蓄之深, 故使事密, 探之博, 故下字繁. 人訾其密, 則曰: '沓拖,' 怪其繁, 則曰: '僻澀.'. 此又以陶·柳·王·韋之五言律, 杜·韓·黃·蘇之長篇者矣. 中朝人嘗稱懋官之詩曰: "力掃凡蹊, 別開異逕, 晚宋·晚明之間, 當據一席." 夫懋官之爲懋官, 政在於爲宋·爲明. 而世之人, 乃以其爲宋·爲明者, 而譏懋官, 則其不失懋官者幾稀矣.

嗟乎! 使懋官, 衣食粗足, 給五六弟子筆札之需, 而稍閒其身, 從其所好, 則其著書, 必不止此. 天又不假以年, 使不昌其業, 悲夫! 雖然其學問之所透, 識見之所到, 竟亦非鴨水以東人物. 此其所以受特達之知於聖人者歟! 懋官嘗應旨, 撰進城市全圖百韻, 御筆題其劵曰: '雅'. 仍以名其亭. 并錄之, 爲雅亭集序.

丙辰孟夏, 貞蕤居士朴齊家撰.

百花譜序

　　人無癖焉, 棄人也已. 夫癖之爲字, 從疾從辟, 病之偏也. 雖然, 具獨往之神, 習專門之藝者, 往往惟癖者能之. 方金君之徑造花園也, 目注於花, 終日不瞬, 兀兀乎寢臥其下. 客主不交一語, 觀之者, 必以爲非狂則癡, 嗤點笑罵之不休矣. 然而笑之者, 笑聲未絶, 而生意已盡. 金君則心師萬物, 技足千古. 所畫百花譜, 足以册勳瓶史, 配食香國. 癖之功, 信不誣矣. 嗚呼! 彼佗佗泄泄誤天下大事, 自以爲無病之偏者, 觀此帖, 可以警矣.

　　乙巳中夏, 茗翁堂主撰.

閱幼時所書孟子叙

曬書之夕, 有自五歲至十歲吾遊戲之篋. 凡禿筆敗墨埋珠落羽燈之飾錐之柄瓠舟枻馬之屬與案齊. 往往瓦礫出蠹魚中. 皆此手之所摩弄也. 非愴非歡, 忽如舊人. 訝今日之長成, 悟昔日之變歷. 卷如掌者什餘 大學孟子詩離騷秦漢文選杜詩唐詩孔氏譜石洲五律自批. 皆散不完. 孟子分爲四, 亦亡其一. 因思幼時. 好書口常唧筆, 畫沙於厨, 書空於坐. 嘗夏日書粉牌, 匍匐裸而登之, 膝與臍, 汗爲之墨. 橫臨亂摹, 不擇屏簇.

丙子移屋青橋, 青橋之壁, 已無白矣. 先君月賜以紙, 日日削紙爲卷. 卷袤二指, 幷帙而可以吹也. 每一編成, 輒爲隣兒請, 或攫而去. 是以所讀之書, 必再三鈔焉. 已而年長以尺, 册大以寸. 九歲而爲此編, 是時小於此者, 蓋盈斗.

余年十一歲庚辰, 先君歿後, 搬居于墨洞, 又移于筆厓, 又傲于墨, 再入筆. 五六年之間, 流落殆盡, 吾之幼, 不可得而再考也, 則此編可貴也. 刊其誤, 理其粗, 乃續書其失曰: "此亦吾之故也. 故者毋失其故, 可矣, 惜乎幅短刀嚙字根!" 是日母出籠中碧紗半臂如幅者曰: "汝三歲衣也." 吾指此卷而曰: "將無同." 有客戲云, "掛角之辰, 好輕李密之牛." 余應之曰: "焚書之日, 差勝伏生之口."

外從弟改名說

古者六畜不名. 名者與我終始者也, 故始生三月父母名之謂小名, 及其冠也, 朋友字之. 遂定嘉名, 使其顧名思義. 今世愛子必賤名, 冀其若是而或度厄, 其意亦苟矣. 至如溝渠糞厠之屬, 皆名而呼之, 悖義深矣. 昔司馬相如小名犬子, 後慕藺相如改名相如.

汝名豚, 今年十一. 以豚行世, 幾四千日, 可不駭哉? 汝群從兄弟行皆名誠字, 可名葵誠. 葵者向日, 故古之忠臣, 有愛君不忘之心者謂之葵誠, 可持此名常常在念. 人有呼以舊名者, 輒辭以改名, 請以新名呼之可也. 字姑不定, 以待冠日.

嗇說贈趙君

一言可以終身行之者, 曰嗇. 夫嗇之云者, 非鄙吝之稱也. 彼鄙吝者, 徇於財而移其天者也, 惡得謂之嗇乎? 故凡日用言語之末, 稍一過當者, 則非嗇也. 天地尙不能自足, 而況於人乎?

夫吾之與趙君汝克遊也, 可謂盛矣極矣. 其風流文朵, 無以復加矣. 聯長被於炯菴, 濯遠青之清池. 有錢必傾囊, 飲酒必盡醉, 人無不罄歡. 顧乃汝克之心, 則常若有慊慊者焉. 以一宵之別爲遠, 而半日之醒可惜也. 嗚呼! 此非獨男子之眞心, 而出於其天者哉? 雖然, 吾聞之, 孔子曰: "關雎樂而不淫, 哀而不傷." 夫不傷與不淫, 嗇之道也. 易曰: "亢龍有悔", 盈不可久也.

雖然, 吾知之而不能踐也. 方其酒之旣闌, 而席之將散也, 其有不挽衣而更酌者乎? 嗚呼! 凡今之人, 好友者誰也, 飲酒者誰也? 以汝克之向之慊慊焉者, 爲不已甚者, 而反助之贊之, 何其不知足也? 嗟乎! 年華凋謝, 聚散靡常, 則向之所謂風流文朵之欲嗇焉者, 今雖欲不嗇, 又可得耶? 夫風流文朵之尙不過, 而又況下此而爲非者乎? 書其說而贈行, 且將以自警.

記
妙香山小記

余客鐵甕三月, 柳惠父貽書于余曰:"足下之西一妙香山耳."余答之云: "朱炎已徂, 以待楓也."懋官詩曰:"萬樹紅霜入香山, 早早歸來慰長念."季秋之月, 賓鴻旣鳴, 日白霜靑.

十三日壬辰, 東程, 綠袍而紫驢, 腰劍而鞍書. 北山之斷岸, 東臺之峻壁〔藥山也, 於鐵甕爲西. 從古撫州而言, 故曰東臺.〕亞而爲水門路, 大略谷勢, 如乾泥自坼, 兩邊齟齬相當, 而溪水劃其中. 泉邊亂石, 皆有粉氣, 上有譙樓, 題曰飮博.

六十里東至石倉, 日斜而止. 倉之前溪, 灛而碧. 溪上褓樹依山, 而全爲村屋對岸故也. 晨起張燈, 讀袁中郞徐文長傳. 李夢直曰:"夜深齊至溪頭眠, 何得知."余曰:"月滿屋上, 夢在屋中."又曰:"仰面淸露, 入耳寒聲. 諸君不眠, 又得何知."

癸巳蓐食于倉中, 天水臺團如小島, 窈窕傍路. 斷嶺挾肩, 潺水歷膝, 晨光初收. 楓紅欲漬, 馬蹄如鼊, 印于白沙. 自此以東, 漸見長林叢列. 驛邨煙生, 五檜亭亭, 隱于山巓, 可知其所謂四絶亭者, 〔亭在魚川 郵亭後岸〕土岡斷處, 必有古木, 石聚其下, 烏鳶啄骨而落之, 嘯集其上. 村巫婆娑, 裂紙滿枝. 來人去人, 謂之神叢, 皆遍掛弊屨而去.

踰魚川嶺, 日晡渡香山川, 茅葦渺莽, 乾聲瑟然. 渚砦石積, 步相磨軋. 取石片之薄者, 橫擲波心, 刮去水皮, 三躍四躍. 緩者如蟾沒, 輕者如燕蹴, 偶然爲竹, 節節倏逐. 或疊錢相趁, 尖痕如角, 層紋如塔. 此童子戲也, 謂之重水漪.

路中往往荒絶, 楓不甚鮮, 山不甚秀. 多土少石, 富而童, 蓋近塞也. 李穡記曰: "妙香山在鴨綠水南岸, 平壤府之北, 與遼陽爲界. 山之大, 莫之與比, 而長白之所分也. 地多香木, 僊佛舊蹟存焉. 〔按妙香距鴨綠水, 數百里之外. 平壤亦然. 則其說無迺太迂歟. 今鴨水上流, 經江界府, 與妙香差近. 而其外皆絶峽採蔘之地, 屬渤海, 恐不當云. 與遼爲界, 若義州龍川之間然也. 或云香山, 一名太白, 在今鴨綠之外, 今以爲檀君始降之地者, 直傅會耳. 文獻無徵, 經界不明. 然則今之所謂鴨綠水者, 又安可信耶?〕

香山之洞, 臨江西折, 毗盧絶頂, 水墨挿天. 萬木輝鬱, 秋色方殷. 前路轉深, 暝嵐如窟. 沿邐之石, 如聚落雁, 如散枯棋. 洞口至普賢寺, 凡十里. 普賢寺刱於高麗僧探密宏廓. 金良鏡詩曰: "寺廢重修非一度, 春禽感古語間關. 峯巒四擁幾千疊, 堂宇半新三百間. 卜地規模探密祖, 絶塵塗壁信香山. 須知法力降胡虜, 艸綠郊原戰馬閑."

貝葉爲圓扇, 摺紙已脫, 其莖如乾萱之脊, 其柄如編髮, 西山大師之把也. 杖頭金刻雙佛, 西山之杖也. 西山每逢人, 拄杖而拜, 人以爲拜己也, 實拜佛也. 其高亢如此. 有珠徑寸, 光如呵鏡. 痕如破氷, 照物倒現. 一骨如鹿茸, 云是西方佛祖之牙也. 宿觀音殿, 枕邊鳴磬, 忽然無眠. 寄一友人書曰: "一燈寥寂, 梵音震徹. 石泉潺潺, 山木依依. 落月滿庭, 樓閣悄立. 此時孤坐獨念, 萬禽棲宿, 各自依樹. 飛霜打巢, 羽毛應寒, 於鳥猶然. 而況於人乎?"

甲午朝食, 挾指路僧, 始肩輿而東. 金鉉中〔寧邊人, 博學能詩. 其香山諸作曰: "溔渤春深柳花白, 檀林秋晚國香殘. 十王殿邃浮生惑, 萬世樓高日月長." 餘散佚無傳.〕曰: "荇人國今普賢寺地也. 漢鴻嘉三年, 高句麗東明王遣其將烏伊扶芬奴, 伐之, 荇人王大敗, 奔匿石窟, 爲扶芬奴擒降. 謂其窟曰國盡窟, 其深纔坐而已. 如石室, 在普賢左.

武陵瀑從深谷爲陰湫, 盈科而出, 冒石而下. 窮源而坐, 俯視其浸入樹底之狀, 此觀瀑之一變格也. 遂題一律而返. 詩云: "礏音相禚峽叢叢, 仰視滲天映數鴻. 百尺飛泉橫石白, 一竿初日犯人紅. 逶迤樹隔歸僧沒, 惆悵雲深去路窮. 不必忘勞昇絶頂, 別無奇處只倥傯."

西山大師登香爐峰詩曰:"萬國都城如蟻垤, 千家豪傑若醯鷄. 一牕明月清虛枕, 無限松風韻不齊."

西山大師名休靜, 東方佛家之祖. 壬辰起義兵于香山, 李提督如松贈之以詩云:"無意圖功利, 專心學道禪. 近聞王事急, 摠攝下山巓." 明將七十一員, 又聯名折簡于休靜曰:"奉上東方義僧禪教都摠攝大和尙帳下. 爲國討賊, 忠誠貫日. 不勝珍謝欣仰. 各以銀伍兩靑布一端, 謹助義饗, 伏惟勿却." 云云. 其紙紅, 而在內院菴.

惠寰居士送人遊香山詩曰:"妙香山似妙高峯, 靈蹟奇蹤到處逢. 羅漢去時留白鹿, 雙雙花下養新茸." 擔輿之繩, 編麻也. 倚輿之軛, 揉藤也. 擔以長立, 肋不方列. 前者曳而後者隨, 容於曲, 賴繩長也. 攀於危, 恃前登也. 仰則緩前擧後, 俯則擧前緩後. 傾則護臂齊足, 是以輿恒無患. 然俯視肩痕如筧, 背汗如豆, 則輒命屢歇. 而不忍固坐也.

古木依絶壁而枯, 兀如鬼身. 螫如灰色, 剝如老蛇懸退, 禿如病鵰蹲顧. 腹穿而柄, 旁無一枝. 依山之石黑, 沿逕之石白, 浸溪之石靑綠. 其疑澼之所摩, 疏之所渡, 石光如舐, 潤赤而滑. 一匹秋暉, 遙鋪楓間, 又疑洞沙皆淡黃也.

僧之饌松皮脯, 似肉鯖. 鹽沙蔘似魚. 番椒醬似鰕卵醢. 濁酒似牛酪.〔東俗以酥酪爲肉, 不用於素食.〕入舍利閣, 觀佛畵, 小苾蒭持長竿, 竿頭包紙如矢鏃. 佛像佛蹟, 指點如誦, 甚悉而敏. 衆不看畵, 皆向苾蒭之口, 年可過十, 剃髮欲長, 覆額而玄. 舌音向喃喃也.

日中踰金剛窟, 石覆而广, 呀如開口. 少立, 頭不戴而重, 佛不懼壓, 猶坐其中. 或有擧杖仰鑽, 試其動靜, 石雖可恃, 余則不忍也. 高比京城彰義門後佛菴, 稍寬敞而拆其窓.

仰見土嶺, 可五里. 禿楓如棘, 流礫橫逕. 尖石冒葉, 遇足而脫, 幾跌而起. 手爲搨泥, 羞後人嗤笑, 迺拾一紅葉以待之.

坐萬瀑洞, 夕陽映人. 巨石如嶺, 長瀑踰來. 流凡三折, 始囓於根. 凹而湍起, 如蕨芽叢拳, 如龍鬚, 如虎爪, 如攫而止. 噴聲一傾, 下流徐溢, 縮而復泄, 如喘息. 靜聽久之, 身亦與之呼吸. 小焉闃然無聞, 又小焉, 益厲淜湉也.

裹袴至脛, 揭袂過肘, 脫巾與襪, 投之淨沙. 圓石支尻, 踞水之幽, 小葉沈浮, 腹紫背黃, 凝苔裹石, 燁如海帶. 以足割之, 瀑激于爪, 以口漱之, 雨瀉于齒. 雙手泳之, 有光無影, 洗眼之白, 醒面之紅, 時秋雲照水, 弄余之頂也.

萬木夾洞一道, 遠天在瀑布上, 望之若可延頸而及. 泝而登之, 巖勢坦曠, 亂水流離. 步不可著, 諸人在下, 爲予懼墜, 挽之不得, 可望而不可攀. 一步回頭, 招呼之手口可數, 五步回頭, 眉睫猶向我而仰. 十步回頭, 笠頭如卟, 只辨衲衲. 百步而顧, 洞口之人, 如坐瀑底, 瀑底之人, 已不見我矣.

荒林路絶, 遠日且低. 肅然而恐, 不覺其忙. 廻柯彈面, 叉枝裂裾, 積葉滲泉, 膝以下泥如也. 於是水窮而源見, 潺湲無聲. 曳于石根, 北瞰大壑, 洞然而幽. 紅樹滿谷, 並無一物. 香爐上峰, 咫尺欲來. 空中之路, 一橋可杭. 而邈若仙凡, 杳莫致之, 竟惘悵而歸.

大略石勢如曬腹, 披至胸乳. 下餉中蹲, 數紋橫臍, 所登之地, 如牛之角之間額之上. 不知石之生也, 空其中, 如覆甕邪. 抑徹底皆石邪. 扣之何牢, 呼之何響邪. 泉源不大, 始出如帶, 借石爲聲 肆于其末, 此造翁之權也.

予之初登也, 一僧躃焉, 指示歸路. 衆人皆散, 留輿于洞, 使乘而至. 步自迦葉敗菴, 從石隙, 西踰檀君臺, 脚力費於人十里也.

檀君窟石坼可四丈, 立如剖甕, 腹穹而首銳. 窺天於隙, 避雨於根. 世傳檀君降處. 史云檀木下者, 是也. 檀木叢鬱于上云. 而四尋皆弗見, 只毘盧香爐蠱蠱遠攅者香木云. 頹菴依窟, 小齊于肩 如鴿籠. 石風噓冷, 僧不得居. 檀君臺窟之西巔也. 一麓類蝌蚪, 四顧有大海孤島之狀.

風浮樹抄, 妓舞婆娑, 滿座旣醉, 凝絃方促. 遠氣忽夕, 相視以寒, 催箚呼屐, 略無第次. 望寺而起, 趁烟而下, 人之半膝, 暝色已沒. 而薄暉猶在臺頂一寸也.

並騎不欲後, 前馬之蹄下, 難免飛塵. 下山不須先, 後人之履頭, 易蹴危石. 天柱石屹如巨僧, 遙立西峰. 朝往路上, 見僧之指, 夕過其處, 雙眼先迎. 擔輿之僧, 皆一舉首, 以爲遠途之堠人也.

過極樂殿, 暝燈邃青. 藏經古閣, 瓦稜陰陰, 田徑麻竿, 白立依依. 老釋迎拜, 各致殷勤, 朝見其人, 夕返其寺. 一日之面, 若故人然. 極樂殿屬普賢.

與禁寰師, 講正法華火宅喩. 師五十餘臘, 口能誦經, 向人疑疑. 其兄慧信亦爲僧, 住極樂殿. 經旨多於寰云. 問: "爲僧樂乎?" 曰: "爲一身則便." "曾到京否?" 曰: "一入其中, 萬塵奔泪, 似不可居之地也." 又問: "師肯還俗否?" 曰: "十二爲僧, 獨住空山四十歲. 曩時猶遇侮則忿, 自顧則憐. 今則七情枯矣. 雖欲俗不可得, 爲俗亦無用. 將終始依佛, 以歸于寂." 曰: "師初何爲僧." 曰: "若己無願心, 雖父母不能强此也."

是夜望月如素. 繞塔三匝, 酒盂一巡. 遠籟在葉, 如瀉如掃. 從萬歲樓, 入大雄殿, 紙燈曠素, 金身燦映. 閣侈而野, 畫詭而襍. 老僧侍佛而立, 袈裟曳足, 白衲覆頂. 觀之, 皺紋仰接垂眉頤鬢之間, 剃痕輕輕有水墨色, 諦視之, 木像也. 左右金剛, 齒根若堞, 舌葉有燄, 衣剝如鱗. 蛇鬼迸出, 威則威矣. 望之, 輒有詼諧之氣, 是知禦侮者在德, 不在貌也.

乙未從引, 處臺西上院菴. 西浮屠〔一名安心寺〕探密之初建也. 懶翁古碑, 閣而庇之. 文字剝坼 如破瓷, 緣冬天火揚也.〔古碑本牧隱撰權鑄書, 新碑用本文, 立于普賢.〕衆碑累累, 遍于閣後. 石刑多訛, 字隨而違. 臥龜盲而蹲螭刖, 讀而摩挲, 指爲古蹟. 吾嘗疑古之一字, 無處可覓, 今酒在於秋山片石荒艸白露中邪? 又不知古與我無關, 胡爲凄然黯然躑躅徊徨, 久而不去也. 空山落日, 斷橋流水, 此自古撫古處也.

萬瀑洞之路, 有牛足臺. 吾未見其似馬足也. 安心寺之後, 有匜瀑焉. 謂之缸瀑可也. 故凡洗頭盆〔在金剛山〕, 據手痕. 龍馬石〔在驪江〕之鞭血, 皆泛稱耳. 傳之者以爲逼眞, 聽之者以爲必然, 不亦癡哉. 引虎臺之路, 石之半脊也. 如鰒附甲. 人行其孔穿處, 如禽刷頸. 路掛其趐兀處, 左足以下, 窿然無際. 木之仰攢者, 僅俯其杪. 凡握連環鐵, 三十餘握. 路岐而鐵索分焉,而登畢矣. 有枯棗依石, 攀根抱株然後, 上岸. 舊因微雪虎蹤, 遂通此逕而名之云.

望法王峯, 山石淨明, 盡脫肉氣. 峰根爲庵, 庵前爲壑. 水從峯出而注于壑, 壑勢如畚. 後踞前箕, 鴝泛于壑, 視其背甚低也. 有瀑跳於石屏之巔, 流不著壁, 滴滴相續, 如雨如霰. 勻播細灑, 素掛蔥蔥, 搖曳于中, 水底之石, 落落如碎墨, 而琤沸之音, 杳不明也.

水在峯曰天紳瀑, 在壑曰散珠瀑, 指此也. 在壑之右而爲瀑而渟者曰龍淵. 以人言之, 龍淵瀑出右肩, 瀋於右乳之旁. 望瀑之時, 吾在右手之曲, 颙立石隙, 石沒人頭, 蓋瀑底如臼, 圓黑無聲. 溢而出者, 爲俄之所渡之溪之一也.

一說龍淵古在山上, 有僧呪之. 有龍裂山而下, 垂胡而跪, 僧呪不止. 又數十武而跪, 僧頷之, 龍之居今之瀑也. 上院之僧, 五月五日, 烝餅洗〔置〕之澗石, 自菴而歸, 求之不得. 僧驚曰: "不能供佛, 生何爲?" 自投于潭, 潭中洞然有宮室, 衣靑皓首者, 問曰: "客何至?" 僧告以故, 皓首者厲聲呼童曰: "取俄者甑來." 童子以一甑二餅, 跪還之. 僧袖餅負甑而出, 甑在肩而餅化石, 菴前團石, 至今有雙云.

瀑之巔東北數十武, 大石如角者, 曰龍角石. 疎松戴額, 杳然鬖影, 立于其根, 如蟻附瓜. 凡遊香山者, 必刻名于此而返, 故黥之瘡之, 石無完膚. 袁石公以佛典無鑱刻靑山之律爲闕典, 信乎. 丹樹白道之縫, 遠人依之, 無目無釵, 具體而微, 以樹爲準, 俄然而沒. 始覺其行也, 東穿樹林, 出佛影臺, 庭莎如剪, 遠可以射, 谿然平衍, 受日最淨. 峽口西坼, 以見藥山之靑. 菴供西山像淸虛虛白諸師像. 然數像皆相肖, 知一像猶不足徵. 樵徑夾石, 而互如絲之緝. 溪水抱岸, 而圓如弓之弨.

午鍾, 歷歇祖院菴自性菴, 在佛影東. 輿上俯視, 樹葉平密, 庶幾踏而不陷. 下山數十步, 已仰而見, 葉葉烘於日, 只隔一重淨袷紅明, 自喜自誇, 欲行之不速, 恨人之不見. 驀過烟中, 聞人語聲甚慣, 問是何處, 僧曰普賢也.

再轉眼時, 哦然而笑, 如誤見家人, 意以謂賓, 忽復一驚, 乃是平生見平生知之, 耳目口鼻也. 所以者何? 去時以西, 而來時以東也. 然則上院之路, 以其東, 則不必鐵索之危也. 到寺題詩云: "跋涉關河路, 終年博一遊. 鳴鐘孤寺夕, 繡石細楓秋. 淡境初生悅, 羈情忽爾愁. 山中諸漏盡, 趺坐聽泉流." 曉小雨.

丙申自香山轉入龍門山, 出洞, 僧賀曰: "此山之遊, 不風不雨, 福力甚重." 合掌而禮之曰: "一行珍重." 予擧扇謝云: "汝家佛力." 雨氣猶濕, 朝陰曳地, 徑潤而白, 虛映樹根. 送僧輿, 騎驢于潤水之頭崩橋之西. 亂石上, 奔煙遇樹, 如燕尾之裂, 流波冒葉, 似魚吻之喋. 右帶香山川, 行三十里, 飛雨吹額, 猛風趁頂. 笠爲之墊, 幾欲縷絶. 僕之脚如鬼, 驢之尾如鼠, 油衣滴滴, 作露梧聲. 縮首如繭, 內視其乳. 閃顧後人, 其眼則足以相笑, 其口則不暇言其所以笑也.

馬走鞭疾, 雨隨而飄. 步步泥陷, 踘踘水盈. 有雲擁熙川郡界, 陰凝密布, 香山洞口之風, 迎之以來, 回旋鬱邑, 冷然相感. 江無細波, 野無細烟. 悍石爲之黑, 禿木爲之昏, 此雪風也. 夾江之路, 非沙則石, 有麓齒齒, 到江而止. 老槎之根, 多出石罅, 拏如鬼爪. 小蘿縣縣, 時設其丹. 行色參差, 列在石間. 巡壁而出, 吾之行, 於是作半月形. 路狹, 馬唧尾而過.

油衣吸冷, 酒顔欲醒. 入店喫已飯, 命僕燎衣, 催馬喂豆. 僕擧手云: "鞭梢有雲, 此龍門也." 距此只三十里云. 日有晴意, 冷自如也. 行故遲之, 奏樂於庭. 彈者吹者擊者, 以次而坐. 各抱其器鼓之, 口默腰鼓之首, 俯而時睨旁人, 大笛之頰, 掘而怒, 小笛之目, 瞠而驚, 嵇琴者悽然倚其膝焉. 酒進而起.
〔俗樂合五爲一部, 名曰三絃.〕

午發, 背江東折, 道上之色, 石潤陂明, 馬粘於泥, 股不得拔. 尻舂於鞍, 如騎眠牛. 伴人言, 此行數里, 用十里之力. 崩雲一隊, 曳雨而過. 風又隨之, 忙穿雨衣, 猛然加鞭, 驢亦竦耳聽令. 昂然前進, 尾入兩股, 水滴於端, 跟踏可笑. 徑入路旁舍, 小醉.

餘雨既遠，駁雲中陷，日光蹦來，如石竇之瀑．須臾而變作磔裂，勢如水田青泥，犁痕翻覆．已而又變作深淺，勢如水墨牡丹，倒暈正暈．又少焉作皴皴勢，於是有島嶼縈回之狀，有鳧鷖出沒之形，乃旁溢橫瀉．下爍人衣，倏忽之間，善作意想不到之境．夫此者孰爲而孰使之邪？

帶夕陽，抵龍門前洞．乘籃輿，緇徒羅立．衲光迥白，溪聲楓色，步步遞迎，比之香山，無深巨之氣．然石土之品，與彼一般，此香山之小支也．宿龍門寺，是夜高處有雪．

丁酉，早齋促飧，從廢佛殿北隅．輿行，登觀海菴．菴住山椒，迥瞰清北．凡城郭林藪，流者峙者，若几前然．鐵甕全局，獨凸而起，如四棋子打出一白．西海之色，入地一片，際天數寸．僧云可以觀日之沒焉，有霾不得候．

白森者，出觀海菴．東北望亂石隤然，擁蔽山腹．有若土袋之幀，而積塔之禿焉．圓者尖者，長如肘者，廣如掌者，倒拔菁根者，折竪舂杵者，或丈或尺，隊隊相聚．屹而尖者，冒一圓，架而疊者，挿一長．時有互承而立者，其一頭半斫，其一根半斫．或有相對如礎，以支一橫．始臨也，懼其兀兀而崩也．稍稍履之，卒無憂焉．乃敢搖之躓之．然其根深趾，窣窣有聲而猶自枝梧．苦性如蠟，津津善粘．庋以他石，易相襯也．其旁近之石，亦有忽然如鼎足者，如柴門者，白森者．以其白積而森立也．

田間之石，其聚如錘，尸以牛腿者，農夫也．路旁之石，其積如壘，祝以弊屨者行人也．如白森者，吾不知其誰也．彌一壑而亙數里者，豈人乎．或曰愈見愈奇，雖崩亦然．從白森前出，望數十步，雲雪繞之內，上冬下秋．高處之樹，小無一葉，甚奇之．將趁雪蹦踏而歸，風生咫尺，重裘如葛．一驚一恨，迺始廻走．只看僧指云："以雪爲界者．"其後爲陽德懸際也．

下山之路，歷二三菴，頹椽敗瓦，階不掃塵，穴窗窺之，有猫眠焉．比丘羸甚，啜水於廚，云是老尼乞米去也．無柯之樹，兀兀凝白，疑有銀色鍍之．無葉之林，遠遠微紫，常如霞氣蘸焉．日晡不可歸，信宿于龍門．僧舍之敞，甲於關外．令舞劍于室中，有記．

〔附〕 劍舞記

二妓舞劍, 戎服甂笠, 囂拜廻對, 徐徐而起. 旣掠其鬢, 又整其襟. 翹襪蹴裳, 以擧其袖. 劍器在前, 若將不顧, 悠揚折旋, 惟視其手.

室之隅樂作, 鼓隆笛亮. 於是, 二舞齊進, 頡頏久之. 張裒而合, 亞肩而分, 迺翩然而坐, 目注於劍. 欲取未取, 愛而復惜, 將近忽却, 將襯忽驚. 如將得之, 又將失之, 虛挐其光, 乍攫其旁. 袖欲與之掃, 口欲與之唧, 腋臥背起, 欹前側後, 以至衣帶毛髮, 無不飛揚.

頓挫而十指無力, 幾委復擧. 舞之方促, 手如搖綬, 翻然而起, 劍不知處. 仰首擲之, 雙墜如霜, 不徐不疾, 奪之空中, 以鐔尺臂, 昂然而退. 颯然相攻, 猛如可刺, 劍至於身, 不能以寸. 當挈不挈, 若相讓者, 欲閃未閃, 如不肯者, 引而莫伸, 結而莫解. 合而爲四, 分而爲二. 劍氣映壁, 若波濤龍魚之狀.

驚焉分開, 一東一西. 西者揷劍于地, 垂手而立. 東者奔之, 劍爲之翅走而剗衣, 仰而刮頰. 西者寂然立不失容, 若鄙人之質也. 奔者一躍, 賈勇于前, 耀武而還. 立者逐之, 以報其事. 掀如馬笑, 忽如豕怒, 俯首直赴, 如冒雨逆風而前趁也. 鬪而不能鬪, 止而不可止. 二肩俊搏, 各自不意, 踵隨而旋, 如斡樞機. 俄之東者已西, 而西者已東. 一時俱回, 額與之撞, 容與于上, 飛騰于下. 劍爲之眩, 希見其面, 或自指于身, 以示其能, 或虛迎于空, 以盡其態. 輕步而跳, 若不履地, 盈之縮之, 以達餘氣. 凡擊者擲者進者退者, 易地而立者拂者拂者疾者徐者, 皆以樂之節而隨其數焉.

已而鏗然有聲, 投劍而拜, 能事畢矣. 四坐如空, 寂然無言. 樂之將終, 細其餘音, 以搖曳之. 其始舞而拜也, 左手捧心, 右手鉗笠, 遲遲而立, 若將不勝者, 始條理也. 鬖髣其鬢, 顚倒其裾, 焂忽俯仰, 翻然擲劍者, 終條理也. 余之觀, 匪其至者焉. 故其奇變, 不可得而詳之也. 〔近世舞劍, 稱密陽姬雲心, 此盖弟子.〕

夜酒盡, 借僧之混沌醪而醉焉. 〔鄭虛菴以濁酒爲混沌酒, 見翠軒集.〕

戊戌. 別山, 歸向鐵甕. 楓色憔悴, 已非來時. 顧謂僧曰:"安知異日不再來也. 雖來, 又安知必相逢也. 林泉雖在, 如不見爾, 則異日之懷, 吾又何堪? 高秋九月, 水落石出, 此山此地, 萬樹之中, 吾別爾也."

僧輩餞我, 出至洞口而去. 沙明日白, 頓覺畫永. 委身于驢, 寄夢于鞍. 時聞路旁鷄聲, 輒樂而望之, 羨彼邨墟. 午到鐵甕東門, 二士憩其樓, 數童從焉, 持酒待我. 同遊之尹生明生也. 敍吾行色, 謝彼勤意, 並轡而入.

香山之行, 固艸艸, 不能窮搜極探. 然其名菴勝區, 如佛智見佛賓鉢諸寺, 皆一歷之. 獨恨路廢, 不得登毗盧香鱸. 一望遼海而來耳. 凡遊以趣爲主, 行不計日, 遇佳卽止. 携知己友, 尋會心處, 若紛紜鬧熱, 非我志也. 夫俗子者, 挾妓禪房, 張樂水聲, 可謂花下焚香, 茶中置菓也.

或有來問曰:"山中聽樂何如?"曰:"吾耳但聞水聲僧踏落葉聲."

詞如疊山層巒, 氣如驚濤怒浪. 序如盤珠板丸, 而無躐登之高, 可謂賢人君子之性靈, 詞人之氣象, 於此可見矣.

妙香山記, 如幽人之尋谷, 可見遺世獨立. 若劍舞記, 如貫珠之有序. 令後人讀此文者, 可取其性情之神奇. 楚山潘生.

養虛堂記

養虛先生之入中國也, 遇浙江名士, 曰陸飛嚴誠潘庭筠, 三人者, 皆至性人也. 一見歡甚, 結天涯知己, 於其歸也, 多以詩文書畫相贈, 至今風流文物, 照耀海外, 養虛之名, 固已傳之天下矣. 顧先生之猶欲托余, 續爲一言者, 豈以域中之人? 而氣義之相感, 反遜於異地者, 則余亦無以自解於先生矣.

夫虛者, 實之反也. 惟君子, 實學是楸, 何虛之足尙? 雖然而莊生云: "人無空虛, 六鑿相攘." 獨不見夫山水乎? 彼流者自流, 而峙者自峙, 宜若無干於人矣. 方其夕嵐出而春波漾, 則望之莫不森然而喜, 油然而羨之者. 惟此心也. 可以醫俗, 可以寡欲, 養虛之義, 於是乎在矣. 方斯時也, 其心不虛則已, 虛則先生必有所受之矣. 天也若是乎, 不可不養其虛, 養其虛者, 全其天也.

夫結友於萬里之外, 不可復見之人, 而猶終身窹寐而不敢忘者, 由今觀之, 豈非所謂鶩遠忽近, 虛而無用者耶? 然而誦其詩, 讀其書, 纏綿悱惻, 至使旁觀之輩, 潛然出涕, 摩挲而不忍去者, 何也? 友道之根乎天性故也.

嗚呼! 使今之人, 知先生之所以養其虛然後, 知山水之樂出乎天, 而萬里之交之爲不可終棄也歟. 若夫聞浙人之風, 而不知篤於其友, 覽夕嵐春波之色, 而以爲無干於性情, 則吾不敢知之矣.

御射記 並圖

上之十有六年壬子歲冬十月乙未，御射于苑中．貫革十巡，〔貫革，用木板，廣輪一丈，鵠三之一，植之一百二十步．射稱柳葉箭．凡五矢爲一巡．〕獲四十九矢七十二分．〔分，畫也，一中爲一畫．中鵠則倍其畫．四十九中爲七十二分，知二十三矢之中鵠．後倣此．〕

十一月丁未，五矢悉中鵠．丙辰獲如初，分加三．丁巳戊午，並獲七十八分．庚申如初．十二月戊辰又如之．乙亥獲至八十分．片革，〔此貫革之鵠．〕五中八分．庚辰射扇，〔常所執持摺疊扇也，長七八寸，展之上圜下尖．〕五發中其四．癸未射棍，〔軍中打人榜也．削木如劒，廣一扶，長齊心，貼禺爲鵠．〕十矢並中鵠．掌革〔小減於片革．〕五中之．丙戌三中小團扇．（圓徑四寸．）自庚辰至是，柳葉箭四十九中者三．

丁亥半其射，獲二十四矢三十四分．鐵箭牌，〔狀如藤牌，小如笠．鐵箭大箭也，鏃重六兩，故稱六兩．立牌本以限遠，不取中．此欲試其小，故用爲的．〕四其中．辛卯倍其巡，不中者各一，獲一百五十三分．五矢中鵠者再．凡棍扇小的之四中以下不疊書．

射既中，侍躬者輒高聲奏古風．古風者請賞也．上笑而頷之，賜予有差．閣臣進箋謝．上引時靡有爭之詩，勉之以正心立朝．蓋因躬爲喻也．又別書躬帖之尾曰；"檢書四人，無實職者，其一人，兼帶他司，銜食實俸，著爲式．"於是相與言曰；"上於射巧力天至，五十而輒遺一者，讓也．昔聖人躬於矍相之圃，觀者如堵牆焉．況我聖上，經文緯武，度越百王！"

臣等職忝近密，榮瞻雲漢之光，恩庇弧矢之威，賞固罔功，與有幸焉．謂宜立石苑中, 以紀其事, 作爲歌頌, 上之國史, 昭示無窮. 故敢揭圖記, 先之廳壁. 時癸丑嘉平日, 臣齊家拜手稽首謹錄.

古中菴記

青莊李子, 閉戶著書, 垂五十年矣. 乃喟然而歎曰: "百爾思之, 莫如古也." 名其室曰古中. 其云中者何也? 曰: "中華也." 曷爲不曰中古也? 避上古中古之嫌文也. 曷爲慕中華也?

曰: "吾旣讀其書矣, 嘗至其地矣. 浩浩乎, 穰穰乎, 如海之不可以深淺量也, 如神龍之變化莫知其端倪也. 無所不有曰富, 人自得焉之謂樂. 吾向也讀古人之書, 以爲其文者皆吾邦之所出也. 乃今知詩書禮樂之爲中華, 富且樂矣, 如之何其不慕之也? 方其俯而讀, 仰而思之, 而古人之爲古人, 有自來矣. 故曰: '不知中國之可慕者, 不知古人之書者也, 忽焉不知千世之往而萬里之遙也.'"

社稷壇記〔代人〕

禮莫重於祀典, 祀典莫重於社稷. 每歲上辛, 上親祈穀于太社, 前期視牲滌器. 夜鼓三下, 庭燎旣設, 上冕服執圭, 自灌鬯以至瘞帛, 雖甚寒, 未嘗或攝. 俯伏在位, 禮容如初. 公卿百執事禮畢, 還御齋殿, 書下勸農, 頒示八路, 以爲例. 咸肅無譁, 但聞佩聲鏘鏘, 若遠若近. 與臚唱相間, 始知御步升降折旋于尊俎階阼之中, 則其敬且嚴如此.

而外之州縣長吏, 往往於其境內之祀, 反有狃於因循, 壇壝傾圮, 掃灑不時. 關東伯, 以修改儀式, 進上, 命下其法於諸州. 某忝茲邑, 因基改築, 爲繚垣正方. 四櫺星門, 爲屋三間, 奉神位禮器, 實守護訖.

迺告于邑之父老儒生曰: "若此者, 所謂遵朝廷之敎令而已, 非誠之素積于中而然也. 雖然, 某嘗從百執事之後, 扈駕于太社者數矣. 出宰以來, 伏奉綸音下者, 非一二, 而於祀與食也, 尤惓惓焉. 爲長吏者, 曷敢不怵然自警. 無有遠邇, 克愼乃職, 以對揚憂勤之萬一也哉. 書曰: '黍稷非馨, 明德惟馨.' 詩曰: '旨酒孔嘉, 降福孔皆.' 百里之內, 寒暑風雨不好曰: '惟太守之不精禋也.' 禾稼不登曰: '惟太守之不明農, 畎畝不治.' 敢以此誦於縣之執事者, 願與邑之士, 共勉之."

是爲記.

厲壇記〔代人〕

神人之際, 其微矣乎! 牲幣以將之, 聲容以象之, 氣臭以求之, 齊明盛服以承之. 而曰: "神之在此乎在彼乎." 曰: "洋洋乎如在其上, 如在其左右." 若是則民之惑也, 滋甚焉已矣.

夫黍稷粢盛, 玉帛鍾鼓, 蕭艾膏膋, 鬴䰞葱璜, 固生民之所常享者也. 以此而薦之人鬼則固矣, 以此而用之天神地祇·日月星辰·風雲雷雨·江河嶽瀆之羣靈, 則其爲物也, 不已疎乎?

聖人有質言於斯者曰: "多才多藝, 能事鬼神." 曰: "我祭則受福." 盖言其必如此而後, 有此理也. 其所以致敬於不睹不聞之中, 感通於幽明屈伸之故者, 不其著乎? 故曰: "未知事人, 焉知事鬼?" 豈非以所以事人者, 事鬼之明驗斷例歟?

然則今之州縣之諸祀之執事者·長吏·儒生, 果皆專心致志, 齊明盛服, 以交神焉矣乎? 其黍稷牲醪, 果皆馨香豐潔, 而籩豆尊罍席羃之屬, 果不傾側·呰窳·敝破苟且之甚者乎? 其天神地祇·日月星辰·風雲雷雨·江河嶽瀆之靈, 果皆勿勿焉歆之, 而不吐歟? 苟非然者, 以之而羞之於人, 亦必有踧踖不甘者矣, 而況於鬼神乎哉?

國制, 厲在中祀, 歲三祭. 有癘疫則特祭降香祝於其地, 前一日, 發告城隍, 禮也. 上之十有七年, 以中外諸祀之儀物壞廢, 下令于國中, 大行修舉. 〔邑名〕之厲壇, 在縣治之東. 乃砌而新之, 別寘屋, 以奉神位及祭器. 夫巫覡之祀木石也, 有告咎則稽首服過, 以爲不享, 而況於正直之神乎, 而況列在祀典之嚴且重者乎?

某承恩來莅此土, 於域內事, 宜無不用其力, 而況上奉朝廷之令, 下爲吾民徼
福弭災者耶. 於是, 特記其事, 並論禮之本, 以爲官箴焉.

題文衡山畫帖後跋

　　畫書之爲技，固小矣．儒者之棄而不道，亦非也．今人有見側面人物，而覺其一耳者．往往而是也，卽其眼中之物之鬑，無別焉者著矣．鑄菴公，儒而通乎技者也．所藏文衡山澗亭春水圖一幅，倂題一絶句者，雖其眞贋不可鑑定，而其胸中之邱壑，可想見矣．秋陽照室，展卷遊神，觀其花木之幽深，煙水之縈紆，新林嘉石之窈窕，與夫開樽拓窓之人焉．噫！安得與斯人，共享此樂也？

　　庚子中秋穀朝，葦杭道人跋．

丙午正月二十二日朝參時 典設署別提朴齊家所懷

臣於本月十七日, 伏奉備局知委. 上自卿宰, 下至侍衛軍兵百執事之臣, 各盡所蘊, 無敢不言者. 臣惟國家刱業垂統四百年, 治化隆凞, 媲美三古. 聖上臨御十載, 百度修明. 凡有可議之事, 聖上必先行之, 實無言之可進, 非有忌諱畏避而使之不言也. 雖然聖不自聖, 遇灾益勤, 蒭蕘是詢, 臣請不避狂瞽之罪, 而略陳其一二.

當今國之大弊曰貧, 何以捄貧? 曰通中國而已矣. 今朝廷馳一介之使, 咨於中國之禮部, 曰: "貿遷有無, 天下之通義也. 日本琉球安南西洋之屬, 皆得交市於閩浙交廣之間, 願得以水路通商賈, 比諸外國焉." 彼必朝請而夕許之矣. 於是招誘荒唐船, 以爲鄕導.

荒唐船者, 皆廣寧覺化島之民, 犯法潛出, 常以四月來採防風, 八月歸也. 旣不能禁, 則因以爲市, 厚賂而結之, 不難也. 又募沿海諸島習水之民, 以官領之, 齎粟文以往.

使登萊之船, 泊於長淵, 金復海蓋之物, 交於宣川, 江浙泉潭之貨, 集于恩津礪山之間, 則嶺之綿, 湖之苧, 西北之絲麻, 可化爲綾羅織罽, 而竹箭白碮狼尾昆布鰒魚之産, 可以爲金銀犀兕兵甲藥餌之用矣. 舟楫車輿宮室器什之利可學矣. 天下之圖書可致, 而拘儒俗士褊塞固滯纖之見, 可不攻而自破矣.

議者必曰: "我國自爲聲敎, 雖黽勉奉正朔, 非其志也. 多文字制度之觸犯, 固不可去而洩漏來而窺覘也." 臣竊以爲過矣. 昔勾踐之棲於會稽也, 其日夜與國人謀者, 無非吳也, 可謂急矣. 然而計之不洩者, 以謀國者得人焉故耳. 且臣聞之, 成大事不避小嫌, 狐疑顧瞻, 何事可辦? 今欲斲萬金之璞, 以求工於隣國, 則曰: "恐其謀己也", 其可乎?

臣聞中國欽天監造曆西人等, 皆明於幾何, 精通利用厚生之方. 國家誠能授之以觀象一監之費, 聘其人而處之, 使國中子弟, 學其天文躔次鐘律儀器之度數, 農蠶醫藥旱澇燥濕之宜, 與夫造瓴甋, 築宮室城郭橋梁, 掘坑銅, 取卝玉, 燔燒琉璃, 設守禦火礮, 灌溉水法, 行車裝船, 伐木運石, 轉重致遠之工, 不數年, 蔚然爲經世適用之材矣.

議者必曰: "漢明迎佛而爲千古之累. 夫歐邏巴者, 距中國九萬里, 崇奉天主異教, 爲類殊別, 且通海外諸蠻, 其心不可測也." 臣料其徒數十人, 居一廛, 必不能爲亂. 且其人皆絶婚宦, 屏嗜欲以遠遊布教爲心, 雖其爲教篤信堂獄, 與佛無間. 然其厚生之具, 則又佛之所無也. 取其十而禁其一 計之得者也. 但恐待之失宜, 招之不來耳.

夫遊食者, 國之大蠹也. 遊食之日滋, 士族之日繁也. 此其爲徒, 殆遍國中, 非一條科宦所盡羈縻也, 必有所以處之之術, 然後浮言不作, 國法可行. 臣請凡水陸交通販貿之事, 悉許士族入籍. 或資裝以假之, 設廛以居之, 顯擢以勸之. 使之日趨於利, 以漸殺其游食之勢, 開其樂業之心, 而消其豪强之權, 此又轉移之一助也.

臣聞明者不自欺, 智者不自弊. 夫人才渺然, 而不思所以培之, 財用日竭, 而不思所以通之, 曰: "世降而民貧." 此國之自欺也. 位愈高而視事愈簡, 居官委下屬, 出疆委衆胥, 左攏而右扶, 曰: "體貌不可屑越也", 此士大夫之自欺也. 桎梏於疑義之林, 消磨於駢儷之途, 束天下之書而不足觀也, 此功令之自欺也. 父不呼父者有之, 兄不呼兄者有之, 同堂之親而相奴者有之, 黃髮鮐背而席於童卝之下者有之矣. 祖行父行而不拜, 則其孫與姪誚長者有之矣. 猶沾沾然驕天下而夷之, 自以爲禮義也, 中華也, 此習俗之自欺也.

夫士大夫, 國之所造也. 然而國法不行於士大夫, 非自弊乎? 科舉者, 所以取人也. 取人由科而壞, 則非自弊乎? 書院而俎豆者, 所以崇儒也, 而遘丁禁釀依焉, 非自弊乎? 國家誠能推四欺三弊之說, 而觸類而伸之, 剔瘼而牖迷, 則治國之事過半矣. 方今國用吏胥之見, 而士爲倡優之行, 男襲婦人之俗, 而未之有改也. 夫俗人多於賢人, 則俗勝, 吏胥多於官長, 則吏勝. 故曰: "國用吏胥之見也." 立身之初, 墨面而跳舞者, 非倡優乎? 蒙古之服, 儼治中饋, 而莫之覺悟者, 非婦人之俗乎? 此三者, 未必爲時務之急者也. 雖然以類相附, 以見風氣之不振, 誠願收奇偉斥之士, 以滌吏胥之氣, 革倡優之風, 易之以揖讓, 棄婦人之俗, 被之以禮服, 亦足爲振作之一事也.

夫善治國家者, 清其本, 不治其末, 故事省而功博. 今之議者, 莫不曰: "奢日甚." 以臣視之, 非知本者也. 夫他國固以奢而亡, 吾邦必以儉而衰, 何則不服紋繡, 而國無織錦之機, 則女紅廢矣. 不尙聲樂, 而五音六律不叶矣. 乘齟漏之船, 騎不浴之馬, 食窳器之食, 處塵土之室, 而工匠畜牧陶冶之事絶矣. 以至農荒而失其法, 商薄而失其業, 四民俱困, 不能相濟. 彼貧人者, 雖日撻而求其奢也, 將不可得矣.

今殿庭行禮之地, 布其樓苴. 東西闕守門之衛士, 衣木綿帶藁索而立, 臣實恥之. 不此之計, 而乃反毁閭巷之高門, 捉市井之鞋衫, 憂馬卒之耳衣, 不亦末乎? 奉寫御製之寫字官等, 敎六書一月, 可以少錯書矣. 不此之爲, 而又別正其字畫, 彼誤書者, 終身莫之覺, 而臣亦不勝其釐正矣. 以此推之, 國中可省之事者多矣.

東二樓之初建也, 地部雇人, 日三百錢, 人三十, 濫竽者, 或擇陰而眠焉. 計士告紙十番, 則郞官削其半而後着押, 曰: "尾閭可防." 是察於五張之紙, 而遽失九千之錢也. 以此推之, 國中財用之源, 可得而議矣. 政院之號令也, 二三十隷, 聯臂蹋足而呼之, 聲振數里, 以爲不如是不足以威百司也. 騎曹郞執鞭而禁人聲, 以此推之, 國中法令之相矛盾, 可指而數之矣.

夫通國之事, 何可盡言. 固有小可以喩大者, 誠願殿下恢察邇之聰, 省事以漸, 節財無小, 通政法之矛盾者, 則淸其本而功博者在是矣. 今臣所言, 皆世之所大駭也. 雖然, 行之十年, 一國之田租可減, 百官之俸祿可增, 茅茨席門, 可以爲朱樓彩閣, 徒行病涉者, 可以爲輕車怒馬. 向之干和者, 可以致祥, 向之自欺自弊者, 可以渙然而氷釋矣. 夫然後重修景福之闕, 建慶會之樓, 還政府六曹之舊規, 與國中之士大夫, 作徵招角招之樂. 暫勞而永逸, 用昭我先王之典章, 貽我元良億萬年無彊之基, 豈不休哉!

夫難逢者聖主, 可惜者良時. 今天下, 東自日本, 西極藏地, 南起瓜哇, 北際喀爾喀, 兵塵不動, 幾二百年, 此往牒之所無也. 不以此時僇力而自修, 他邦有警, 與有憂焉. 臣恐執事之臣不遑於崇飾太平也.

今殿下抱經緯顯韙之文, 負制禮作樂之才, 有奮發乾剛之志, 將何功之不立, 何求而不獲? 乃反中朝發歎, 治不俟志, 吝且畏約, 欲發未發十年之久乎? 將因俗爲治, 彌縫牽補, 自安於小康耶? 漢申公之言, 曰: "爲治者不在多言, 顧力行何如耳." 夫行之, 則近日公車之章, 無非格言, 不行則雖今日盈庭之言, 愈出而愈新, 不幾於文具之尤甚者耶.

臣久廢讀書, 心術茅塞, 條目脫漏, 倉卒莫對. 倘殿下諒其愚忠, 俾終其說, 特賜一日休沐之暇, 給繕寫十人, 謹當傾竭肺腑而畢陳之. 言涉瀆冒, 是恐是懼, 臣死罪謹言.

傳
小傳

　　朝鮮之三百八十四年, 鴨水之東, 千有餘里, 其生也. 出新羅而祖, 密陽其系也. 取大學之旨而名焉, 托離騷之歌而號焉.

　　其爲人也, 犀額刀眉, 綠瞳而白耳. 擇孤高而愈親, 望繁華而愈疎. 故寡合而常貧. 幼而學文章之言, 長而好經濟之術, 數月不歸家, 時人莫知也. 方其玩心高明, 遺落世務, 錯綜名理, 沈潛幽渺, 與百世而唯諾, 越萬里而翺翔. 觀雲烟之異態, 聆百鳥之新音與, 夫山川日月星辰之遠, 草木蟲魚霜露之微, 所以日變化而莫知然者, 森然契于胷中, 言語不能悉其情, 口舌不足嗽其味, 自以爲獨得百人莫知其樂也. 嗟乎! 形留而往者神也, 骨朽而存者心也. 知其言者, 庶幾其人於生死姓名之外矣.

　　贊曰: "竹帛紀而丹靑摸, 日月滔滔, 其人遠矣. 而况遺精華於自然, 拾陳言之所同, 惡在其不朽也. 夫傳者傳也. 雖未可謂極其詣而盡其品乎, 而猶宛然知爲一人, 而匪千萬人然後, 其必有天涯曠世而往, 人人而遇我者乎!"

洪亮吉傳

　　洪亮吉字稚存，江蘇陽湖人．幼孤育於外家，蔣母夫人訓之力學．未弱冠，尙書錢文敏公維城，見其樂府百首，徒步訪之，名大起．朱笥河筠，視學安徽，致書于錢詹事，大昕程編修晋芳曰："甫莅江南，得洪·黃二君，其才如龍泉·太阿，皆萬人敵云．"黃謂縣丞景仁也．

　　袁簡齋枚曰："于經深春秋所著，有春秋三傳古義，左傳詁二書．於史精，地理有三國東晋十六國疆域三志，刊史記以下四史謬誤十二卷．又以宋李繼遷傳國逾百年，而事蹟闕略，復成西夏國志十六卷．于六書，通諸聲，著漢魏音四卷．外爲詩二千首，文及雜著數百篇，而所修乾隆府廳州縣志及幕府牋奏不與焉．"

　　余得其卷施閣乙集·吳下英才集數卷於翰林張問陶，讀而善之．張曰："此人見次修先生詩，稱之不容口．"方住崇文門外，間嘗來我，可候之也．余方有事，謝不能，書寄卷施閣三大字．後見龔荅莊，曰："稚存大史，聞次修來，委候半日，以次修失期，悵惘而去．"復因張翰林，致三國疆域志及府廳州縣志，自書小篆對聯，所以贄也，其風流弘長如此．亮吉爲文，長於駢儷，比事屬辭，粲然可觀．其傷今感古之作，往往惻愴，而不忍讀，有離騷變雅之遺音，豈生於憂患，而長於貧賤者歟？

　　嘗與錢季木論友曰："近世之士，或以爵秩，叙雁行，拘年輩爲鱗次．何云締交乃左雄限年之格？何云結友成正始服官之簿？此一蔽也．若夫脫略繩檢，求其性眞，半面之雅，鬼神無以間其隱，片言之誠，金石亦將輪其烈．求之吾黨，足下卽其一也．足下師琅琊之不娶，學平陽之若寄．落落如玉，處于朱門．

明明如月, 成其素履. 頻云: ‘采薪逃簪笏之席.’ 或乞急暇, 憩名山之廬, 覘白鷺之羽, 穢其塵容攀青松之枝. 寄此幽悃, 僕舍足下, 又將何與交哉?”

序杭董浦世駿三國志補注曰: “近時史學, 有二端. 一則塾師之論史, 拘于善善惡惡之經, 雖古今未通, 而褒貶自與. 加子雲以新莽, 削鄭衆于寺人, 一義偶抒, 自謂予聖. 究之而大者如漢景歷年, 不知日食, 北齊建國, 終昧方隅. 其源出于宋之趙師淵, 至其後如明之賀祥張大齡, 或幷以爲聖人不足法矣. 一則詞人之讀史, 求于一字一句之間, 隨衆口而譽龍門, 讀一通而嗤虎觀. 于是爲文士作傳, 必倣屈原, 爲隊長立碑, 亦摩項籍. 此則讀史記數首, 而世史可刪, 得馬遷一隅, 而餘子無論. 其源出于宋歐陽氏之作五代史, 至其後, 如明張之象熊尙文, 而直以制藝之法行之矣. 夫惟通訓詁, 則可救塾師之失, 服虔等二十一家之注漢書是也, 亦惟隸故事, 則可救詞人之失, 裴松之注三國志之類是也.”

其淳化縣志叙錄曰: “辛丑入關, 撰定方志者三, 同州之澄城, 邠州之淳化·長武是也. 關中地大物博, 諸記錄, 自漢三輔黃圖以降, 暨唐韋述關中記·宋宋敏求長安志·程大昌雍勝略等, 咸可準繩, 而府州縣志可采者寡, 蓋明代諸賢, 事非師古, 苟爲簡略, 卽故城舊瀆, 棄之如遺. 今所盛傳, 武功·朝邑二志, 不知者以爲實過古人, 非篤論也. 予爲此志, 一準昔賢, 非苟爲立異, 欲藉茲成規, 示諸來禩, 凡爲記八·爲簿二·爲志五·爲略三, 共三十卷.”

五閱月而成曰: “古縣今縣, 新城故城, 舊鎭昔鄕, 附之橋梁. 倣晉朱育會稽土地記, 述土地第一. 史言: ‘甘泉傳志, 石門·冶谷·引涇·荊山·導洧·灌漑之利, 被于無邊,’ 倣齊劉澄宋初山川古今記等, 述山川第二. 史家遺法, 首記大事, 倣漢司馬遷等大事記, 述大事第三. 古云: ‘吉行日三十里,’ 披諸圖經, 式其遺意, 倣隋西域道里記等, 述道里第四. 嬴秦築宮, 遷五萬家, 粵漢始元, 徙民三輔, 稽其盈虛, 倣宋元康六年戶口簿記等, 述戶口第五. 惟民之俗, 百里不同, 爰志士女, 逮農工商, 倣晉周處風土記等, 述風土第六. 雍州積高, 神明之區, 雲陽甘泉, 又帝所居, 下曁小鬼, 靈而不誣, 倣齊祠廟記等, 述祠廟第七. 世遠莫追, 金天有陵, 青鳥之冢, 圖書可徵, 倣宋李彤聖賢塚墓記等, 述冢墓第八.

秦皇漢武, 築宮祈仙, 洪崖弩阺, 增城在焉, 倣晉洛陽宮殿簿等, 述宮殿第九. 征輸之簿, 前代所無, 農桑絲粟, 以迄市租, 倣宋李常元祐會計錄等, 述會計第十. 泮宮居前, 叢祠列後, 英英群賢, 光我俎豆, 倣宋崇寧學校新法志等, 述學校第十一. 才餘于官, 不廢嘯歌, 倣宋無名氏衙署志等, 述衙署第十二. 白公鄭國, 民歌至今, 采其遺蹟, 以代吏箴, 倣唐杜佑通典職官志等, 述職官第十三. 世需多士, 士貴通經, 倣宋崔氏登科記等, 述登科第十四. 廣陵烈士, 會稽先賢, 烈女後傳, 撰于顏原, 倣晉常璩華陽國士女志等, 述士女第十五. 金石之文, 古稱不朽, 倣宋鄭樵通志·金石略等, 述金石第十六. 淵雲之作, 冠于簡端, 國師裁裁, 亦賦甘泉, 倣漢劉向七略詞賦略等, 述詞賦第十七. 凡志方隅, 必推今昔, 稽乎古圖, 準以今尺. 惟茲一編, 勿淆其次, 倣常璩華陽國志序錄等, 述序錄第十八." 其於輿地也, 蓋博而覈矣.

李廓羅德憲傳

　　李廓字汝量, 太宗王子敬寧君緋六世孫也. 父觀察使裕仁, 以萬曆壬辰, 家居遇倭, 不屈死之. 時廓生三歲矣. 及長, 身長八尺有餘, 膂力絶人. 白沙李文忠公, 以父友臨問, 壯其貌, 贈以弓矢. 遂赴武擧. 兵曹判書朴承宗別試武才, 見廓射幾二百步. 有認者曰: "此故節死李某子也." 乃大驚. 光海特賜內廐馬, 除兼司僕, 名振一時.

　　遂擢乙卯壯元, 授守門將, 遷宣傳官. 賊臣謀廢大妃, 脅百官廷請, 廓稱病不赴. 承宗以北路孤危, 薦爲輸城察訪. 輸城故關防地. 廓旣至, 選驛卒五百, 敎以騎射, 號爲牙兵. 資裝器械悉辦. 方伯沈悅·兵使李守一, 按其實以聞, 陞通政階. 時光海政亂, 凡有除旨, 必賂而後行. 廓不屑也, 事幾寢. 承宗一日三請批始下.

　　辛酉, 朝廷選將帥材. 廓其一也, 轉僉知中樞府事兼宣傳官, 遷曹司衛將. 廓嘗入苑, 射殺猛虎, 光海壯之, 命加資, 而有沮之者不果.

　　癸亥反正之日, 議將殺廓, 延平李公曰: "方廓之陣於敦化門也, 使之發一矢, 以向吾輩, 則其能成今日之功乎? 惜乎! 其鳴金淸道, 而不參於勳也." 仍擧廓代平山.

　　已而李适反. 時廓被誣就理, 上釋還本任. 召見曰: "御史風聞失實. 今賊鋒甚銳, 賜汝弓劒及京軍四百, 汝其圖之." 廓頓首泣, 倍道而西. 時京軍實無從者, 廓得老弱百餘. 前擊賊, 潰於猪灘. 廓躍投江不死, 依都元帥張公晩軍中. 鞍峴之捷, 廓爲先鋒, 以功過相當, 不錄勳.

　　俄拜安岳郡, 移守慈山. 丁卯春建虜, 襲我義州破之, 繼陷安州. 廓守慈母山城, 方伯尹暄, 檄召廓, 赴平壤. 廓力爭不聽. 廓旣出, 而平壤已失, 本城亦隨而潰. 廓行收兵進軍安州城北, 斬賊諜高汗龍, 生縛金德卿, 獻體府. 德卿者, 安州小譯也, 僞署爲牧使. 時賊屯淸川江, 載兵伏將渡, 廓乘而蹙之, 幾盡沒. 捷書至, 上喜甚, 特超其資. 又邀殺賊驍將高遮博氏, 上又命加資. 方伯金起宗, 就廓握手謝曰: "吾嚮者不信公, 數言公短, 幾失公." 遂結爲知己. 辟中軍, 委以軍政, 民大悅.

己巳除德原府使, 五月而換永興. 廓實吏逋, 覈軍籍, 誅其奸猾, 百廢俱興, 境以大治. 上賜表裏以獎之, 邑人立碑龍興江上以頌之. 壬申出按耽羅, 大修軍器. 入拜西樞兼摠管.

丙子除會寧府使, 呈遞時, 仁烈王后上賓. 虜酋弘他時, 使英固爾岱·馬福塔等, 托吊奠及春信, 以韃靼及僞貝, 勒書來議僭號. 朝廷却其書, 虜使懼而逃. 時春信使僉知羅德憲, 先發, 留義州. 至是, 廓以同知充回答使, 偕往瀋中.

德憲字憲之, 羅州人. 父曰士忱, 以文行著於中·宣之際, 事載三綱行實. 德憲, 少罹黨禍, 謫鐵原. 壬辰之亂, 發憤讀兵書. 癸卯中別試武科, 用李文翼公德馨薦, 拜宣傳官. 由水原中軍, 加資政, 進北道防禦使. 甲子在張晚軍中, 破李适於鞍峴. 德憲之妻, 與張晚之妻, 兄弟也, 德憲恥之不受功, 只錄振武券. 除鳳山·安岳等守, 所至有聲.

初英固爾岱來住舘, 忽不知所往. 德憲急往見金時讓曰: "虜必往南漢, 歸必憩東關侯廟也." 以蒸豚逆之於廟, 英固爾岱果至, 憮然有沮色. 其機略如此.

德憲爲人, 亢直不苟容. 雖以武進乎, 猶侃侃持言議, 視朝貴若平交. 以故頗爲時所嫉. 天啓中, 建虜日强, 招降蒙古諸部, 據遼瀋, 東與我國連和. 當是時, 國家多事, 文臣率皆厭避使事. 西邑牧守之多武辨者自此始. 於是薦德憲, 忠智敏辨, 可使敵國者. 攝刑曹參議兼接伴使, 入椵島, 詞劉興治機密事宜.

癸酉以後, 連年入瀋, 至是凡三充信使. 英固爾岱之逸也, 德憲遇諸境. 英固爾岱曰: "我汗, 恢拓土宇, 功烈日盛, 宜加大號, 以順天命. 我諸王子致書, 而貴國不之坼, 何也?" 德憲曰: "不可. 我國, 臣事天朝, 二百餘年. 君臣之義, 炳如日星, 非禮之事, 所不欲聞也." 英固爾岱曰: "天子寧有一定天子. 我汗, 推誠待人, 有戰必勝. 南朝刻薄, 大臣不戢, 亡無日矣." 德憲曰: "忠臣不以存亡易節, 烈女不以盛衰二心, 此天地之大經也." 英固爾岱曰: "使臣入瀋, 雖欲不從, 得乎?" 德憲曰: "所不可從者, 雖首懸汗庭, 志不可奪也." 英固爾岱, 以虜書示之, 德憲亟擲之. 英固爾岱笑曰: "此中有何惡臭?"

四月朔, 廓等, 奉國書于虜主. 虜接待禮極簡. 七日, 英固爾岱·馬福塔, 率僞翰林到舘, 出虜酋答書. 書以滿洲字, 高聲翻釋, 皆恐喝渝盟之辭也. 十日, 僞禮部郎, 以虜酋令來傳云: "郊賀禮定, 理宜借往." 廓等詬曰: "事畢矣, 敢他往乎!" 十一日, 虜借號祭天. 天明, 虜騎三十餘環舘而立, 欲刦之. 廓等東向拜國訖, 壞袍帽, 兩相縋髻髮握手, 臥示不動. 於是, 曳廓等出南門外, 廓等氣塞, 瞑目而行. 聞虜陣中, 有讚謁作樂聲.

虜已受僞號, 曰寬溫仁聖皇帝, 改國號曰淸, 改元曰崇德. 勒廓等拜班, 廓等拒不從. 虜大怒, 衆捽之. 廓等雖受辱萬端, 血流遍體, 而猶奮罵不絕, 其相搏處地爲之坎, 漢人觀者皆歎息泣下. 日旣暮, 虜主還, 黃袍白馬, 靑黃蓋各四, 黃赤幟十, 而紅纓窄袖, 騎從者萬數, 纔出陣, 大風起, 折其儀仗太牛.

復拘廓等舘中. 十二日, 虜祭其祖于東門外. 必欲致廓等, 迫脅尤甚, 驅廓等出, 咆哮毆擊無人狀, 廓等逾不屈. 德憲脅折且死, 有一虜從帳中, 出餽以盛饌. 德憲張目踢碎之, 虜相顧失色. 有廣寧摠兵, 密語譯者曰: "俺等世祿明朝, 偸生至此, 愧公等多矣."

十三日, 虜與固山貝勒韃靼等, 設宴盟軍馬, 臚唱之聲, 終日不絕, 而廓等竟亦不復招矣. 於是虜集諸將, 議殺廓等. 多爾袞之子要魋曰: "彼將以死爲榮者也, 殺之則我有殺使之名, 而受其譏也." 虜遂止云, 多爾袞者, 所謂九王者也. 二十五日, 英固爾岱馬福塔等, 刼載虜酋回書, 不許開視, 而令百餘人, 驅廓等至六十里外. 廓等見書, 有僞印及僞號日月, 投之于地. 虜大怒, 又驅出於通遠堡, 幾及境而還.

廓等勢無奈何, 念虜號決不可受, 徑毀恐禍歸於國, 乃藏其書於白紙靑布中, 誑虜人曰, 馬病不可行也, 棄其馬以行, 先遣軍官申汝豪等馳啓, 平安監司洪命耆以爲廓等旣拜虜, 而又實虜書於途, 冀得旨收回令, 咎有所歸, 而己免其罪, 請梟示邊境, 三司及舘學儒生, 相率請斬, 淸陰金文正公緩其議, 得不死, 廓謫宣川, 德憲謫白馬山城. 廓等未敢自明, 出語人曰: "不出今年, 亂將作矣." 德憲年老病傷甚, 猶諄諄以覊縻緩敵爲言, 冀時人之或悟也.

已而接伴使李必榮得椵島都督沈世魁 奏文, 其略曰: "逆奴敢行猖獗, 郊天祀祖, 威脅鮮臣, 令其拜舞, 李廓·羅德憲等, 以死不屈, 大節凜然, 驗聞明白, 委非欺詐." 於是, 天子監軍御史黃孫茂, 璽書褒諭, 而椵島已破, 卒不達云, 九月, 譯官申繼黯等, 訴冤, 上並釋之, 德憲輿疾歸.

十一月, 廓丁母憂, 入楊根峽, 十二月, 虜果大入, 上命廓起復, 入南漢, 廓曰: "賊大軍未到, 宜急幸江都." 上旣發還寢, 令廓守南門, 出奇數敗賊, 賊多死, 時天寒甚, 賊放大礮, 崩城廓, 盛土槖篅, 灌水而氷之, 城益堅, 賊大驚, 上遣中使, 勸肉, 加廓一資. 當是時, 城中將士, 擐甲而立者, 皆以廓爲將帥才也.

及城下之日, 廓歸葬母, 虜主問: "廓等何在? 向也苦不屈, 今不得相見耶?" 自是事稍白, 上亦心知廓等, 將倚用之, 擢德憲喬桐水軍統禦使, 廓服闋, 授忠淸兵使, 移統制使, 然兩人傷甚, 疾已痼, 庚辰, 德憲先卒, 廓引疾數遞官, 請沐伊川溫泉, 上愍之, 特給馬, 蓋寵之也, 至顯宗乙巳, 廓卒, 上遣官致祭, 令有司, 別致賻.

後二十年肅宗甲子, 參判李選上疏言: "廓等謗議旣釋, 大節益明, 而表獎未盡, 掩昧至今, 請追贈其官." 上下其議, 於是, 領議政臣壽恒·領府事臣壽興·行判府事臣知和·臣尙眞·淸城府院君臣錫冑, 議皆同, 上曰: "廓等, 以一介入虜庭, 臨大節而不屈, 其贈廓兵曹判書, 贈德憲兵曹參判." 然而年 代寢遠, 子孫零替, 承訛襲謬, 野史之疑亂自在也. 雖當日之知公者, 往往以 受書疑之. 夫以二公之强不畏死, 躬犯虎狼之虜, 而乃反顧瞻遲回於僞號之 一書, 而不燒之裂之者哉. 彼驅而逐之, 我誑而棄之而已矣. 其爲志也, 嚴而 婉, 使外緩敵, 而內得自修, 二公, 於此亦度之審矣.

　　歲戊戌, 余入燕舘, 得今皇帝新撮全韻詩, 備述其祖業發祥之所由, 歷叙 帝王興亡鑑戒之事. 總以四聲, 書凡五篇, 其載太宗僭號時事, 有曰: "乃有朝 鮮使不拜, 志獨乖, 知爲假守禮, 激我戮其儕." 注曰: "羅德憲李廓不拜." 云 云, 使臣咸與咨嗟涕洟, 歎二公之震耀於天下, 若是其盛矣.

　　國人未嘗擧其子孫焉, 何哉? 遂歸白其事. 今上三年, 今購其書, 藏于奎 章閣, 特命贈德憲謚忠烈, 廓謚忠剛, 並旋其閭. 廓之後, 有宅觀者, 在楊根, 有世橋者, 爲廓兄廈後, 在長城. 德憲之後璧天者, 在羅州, 讀書種瓜, 以自 給.

　　外史氏曰: "余聞丙丁以後, 我使之入中國者, 自登萊以北, 至燕京·遼陽 數千里之間, 舘譯墻壁, 往往見羅·李抗節圖云, 當時之赫赫如此, 而不能見 信於國人, 何哉? 及讀兩公遺事, 其才幹風節, 雖不使虜也, 而猶斷斷乎一名 臣矣. 夫以眇然小國之臣, 而名動華夷, 使區區未明之大義, 永有辭於天下來 世者, 夫豈偶然哉, 夫豈偶然哉!"

文集

3

墓誌銘

朝鮮嘉善大夫行龍驤衛副護軍兼五衛都摠府副摠管李公墓前魂遊石銘〔並序〕

公姓李, 諱觀祥, 字國賓, 系出德水, 五代祖諱舜臣, 壬辰名將忠武公者也. 考諱弘樸, 妣草溪卞氏. 配東萊鄭氏, 生女及子. 子漢柱爲兄普祥後, 更系族弟吉祥. 子漢棟, 女適經歷尹文淵. 側室子一漢石, 女三, 一適金致訥, 一適朴齊家, 一幼. 公生丙申, 辛酉武科. 凡爲州守者七, 節度使者六, 卒於庚寅, 葬于溫陽雪峨山鹵麓乙坐. 公志性磊落, 事君與親, 俱有實行, 非苟爲可傳也.

其銘曰: "居者爲緣, 逝者爲魂. 緣旣不住, 魂亦何之. 旣非如煙, 婀娜縈回, 又非如風, 蕭蕭忽忽. 人亦有言, 如水在地. 公魂何在, 非來非去. 在公子女骨肉之親心中眼中, 在嘗愛人及其情人思公之夢, 在所遊處山水之間, 在千百年言公之口, 在今一世聞公之耳, 在皐復日乘屋者衣, 又在公葬薤露之聲. 亦公之墓, 楓樹之林, 凡此數者, 以關情故, 皆爲有魂, 不關於情, 卽無其魂. 觀于古人賢人君子, 文章功業, 可敬可慕. 忠義之人, 其名不朽, 卽魂自在. 其它尋常, 流俗之輩, 人所不稱, 無所有魂. 使後人者, 如是以求, 公魂不滅, 有如此石."

李童子墓誌銘

　　童子名伯孫, 完山李氏濟□□□氏其父母也, 其先爲宗室德陽君岐. 童子以庚辰六月五日午時生, 年十三之三月晦日酉時病歿. 十五日而葬於惠化門東十三里, 地名牛耳, 壬坐之原. 昔童子之同閈, 吾知其耿介之姿, 瀟灑之氣. 挾楚辭而來問, 明月鑑帷, 臨晉帖而忘歸, 新涼在室. 嗟乎! 生摩頂以相憐, 死撫屍而何忍. 從余學一年, 學於金英仲先生數月. 於是, 英仲□官而□□□

　　銘曰: "來本無端去忽然, 徒令父母恨纏綿. 身隨草木同歸盡, 形比芭蕉暫有緣. 珍重篆爲名士蹟, 可憐石是故人鐫. 不知何歲犁頭起, 讀取其詞詎作田."

張瓛墓誌銘

衛將張君世經, 有子曰瓛, 字獻玉. 以辛丑五月小晦生, 小字辛大. 十二歲娶同閈卞氏女, 逾年而瓛沒, 寔癸丑之九月十五. 粵八日葬于坡州某里坐庚之原, 從先隴也.

記余偕張君, 奉使沁都, 還至郊, 瓛方五歲, 迎其父于馬首, 韶秀如畫, 道人皆目送之. 歷歷如昨日, 而斯人者, 亦旣長而娶而逝矣. 嗚呼! 其可悲也.

瓛幼有美質, 能順父志. 父職近密, 不數視家. 瓛能外接賓客, 內御婢僕, 儼然如成人. 至於大小書札籍記, 無遺以警省其父.

看花之節, 同塾者皆出, 而瓛獨以不告辭. 每誦'孝則生福, 儉則心逸'之語, 煮醬生菜, 穿襪弊履, 一無慍恥. 顧喜爲詩文, 出語輒驚其曹. 八歲而痘. 凡有贈遺玩好, 悉付塾師藏弆. 或勸取鑰匕, 瓛正色曰: "聽先生鎖, 而持其匕, 是疑之也, 豈理也哉?"

見訓民正音, 潛心數日, 自得其翻切之法. 於是乎譯閨門嘉話, 以示其妹. 將迎婦, 修飾婦房, 瓛請曰: "無踰妹之居, 使吾心有憱然者." 嘗往婦家, 進烟杯, 瓛曰: "吾家法二十以後方許吸烟, 姑不敢耳."

與瓛同學者曰: "瓛趫捷, 超越數仞之墻, 善騎馬唱曲, 往往跌宕自豪." 張君不知也. 及其斂手齊邈, 神精內蘊, 曼聲飄詠, 音吐可聽. 筆翰流麗, 不見其天相. 嗟乎! 瓛雖冠乎, 其年僅舞勺也. 而夙就如此, 使天假之年, 其進又惡可量也? 悲夫! 張氏世籍德水, 瓛之母某貫某氏. 瓛有八歲弟, 俟其子繼瓛之後.

銘曰: "父而哭子理其逆, 矧伊才也所同慽. 橘頌之義著闕躓, 字少淚多都成碧."

亡女尹氏婦墓誌銘

吾年二十七之臘月二十七日而汝生, 吾逾五十之五月六日汝死. 汝生十有五年冬, 歸于尹厚鎭通家子也. 其年五月, 吾奉使熱河, 叅純皇帝萬壽宴. 九月還渡鴨江, 有旨, 騎三百里飛撥抵京. 以急裝入對便殿, 上勞苦之已甚, 陞軍器正, 令再赴燕京. 仍賜緞紬綿絮, 以資汝嫁, 蓋異數也. 時汝婚期隔日, 吾聞命卽發, 未敢視.

翌年, 汝夫發解南宮試. 其時兩家父母俱存, 慶其夙就, 福祿宜家也. 又翌年秋, 吾宰扶餘, 而汝母歿於家. 又四年, 汝從汝舅丹城任所. 又一年遭姑之喪, 汝遂主饋, 頗有幹稱. 吾不甚喜, 以汝冲年數悲哀, 又摒擋家事, 宜悴也. 喪甫畢而果病, 舅家以爲胎也, 不知其癥.

十月吾將汝永平縣衙, 汝無慈母, 非其居之勝於舅家也, 釋勞故也. 調治數十日稍安. 十一月嫁汝妹南氏婦, 汝與之同來京第. 今春汝舅遷金山郡, 將迎大夫人, 以汝病飪, 不果. 吾以永平近, 欲復帶去, 而汝舅又以官事, 待勘金吾, 未決也.

吾去時, 數顧汝, 甚惡其瘠, 猶冀其支半年也. 端陽日, 放衙獨坐, 有危報至. 卽夜載汝兩幼弟, 冒雨馳八十里, 馬上聞訃, 遂哭于野. 先是吾夢, 入深林, 有斫柴痕, 艸色杳然, 撫汝穉弟, 悽愴若有求. 覺而不樂, 是日哭然後, 始悟其境也, 豈前定歟! 吾入而汝已斂, 聞汝以不見爲恨也.

汝季之嫁也, 吾就議之. 汝云, "服與其華而單, 曷若韌而重乎?" 吾喜其言之符乎德也, 吾以此知汝之能儉也. 汝兄弟六人, 汝居第二, 而諸季皆喜仲姊, 吾以此知汝之友於家也. 汝歿而婢僕疏屬, 莫不哭之哀, 吾以此知汝庶幾不得罪於舅家也.

汝嫁踰十年, 不子以死, 由今視之, 不助一戚, 而由後視之, 噫其絶矣. 吾今始衰, 戚亦不長. 但恨造物者, 勞我以情多, 此與奪也. 以月日葬于天安郡三歧店某坐之原, 從先兆也. 吾欲往, 職不能逾他省, 作志納于壙, 使後人知汝爲貞蕤朴君齊家之女, 可矣.

銘曰: "茫茫厚地, 哀此婉孌. 生之訣兮, 不見父之面."

庠生李行默墓誌銘

李君行默而信，以己未三月二十八日死．距其生甲午，得年二十六．其客權澹叟，赴余于永平官次曰："李君得疾，五日而死，死亦無他語．惟屬曰：'昔邢居實早殀，而其秋風詞三疊，朱夫子實表章之．我且死，有詩一卷，托貞葁選，足矣．'"余發書以泣，思有以復焉而未能．其比擬失倫，姑不暇計也．

居常以八月十五，省墓于鐵原，死之前歲，約余尊潭．潭間於永鐵，阻水失期，余爲彷徨終日．君過縣，謝而去，遂不復見．聞其葬於鐵，欲相其紼，未詳其日．且有事入都，將及楊州之岐，有丹旐而來者，問之則君也．余爲握其父之手，而哭之野．

嗟乎！使其生而遇諸此也，店中之酒可賈，而道峰水落之間，烟雲樹色，可指而賦也．君之父曰，主簿應鼎，少余三歲．君之婦翁曰，都事徐君有年，少余六歲．方兩家之娶子而嫁女也，余實儼然目其翁，謂後生可畏，以相侮謔．今徐君者死已久，而後生之子，繼而又死，則吾如之何不老且疢也？

君夙慧甚，十三持母沈氏喪如成人．以至治門庭・御婢僕・審契券・作書札，長者悉倚辦焉．君晳而都，善修容止，對客無失言，見人於他所，能物色得其七八．其爲人也，潔而能和，弱而能守，藝而能淡．其於料事也，趨卷舒疾徐之會，則更歷皓首而有不及者．或稱其詞藻之美而已者，蓋淺於知君矣．嘗淨掃一室，蓄古器名人書畫，焚香啜茶，吹笙鼓琴以自適．其友訶之曰："無益也．快取功令文讀之，作進士及第，可矣．"君笑曰："使我登高科，立致卿相者，猶不以此易彼，況未必是乎！"

其父監窯上游，君來曰："孟夏江光瑟然，請從而溯．"余欣然許之．三日賦詩二十餘篇而還, 君久而誦之, 蓋榮其致父之執也. 記余請告, 家居數飢窘, 熬治南蓝, 偶調餅飴, 君善其荆味, 故暑月輒以南蓝, 啗君屢宿. 今其壁詩如昨而南蓝之樂, 竟亦不可追矣.

君之系出璿源, 具載君王考楊根公諱昌郁誌中, 不書. 君有子女, 君歿而皆夭, 一女僅三歲. 於是君之世不絶如綫矣.

銘曰: "弓裔之山, 喬木芊縣. 安此宅兆, 用諗千年."

嘉善大夫行龍驤衛副護軍兼五衛都摠府副摠管李公行狀

　　公諱觀祥, 字國賓, 壬辰名將忠武公諱舜臣五世孫. 公長軒然, 心志磊落, 言笑動人. 年二十六, 中辛酉武科, 是冬薦入宣傳官. 癸亥丁大夫人憂, 服終復授. 戊辰, 出爲中和府使, 己巳, 遞陞訓正.

　　居無何, 中和海倉縮粟米千餘石, 新官咎公, 監司將馳啓. 中和民等相謂, 曰前官於吾屬何如也. 卽使非實而被罪, 則負恩非人也. 於是, 奔訴於監司, 曰前官父母於吾屬者也. 請寬三日不啓, 得自民間代納云. 蓋倉積旣舊, 五年穀敗, 十年爲土, 其數不可以入而責出也. 於是監司許之. 遂晝夜負戴相屬於道. 未三日見縮者準, 而後到者不得納. 至與已納者訟焉, 監司又使之相當均輸.

　　庚午, 授全州營將, 兼察府事, 州素稱煩劇, 訴牒日八千餘, 訟民不絶于庭, 凡吏隷賓客之屬甚夥. 公早朝一坐衙, 食後射十巡, 日中聽公事, 日晡而盡. 辭令不亂, 左右無遺, 四五日後, 牒有復入者, 輒知之. 數月全州大治.

　　忽一日, 拿入討捕軍士, 令曰: "職在捕賊, 尙無一人捉, 當杖." 軍士惶惑, 不知所對. 公卽令軍士執筆爲侤音, 曰: "强盜二十三人, 方睡拱北樓上, 汝急往縛之, 無或有逸. 放釋, 當以其罪罪之." 拱北樓, 府五里地也. 軍士出, 少頃生致二十二人. 公怒曰: "其一何在." 軍士伏曰: "願一言而死, 果是二十三人, 而一人則, 以鐵鞭再擊而再起, 逐之幾及獲, 賊踊躍自墮樓下, 圍卒披靡, 莫敢當者, 小人追之不及, 死無所辭. 一府中驚歎稱神."

　　一日, 門卒入, 告朴長脚請見, 長脚者道內賊之魁也, 而脚長故號焉. 公乃便衣屛左右而見之. 時正盛夏, 長脚著半膝綿衣, 袴亦如之. 麻鞋蔽陽子,雙束其脛, 緩步而入, 要以下幾中人, 磬折而起, 中於庭而立. 公罵曰: "汝則是賊, 我則治賊之官, 何爲而自投死地." 長脚笑曰: "竊聞拱北樓上二十三人賊, 使道坐而知之, 何其神也. 爲一瞻望, 敢茲唐突. 然使道亦殺我不得, 前之入此庭者, 非一非再. 每聞新使道到鎭, 輒來求謁, 必晟陳威儀, 傳唱而入, 一見可知其人. 鞁韋勇雄, 號令奔走, 而不見所畏. 長枷鐵鎖, 交至于身, 而垂頭如愚, 任其所爲. 已而吏進曰下獄, 於是欠伸而縛絶, 瞬目而枷折, 望地一唾, 排墻一隅而出, 莫敢我何者有年矣."

公曰: "吾手劒斬汝, 如何." 長脚曰: "使道旣有殺我之策, 其他非所敢知. 然圖生之道, 亦自爲之, 兩虎共鬪, 勢不俱全. 側聞百金之子, 坐不垂堂. 區區賤命, 固不足慮, 而使道豈以血氣之勇, 行疋夫之事, 肯如是自輕耶." 公改容賜座, 激之以義, 長脚慨然逕降. 卽差長脚討捕軍官, 往捕其黨. 旬月不聞動靜, 人皆未信, 以爲欺於賊也. 未幾果至得賊四十餘人, 按驗皆實. 自此譏捕如神, 羣宄屛息, 民不橫罹, 四鄰晏如.

辛未, 轉拜渭原郡守, 病不能行, 出攝於營下妓, 未嘗經侍者也. 侍湯惟誠, 小須臾不離, 乳子在家, 出哺則恐不潔也, 以至餓死而感恩不已. 公病中胃弱, 戀生鮒魚, 民爭致之, 雖百里之外, 苟得一魚, 必儲水而來. 嘗怪四山火光燭夜, 乃是府民爲營將使道禱病云.

公將行, 長脚來辭於道, 公問曰: "汝將何歸. 後日永爲善人否?" 長脚曰: "旣蒙知遇, 此心無貳. 但久掌捕賊, 結怨甚多, 今將避居於他道, 匪久使道必當專制之任, 如聞朴長脚爲盜者, 雖家至戶說而斬之, 所甘心焉." 後聞溫陽北野村, 販屨而居者數年, 不知所去云.

渭原之俗, 各隨世代多少, 至於十代二十代, 並實其神主而祭之. 或有聞諸京師, 欲埋安者, 則衆共非之. 公乃曉諭之, 令四代以上並埋安, 敎其高祖遞遷之禮, 百世不遷之義, 又實學宮田·養士庫, 築書社, 迎師聚徒, 講其文學, 自此村落弓馬之間, 至今有讀書之聲焉.

甲戌夏, 陞嘉善, 秋擢長湍府使, 又以軍餉米缺本事, 罪當在公. 重臣某奏曰: "臣待罪關伯時, 見中和民爲李某自願納米, 得人之心, 第一此人, 必無是理. 請詳準," 則果非公也. 丙子, 莅永興. 丁丑, 除忠淸水使, 戊寅, 除忠淸兵使, 皆以見忤於當路不赴. 己卯, 復授黃海水使, 庚辰, 歷總管. 辛巳, 除安岳郡守, 以已經水使例不赴. 秋拜慶尙右兵使. 壬午春, 拜北兵使, 秋境胡與採蔘人相爭, 屯聚於會寧, 越界列邑以此震恐搖動. 營下軍士, 若將以今明赴戰狀, 或至與家人泣訣. 閭閻小民, 打雞犬·撒釜鼎, 棄家奔避, 以爲亂離至也. 公思所以鎭之, 乃寘酒高會, 歌舞作樂, 與輩校而射帿, 人心始定, 終得無事. 論者以爲怯劾罷, 遂禁錮三年.

乙酉冬, 除全羅兵使, 以不見大臣, 辭朝而免. 丙戌, 拜慶尙左兵使, 秩滿遞歸. 蔚山進士劉文瀋, 書公治蹟爲一卷, 謂之李節度異政錄. 其略曰: 州有一人, 游蕩悖逆, 不顧父母之養. 公誨之以蓼莪之恩·風樹愛日之義, 其人感悟, 卒成孝子. 又一人沉溺妓色, 放妻破家, 公召入溫諭, 變成端人. 一士女, 年幾四十, 家貧不婚, 公力主其事, 厚資裝而嫁之, 皆此類也.

己丑, 授寧邊府使. 其城阻山而多陡絕, 村舍隔遠. 公慮巡堞之軍, 冬月無所依止, 乃審其形便, 築土窟十二區. 城中水不足, 增鑿井池十數. 一歲中廨署之修者, 六百餘間, 設砲樓六十餘所. 常謂爲治之本, 兵·農二者, 而遠慮則兵, 故必先擧軍政. 所臨之地, 壁壘儀仗畢新. 大抵革弊不拘於法, 苟利於民者, 擔當而行之. 是以, 民至今思之. 渭原人建生祠畫像而拜之, 中和及北兵營等, 皆有永慕之碑. 公向人不數數言, 然一接或變化其質, 已無所施而爭懷其惠, 有死之心, 蓋其天性有足以觀感人者.

公年未弱冠, 叅判公老病經年, 口無適味. 公風雪皇皇, 或跣而擒雀, 或袒而買魚, 幸親之食. 及其喪也, 顏色哭泣之間, 可以激傍人之悲焉. 及侍貞夫人側, 娛戲紛紜, 以冀一笑. 鄉居貧甚, 常以親老不能祿仕爲憂, 與伯氏別曰: "吾二人, 各就文武, 三年必有一成者." 遂學射. 客於京, 或糧絕不繼, 永日不食, 而射不輟. 公旣登科, 而罹癸亥之憂. 故每一遷官, 輒流涕不勝負米之感.

在禪, 有浦中求仕者過焉, 爲問入京之期. 公悽然曰: "孤露餘生, 無意世路, 而但主上春秋高, 臣子之義, 不敢不出, 至於進取, 姑不暇論." 蓋當時之志, 爲親也, 而向者之不辭其職, 許國也. 方是時也, 世皆姑息不瘉, 雖武臣若書生然. 公曰: "是低徊而不力於國事者也," 守己不屈, 論事不能因循. 是以, 位爲二品, 而宦蹟多不合於世. 然有事亦不實公.

公平居, 未嘗以外物自苛, 衣到則穿, 食到則飽, 曰: "男子當如是也." 親戚之貧窮者, 不言而先施之, 使中其心, 或率而訓之, 婚姻死喪之助, 不知其幾千金. 歲俸不蓄于家, 不作奢味, 器用朴而已. 善使伯氏, 老而益不相離. 奉伯氏之寧邊, 伯氏病, 公不肯寢, 小藥必親檢. 子弟請代, 則不許, 曰: "於心猶若有歉後者耳." 人皆謂公之孝友, 愈於政事云.

庚寅八月十九日, 卒于官. 子漢柱等奉柩, 葬於某地. 配東萊鄭氏, 甚賢哲, 先公五歲而歿. 漢柱以公行蹟, 托於余爲文曰: "先人之愛子深矣, 子其無辭於此." 余曰: "公有料事治民之才, 而用不能盡, 有生死報國之心, 而人不及知. 宜有大人名公之言, 以取信於後世, 則余不敢." 漢柱强之不已, 乃爲之狀如右. 余寡聞不經事人也, 何足以揚公之盛, 然其所執之筆義, 不可私焉. 密陽朴齊家謹狀.

沈香靈芝如意銘

地之有芝, 猶天之有雲也. 或形而凝, 或散而棼, 是惟自然之文.

南極研山銘

鹿舐其膝伏于地, 童子唯唯隅而侍. 石窟谽谺雨可避, 素髮垂襟鳥露帔. 手握葫蘆有微意, 弧南見則天下治.

家藏二研銘

其一端石, 倒荷製藕. 刺爲頂銘曰: "秋荷浸水, 裏黑邊黃. 關門洗硯, 宛在池塘. 其一歙石, 葡萄葉底. 爲墨池者, 銘曰: "蔓之雙旋, 蝶鬚之拳. 碧葉之反, 一泓之玄."

茶罐銘

惠山中灂有疊土, 松風魚眼無古今.

茶爐銘

火不可烈器將裂, 水不可狎墜厥執.

柳幾何靈芝端硏銘

靈芝甘露, 得一則爲天下祥. 何況蘸筆甘露之中, 磨墨靈芝之傍, 以成奇偉譎怪之文章者乎.

宋羊尊銘

　　土花之斑爛也, 如拂甓井之丹砂也. 銀鏤之皎潔也, 如破雲之出秋河也. 其腹則羊首之贔屓, 如空山古墓, 左翁仲而右麒麟也, 其底則麂眼之離披, 如秋艇之曬魚網也, 野人之編屋籬也. 噫! 吾以孤峭冷逸之性, 盡天下之繁華巧麗, 曾不足以受吾一眄, 而乃反區區自溺於汴宋之一器, 何也?

亥囊銘

　　豕旣燻穀如雲, 吾以受之於君. 豕勿傷穀穰穰, 吾以獻之于王.

子囊銘

俯爾首, 緘爾口, 毋失爾守.

頌

比屋希音頌〔幷引〕

臣於去年十一月初十日, 伏奉儒臣李東稷疏批一通頒下者, 天章爛然, 宸評鄭重. 臣以下邑小吏, 蒙此異數, 且惶且感, 措躬無地. 又於本年正月初三日, 伏奉內閣關文, 依諸文臣自訟詩文之例, 特命臣撰進詩筆者. 惟我聖上, 以文風之不古, 屢發中朝之歎, 而如臣斗筲之才, 亦垂葑菲之採, 循循善誘, 示我周行, 有若引而進之, 可與有爲者然. 臣雖頑愚, 寧不策勵自奮, 圖惟厥終乎?

臣於弱冠, 微有志尙, 與一二朋友, 倡古文於寂寞之濱, 其鄰之夫未嘗過而問焉. 及其虛名誤擢, 白衣登朝, 則又以寫書校書爲職, 亦未嘗聞其有能言之目也. 忽於近歲, 猥受特眷, 或專編書之任, 或厠應製之班, 往往與藝苑諸臣, 後先標名, 則儼然據當世文人之一席矣. 臣固萬萬不敢當, 而若其所自幸則有之. 彼七十子之徒, 得聖人而師之, 終身學之不厭. 臣以薄技躬逢盛際, 十餘年來, 不失門路者, 校正御製之力居多. 至於批旨中歷擧臣名於著作之列, 而有曰: "登壇執耳, 復明大一統之權者, 予以爲己任." 是則以臣爲足備數於王會之遠夷, 庭實之下陳矣. 夫布衣者流, 崛起詞垣, 樹赤幟於一方, 以號令天下, 而薦紳先生靡然從之. 何況聖人處南面之尊, 手握文衡, 親建鼓角, 揮斥風雲, 動盪日月, 奮之以干羽, 格之以簫韶, 則萬方荒服, 其有不稽顙稱臣, 虔奉正朔者乎?

易曰: "觀乎人文, 以化成天下," 孔子曰: "郁郁乎文者." 豈詞章之文乎哉? 臣觀數十年來, 號爲能文者, 皆功令之雄耳, 竝與詞章而未之聞焉. 臣以畏約之深, 不敢昌言指斥, 而若其力排流俗, 矯然不滓者, 臣之所自負, 而亦欲藉手以事君者也. 臣嘗語人曰: "今之學者, 亦何事乎韓柳歐蘇之文. 卽日取邸報中絲綸, 伏而讀之可也." 臣之所鑽仰而從事者如此. 雖不敢竊附於奔走疏附之末, 而亦自謂不畔於道矣.

世之悠悠之談, 或有訾警臣文爲明世之謷者, 此不過從時代起見耳. 夫詞人之文有時代, 志士之文無時代. 臣固不敢以詞人自命, 而乃若其志則有之. 經之爲十三, 緯之爲廿三, 錯綜擬議, 元元本本, 務歸實用者, 臣之所願學也. 雖未能至, 心嚮往之矣. 至於區別體裁, 宗盛唐而稱八家, 自以爲能者, 實有所未遑焉. 過此以往, 勦說纖人之詞, 篤信戲子之本, 此又臣之所大恥也. 夫今之人, 實無有見臣半菽者, 何從而議臣. 豈以向者一二應製之作, 爲不合歟. 此皆乙覽之所經, 而寶墨昭回, 重於九鼎大呂者也. 然則以此而論臣, 不幾近於魯酒薄而邯鄲圍者歟. 臣謹按前日批旨, 若曰: "臣等慕千里不同之俗, 鮮有超然聳拔, 非渠罪也者," 聖人推恕之論也. 今日筵教, 若曰: "可無訟愆之詞者," 春秋責備之旨也. 有以哉. 聖人之言, 引而不發. 有若曲爲臣解者, 臣方銜恩佩榮, 罔敢失墜. 而伏讀闡闡敷衍之辭, 曰改過自新.

夫過有二焉. 學之未至, 固臣之過也. 性之不同, 非臣之過也. 譬之飲食, 以位而言, 則黍稷居先, 羹胾居後, 以味而言, 則資醎於鹽, 取酸於梅, 進芥之辣, 擢茗之苦. 今以不醎不酸不辣不苦, 罪其鹽梅芥茗, 則固矣. 必ся責其爲鹽爲梅爲芥與茗者曰: "爾曷不類黍稷," 而謂羹胾者曰: "爾曷不居前"云爾, 則所冒者失實, 而天下之味廢矣. 故櫨梨橘柚之包, 蘋蘩薀藻之羞, 齒革羽毛之俎, 莫不適用者, 期於口也. 故曰: "善無常師," 批旨所謂翔潛不拂其性, 鑿枘各適其器者, 大矣哉, 聖人之論文也.

夫離騷變風, 天下之至文也. 周室而不遷, 則黍離爲二南之音, 三閭而不放, 則楚國繼賡載之聲. 非正, 則一身原有哀腔, 周京百姓, 先帶歎詞也. 此聖上之所以眷眷於作成之幾, 而以祈天永命, 爲文治之本者也. 夫文章之道, 不可一槩論也. 要其傳之久者, 必其學之深者也. 是以君子貴讀書也. 此臣等之所日慥慥而勿替也. 夫臣謹取聖語, 爲比屋希音頌一篇, 再拜稽首而陳

之. 其詩曰,

日出之方, 終古文明, 油油禾黍, 肇我正聲. 帝眷靑邱, 皇矣惟辟, 重光奕葉, 百祿之錫. 王頫下民, 孰笑孰矉. 旣絲旣穀, 莫不爾均. 王在治忽, 聽于爾音. 民有心聲, 時謂之風. 其風有愆, 惟民之疾. 王咨于民, 予捄汝失. 有穆明堂, 聖人攸居. 俾也可忘, 陶復厥約. 山龍絺繡, 聖人攸御. 豈曰無衣, 懷此大布. 文之滅質, 亦孔之殆. 彼聲靡靡, 曷不知悔. 惟古有樂, 厥名爲瑟. 一倡三和, 朱絃疏越. 遞鐘斂巧, 比竹慚繁. 其世已遠, 其曲猶存. 如樸未雕, 若酒之玄. 薄可使敦, 恔可使平. 愔愔伊籟, 維德之則. 王曰樂哉, 建我皇極. 有跛斯走, 有瞽斯明. 如夢旣寤, 如醉獲醒. 懽忻舞蹈, 盈耳洋洋. 可以育德, 可以致祥. 若時雨過, 其興也勃. 有不信者, 底汝于罰. 自南自北, 自西自東. 孰謂澆漓, 而不玄同. 其民壽考, 其日舒長. 服黼其華, 繪屛其章. 家擊簧桴, 戶稱瓦樽. 太平萬歲, 以獻吾君.

四勿箴

視雖有限, 疾不可追, 瞬亦有養, 用直厥思.〔視〕

聲聞之感, 不殊形色, 彼入猶詳, 自馳當擇.〔聽〕

有聲之言, 人所同聽, 無聲之言, 曷云亂萌.〔言〕

動不在大, 無妄卽靜, 儀之可象, 百體從令.〔動〕

李進士〔爔〕小像贊

　　笑莫不從口出者, 而或笑以眉, 或笑以顴, 或笑以鬢. 畫其人, 未必畫其笑也, 而笑則吾知必眉必顴必鬢, 然後傳神之能事畢矣. 吾見十三畫其尊公何有齋小像, 其默若語, 其視若喜, 笑旣可推, 心應爾爾. 吾知其終身山澤之間, 激昂觴詠之次, 隱隱見其有輕世遠遊之志.

李懋官像贊

　　體弱神固，守在內也．貌冷心溫，篤諸外也．居今曰潛，在昔伊高．人皆見其落筆則爲世說，不知滿腔之離騷．

晉州李氏一門忠孝贊〔幷序〕

　　李裕鍊者, 晋州人, 其先爲景武公濟. 英宗戊申, 逆賊李熊輔鄭希亮等,
叛于嶺南. 時裕鍊, 老白首, 慷慨裂衾幅裝戰衣, 衣其二子世翰尙化, 而曰:
"而死于國, 無悔也." 二子遂行, 謁中軍禹夏亨獻策. 先據省岬嶺, 奪賊器械,
追擒賊徒二十一人, 賊卒不得逞, 皆其力也. 今上十二年, 特命復其家. 世翰
兄弟二人, 俱有至行, 肅廟昇遐, 衰服北向哭三年. 裕鍊疾篤, 尙化妻姜, 斷
指嘗糞. 自世翰以下, 居喪廬墓者三世六人, 斷指者六人, 婦人一人, 孺子吮
疽者二人, 致虎感者再, 雉感者一. 世翰, 嘗著家訓, 尤惓惓於孝友勤儉, 其忠
義奮發, 盖有所本云.

　　大憝遘凶, 人倫墮落. 彼和應者, 世有官爵. 逖矣惟臣, 乃如之忠. 桓桓二
子, 倡率羆熊. 伐謀據險, 義旗先擧. 獻俘于陳, 賊脫其距. 王師凱歌, 我爲前
茅. 言返其居, 于晉之郊. 室家烝烝, 和樂且陶. 有吮其癰, 垂髫之子, 施及婦
人, 亦灌其指. 松柏枯矣, 孝子號矣. 盜乃逋矣, 虎乃嘷矣. 執奇于血, 親壽延
哉. 執難于癰, 兒甘如飴. 氷鯉冬筍, 羅列堂陛. 三綱不匱, 用常厥世. 乃復其
戶, 朝廷有卹. 豈其垂後, 必券之鐵. 無云匪徵, 嶺人攸言. 外史發潛, 敢告輶
軒.

陳簡莊尙友圖贊

　　民有攸好，迺宇迺宙．處衆匪羣，望古伊親．其契維何．有象在文．彼蒙
曷喩．昧此云云．陳公發憤，皓首窮經．司農祭酒，管楊楊亭，孰傳其神，掩卷
而欷．其坐如忘，其視若思．旁無一侍，卜鄰孔易．口不出話，霏屑滿地．無白
眼傲，異黃面禪．嘐嘐自牧，小學之箋．
朝鮮朴齊家修其撰．

議
鑄字議

　　以箕營先刻活字本書下曰：“範銅與鏤板, 固有較然之優劣, 而觀此銅字制樣, 大不如所料. 豈李命藝不爲下去, 多未照檢於字畫而然乎？”先刻木字然後, 乃能鑄銅制字, 則命藝之照檢與否, 似不甚關. 然則銅木之制異, 必緣屢翻而失其眞矣. 易刓之慮, 猶屬久遠後事, 失眞之歎, 實妨目下緊用. 此役待敎父子主之, 而待敎適不在直, 明日招致朴齊家李命藝, 出示生生譜及此本, 細叩便否, 以爲卽速停當, 俾無滯留之弊, 可也. 箕營匠手如可合, 則更送命藝, 仍始鏤版之役, 如不合則莫如卽令捲歸, 以京工依前使用爲可. 至於銅字, 不但畫不圓滿, 亦有斜凹欹側處, 其委折亦詳問于朴齊家等.

　　臣議, 此銅字之不及生生譜原字者, 必因不用生生原刻, 而另一翻刻時失眞, 決非範銅之故. 有所差舛於本畫也. 如鑄銅字, 則只一個生生譜原字足矣, 不必更費一層翻刻, 以致轉失故態. 至於銅字中之欹斜呰窳, 亦因原字本胎之不精, 若以漏字出之, 一依聚珍程式, 則厚薄面體, 毫髮畢肖矣. 如不範銅, 漆廣本字, 則亦須前刻工手, 方不參差. 蓋一版所撮之十體, 分與十工, 便成十體, 得其筆意者絶少, 工手之難如此. 年前旣始旋破事, 可證.

文集

4

書

答崔輝祖

短日如永, 是暄之故. 卽看書中, 靜居如昔, 可慰可慰. 不佞, 頃者之出,
適與足下入城之日同. 是不佞之不幸也, 於足下何有? 嚮托文字, 只緣風雪
昏陰, 疾病間之, 尚不能握筆一思. 少俟如何? 不佞之意, 以爲其言非輓非誄.
惟以不佞之於足下, 所以慰之之中, 略加事實者, 爲得耳, 足下以爲如何? 近
藁雖有索, 實無所蓄, 自立秋來, 罕言詩文, 誠懶矣. 且總而言之, 極涉區區.
足下之言, 是以昔日之我, 視今日之我也. 然不能也, 非不爲也. 厩中有驢,
選日騎出計也. 不備.

答李夢直哀

歲時得復書, 遙認哀無大恙, 幸幸. 僕病與齒添, 學與日退, 奈何奈何?
僕之甥於哀之門者, 凡幾年矣. 日聞吾言, 日見吾事, 猶有此二子疑邪? 僕平
日, 口拙不能與人淋漓, 懶不能盡力爲舉子文, 此所以不容於他人者也. 或有
所往, 皆如我孤寒迂闊之士一二人, 外無之矣.

以此爲多識人樂出遊, 則豈非言之過哉? 足下試聚十人而問之, 豈無不
識一人者也? 試以一月而觀之, 豈無一日不在家之故耶? 僕嘗謂友曰: "吾恐
後人之目我以文人而已也." 其心猶有不忍爲舞文輕薄之爲者, 此豈非哀之
所明知明見者哉. 今足下之責我, 豈非愛我之深乎, 僕豈不知也?

夫足下知謗之滋甚之法乎? 有人於此, 一客來, 則先問曰: "某人謗我, 子
聞之否?" 其人若已聞, 則必曰: "聞之, 果然否?" 是使其人明信其前者之說
也. 其人若未聞, 則必曰是何言也. 然則不得不舉其本末, 盡說之矣. 是又添
一人之口也. 幾何而其謗不遍天下也?

僕見足下有親舊, 必先愛我而誇之, 誇之而又慮之曰: "此人好奇, 如此
如此." 是足下之親舊知我好奇也. 其人聞而又與其親舊言曰: "某人言其妹
夫某人之名, 慮其好奇云." 於是, 四座相應曰: "然其言是也. 夫好奇, 非末
世之利也." 是足下親舊之親舊知我好奇也. 如是數月, 孰不知我之好奇也?
其實, 僕何嘗好奇哉? 其實足下輩, 以奇蒙之也.

夫好奇云者, 以其詩文書札, 少異於人耶? 足下見僕言語書札, 不問誰
人, 盡皆如是耶? 僕有一二人許如是, 又如足下許如是, 如足下許不如是, 則
何處而爲之哉? 足下見吾書則藏之, 向人初勿誇我, 又勿慮我, 有過則從容言

之于僕, 則僕當曰:"是眞愛我者也."

今足下, 有若以僕不納諫而自聖者然, 是棄我也. 豈僕之所心哉? 夫謗以自口添, 愛以易誇敗, 匪我非親, 越親則疎故也. 辯論之際, 不免自訟, 慚愧慚愧. 僕之所以至今不言者, 以待足下之自知耳. 今而後, 足下得曉然哉. 意不勝筆, 詞無倫次, 恕之.

答李夢直哀

二年來侍窆, 氣力支安. 雨露無濡, 孝子之心, 想益無涯, 遙遙懸溯.

竊聞先府君墓前魂遊石底, 刻行蹟以代誌云. 夫埋之地中曰誌, 有碑復有誌者, 古人深慮, 俟千萬年後, 地中之事以驗之. 今此石, 百年之內, 不知其必無傾側, 則陵谷未變, 而使人疑先府君誌文已出人間也, 殊欠永久. 僕以誌文自在, 以俟它日, 又別作一銘以刻之. 於義無害, 於傳後之道, 亦有所補, 猶杜元凱二碑之意也.

僕今作魂遊石銘幷序四百字, 其文非誌非碣, 而而謂之誌與碣, 亦無不可. 使後人見之, 知於公非它人之作, 而僕亦少叙平日區區爲公之意, 哀可去就之. 僕之文, 生平不合於時. 此亦惟哀心决, 不必問之它人, 聽其可否. 僕亦不敢舍己徇人, 以求合也. 願圖其石形以來, 當書之以送矣. 先府狀艸, 僕何敢慢忽? 秪緣屢更艸藁, 終無合意, 此非時日之事, 少俟則完矣.

後未知以此受誌文於何處, 而近世必以爵位取祖先墓. 至於僧輩碑銘, 亦假時宰官啣. 或有它人作之, 取位高者, 名以充之, 此卑卑之習也. 夫爲其先也, 思欲不朽, 當取天下萬世可傳之文, 非有一分爵位關於其間也.

哀輩能擺脫此習, 則朴美仲先生現在之韓蘇也. 其文雖多被俗人訾謷, 然此非可與不知者言, 則先府君誌文, 不可謂無其人也. 僕雖非敢阿其所好. 然僕之言, 亦何望其必信於足下也. 惟盡吾心而已.

與柳惠甫

雨如牛溲, 三日不絶, 想孝子之巷必泥. 弟欲一話于哀者久矣. 而騎驢則難於久坐, 不騎則難於遠步, 所以躊躇耳. 但賣驢買屋而相近則幸也.

復秋聲館丈人

一

夕日尊書到扉, 豈非有情? 春雷啓蟄. 仰惟起居吉祥, 賀不勝焉. 鄙人永晝無爲, 與睡爲鄰. 亂帙蒲團, 略約有趣. 足下之杜牖不出, 政是書生本相. 夫可觀, 多在靜坐. 鄙人每恨不見管處士, 四十年木榻上, 爲何事耳. 足下其以所有示之否. 李懋官亦安閒云, 而深泥隔衖, 有懷莫尋. 鄙人或出門散步, 悵然而止耳. 適有他事, 使來人久立, 罪罪.

二

巖樓翠櫳, 縱譚千古, 足稱晟事. 足下之案, 譬如佛頭, 鄙詩不合久汗. 請還之.

三

鄡氏說文, 僕疇昔之觀, 多艸艸. 見在足下而不能借, 則他家所藏, 尙何道乎? 俗訛謂借書一癡, 癡者瓻也. 黃庭堅曰: "不辭借我書千卷, 他日還君酒一瓻俲." 瓻酒瓶也, 足下更詳之.

與洛書哀

絲雨絲烟, 搖曳殘春. 弗審孝子諸節如何. 僕妻憂少弛, 而武陵先生遊滿月臺, 懋官作黃州行, 轉向平壤, 歸期各一月內外也. 惠甫足下輩, 皆罪蟄. 惠甫聞又客於宋氏村云, 是以出門無所適. 吾輩青春弱冠, 尙爾落落如此. 年紀稍長, 俗緣轉深之後, 則時事可知. 一二年前翩翩去來, 飮酒繁華之事, 已如破夢之不可續, 流水之不可捉也. 僕近日無所寓心, 不讀書已數月, 花樹樓臺之觀, 亦大無聊奈何, 送懋官詩呈焉, 一覽可矣.

答孔雀館

十日霖雨, 愧非裹飯之朋. 二百孔方, 爰付傳書之僕. 壺中從事烏有, 世間楊州鶴無.

〔附〕 原書

厄甚陳蔡, 非行道而爲然. 妄擬陋巷, 問所樂而何事. 久此膝之不屈, 奈好官之莫如僕僕亟拜, 多多益善. 玆又送壺, 滿送如何?

寄炯庵

側聞先生，新蓋其廬，茅茨甚潔．想先生坐著，日益儵然．僕家居雜絕三頁，茲求評點．僕以爲文無先生評，如葬不得韓君銘．先生何秘惜不出，使慧墨坐乾，妙字歸空乎？

與龍灣人

關塞千里, 消息動以歲計, 悵懷非特今日, 第問自此踰西, 想間關多矣.
僕日以斷編殘書爲業, 碌碌無可言. 遙念統軍亭上酒, 威化島中獵, 未甞不翩
然矯首. 不知形勝繁華, 能消得客愁幾斛耶? 僕生平無嗜好, 惟中原紙, 愛之
入骨髓. 龍灣之界燕, 其近若衣縫然, 此紙呼吸可致. 足下能發槖中錢貿賜
否? 以其宜書畫耳.

與鄭生員〔文祚〕

齊家, 稽顙再拜言. 胤郎之逝, 是何言歟! 他人易得, 胤郎不可得, 如可贖兮, 人百其身. 雖其骨肉之情, 非所論於死者之才不才也, 以天地觀之, 尤當爲賢人嗟惜也.

向者伯從氏臨門, 聞胤郎疹已消, 而病不退云, 憧憧之心, 無日無之. 而喪居食貧, 僮婢鮮暇, 凡諸問訊, 類多自絶. 咫尺之書, 竟未遂志, 只屈指計日, 謂當鹽櫛而坐矣. 誰知不忍聞之聲, 忽及於夢不到之地耶? 驚疑之極, 不能自定. 因人推問然後, 方知下藥且幾遭, 而疾革且幾日, 而余猶不及知之也. 如果知之, 雖衰服之中, 獨不可破禮一訣而返耶?

言念及此, 遺恨曷追? 竊念胤郎, 平日無它徵逐之諸少年, 而獨好一日長之余. 入吾巷, 未嘗不過余也. 過余, 未嘗不款款焉不忍去也. 論心出乎科擧之表, 講學及乎書數之末, 磨礱切磋, 期造乎遠大高明之域. 天理難諶, 秀而不實, 澆漓日甚, 氣數不完, 命也如之何!

夏初遊北漢歸, 言有草書數幅畫, 竟當自袖來云, 卽此一語, 便成千古. 偶一觸及, 心死氣盡. 從今以往, 百千萬日, 思之不窮, 忘之不得, 不知將何以處之耳.

伏惟慈愛隆深, 摧裂哀酸, 何能堪抑? 昔人語程先生云:"先生平日所學, 正今日要用, 固知守道之篤, 必能以理遣之." 而區區所望, 亦惟此耳. 殘暑尙爾, 殯殮之節, 及期未易, 尤爲悲係之至.

齊家, 苫坐之人, 禮不可往弔, 慚負幽明, 愧恨何極, 臨書潸然, 伏惟鑑察.

與金石坡〔龍行〕

足下, 可謂忍人矣. 方僕之坐望月寺也. 足下不經出, 托以便旋乎, 已復過期不返. 僕以爲當先往玉井寺, 遣僧尋之不得. 僕將躬往天柱, 時雨雹交作, 躕躇而止, 終宵噴噴, 不知足下, 滯于何寺而思我不已也. 翌日曉, 大霧漫漫, 四望如水. 僕褰衣從林脊, 尋玉井路, 至則無矣. 再踵國清寺遍問, 皆不知, 有老釋云: "昨午單身客人, 暫入旋出, 恐或此耳." 僕迺悵然良久, 遂至天柱, 見背立而顧然者, 輒心動足下之來歸也. 然又虛到矣, 則始怨矣.

方足下之與余期于開元寺也, 地是五十里, 日是數三日, 足下乃能不來, 何其過人也? 及其既逢, 飯而聯案, 寢而同衾, 同賦詩也, 同飲酒也. 忽然不告而去, 使多情弱質之友生, 不能一刻放心, 至于兩日, 則非狂卽忍. 足下其爲何哉?

且深峽初來, 行路不慣, 步有危石, 行怖惡獸, 狐疑不定, 視髮則猶不白, 視膝則已泥矣. 又竊思開元寺, 是僕輩初到信地, 鄭子禽之所留約處也, 冀足下之或在於斯, 疾走如風人. 探之不覺仰首之長吁, 悲凉躑躅, 如瞽之無相. 此時此情, 今日已忘之矣.

且足下謂鄭子禽, 六日必來. 故僕之留, 專以此也. 然其日陰晴不定, 僕恕之曰: "或不來, 猶非無信也." 翌日復終日於望月, 三遣人覘之, 僕亦自往候之者三次, 不逢然後沛然有歸志耳. 然今日歷路, 又往囑僧徒, 謂若有二秀才, 自冠岳來者, 當說我名姓, 喩以斯意云云. 歸時益歎足下之又作捕風語也. 堪歎堪歎. 今纔入門, 暝色入研, 有言莫盡, 且無倫次奈何. 爲足下忠告之意, 如是而已.

與徐觀軒〔常修〕

一

僕居窮衖, 不聞人事, 白永叔送人言足下北謫. 僕急赴寺洞, 行已四日云. 僕以不卽通告懋官, 懋官謂當已知無疑不報云. 嗟乎! 旣已當別, 亦復奈何? 朱炎赫然, 何以作行? 板屋殊風, 何以眠食? 獠音毳裘之間, 何以消遣?

僕老母宿疾復發, 兄與弟夜不交睫, 晝不解帶者, 二十日. 今雖幾差, 餘候尙爾. 旣不能臨行握手慰勞相遣, 又不卽乘便作書, 爲店中顔面. 回憶前遊, 落落如星. 僕每往埒下, 必審稼云讀書而歸. 然家遠不能數也. 僕近日, 惟思控一快馬, 往觀六鎭山川與足下相見而歸, 然妄想也, 無益耳. 絶塞人稀, 書牘莫憑, 惟願自愛於風露之中. 一幅紙, 不能千萬.

二

北關, 其鎭白頭, 豆滿鴨綠之所由出也. 其木樺, 其魚比目, 女紅多麻, 男子射獵, 荒原水氿之間, 野人之烟可望. 役車轔轔, 馬畜成群, 朝鮮一隅, 獨此有中國風俗耳. 行役二千里, 爲客, 數十日, 古蹟名勝領略多矣. 此亦聖恩. 但二親老病在堂, 弱子讀書, 無扶護成就之道, 爲足下念之如已. 然稼云之學, 有懋官在, 復何憂哉? 僕嘗聞, 塞北處暑日必霜, 足下當早寒, 惟願努力加餐. 前書書置旣久, 又尾此書, 板屋無聊之夕, 展而慰之也.

三

齊家, 罪逆深重, 十一歲而喪父, 二十四而今又喪母, 所謂生我·鞠我之恩, 一無報効, 哀苦之情, 彌亘天地. 念先母孀居食貧, 十有餘年. 身無完衣, 口無適味, 鷄鳴不寢, 爲人傭針, 而遣子遊學. 子所交遊, 往往多先生長者, 當世知名之士, 則必極力招致, 具酒肴以待之, 見其子者, 實不知其家之貧也. 僕之得專意遊學, 以有今日, 皆母之賜也. 嗟乎! 僕旣不得以菽水承顔之資, 盡子職於平日, 則欲以文字不朽之業, 揚親名於身後, 徒見其無益而重其不孝也. 然庶當時之仁人君子, 見而憐之.

四

會友記送去耳. 僕常時非不甚慕中原也, 及見此書, 乃復忽忽如狂, 飯而忘匙, 盥而忘洗. 嗟乎! 此誠何地也? 朝鮮耶? 吾則浙江也, 西湖也. 彼豎高橫濶, 不計道里, 浩浩蕩蕩. 不辨牛馬之輩, 隱然以此爲眞世界, 生老病死於數千里圈子中, 其心果能知有中原乎否也? 其一語及中原, 必遜言而謝之曰: "朝鮮尙未盡觀." 其一夏蟲井蛙, 其二鶴唳風聲, 其一叫呶讙欣, 稱道不歇. 一則中原, 二則中原, 何者好之, 而何者不好之者耶? 不然則書册器用, 極欲效顰, 一見已觀其可笑矣. 縱使眞假莫辨, 索然則久矣.

夫吾與惠甫輩則其天性乃能自好中原, 又其所爲略略暗合, 此誰敎而孰傳之? 若以我爲勉强學之而然, 豈眞知者哉? 嗟乎! 吾東三百年使价相接, 不見一名士而歸耳. 今湛軒先生一朝結天涯知己, 風流文墨, 極其翩翩, 其人者皆依依焉往日卷中之人也, 其言者皆歷歷焉吾輩心頭之言, 則彼雖漠然不知相隔於此千里之外, 吾安得不憐之愛之, 感泣而投合也哉?

與郭澹園〔執桓〕

齊家, 頓首澹園足下. 齊家之獲覯足下詩者, 已數閱月矣. 遙托神交, 業已自處于友道之萬一者, 眞如墦間之夫, 每每稱道其顯者, 而顯者反茫然不知爲何狀, 而足下之於我也, 方且冥冥漠漠, 因想無從, 則魂夢之不接, 與乘車不入鼠穴, 奚異哉? 使足下, 他日而終知有吾, 則固不可不謂之友, 而如或不然, 則其所自友者, 豈不爲人之所笑乎?

然而幷生斯世, 亦可謂之大緣, 比之九原之古人, 猶若有未盡之氣, 存於其間耳. 夫終古賢人, 同時者何限, 而顧好其遙遙千載之上之人焉, 曰友也. 友也則友之, 不可論於面與不面也審矣. 嗟乎! 僕點檢身心, 無一善之可指, 而至於友朋一節, 鍾情獨深. 見古人之最重知己, 或千里命駕, 片言相合者, 輒感激不能自定.

自得足下詩, 知足下胷中有磊落不磨之氣, 環顧一世, 不肯與齷齪者遊. 故觀其所語, 思其所友, 一日之內, 神精百往. 竊念生平, 慕中國如慕古人, 而山河萬里, 日月千古, 則每與炯菴諸人, 論此事, 未嘗不浩歎盈襟, 彌日而不釋也.

初欲搆呈繪聲園集序, 兼寄拙詩數册, 聊充絎縞, 緣兒憂浹月, 筆硯無暇. 頃於湛軒席上, 只將澹園八絶, 艸艸書過. 昨聞炯菴諸人序艸, 皆就封裹已訖. 便价將發, 勢不得罄竭愚誠, 歎恨良多. 又聞諸人, 或有請堂額記文者. 僕亦欲與有所懇願, 得汾晋間名士之手, 刻寄尙友中原, 臥遊古人之印章一枚, 使海外窮巷書帙生輝, 則非徒觀美於研北, 亦足斷案於身後矣. 如或疊賜高吟, 因風寄音, 永示不遐, 則只取其相好之意而已. 又何必以記事之文, 髮鬚而遙度也哉?

嗟乎嗟乎! 從今以往, 我知有子, 子知有吾, 則百千萬日, 皆與足下相思之日也. 生生死死, 何忍忘之? 心之所觸, 筆隨而落, 語無倫次, 惟在恕諒. 癸巳中秋二日, 朝鮮楚亭鄙人朴齊家和南.

與李薑堂〔調元〕

朝鮮畸人朴齊家, 謹再拜獻書于薑堂李先生門下. 齊家海外之鯫生也, 年今二十有八歲. 家人罕覩其面, 鄰里不聞其名. 不意今者, 因敝友柳君彈素所抄巾衍集, 見賞於中朝之大人, 傾倒淋漓不啻若合席談而傾蓋遇也. 此固畢生之大幸, 不世之奇緣也. 始而聽之, 驚疑失當, 以爲此特大君子包容之盛心耳. 及觀其評點之語, 深入膝理, 歷歷有當於心, 決非尋常過去之比. 然後直欲僁僁輕舉, 飛落燕邸, 望顔燒香頂禮而返.

嗟乎! 士爲知己者死. 豈其好譽惡短而然哉? 亦必有擧國非之而不懼, 一人是之而過望者矣. 何則, 寸心之自知, 不可以苟欺也. 竊觀先生著書滿家, 其未見者, 姑不論. 試取其皇華集, 一二讀之, 韜光斂彩, 斲雕歸眞, 不爲浮誇矜止之色, 而渢渢然見其元氣之鳴於紙上也. 信乎大家之音也. 而況先生以卓犖雄贍之才, 處清華銓選之任, 其一言之可否, 足以進退天下之名流. 則于斯時也, 身爲屬國之布衣, 名托上都之龍門, 不朽之榮, 比他尤當萬萬. 雖然齊家, 庶幾天察其衷, 得隨歲貢, 備馬前一小卒. 使得縱觀山川人物之壯, 宮室車船之制, 與夫耕農百工技藝之倫. 所以願學而願見者, 一一筆之於書面, 質之於先生之前. 然後雖歸死田間, 不恨也. 先生以爲如何?

側聞彈素之言曰: "先生將欲刊行巾衍集云." 若於一二年內, 得見其印本, 則絶勝於眼前之一杯酒矣. 彈素以爲有妨於弊邦之耳目. 僕則以爲其不知者. 則雖賞之不見也, 但當擇其心腹之人於傳授之際耳. 適以對策被選, 將赴會闈, 俗務繽紛. 萬語千言, 筆何能達, 惟在先生默諒.

與潘秋庫〔庭筠〕

朝鮮畸人, 再拜白潘秋庫先生門下. 足下之知吾, 自巾衍集始, 而僕之交於足下者, 蓋已十年矣. 僕與洪湛軒, 初不相識, 聞與足下及鐵橋嚴公·篠飲陸公, 結天涯知己而歸. 遂先往納交, 盡得其筆談唱酬詩文讀之, 摩挲不去, 寢息其下者, 累日. 嗟乎! 僕情人也. 闔眼則見足下之眉宇, 夢寐則遊足下之里閈. 至作擬書, 欲自達而止, 可覽而知也. 何幸天緣湊合?

敝友彈素柳公, 得交於李雨邨先生, 因而又與足下, 通其殷勤, 至出敝集而批評之. 自此以往, 僕之心, 固已得接於吾秋庫之前矣. 意者精誠所到, 魂神通之而然耶? 其跋語之翻翻, 序文之丁寧, 各能隨事而盡意. 其與雨邨先生, 時有不同處, 亦足以知其指意之所在, 可知中朝君子之慧眼如月, 無所容其毫髮之欺蔽也. 僕素不喜爲詩, 且其才品, 寂下於集中之諸君子, 而若其慕中國之苦心, 則諸君子亦各自以爲不及也.

非詩之足稱, 庶幾因此而附尾, 而得不朽於千秋, 雖死之日, 猶生之年也. 篠飲之進士見作何官, 何時在京? 從今以後, 惟願一見秋庫之顏範, 傾困倒廪, 當勝讀十年書也, 未知竟成志此否也. 篠飲先生處, 亦有信息, 幸爲致意. 山川間之, 後會無期, 臨楮惘悵, 魂銷目斷. 奈何奈何? 忙甚未及盡意, 統希雅照.

謝鄭吏議〔志儉〕求見李吉大書

承諭. 有向者, 以巧藝事求之勤, 而不薦李生吉大, 見訝於執事者. 吉大於齊家, 友焉耳. 當責以士, 不當責以藝. 進人於執事, 亦當進以古之道, 不當進以技藝者之賤. 執事之所得人而共事者, 亦當先其大而遺其細, 問其深而不究其淺. 今執事之求其人者, 以爲得其人, 則可以運智刱物, 學中華之制, 使益於國而行其道者哉? 抑且姑試目前, 觀其成否, 獲小利於一家而已哉?

今之言此者, 蓋多矣. 其始也, 車榨機鋤, 紛紛然若將有意, 一月之後, 其不爲玩戲之歸者, 幾希矣. 若是梓匠輪輿多矣, 奚所須於薦士也? 世之不薦士久矣.

其所謂薦士有數焉. 或有目爲謹信, 明於出納, 而托於錢穀者焉. 有筆翰翩翩, 善承人意, 而托於記室者焉. 有程文課訓, 左酬右應, 交其子弟, 而托於科擧塾師者焉. 又有一種方外之交, 破其常格, 別致勞問, 深居簡出, 臥收時望, 潛涉蹊逕, 售其捭闔者焉. 若此者, 莫不欲夤緣當世, 以成其求者矣. 其道愈深, 其跡愈險, 則世之所謂薦士者, 特關節之雄耳.

齊家不敏, 顧何敢援引同己, 以涉萬一之疑哉? 若吉大之爲人, 則固未必卞隨 · 伯夷之倫也. 其心未必不欲得一知己, 以成其名, 以托其身也. 雖齊家, 亦憫其飢餓顚沛, 室家遑遑, 將見其才其藝, 一不遇以死也. 雖然, 終不敢以當世之交, 有所俯仰於其人者, 誠有所甚於彼者存焉耳.

今國中之賢而以一藝名者, 齊家莫不接焉. 其近者或與之遊焉. 雖不接焉不遊焉, 而亦必聞其名得其人矣. 大率其人者多貧賤. 故藝固可賤, 而今之侮藝也爲尤甚. 以可賤之迹, 處尤甚之時, 邁邁乎其不可出矣. 雖執事之求者, 異於是, 齊家之所以紹介者, 不與世之薦士者同, 而人誰信之, 誰復知之?

齊家之論交際曰: "和不及侮, 貞不至怒, 貧不近恥, 藝不涉技, 若浮若沈, 若出若處, 其志不敢不高, 其行不敢不屈." 其所以自處而處人者, 大槩然也. 以爲生旣處約, 有不得不如是者耳. 人見其不得不如是者, 而遂以爲駸駸然若可馴致也, 則此其人者, 與齊家之心, 皆足以不服.

夫用其人者, 先服其心, 而不求其藝. 其心服, 則士固有爲知己死而不辭者矣. 何藝之足云? 如以藝而已, 則藝亦未必盡得. 譬如嗜酒者, 人卒然呼之以酒人, 則必有踧踖羞赧, 而不敢受其杯者. 何也? 嫌己之累於人也. 及其遇忘形之友, 而無顧眄之忌, 則未有不自促其飮, 猶恐其酒之或少也. 今吉大之於執事, 得無有嗜酒者之嫌歟?

雖然, 執事之於吉大, 非藝則初無所求, 而吉大之往於執事也, 不試其藝而返, 則爲虛往. 故不往則已, 往則知吉大之必用也. 用則度其成就, 不過一車·一機·一榨·一鏇而止. 則道不足行, 而身受藝名, 其人固不足道, 而於執事所以用人之道, 有未廣焉耳. 今執事受知於君, 處淸要之途, 將講求民生日用之具, 思所以便利之. 慨然有用夏變夷之志, 則固當得馬周·冉璩之客而禮之, 薦之于朝, 與國家共之. 又何以區區私交一士, 私造一器爲哉?

齊家, 甞語吉大曰: "子喜藝而多名, 求藝者將集子之門矣. 如此, 雖日造千車, 猶之吾之學一未試也." 蓋未甞不勉其進於藝者也. 若夫幼而學之, 壯而欲行之, 是心則人皆有之. 苟執事之進此而求之, 則將齊家之見之者, 豈特一吉大而已哉?

與徐內翰〔有榘〕

齊家白. 齊家受不世之恩, 牔設閣銜, 出入深嚴, 十有四年. 所事者罔非至重, 而所被者罔非至榮. 竊自期蒜髮龜背, 服役於茲, 以效萬一之報矣. 不幸, 自五年前, 連夜失睡, 左眼眯廢, 饔飱莫效, 所恃者惟一目耳. 忽於數月以來, 昏花又作, 燈翳而失其剪, 筆滯而錯其鉗. 往往用目稍過, 則金屑彌空, 數日不止. 如錢如波, 搖搖蕩蕩, 如鷖如斑, 不可名狀. 又瞳寒而思闔, 睫澀而思拭, 此皆衰相之實現, 而非浮翳之遇至者也.

第念內閣之職, 寫書與校正爲多, 而二者, 又專責於目. 御題也日省錄也日曆也臨軒功令也, 驟至而駭積, 又皆有日限時限, 而又有時時橫出之役. 不在此窮, 而無告之役, 橫生疊出, 無身可分, 無人可推. 以十分之目, 而供其一分, 尚恐無全, 以一分之目, 欲供其十, 當作何狀? 如是而强之職, 則職必廢矣, 廢職而居其位, 責將誰歸? 由是恐懼. 冀得辭以免尸祿之誅矣.

議者或曰:"子目雖暗, 尚不至於盲, 儻有慈之者, 加之以巧避之疑, 勒之以辜恩之謗, 則身且不保, 奚有於目哉?" 此則有不然者. 夫負重忍痛, 脅息而不前者, 疲馬之情也. 鞭箠不已, 至死而不覺者, 馬不能言也. 使能言之, 則固不至此也. 矧今聖明在上, 無微不燭, 胎卵濕化岐息肖翹之物, 莫不曲遂其性, 而凡潤色皇猷敷奏順外之臣, 如執事者在, 則其所以俯聽而上導達之者, 必不待言之畢矣. 夫樂工之用在聽, 辯士之用在舌. 未聞樂工聾而猶執其器, 辯士瘖而猶使敵國也. 今檢書之用在目, 則目暗而退, 固其宜也. 前夕促膝之言, 諒非偶然. 所以遲徊至今者, 誠以官無小大, 跡係近密. 雖祈免之事, 不敢有邁邁之色故耳.

雖然, 齊家寧能高飛遠走, 避世絶俗哉? 不過祈解萬分之迫, 冀全一線之明而已. 至於元至起居之班, 講筵之執事, 編輯凡例之議定, 凡不甚用目者, 尙可支數年之用. 而內閣旣有權着帽帶之例, 則亦足以時出入, 少逡戀結之誠矣.

嗟乎! 一家之仰哺, 關於此, 一身之進取, 出於此. 雖至愚者, 皆知非內閣, 則如魚之失水, 鳥之失巢, 孑孑然無所歸, 將顚連窮餓以死也. 然而忍爲此祈免之計者, 必其甚不得已者, 亦可見矣. 昔沈驎士, 養身靜默, 八十而雙眼復明. 張籍與李浙東書, 冀得復見天日, 以爲從今以往, 皆閤下之賜. 見今僚員有闕, 勢將差補. 伏望, 執事議以後稟. 將齊家所帶之職, 幷許遞代, 獲副驎士之願, 毋讓浙東之賜. 千萬幸甚.

寄南甥

一

向者新婦行, 謂當有書而未獲, 悵黯可勝. 風雪甚重, 聞又晴和. 侍況連佳否? 初欲以中春遣騎邀君, 而客使未返, 出沒于坡山永平之間. 冒寒往來, 殆千有餘里, 近始委臥京第. 又送君內, 冲冲無聊. 又有伯女仲女之疾病層出, 悶惱不可狀. 君旣有志于學, 則決非村間求田問舍中點染陶鎔得出, 何不抽身向京耶? 迨骨節未強, 猶可及也. 來月望間, 聞有君家忌, 故不送馬. 望後當治送奴馬, 須率君內同爲上來, 以爲白雲金水之遊, 亦何妨耶? 科場亦何以爲之耶? 都在面悉, 不一.

二

一月無聞, 方切悵戀, 伻至見書, 知侍彩晏吉, 慰喜不可言. 此中衰憊日甚. 先王虞卒奄畢, 悵悵天地, 靡有攸從, 廓然奈何? 君之學問, 政在人鬼關頭, 必須猛省痛責, 下了頂門針. 無藉他人, 都是己分內事. 所謂我欲仁斯仁至矣, 亦須親近勝於己者, 無自墮落第二議諦至望

三

伻來得書, 喜可知也. 此中姑無大病, 時讀四書, 聊以忘憂. 不能鞭辟近裏, 反求諸身也. 君亦努力自榮. 勿墜家業. 得奎章全韵大本, 用白紙搗砧摸過一通. 可以識字, 又可精書, 須必爲之也. 棄爾幼志, 卽冠時語, 亦可奮發向前去. 勿悠悠曠日爲望耳.

寄稺兒

一

日長如秊, 公庭寂然. 思汝能讀書有得, 愼毋抛却好光陰也. 尋常簡牘, 辭不達意, 何不取茶飯四書上口? 又取小學習熟, 當自別也. 兒輩課讀則有效, 但不能無闕, 此非它之過. 卽多事之時, 不敎而然奈何? 日前李注書溫仲到南面, 仍與入白雲, 經宿而還, 差可慰也. 柳嘉平有和韵, 須督付也.

二

連見書可慰. 安生何其數往來, 小人不可作緣, 旣命之矣. 數理書藏書家亦罕, 蓄價當爲四十兩, 無論價之多寡, 非急務也. 於四書尙未讀過, 此所謂躐等也. 如有癖可以借觀於冷洞諸處不難也. 吾獨臥齋中, 時時夢噩驚起, 又厭食不能食肉, 服麥飯靑蘇支憊. 擬以十日入都, 以雨大田稼被傷甚多, 方逐日摘奸, 修成册以置, 故望前似難發行, 民事可悶. 兒輩課讀耶?

三

吾宿西屹廊, 翌日冒雨行八十里, 僅僅得抵, 而翌日之雨, 甚於其日, 還可爲幸也. 但念汝必作楸行, 若以雨不發則幸也. 春秋節日, 墓祭與時祭忌祭差間, 退日行祀, 掃墓而歸, 不甚害禮, 恐汝膠守日子, 發行後必大狼狽矣. 燕生今日當發, 熱未知果如期不爽勝也.

寄稔懍龝等

一

吾二十四日而到配. 中間萬水千山, 亦能自强. 脚瘡稍愈, 今能如廁不藉人扶. 但無醫藥, 又無針手, 自然遲了完合, 爲可悶耳. 粟飯寒菹, 安之如素, 汝輩絶不可以我爲念. 勤教兩弟無廢學爲上. 汝來亦不緊. 但明春一次之行, 情理難禁. 但三司之論峻發, 汝輩危怖在心. 又有乘機暗射之徒, 眞可畏也.

此天地尚有公論, 此冤委官以下皆知之. 命也奈何? 但當順受天命惟爲善, 可以消厄度災, 汝輩決不可自暴自棄. 吾雖在二千里外, 考終於此, 猶正寢耳, 何恨乎? 俟一年二年, 汝輩來此相會, 家屬團欒, 亦王土王臣耳, 所謂惠州不在天上者矣. 營門以罪重, 不令外人相通云. 主人恐怯, 固無足怪, 不知本事裏面, 則營餙亦無怪. 凡書札只作平安字, 只以每年二次信爲限足矣.

此地旣不許外人相通, 則書册又不可借矣. 片壁九經及三升室玻璃眼鏡極者, 可以帶來. 如朱書甚重, 何以持來耶? 極思一讀, 不可得耳. 仲姊氏之病爲末疾, 而吾之歸期不可料, 恐永訣, 此最傷神. 南內最可念, 弱質驚魂, 致煩吾思耳.

二

十三日, 有便寄信, 不知何日能入京. 而又聞有人南去, 故茲又作札. 雖五六日間, 當一開眼也. 吾脚瘡已完. 但如木之剝皮, 而長勢也.

吾幼時在義洞第, 先妣看卦影云: "名滿天下, 身有大纇." 吾以爲纇莫大乎於枳塞矣. 今而後乃覺談命者, 果神矣. 吾改號曰纇翁, 所以識也.

日前得奎璧四書於新榜進士, 讀中庸幾盡成誦. 苦無紙筆得箚記. 前書未及之. 可以空格冊子隨大小多少付來也. 一番寄信, 動過兩月, 歲前似難得日邊信矣.

腹中蟲症甚惡, 欲痛除之, 向者列錄中, 胡椒亦可作蜜丸. 大豆大數十丸持來爲可. 此身康健, 不必費思. 慮惟當善敎兩兒, 善治家務, 無至錯亂可也. 不長語.

三

濟得似於望間先入, 而金儒生亦當以今日繼入矣. 伏聞十六是嘉禮吉日. 八域欣悅, 詩所謂: '天立厥配, 受命旣固'者也. 撫念疇昔, 只有愴慕之至.

吾自九月以前, 肩背不仁. 又版齒作痛, 似因時行感冒, 今月則已瘳. 飯亦如前矣. 十五日祀事, 又過於此土, 不忠不孝, 只欲無生. 姊主小祥又隔日, 當作何懷? 汝輩俱安過讀書否? 勿以我爲念, 只當勤學, 無負此時爲望.

歲時雪塞, 消息必隔百有餘日矣. 此便回在歲前, 而自此付書似無期, 亦何關心耶? 家信吾不欲數聞者, 以不動情故也. 但願汝等勤讀經書而已. 中庸尙未淨書, 俟日長方始. 而禮記僅至半. 禮必考儀禮周禮及注疏然後, 可以成書, 無携來之道, 可鬱可鬱.

四

月朔因過去朝紙, 伏讀東朝傳敎下者, 知賤臣亦蒙放宥之典. 始信天日無幽不燭, 雖肖翹微物, 莫不涵濡於造化好生之德. 俯仰今昔, 感涕交迸.

院啓堂疏, 固是儻來, 亦豈必慦我尼我而然耶? 從今以往, 雖死於此地, 不爲不瞑之鬼. 何足以歸家遲速, 爲慘鬱之端耶? 雖幸發關, 吾當徐徐作行.

一登蓋馬, 觀大澤, 遵海而南, 隨所止而處焉. 汝輩不必計日以俟也. 且吾無一蝸屋在松楸之側, 又不敢偃然入城. 將行且謀之. 向子平所謂: '勅斷家事, 勿復關我'者得之. 吾嘗愛金剛後麓鑒湖旁, 近有可耕處, 楊蓬萊之所逍遙處. 欲歷占之, 但恐人馬齎糧無策, 當觀勢爲之. 或中途步行, 作雲遊道人, 乞食足矣. 當使女輩知我在處而已. 臺啓未停前, 不可不告所住處故耳.

五.

金君想已傳書矣. 歸期似未出場矣. 采薇出車之詩, 自其家人爲說也. 若余無靡鹽之勞, 方且逍遙游於無何有之鄉, 與古爲鄰足矣. 但欲汝輩免作下流人耳. 五月之六, 略具飯蔬, 祭汝仲姊爲可. 吾雖不言此義, 汝輩亦知之否乎? 歲以爲常, 不亦善乎?

主人雖貧, 供饋勝於昔, 稍過分數. 數月以來, 連吃稻飯魚肉, 自俗眼觀之, 以爲顏色頗充實, 自視則神情稍昏, 其强健不過粗氣. 以此知斷肉亦可堪也.

禮記籤數百條, 不可不討儀禮周禮一準, 故姑不成書, 爲可鬱. 廩犝若稍習書, 則歸可編書, 亦何易期耶? 萬事俱除去, 惟茶與鼻煙, 欲祛不得, 不得則成疾甚矣, 猶有癖焉. 此去二十餘里, 有杏花村. 有一門人, 具雞黍邀余, 當信宿而歸矣. 匆匆不多及.

答燕生

十五日見汝書. 故十三日寄汝仲兄書, 以爲無書也. 聞讀小學. 必如其中所言, 方可以見我也. 愼獨之義, 與兄同學, 先以勿欺爲主, 九容九思爲第一也. 吾姑無病, 但聞仲姉之訃于隔年之外, 恨如不欲生. 惟勤惟敬, 無作禽獸. 吾何他望? 乏紙如此, 不多言. 汝兄尙無消息, 爲菀.

寄稺兒

一

汝去後, 不聞途中消息. 自前月十四日以後, 至十八日間, 自京來者三人, 而並不得家信, 亦復奈何? 此州迎送在郎新官, 似於前月內發程, 汝必不能趁此寄信. 寄信亦必多費細辭, 但得家中一片平安音可也.

吾於十三日, 懷緒茫茫, 賦一詩見志. 仍開窗瞑坐, 爲雨氣所觸, 曉來忽覺足冷食滯. 卽終日寒粟, 亦不發熱. 竟二日苦痛, 疑其疷也, 甚恐矣. 服茶及淸心元, 絕食兩日, 今已快復. 似導滯而疷不成耳.

其間中庸筵說已畢. 計前去者外, 又可五十餘張, 盖黃紙書者, 已廿有餘矣. 苦無可以淨寫者. 此留空格紙, 又不足於孟子, 將奈何?

伏枕得石鼓歌四十韻, 恨不寄示也. 無病則萬念都不關, 幾乎忘家室矣. 汝輩須努力自愛, 毋至失學之歸是望. 四書筵之筵字, 改以只說二字, 盖取延平李先生只是說也之意也. 須愼改之, 序文下段亦改. 自延平止意, 須見到心廣體胖, 遇事一一灑落處. 方是道理, 不爾只是說也.

二

此月垂盡. 吾將度國祥於此地矣, 其至恨, 豈以遷謫之所由乎? 若遷謫之事, 則吾已不留於心久矣. 近四書或問已畢讀, 不可謂全然無得, 恨無起余者, 相與激發耳.

昨日, 卽廿七日也. 汝輩往拜西門外祠宇乎? 來月家忌又稠疊, 不知何以爲心耳. 汝輩不須念我之遠, 若念我時只可切實下工夫, 決不可悠悠泛泛如我在時. 兩蒙又不可使之失時. 期於勿脫韁靮爲可.

大抵百餘日後, 或聞信, 或不聞信, 亦何足數聞耶? 不念汝輩之饑, 但念其不學焉耳. 吾曾有小本周易, 僅謄上經者, 汝須續書下經, 必見寄也. 近或讀易, 覺其怡然理順, 不至甚難, 可知年之衰矣. 有數詩抄付矣. 昨日大雨, 雹電如碎冰片, 麥盡.

三

新守到任, 在初三日, 而得汝書, 恰又一月矣. 知汝行廿一日達京師, 可謂快矣. 況有得孫之報, 慰滿不可言. 但未能見, 益可恨. 今日祀事, 汝能率諸弟往參耶? 國祥又隔日, 家中祀事稠疊, 念盧穌齋相國爲不忠臣不孝男之句, 未嘗不腸九廻也.

筆墨及空格册數卷及經書易春秋禮記詩書, 具注者爲好, 而必須次次入送, 以副此望可也. 無此則無以爲命十三經之責, 豈不在我乎? 未死前必了此償則幸矣.

前去四書說中有刪改者, 又有誤處, 已改之, 不可輕出. 有疑亦可條問見寄也. 旁無書手, 中庸孟子尙未脫藁, 可悶. 易則只俟紙來, 而朱生若祖爲鄕校書册有司, 三經大全, 可以得借. 而易無繫辭, 可歎. 汝亦熟讀四書, 兼治或問及精義等書, 朱子全書亦熟看可也. 來月十九日, 外祖祖父忌日也, 汝無他事, 則必往參焉, 如我在時可也. 孫兒以願卿名之可也, 蓋取坡詩語也. 初四日, 新倅以我不赴點考, 忽打主人三棍. 十五日, 吾親往, 則又閉門不欲見, 曰: "此後則使主人代點可也." 其輕佻如此, 何足道哉?

但使我有書如上所列, 則在此如在家. 自念平生無此閒日. 天之餉我至矣, 了無窮愁之意. 汝輩知可克己看書, 不可悠悠泛泛失此時日也.

石鼓歌藁本付去. 可抄一本, 再寄我. 此等作不妨轉示柳哀也. 論語因或問補七十餘條, 改四五條. 序中亦改十餘字, 當追示也.

汝亦讀書隨讀隨箚, 毋空過. 如爾雅孝經之類, 所謂小經者, 可略辨. 其疑證以本艸之屬, 亦妙. 見抵諸生書, 有蒲帆淩風之語, 此非孝子之言也. 舟而不遊, 明有古訓, 況海途乎? 今冬不必來, 雖來, 豈可議水道乎?

四

前月廿四日書, 想於昨再昨入去矣. 今聞科便, 茲付之平信耳. 邦慶無前, 沛澤旁流而覆盆, 陰谷敢望白日陽春乎? 周南留滯, 固是豪華語. 有北投畀, 不作分外想也. 汝輩能不廢課讀否? 吾亦散漫無程課, 但所見與前自別. 但平日不讀一字書, 爲可惜耳. 孟子僅畢手書, 而四書義理無窮, 埋頭無出日, 是可悶也. 若得諸種書, 又有汝輩在旁抄寫, 則可謂至樂, 而此事何可望耶?

昨日汝慈忌. 汝之姊妹, 未知皆會否? 我自傷神, 何況汝輩又不見我乎? 今日爲汝生日, 明日卽先朝千秋節也. 撫念疇昔, 當作何懷? 又明日爲尹室生日, 而尹郎果尙在京第否? 此去金公文人酒人也, 雖無佳肴, 鄰釀必佳, 可勸數杯, 不必至醉也. 兩兒勤教, 必無虛過, 爲可爲可.

寄稔廩龥等

臘月旬有一日, 因武科直赴人, 得汝至月十三日書. 知兒輩痘疹俱善, 可謂喜報. 而所謂濟得者, 落留金化云, 而至今中春已半, 仍絶消息, 其悶鬱甚於擧子之待榜發也.

吾姑安. 禮記已盡付籤, 誦詩遣日苦. 欲見注疏, 奈何? 汝必有欲觀之情, 但家無主管, 兩兒浪遊, 何必來耶? 今年雪甚, 恐爾中途阻泥, 亦恐已發程也.

欲得一稍曠處, 有數三學者, 可以炊飯. 白髮有還黑者, 照鏡則青鬟如二十年前. 但髭須已長不變, 鑷之則生黑, 爲可怪耳.

南濟得, 聞雖紆廻作路, 想已入城. 汝輩以吾背瘡爲念矣, 背瘡已平. 首尾幾一月有餘, 終不至於成膿, 頗費醫治. 凡用牛糞灸三日, 燒酒灸三日. 鹽水洗六七日, 細針五六十穴. 其發散者, 如炭火之有爆爆. 始則赫赫, 終亦皮脫數重, 癢于肢末及尻, 今已無痕.

近來苦炎, 近又陰雨. 時時讀易, 得前所未解, 可樂也. 汝輩勿以我爲念, 努力讀書, 善于家中, 爲可.

寄廩醮

一

汝輩亦思我否? 若果思我則不如讀書之勤. 爲不負我之思汝之心耳. 勿虛度遲日, 課書習禮, 去其覓飯跳踉之心可也.

二

臘月見汝輩書, 雷同可知其不誠. 念汝尙不改前習, 殊可憎也. 疹病之後, 亦恐觸寒添傷耳. 願卿想有孩笑, 時時入夢耳. 女兄或恐發程, 復此寄信. 吾以舊主人家有喪之故, 移寓一學童家. 凡節殊勝, 但其家甚貧, 而必欲作白稻飯, 飯必有肉, 還覺不平也. 學童與女同年甲, 長大夙成, 姓金名崑. 方教以書學, 日誦奎章全韵半張, 讀通鑑十卷耳. 女輩則誦四書詩書可也. 文理方至何境? 悠悠泛泛, 必無長進. 此乃忘我不忘我之明證, 女輩任意爲之可也.

答仲季兩兒

廩也, 筆墨一向兆急艸率, 頓無誠意, 文理可推而知. 人品之不長進, 亦可知, 此爲可悶. 蘸也, 字畫稍勝, 但尋常行用之字, 每每錯書, 似無提敎而然. 何不考見全韻耶? 此處童子, 自二月至四月, 日課奎章全韻, 以薄版覆其注, 使誦. 有不通者, 一字輒予一杖. 初限半張, 二篇以後, 則能課一張. 凡百二十日而畢. 此後敎經書, 却不甚費力. 汝輩亦宜效此法, 兼可通字畫耳. 但悠悠萬事, 莫如收放心之爲第一急務也. 念之念之.

寄稔兒

日前金生因科行復作京行云，故付書，似於今望前入去矣．哲仁亦好留，可慰．但尙無闕文，應是相持未出塲耳．不獲罪于天，足矣．歸之遲速，寧足介意耶．但汝輩稍俟決末，買騎送來，恰爲完好．而枉添一口食，欲送不得，欲留無益，爲躑躅莫甚，爲渠代悶而已．移寓學童家，食肉一朔，氣力不儘．然甚覺其混濁，此亦當斷去矣．縣衣拔縣以服，亦足度時．室中薰薰，已服袷衣，寒暑之如流可歎也．

寄稔兒

一

前月十九日書, 當於望念間得抵矣. 此月又回, 感時追遠, 何可爲心, 但眼食粗安. 易傳已成, 但不能淨寫, 冬有倩手, 將出副本, 水飛墨靑白筆亦難繼, 又無燈燭, 爲可悶耳. 來藥二貼煎服, 然豈可責頃刻之效耶? 惟願女輩留心讀經. 勿妄看它書. 以費時日也.

二

吳哥便去書, 亦不遲滯否. 民洞姊主大祥已過. 撫念前事, 當作何懷, 寧欲無吡, 非爲未歸而然耳. 吾粗安, 但讀書思索, 不及曩時, 豈漸衰耶? 去日有期, 則亦豈無馬未去耶? 但恐發關無期耳. 女輩努力讀書, 勿虛抛時月. 吾猶在女旁也, 否則雖歸, 亦無益耳. 適有便云, 暫示平信.

寄稔兒

得書，又踰月矣．汝輩常以停啓爲歸期矣．啓已停，而又胃於府之不發
關，似未易出場也．天鑒無幽不燭，拔之坑塹，置之衽席，又何足以未卽歸爲
恨耶？自有時，非人力也．

但歎汝輩不肯讀書，不能幹父之蠱，安能使老無咎耶？曾聞賣屋，吾不欲
以家事累心，而在此又不可如吾意．我若歸，則雲遊八域．自有資身之計，汝
輩不必慮我．但尋究義理，孳孳不已，勿爲衣食所撓．耕也餒在其中之訓，眞
不可泛聽也．

如欲鄉居，扶餘亦可吾自善處．讀書自遣，至於一切世味情緣，幾乎斷
送，可謂去神仙不遠．但旁無起予者，哦然自笑而止．日對古聖賢，日日頓飯，
顏色比昔加勝，此外何恨？扶餘李相國亭子破落，而其下澄潭，似是勝境，汝
往問之．汝不必求他方，全家往耕吾田，不至飢乏，節儉不作食肉想，亦可儲
蓄，何不念之？

二

有官人便，纔裁札封付矣．卽者濟得來，見書可慰．府疏頃已得見，此系
身命，非人力也．自有歸時，豈容一毫思慮經營祈祝耶？但以螻蟻之身，而屢
煩天意，只切悚惶．汝輩努力讀書，以圖後報至，可姑不作歸計．計在隨時，
何足以一身爲念耶？向平是吾師也．

三

校奴來, 見汝前月十九日書. 想汝作收租之行, 計已當返. 汝母忌日隔日, 愴懷如何? 吾之歸期, 何足个意? 在此但恐讀書不如意.

僅成易甚解一卷, 亦未淨寫. 今冬當收拾戴記. 惟春秋一部, 尙未下手, 且說經亦不甚難, 只是敬不立, 恐遂不免下流之歸耳. 汝亦不須念惡衣食, 死力讀書, 作君子, 則勝於公卿陶朱公遠矣.

歸後住處, 未必先謀, 亦無如扶餘琴潭之爲得. 其亭雖廞可收拾築一小屋, 杜門不與人接, 漁樵遣日, 豈非至樂耶? 我亦心未定歸路. 當隨意托足, 何必東西南北之可擇哉? 洪原北青之間, 亦可優遊, 但未知何時歸耳.

四

天休滋至, 邦慶荐疊, 此年何年? 卽先朝之所嘗屈指俟之期也. 瞻望南雲, 企抃之外, 繼以愴傷, 豈獨留滯周南之思而已耶?

曾聞華城動駕有命云, 果於何日? 又伏聞依甲辰例云. 而節目未詳聞, 須於後便, 寄示可也. 吾依遣湯餅牛肉, 歲色如京師, 而但汝輩不在旁耳.

近頗因蒙, 經業亦損, 亦不耐深思, 未免泛泛耳. 內憊少勝, 眼睫倦迷多汁, 又苦內熱. 蓋炕煖所致. 吾自去年二月, 不素食, 又未嘗喫全粟. 長服稻粱, 可謂安居, 然別無益. 人之强健, 固不在服食也. 汝輩日讀經, 日課書字, 無至放過. 放過, 則見我益遲, 以此加念, 爲可.

五

想汝寂寞, 恨不團聚, 而家事掣肘, 奈何? 今日作松簷, 屋宇無暑. 而念汝何以得食, 又不能不關念也. 日月滔滔, 何時得遂山海之樂, 敎汝輩經學? 中夜不眠者屢矣. 經說亦在艸藁未淨書. 此亦未了之債, 最急者也.

六

　與汝輩別四易歲. 旣蒙恩生還, 而又各居一舍之外, 與不歸無異. 不知幾日能圖奠居完聚, 教經念學耳. 鶴浦常入夢, 而家事尙未出場, 奈何? 吾歷見南甥, 病少間, 而飯于星浦, 宿楸下, 哭青坪姊氏墓, 吊宗孫. 自松坡還行二百里, 人事稍展. 紫霞水石, 遇雨甚佳. 本倅欲同遊, 俟晴當往也.

七

　我生不知幾年. 天若許我卜居山海之間, 與兒輩講經, 卽第一樂事. 汝今作遠遊, 道中或爲外物所移. 如飮食女色, 皆是也. 若然則忘我久矣, 何能辦我所欲爲者耶? 一心一念, 長思其親不能久住於世, 以穩度餘年爲想, 他不暇顧, 不可一毫妄費錢財, 一毫妄費筋力. 冒寒千里, 豈非大可關念, 須思其親念, 子當作何懷? 到彼, 不可躁急, 過歲而歸不妨. 觀勢處之.

答廩醃

　　汝等全不讀書可悶. 吾顔腫已平, 明再明間當出矣. 天恩浩蕩, 蒙收簪履, 闔門頌祝, 曷其有已. 柳君尙不來, 可歎.

與任甥得常

　　嗚呼哀姪, 姊氏竟棄世耶. 汝等斬衰之禫月未終, 又遭齊衰之慟, 天之降割于汝家, 何其荐酷耶. 吾身嬰奇禍, 投之有北, 而繼有尚右之感, 神之貽罰, 何其孔極耶. 緣我獲戾于天, 波及于汝輩耶. 千古之別, 而聞諸百日之後, 人理絶矣, 尚誰尤哉! 死生常理, 宿疾又貞, 固已知朝暮之事, 而使我無事在家, 得少致力於斂葬之時, 亦復奈何?

　　患在同氣, 病未必不由我而欲也. 轉輾思惟, 直欲無咄. 襄事克終, 虞卒奄過, 歲華又新, 汝等尚能保其生乎? 聞已鬻屋, 生理可想. 亦不可肆情極哀, 以傷其生, 惟望必戒必慎, 期復見我也.

　　吾身姑無恙, 溫習舊經, 聊以消憂, 但不知在世能幾時也. 兒稔聞欲來觀, 而山海重疊, 反用關心. 在家二小兒, 時時顧念, 使之勿浪遊爲可. 適聞有便而甚忙, 玆付一唁耳. 千萬自力, 不具.

答尹甥〔兼鎭〕

得君一札, 奚翅逃空虛者之足音耶? 且以侍采安吉, 爲慰倍摯, 聞營江居想已整頓. 恨不得隣曲源源. 而獨處窮荒, 以禦魑魅耳.

奇禍中人, 終古何限, 而吾豈敢自謂無罪乎? 但平日積忤於人者, 有以至此, 雖無愧怍, 寧無他過乎? 集平生之過, 固一謫而有餘矣. 人未必盡然, 而我獨謫焉者, 此所謂天之厚於我也. 蓋猶有未見絶者存焉故耳.

此地無書, 只取奎璧四書, 讀之百餘日. 著有筵說數百條, 不知何日能與君輩講論此事耶.

吾平昔素無趨時赴勢之性, 特以受特達之知於先大王, 所履乃過於祿仕, 未敢言退之一字. 及夫庚申六月以後, 忽忽無生意, 所以有平康觀田之行. 欲俟方喪旣畢, 浩然賦遂初, 非低回至今也. 事與心違, 忽落井擭, 亦命耳, 命可逃乎? 苟能因此而困心橫慮, 以收桑楡之功, 安知非天之厚餉耶? 何歎何歎? 有至於區區衣食之失節, 居處之不安, 亦已不留于心者久矣.

吃樋子袪腹疾以後, 神氣頗勝, 髭髮不加白, 吾必不死矣. 君輩尚少, 安知不復獲團聚耶? 不須費念. 天之降割未盡, 任氏姊之喪又出, 寧復有不死之心耶? 已矣已矣. 惟冀努力, 讀書有進. 日邊之信旣罕, 又有隔江之思, 奈何?

答金大雅〔正喜〕

薄曛奉書, 如自帷中望見, 甚可異也. 在楊, 偶取遯之大象, 足下何以徑聞此號耶. 乃知韓康賣藥忽作灞陵山中想耳. 客驢無控, 如得小奚, 未必導前, 宜令隨後. 但春朝寒有威矣, 不利于水石之行, 可悵. 欲早往飯前, 回來食後, 當向東郭外矣. 歸亦有仰復.

與人書

天生一世之才, 足了一世之事. 爲官長則不能耐迎送拜謁, 爲宰相, 何以吐哺握髮乎? 但荷葉之釀苦遲不快, 我一醉可欠.

答

一

經文極明白, 其序次曲有義意, 決不可以後世注疏家凡例, 論曾子之文也. 夫大學者, 修己治人之事, 修己治人, 皆以至善爲限, 此乃大綱領. 凡十五歲入大學者, 無不知之. 故曰知止而后云云, 使之自慮自得. 復以本末終始先後明言之, 以起下文六先字, 而使之自致其知. 自格其物. 蓋三綱及六先字, 其昭垂揭示, 不啻如關石和勻·象魏懸法. 若其所以然之故, 則必使自得之而后謂之知之至. 故德者得於心者, 正謂此也. 末又必修身爲本, 明指本字.

又以厚薄喻之, 以明凡人之情, 元無逆行倒施之理. 然不仁者, 以其所不愛, 及其所愛. 人皆曰予知, 而不知辟罟擭陷穽, 則乃自歸於倒施逆行之科. 則聖人厚薄之喻, 所以極親切警惺如此. 又重言知本知之至以結之. 蓋於格致, 無所加說, 故卽以誠意接之. 學者之事, 雖萬端思量, 莫有先於愼獨. 無愼獨, 則治國平天下, 皆假也. 古人之行一不義, 殺一不辜, 得天下不爲, 正謂此耳.

愼獨者, 將以至於至善. 故卽引詩以咏歎之, 所以指至善之所在也. 夫修己治人, 皆以至善爲限, 則至善之先於明新, 固矣. 明新之後乃說止字, 正所謂皆當止於至善之地而不遷. 前言上馬下馬, 必先說馬而後, 方言上下. 未有空上空下之理者此也. 其下又以知本, 重言複言, 猶恐不知本, 而逆行倒施. 經文幸而得全, 若是不紊, 則天之未喪斯文也.

二

經文凡例, 雖同文, 必曲避之. 曰所謂誠其意者, 終之曰必誠其意. 曰所謂修身在正其心者, 終之以此謂修身在正其心. 曰所謂齊其家, 添其字, 終之以身不修不可以齊其家. 曰所謂治國必先齊其家者, 終之以二層. 一曰故治國在齊其家, 又曰此謂治國在齊其家. 曰平天下在治其國, 以變上文治國無其字之例. 古人修辭之法, 如此.

三

格物之物, 若是天下萬物之物, 則經當曰先格其物, 而又當曰物者何物也. 今但曰知曰物者, 蓋知者, 卽此物. 而前已明言, 物有本末, 知所先後, 不啻大書特書. 則物非外物可知, 無以復加矣.

四

朱子之文, 善用有以二字. 序文五用有以字. 曰不能皆有以, 曰無不有以, 曰內有以 · 外有以, 曰有以接乎孟氏. 明德注, 小有以 · 必其有以 · 皆有以明其德. 湯盤注, 一曰有以滌其舊染, 誠意章下, 有以見其用力之始終. 於論孟集注, 亦多用之. 此雖筆端之有慣串, 然亦可見愼重持難, 不以直截爲貴也.

五

大學, 須先熟讀古本, 次看章句. 盡通朱子注意, 然後方可有問. 不然則非但無以爲問, 雖答亦必不通矣.

六

近世一儒, 見盜賊殺人於道曰: "恕字工夫不足." 人以爲笑. 推其言則良是. 然於盜, 非所宜言, 故笑之耳. 小人爲不善, 果是不能實用其力. 然於此不當論用力·不用力耳. 若以自欺爲半知·半不知, 則此小人, 亦半知·半不知者耶? 所以不欲連下文看.

七

爲不善, 且勿論被人覰破. 縱使能瞞過天下後世, 自欺則一也. 自欺欺天, 天非高遠, 自己之心, 卽天也. 觀楊震四知語可見.

八

百世以下, 皆可謂之沒世. 而逮事者尤切. 注以後賢·後民斷之者, 見其逾久而不忘也, 逮事者, 自在其中矣.

九

意者, 心之一端, 心者, 意之全體. 故誠意在正心之先. 意者, 自內而發. 故愼其獨. 忿懥好樂等, 皆由外而入, 則形於事矣. 故始言心字, 先後當如是矣. 然誠意未盡前, 亦有正心時節, 未必待誠意極至之後, 幾月幾年. 如正心修身, 此皆致知之屬, 能得之物也. 修身則皆人物乃所以爲家也. 此皆諸儒所瀾漫說破者, 豈未見耶? 雖未見, 但熟讀經文, 亦自可得. 凡有眞疑者, 必善問.

十

玉溪盧氏曰: "爲不善於獨者, 惟恐人知, 而人必知之." 此愼獨之正解也. 如曰: "實與不實, 非他人所知, 則獨則獨矣." 有何惟恐人知耶? 非他人所知, 如其責在我云耳. 其責在我之事, 必畏人知而後審其幾耶? 鄙疑正在此. 故前已陳之, 又此縷縷, 冀有以發之也.

十一

至善, 皆以君人引之. 蓋治平, 是爲人上者之事故耳.

十二

經文引詩書多. 三引或四引, 或起或結. 如今本釋止至善, 一直五引詩.
如中庸末章, 則無或過歟.

十三

雙峰曰: "心廣體胖, 卽心正身修之驗." 又是不通. 此指自慊而言. 故必
於誠意章言之也. 章句不能剖析, 若泛稱有德者. 故雙峰說, 至於如此.

十四

雙峰曰: "誠意, 不特爲正心之要, 至平天下, 皆以此爲要. 故程子論天德
王道, 曰: '其要只在謹獨. 天德卽心正身修, 王道卽齊治平, 謹獨卽誠意之要
旨'云云." 此非特不通經文, 幷與程子說而不通. 謹獨卽誠意, 豈可曰誠意中
謹獨爲要耶? 此蓋出於以愼獨爲審幾, 而勘自欺以公罪之故也. 程子之所謂
王道者, 言雖至治平, 不謹獨則霸道, 非王道也. 其天德, 乃不已之極功也,
極功, 須從此做得之謂也, 此乃愼獨切至之正訓, 而亦非難知者. 如以天德爲
心正身修, 王道齊治平, 眞所謂統稱有德者潤身, 而不知必於誠意下之類矣.
此雖在大全小注, 亦不必看. 然則採此說, 以成大全者之學問, 又可知已.

十五

無以爲進德之基者, 言心雖已明, 而又不謹獨, 則失其所明, 而無以爲誠
意之本也. 新安陳氏曰: "誠意者進德之基" 則又不通朱子之說矣.

十六

　格致是夢覺關者, 是也. 得其先後之故, 而必愼其獨, 則可謂覺矣. 若如今之窮理, 所謂上窮碧落下黃泉, 則無乃以覺爲夢耶? 此之云云, 非謂捨窮理而不爲也, 特不欲於誠意以前, 別設一位, 異於曾子本經耳.

十七

　爾輩. 且須熟讀經文, 觀古聖人命意立言. 錙銖不差, 然後眼力方到, 聚訟棼如隨處破綻, 亦不可以一得之見輕與人辨. 但於爲學體貼處, 務求至當. 最初下手, 亦不過先愼其獨而已.

十八

　正心章曰: '釋正心修身', 修身章曰: '釋修身齊家', 蓋經文起結, 雖有其字而無其義, 承上接下, 勢不得不句連. 至齊家章末, 兩稱 '齊其家', 始可言並釋治國, 此雖小節, 亦贅矣. 詳經文, 可認.

十九

　節齋蔡氏曰: "知不致, 則眞是眞非莫辨, 何所適從. 行不力, 則雖精義入神, 亦只爲空言." 請因其說而復之, 曰: "只一毋自欺, 是坦然大路, 不患無所適行. 何用別致知耶? 意前之思, 心前之事, 雖精義入神, 終是見卵而求時夜, 見彈而思鴞炙. 所謂太早計者. 恐不如以愼獨爲基, 而不求基上之基, 以應事爲心, 而不作心前之心, 則做與說無二致矣."

二十

　古人何嘗不窮理? 而理學之名, 起于宋. 蓋自誠意之前, 已窮物理, 初學後生, 高談性命, 至有與晉世淸談並稱之譏. 夫老莊玄言, 何嘗非至理? 但不急於實用耳. 然一言以爲知, 一言以爲不知, 則猶可以卽其言而知其造詣. 若性命之說, 則往往長奸雄而匿黨私, 蓋道學之名, 人所不敢攻, 而異己者, 斥之爲叛徒, 欄柄甚易, 門戶之見傾軋之習起矣. 此又朱門之罪人也.

二十一

經說, 須眼力心力筆力俱到, 始得三者, 皆學也. 僕少不知學, 只喜點綴文詞, 以爲藻繪. 又從宦二十餘載, 雖日登群玉之府, 長樓二酉之藏, 而文書俗務居多, 不能肆意讀書, 書與道爲兩無當. 到今白首竄斥, 無所於歸, 始乃有窮經之思, 可以死而後已, 不亦近乎者矣? 第以易簀結纓之義, 欲策勵自效其一日之力於天地間耳. 根本旣薄, 光華不敷, 勢固然矣. 猶冀高明, 勤賜鍼砭, 使夔州處女, 猶知粉黛之爲功耳.

二十二

凡思, 有緣物而起者, 有超物而過者, 訓詁亦然. 有從心直解者, 有因他說而反之者. 朱子之爲說也, 必以古注爲不足, 而有反之者矣. 後人, 因朱子說, 而又超而過之, 安知不反與古注合也? 所以爲訟也. 然聽訟者, 亦有是古者, 亦有是今者, 則聽訟者, 又訟矣. 故論經者, 不患說之不明, 患黨心之未祛. 若其可東·可西者, 則不必論, 其有大關係者, 亦必巽以辨之, 務歸至當, 稍涉衿已, 便不足觀. 故曰: "如毛西河, 有明辨而無篤行者也."

文集

5

應旨進北學議疏

伏以. 臣伏奉去年十二月勸農政求農書綸音頒下者. 臣與邑之父老人士, 攅手捧讀, 以次傳示. 其有不知書者, 爲之解釋其意義, 相與歡喜讚頌, 不自知其手之舞之, 足之蹈之也. 而繼又咨嗟太息, 無一知半解, 素所蓄積, 懼不足以仰塞明命也.

雖然, 臣伏而思之, 萬事萬物, 莫不有精義存焉. 何況天降嘉穀? 粒我之民者, 其事甚重, 其理至顏. 豈可一付之於人役下愚之輩, 而坐受其鹵莽之報而已哉? 蓋亦待其人而後行焉. 今我聖上, 慕大禹之盡力, 法周公之明農, 以使斯民, 不飢不寒, 爲王政第一義. 時萬時億, 並受其福, 卽次第事耳.

臣濫叨見職, 居然三載. 治不效於百里, 憂或先於天下. 每見峽氓, 燒畲斫薪, 十指皆秃, 而其衣則十年之敗絮也. 其屋則傴僂而後可入, 烟煤不堅. 其食則破盌之飯, 不鹽之菜也. 木匕在厨, 瓦罐在竈. 問其故, 則鐵鍋鋊匕, 數爲里正奪取, 已納糶矣.

問其徭役, 則非人奴, 卽軍保, 納錢二百五六十, 國家經費之所從出者也. 於是乎惥然心動, 有藜不恤緯之歎. 以爲由今之道不變, 今之俗不可一朝居也. 非特一縣爲然也, 列邑皆然, 通國皆然. 此聖上之所以慨然奮發, 思一更張, 屈策求助, 若是其勤且摯也. 臣聞治國如牧馬, 去其害馬者而已. 今欲務農, 必先去其害農者, 而後其他可得而言矣.

一曰汰儒. 計今大比之歲, 大小科場赴圍者, 殆過十萬, 非特十萬. 此輩之父子兄弟, 雖有不赴擧, 亦皆不事農者也. 非特不農, 皆能役使農民者也. 等民也, 而至於役使, 則强弱之勢已成. 强弱之勢成, 則農日益輕, 而科日益重. 稍欲自好者悉趨乎科, 則不得不農者, 下愚而已, 人役而已. 於是, 驅其妻女, 從事于野, 飼牛擧趾, 半屬中閨, 銍刈春碓, 畢責巾幗. 則荒村小邑, 砧聲絶少, 而擧國之衣, 不能蔽體矣. 學士大夫, 視以爲常, 有若自古已然者. 謹按唐詩人, 有女耕田行, 蓋歎亂離之後也. 今也昇平百年, 而婦女耕田, 誠不可使聞於隣國.

此豈可但以害農言哉? 其實賊農之甚者. 此輩之恰過半國, 百年于茲矣. 今不汰其日重者, 而徒責其日輕者曰: "盍盡爾力云爾?" 則雖使廟堂日發千關, 縣官日飭萬言, 盂水車薪, 勞亦無補矣.

二曰行車. 故相臣金堉, 平生苦心, 惟車錢兩策. 而行錢之初, 議論多歧, 幾罷僅行. 臣從高祖臣守眞, 實主其事. 今若行車, 則十年之內, 民之好之不啻如錢, 所謂可使由之, 不可使知之, 可與樂成, 不可與慮始者也. 蓋農譬則水穀也, 車譬則血脈也. 血脈不通, 則人無肥澤之理. 醫書導引, 有藥名河車者, 卽此義. 此皆非農而益農, 有國之先務也. 至於我國, 無用之儒, 古無而今有, 有用之車, 古有而今無. 利害之相反, 至於此極, 民之憔悴, 固無足怪矣.

議者必曰: "風俗不可卒變, 只就今之農而消息之云爾." 則不須多言, 試可乃已. 先貿遼陽農器各種, 開鐵冶于京師, 照式打造. 遠州産鐵處, 遣屬分造, 以收其利, 以頒其制. 試農之地, 不拘多少, 只就京師近處, 少則百畝, 多可百頃. 作爲屯田, 以知農者, 一人領之, 如古搜粟都尉, 別遣農徒數十人, 厚其稍廩, 一聽其指. 時秋旣穫, 較其得失, 一年二年, 見其必效. 然後分遣其徒於諸道, 以一傳十, 以十傳百, 不出十年, 風俗可易. 但設始之初, 亦略費財, 數年之內, 足償其費. 而功亦遠及, 則費不須論矣.

臣嘗惟先正臣李珥豫養十萬兵之遺意, 欲畜三十萬斛米粟于京師, 以實根本. 其略, 亦惟曰改船而益漕也, 行車而陸運也, 屯田而訓農也. 蓋京城民戶四五萬, 百官軍兵之祿料, 悉仰三南海運十餘萬石. 除私藏自食者外, 必須二十萬人數月之食, 然後緩急可恃.

我國裝船疏淺, 率多臭載, 必學中國海舶之制. 然後益漕沿海之粟, 以達于漢水. 益漕之不足, 又必陸運, 陸運不可責之人肩馬背, 則非行車不可. 車既通矣, 私穀不可悉輸. 故須置屯田. 屯田旣設, 試以古方, 則事半而功倍, 三十萬之數, 不期致而自致矣.

昔宋人有心太平菴之號, 明人有將就園之記, 皆擬辭也. 彼皆在下而不得於志. 故以之擬之於辭耳. 今我殿下光臨九五, 撫御熙洽, 匡之直之, 高下在心, 豈但擬之言語而止哉?

臣農官也, 其所爲言, 皆從經理稼穡上起論. 至於講武·修文·敎化·禮樂之事, 不敢攙及. 但願縣民安居樂業, 溝洫合軌, 屋廬齊整, 貌言潔信, 器服堅完, 樹木蕃茂, 六畜孳長.

男女不惰, 各執其事, 工商湊集, 盜賊屛退, 橋梁傳舍, 以及圖淢, 莫不修治, 釣游弋獵, 有船有車, 童稚不瘥, 耋艾歌詠, 此皆敦本力農之效, 家給人足以後事也. 而中和位育, 槩不出此矣. 一縣如此, 通國如此, 草偃郵傳, 其應如響. 臣朝而見此, 夕死無憾矣.

臣少遊燕京, 喜談中國事. 國之人士, 以爲今之中國, 非古之中國也, 相與非笑之已甚. 今此進言, 不出於向所非笑中一二, 則又復妄發之譏, 固所自取, 而舍此亦無以爲說矣. 荙菲之朵, 寔荷濫觴, 蒭蕘之私, 不敢自隱. 謹錄所爲論說箚記, 凡二十七目四十有九條, 命之曰北學議. 瀆冒崇嚴, 庸備裁擇. 才非杜牧, 無罪言之可稱, 學慚王通, 豈獻策之敢擬? 臣無任惶恐屛營之至, 謹昧死以聞.

祭文
祭李夢直文

嗚呼! 古語云: "死或重於泰山, 或有輕於鴻毛." 傳曰: "夭壽正命也, 桎
梏非正命也." 等死耳. 然而輕重殊謂正不正, 有名則輕之不及於重, 正之愈
於非正也, 明矣. 夫古之君子, 猶有以正命之輕死, 不易不正命之重死者, 則
輕死而不正命者, 尤不足道矣. 泰山雖重, 而人猶有所憾, 鴻毛雖輕, 而人猶
有所咎. 故巖牆自危也, 酒色自戕也, 溝瀆之莫知自死也, 桎梏之非罪殺之
也. 不幸而遇金革戰鬪之日, 值兩軍相當之際, 執干戈, 援枹鼓, 而死於敵,
如國殤者之爲, 則亦足以豎烈士之髮, 增志士之氣也.

今夢直, 曾不暇以出一言, 與知舊明白訣而死, 歸咎於天, 致憾於人也.
夫比干之直也, 諫而死, 伯夷之淸也, 餓而死. 屈原之潔也, 沈而死, 尾生之
信也, 溺而死. 夫四人者之行, 孰不高之? 然而彼尾生之父母, 屈原之鄉黨,
伯夷之朋友, 比干之眷屬, 猶且怨之尤之, 必不謂死愈於生矣.

今夢直習射而出, 中流矢而死. 射非自危之物, 流矢非命中而中死, 有若
是其巧者歟? 夫人之高一丈, 而置之百步之外, 則頭顱幾乎如拳矣. 彼矢之
鏃橫之, 不能狎而玩之, 猶不過筆尖焉. 雖欲强而中之, 不可得矣. 而彼亂世
之民, 百戰之士, 又未必皆中矢而死, 則今夢直射而罷, 掉袂而行, 於道獨不
免過去之一矢者, 豈非巧之甚歟? 平居無事閑行, 以升平之身爲男子之擧業,
而人人之所同. 求之於人, 無毫髮之嫌, 反之于身, 無些子之失, 其不關乎生
死如此矣. 而一朝中流矢, 獨不免爲鋒鏑之鬼者, 奚異于安坐而巖牆, 空中之
桎梏哉?

卽使比干緘默, 伯夷食粟, 屈原陸行, 尾生背約, 而猶不免於其死, 則吾

亦末如之何, 而適足爲冤恨之益深矣. 夫蜉蝣之朝暮, 尚有消息之可觀, 泡花之起滅, 有觸發之所由, 則顧人之死, 何如也? 而若是其無聊暗昧之甚, 語之而不知其名, 思之而不得其理也. 豈夢直之人稍勝於人, 而若有所沮之者歟? 若然者, 使夢直冥頑不慧, 作一癡人, 與之語, 扞格不相入, 則必生矣. 若然者雖死, 而猶有愈於彼生者矣.

嗟乎! 夢直雖從事于武業, 而被服如儒人, 喜文士, 樂從吾輩遊. 每清宵意到, 則自持壺酒, 不期而至, 淋漓得意, 然後去. 爲人聰明機警, 凡言語文辭之欣然有慕於中, 久而不忘者, 皆能得之涉獵. 家溫陽, 其所遊歷, 皆湖中故家之裔, 主張言議之地. 故其言往往春秋大義, 尊周之旨, 心性理氣, 禮論之得失, 山林道統傳授之淵源, 而常扶崇正論, 以身依歸聽者, 莫不悚然異之, 而不復知爲曩時一見之沾沾自喜風流好事之佳客而已也. 余亦推詡于同志, 以爲今世場屋之儒, 不下數千, 至老白首矣, 而曾不知天下有士行者存焉, 則如夢直者, 顧可謂之武人而已哉? 一日往探其篋, 得其自抄詩一小卷, 有號曰雪溪神隱朱砂私印記, 其方楚楚有致, 如夢直者, 豈非所謂名士哉?

又其筆翰翩翩, 容顏都雅, 止於斯, 猶足以策名當世, 席父祖之餘烈, 坐致仕宦不難矣. 而其心必不欲以僥倖取科舉, 輒自力於射, 如此者, 又可易得乎? 其平生, 見人之貧, 惻然欲施之, 與賓客游, 不惜其費. 衣服錢貨器用之類, 無私藏其有, 諸兄弟姊妹者, 則若取諸己而無嫌, 兄弟姐妹之爲之也, 亦然. 蓋其心事有足多者. 嗚呼! 世故多端, 無所不有. 夫誰曰無死. 而如夢直者少. 夫豈曰無人, 而不如夢直者多. 此吾所以重惜其死反複傷懷也.

昔余受知於先大夫, 托跡甥館, 先大夫以子弟之行而待之, 以賓士之禮, 及莅西邑攜余去. 其江山之勝, 樓臺歌舞之繁華, 遊覽千里, 經歷半載, 蓋日有樂事, 而夢直同焉. 時余年弱冠, 而夢直長餘一歲, 未幾先大夫下世. 夢直以先人之愛不絕其好, 源源而來. 故每擧雖無老成, 尚有典刑之詩以自慰焉. 今夢直死而子在腹, 其爲男爲女, 又不可知, 則後日之托, 僅僅如縷, 而眼前之陳跡, 無誰與語, 從此而吾輩西遊之跡掃地盡矣. 而五六年之間, 忽忽如澹煙之無痕, 去鳥之難追也.

夢直出爲伯父後, 雖居鄉, 而歲歲游於京. 第園有松大十尋, 積翠壓全屋, 約大雪之日, 攜同人雅集, 未成, 而余丁毋憂, 夢直恨之, 以爲人事固不可朝夕期也. 今夢直又死, 其一二人之吊之者, 皆以余爲歸, 相與齎咨涕洟, 過其閈而望其松, 不勝酒壚之感云. 未死前數日, 顧余苫堊, 話至夜有飯, 從內出勸之食, 詷曰: "是妹自造乎? 有蟹膏, 是知余所嗜者." 言猶在耳. 歷歷如俄頃事, 百爾思之, 不知其胡爲而浪死也.

方夢直之被創也, 余居廬不可往. 客從其處來者日數輩, 問其創, 或耳或腦, 皆不定. 有一友生至, 曰: "右鬢髮上, 嚼則動之交會." 余稱其善對. 以爲使醫審症, 不粗如此, 則夢直必生矣. 余聞, 其病有日, 而顧皇皇藥無當也. 欲令靜心下藥, 方便有護也. 遂乘昏往候之者三, 至摩膚握手而還, 凡七日而竟不起. 又七日而輤車歸其鄉, 余旣守禮而不吊, 則欲代爲文辭, 用陳祖道, 而時值冷節樸馬之丙舍, 封莎草於新墓而歸, 非但重哀如新, 不遑他慮, 三月以來, 日事涔涔, 實無握筆伸紙之力, 不能起艸. 今夢直之葬日已過, 而尙今漠然無一語以暴其故, 若素所不知者然. 慚負冥冥悵缺何極.

昔曾子齊裹而哭子張曰: "我吊也乎." 今我於夢直曰: "不吊也乎哉." 夢直有知, 以爲如何? 今聞, 一二人之知夢直者, 皆爲文以吊夢直, 余亦倩人呼寫其所欲言者, 如此. 棘人不可與於饋奠之事, 則不可目之爲祭文, 而輒自比書牘, 例不暇其倫次焉, 靈其有知, 尙鑒於茲.

祭外舅李公文

維歲次庚寅冬十月丁丑, 第三婿密陽朴齊家, 謹焚香取酒灌茅, 再拜于外舅故節度使李公之柩, 哭而曰:

嗚呼, 天下之甥舅無聊久矣. 夫俗人猶知誇其壻矣, 亦嘗愛之於其舅矣. 然而愛之不足爲知, 誇之不足爲榮, 有甥舅之名, 而無甥舅之樂焉. 夫舅見甥, 必例問讀何書, 甥例辭曰: "不敏未嘗從事於斯矣." 舅復卒然教之曰努力, 甥例唯唯, 口不言而腹已誹矣. 此無他, 不知甥舅之樂故也. 夫甥舅之樂, 貴相知心, 不在於女之夫與妻之父之故也. 夫不相知心, 而猶且謂甥謂舅, 出入其家者, 此不過宴安乎閨門之內, 衣食之奉耳. 甚矣其無聊也.

雖然而方其娶婦之日, 執雁前導, 從者塞閭, 迎候之人, 相屬於道. 凡衣服鞍馬屛狀几器皿之類, 皆以金銀采色飾之. 引之升堂, 出拜其舅, 舅注目於甥, 不食而飽, 顧視左右, 無所於惜. 賜之如流, 猶恐其不受, 片言出口, 莫有違者. 是誰之力也, 皆舅之愛之而然也. 及聞舅之訃, 羞不下淚, 日昃乃弔. 哭不過三聲, 祭之日先食肉, 俗相訾不關於己者, 謂之舅之緦. 此生專其愛而死忘其義也, 又何其太無聊也!

嗚呼, 余之於公, 以不同則而武而文, 以久則歲纔三矣, 以從容則曾不能以十日. 然而公能默然愛吾, 吾獨默然知公. 生以眞歡, 死以眞悲者, 何也? 人固有一見而知者, 大異而愈合者, 一事而不可一生忘者.

嗟乎, 余迂士也. 長不滿七尺, 名不出里閭. 公一見妻以女焉, 風流氣槩, 若契朋友. 余呵呵而笑, 公知吾寓也, 不以爲譁也. 余昏昏而睡, 公知吾適也, 不以爲懶也. 公見吾雪天尋朋, 經夜不還, 敗屋紙窓, 星光繞身, 晨起爬壁,

氷澌滿爪, 主人蒲團, 臥不掩脛, 聯床而宿, 不廢嘯歌, 嘗憂其病而知其樂
也. 公聞吾逆旅讀書, 晝炎夜蒸, 臥看土牀, 蚊蠅蚤蝨, 通身相沸, 仰視屋椽,
蛛繞飛颺, 與烟相懸, 薄暮炊飯, 匙杠盂哨, 一嚼一石, 麥耳觸煩, 鹽水生韮,
長短不齊, 浹月于玆, 處之怡怡, 嘗憫其苦而知其耐也.

公嘗言曰: "笠不必擇, 苟黑而圓. 屨不必飾, 非簦則曳." 余起而對曰:
"若是則甥之不遇者多矣. 甥之心常欲以沈檀塑我, 色絲繡我, 藏之什襲, 傳
之永世, 使人人見之. 甥見山水雲煙之媚者, 花樹羽毛之嫩者, 輒悅而憐之,
欲我之亦然也. 夫甥之今日之空疎亡堂, 簞瓢縕袍, 若不知其好惡者, 豈其心
哉, 顧不遇其知者耳." 公噴噴曰: "不知此兒之脅中, 若是其侈也." 夫公之所
言, 余不必云, 余之所行, 公不必爾. 而所怒於人而笑於我, 所假於人而眞於
我者, 蓋其中心相感, 各知其有所不爲者耳.

嗚呼, 余甥于公之二日, 公乘月出, 植杖于井欄之東, 觀刷馬. 余請曰, 可
取而騎也, 公卽許之. 顧奴曰: "促具鞍", 任其所之. 余急止之曰: "何用鞍爲,
吾據其鬣, 橫跨其脊, 鞭一鳴馬走矣." 公驚喜, 自酌酒與之飲, 戒余曰: "毋及
夜深". 於是奴黑袷持酒錢隨後. 余便衣上馬, 從梨峴市樓, 馳至鐵橋, 訪友
於白塔之北, 繞堵一匝而出. 時月色滿道, 花樹際天, 稀星灑之. 馬折頸徐嗅,
盤旋而步, 驕不勝蹄, 不復知其行也. 余歸而假寐, 公覘其醉也, 來撫余頰,
覆之以衾, 不使余知也.

嗚呼, 去季携余之藥山之衙留之. 余久客無以脫身, 廼遊戲放浪, 以示于
公. 嘗捕蝶不得, 怒觸一花, 妓譁曰: "郞折花." 公曰: "無譁, 折花獻郞." 余
趍而笑. 公曰: "吾將終歲不遣, 看汝折幾花." 嗚呼, 以今思之, 此事終不可
復見, 而其言益不可忘也.

嗚呼, 去年從公上鐵甕南門, 把酒賦詩. 是日中秋, 野有餘禾, 公見山川
之遠也, 鴻雁之高也, 村墟籬落之暮也, 牛馬之去來, 祭女之負戴, 凭欄送眺,
東望京國, 悽然不樂者久之曰: "職事奔走, 墳墓之省四年矣." 余諷之云: "丈
人看我, 腰下有綬乎? 吾則浩然歸耳, 誰有止者." 公解云: "此綬豈吾欲哉?

業已許身於國, 義不可辭."

嗚呼, 公之心豈常以一綬爲苟所向人, 而求之者耶? 蓋其自至則盡其力而已矣. 每夜深燈燼, 獨呼余坐, 有時自說其少時田園閒居之事. 輒意亹亹不已, 思欲與子侄輩棄官歸鄉, 敎其耕鋤, 歲時伏臘, 斗酒聚隣, 弋鳧釣鱸, 以終餘年而已. 復慷慨歔欷, 自傷其老, 或慮其言之不可復邃也. 余廼引巵酒進, 少間以楚音誦離騷之賦, 以蕩其酒思, 未嘗不動容膝席, 泣數行下. 雖家人左右, 莫得而知也.

嗚呼, 去年公方西留, 余九月入太白山中, 看楓樹水石, 徘徊諸寺間, 十日而歸. 公問: "入山何爲?" 余曰: "讀佛經." 公笑曰: "晚年辛勤. 嫁與一女壻, 廼學佛." 是時余數請歸, 而公挽余行甚力. 余仍曰: "佛壻無用, 不如放而送之." 嗚呼, 以今思之, 其將少留, 至今以與公相終始也歟!

嗚呼, 公爲人不外飾, 見似眞而假者故罵之. 當是時也, 世皆姑息不振, 文日益勝, 雖武人方以氣節爲不敢, 若書生然. 公獨曰: "是皆多顧眄而不力於國事者也. 吾武人也, 乃文則非吾事也." 立朝三十季, 無一人知公者, 公廼滑稽跅, 以玩世爲涉世. 於是世皆以狂目之, 而公亦自謂之狂. 嚮者余嘗受公托爲之說而辭焉. 公曰: "所以辭者, 以爲甥不可以狂也, 加之於舅者耶? 取其文, 忘其甥, 可也." 余文未成而公逝矣.

嗚呼, 公之所以托於余者, 以爲知公之狂之莫我如也歟. 夫狂有清狂佯狂, 而有酒而狂者, 病而狂者, 有狂狷之狂. 公何狂之居焉? 夫四座皆醉, 指醒爲醉, 辨其不醉, 愈以爲醉. 醉多醒少, 烏能自明. 彼醒者未有不鬱然欲狂, 辭之以醉者矣. 嗚呼, 公之狂其不能自明者歟?

昔者有不洗面而飲鹽水者, 其友㖖之以爲大狂. 其人曰: "人洗其外, 我洗其內." 嗚呼, 公之狂其洗內者歟? 於心則不狂, 於事則不狂, 於知者則不狂, 獨於不知者狂焉, 嗚呼, 公之狂其不遇知者也歟? 腐儒章句以侮弓矢, 以武笑公, 以狂譏公, 公亦以狂待之愈益狂, 嗚呼, 公之狂, 豈性不好儒而然哉, 特不好其俗儒而如彼者耳.

有人於此, 端居不出, 圖書在旁, 永日圍碁, 人謂之閒, 內實賭錢, 公覷其局以狂而掃. 有人於此, 白晝成佛, 不食而生, 不言而坐, 匿火放光, 夜私噉肉, 公覷其妖以狂而打. 嗚呼, 人之閒居 不善, 無所不至. 厭然欺人, 自以爲得計者, 其不爲公之狂之所覷者幾希矣.

嗚呼, 死者忘也, 忘則無情. 死者覺也, 覺則無悔. 以死看死, 何嘗謂之憾憾哉? 然而終日奠觴, 何曾一飮, 終日撫棺, 何曾一言. 哀旣不知, 哭亦何爲? 以生思死, 不得不鬱鬱而復哭矣. 嗚呼, 余之哭, 非獨甥舅之悲, 而蓋於公有知己之感云. 嗚呼哀哉, 尙饗!

代人祭外舅文

維年月日, 女婿某, 祭于外舅某公之靈曰: 嗚呼! 人之生也, 外父兄師傅, 而其所常親切而倚庇者, 惟婦翁耳. 故人之平居, 其云爲動靜之則, 氣味之間, 往往肖其婦家者多矣. 此豈非鍾愛之自幼, 而受恩之已深, 自不覺其漸染薰習者耶? 然而猶且薄於婦家, 生不盡敬, 死不盡情者, 背義傷俗, 豈理也哉?

嗚呼! 人之平居, 入則夫婦, 出則甥舅, 此人人之所常, 而以余思之, 乃天下之至異, 而今日之弗可復得者也. 嗚呼! 余之甥於公十有餘年, 而有外姑之喪, 後年春而婦沒, 蓋未稅女子子之服, 而公又亡矣. 嗚呼! 恩從此絶矣, 緣從此空矣. 日月非不深也, 往事非不多也, 又何其過去者之易, 而留置者之少耶?

嗚呼! 老成云亡, 後生奚觀. 自婦之沒, 見舅而悲, 悲之伊何, 忽焉魁齬. 自婦之沒, 見舅而喜, 其喜伊何, 宛如其舊. 見舅而悲, 尙有典刑, 舅今亡矣, 無處以悲, 悲之無處, 是以愈悲. 淚滴於心, 不必在眼. 我作斯文, 不哭神傷, 嗚呼!

祭李士敬文

維癸巳中秋月盡, 楚亭朴齊家慟哭于蒼藋李子士敬之柩曰:

哀哉士敬, 飄然遠去. 日月其久, 云誰之處. 琴書筆研, 子昔所嬉. 胡不將去, 棄實于茲. 昔在其室, 伊笑伊顰. 鑑其毫髮, 孰云非眞. 忽焉歸空, 如夢斯寤. 蜉蝣之生, 以酉悲午. 昔之故舊, 猶呼爲友. 昔之親戚, 猶呼親戚. 呼木爲木, 呼石爲石. 情旣不屬, 詎能相識. 昔我來斯, 如聲在敲. 觸之則應, 不錯絲毫. 今我來斯, 如影就陰. 徊徨自顧, 不知所尋. 哀哉士敬, 昔好爲詩. 弱冠千篇, 以吟而贏. 其論甚高, 不事卑卑. 尊唐黜宋, 呵斥嚴辭. 余謂子言, 毋爾之爲. 詩之爲物, 本無定體. 其嗜有偏, 雖善猶滯. 子謂余言, 無惑乎奇. 過奇不祥, 時運之衰. 余謂子言, 駟舌莫追. 文無本心, 如水流行. 隨地淪漪, 孰奇孰平. 鳥之嚶嚶, 非爲音聲. 蟲之趯趯, 非爲容飾. 哀之而哭, 寧有宿構. 癢至而搔, 焉擇去就. 東人鹵莽, 有手莫措. 委厥神精, 倣彼泥塑. 詩不厭活, 如汞走盤. 詩不厭新, 如染遇酸. 毋固先入, 毋畏俗撓. 常自惺惺, 毋失其妙. 哀哉士敬, 在昨秋夏. 其詩大變, 人誚我賀. 余謂子言, 詩存乎心. 是心之靈, 無古無今. 唐宋元明, 過去之簿. 山川草木, 不字之句. 子初驚疑, 忽笑以粲. 心旣見許, 死生奚間. 我有斯文, 爲子而讀. 我有斯酒, 爲子而酌. 天末其風, 瑟然以寒. 凝情遐想, 尙疑其還. 哀哉士敬, 生焚其藁. 存一於十, 庶俟後考.

祭沈外姊文

維年月日, 內弟朴齊家謹設酒果之奠, 哭告于孺人廣州李氏之靈曰: 嗚呼! 父母不存, 外事徵諸諸父, 內事徵諸諸姑, 伯姊不如是不逮事者, 何述焉.

余不幸生晚而孤, 語先人晚年事, 有不能悉, 而況於王父·伯父之世乎? 孺人於余, 群從中最長而賢. 憶余十餘歲, 持先人服, 往謁于城南第. 輒摩頂與之餅飴, 而詔余以舊事, 亹亹不肯休. 至如容貌性度之異, 衣服祭祀之品, 昏姻譜系之原, 仕宦月日之詳, 往往有得於碑誌記聞之外者. 余時幼, 略不能省.

未幾, 孺人南下于藍浦, 余亦伶俜數遷徙, 消息歲一至. 俯仰二十載之間, 昔之乳者, 今旣冠而子矣, 昔之卝者, 今旣蒼蒼然鬢欲化矣. 而孺人竟不一見余, 人事之嬗變若斯, 而別離之久可知也.

歲癸巳, 余喪偏母, 己亥蒙恩, 選入內閣, 孺人貽書略曰: "簦仕匪貴, 成立克嘉. 勉卒淸愼, 毋墜家聲." 時孺人年幾七十矣, 聞其顚髮無一黑焉, 而筆意遒緊, 猶如平日.

今年春, 余帶閣啣, 出丞湖邑. 於藍爲鄰, 竊幸夫承顏之有日. 而余方撰次家世舊聞, 又喜先事之可徵. 孰謂問訊之答, 遽爲隔歲之訃, 而饋遺之物, 陳之明器之奠也? 悼女史之云亡, 慟典刑之靡托.

從今以往, 雖欲復聽閨門之訓, 而挹林下之風, 何可得也? 城南壠樹木皆拱, 而故婢遺老, 無一存者, 每一過之, 爲之潸焉出涕, 徊徨而不能去. 矧乎今日躬臨象設之筵, 望衣履之封, 而弔其子若孫者耶. 嗚呼! 新阡未乾, 音容永閟, 則雖宦途之數出于玆, 又將孰見而復來耶? 操文一慟, 有淚如泉. 嗚呼哀哉! 尙饗.

祭鄭戚器瑚文

維歲次. 甲辰八月癸卯, 密陽朴齊家謹具燒酒炙鷄之奠, 來會故東萊鄭公之葬, 遂爲文以祭之曰: 挾策而市, 牧牛而士, 躬耕養親, 疇敢余恥. 色無示貧, 話不傷支. 閱人蓋多, 寔感于茲. 驛亭之東, 煙樹相望, 荒溪茅屋, 載涉載訪. 惟公王母, 先妣堂姑, 交雖以邇, 旣晤匪疏. 去年今月, 衰菓來貽, 今來哭公. 秋實離離, 登皐遠歓. 念彼無依, 三澆新墳, 其知不知. 嗚呼哀哉! 尙饗.

祭金司諫復休文

維年月日, 受業朴齊家謹具菲奠, 哭于故司諫金公之靈曰: 昔我孩矣, 公居與鄰. 匪直也鄰, 世篤姻親. 公數我寓, 挈家以炊, 僕不異主, 兒不異師. 藐余其孤, 寔受公撫, 弗我以蒙, 有昏斯牖. 載離載潤, 不常厥徙. 中三十載, 多戚少喜, 齒之方毀, 見公登第.

我須且星, 公猶蹇滯. 彼宦之腴, 趨避蓋巧, 誰之不如, 掩此華蓑? 往余銜命, 歲再朝燕, 公適謀偄, 虛屋以延. 謂公我迂, 雖然道故, 入門其呪, 旣鬼而墓. 我館我殯, 禮亦非偶. 孌孌孫子, 若余之幼. 有頹其垣, 身後攸廬. 維旁有田, 宛其我墟, 林無舊枝, 巷無舊人. 顧影以欷, 西日將申. 感玆循環, 如探樹穴. 汎瀾我泗, 曷忍多閱.

祭李公熽文

維歲次戊午四月二十六日, 何有齋處士李公諱日再周. 前一日己未, 晩生朴齊家時在永平任所, 謹綴蕪語, 倩友人□□□哭于靈几之傍而告之.

曰: "嗚呼! 公昔杜門, 病世驕恡. 衆言橫流, 非公孰信. 掉頭庠膠, 燕不毛也, 紈袴不師, 敬終衰也. 君子工媚, 小人工鑽. 民之日渝, 孰知其安. 長思短諷, 邈焉千載. 佯狂被髮, 庶幾靡悔. 惟玆文墨, 山水之區. 氣出于眉, 喜不可收. 醫世之篦, 讀書之鍵, 纚纚悉出, 往而復反. 諸郎嶷嶷, 度薊猶闋. 余亦承乏, 萬壽于役. 九州之士, 或潛或耀, 公惟一室, 瓣香而笑. 我有松陰, 環堵其青. 公來一嘯, 秋雲杳冥. 勉我居寵, 憂我任眞. 榮辱在我, 不啻如身. 麪蕎臛凫, 往候公疾, 扶頭命箸. 話語則畢, 玉屛金水, 世稱仙鄕. 思公不見, 泣涕浪浪. 自公之歿, 吾道益孤. 纖兒競肆, 惟熱是趨. 吁嗟乎公! 壁立千仞, 鬱鬱青霞, 有不可泥. 化爲長虹. 津梁于天, 揮斥風霆, 左右星辰. 彼啁啾輩, 實懾實赧, 我知公心. 離騷之亂. 嗚呼哀哉! 尙饗."

祭仲女文

壬戌五月六日, 父在鍾城, 使兒長稔, 哭于亡女尹婦之神位而言曰: 汝死而未訣, 葬而未視, 宿草而又不哭, 甚矣, 吾之認也. 汝死旣祥, 而汝舅不幸罹大禍, 汝之死, 豈非福力也. 汝舅家奴, 吾嘗斥其偸竊者, 乘機誣我, 我又幾死, 而恩謫於北也. 汝死日再周, 而汝家漂泊, 想無以爲祭, 問聞又不通也. 吾雖未歸, 汝兄弟具在, 使之一哭焉. 汝若有知, 尙或歸來, 歆此親庭之食, 庶勿其餒. 嗚呼悲哉.

祭族從兄參知公〔道翔〕文

維乙丑三月寒食之明日壬辰, 角亭朴公窆穸于楊之先隴. 族弟齊家謹具殺酒, 哭而薦之曰: 嗚呼! 公之於時, 陁而能說, 公之於身, 坦而能節. 謀之以事, 如取如攜, 發之以文, 無言不酬. 彼騈儷之尸祝者俳焉, 而不知公之典則之辭命, 郡邑之治譜則藝乎, 而不知公之本原之德行, 宗族私焉, 而不知其不運之澤, 朝廷誦焉, 而不知其利用之華國. 使公處萬曆天啓之間, 周旋于治賦典客之班, 則其至今照人耳目者, 庸詎知出於策勳族常之一二臣下哉? 嗚呼! 公之云亡, 吾宗空矣. 吾宗空矣, 而國人亦必有殄瘁之慟矣. 小子有北不死, 歸骨松楸, 感恩造之無窮, 冀沒齒于先疇, 方杖屨是承 而旋罹伊逆, 彼司命者, 何其劇耶? 嗚呼! 風流歇矣, 綺語絶矣. 考德問業, 今其蔑矣. 嗚呼! 北邙寒食終古攸愴, 況乎今日先祖之墟, 而觀公之葬者耶. 嗚呼! 哀哉. 尙饗.

禾積淵祈雨文

淑氣之華, 其神必異. 沄沄禾積, 載愽厥施. 夫何今歲, 天災孔熾. 蝗之僅息, 魃又繼祟. 春雨未洽, 爰及夏季. 群生五穀, 莫不憔悴. 維民何辜, 宜譴於吏. 稽首請命, 尙冀不棄. 滂沱百里, 一瞬可致. 潔牲釃酒, 再答神賜.

白雲山祈雨文

　　永州之鎭, 厥惟白雲. 含精蘊秀, 靈異著聞. 今玆亢旱, 稻苗如焚. 國之圭璧, 徧於群神. 神亦有守, 不越其垠. 我潔我祀, 掃地而壇. 維玆百里, 寄命爾山. 胡靳一雨, 俾穀我民. 相其霡霂, 吐其氤氳. 千耟競出, 萬澮爭奔. 其象滿盈, 豫爲謹訴. 齊心俟德, 冀格靡愆.

寧邊雇馬別廳上樑文

雇馬之有廳, 故也, 寧府之爲弊, 大哉. 本庫原捧米作錢, 每年依定式給牧, 數之不足, 雇之無時, 或豊凶仍用之多, 幾庫物之蕩敗. 方巡歷相値之劇, 奪民馬而騷驚, 太守李公, 莅邑慨然, 設法通變, 因其舊有而買, 則馬有餘而財亦如前, 許令自取而養焉, 民樂從而事各不妨.

於是, 咸願廳目別立, 以爲邑規永遵. 南山伐材, 西風築杵, 數里村落, 持斧之聲相聞. 初更月中, 運石之謠不絶, 黃花九月, 集梓匠而董工. 白酒三時, 過吏奴而稱賀, 幸在今之治下. 將樂是之落成, 屬擧修樑, 玆引短頌.

惟樑之東, 惟亭隱松. 牧丹之峰, 惟樑之西. 東臺出兮, 客舍煙低. 惟樑之南, 峽坼雲含. 鐵城巖巖, 惟樑之北. 官門高闢, 時聞鼓角. 惟樑上下, 有木有瓦. 于以養馬, 旣上樑矣. 馬蕃昌矣, 公不忘矣.

代利川楊根士人等呈文

利川屯知山面居, 士人朴齊民子長國, 籍密陽, 故監司純之玄孫也. 幼有至行, 聞於鄉里. 凡所以順適親志, 左右無方者, 人不間於其父母之言.

及其娶也, 其父, 客于南土, 過期不歸. 長國, 不以燕爾爲樂, 而以離違爲恨. 食息靡寧, 日就羸瘦. 作思親詩數章及戒婦詞一篇, 飜爲新聲, 悲唫慷慨. 今其曲, 流傳於上遊之間, 聞之者, 爲之泣下沾襟焉.

長國, 以辛亥三月就昏, 而五月初七決意南覲, 雇馬獨出. 暮過驪州之西灘, 適雨潦, 水失故道, 溺於洄洑. 其婦家人, 見馬空鞍而嘶, 驚疑持炬出覓. 翌日, 獲其屍于沙中. 迹之, 店中人曰: "前日迫曛, 有騎而涉者, 呼語之曰: '日且暝, 川無銶焉, 盍留爲.' 曰: '我覲人也, 心急不可留矣.' 竟去, 必是夫也."

嗟乎! 長國, 竟死於孝乎. 其妻青松沈氏, 楊根南始面士人錙之女, 青陽君義謙八世孫也. 聞變之後, 始以衰服, 見于舅家, 飲藥者一, 投鐶者再 救之不殊. 知防己也密. 故爲寬語. 又數如厠, 以示病, 睇稍弛, 假以枕, 冒衾作睡臥狀, 潛從北牖出, 有小井在籬內, 水纔盈尺, 沈, 俯而墊焉, 遂不起, 時八月十九日也. 長國, 尚未葬, 鄉之人, 咸齎咨涕洟曰: "有是夫·有是婦也." 溺水死者, 終古何限, 而兹人爲尤難. 夫深則拚生也易, 淺則畢命也遲, 若沈者, 豈非所謂加於人一等者耶? 旬月之間, 孝烈, 萃於一門, 卓乎. 世無旌旋褒之典則已, 不然者, 舍此二人, 奚以哉?

某等, 遂聯名狀于兩邑. 官亦亟加歎賞, 以論報之意牒下. 未舉, 而兩邑官俱遞, 棹楔之稽請, 居然一年之久矣. 夫嘗糞斷指, 孝之一節耳, 亦套語耳,猶或過而式焉, 以爲難能. 孰若數郡一辭同然並稱, 有耳皆聞, 有口皆傳之, 爲眞孝也哉?

長國, 弱冠喜讀書, 凡曆象·輿地·醫藥·篆籀, 莫不犁然心解, 長者, 以大儒期之. 此特斯人之餘事已. 至其一心孺慕, 跬步不忘, 發於面目, 形於詠歌, 雖古之孝子, 何以加焉? 如使采風之官, 列其詩於南陔白華之間, 則聖人必取之, 而沈氏之烈, 將與漸臺·柏舟之詞, 共垂於烈女之傳, 無疑矣.

夫長國·沈氏, 窮鄉之匹夫·匹婦耳. 某等, 非有勢利之慕, 平生之雅, 且將要譽納交於其鄉黨父母也. 誠以卓異之行, 一或泯滅無傳, 則天下之爲善者沮, 而聖世培養之効, 亦無以彰著矣. 此某等之所以之府之營, 不避瀆撓之嫌, 冀得一達於天聽者也. 伏乞閣下, 從實狀聞, 使弊邑孝子烈婦雙旌並擧, 用樹風聲, 無憾幽明, 千萬幸甚.

題跋

謁筆

　　今人只是一副膠漆俗膜子, 透開不得. 學問有學問之膜子, 文章有文章之膜子. 大姑勿論, 如言車, 則曰:"山川險阻, 不可用之說也." 山海關之扁, 謂之李斯之筆, 能於十里外見之之說也. 西洋人畫人物, 以瞳黑汁點. 故晛睞如生之說也. 胡人辮髮, 以父母存亡或一或二, 如古之髦制之說也. 皇帝姓落點之說也, 印書册以土板之說也.

　　如此等說, 不可枚舉. 雖與我親信者, 於此, 則不信吾而信彼. 政如自以爲知我者, 常常推尊我, 風聞一浮言不近似之說, 則遂大疑其生平, 忽信其謗我者之言也. 其不信我而信彼之由, 可知已. 今人正以一胡字抹摋天下. 而我乃曰:"中國之俗, 如此其好也." 與其所望大異故耳.

　　何以明之? 試言於人曰:"中國之學問有如退溪者, 文章有如簡易者, 名筆有勝於韓濩者." 必怫然變色, 直曰:"豈有是理?" 甚者至欲罪其人焉. 試言於人曰:"滿洲之人, 其語聲如犬吠也, 其飲食臭不可近也. 蒸蛇於甌而啖之也, 皇帝之妹, 淫奔驛卒, 往往有賈南風之事也." 必大喜, 傳說之不暇.

　　余嘗力辨於人曰:"余曾目擊而來, 舉無此事." 其人終不釋然曰:"某譯官如此說也." 余曰:"公與某譯官交誼深淺, 與余何如?" 曰:"交不深, 而不說謊者也." 曰:"然則余說謊矣." 信乎仁者見之謂之仁, 智者見之謂之智也. 余數與人辨, 頗有謗之者. 因書此以自警.

記書幅後

　　外史氏曰：“天下事百不如意.”雖然竊嘗聞之，昔人有言曰尙友. 尙友者
必擬作鬚眉，念之曰某也. 又曰臥遊. 臥遊者必擬爲遊行，念之曰我也. 夫眞
友眞遊者，千百而一焉. 則若是其不如意也.

　　今我一念，而謂之遊且友焉，又孰能禁之？然則奚獨友與遊有是哉？念功
名則如意，念富貴則如意，念茶香美人古器書畫，莫不畢具. 良辰勝景，花柳
繁華，一談一笑，又無不適. 或代遠客，歸其故鄉，或使貧人，多得錢帛，如遇
俗人，洗其心目，可無疾病，可無離別. 百千萬年，可以長生，他生他世，人物
鳥獸，兄弟夫婦 可以預定. 唐虞三代，聖王之治，可以快復，四海萬國，遙遙
重譯之人，可折簡而往復矣.

　　夫千古者，過去之萬里也，萬里者，現在之千古也. 彼浙江之潘生陸生，
豈非吾現在之千古乎？然而吾以妄想念之，謂之吾已觀浙江人，必無如我何，
作一赫蹏，謂之潘生日日寄書于我，亦無如我何，有毫髮之不如意哉？縱使生
於中國，得與斯人，同里同閈，促膝携手，其一生交遊風流雅集之遺跡，不過
寸簡尺牘一詩一文，流落人間而已.

書風樹亭記後

人有其親生而富貴福祿, 凡子孫之榮, 世間之樂, 莫不享之, 於其身而又得盡其天年者, 則其爲子者, 未嘗以爲足也, 而哀慕之無減於人者, 豈私歟? 曰: "非然也, 天也." 又有其親生而貧賤, 飢餓流離, 又不幸早沒, 則爲其子者哀慕之, 又有加於人者, 亦天歟? 曰: "非然也, 私也."

夫骨肉之性, 非可以外物加減焉. 而方其死也, 莫不有餘恨焉耳, 非所論於生時之遇不遇矣. 然而吾獨不能不私於此, 何也? 彼爲人親一耳, 或富貴而壽, 或貧賤而夭, 不能無輕重於其間. 信乎! 其吾之遺恨焉追憾焉, 有加於人, 而有不得不私者存焉耳.

然而滌器而思吾親, 未嘗不念其或鹹或淡, 朝夕不繼之食矣, 他人其然乎哉? 撫樾而思吾親, 未嘗不憶其敗絮不完, 歷盡風寒之衣矣, 他人其同乎哉? 懸燈而思吾親, 未嘗不想其雞鳴不寐, 曲膝備針之狀矣, 他人其有乎哉?

發篋而得親之書, 見其述遠遊之情, 敍離別之苦, 則未嘗不魂消骨冷, 溘欲無知也. 屈指而算親之齡與己之生, 而四十逾八, 二十逾四, 則未嘗不悵然跼蹐, 失聲長號, 而淚之無從也.

題李士秋書幅後

余素不解楷書, 又厭急迫, 恒以行草副急. 若有人贈錢厚鏡面紙, 適飲名酒微醺, 配以異香新茗, 韻娥礜戔, 勝友磨墨, 始可一爲之. 如暑月尤非所堪, 曾於灤河館, 爲鐵冶亭侍郎, 作蠅頭小眞, 書數十行, 下十斛汗. 冶亭爲之頂禮致謝. 在家所寫, 惟八九番.

題文士敏畫卷

近代畫手, 推煙客石谷二家, 而東人槩不問焉. 亦猶書家之僅辨文董, 而不知得天司寇爲何人也. 文君士敏酷嗜丹青, 不由師承, 匠心獨造. 勾勒渲染, 迁迁似大江以南筆意. 惜不令浦山張公之于見之. 當收入畫徵錄無疑矣. 丁巳秋孟, 解語畫齋.

書畫者誰寄者誰
一爲居士兩爲僧
江山筆墨渾閒事
何日同參最上桑

此衣白鄒臣虎題畫寄萬年少絶勾, 兩公皆崇禎遺民, 故詩意如此.

書文衡山澗亭春水圖畫題後

中國侵韻混於眞韻, 故卷中以深字, 領新人者, 此也. 然殊覺不雅, 如古詩侵韻, 往往與東韻通. 詩之篤彼晨風, 領鬱彼北林, 淒其以風, 領實獲我心. 及離騷湛湛江水上有楓, 目極千里傷春心, 倂押哀江南之南字韻, 固有相通, 而其古今之別, 不可以不知也. 庚子中秋, 葦杭外史書.

書永豐君事

我世宗大王王子永豐君璟, 卽惠嬪楊氏之子, 而朴醉琴軒彭年之壻也. 當端廟遜位之日, 與和義君瓔漢南君𤥢錦城大君瑜寧陽尉鄭悰及六臣, 同死, 被帑籍之律. 肅廟朝, 追復莊陵之後, 特命惠嬪母子賜諡禮葬. 英宗大王甲寅, 因相臣趙顯命陳達, 復下禮葬物力延諡宴需, 從優題給, 他恤典, 亦依錦城大君寧陽尉例施行之敎. 故一大君兩王子, 次第擧行, 而永豐君, 則本無血胤, 只有一女, 又絶其祀, 朝家恤典, 一未擧行矣.

己巳年間, 以漢南君八世孫李世球, 定爲奉祀. 而壬申七月, 世球又死無子, 乙亥更以桂陽君璔十世孫主簿李正華, 定爲奉祀. 丙子二月, 正華上言請依列聖朝成命擧行. 戶曹防啓, 以爲今此上言, 一則籍沒出給事也, 一則禮葬物力出給事也, 一則延諡宴需請給事也. 籍沒則係是三百年前事, 公私文蹟無憑可考, 雖欲推給, 其勢末由. 禮葬物力, 己巳年因其子孫奴名呈狀, 自本曹, 旣已依例上下, 更無可論. 至於延諡宴需, 從前雖或有特恩題給之事, 有非爲子孫者所敢干, 請置之何如云云.

八月, 正華再草上言, 以爲籍沒則王子君賜牌田民第宅, 自有其例. 出自戶曹, 入於戶曹, 則雖曰千年, 自在其中. 甲寅筵敎中依寧陽尉例施行者, 正謂此等事也. 然則和義漢南之家, 獨非三百年前乎? 且寧陽家則, 家舍田民還給之外, 因子孫之上言, 加給一百五十結免稅者, 今纔若干年, 而獨於永豐, 謂之無憑可考者, 何耶? 宴需題給, 盖出特恩, 而一大君·兩王子, 不能一時擧行, 或先或後, 皆因其子孫之請受, 而獨於永豐子孫, 謂之干恩, 何耶?

至於米木出給事, 初不聞知, 而防啓之後, 始問該吏, 則果有木二十五匹米五石上下之事. 而此是八年前世球之所受, 非昨年新定奉祀者所知. 而不擧其名, 只曰已給云, 則有若誣罔疊受者然, 豈不萬萬惶隕乎? 又伏念親王子, 當品禮葬, 自有法例. 禮官董役木石, 咸備墓道, 凡百擧行如儀然後, 方可謂葬之以禮, 無憾幽明, 而只以若干米木出給者, 伊時戶曹可謂塞責而已. 且比諸和義漢南之家, 則不滿百分之一, 而謂之依例上下者, 何耶?

假使永豐, 初無節義之可稱, 旣是聖祖朝親王子, 則身後凡百, 固不當若是凄凉. 而況其尊貴如是, 節義如是? 一體之人, 恩章畢擧, 列聖之教, 彼此無間. 而至今遷就者, 朝家恩典, 恐不可若是斑駁矣. 且永豐之墓, 在高陽, 夫人之墓, 在忠州. 初旣藁葬, 無一片碑碣床石. 崩沙殘隴, 混入於北邙之塚, 而祠宇奉安之處, 上雨旁風, 四時香火, 闕日居多. 此非但爲子孫者撫膺號慟, 而亦豈非志士仁人之所共傷歎者耶?

雖曰幽冤畢伸, 籍沒不還, 藁葬依舊. 雖曰立後奉祀, 窮不立廟, 貧不延謚. 則豈朝家褒忠敦宗之盛事, 而爲王子存亡繼絕之本意哉? 伏乞亟令政院, 更考甲寅日記, 分付該曹, 復閱己巳文書, 一依兩王子‧一都尉例, 使永豐君, 禮以改葬, 宴以延謚, 立廟安神, 劃得田民, 永享香火, 守護墳山云云.

未及上徹, 而正華又死, 事遂寢. 辛卯因判書李益炡上疏, 請王子子孫調用事, 下吏曹. 正華子在天, 得擬順康園守奉官副望. 而在天, 後中武科, 世無知其爲永豐奉祀者. 在天以禁衛哨官, 出六品, 今上戊申六月都政, 以副擬除麟山僉使. 赴任三四日後, 以大臣筵奏, 麟山本堂上窠, 而以堂下獲差, 請勿施而更差禁衛哨官. 盖矜其無故而落仕也. 夫在天之官職得失, 猶屬私事, 而若知爲永豐奉祀, 則在銓家, 亦必有拔例收用之道. 而永豐之尙在藁葬籍沒未推等事實, 有不忍泯默者. 故備書其顚末, 以冀前席之一奏云.

詩補遺

星海懋官惠風夜集詠笠 其法拈一韻 以齒排字 不相出沒 三更而睡 各有未就者 余續至補焉

緇布周制如, 竹皮漢儀未.〔星〕金華翰雅致, 靑篛饒風味.〔懋〕蟹卵光獨表, 猪鬣價最貴.〔在〕旁圓佛放毫, 中凸醫畫胃.〔星〕結盟越人自, 止鬪箕邦謂.〔懋〕以規不以矩, 有經復有緯.〔惠〕蔽陽或異件, 折風乃常彙.〔星〕雨冒紙類葦, 塵刷毛肖蝟.〔懋〕苧竹相輔車, 精麤自涇渭.〔在〕戰裝綴銅線, 士纓緌黑絹.〔在〕燥髹乘雨灑, 緻膠藉火煨.〔懋〕獨整儼華蓋, 對峙特象魏.〔惠〕車轂也不轉, 鼎蓋而無沸.〔星〕大堪荷準的, 遠疑菌蔽苆.〔在〕臨燈蓺毋忘, 如厠免何誹.〔在〕附絲高品別, 刻雲巧思費.〔星〕可加飯顙甫, 寧資椎髻尉.〔懋〕代傘童還羨, 憑簪老始慰.〔在〕例惟場屋禁, 行且門楣畏.〔在〕比丘圓覆盂, 優婆疏結罻.〔懋〕參座圍炭業, 觀場簇蓊蔚.〔惠〕半挫俠故喜, 太博矮所諱.〔星〕鐳孫騰俗諺, 崧陽崧細卉.〔在〕不稱士冠鷫, 寧屑女髢狒.〔惠〕家奴品宜甄, 鄉客格失扉.〔在〕耽羅薄於蜩, 高麗染如翡.〔懋〕纖彩旭漏睡, 團影午壓腓.夕簷蒙游蛛, 秋場戴跳蜚.〔星〕平頂天穿補, 玄規月蝕旣.〔懋〕金雀優服詭, 玉鷺武貌毅.〔惠〕似臼腹磨形, 如篩眼烟氣.〔在〕面覆睡瞀悅, 腋挾仆�í2歆.〔懋〕墨抹憐服禪, 銀飾賀祿餼.〔惠〕迅馳細歠颮, 閃睨潤纈纛.〔懋〕恐濕撐繩糾, 惜污套匣衣.〔懋〕岸腦則近蕩, 貼額者若愞.〔惠〕這箇依樣鐵, 還被煮齅乞.〔在〕

院畫花卉雜題應令

四季

綠跗丹英, 媚于四季. 怪石谺谽, 伴此幽寄.

戎葵

凡天下之眞色, 無論五采, 悉帶金色者, 日之所被也. 何況戎葵, 稟朱明之氣, 傾太陽之性者哉.

罌粟花

鎖直涔涔耐日斜, 一回讀畫一思家. 小樓側面簾垂地, 倒映數枝罌粟花.

碧花紅穗

碧花與紅穗, 宛憶遺山句. 良秋倚小樓, 續修芳草譜.

石畔蝴蝶

蝴蝶之衣, 繡而飛耶. 皴石之面, 雲之變耶. 花之若若, 錫爵者耶.

酸蔣

楊用修云："燈籠艸盈盈繞砌可愛." 今小兒就未熟, 去實存皮, 勿傷其口. 倒納之齒間, 吸氣如胕嚼而鳴之, 可補酸蔣掌故一則.

月月紅

月月紅帶粉翅蝶, 南宗鋪殿花故事.

石竹

花之多變, 莫如石竹. 泛觀, 不過紅白二種, 細察, 則紅之中有白暈金暈漆暈, 白之中有紅暈紫暈墨暈. 千百而不窮, 可不謂之才乎?

秋菊螳螂

花能拒霜, 蟲則拒轍. 彼以其勇, 我以吾節.

芭蕉大蝶

綠天之陰, 鬼車之影. 霢歷茴香, 迷離夏景.

菘菜

南史著秋菘, 北人呼白菜. 莫教硬地栽, 舊菖劣於芥.

雞翅繡菊

急就說雞翅, 唐詩多繡菊. 寒暑遞相承, 婆娑間石竹.

萱花

我有忘憂, 言樹堂襟. 門冬釀酒, 返老還童.

西菥鼯鼠

綠沉之菥, 鼯鼠附焉. 仰嚥丹液, 俯齧紅犀. 四顧無人, 意殊自得. 觀此者戒勿高聲, 恐聲翩然而逸也.

失題

蟲鬚長於身, 花體圓如菓. 種種含天機, 頹然石亦可.

零陵香

披拂零陵香, 嵌空太湖石. 可憐雙蛺蝶, 搨取縢王跡.

勺藥

芍藥不過是艸牧丹, 牧丹不過是木芍藥. 古人言芍藥, 今人言牧丹, 其實一而已. 故畫家之正暈倒暈, 亦略相似.

芝艸琅玕

靈芝不根, 竹箭有筠. 後千歲而不老, 貫四時而長春.

蟬附蓼穗蒲間淡竹

蓼花顫, 蟬音戰. 拂蒲脊, 見雞蹠.

雞冠蝸涎

下有蝸廬, 上有雞冠. 可以庇身, 可以做官.

夜合地盆

夜合馨白, 過於梨花. 地盆酸甛, 絶勝山楂.

假荔枝

蜻蜓沒骨, 竹葉雙鉤. 有黃其實, 佛手之奴.

月桂

叢桂多刺, 戒狎視也. 蝶鬚雙拳, 飲花氣也.

杜鵑

杜鵑葩矣, 蜜蜂銜矣. 蔓生之碧, 競此芬華.

山菊淡竹

山菊雖早, 金風是兆. 淡竹雖賤, 碧色冠冕.

蛛絲胃匏花 旁有雁來紅

匏花白, 雁來紅. 蛛絲寒露濃, 想是畫斷風.

鳳仙花

宋宮不敢名, 從識茲花貴. 醫言急性子, 制肉能疏胃.

秋海棠

其花愛淡蕩, 其葉喜翻反. 勿令當風日, 鑒茲花鏡言.

又

偃蹇雙飛蝶, 亦能具簪珥. 復憐秋海棠, 瀟灑伴簾几.

水仙

表獨立兮, 一何偏偏. 碧爲洛波, 青是湘烟.

盤中梨實配以柰花

藏梨之法, 不斷其蒂. 經春不壞, 與花作對.

雙螽蟈蟈

一拳石, 三品菊. 兩細腰, 雙蟈蟈.

佛手柑

兜羅縣手, 捧優鉢曇, 頌一千年.

番椒

華人謂之番椒, 東人謂之唐椒. 若以色丹硬, 定爲南方之産, 則邨學究之論也.

蔓菁

蔓菁之花, 或黃或碧. 化爲芥薑, 其種屢易.

玉簪花

靑糝銀粉, 蝶翅當素秋. 飛坐各殊態, 亭亭玉搔頭.

石榴

畫石榴, 取多子之義, 見北齊書.

蝴蝶嗅桃實 石盆旁插剪秋羅

栩然其蟲, 瞻之維實. 秋羅之剪, 文石爲室.

鷃啄松樹

松鱗暗似銅, 鷃嘴堅於鑿. 復憐叢棘中, 秋菊相交錯.

古松流水道人 雜花題評

山橫紫暈, 塩出白稜. 分明是夕陽光景.

渴筆寫山, 潑墨點樹. 得明暗向背之妙諦.

大米門庭中人.

月桂雖妍, 澆天癸則益茂, 老石雖醜, 鑽鐵丁而不入. 始知品不可以外論.

毛貼而眼靜, 是雁之忘機者.

無論雅目迷離欲暮. 且看樫葉帶泥痕之勢.

古松流水道人家, 眉宇橫蟠十丈霞, 欲寫黃昏無處所, 先將一鳥著枯槎.

魚鷹之眼, 在水底, 不在荷. 咄咄!

此地無監乎. 我願得之.

纔畫褉卉也, 鮞魚鬐尾, 尙帶艸葉氣.

黑夜啖菁, 其味自在. 水墨寫蘆菔, 其白自在. 所謂九方皐相馬法.

啄木解禁呪法, 羽毛斑斕, 如巫女揷花然, 爲之一笑.

찾아보기

이 책에 수록된 작품의 원제 찾아보기 (가나다 순)